元華文創

古文創發與
文學轉化

Creative Developments and Literary Transformations of Guwen

有所法而後能，有所變而後大。
理想的古文寫作，
必定是解讀、鑑賞、研究、應用四位一體的成果。
為寫作而寫作，虛浮不切實際；
四合一規劃，既有針對，方有成效。

張高評——著

自　序

　　古文，又稱古代散文、古典散文，或稱文言文。就時間而言，流傳自遠古，自甲骨刻辭、彝器銘文以下文字，皆屬之。韓愈〈進學解〉所云《尚書》、《春秋》、《左氏傳》、《易》、《詩》、《莊子》、《史記》，都赫然在列，故稱古文。相對於詩詞曲韻文而言，古文寫作有其本色，如講究章法、句法、字法，化複句為單句，妙用虛字語助，寓議論抒情於形象之中，富於質實、理道、詞達、言志、實用之風格。古文既有其範式，即稱古典散文。與現當代散文的俚俗隨意相較，文字較重修飾鍛鍊，故俗稱文言文。即使談說韻文學理之詩話、詞話、曲話、評點，亦假散文以表述之。從古文、文言文、古代散文的無所不在、任重致遠；與時俱進，流衍長久，堪稱文苑的長青樹，傳統文化的精神家園。

　　碩士論文，本人研究黃宗羲之史學，初以淺近文言嘗試寫作，完成二十四萬字之論文。博士論文繼之，再以文言探論《左傳》之文學，撰成四十二萬言之著作。古文寫作之自我成長，蓋經六十六萬字之揣摩演練。同時，又受《左傳》《史記》文章義法之影響，承唐音、宋調詩歌語言之加持，於是形塑出詞句短捷、音韻鏗鏘、文約義豐，理稱辭舉之散文風格。本世紀初，筆者參加浸會大學國際會議，所發表之論文筆法，得上海古籍前總編趙昌平教授公開稱許，以為文章節奏，如美妙樂音，頗可諷誦，則文言之造詣與成效，可以想見。《論語・雍也》孔子稱：

「知之者不如好之者，好之者不如樂之者。」吾於《左傳》、《史記》典籍，唐詩、宋詩名篇，皆知之、好之、樂之，故落筆行文取法乎上，而有古人之風。

1999 年，本人教授休假一年。受南一書局之託，擔任《古文觀止》普及本之主編，於是《左傳》文章義法之研究心得，有機會落實在古文的科普讀物之中，自是一大挑戰。當時召集全臺十四所名校之高中名師，集思廣益，合作撰寫古文之鑑賞 222 篇，本人又添增清代古文 12 篇。全書特色，以分析辭章技法，品賞文學美感為亮點。書成，共 234 篇，命為《古文觀止鑑賞》。為之撰寫〈會通與創新〉一文，作為代序。其中略謂：「古文，是中國古典散文的簡稱。跟古典詩歌一樣，有著輝煌光榮的成就，也有源遠流長的歷史。體裁靈活多樣，風格不拘一律，可以敘事、傳人，可以抒情、議論、描景。篇幅短捷精悍，行文樸素自然，句式長短隨宜，語言簡潔凝煉。尤其章法技巧之講究，更遠在詩歌之上。這些特質，使得散文成為三千年來文壇的長青樹，薪傳了豐厚的民族智慧，保存了優質的傳統文化，積累了許多文學遺產，提供了大量『人學』（homonology）研究的啟示。除此之外，更留存多采多姿的應對談說之方，展現辭章如何寫作的美妙典範，尤其徵存歷代儒者倡導的經世致用之學。」林林總總，古文一體，真足以囊括而無遺。因此，自秦漢以還，士人往往視古文為最重要的表意媒介。

2013 年國家圖書館「唐宋八大家」系列演講，9 月 14 日由筆者擔綱，主講「創意造語，言近旨遠——歐陽脩的雜記文」。開宗明義，即興闡發「研讀古文的現代意義」。略謂：「研討古文，必定涉及古文義法；古文義法揭示『義以為經，而法緯之』，就必然關連到創意發想、創意修辭，從謀篇安章，到鍛

句、鍊字。書面文字，轉為談吐思辨，化為規劃設計，通向美感創新，而歸本於人文創意。」賈伯斯（Steve Jobs，1955-2011）說：「創新有兩個關鍵詞，一個是借用，一個是連結。」（賈伯斯十大經典名言）。語文的教學，本該是思維邏輯的訓練，當指向創意的發想與實踐。美國哈佛大學教授奈伊（Joseph Nye），提倡人文的「軟實力」。廣達電董事長林百里提倡創意，指出：臺灣科技業「應落實美學與人文科學的教育」。（《蘋果日報》，2012.9.25）企業界的口頭禪：「科技源於人性，創意來自人文。態度決定高度，格局影響結局。」換言之，人文的素養，成就了態度，也決定了高度；創意左右了格局，更影響了結局。

《左傳》散文，為敘事文學的開山，歷代古文的先河。《史記》之史傳文學，唐宋八大家之經典古文，清代桐城派之古文義法，大多師法《左傳》、《史記》以為典範。筆者博士論文，著有《左傳之文學價值》，《左傳文章義法撢微》二書，已稍示涯略。唯《左傳》以歷史敘事，詮釋孔子《春秋》經，從立意、謀篇、安章、鍛句、鍊字，立義創意，多得《春秋》之沾溉。當時未有觸及。退休之後多暇，乃投注心力，以比事屬辭視角，解讀《春秋》之書法，考察宋元明清《春秋》宋學之詮釋，略有心得。於是請循其本，重探《左傳》之古文義法，發表〈《春秋》屬辭比事與《左傳》文章義法〉一文；重版《左傳屬辭與文章義法》之各章卷首，得以附麗之。《左傳》文章義法與《春秋》書法之關係，亦由此可見。

1988 年，參加香港大學中文科課程教法研討會，發表〈從結構對列之研究論中學作文改善之道〉論文，揭示賓主、虛實、離合、斷續、詳略、順逆、擒縱、抑揚八法，列舉秦漢、唐宋古

文相關名篇，作為論證。（後來刊登於《國文天地》8 卷 3 期，1992 年 8 月）。最近，試以《春秋》書法、歷史編纂之視角，關照所謂篇章結構對列，覆按以比事屬辭之書法，發現類比敘事、對比敘事可以無縫接軌。於是辨章學術、考鏡源流，而知《春秋》書法，一變為歷史編纂，再變為敘事藝術，三變為古文義法。要之，皆《春秋》編纂之衍變與轉換而已。於是舊瓶裝新酒，於開篇闡述比事顯義、屬辭見義，如何而轉化為結構之對列。為求名實相符，於是題目易名為〈比事屬辭之轉化與古文名篇之創作 ── 以篇章結構對列為例〉。

由《春秋》而《左傳》，由《左傳》而《史記》，而唐宋古文、明清古文，甚至現代散文，源流正變，因革損益，可以得知。古文之創發，文學之轉化，沿波而討源，因根以振葉，於是析分古文之種類，概說古文之理論，演繹唐宋古文創作的主題和技巧。以上五章，合為卷一「古代散文之理論與章法」。

明代茅坤編選《唐宋八大家文鈔》，北宋古文佔六大家。桐城周編修（書昌）曰：「為文章者，有所法而後能，有所變而後大。」金句警策，值得借鏡參考。於是彙集歷年研究古文所得，稍作潤色，得歐陽脩雜記文十八篇，意新語工，破體出位，體現以賦為文、以詩為文、以論為記、以駢為文的破體，以及以禪喻文、以莊入文，文中有畫與以形寫神、壺中天地與小中見大之出位；新奇組合、跨際會通，體現宋代古文之諸多面向與特色。其次，則蘇軾〈赤壁賦〉、〈教戰守策〉、〈留侯論〉三篇文學經典。〈赤壁賦〉，為獨到、創新、卓越之作品。〈教戰守策〉，為切中時弊、福國利民之政論。〈留侯論〉，別開生面，谿徑獨闢，能「在作史者不到處，別生眼目」，為史論文之傑作。

又其次，范仲淹〈岳陽樓記〉，以對語說時景，體現以賦法

為文；融敘事、寫景、抒情、議論於一篇之中。宋文之特色，已具體而微呈現。王禹偁〈黃岡竹樓記〉，敘次竹樓之「六宜」，勾勒謫居之「勝概」，轉欣喜為悲涼，高情遠韻，含蓄不露。王安石〈遊褒禪山記〉，伏應鋪墊，波瀾層折，由此及彼，開拓無限。主賓詳略，輕重有法；借事說理，一篇之警策。蘇轍〈黃州快哉亭記〉，變唐文之所能，而為借物設論、為鋪敘議論，為敘事、寫景、抒情、議論融為一體。上列宋代古文二十五篇，皆傳世名篇。學而時習之，有餘師焉。

　　本書持創意發想、古文義法，詮釋鑑賞宋代古文。處處提示寫作手法，往往「辨章學術，考竟源流」，蔚為本書特色之一。北宋古文創作，既如雲蒸霞蔚，輝麗萬有，於是生發南宋文學批評之蓬勃。如張鎡《仕學規範‧作文》，述而不作，集成北宋古文之作品。作文宗尚黃庭堅、陳師道江西詩法，揭示詩法與文法之會通，文品即人品之接受反應。體現出入眾作，度人以金針之時代風潮。探論〈《仕學規範‧作文》之編述與評論〉，北宋古文可以管窺其崖略，故「張鎡《仕學規範‧作文》述評」一篇，作為冠冕，置於「卷二宋代古文的批評與鑑賞」之首。文學評論，提示原理原則，可作學術研究之學理依據。探討文學，評論與作品交相印證，往往見發明與創新。

　　科技源於人性，創意來自人文。人文學科的創意發想，可以提供修齊治平之良方，經國濟民之指南。長久以未，始終「鬱而不明，曖而不發」。人文學者習得屠龍之技，卻苦於無龍可屠。近二十年來，筆者用心提倡人文的軟實力，於是執行若干教學計劃、研究計劃，期待中文教學，能夠落實創意化、實用化、現代化、生活化。已推廣至科技大學的通識教育課程，已出版近十數本相關論文集。一言以蔽之，「創意化與實用化」二者，乃人文

經典之精華，可作教學研究之價值與核心。儘管面對 Al 時代，仍期待人文學科「靠創意活出價值」，讓「文科真的變得更有意思。」於是爬梳古代典籍，提煉出可大可久、日新又新之九大創意，如知所先後、最終用途、創意發想、看見未來、系統思維、顛覆傳統、自出新裁、創造性模仿、實用創意。誠如蘇軾〈戲子由〉詩所云：「讀書萬卷不讀律，致君堯舜知無術。」要之，研發人文的創意，當以利用厚生、經世致用為依歸。

傳世不朽的古代散文，往往「創前未有，開後無窮」。即現當代大家名家散文，亦以新創獨到為終極追求。本書第三卷，選擇二十世紀名家散文為例，以《陳之藩文集》，及《思與花開》為研究文本，就獨創思維與詩及科學，組合思維與跨學科之會通，類比推理與創造性思維三方面，論證電機教授陳之藩現身說法，提示散文獨到與新創之方。另外，如關於黃金分割，陳教授前後撰文五篇，以全方位、多面向、多角度、多層次表述，靈活探索，獨到創獲，切合創造性思維中之求異思維。由此觀之，文學無古今，唯新變自得為最上。《詩經・小雅・鶴鳴》：「它山之石，可以為錯。」因此，何妨挹彼注茲，古今相借鏡、學科相融通？亦文章革故鼎新之道。

曾國藩《求闕齋日記・問學》稱：「有義理之學，有詞章之學，有經濟之學，有考據之學。」散文無論古今，大抵隸屬於詞章之學。居今之世，不能自外於功利與實用導向，故詞章之學若兼顧經（國）濟（民），則與時俱進，更容易生存發展。就散文之創意化、現代化與實用化言之，體現在教學、研究、鑑賞、寫作四大方面，可以有為：〈人文學的創意化與實用性〉，側重課程設計，與教學指引；〈陳之藩散文與創造性思維〉，關注散文作品之研究，提示創意之理論。〈文學鑑賞及其寫作策略〉，結

合解讀、詮釋、鑑賞、寫作之系統思維。〈自傳寫作的原則和要領〉，則是取法《左傳》《史記》的敘事，以啓示自傳的撰寫。

〈文學鑑賞及其寫作策略〉，指出鑑賞作品之視角，分讀者、作家、作品三層面。提出文學鑑賞之五大策略：一、儲備專業知識，可提昇鑑賞層次。二、重回文學現場，可以深切體會作品意境。三、提示藝術技巧，傳達美妙，可以金針度人。四、關注焦點議題，較論新變自得，可以考鏡源流。五、探求作家心境，知人論世，可以避免捕風捉影。以上之鑑賞及其寫作策略，不限於古文，其他文學亦一體適用。語文之教學與研究，是一種思維的訓練，認知的深化。不能局限於表層的文字教育、句意解讀而已。應以美感的鑑賞，以及創意的寫作，作為終極追求。換言之，語文教育以解釋學為入門初階，必昇華至詮釋學，才算登堂入室，止於至善。

〈自傳寫作的原則和要領〉：《左傳》《史記》之敘事傳人，號稱信史、實錄，故自傳寫作，取法乎上，當借鏡《左》《史》之義法。自傳寫作之雙原則：其一，量身定做與獨一無二；其二，常事不書與大書特書。自傳寫作之五要領：一、凸顯亮點與擇精語詳；二、比事屬辭與義以為經；三、詳近略遠與著眼當下；四、塑造形象與言事相兼；五、規劃將來與具體可行。自傳寫作為自我形象之寫照，自我行銷之利器。自薦寫作，屬性與自傳寫作相近，唯行文語氣當不卑不亢，即使自擡身價亦應無過不及。

《禮記・中庸》稱：「致廣大而盡精微，極高明而道中庸。」杜甫〈戲為六絕句〉云：「別裁偽體親風雅，轉益多師是汝師。」蘇軾〈稼說・送張琥〉曰：「博觀而約取，厚積而薄發。」致廣大、極高明，必須「別裁偽體」、「轉益多師」；方

能博觀厚積，約取薄發。本書卷四，「古文研究與治學方法之傳習」，下分三節：作為課程設計，或與時俱進、經典轉化；作為學術研究，或開拓視角，創新成果；作為治學典範，或轉益多師，博觀厚積。要之，古文之研究，能傳習上述治學方法，則思過半矣。

為求古文研究，既能廣大又能精深，謹提出三個面向的傳習方法，皆聚焦於《尚書・大禹謨》所謂「正德利用厚生」，以供參考與觸發。其一，為突破人文經典傳播的困境，人文學者當實踐借用和連結，落實轉化與利用。梳理傳統文化之精華，結合現代經營管理之學說，以建構華人之管理學。其他，文化創意能否加持 AI 智能？人文素養的高度，如何改變氣質與態度？創意發想如何轉化為軟實力，進而影響胸襟與格局？謹就人文經典的現代解讀，提出應興應革之建言。希望人文經典之研究，能指向實用化、創意化、數位化與現代化。於是，作〈與時俱進與經典轉化〉一文。

研究課題，如果自我設限，固步自封，將困死題內，不能奮飛。古代散文的研究方法，長久以來，墮入專業聯想之障礙，未見飛躍與創新，將妨礙成果之發明與精深。章法學研究，為探討古代散文結構與章句修辭之專業。章法學研究之視角，若能突破專業聯想之障礙，則研究成果必能開拓與創新。章法學研究若能開拓與創新，則古文研究必能邁入嶄新的里程。為提建言，故撰寫〈章法學研究之視角開拓與成果創新〉一文，提出章法學研究的八大研究視角：一、《春秋》書法；二、歷史編纂；三、敘事傳統；四、《左傳》《史記》評點；五、古文義法；六、詩話、筆記與文話；七、詞話與曲話；八、小說評點。第一到第六項外，皆與古文研究息息相關。其餘兩項，文藝學理論間，往往相

通相融，可以相資為用。如金聖歎評《西廂記》，往往旁通《左傳》義法；毛宗崗評《三國演義》，往往比附《史記》之敘事傳人。因作〈章法學研究之視角開拓與成果創新〉一文。

其三，宋嚴羽《滄浪詩話·詩辨》稱：「入門須正，立志須高。」此雖說詩，未嘗不可論治學。宋王灼《碧雞漫志》論蘇東坡詞：「指出向上一路，新天下耳目，弄筆者始知自振。」此雖品詞，又何妨談傳習與治學。黃永武先生無論研究或創作，皆能量無限，成就卓越，堪作典範楷模。難能可貴處，尤在學術著作獨到創發，自成一家；文學創作雋永深刻，餘味無窮。黃先生治學方向多元，往往盈科而後進，致學術著作等身，於文字學、經學、詩學、修辭學、敦煌學、文獻學、文學批評，以及《周易》學、《詩經》學，皆有獨到之見解。今只就三大端述說黃先生之學術成就：其一，博觀約取，推陳出新。其二，學科整合，獨闢谿徑。其三，方法條例，金針度人。要之，多賦古典以新貌，示人以治學之津梁，堪稱創前未有，開後無窮。治學當見賢思齊，以取法乎上為標竿，遂作〈黃永武先生的學術成就〉一文，以自勉勉人。

語言文字，是解讀文本，傳播知識，拓展領域的一種工具。就讀英語系外文系，留學國外可以作為媒介工具，轉而攻讀教育、法律、政治、經濟、外交、新聞、傳播、企管、設計、心理學、國際貿易等學位者，大有人在。所以，《論語·衛靈公》孔子說：「工欲善其事，必先利其器。」同理，長於解讀文言的能力，看得懂古籍經典，也不必然只當語文教師，或擔任中文系教授而已。大可憑深厚之古文涵養，進而研習針灸經絡、深探本草藥性、領悟養生要領，闡發中醫之學理。或者，提煉傳統經典之創意發想、科技文明、利用厚生、人文思維，連結功利之實用市

場。更期待橫向生發，藉古代治要政要之案例研討，建構中國式管理哲學，或華人經營管理之學。東西方文化，既有所殊異，則入乎漢籍文本，借鏡西方式之經營管理，以之梳理、鉤勒，乃至於詮釋、建構出東方式之管理學。開物成務，創前未有，前文已略言一二，成果自是值得期待。

唐太宗時，魏徵等奉勅編纂《群書治要》，網羅治體，務乎政術，影響日本政壇，與近代治術。三年前疫情期間，受命主編《續纂群書治要》。為接續《群書治要》，故始於南北朝，而終於南宋。選定唐宋九部史籍，如《隋書》、《貞觀政要》、《陸宣公奏議》、《新唐書》、《新五代史》、《資治通鑑》、《續資治通鑑長編》、《八朝名臣言行錄》、《宋史》，皆史傳古文也。除了可藉以研究唐宋歷史編纂學之外，亦不妨以現代經營管理之學為檢選之左券，進行筆削取捨。書成，三十萬餘字。精要篩選率，大約為 2.07%。中文歷史學門，具備解讀文獻之屠龍之技。而商學院理解經營管理、領導統御，了然於西方或日本之管理學專業。文史哲研究者，如果能與管理學進行學科合作，跨領域、跨文化會通，則互利共生，兩蒙其利，不失為雙贏之藍海策略。浴火重生，此或可作為文史哲學界之一大出路。

發揚中華傳統優質文化，為淨空老法師生前之宏願與期許。因而褒崇傳播《群書治要》，推為修齊治平之集成，乃千萬年文化之結晶；是治國之寶鑑，處世之良方。劍及履及，更倡導續編《群書治要》，期待利用厚生，發可大可久之功，成日用日新之德。用心所至，懸高遠目標，期勉學子：「讀得懂《四庫全書》。」於是倡導研治文言文，創辦漢學院以推助之。筆者既忝為《續纂群書治要》之主編，因緣際會，將受聘英國威爾士大學漢學院。承蒙勝妙院長聘為訪問教授，擔任「古文閱讀與寫

作」、「學術論文寫作」、「經典詮釋與研究」等教程。《論文選題與研究創新》、《論文寫作演繹》，十年來已先後出版，可作教材；有關經典詮釋之專著，如《比事屬辭與古文義法》、《屬辭比事與春秋詮釋學》等，已出版有年。至於《春秋》書法、史家筆法、敘事傳統、古文義法，已完成書稿五種，單篇論文數十篇，亦成竹在胸，作為系統闡說，可以勝任愉快。

唯有關「古文之閱讀與寫作」專題，未有專書。唐杜甫〈戲為六絕句〉稱：「讀書破萬卷，下筆如有神。」宋蘇軾〈稼說送張琥〉云：「博觀而約取，厚積而薄發。」宋黃庭堅〈與王觀復書〉謂讀書精博，猶「長袖善舞，多錢善賈。」閱讀質量之多寡，與寫作表現之優劣，消息盈虛，相輔相成。除此之外，文章之鑑賞，經寫作以呈現；研究之心得，亦藉論文寫作而發表。由此觀之，閱讀、鑑賞、研究、寫作，理一分殊，相需相求。因此，本書談文章寫作，多就四位一體而言之。

於是檢索著作目錄，自 1984 年發表〈中國散文之理論〉、〈中國散文之種類〉二文，四十年以來，先後探討有關古代散文研究之課題，約略十四篇。外加鑑賞、研究、寫作諸課題之論文七篇。（案：《左傳》《史記》之史傳文研究，專書已出版七種，書稿五種，不計。《古文觀止鑑賞》所示《左傳》文章與清代古文，亦不計。）於是以秦漢古文為前茅，繼之以唐宋古文為中權，終則以現代散文、治學方法，作為傳習古文研究之後勁。專書命名為《古文創發與文學轉化》，蓋秦漢，於古文為開創期；唐宋，為發展期；居今之世，與時俱進，當歸於致用，是為轉型蛻變期。

姚一葦曾撰有〈釋「懂」〉一文，揭示「懂」有三個層次：層次一，來自文字或語言。層次二，溶入自我經驗。層次三，建

立法則，評價作品。（姚一葦〈釋「懂」〉，《幼獅文藝》25卷 3 期，1966 年 9 月）淨空法師期勉後進：「讀懂《四庫全書》」，以發揚中華文化。筆者以為：所謂「讀懂」，除了能閱讀理解外，與之相關的，應該還包括後續之反饋詮釋，以及成果展示，如能鑑賞、能研究、能寫作之類。換言之，多為知性理性的表現。解讀與鑑賞，相當於解釋學，屬於姚一葦所稱「懂」的第二層次；研究、寫作，相當於詮釋學，則是「懂」的第三層次，最高位階。如此說來，則本書關注解讀、鑑賞、研究、寫作之系列課題，孤明先發，正可拋磚引玉，即器以求道，作為研習文章之教材。就系統思維觀之，解讀、鑑賞、研究、寫作四位一體，古文（文言文）寫作，不過其中一環而已。此四位一體，試就晉陸機《文賦》作一轉語，誠所謂「合之則雙美，離之則兩傷。」

　　感謝元華文創公司，已印行拙著《宋詩特色之發想與建構》、《研究綜述與論文選題》兩種。今再蒙李欣芳主編雅意，陳欣欣編輯辛勞，促成《古文創發與文學轉化》專著之出版，令研究心得有緣分享，學術理念得以傳播，衷心感恩。內人郭芳齡，作為旁觀者，往往提出另類思維，引發反思，不無裨益。兒子恪華、女兒郁訢、郁玠，長久以來，協助文書處理，幫忙搜尋轉檔，上下同心，都是幕後功臣，一併致謝。書出有日，爰誌數語如上，是為序。

張高評

自序 於府城鹽水溪畔

2024 年 5 月 12 日母親節

目　次

第二卷　宋代古文之批評與鑑賞

第三卷　散文的創意化、現代化與實用性

第四卷　古文研究與治學方法之傳習

▪ 第一卷 ▪

古代散文之理論與章法

壹、《春秋》屬辭比事與《左傳》文章義法

貳、比事屬辭之轉化與文學名篇之創作

叁、中國古典散文之種類

肆、中國古典散文之理論

伍、古文創作之主題和技巧——
　　　以唐宋古文為論述核心

壹、《春秋》屬辭比事
與《左傳》文章義法

提要

　　清章學誠稱：「史之大原，本乎《春秋》；《春秋》之義，昭乎筆削。」《春秋》推見至隱，比事與屬辭作為詮釋解讀之法門，本初，即《春秋》書法、史家筆法。再變，而為敘事傳統、古文義法。三變，則為修辭章法、文學語言。本文從六個面向，進行論證：一，孔子之立義創意與《春秋》之取義。二，《春秋》或筆或削與詳略重輕、異同變常。三，《春秋》比事與前後措注、本末始終。四，《春秋》屬辭與曲筆直書、變文特筆。五，《春秋》約文與微婉顯晦、增損改易。六，《春秋》屬辭與言外之意、都不說破。由此觀之，孔子《春秋》一書，堪稱中華經史之星宿海，傳統文學之源頭活水。

關鍵詞

　　《春秋》筆削　屬辭比事　文章義法　《左傳》　敘事傳統

　　《孟子‧離婁下》說《春秋》：「其事，則齊桓晉文；其文，則史；孔子曰：『其義，則丘竊取之矣。』」案：所謂「竊取之」，猶言私為之。故《史記》稱孔子：「為春秋，筆則筆，削則削，子夏之徒不能贊一辭。」（〈孔子世家〉）《春秋》「竊取」之義，體現在筆削之書法中。漢王充云：「孔子得史記

以作《春秋》，及其立義創意，褒貶賞誅，不復因史記者，眇思自出於胸中也。」（《論衡·超奇》）蓋褒貶勸懲之獨斷，出於別識心裁，所謂「眇思自出於胸中」。妙思立義不可以書見，致孔門高弟不能贊一辭。

梁劉勰《文心雕龍·宗經》謂《春秋》：「觀辭立曉，而訪義方隱。」宋程頤《春秋傳·序》亦稱《春秋》：「微辭隱義，時措從宜為難知。」《春秋》之訪義方隱、微辭隱義，乃或筆或削使之然。朱熹為南宋大儒，經學名家，亦以為《春秋》為難知、難看、難說、不可曉、不敢說、自難理會、不敢強為之說云云。除《朱子語類》存〈春秋綱領〉一卷之外，平生未有《春秋》學之專著。[1]其實，《春秋》之難知、不可曉，或緣於不得其法，或因為不明其用。若掌握筆削昭義之法、比事屬辭之教，則思過半矣！

《孟子》提出事、文、義三者；《禮記·經解》揭示「屬辭比事，《春秋》教也。」《史記》明載或筆或削之情事，《論衡》表明立義創意、眇思自出。諸家所言，已為詮釋《春秋》書法、史家筆法，解讀孔子之取義，提示研究之基本脈絡。《朱子語類·春秋·綱領》稱《春秋》：「都不說破」、「蓋有言外之意」，[2]文學語言之特質，後世文章義法之原委，亦多濫觴於《春秋》。就接受反應而言，《春秋》之影響，源遠流長，堪稱經史文學之星宿海。

---

[1] 張高評：〈朱熹之《春秋》觀——據實直書與朱子之徵實精神〉，中國經學研究會主編：《第八屆中國經學國際學術研討會論文選集》，臺北：萬卷樓圖書公司，2015 年，頁 354-358。

[2] 宋黎靖德編，王星賢點校：《朱子語類》，北京：中華書局，1986，卷八十三〈春秋·綱領〉，頁 2149、2152。

一、孔子之立義創意與《春秋》之取義

　　《史記・太史公自序》引孔子曰：「我欲載之空言，不如見之於行事之深切著明也。」宋胡安國《春秋傳・序》稱：「空言獨能載其理，行事然後見其用。」因此，舉凡觸忌犯諱之敘事，有所刺譏褒諱挹損之文辭，不可以書見者，《春秋》多藉由屬辭比事之法，以見其旨義。〈太史公自序〉稱「貶天子，退諸侯，討大夫，以達王事」，合內外而言之，即世所謂《春秋》大義。司馬遷答上大夫壺遂問，稱《春秋》：「上明三王之道，下辨人事之紀，別嫌疑，明是非，定猶豫，善善惡惡，賢賢賤不肖，存亡國，繼絕世，補敝起廢，王道之大者也。」（《史記・太史公自序》）《朱子語類》載朱熹之言：「尊王賤霸，內中國而外夷狄，明君臣上下之分」，為《春秋》大義。（卷六十七，易三・綱領下）近人戴君仁《春秋辨例》亦云：「《春秋》大義，只是道名分，明是非，善善惡惡，尊王攘夷，禮義之大宗，幾點而已。」（第十章，結論）

　　孔子以一介平民，擬藉《春秋》，「貶天子，退諸侯，討大夫」，思撥亂反正，補敝起廢。其著述之指趣，體現於竊取之義。其經營策略，蓋透過「見之於行事」顯現，憑藉「約其辭文」表出。宋趙鵬飛謂：「《春秋》雖因文以見義，然不稽之以事，則文不顯。苟徒訓其文，而不考其事，吾未見其得經義也（《春秋經筌》卷二）清章學誠稱：「載筆之士，有志《春秋》之業，固將惟義之求。其事與文，所以藉為存義之資也。」（《文史通義・言公上》）由此觀之，「惟義之求」，自是閱讀《春秋》、研究《春秋》、詮釋《春秋》之首要課題，當務之急。其事與文，既然為「存義之資」，於是，因文見義、稽之以

事，自可作為求義之法門。

《禮記‧經解》云：「屬辭比事，《春秋》教也。」《春秋》體為編年，相關史事不相貫串。古春秋記事成法，為「爰始要終，本末悉昭。」（劉師培《左盦集》卷二）屬辭比事之解經法，蓋就此生發。屬辭比事之書法，縮合辭文與史事而一之，以之詮解《春秋》之微辭隱義，可與《孟子》《史記》《論衡》相發明。於是，解讀《春秋》之微辭隱義，屬辭比事成為《三傳》及其注疏、歷代《春秋》學者之金鎖匙。何謂屬辭比事？採行宏觀之視野，運用系統之思維，連屬上下前後之文辭，類比對比相近相反之史事，合數十年積漸之事勢而通觀之，即可以求得《春秋》都不說破之「義」，此之謂屬辭比事 ，或比事屬辭。[3]

綜考《春秋》之詮釋史，往往聚焦於屬辭比事。明石光霽《春秋書法鉤元‧序》稱《春秋》：「不屬辭以考之，比事以求之，則聖人所書之法，豈易識哉？」清方苞《春秋通論》說筆削之法，「案所屬之辭，核以所比之事。」（《四庫全書總目》提要）清張應昌：《春秋屬辭辨例編》云：「聖經書法，必聯屬其辭，排比其事，而乃明。」（卷首，〈奏章〉）《春秋》體為編年，事同而年隔，遂異其篇，於是屬辭星散，而核事裂分。若以屬辭比事之法通觀解讀之，則《春秋》之褒貶得失可見諸言外。總之，屬辭之道、比事之方、筆削之法，其志其業，一言以蔽之，皆在《春秋》旨義之考索與推求。

《春秋》義昭筆削，考求其微辭隱義，有三大法門：一，據比次史事以見義；二，因連屬辭文而顯義；三，緣探究終始而示

---

[3] 張高評：〈屬辭比事與《春秋》之微辭隱義——以章學誠之《春秋》學為討論核心〉，《中國典籍與文化論叢》第 17 輯（2015 年 10 月），頁 152-180。

義。三者相互為用，可以舍傳求經，足以考求《春秋》之微辭隱義。[4] 比事、屬辭、探究終始之策略意義，即宋程頤《春秋傳·序》所謂：「觀百物，然後識化工之神；聚眾材，然後知作室之用。」論其會歸，屬辭、比事、探究終始，皆脈注綺交於或筆或削。故清章學誠《文史通義》曰：「史之大原，本乎《春秋》；《春秋》之義，昭乎筆削。」（〈答客問上〉）

　　屬辭比事所以為《春秋》之教者，緣因有五：其一，《春秋》為編年體，屬辭比事之法，可以整合分散，濟困救窮。其二，歷史有漸無頓，事件有本末始終；比事屬辭之法，可以會通參伍、統整散漫。其三，以屬辭比事詮釋《春秋》，即「原始要終，本末悉昭」之古春秋記事成法。其四，屬辭比事之法，經由比較、統計、歸納、類推，而考求《春秋》之義，系統而宏觀，可以發微闡幽，有功聖《經》。其五，《春秋》記事，「一事為一事者常少，一事而前後相聯者常多」，其事自微而至著，自輕而至重。積漸之勢，誠如孔廣森所言：「辭不屬不明，事不比不章」。[5] 詮釋《春秋》如此，解讀《左傳》、《史記》等史傳，亦觸類相通。

　　西漢嚴彭祖《嚴氏春秋》載：孔子與左丘明同乘，觀書於周太史氏。歸，而孔子作《春秋》，左丘明著《左傳》（引《孔子家語·觀周》）。《史記·十二諸侯年表序》亦稱：「魯君子左丘明，懼弟子人人異端，各安其意，失其真。故因孔子史記，具論其語，成《左氏春秋》。」唐啖助稱美《左傳》：「博采諸

4　張高評：〈《春秋》書法與「義」在言外——比事見義與《春秋》學史研究〉，《文與哲》第二十五期，2014 年 12 月，頁 77-81。

5　同上，頁 91-92。

家，敘事尤備，能令百代之下頗見本末。因以求意，經文可知。」（《春秋集傳纂例》，三傳得失議）宋家鉉翁《春秋集傳詳說》言：「有《經》著其略，《傳》紀其詳；《經》舉其初，《傳》述其終」；「使左氏不為此書，後之人何所考據，以知當時事乎？不知當時事，何以知聖人意乎？」[6]《左氏》以歷史敘事方式，解說《春秋》經文，於《三傳》之中，羽翼《麟經》之功獨大。

漢桓譚《新論》稱述《經》《傳》之互補相濟：「《左氏》經之與傳，猶衣之表裏，相持而成。經而無傳，使聖人閉門思之，十年不能知也。」（《太平御覽》卷六百十引）劉師培《春秋左氏傳古例詮微》稱：「《經》以約詞為宗，《傳》主弼《經》而作。《傳》詳《經》簡，所以抒行事而闡譏褒。《傳》有《經》無，所以明刊削而昭簡擇。」[7]指《左傳》主弼《經》而作，或《傳》詳《經》簡，以歷史敘事見終始本末；或《傳》有《經》無，示詳略、重輕、異同、忽謹諸筆削之書法。

《左傳》因孔子史記，具論其語。敘事見本末，因以求義，經文可知。其立義創意，敘事義法，自成一家者，亦如《春秋》之作，「眇思自出於胸中」也。今論《春秋》取義之所以然，可以類推《左傳》之命意；論《春秋》之筆削，可悟《左傳》謀篇之衍化；論《春秋》之比事，可推《左傳》安章之因革；說《春秋》之屬辭，可見《左傳》鍛句之義法；說《春秋》之約文，可窺《左傳》練字之謹嚴；藉由《春秋》之屬辭比事，更可知文學

---

[6] 宋家鉉翁：《春秋集傳詳說》，〈綱領・明凡例〉，卷首，頁 41。文淵閣《四庫全書》，冊 158，頁 21-22。

[7] 劉師培：〈春秋左氏傳古例詮微・明傳篇第三〉，臺北：華世出版社，1975。《劉申叔先生遺書》第一冊，頁 3，總頁 390，

語言之都不說破，言外之意。總之，《春秋》書法，不僅影響《左傳》之史家筆法、敘事傳統、古文義法；亦影響《史記》、《漢書》諸史傳之史法，後世文家之敘事傳統，亦胎始於《春秋》，成熟於《左傳》，而大備於《史記》。詳見《左傳屬辭與文章義法》一書，各章節所舉例論述。[8]

　　余英時（1930～2021）論章學誠歷史哲學，說筆削之義，以為「筆削」一詞，當包括柯靈烏（R. G. Collingwood, 1889～1943）所謂之史料取捨、歷史建設、歷史批評三者。史學思想之自主性、史學堂廡的建立，賴此三大支柱以成。[9]孟子所謂「其事、其文、其義」，《禮記·經解》所謂「屬辭比事，《春秋》教也」，可知所謂竊取之義，即是孔子之別識心裁，孤懷卓見；筆削之義，一家之言，獨斷之學，亦即《春秋》之歷史哲學。非綜理「言與事之合一」，其「義」難見；必也比事而屬辭之，微辭隱義方可推求得知，「義」所以為內在思想，以此。欲考察《春秋》書法、史家筆法、敘事傳統、文章義法者，開宗明義必明乎筆削昭義之理。[10]

---

[8]　張高評：《左傳屬辭與文章義法》，臺北：五南圖書公司，2021 年，頁 1-312。

[9]　參考余英時：《歷史與思想》，聯經出版公司，1976、1977 年，《章實齋與柯靈烏的歷史思想》，頁 180-188、188-194。

[10]　張高評：〈筆削顯義與胡安國《春秋》詮釋學——《春秋》宋學詮釋方法之一〉，王水照、朱剛主編：《新宋學》第五輯（2016 年 8 月），頁 275-308。張高評：〈《春秋》筆削見義與傳統敘事學〉，山東大學《文史哲》學報，2021 年第 3 期。

二、《春秋》或筆或削與詳略重輕、異同變常

　　《史記・孔子世家》稱：孔子「為《春秋》，筆則筆，削則削，子夏之徒不能贊一辭。」或筆或削，或書或不書，其中自有指義，而義實出於「丘竊取之」。換言之，《春秋》之義，乃孔子獨斷之別識心裁，故其中之微辭隱義，孔門高弟難知。於是「惟義之求」，成為自《左傳》、《公羊傳》、《穀梁傳》以下，歷代《春秋》學追求之志業。

　　《孟子・離婁下》稱：其事、其文、其義，為孔子作成《春秋》之三大元素。《禮記・經解》云：「屬辭比事，《春秋》教也。」朱熹所謂「都不說破」、「蓋有言外之義」（《朱子語類・春秋・綱領》）；指《春秋》因或筆或削，生發微辭隱義。求索孔子於《春秋》「竊取之義」，學者多以屬辭比事之《春秋》教，為登堂入室之金鎖匙，或經由史事之排比、或憑藉辭文之連屬，多可破譯索解《春秋》之義。其義寓於其事、其文，此顧炎武《日知錄》所云：「於序事中寓論斷」之法（卷二十六）。

　　《史記・十二諸侯年表序》謂：孔子論史記，而次《春秋》，「約其辭文，去其煩重，以制義法。」元趙汸《春秋屬辭》云：「孔子作《春秋》，以寓其撥亂之治，而國史有恆體，無辭可以寄文。於是有書、有不書，以互顯其義。其所書者，則筆之；不書者，則削之。」（卷八，假筆削以行權）《春秋》斷截魯史，藉筆削以寄意。「約其辭文，去其煩重」之屬辭比事法，可以考求異同，推求詳略重輕之義，故學者多用之。

　　中唐陸淳著《春秋啖趙集傳纂例》，揭示「趙氏損益義」，以辭文之損益指稱筆削。南宋胡安國《春秋傳》：仲尼因事而屬辭，智者即辭以觀義、述綱領、進表，主張藉比事與屬辭以求

義。南宋陳傅良《春秋後傳》、元趙汸《春秋屬辭》則凸顯「筆削」之書法，所謂「以其所書，推見其所不書。以其所不書，推見其所書。」（卷八，假筆削以行權）清方苞《春秋通論》提倡：按全經之辭，而比其事（通例，七章之一）；《四庫全書總目・提要》稱其書：「按所屬之辭，核以所比之事」，據此而判別舊文或筆削。

　　清方苞〈春秋通論序〉稱：「凡諸經之義，可依文以求；而《春秋》之義，則隱寓於文之所不載。或筆或削，或詳或略，或同或異，參互相抵，而義出於其間。」（《望溪先生文集》卷四）章學誠《文史通義》本此而發皇之，稱：「史之大原本乎《春秋》，《春秋》之義昭乎筆削。筆削之義，不僅事具始末，文成規矩已也。」以夫子義則竊取之旨觀之，「必有詳人之所略，異人之所同，重人之所輕，而忽人之所謹，……有以獨斷於一心。」[11]拈出筆削之義，可以從詳略、異同、重輕、忽謹等關鍵處考求得之。

　　宋胡安國《春秋傳》稱：「《春秋》何以謂之作？曰：其義，則斷自聖心，或筆或削，明聖人之大用。」（卷六，桓公十四年，夏五）《春秋傳・序》又曰：「《春秋》，魯史爾。仲尼就加筆削，乃史外傳心之要典也。」[12]宋陳傅良、元趙汸所云：「以其所書，推見其所不書。以其所不書，推見其所書。」或筆或書，可以互發其蘊，互顯其義，故可作為推求指義之捷術。清莊存與《春秋正辭》約以兩言：「以所不書知所書，以所書知所

[11] 清章學誠著，葉瑛校注：《文史通義校注》，北京：中華書局，1985、2008，卷五〈答客問上〉，頁470。

[12] 張高評：〈史外傳心與胡安國《春秋》詮釋法〉，《經學文獻研究集刊》第二十輯（2018年12月），頁250-279。

不書。」（《皇清經解》卷三百八十七，春秋要旨）亦頗得筆削顯義之騣理。

清章學誠《文史通義・答客問上》稱：「《春秋》之義昭乎筆削」。〈言公〉謂《春秋》：「其事與文，所以藉為存義之資也。」《春秋》之旨義，寓存於比事、屬辭之中。章學誠〈論文示貽選〉：「夫比，則取其事之類也。屬，則取其言之接續也。紀述文字取法《春秋》，比屬之旨自宜遵律。」[13]定義比事、屬辭之功能，揭示敘事文字之宗法。誠如清孔廣森《公羊通義》所謂：「辭不屬不明，事不比不章。」（《皇清經解》卷六百九十一，春秋公羊經傳通義敘）屬辭比事之法，攸關或詳或略、或異或同，或重或輕之書例。兩兩對照參透，可以推求孔子《春秋》之微辭隱義。

魯十二公之婚配，桓公、莊公、僖公、文公、宣公、成公，皆娶齊女，《春秋》皆書逆、書至，獨詳。襄公、昭公、定公、哀公，皆不娶齊女，則逆與至，《春秋》皆從略，削而不書。詳於書齊女者，以齊女荒淫其性，好殺其行，孔子深惡魯君之娶齊女也，故筆而書之，此以或詳或略見聖人「竊取」之義。[14]又如魯十二公之逝世，正常死亡皆書地、書葬。唯隱公、桓公、閔公遭弒，意外死亡者不然。但書「公薨」，而不書地、不書葬，此以或異或同見義。[15]孔子假魯史以示王法，書寫魯事，特重君臣

---

[13] 章學誠：《章氏遺書》，臺北：漢聲出版社，1973。卷二十九，外集二，〈論文示貽選〉，頁 75，總頁 752。

[14] 清張自超：《春秋宗朱辨義》，臺北：臺灣商務印書館，1983，文淵閣《四庫全書》本。卷八〈僑如以夫人婦姜氏至自齊〉，頁 34，冊 178，總頁 188。

[15] 張高評：《左傳英華》，臺北：萬卷樓圖書公司，2020。壹，敘事文，二，〈魯桓公薨於齊〉鑒賞，頁 16-25。

之義，故君弒則書薨，滅國則書取，出奔則書遜。其他書及、書會之倫，以及內諸夏而外夷狄之《春秋》書法，[16]多可見名位稱號修辭、或重或輕之筆削見義。宋蘇轍稱：「略外而詳內，此聖人處己之厚也。」（《春秋集解》卷九）宋陳傅良謂：「《春秋》之法，內外恒異辭。」（《春秋後傳》卷一）由此可見一斑。漢董仲舒《春秋繁露》〈竹林〉篇稱：「《春秋》無通辭，從變而移」；〈精華〉篇云：「《春秋》無達辭，從變從義」，其此之謂。

　　《春秋》因內外遠近、貴賤尊卑，而書法有書，有不書；其中之詳略異同、進退予奪，亦隨之有別。宋李明復《春秋集義》謂：「《春秋》之法，正大事則書，明是非則書，著褒貶則書，斷危疑則書。外此，皆《春秋》所不書也。」（〈綱領〉，卷上）或筆而書之、或削而不書，皆以孔子「竊取」之義為依歸。元趙汸《春秋師說》則云：「《春秋》書法，須考究前後、異同、詳略，以見聖人筆削之旨。事同而書法異，書法同而事異，正是聖人特筆處。」（卷下，論學春秋之要）從考究書法之前後、異同、詳略，可以窺見孔聖筆削之旨義。

　　《左傳》成公十四年「君子曰」，揭示《春秋》五例。前四例「微而顯，志而晦，婉而成章」，緣於「有所刺譏褒諱挹損之文辭不可以書見」，故出以曲筆諱書，於《春秋》書法為「削」

---

[16] 宋胡安國：《春秋胡氏傳》，臺北：臺灣商務印書館，1966，《四部叢刊》續編本。卷 20，成公十六年，〈秋，公會晉侯、齊侯、衛侯、宋華元、邾人於沙隨，不見公〉，頁 8，總頁 96。參考清張應昌：《春秋屬辭辨例編》，上海：上海古籍出版社，2002，《續修四庫全書》本。卷十一，〈內盟書及書會〉，頁 321-325。卷二十一，〈不書滅〉，頁 574-576。卷三十，〈魯公書孫書次書居書在〉，頁 750-755。卷三十二〈內諱弒君〉，頁 52-54。卷五十，〈夷狄稱號總論〉，頁 551。

之，刪略不書。「盡而不汙」，為直書不諱，於《春秋》書法為「筆」之，取而書之。無論曲筆或直書，皆指「如何書」之「法」。「懲惡而勸善」，則歸本於「何以書」之「義」。[17]清莊存與《春秋正辭》云：「辭若可去可省而書者，常人之所輕，聖人之所重。《春秋》非記事之史，不書多於書。以所不書，知所書；以所書，知所不書。」（《皇清經解》卷三百八十七，春秋要旨），以詳略、重輕見筆削，固然為比事之常法；自莊存與《春秋正辭》觀之，重輕、詳略，亦往往藉屬辭以表述。

以《春秋》五例言之，微、晦、婉諸書法，推見以至隱，於書法為削而不盡書。顯、志、成章、盡而不汙，為筆而書之，直書見義。即使筆而書之，亦往往因內外遠近、貴賤尊卑，而有詳略、重輕、前後、異同諸筆削書法。彼此參互相抵，而義出於其間。或筆或削之際，進退予奪，褒貶勸懲，自見於言語之外。此章學誠所謂「《春秋》之義，昭乎筆削。」

自《春秋》書法轉換為史家筆法，由或筆或削而衍化為詳略、異同、重輕、忽謹、前後、曲直、顯晦諸敘事義法。對於史傳之謀篇安章，敘事之佈局措注，開示不少法門。於是書法、史學、敘事、古文，脈絡潛通，同源而共本。[18]一言以蔽之，皆源本於《春秋》或筆或削之書法。

---

[17] 張高評：〈《春秋》五例與《左傳》之忌諱敘事〉，《國文天地》第 35 卷第 5 期（總 413 期），2019 年 10 月，頁 103-107。

[18] 張高評：〈書法、史學、敘事、古文與比事屬辭——中國傳統敘事學之理論基礎〉，香港中文大學《中國文化研究所學報》第 64 期（2017 年 1 月），頁 1-33。

三、《春秋》比事與前後措注、本末始終

　　《史記・太史公自序》引孔子曰：「我欲載之空言，不如見之於行事之深切著明也。」宋胡安國引申之：「空言獨能載其理，行事然後見其用。」（《春秋傳》序）孔子作《春秋》，藉由史事之編比，以體現褒貶勸懲之義。宋呂大圭《春秋或問》稱：「因其事以著其義，而事實矣；明其義以錄其事，而義著矣。」因此，事與義可以轉相發明。史義、史觀、史識云云，亦經由歷史敘事，得以考索呈現。

　　元程端學《春秋本義・序》論《春秋》之屬辭比事，引邵雍稱「錄實事，而善惡形於其中」。朱熹亦稱：「直書其事，而善惡自見」，以為「蓋有以識夫筆削之意」（《朱子語類・春秋・綱領》）。元趙汸《春秋師說》亦曰：「學者只當考據事實，以求聖人筆削之旨。」（卷下，論學春秋之要）經由詳略之取捨，重輕之權衡，精心之編比，然後方見筆而書之之史事。試作反向思考，自然可以「識夫筆削之意」、「求聖人筆削之旨」。

　　孔子《春秋》筆削之義，可以自《春秋》之比事考求之。左氏得之，轉化為歷史敘事，以史傳經。日本安井衡《左傳輯釋》稱：「《左氏》之解《經》，五十凡之外，每寓於序事之中。細繹其文，其義始顯。」（卷首〈自序〉）《春秋》經義，「每寓於序事之中」。因此，從《春秋》比事，可以推究前後措注、本末終始之書法。[19] 對於史傳、敘事、古文之謀篇安章，已揭明許多法門，開示若干津梁。《春秋》，堪稱傳統敘事學之源頭活

---

[19] 張高評：〈《春秋》書法與「義」在言外——比事見義與《春秋》學史研究〉，《文與哲》第 25 期（2014 年 12 月），頁 77-130。

水，端在如何利而用之而已。

《墨子・明鬼》敘列國春秋，劉師培據以說古春秋記事之成法，為「爰始要終，本末悉昭。」（《左盦集》卷二）孔子《春秋》之史法，當有所傳承。歷代詮釋《春秋》之書法，以屬辭比事為應用策略，關鍵因緣亦在於「爰始要終，本末悉昭」。[20]宋陳亮序《春秋比事》，稱美劉朔：「即經類事，以見其始末」；清毛奇齡《春秋傳》亦謂：「《春秋》須詳審《經》文，備究其事之始末。」（卷八）所謂見事始末、備事始末，皆屬辭比事之課題，唯較專注於編纂史事，比次始末之功夫而已。

始、微、積、漸，為歷史發展之通則。因應歷史通則，故須運用比事屬辭之詮釋法，方能解讀詮釋《春秋》隱微之旨意。章學誠〈論文示貽選〉稱：「夫比，則取其事之類也。屬，則取其言之接續也。紀述文字取法《春秋》，比屬之旨，自宜遵律。」（《章氏遺書》卷二九，外集二）解讀《春秋》旨義，詮釋《左傳》敘事，何以非屬辭比事之法不可？元程端學《春秋本義》云：「大凡《春秋》，一事為一事者常少，一事而前後相聯者常多。其事自微而至著，自輕而至重，始之不慎，至卒之不可救者往往皆是。」（卷首，春秋本義通論）故解說《春秋》，有大屬辭比事，合二百四十二年之事而比觀之；有小屬辭比事，合數十年之事而比觀之。《春秋》之比事見義如是，《左傳》安章謀篇之義法，多從此衍化。

清張自超解經，所謂「反復前後所書，比事以求其可通。」（卷首，總論）方苞亦云：「案全《經》之辭而比其事」；「經

---

[20] 張高評：〈屬辭比事與《春秋》之微辭隱義——以章學誠之《春秋》學為討論核心〉，《中國典籍與文化論叢》第 17 輯（2015 年 10 月），頁 4。

文參互，筆削之精義每出於其間」。[21]此亦原始察終，張本繼末
之方法。屬辭比事所以為解讀《春秋》書法之要領者，亦由此可
見。清顧棟高《春秋大事表》發現：《春秋》「有屢書、再書、
不一書以見義者」；治《春秋》者於此等處，若能「合數十年之
通觀其積漸之時勢」，則「聖人之意自曉然明白於字句之外」
（卷首《讀春秋偶筆》，頁三十、三二）此即屬辭比事之《春
秋》教，以經解經之要領，在「究終始」而已矣。[22]比次史事以
見旨義如此，於是聚焦於前後措注、本末終始之書法義法，乃應
運而生。

　　清孔廣森《春秋公羊經傳通義・敘》稱：「辭不屬不明，事
不比不章。」（《皇清經解》卷六百九十一，頁七）清張應昌
《春秋屬辭辨例編》亦云：「聖經書法，必聯屬其辭，排比其
事，而乃明」；列舉宋元以來，《春秋比事》、《春秋屬辭》、
《屬辭比事記》、《春秋比事目錄》諸作，以及《統紀》、《提
綱》、《通論》、《大事表》之屬，謂「皆以屬比顯筆削之旨
也。言屬辭，則比事該之矣！」（《續修四庫全書》本，卷首，
奏章）屬辭比事，可以顯見《春秋》筆削之旨，此《春秋》宋學
治經之共識。[23] 說屬辭，其實多不離比事，故曰「言屬辭，則

---

[21] 清方苞：《春秋通論》，文淵閣《四庫全書》，臺灣商務印書館，1983 年，
卷四《通例七章》之一，第 19 頁；冊 178，總第 346 頁。方苞《春秋直解》，
《續修四庫全書》，上海古籍出版社，2002 年，卷首〈自序〉，第 1 頁，總
第 3 頁。參考張高評《比事屬辭與方苞之《春秋》學——無傳而著法門之
三》，中興大學中文系 2014「經學與文化研討會」，2014 年 12 月，第 1-23
頁。

[22] 張高評：〈屬辭比事與《春秋》之微辭隱義〉，頁 7-8。

[23] 張高評：〈屬辭比事與《春秋》宋學之創造性詮釋〉，《杭州師範大學學
報》（2019 年第 3 期），2019.5，頁 89-96。

比事該之」。趙汸《春秋屬辭》、張應昌《春秋屬辭辨例編》可作典範代表。《左氏》著傳，本《春秋》而作，屬辭比事之書法，本末始終之敘事，於《三傳》中體現凸出，運用最為頻繁。

　　《左傳》體雖編年，然如〈重耳出亡〉（僖公二十三年）、〈呂相絕秦〉（成公十三年）、〈聲子說楚〉（襄公二十六年）、〈季札出聘〉（襄公二十九年）、〈王子朝告諸侯〉（昭公二十六年）諸什，以及〈鄭穆公刘蘭〉（宣公三年）、〈衛侯出奔〉（襄公十四年）、〈子產為政〉（襄公三十年）諸文，皆因事命篇，原始要終，側重事件之本末而敘事之。[24]《左傳》之以史傳經、敘事策略，多不離劉師培所云「古春秋記事之成法」。《春秋》據史事而筆削之，然後比次史事以見義，《左傳》以歷史敘事說經，即其衍化。唐陸淳《春秋集傳纂例》稱《左氏》：「博采諸家，敘事尤備，能令百代之下頗見本末。因以求義，《經》文可知。」（卷一，三傳得失議）宋蕭楚《春秋辨疑》謂：「史之紀事，必須本末略具，使讀者可辨。」（卷一，春秋魯史舊章辨）宋葉適《習學記言序目》亦云：「既有《左氏》，始有本末」，「故徵於《左氏》，所以言《春秋》也。始卒無舛，先後有據，而義在其中。」（卷九，春秋）可見一斑。

　　清章學誠《章氏遺書補遺》，〈論課蒙學文法〉謂：「傳有分合，事有始末，或牽連而並書，或因端而各出，可以知屬辭比事之法也。」又稱：文章以敘事為最難，其法莫備於《左氏》。枚舉類敘、對敘、順敘、逆敘、類敘、次敘、牽連而敘、斷續

---

[24] 張高評：〈《左傳》敘事見本末與《春秋》書法〉，《中山大學學報》2020年第 1 期（1 月，第 60 卷，總 283 期），頁 1-13。

敘、錯綜敘,以及插敘、明敘、暗敘、顛倒敘、回環敘之倫。林紓《左傳擷華》稱:「《左傳》為編年文字。然每段咸有結束,又咸有遠體遠神,留下後來地步,此《通鑑》所萬萬不能及也。」(卷下,子產為政)蓋傳有分合,而事有始末,故《左傳》敘事,不得不轉化前後措注、本末始終之書法。關注比次史事以見旨義,此敘事義法、安章佈局之法所由出。

宋真德秀《文章正宗》云:敘事之體有三,有紀一代之始終者,有紀一事之始終者,又有紀一人之始終者。(綱目,敘事類)此以事具首尾,原始要終界定敘事。元盧摯《文章宗旨》謂:「前之說勿施於後,後之說勿施於前。其語次第不可顛倒,故次序其語曰序。」[25]以「次序其語」解說「序」字,點明敘事特色之一。蓋敘事之要領,在前後位次,有倫有序。方苞論「言有序」,所謂「前後措注,各有所當」;《史記評語》所謂:「紀事之文,去取、詳略、措置各有宜也。」[26]清阮元《經籍纂詁》,解說「敘」、「序」二字,或訓為次序、次第,或釋作比次、倫次;[27]可知敘事之具備始末,講究次第,與屬辭比事之探究終始,皆關注行文次序之先後、異同,事物比次安排之重輕、詳略,而其要歸,則在有倫有序。「爰始要終,本末悉昭」,自是古春秋記事成法。

章太炎《檢論》云:「屬辭比事,謂一事而涉數國者,各國

---

[25] 元盧摯:《文章宗旨》,詳張健:《元代詩法校考》,北京大學出版社,2001年,頁4。

[26] 清方苞:《史記評語・高祖本紀》,《方望溪先生全集》,《四部叢刊》初編,臺灣商務印書館,1979年,《望溪集外文補遺》,卷二,第14頁,總第434頁。

[27] 清阮元:《經籍纂詁》,臺北泰順書局,1972年,上聲六語「敘」、「序」,頁479-480。

皆記其一端。至《春秋傳》，乃為排比整齊，……同為一篇，此
為屬辭比事。自非良史，則端緒紛然，首尾橫決。」（卷二，春
秋故言）史家編比史事，文家佈局謀篇安章，章氏提示《左傳》
屬辭比事之難能可貴。此即章學誠〈與陳觀民工部論史學〉之類
比：「工師之為巨室，度材比於燮理陰陽；名醫之制方劑，炮炙
通乎鬼神造化；史家銓次群言，亦若是焉已爾。」《春秋》之編
纂史料，斟酌先後、異同；銓次群言，權衡詳略、重輕。《左
傳》面對端緒紛然，首尾橫決者，為之排比整齊，進行佈局安章
措注，正如工師之為巨室、名醫之製方劑，或調配段落位次，或
凸顯主題表達，或建立一篇警策，要皆比事見義之衍化。

　　「爰始要終，本末悉賅」，為古《春秋》記事之成法。《左
傳》敘事傳人，於謀篇安章多傳承之。文論家有所謂關楗者，
《左傳》最工為之：或以牽上為搭下、或以中間貫兩頭、或結上
以生下，或束上以領下，往往才落便提，轉換自然。文勢如貫
珠，通篇如一筆書。（詳參《左傳屬辭與文章義法》第三章〈關
楗〉）以約文屬辭體現史事編比，此《左傳》敘事之常法。由於
《左傳》敘事具見本末始終，故曰：「因以求義，經文可知。」

四、《春秋》屬辭與曲筆直書、變文特筆

　　其事、其文、其義，為《春秋》書法之三大頂樑柱。之後，
衍化為《左傳》、《史記》歷史編纂學之三大要素。又其後，經
由轉換，成為歷史編纂、敘事模式、古文義法、辭章要領。其
事，以比事為主；其文，以屬辭為宗，皆為「如何書」之法，皆
脈注綺交於「何以書」之旨義。要之，皆脫胎於屬辭比事之《春

秋》教。

　　清章學誠《文史通義・言公上》稱：孔子因魯史而作《春秋》，「其事與文，所以藉為存義之資也。」憑藉其事、其文，孔子「竊取」之《春秋》指義，可以考索推求而得。其事如何編比，方足以表述微辭隱義？已見前章概說。其文如何安排連屬，方能表現文外曲致，以及「《春秋》以禮法修辭」之書法？（元趙汸《春秋屬辭》卷四）此則與文句鍛練，辭文修飾較有關連。

　　《左傳》「君子曰」揭示《春秋》五例。其中：「微而顯，志而晦，婉而成章」，為曲筆；「盡而不汙」，即直書。「懲惡而勸善」，是旨義。（成公十四年）無論曲筆或直書，種種之表達方法，皆為體現「懲惡而勸善」之旨義。唐劉知幾著《史通・敘事》，指《麟經》「是為屬詞比事之言」；引揚雄語稱：「說理者莫辨乎《春秋》」。《春秋》微顯闡幽，婉而成章，實有其美。足以「師範億載，規模萬古，為述者之冠冕，實後來之龜鏡。」要之，《春秋》既為史之大原，乃成書法、史筆、敘事、古文之淵叢。

　　辭文與旨義之間，有極密切之交互關係。《周易・繫辭上》：「聖人立象以盡意，繫辭焉以盡其言。」盡意與盡言並舉。《文心雕龍》〈附會〉所謂「附辭會義，務總綱領」；〈風骨〉所謂「辭之待骨，如體之樹骸」。[28]辭與義，亦相需相待。清方苞說義法，所謂「義以為經，而法緯之。」（又書〈貨殖傳〉後）換言之，法以義起、法隨義變。[29]屬辭與比事，講究如

---

[28] 黃侃：《文心雕龍劄記》，洪治綱主編：《黃侃經典文存》，上海：上海大學出版社，2008 年。〈風骨第二十八〉，頁 94。〈附會第四十三〉，頁191。

[29] 張高評：〈方苞古文義法與《史記評語》——比事屬辭與敘事藝術〉，國立

何書之法，以體現如何書之義。總之，文章義法之說，自是屬辭比事《春秋》教之流衍。

綜觀《春秋》學研究史，《三傳》中以《公羊》學家最注重屬辭，往往一編之中三致其意。如漢董仲舒《春秋繁露》稱：「《春秋》無通辭，從變而移」、（《春秋繁露義證》卷二，〈竹林〉）「《春秋》無達辭，從變從義」、（同上，卷三〈精華〉）「書之重，辭之複，嗚呼！不可不察也。其中必有大美惡焉。」（同上，卷一六〈祭義〉）藉「如何書」之屬辭法，以見《春秋》「何以書」之義，此《公羊》學主軸論述之一。漢董仲舒《春秋繁露》、漢何休《公羊解詁》、清莊存與《春秋正辭》三書，最為經典顯著。[30]

孔子筆削魯史記，作成《春秋》，「事仍本史，而辭有損益」，乃其修纂之準則。[31]其辭文或損或益，於是詳略之例以成，褒貶之義亦由是而生。錢穆《中國史學名著》論《春秋》，稱孔子「所修者主要是其辭，非其事。」史事客觀存有，不容私造篡改；惟可藉辭文之損益、修飾、調整、設計，以表現褒貶勸懲之旨義。換言之，損益也者，辭文之或筆或削也。元趙汸《春秋屬辭》稱：「特筆者，所以正名分，決嫌疑也。筆削不足以盡義，然後有變文。變文亦不足以盡義，是故有特筆。」（卷十三，特筆以正名）《春秋》藉文字之或損或益，或筆或削，以見指義，謂之變文。特筆，如晉伯召王，諱會天王，以王狩書（僖

中山大學中文系《文與哲》第 27 期（2015 年 12 月），頁 335-390。

[30] 段熙仲《春秋公羊學講疏》，南京：南京師範大學出版社，2002。第三編《屬辭》，第一章〈述傳〉，頁 155。

[31] 清馬國翰《玉函山房輯佚書》，揚州：廣陵書社，2004 年，經編‧春秋類，晉徐邈：《春秋穀梁傳注義》，第 1408 頁。

公二十八年）；鄭伯養惡，弟段出奔，書鄭伯克段（隱公元
年）；紀侯出奔，書去國（莊公四年）；戰稱楚人，敗稱楚師，
書入郢（定公四年）。《春秋》書法所謂變文示義、特筆見義云
云，皆不離辭文之損益、修飾、潤色。

　　《春秋》之義，昭乎筆削。或取而書之，謂之筆；或舍而不
書，謂之削。或筆或削，皆有其義。清莊存與《春秋正辭》所謂
「不可書則辟之，不忍書則隱之，不足書則去之，不勝書則省
之」；「而書者皆隱其所大不忍，辟其所大不可」，（《皇清經
解》卷三百八十七）與微婉顯晦之曲筆書法，大抵不殊。於是，
在避之、忍之之際，或書、或不書之間，即見重輕、詳略、顯
晦、曲直之筆法。「以所不書，知所書；以所書，知所不書」，
即是藉由或筆或削，以推求《春秋》之旨義。

　　《春秋》之修辭，於所尊、所親、所哀、所痛、所善、所
賢、所危、所賤、所惡、所誅、所矜，分別致以嚴、愛、戚、
重、喜、美、憂、辨、尤、法、疑諸情性，莫不見乎辭。（《春
秋正辭》春秋要旨）經由上述情性語言之表達，《春秋》之愛憎
憂戚自見於言外。元趙汸稱：「《春秋》以禮法修辭」；（《春
秋屬辭》卷四）清鐘文烝謂：「《春秋》以義修辭，修其辭以取
其義」（《春秋穀梁經傳補注》，卷首〈論經〉）仲尼作《春
秋》，固因事而屬辭，讀者觀《春秋》，則即辭以顯義。文辭位
居其事與其義之中間媒介，故《春秋》學家普遍重視文辭之表述
與詮釋。[32]

　　《文心雕龍・宗經》稱揚《春秋》之一字見義，婉章志晦：

---

[32] 張高評：〈《春秋》屬辭約文與文章修辭──中唐以前之《春秋》詮釋
　　法〉，《文史哲》雜誌 2021 年第 4 期（2021 年 7 月）。參考《左傳屬辭與文
　　章義法》第一章所論。

「五石六鷁，以詳略成文；雉門兩觀，以先後顯旨。」拈出詳略、先後，即是藉屬辭以見義之法。《春秋》僖公三十三年書：「隕霜，不殺草」；定公元年書：「隕霜殺菽」。錢鍾書著《管錐編》，欣賞《穀梁傳》詮釋《春秋》之互文見義，謂辭文有「舉重」、「舉輕」之別：「草」輕而「菽」重，舉「不殺草」，則霜不殺菽可知；舉「殺菽」則霜亦殺草可知。據此斷定：「《春秋》之書法，實即文章之修詞」。[33] 或重或輕，或偏或全，亦是屬辭顯義之書法。

　　史家莫不工文，此屬辭比事《春秋》教之遺緒。唐劉知幾《史通‧敘事》稱：「夫飾言者為文，編文者為句，句積而章立，章積而篇成。篇目既分，而一家之言備矣。」從積句、而立章、而成篇，要皆屬辭之能事。論說能否成為一家之言？取決於屬辭造詣之高下。史事因取捨筆削，而見詳略、重輕、異同、先後之義；辭文因損益筆削、而有顯晦、曲直、虛實之義。劉知幾談史家敘事，極推崇用晦之道，所謂「能略小存大，舉重明輕，一言而巨細咸該，片語而洪纖靡漏」。（《史通通釋》卷六，〈敘事〉）《老子》云：「損之又損，以至於無為」（四十八章），此即屬辭約文之功夫，《春秋》或筆或削之能事。

　　左丘明說《經》，既師範孔子之筆削，故《左傳》之屬辭約文，亦得《春秋》之真傳。劉知幾《史通‧敘事》所謂：「《經》以數字包義，而《傳》以一句成言，雖繁約有殊，而隱晦無異。故其綱紀而言邦俗也，則有士會為政，晉國之盜奔秦（宣公十六年）；邢遷如歸，衛國忘亡（閔公二年）。其款曲而

---

[33] 錢鍾書：《管錐編》，冊三，《全上古三代秦漢三國六朝文》，三一，《全後漢文》卷一，頁 967。

言人事也，則有犀革裹之，比及宋，手足皆見（莊公十二年）；三軍之士，皆如挾纊（宣公十二年）。如此屬辭，所以含蓄有味者，多以損益辭文為能事，或直書成效，或直言心態，或寫出結局，或凸顯溫馨，多為含蓄蘊藉之修辭手法。

外此，《史通・模擬》又舉左氏「文雖缺略，理甚昭著」之例，如魯桓公薨於齊，《左傳》但書「彭生乘公，公薨於車。」（桓公十八年）刪省遇害過程，為尊者諱恥也。晉楚邲之戰，晉中軍下軍爭舟，《左傳》刪略晉軍無備，亂軍爭渡，不言楚軍追亡逐北，不言晉軍「攀舟亂，以刃斷指」；而但書「舟中之指可掬也」（宣公十二年）；亦以結局替代原因，而場景如見如聞。若此之類，「望表而知裏，捫毛而辨骨，睹一事於句中，反三隅於字外」，是劉知幾所謂用晦之法。[34]實則，不過為屬辭之筆削，「損之又損，以至於無為」而已。

「《春秋》之義，昭乎筆削」，而筆削之義，藉由屬辭之詳略、異同、分合、虛實、去取體現之。《左傳》薪傳《春秋》，清章學誠〈論課蒙學文法〉，列舉「同事異敘、同敘異言、同言異用，或此詳而彼略，或彼合而此分，或虛實而實虛，或有去而有取」諸敘事法，可見一斑。《左傳》敘事，頗致力於辭文之去取損益，如士蔿曰：「不如逃之，無使罪至，為吳太伯，不亦可乎？猶有令名，與其及也。」（閔公元年）妙在吞言咽意。苟盡其詞，則當增「不如奔也」或「寧奔也」一句。二年，狐突曰：「孝而安民，子其圖之，與其危身以速罪也。」閔公二年　妙在

---

[34] 參考錢鍾書：《管錐編》，冊一，《左傳正義》一二，閔公二年〈句中著一字而言外反三隅〉，頁180。

引而不發。吞言咽意、引而不發，猶言含蓄蘊藉，即《史通・敘事》所謂「用晦」之道。

《春秋》書法之連綴文句，修飾辭語，無異文章之修辭。舉凡顯晦、曲直、虛實、詳略、重輕、異同、先後、損益、偏全，固是屬辭之法，亦即文章鍛句之方。桐城義法稱：「法以義起、法隨義變」；何妨下一轉語：文以義起，辭隨義變。

五、《春秋》約文與微婉顯晦、增損改易

漢司馬遷《史記・十二諸侯年表序》稱：孔子次春秋，「約其辭文，去其煩重，以制義法。」「約其辭文」，為屬辭之能事；「去其煩重」，則比事之功夫，皆攸關《春秋》之書法。要之，皆脈注綺交，歸本於「何以書」之「義」。義法之說，濫觴於此，實不離屬辭比事之《春秋》教。

《春秋》起迄，凡二百四十二年，總字數才一萬六千餘字。一年平均不足七十個字，每月不足六個字。「約其辭文，去其煩重」二言，即孔子筆削魯史記之歷程寫照。辭文簡約，史事刪刈，皆緣於「義」之主導。《後漢書・班彪傳》稱：「殺史見極，平易正直，《春秋》之義也。」殺史見極，實即筆削損益之功夫。

晉范寧《春秋穀梁傳・序》說《春秋》：「一字之褒，寵踰華袞之贈；片言之貶，辱過市朝之撻。」褒崇或貶責，止在一字之間，故選字措詞，不得不講究。唐韓愈〈進學解〉稱「《春秋》謹嚴」，有三層指涉：一指義法，二指筆削，三指約其辭文。無論褒貶、勸懲之義，或殺史、謹嚴之辭，大多不離約文筆

削之範疇。

　　《左傳》成公十四年，揭示《春秋》五例。《春秋》因或筆或削，而呈現相反相對之屬辭方法，如微與顯，志與晦，婉與成章，盡與不汙。若削而不取，則體現微、晦，婉之風格；若筆而書之，則自見顯、志、成章之效用。至於盡而不汙，雖曰據事直書，於序事中寓論斷，然係出於抉擇史料、或筆或削之後，並非漫無取捨，信筆而書。由此觀之，微婉顯晦之書例，無異增損改易之筆削，自是《春秋》屬辭約文之一個面向。

　　《春秋》之或筆或削、或增或損、或同或異，要皆本乎聖心，酌乎義理，誠如元汪克寬《春秋胡傳附錄纂疏》所云。（卷首，凡例案語）孔子曰：「其義，則丘竊取之」者，即宋邵雍所謂：「《春秋》皆因事而褒貶」。朱熹品評《春秋》約文屬辭之特色，曰：「都不說破」；曰：「蓋有言外之意」。（《朱子語類》卷八十三，春秋・綱領）此有見於或筆或削之書法，因增損改易辭文，而見微婉顯晦之詩化修辭。

　　《春秋》隱公五年，但書「考仲子之宮，初獻六羽。」則魯久僭八佾之譏，自在言外。宣公三年《春秋》，但書「郊牛之口傷，改卜牛。」直書其事，貶刺魯僭行郊禮之義。定公二年《春秋》，但書「冬十月，新作雉門及兩觀。」雉門，乃天子皇宮之宮門。魯定公之僭禮越分，書法可知。（清康熙帝御制《春秋傳說匯纂》，綱領二）曰初獻、曰卜牛、曰新作，考其書法，即趙汸《春秋屬辭》所謂：「以其所書，推見其所不書」；莊存與《春秋正辭》亦云：「以所書，知所不書。」藉所筆以示所削，記此以例彼，《春秋》屬辭約文之法，筆削昭義之道也。

　　溫之會，《春秋》書曰：「天王狩於河陽。」《左傳》載：「是會也，晉侯召王，以諸侯見，且使王狩。」是以歷史敘事解

經。同時，引仲尼曰：「以臣召君，不可以訓。故書曰云云。』言非其地也，且明德也。」不殊史家之論贊褒貶（《左傳》僖公二十八年）。揆諸傳世文獻，《左傳》之外，如《竹書紀年》，《史記》〈晉世家〉、〈孔子世家〉，亦皆指「書曰」為曲筆諱書，為尊者諱恥，為賢者諱過。[35]於是顛倒主賓，召王變為王狩，示諱以存禮，略是而著非，所謂推見至隱，微婉顯晦，乃筆削約文之書法。

清萬斯大《學春秋隨筆》稱：「《春秋》有義，義有變有因」：如晉董狐書「趙盾弒其君」，齊太史書「崔杼弒其君」，《春秋》亦以為言，是以因為義。《不修春秋》曰：「雨星不及地，尺而復」；君子修之曰：「星霣如雨。」諸侯之策曰：「孫林父甯殖出其君」；孔子書之曰：「衛侯衎出奔」，此以變為義也。（《皇清經解》卷五十）無論以因、以變，因襲或改易，皆指稱辭文，此藉屬辭以見義之例。

又如諸侯死亡，內辭書薨，外辭書卒。隱公十一年《春秋》書曰：「冬十有一月壬辰，公薨。」宋胡安國《春秋傳》稱：「隱公見弒，魯史舊文必以實書。其曰『公薨』者，仲尼親筆也。」又曰：「仲尼筆削舊史，斷自聖心。於魯君見弒，削而不書者，蓋國史一官之守；《春秋》，萬世之法，其用固不同矣！」（卷三，頁五）此謂《春秋》以變文示義，暗指隱公見弒而亡。另外，魯國十二公，遭弒而亡者三：隱公、桓公、閔公，但書「公薨」，不書地，不書葬，與其他正常死亡者書法有別，

---

[35] 《竹書紀年》直書其事：「周襄王會諸侯於河陽」。《史記‧晉世家》引孔子曰：「諸侯無召王。」《春秋》書「王狩河陽」者，諱之也。〈孔子世家〉亦稱：「踐土之會實召周天子，而《春秋》諱之」。楊伯峻：《春秋左傳注》，北京：中華書局，1990。僖公二十八年，頁473。

亦以變為義之屬。

實字之外，虛字可以助文氣、調文理，孔子作《春秋》，亦十分講究。

虛字之殊勝，梁劉勰所謂：「據事似閑，在用實切。巧者回運，彌縫文體，將令數句之外，得一字之助矣。」（《文心雕龍注》卷七，〈章句〉）清張應昌《春秋屬辭辨例編》，揭示《春秋》書法之虛字，如書遂、弗、不、乃、而、及、與、以之倫。《春秋屬辭辨例編》集成歷代論說，稍稍斷以己意（卷五十八，頁 2-15）。《春秋》之微辭隱義、言外之意，從中曲曲傳出。此等虛字，誠如《文心雕龍》所言：「據事似閑，在用實切。」不可等閒視之，值得進行專題研討。

《史通·敘事》標榜文約事豐，以為述作之尤美者。《左傳》：「宋華耦來盟，稱其先人得罪於宋，魯人以為敏」（文公十五年）。「以鈍者稱敏，則明賢達所嗤。」此為省文之例。錢鍾書《管錐編》，引用魏禧《日錄》，推崇《左傳》敘「秦伯猶用孟明」句，以為「只一『猶』字，讀過便有五種意義：孟明之再敗、孟明之終可用、秦伯之知人、時俗人之驚疑、君子之嘆服。不待注釋而後明。」《左傳》用「猶」字，「句中祇著一字，而言外可反三隅」（《左傳正義》，閔公二年）。《史通·敘事》所謂「加以一字太詳，減其一字太略，求諸折中，簡要合理」，此乃省字之原則。《老子》所謂：「損之又損，以至於無為」。

《左傳》解說《春秋》書法，有所謂五十凡者，確定語詞之義界，尤其凸顯「約文屬辭」之修辭工夫。如細緻界定戰爭術語：「凡師敵未陳，曰敗某師；皆陳，曰戰；大崩，曰敗績；得儁，曰克。覆而敗之，曰取某師；京師敗，曰王師敗績於某。」

（莊公十一年）嚴謹區隔戰爭之正當性：「凡師，有鐘鼓曰伐，無曰侵，輕曰襲。」（莊公二十九年）分別戰爭終結之遭遇：「凡勝國，曰滅之。獲大城焉，曰入之。」（文公十五年）辨明弒君罪惡之歸屬：「凡弒君，稱君，君無道也。稱臣，臣之罪也。」（宣公四年）釐析去國而即位之類別：「凡去其國，國逆而立之曰入；復其位，曰復歸；諸侯納之，曰歸；以惡，曰復入。」（成公十八年）審慎列舉勝戰之狀況：「凡書取，言易也。用大師焉，曰滅。弗地，曰入。」（襄公十三年）駱成駫《左傳五十凡例·序》，頗言凡例之功用：「明一義以求他義，習一凡以推他凡。執簡馭繁，綱舉目張。習《春秋》者，舍此固不能為功也。」[36]《左傳》之凡例，當然不止五十。文約義豐，言簡義賅，約文屬辭之工夫如此，堪稱修辭學之典型表率。

立象見意、言外妙會、含蓄蘊藉、互見相發、以少勝多、曲折有致，上述詩歌語言之特質，《左傳》敘事傳人，實不乏其例。筆者曾探論《左傳》敘事藝術之詩化修辭：曰用晦，曰貴簡，曰尚比，曰致曲。旨在印證麟經，期於至當。[37] 所謂晦、簡、比、曲，即近似文學語言、詩歌語言。[38] 朱熹稱《春秋》：「都不說破」，「蓋有言外之意」。何異後世絕妙好詩之

---

[36] 駱成駫：《左傳五十凡例》〈自序〉：「凡者，包括也。故有發於前者，以前包後也；發於後者，以後包前也。發於中者，以中包其前後也。發於小國者，以小包大也；發於遠裔者，以夷包夏也。言內以明外，言遠以知近。其事同而不言者，悉包於此焉。」民國十六年（1927 年）上浣新刊，中央研究院傅斯年圖書館藏本。卷首，頁 1-2。

[37] 張高評：〈《春秋》書法與詩化修辭——以《左傳》之敘事藝術為例〉，《「先秦兩漢古籍國際學術研討會」論文集》，香港中文大學中文系主辦，北京：社會科學文獻出版社，2011 年 1 月，頁 301-335。

[38] 參考張高評：〈談詩歌語言與言外之意〉。氏著《宋詩之新變與代雄》，臺北：洪葉文化事業公司，1995 年。附錄三，頁 521-549。

語言特色？此固筆削書法所致，亦盡心致力於約文屬辭使之然。

　　《公羊傳》引子女子曰：「以春秋為《春秋》」，稱孔子作《春秋》時，於內外、遠近、上下、親疏，有「諱莫如深」之書例。《公羊傳》所謂：「《春秋》為尊者諱，為親者諱，為賢者諱。」（閔公元年）《穀梁傳》所謂：「為尊者諱恥，為賢者諱過，為親者諱疾。」（成公九年）《穀梁傳注疏》有三諱，要皆曲筆諱飾，筆中有削，與據事直書，即辭以見義，大不相同。宋張大亨稱：「《春秋》記魯之不善，凡接於外者諱之」，如奔、弒、殺、伐之類是也。「非外所與，則無所隱也」，如丹楹刻桷、喪昏逆祀之類是也。（《春秋通訓》卷一）無論諱書，或直書，固是筆削之事，要亦屬辭約文之工夫。

　　《公羊傳》常言「君子辭也」云云，層面多方，論者為之拈出，有正辭、常辭、微辭、異辭、同辭，內辭、外辭。有遠近之辭、褒貶之辭、予奪之辭、進退之辭。有賢之、善之、喜之、幸之之辭；有大之、重之之辭，有抑之、略之、賤之之辭；有恭辭、有卑辭。其尊尊也、親親也、賢賢也，有為諱之之辭；其不得已也，或從而為之辭。[39]《公羊》君子關注文辭，約文屬辭之體現，可見一斑。

　　錢鍾書《管錐編》宣稱：「《公羊》、《穀梁》兩傳，闡明《春秋》美刺微詞，實吾國修詞學最古之發凡起例。『內詞』、『未畢詞』、『諱詞』之類，皆文家筆法。」（冊三，《全後漢文》卷一）凡此，實即《春秋》曲筆諱書，約文筆削之書法。

---

[39] 段熙仲：《春秋公羊學講疏》，南京：南京師範大學出版社，2002 年。第三編《屬辭》，第一章〈述傳〉，頁 155。

六、《春秋》屬辭與言外之意、都不說破

　　孔子以一介平民，取捨魯史記，作成《春秋》；以之貶天子，退諸侯，討大夫，以達王事，是非二百四十二年之中，以為天下儀表。《孟子・滕文公下》稱：「《春秋》，天子之事也。是故孔子曰：『知我者，其惟《春秋》乎！罪我者，其惟《春秋》乎！』」（清焦循《孟子正義》卷十三，〈滕文公下〉）平民而代天子施行賞罰，是「匹夫而行天子之事」。公羊家所謂「素王」[40]，蓋指此。元趙汸著《春秋屬辭》，稱孔子作《春秋》，「有書，有不書，以互顯其義。」清莊存與《春秋正辭》亦云：「以所不書，知所書；以所書，知所不書。」（《皇清經解》卷三百八十七）此之謂「假筆削以行權」。[41]孔子知我罪我之苦衷，「行權」二字可以概見。

　　「貶天子，退諸侯，討大夫，以達王事」云云，是《春秋》「何以書」之指義，即孔子「假筆削以行權」之核心旨趣。孔子曰：「我欲載之空言，不如見之於行事之深切著明也。」（《史記會注考證》卷一三〇，〈太史公自序〉），「見之於行事」，即是《春秋》「如何書」之法。進退公卿，褒貶諸侯，不宜憑空論斷，蓋「空言獨能載其理，行事然後見其用。」於是孔子於或筆或削之際，因事而屬辭，藉辭以見義。《孟子・離婁下》稱

40　漢何休《公羊解詁》稱：「孔子以《春秋》當新王，上黜杞，下新周，而故宋。」漢公羊壽傳，漢何休解詁，唐徐彥疏：《春秋公羊傳注疏》，臺北：藝文印書館，1955 年。卷十六，宣公十六年〈成周宣謝災〉，頁 18，總頁 209。

41　「孔子作《春秋》，以寓其撥亂之志，而國史有恆體，無辭可以寄文。於是有書，有不書，以互顯其義。」元趙汸：《春秋屬辭》，臺北：大通書局，1970。卷八〈假筆削以行權第二〉，頁 1，總頁 14801。

《春秋》之作,「其事則齊桓、晉文,其文則史。孔子曰:『其義則丘竊取之矣。』」其事、其文、其義,為《春秋》作成之三元素,體用不二,互明相發。

　　《禮記‧經解》稱:「屬辭比事,《春秋》教也。」孔子作《春秋》,或憑藉比事,或夤緣屬辭,以寄寓《春秋》褒貶勸懲之義。詳言之,排比相類相反之史事,連屬上下前後之文辭,《春秋》之微辭隱義,可以推求得知。此必孔門相傳之心法,故《左傳》《公羊傳》《穀梁傳》及其注疏解經,多運以屬辭比事之《春秋》教。[42]以經解經,可以無傳而著。《史記‧司馬相如列傳》稱:「《春秋》推見至隱,《易》本隱以之顯。」《朱子語類》載朱熹之說云:「《易》以形而上者,說出在那形而下者上;《春秋》以形而下者,說上那形而上者去。」(卷六七,〈易三‧綱領下〉)斯言有理。

　　孔子或筆或削,所以體現「竊取之義」。《春秋》成書之後,筆削之所以然,隨之模糊不清;猶鴛鴦繡出,金針亦難尋覓。《史記‧孔子世家》稱:孔子「為《春秋》,筆則筆,削則削,子夏之徒不能贊一辭」,職此之故。《朱子語類》載朱熹之言曰:「《春秋》都不說破,教後人自將義理去折衷」;又稱:「聖人且據實而書之,其是非得失,蓋有言外之意」。(卷八三,春秋‧綱領)《左傳》成公十四年君子曰,揭示《春秋》五例,其四曰「盡而不汙」;晉杜預〈春秋序〉所謂「直書其事,具文見意」,即朱熹所云:「據實而書之」《春秋》書法之一。[43]亦即顧炎武所云:「於序事中寓論斷」,「不待論斷,而於序

---

[42] 趙友林:〈《春秋》三傳「注疏」中的屬辭比事考〉,《儒家典籍與思想研究》第三輯(2011年4月),頁87-101。

[43] 張高評:〈朱熹之《春秋》觀——據實直書與朱子之徵實精神〉,中國經學

事之中即見其指」之史家筆法。（《日知錄集釋》卷二六，於序
事中寓論斷）凡此，皆攸關其事、其文「如何書」，而有「言外
之意」之法。

　　中唐啖助、趙匡新《春秋》學派，解讀《春秋》，有所謂
「綴述十意」，皆筆削昭義之法。筆而書之者有三：悉書以志
實、即辭以見義、關略因舊史。削而不書者七：略常以明禮、省
辭以從簡、變文以示義、記是以著非、示諱以存禮、詳內以異
外、損益以成辭。（唐陸淳《春秋啖趙集傳纂例》卷一，〈趙氏
損益義〉），其中，悉書、關略、略常、記是、詳內，排比史事
而可知。即辭、省辭、變文、示諱、損益，屬辭約文亦不難考
見。要之，啖趙學派說《春秋》，關注屬辭，與比事旗鼓相當。
陸淳〈趙氏損益義〉曰：「人之善惡，必有淺深。不約其辭，不
足以差之也。」近人錢鍾書《管錐編》稱：「《春秋》之書法，
實即文章之修詞。」（冊三，《全後漢文》卷一），雖不皆是，
亦有見而言然。蓋比事以顯義，自是《春秋》書法之大宗，不止
屬辭約文而已。不過，言屬辭，而比事該之矣。

　　考察或筆或削，如之何能推求《春秋》之微辭隱義？元趙汸
著《春秋屬辭》，以為《春秋》不書之義有五：略同以顯異、略
常以明變、略彼以見此、略是以著非、略輕以明重。發揮系統思
維、宏觀掌控，通全經而考察之，經由比較同異、常變、彼此、
是非、輕重，而見《春秋》不書之義例，有略同、略常、略彼、
略是、略輕諸書法，皆所謂削而不書者。趙汸進一步提示治經方
法：「其能參考經傳，以其所書，推見其所不書；以其所不書，

研究會主編：《第八屆中國經學國際學術研討會論文選集》，臺北：萬卷樓
　圖書公司，2015 年，頁 353-390。

推見其所書者，永嘉陳氏一人而已。」（卷八，假筆削以行權），所書與不書，互發其蘊；或筆與或削，互顯其義，於是《春秋》「都不說破」之微辭隱義，「蓋有言外之意」之神秘符碼，可藉「形而下」之比事屬辭，「說上那形而上」之「義」去。

《易・繫辭上》：「形而上者謂之道，形而下者謂之器。」唐孔穎達《疏》：「道，是無體之名；形，是有質之稱。凡有從無而生，形由道而立，是先道而後形，是道在形之上，形在道之下。」義與法，猶道與器，實即抽象道理與具體事物之關係。《老子》認為：道在器之先；程頤、朱熹等認為道超越於器之上。（《朱熹集》卷五八，〈答黃道夫〉），《孟子・離婁下》說《春秋》：其事、其文，乃「形而下者」之器、之法。孔子「竊取之」之「義」，獨斷別裁，則是「形而上者」之道。義猶將帥，法如兵卒；道在器之先、超越於器之上。

孔子筆削魯史記，而成《春秋》，其義「都不說破」，近似《周易・繫辭》「書不盡言」；《春秋》「蓋有言外之意」，猶《周易：繫辭上》「言不盡意」。持此以觀，《春秋》因屬辭而見義，藉比事以顯義，猶《周易》「立象以盡意，設卦以盡情偽，繫辭焉以盡其言。」[44]義，若無所依傍，則淪於「載之空言」。「見之於行事」，有所憑藉，猶立象以盡意，即器以求道，則深切著明。由於「書不盡言，言不盡意」，故《周易》「立象以盡意，繫辭以盡其言」；孔子《春秋》，則經由排比史事以顯義，憑藉屬辭約文以觀義，仰賴本末終始以得義。

---

[44] 劉綱紀：《周易美學》，長沙：湖南教育出版社，1992 年。第五章，四，〈中國美學的意象論〉，頁 273-284。

　　就比較而言：其事與其文、比事與屬辭，講究「如何書」，乃「形而下」之「法」。孔子「竊取之」者，體現《春秋》「何以書」，則為「形而上」之「義」。清章學誠：《文史通義·言公上》稱：「載筆之士，有志《春秋》之業，固將惟義之求。其事與文，所以藉為存義之資也。」由此觀之，孔子作《春秋》，後人治《春秋》，考察比事以顯義，憑藉屬辭以見義，是朱子所謂「以形而下者，說上那形而上者去。」清方苞〈又書〈貨殖傳〉後〉說義法，稱：「義以為經，而法緯之。」（《望溪先生文集》卷二），此漢董仲舒《春秋繁露·精華》所謂：「《春秋》無達辭，從變從義。」自《孟子》、《禮記》、《史記》，至朱熹、方苞、章學誠，諸家說義法，殊途而同歸，百慮而一致。

　　朱熹揭示：「《春秋》都不說破」，後世佛禪拈花微笑、不犯正位，皆其流風遺韻。[45]晚唐司空圖《二十四詩品·含蓄》：「不著一字，盡得風流」；宋嚴羽《滄浪詩話·詩辯》：「羚羊掛角，無跡可尋」；「透徹玲瓏，不可湊泊」，差堪彷彿。朱子又稱《春秋》：「其是非得失，蓋有言外之意」；則與《左傳》所載：「微而顯，志而晦，婉而成章」書例，所謂曲筆諱書、文外曲致，多異名而同實，同工而異曲。劉勰《文心雕龍》卷八論「隱秀」，劉知幾《史通》卷六〈敘事〉，說「尚簡」、「用晦」，亦足相發明。由此觀之，就「《春秋》之義，昭乎筆削」而言，（《文史通義校注》卷五，〈答客問上〉），孔子《春

---

45 朱子又曰：「子靜說話，常是兩頭明，中間暗。」或問：「暗是如何？」曰：「是他那不說破處。他所以不說破，便是禪。所謂『鴛鴦繡出從君看，莫把金針度與人』，他禪家自愛如此。」宋黎靖德編，王星賢點校：《朱子語類》卷一〇四，〈朱子一·自論為學工夫〉，頁 2620。

秋》，堪稱書法、史筆、義理、辭章之本根、星宿海、源頭活水，傳統學術之千巖萬壑，要皆朝宗於此。

以上，論《春秋》之或筆或削，生發屬辭約文，都不說破，而有言外之意。猶《周易》立象以盡意，繫辭以盡言，「書不盡言，言不盡意」者然。提示詮釋解讀《春秋》之法，在於即器求道，朱子所謂「以形而下者，說上那形而上者去」。

貳、比事屬辭之轉化與文學名篇之創作

提要

　　一篇作品，如果謀篇安章得體，結構設計得法，即使字句不佳，也容易修飾改善。反之，如果篇什組織零亂，章節調度無方，縱然文句矜麗可誦，也不能掩其拙劣空洞。為了長善救失，引發文章創作的潛力與興趣，於是借鏡「比事屬辭」之《春秋》書法，取法乎上，提出文章結構對列設計八法：賓主、虛實、離合、斷續、詳略、順逆、擒縱、抑揚，皆兩兩對列，交錯成文，相反而實相成，乃歷史編纂學之具體而微。每項各臚舉例證，論說大凡。苟細心玩味，切實借鏡，能知能行，巧妙運用，必能使文章有物有序，旨趣警醒凸顯，詞采肯切簡括。甚至筆致空靈，文情變幻多姿，氣勢縱橫壯闊。野人獻曝，心香一瓣，希望藉此提示諸法，對作文教學，乃至詩、詞、文之創作，能收一點拋磚引玉的效果。

關鍵詞

　　比事屬辭　謀篇安章　結構對列　古文義法　文章作法

緒　論

　　中學生作文程度的低落，五十幾年來經過專家學者的會診勘

驗，已成不爭的事實，早已不是新鮮的話題。診斷書，判決文儘管一籮筐，對於疾病的醫治與罪犯的矯正，畢竟還是無濟於事的。如何對症下藥？如何因勢利導？才是正本清源的做法。一些關心語文教育的人士有見於此，紛紛撰寫作文技巧、文章指南、寫作訣竅一類的書，來指引後生，可惜成效不彰。造成遺憾的因素很多，諸如社會價值觀的改變，語文教學環境的不良，升學命題方式的誤導，再加上學生疏於積學儲寶，拙於謀篇安章，短於駕馭文字，先天不足，加上後天失調，惡性循環的結果，學生視作文為畏途，「苦其難而不知其益」，教師視批改作文為苦差事，敷衍塞責者有之，勞而少功者有之。於是作文每下愈況，影響所及，大專院校學生之作文亦欲振乏力。語文教育這個聯鎖性的問題，很值得正視。

筆者曾任教高中多年，批閱作文習作無數。也曾擔任高中聯考、大專聯考，以及研究所入學考試國文科之作文閱卷工作。十幾年前，也擔任考選部普考、高考、特考等評閱任務。特別留意考生作文的利病得失。審題、立意、謀篇、安章，是下筆為文的準備階段，也是決定文章品質高下的關鍵。篇章架構的規畫設計得法，自然內容充實，氣韻流動，具備豐富的藝術感染力。《文心雕龍‧風骨篇》所謂：「練於骨者，析辭必精」；「辭之待骨，猶體之樹骸」；「結言端直，則文骨成焉」；「若瘠義肥辭，繁雜失統，則無骨之徵也。」[1] 可見立意佈局，結構規畫，是文章之「本」；鍛句鍊句，只是作文之「末」事。

古今中外任何一處名園華廈的建造，沒有不是經過建築師慘

---

[1] 梁劉勰著，范文瀾注：《文心雕龍注》，北京：2014 年。卷五〈風骨〉，頁513-514。

澹擘畫，苦心經營的。宋蘇軾〈文與可簣簹谷偃竹序〉稱：「畫竹，必先得成竹於胸中。執筆熟視，乃見其所欲畫者。急起從之，振筆直遂，以追其所見。」[2] 胸有成竹，意在筆先，才能意到筆隨，一揮而就。橋樑大樓建造，必先完成藍圖設計，然後按圖施工，自然水道渠成。文章寫作，道理亦然。未下筆，先有意，即所謂胸有成竹者。篇章架構既經詳盡規劃，脈注綺交於「義」，據此以遣詞造句，則橫斜曲直，無不如志，而又萬變不離其宗。清方苞倡古文義法，揭示「義以為經，而法緯之。」義先有，法後起；義到法隨，法隨義轉。立意，先於謀篇安章；謀篇安章，又先於遣詞造句。義意猶將帥，篇章猶兵從。《文心雕龍·附會》稱：「何謂附會？謂總文理，統首尾，定與奪，合涯際，彌綸一篇，使雜而不越者也。」劉勰所謂附會，今人稱為命意。命意，可一言而盡。辭文結構組合，猶五色之相宣，五聲之相和，五味之相調；雖千言萬語，然皆輻輳於義，猶長江黃河最後皆朝宗於海。

　　《春秋》，為傳統學術的源頭，亦文學語言的開端。宋張鎡《仕學規範》謂：「為文必學《春秋》，然後言語有法。」[3] 清張自超著有《春秋宗朱辨義》一書，曾稱《春秋》：「義理充實，血脈流通，直是千古第一篇奇文。」《孟子·離婁下》說孔子作《春秋》，指其事、其文、其義，乃歷史編纂的三大要素。《史記·孔子世家》謂孔子作《春秋》，或筆或削，高弟不能贊一詞。《禮記·經解》提示：「屬辭比事，《春秋》教也。」綜

2　宋蘇軾撰，孔凡禮點校：《蘇軾文集》，北京：中華書局，1986 年。卷十一：〈文與可簣簹谷偃竹序〉，頁 365-366。

3　張鎡《仕學規範》卷三二引《節孝先生語》，頁 163；《歷代文話》，〈仕學規範·作文〉卷一，頁 308。

合來看，筆削可昭經義裁斷，比事足顯史義文義，屬辭可明史義與文心。

其中，比事顯義於歷史敘事之詳略互見，文學創作之謀篇安章，提示不少心法與門徑。[4] 清姜炳璋《讀左補義》謂：「〈經解〉曰：『屬辭比事，《春秋》教也。』屬辭者，聚合其上下文之辭。比事者，連比其相類相反之事。」又稱：「若一傳之中，彼此相形而得失見；一人之事，前後相絜而是非昭。」《左傳》敘事傳人，觸處皆見屬辭比事之旨。[5] 比事，排比相類相近之敘事，是為類敘。若排比相反相對之事，則為對敘。[6] 類敘與對敘，最為謀篇安章之慣技與常法。

文章構思命意之際，既已作「因根以振葉」之考量，待文章完成，「沿波而討源」，自然體圓用神，不支不蔓。可是，一般人作文，卻完全不然！尤其是各類考試的即席作文，大多師心自用，信筆亂塗。一題到手，稍作思索，即振筆疾書：想到一句寫一句，想到兩句寫一雙，未經通盤考量，缺乏週全規劃。無須慘澹經營，不必精心設計，以這種心態寫作，文章怎麼可能會好？柳宗元〈答韋中立論師道書〉，自述作文的態度：「未嘗敢以輕心掉之，懼其剽而不留也；未敢以怠心易之，懼其弛而不嚴也；未嘗敢以昏氣出之，懼其昧沒而雜也；未嘗敢以矜氣作之，懼其偃蹇而驕也。」除了受限於學養，一般作文少見驕矜之氣外，其

4　張高評：〈《春秋》書法與「義」在言外——比事見義與《春秋》學史研究〉，《文與哲》第 25 期（2014 年 12 月），頁 77-130。

5　清姜炳璋：《讀左補義》，台北：文海出版社，1968 年，影印乾隆間同文堂藏板。卷首〈綱領下‧屬辭比事〉，頁 106-107。

6　張高評：修訂重版《左傳之文學價值》，臺北：五南圖書公司，2019 年。第九章〈敘事文學之軌範〉，五曰對敘法，234。六曰類敘法，頁 234-235。

他的「輕心」、「怠心」、「昏氣」的文章忌諱，大多觸犯到了。於是信口亂談，浮華失實有之；散漫無章，乏善可陳，尤其常見。文章如此，真是不可救療！

依筆者經驗所見，一般中學生寫作，大學生入學考試作文，以及考選部高考、特考、普考之文章，普遍有八大缺失：

一、主題不頭，說服無方

二、旨趣凡近，思不出位

三、補風捉影，漸離題旨

四、左抽右旋，困死題內

五、拙於剪裁，輕重失宜

六、平直通順，無奇無妙

七、評論是非，顧此失彼

八、篇幅短小，內容貧乏

這些缺失的癥結，不在字句的修飾鍛鍊，而在篇章結構的調度無方。漠視了文章結構的設計，疏忽了佈局藍圖的規畫，將永遠寫不出可觀的文章，更違論傳世的名作。方苞說古文義法，所謂「義以為經，而法緯之」；多多參悟實踐，真可作治病之良方。為了引發學生作文的興趣，探索文章義法的奧秘，以期心領神會，發為創作，因此，不揣翦陋，借箸代籌，鍼砭缺失，於是借鏡《春秋》比事屬辭之書法，轉化歷史編纂之藝術，參酌古文義法之模式，提出結構對列法之八種模式：

一、賓主相形

二、虛實相生

三、不即不離

四、若斷若續

五、詳略得宜

六、順逆相成

七、欲擒故縱

八、抑揚頓挫

《左傳》君子曰論《春秋》五例（書法），有所謂「《春秋》之稱：微而顯，志而晦，婉而成章。」（成公十四年）提示曲筆與直書之方法。錢鍾書《管錐編》稱：「微之與顯，志之與晦，婉之與成章，均相反以相成，不同而能和。」[7]試觀賓主、虛實、離合、斷續、詳略、順逆、擒縱、抑揚八大法式，彼此雖相反，其實相成，猶《春秋》五例，提示「如何書」之法，亦錢鍾書所謂：「均相反以相成，不同而能和。」文章結構法式，已呼之欲出。

清代方苞稱：「敘事之文，義法備於《左》《史》。」[8]章學誠亦云：「文章以敘事為最難。而敘事之文，莫備於《左》《史》。」[9] 筆者著有《左傳屬辭與文章義法》一書，其中〈《春秋》筆削與《左傳》謀篇之義例〉一章，論述《左傳》在構思佈局之際，謀篇安章之時，相體裁衣，實已善用賓主、虛實、離合、斷續、詳略、順逆、擒縱、抑揚諸法。[10] 夷考其實，即是比事屬辭《春秋》書法、歷史編纂學之巧妙轉化。

---

[7] 錢鍾書《管錐編》，北京：中華書局，1979 年。《左傳正義·杜預序》，頁 162-163。

[8] 清方苞：《方望溪先生全集·集外文》，臺北：臺灣商務印書館，1979 年，《四部叢刊》初編。卷四，方苞〈古文約選序例〉，頁 310。

[9] 清章學誠《章氏遺書》，臺北：漢聲出版社，1973 年。《章氏遺書補遺》，〈論課蒙學文法〉，頁 1358。

[10] 張高評：修訂重版《左傳屬辭與文章義法》，臺北：五南圖書公司，2021 年。第三章〈《春秋》筆削與《左傳》謀篇之義例〉，第三節「情境對敘之設計」，頁 142-156。

　　宋嚴羽撰《滄浪詩話》，開宗明義曰：「入門須正，立志須高。」[11] 開示後學，從大處著手，自根本著眼，《孟子》所謂「先立其大者，則小者不能奪也。」取法乎上，志士學子其勉之！

一、賓主相形

　　中學生作文，通常篇幅短小，內容空洞。有的主題表現不凸顯，缺乏說服力；有的輕重不分，繁簡失當：有的平淡有餘，奇妙不足。這些缺陷，牽涉到篇章結構的問題。如果懂得利用「藉賓形主」的結構對列法，那麼，上述缺點，可以迎刃而解。

　　分賓分主，為謀篇佈局第一要著。主，指主要人物、主要事件、主題意識。賓，指次要人物、相關事件，和從屬意思。通常主角、主事、主意只能有一個：而賓位從屬的人、事、意，卻可以有無數個。語云：「牡丹雖美，還要綠葉陪襯。」牡丹是主，綠葉是賓；猶作詩之「藉景生情」，作畫之「烘雲托月」，景、雲是賓，情、月才是主。結婚典禮上的新郎新娘，是「主」；男儐相女儐相，就是「賓」，作用在烘托陪襯出新郎的英俊，新娘的美麗。這些，都是「藉賓形主」的日常運用。

　　藉賓形主的手法，在文章中運用最廣，效果最好，也易學易成。試以周敦頤〈愛蓮說〉、荀子〈勸學篇〉、李斯〈諫逐客書〉三篇古文，和白居易〈琵琶行〉一首唐詩為例，分別論述其寫作手法，作為學文之模範，仿擬的參考。

　　周敦頤作〈愛蓮說〉，當然以「愛蓮」為主。為了凸顯這個

---

[11]　宋嚴羽著，郭紹虞校釋：《滄浪詩話校釋》·北京：人民文學出版社，2005。〈詩辨〉，頁1。

主題，周敦頤運用「菊」和「牡丹」兩個賓從，進行烘托陪襯。這種比事顯義的手法，結構的對列方式，不僅具體顯豁了「愛蓮」的主題，而且比單說「愛蓮」，而不用賓筆對列，篇幅要多出兩倍。手法靈活，文章生動得多。由於「愛蓮」是主意，所以首段在闡明愛蓮的緣由方面，著墨較詳，可收到重點強調效果，這是章法所應有的。

再如《荀子‧勸學篇》，通篇全用「藉賓形主」之法，以建立其學說主張，是一般公認頗具有說服力的文章。一篇文章九百餘字，賓位寫得十分詳盡透徹，主意却有如畫龍點睛，只作閃現點明即可。如果不知此種「烘雲托月」、「詳賓略主」之法，只就主題意趣來切寫，流於空言無徵，無徵不信，將難令人信服。假設荀子只說些「學不可以已」、「君子博學而日三省乎己，則知明而行無過」；「君子生非異也，善假於物也」；「君子居必擇鄉，遊必就士」；「君子慎其所立」、「君子結於一」、「積善成德，聖必自備」之類的話頭，可謂左抽右旋，死於句下。司馬遷著《史記》，成一家之言，曾引孔子言謂：「我欲載之空言，不如見之於行事之深切著明也。」空言，為主意，往往藉行事之渲染烘托，意象顯豁，引人入勝。著書如此，作文亦然。

如果徒託空言，死守主意，將如膠柱鼓瑟，妙音難出；又如刻舟求劍，昧於變通。如此，或內容空洞，意境不開；或篇幅短小，語蹇意促，難以令人信服。荀子企圖建立教育理論，運用八百餘字的「賓」筆，去烘托映襯那一百多字的「主」意，這叫做「詳賓略主」。有了這麼多提供佐證的賓筆事實，經過類比推理的巧妙轉換，很容易令讀者深信不疑。這種比事顯義的藝術，結構對列的手法，在篇幅字數方面，居然增多了八倍。更難能可貴的，是內容充實了，可信度也提升了。可見比事顯義、賓主對列

之敘事法，可以生發類比推理的說服成效。這種謀篇安章之經營法，很值得學習參考。

不過，憑藉類比推理取勝的賓主對列法，容易產生偏差謬誤，必須謹慎使用：如〈李斯諫逐客書〉，廣用「藉賓形主」、烘托陪襯之法，即是顯例。李斯勸諫秦始皇，希望收回「非秦者去，為客者逐」之成令，這是一篇之「主意」。今日客之負不負秦，該不該逐，這是正意。李斯先避開這個敏感話題不談，且去論昔日四位君王得客之實情與貢獻，藉賓客間之類比，將古今之客混為一談，達到了類化的效果。不說近，卻說遠；不正寫，偏側寫；不直接切論，卻旁敲側擊的影射。這是用賓位來陪襯主意的技法，很有牡丹綠葉的效果。這種「藉賓形主」的手法，繼續運用到第二段、第三段，以至結束：鋪寫秦國宮殿所有玉寶珠劍、駿馬旗鼓、美女、裝飾、音樂，皆非秦產，而秦國用之；以反襯客非秦人，而秦皇驅逐不用之微意。最終凸顯秦「所重者在色樂珠玉，而所輕者在乎人民」。諷諫的主意，被襯托得很明確、很辛辣，終於說服秦始皇，撤除了逐客令。李斯所以勸諫成功，完全得力於賓主對列的設計巧妙。不過，李斯拿物跟人相比，犯了類推的謬誤。因為，類比必須同一平臺、同一屬性，否則，不可類比。李斯拿物與人類比，就犯了這個迷思。幸好，秦皇沒有查覺。否則，將勞而無功。這種偏差，在運用類推性的賓主對列法時，最該注意提防。

對於利害攸關己身，有難言之隱時，所謂諱莫如深，可以考慮運用這種「賓主相形」的結構對列手法，雖意在言外，亦能心領神會。像白居易〈琵琶行〉，就是一個典型的例子。白居易詩中，藉由琵琶女的感今傷時，來抒發自己的遷謫之感。就這一層來說，琵琶女的遭遇在詩中是「賓」位，白居易政治上失意的哀

怨，才是「主」意。可是在〈琵琶行〉詩中，白氏故意將真事隱去，很巧妙地藉著「同是天涯淪落人」的琵琶女，來代吐他胸中的塊壘。主人翁只有在「同是天涯淪落人，相逢何必曾相識」：「座中泣下誰最多，江州司馬青衫濕」四句中現身投影。藝術手法高明，像神龍見首不見尾。這首〈琵琶行〉，也是「詳賓略主」「藉賓形主」的結構對列妙法之運用。

　　除此之外，古往今來的傳世名篇，篇章之結構設計，採用賓主對列法，比事以見義者尚多，如魏徵〈上十思疏〉的首段，《孟子‧離婁篇》「因先王之道」章、〈告子篇〉「舍生取義」章；《列子‧愚公移山》。歷史敘事名篇，則如《史記》〈管晏列傳〉、〈魏公子列傳〉、〈淮陰侯列傳〉、〈李將軍列傳〉等。名家散文，則如唐劉禹錫〈陋室銘〉、宋蘇轍〈上密韓太尉書〉，清彭端淑〈為學一首示子姪〉，傳世不朽，異曲同工，都用這種「藉賓形主」的章法。

二、虛實相生

　　繪畫中的空白，音樂中的休止符，都是繪畫音樂中不可或缺的一部分。藝術有其共相，文章義法中借用此種「虛實相生」的手法，用在篇章結構的對列設計方面，往往也有很好的效果。「虛」，就是理論、想像，是虛幻空靈的；「實」，就是實證、現實，是切實務實的。這兩者應該相涵相生，相輔相成才能相得益彰。

　　一般人作文，會用「實」，不會用「虛」。尤其是論說文，只會空口說白話，不會多舉實例作驗證。光談抽象的道理，雖然

概括的意蘊比較廣大，但未經證實，較難令人信服。為了彌補這種缺憾，只有多舉事例作見證，方有鐵案如山，不可移易的說服力。像司馬遷〈報任安書〉，強調發憤著述的可貴，就是使用這種筆法。自「西伯拘羑里」以下八事，都是具體存在的事證，這是「實」。八者之間有一個共通的遭遇，以及應付事變的昇華心理，那就是「皆意有所鬱結，不得通其道，故述往事，思來者。」這幾句是「虛」筆，意義的含概性很大。八例之外相似相近的例證，都包括進去了。如此虛實相生，用來建立「發憤著述」說，「藝術昇華」說的主張，自然很具公信力。又如宋文天祥〈正氣歌〉，舉十四哲人的富於正氣；明史可法〈復多爾袞書〉中，舉《紫陽綱目》所書正統四例，都是「虛實相生」的好例子。

　　敘事文中的佳作，也不乏「虛實相生」的例子，如陶淵明〈桃花源記〉。桃源仙境，是淵明心中的理想世界，是虛構的，不存於人世間的。但作者在第二段，卻將情景歷歷如繪呈現在目前，用「實」筆來敘寫「虛」意。漁人既出桃花源，回到人間，作者用「虛」筆來述「實」景。全文虛虛實實，實實虛虛，造成一種「假作真時真亦假，無為有處有還無」的迷離惝恍景象。用來表現道家「大道不言，不言又不足以明道」的詭譎妙諦，十分傳神。可見敘事寫景善用「虛實對列」，往往空靈不板滯。

　　在抒情文方面，不管用來模擬情緒的波動，或拿來象徵關懷眷愛的無微不至、魂牽夢繞，也都常用「虛實相生」的手法。如韓愈〈祭十二郎文〉，杜甫的〈月夜〉，李商隱的〈夜雨寄北〉，皆是典型的佳例。韓愈對於十二郎的深厚感情，表現在疑而又信，信而又疑的虛實對列中：信夢淆亂，真偽衝突，寧可疑其生，不忍信其死，所以感人。杜甫則身陷長安，心繫鄜州，故

懸想妻子，同時正望月憶長安，更期盼全家團圓之有日，都用想像的「虛」筆，但寫得真實妙肖。所謂「將實影虛，虛者皆實」，所以是五律壓卷之作。李商隱〈夜雨寄北〉，也是以今夜懷念之苦，懸想來日重逢之樂；再從他日之相逢，回顧如今之分離。純粹以實寫情，所以如玲瓏之月，生姿出色。抒情文之寫作，可以參考此法。袁枚〈祭妹文〉，歐陽脩〈秋聲賦〉，蘇軾〈赤壁賦〉，諸文之篇章設計，亦多採用「虛實相生」之結構對列法。[12]

三、不即不離

文評家稱：「世間文字，斷無句句著題，句句不著題之理。其法，在於離合相生。」何謂離合相生？謂「將與題近，忽然颺開；將與題遠，又復掉轉迴顧。此文章離合法。」[13]文章如果句句著題，則黏皮帶骨，困死題內，不僅意境不得拓展，局面窘促，將導致內容貧乏，文情呆滯不活。然句句不著題，則又嫌捕風捉影，離題千里，不復成文。故文章之美妙，在不即不離，若即若離之間。換言之，文章不貴言「體」，妙在說「用」；不在切寫題目本身，而在論述跟題旨相關的事理。要像圓丸之走盤，又像獅子之滾繡球，雖千變萬化而不離其宗。有離心力之自由縱橫，又不失向心力的牽制約束。能如此作文，才算筆勢馳騁縱

---

[12] 參考彭會資主編：《中國文論大辭典》，桂林：百花文藝出版社，1990 年。第六編〈藝術辯證法・虛實〉，頁 345-350。

[13] 王水照編：《歷代文話》，上海：復旦大學出版社，2007 年。第四冊，清唐彪《讀書作文譜》，卷七〈文章諸法・離合相生〉，引周安士曰，頁 3481。

橫，而又不至於疏離題意。

　　一般人作文，做到能「即」能「合」，不難；做到能「離」，已不容易；若達到「不即不離，若即若離」，能放能收，則更難能可貴。或能合不能離，或知放不知收，這是一般作文的兩大通病。能合不能離，則文路不展；知放不知收，則散漫無歸。若有此病，參悟「離合」之結構對列法，必可改善。

　　善用「離合」之結構對列法，歷史敘事，則數《左傳》〈聲子說楚復伍舉〉。說服諷諫，當數《戰國策》〈觸讋說趙太后〉。詠物詩詞，則推駱賓王〈在獄詠蟬〉、蘇軾〈水龍吟・楊花詞〉。論述如後：

　　「離合相生」的結構對列法，運用得最美妙的，首推《左傳》歷史敘事中的諷諫說服。《左傳》說服術中，又數〈聲子說楚復伍舉〉（襄公二十六年）最妙。聲子說令尹子木，目的在恢復伍舉的職位。這層本意，聲子開門見山並未道出。只是主意所在，不即不離，若即若離，筆筆皆與關注而已。看他滔滔論賞刑，再脫卻論「楚多淫刑」，再論楚材晉用的四個實例，都是口說此處，意指彼處；言在此，而意在彼。像鏡中花，如水中月，不滯不黏，不犯正位。[14]待令尹子木贊同說：「是皆然矣！」然後用「今又有甚于此」一句，銜接到伍舉身上，再拍「合」到「今在晉矣！晉將與之縣，以比叔向。」一番詞令，果然說服令尹，使「子木懼，言諸王，益其爵祿而復之。」唐錫周《左傳咀

---

[14] 清金聖歎著，陸林輯校：《金聖歎全集》，南京：鳳凰出版社，2008 年，第二冊，《貫華堂第六才子書西廂記》，卷二，〈讀第六才子書西廂記法〉，十五云：「文章最妙，是目注彼處，手寫此處。若有時必欲目注此處，則必手寫彼處。一部《左傳》，便十六都用此法。若不解其意，而目亦注此處，手亦寫此處，便一覽已盡。」，頁 857。

華》稱許〈聲子說楚〉詞令，為「宇宙間千萬劫不朽妙文」。其
所以妙，只在善用「離合」之結構對列法而已。舉凡勸諫、說
項、請託、排難解紛諸情事，為緩衝對方之排拒心理，最適宜用
「離合相生」之手法。

　　其次，談《戰國策》〈觸讋說趙太后〉：說服趙太后令長安
君為質，是觸讋此行的本意，並不急忙說出。看他神閒氣定，閒
話家常，談行走、談飲食，天馬行空，與初衷本意殊少關係，這
是「離」。用來消除趙太后的心理防衛。接著談及「少子」，已
經從「離」漸漸趨向「合」，此時可謂「項莊舞劍，意在沛
公。」已隱約遙指本意了。有關「少子」的話題，既引起趙太后
的興趣，於是因勢利導，乘勝追擊，暢談愛子之道，却又不明指
長安君。而長安君必須當人質之意，已呼之欲出。此之謂「若即
若離，不即不離」。最後，果然贏得趙太后的贊同，長安君為質
於齊，歸結本意，是「合」。可見「離」之為法，只是一種手段
或過程，是為「合」鋪路搭橋。「文之妙在離，離未有不合
者。」旨哉斯言。這段文字引人入勝處，就像「將軍欲以巧服
人，盤馬彎弓故不發」一般，得力於離合相生之妙。

　　流傳不朽的詠物詩、詠物詞，幾乎都是「離合」對列的佳
構。如駱賓王〈在獄詠蟬〉、白居易〈草〉、李商隱〈蟬〉、宋
徽宗〈宴山亭〉、周邦彥〈六醜・薔薇謝後〉、姜夔〈暗香・詠
梅〉、史達祖〈雙雙燕・詠燕〉，都是異曲同工的傑作。今舉蘇
軾〈水龍吟・似花還似非花〉詞，詠楊花為例。這闋詞，是東坡
次韻章質夫〈楊花詞〉之作。兩相比較，東坡次韻之作，超勝原
唱。所以後來居上者，妙訣在運用「不即不離，若即若離」之手
法。章質夫〈楊花詞〉自上闋至下闋「魚池水」，純粹切寫楊花
之飄墜，未及其他，這只做到「即」，「合」的功夫。末了文尾

三句，由楊花的飄墜，聯想到少婦的傷春落淚，這才是「離」。可惜大「合」之後，止一「離」即收結。所以「盡善」，而未能「盡美」。山窮水復，跌宕搖曳之觀，遂不得見。東坡〈水龍吟〉氣象大不相同：自「似花還似非花」，至「無情有思」，切寫楊花神貌，用矛盾擬人格，已是匪夷所思，這是「即」、「合」之法。自「縈損柔腸」以下，至「又還被鶯呼起」，影像用疊映並置的巧思，將楊花的飛舞與思婦的春愁，同時交疊呈現，極盡想像之能事。花飛引來春愁，春愁驚見花飛，這就是「不即不離，若即若離」。下闋「不恨此花飛盡」，切寫楊花柳絮，是「即」：「恨西園落紅難綴」，移寫一般春花，是「離」。「曉來雨過……一分流水」，再回寫楊花，是「即」；「細看來不是楊花，點點是離人淚」，又將楊花之點點，與思婦之淚痕斑斑，疊映並置。隨之抹去楊花，獨留淚痕，一筆兩意。妙在若即若離。所以雖是和作，較之原唱，儼然殊勝一籌。

　　作文之道，必須拓展主意，闡發題蘊。可就主題相關處、類似處、牽涉處，作觸類旁通之引申發揮，這是能「離」。不過，必須避免流連光景，迷途忘返，能放而不能收，知「離」而不知「合」。應該學習蘇東坡〈水龍吟‧似花還似非花〉（楊花詞），這種「將與題近，忽然颺開；將與題遠，又復掉轉廻顧」的「離合」對列結構法，文章才不至支離東西，散漫無歸。

四、若斷若續

　　《曾文正公日記》說：「為文全在氣盛。欲氣盛，全在段落清。每段分束之際，似斷不斷，似咽非咽；似吞非吞，似吐非

吐，古人無限妙境，難於領取。」[15]劉熙載《藝概‧文概》也說：「章法不難於續，而難於斷。先秦文善斷，所以高不可攀。」[16]斷續的結構對列法，即方東樹《昭昧詹言》所謂：「語不接而意接」之法。像藕斷絲連一般，語似截斷，而脈絡連貫。文章善用「斷」，則文字乾淨俐落，意蘊豐富，多言外之意。作文如果有拖泥帶水、言盡意亦盡的缺陷，最應該用「藕斷絲連」之法救治。

古代文學中的名篇，像文天祥〈正氣歌〉：「在齊太史簡，在晉董狐筆，在秦張良椎，在漢蘇武節。為嚴將軍頭，為嵇侍中血，為張睢陽齒，為顏常山舌。或為遼東帽，清操厲冰雪；或為〈出師表〉，鬼神泣壯烈。或為渡江楫，慷慨吞胡羯；或為擊賊笏，逆豎頭破裂。是氣所磅礴，凜然萬古存。當其貫日月，生死安足論？地維賴以立，天柱賴以尊。三綱實繫命，道義為之根。」[17]前面十二項正氣事蹟，每事自具首尾，彼此不相統屬。前面八句，一句一意，斬斷一切枝葉，歸於精淨。末四事二句一意，手法亦同。雖然事事道斷，但都脈注綺交於「正氣」之主意上，所謂「語斷而意連，藕斷而絲牽」，指的就是這類章法。作文之道，在舉例論說方面，如果能夠謹守「斷續」之法，一事一句或二句，絕不扯長拖沓，則輕重詳略明，賓主體例明，可以由通順進為煉達，浮泛進為深刻，文章自有進益。

---

[15] 曾國藩：《曾文正公日記》，上海：文益書局，1948 年。〈文藝〉，辛亥年七月，頁 48。

[16] 劉熙載著，徐中玉、蕭華榮校點：《劉熙載論藝六種》，成都：巴蜀書社，1990 年。《藝概》卷一，〈文概〉，頁 42。

[17] 宋文天祥：《文天祥全集》北京：中國書店，1985 年。《指南後錄》卷十四，〈正氣歌〉，頁 375。

　　若斷若續，語不接而意接，作為詩詞的結構設計，效果尤其顯著。如李商隱〈淚〉、辛棄疾〈賀新郎・別茂嘉十二弟〉，最具代表性。唐李商隱〈淚〉詩：「永巷長年怨羅綺，離情終日思風波。湘江竹上痕無限，峴首碑前灑幾多。人去紫臺秋入塞，兵殘楚帳夜聞歌。朝來灞水橋邊問，未抵青袍送玉珂。」前六句，分寫六種不同屬性的眼淚，彼此各不相關，可謂文字斬絕，句句新奇，而意蘊豐富。原來李商隱把前六句看成一組，拿來跟七八句作對比。在歷史編纂，乃比事顯義之敘事策略。於此詩，足以凸顯「青袍送玉珂」（失意人送得意人）之淚，最為傷感痛絕。曲終奏雅，卒章顯志，主題獲得極佳的凸顯。有了末二句的承接，則前六句的「斷」，都一一連貫上了。斬斷枝節，有利於形塑主題，凸顯主意。宋辛棄疾〈賀新郎・別茂嘉十二弟〉：「綠樹聽鵜鴂。更那堪、鷓鴣聲住，杜鵑聲切。啼到春歸無尋處，苦恨芳菲都歇。算未抵、人間離別。馬上琵琶關塞黑，更長門、翠輦辭金闕。看燕燕，送歸妾。將軍百戰身名裂。向河梁、回頭萬里，故人長絕。易水蕭蕭西風冷，滿座衣冠似雪。正壯士、悲歌未徹。啼鳥還知如許恨，料不啼清淚長啼血。誰共我，醉明月。」也用類似的手法經營篇章：上闋先分寫鵜鴂、鷓鴣、杜鵑之啼聲，再分寫王昭君、陳皇后、歸妾的人間離別；諸鳥啼聲之間、人間離別之中，及啼聲與離別間，句意多「斷」而不「續」；但於其中安上「算未抵人間離別」一句，遂將前後連成一氣，意脈貫串，斷者皆續矣。下闋分寫蘇武李陵河梁送別，及荊軻易水之永別，兩者句意亦不相連屬，是「斷」；但與上闋之「人間離別」合看，則「斷」處又皆「續」了。「啼鳥」兩句，與上文似不連，卻遠與上闋起首相接續。末兩句「誰共我，醉明月」：與上文啼鳥啼血間，雖突兀不續，但卻是與全詞旨趣十分

續接與切合。

以上所言，雖然歸屬於詩法詞律，未嘗不可轉化為文章寫作的參考。運用之妙，存乎一心而已。就像量子力學，過去 100 年間，從哲學變成數學，再從科學變成科技，不過與時俱進，盡心致力於轉化而已。[18]

五、詳略得宜

詳略之道，與賓主輕重大有關聯。大抵主意宜重寫詳敘，賓位輕點略敘即可。不過，如果為了烘托映襯，自然可以詳賓略主。而且，詳略之對列法，必須「詳人之所略，略人之所詳」；要求做到「詳而簡，簡而詳，而無一字之繁之略」，才是至文。一般人寫作文章，因為「詳而繁，簡而略」，所以蕪冗粗疏，乏善可陳。

范仲淹〈岳陽樓記〉，蘇軾〈留侯論〉，是記敘文、論說文的上乘作品。「詳略」設計的要領，在「詳人之所略，略人之所詳」。范仲淹〈岳陽樓記〉，題目為「記」，本應詳述岳陽樓重修始末，與登樓所見的大觀。但因「前人之述備矣」，故巴陵之萬千景象，只用「銜遠山」以下六句廿二個字寫就，這是「略」寫，所謂「略人之所詳」。然後范仲淹以全副精神筆力，藉景抒懷，詳寫登樓者覽物有悲有喜之異情；再抽筆重寫古仁人之心，歸結到先憂後樂，以天下為己任，這是「詳」，「詳人之所略」。姜夔《白石道人詩說》：「人所易言，我寡言之；人所難

---

[18] 張慶瑞講座：「量子糾纏：由哲學到數學，再經科學到科技」，臺大演講網：人文與科技的對話，2023 年 3 月 1 日。

言，我易言之，自不俗。」[19]如此，可避免拾人牙慧，固步自封；往往能創意造語，別出心裁，見人所未嘗見，言人所未嘗言。

蘇軾之〈留侯論〉，屬於翻案文章。世人論留侯張良的功業成就，多側重圯上老人授書一節，以為鬼物，傳為神話。東坡不以為然，故作〈留侯論〉以辯之。圯上授書一事，由於世人多言，而且不是本文重點，故略提帶過。將筆端對準張良性格：「能忍人所不能忍，故成人所不能成」，詳加鋪敘，有推理、有論說、有事證；佈局極詳，故氣勢渾厚，文章精彩。

就賓主詳略之道而言，宜詳主而略賓。若受限於材料的短缺，就不得不詳賓而略主，以側面烘托替代正面敘寫。歐陽脩〈瀧岡阡表〉，就是一例。歐陽脩「生四歲而孤」，教育重任自然落在他母親身上。而且歐父樂善好施，以至於沒有留下任何遺產給他們。在精神與物質兩頭都落空的情況下，如何敘寫阡表主人對兒子的影響或貢獻？實在很為難。歐陽脩採用「詳賓略主」的手法，巧妙解決了這個難題：歐陽脩的父親，在〈阡表〉這篇文章中是「主」，歐母則是「賓」；對父親的直接印象既然有限，於是文章借母親之口，述說了有關父親的為人：清廉、樂施、好客、孝養、仁厚，十分詳盡。然後文中用偷樑換柱之法，由歐母言：「吾不能教汝，此汝父之志也。」於是母親的實際教導，完全是遵奉父親的遺志指示。母親教養的劬勞令人感激，父親期勉的苦心也令他不忘。移賓作主，一筆兩意，行文之巧妙，非常人所能及。其它述及事蹟，僅有「先公少孤力學，咸平三年

---

[19] 請何文煥編：《歷代詩話》，北京：人民文學出版社，1982。宋姜夔：《白石道人詩說》，頁 680。

進士及第」云云四十三字而已,極「略」。讀歐陽脩〈瀧岡阡表〉,可悟「賓主詳略」變化之能事。

篇章結構之對敘法,為「詳略」比事法之運用。史傳敘事,又有「此詳彼略,此略彼詳」之互見法,最常見於《史記》之敘事傳人,可以調重複、完篇章、釋疑滯、避忌諱。如〈管晏列傳〉,只敘交友,不載管晏政治成就,因為政治功業已詳載於〈齊世家〉,彼詳,故此略之。子產之事蹟互見於〈鄭世家〉與〈循吏列傳〉,前者詳寫謀國之韜略,後者簡敘政治之功業,兩者互參,始見子產所以為子產之故。〈魏公子列傳〉,詳寫信陵君禮交賓客,事蹟不完,互見詳載於〈魏世家〉、〈范雎蔡澤列傳〉。劉邦之為人,除〈高祖本紀〉外,互見於〈項羽本紀〉、〈留侯世家〉、〈蕭相國世家〉、〈淮陰侯列傳〉諸篇。由於人有主賓,事有重輕,故文章詳略互見如此。活參此法,則篇章結構之安排,於同一對象之處理,常用「前詳則後略,前略則後詳,中間詳則前後略」之手法。如此,就可以避免重複,而神完氣足,順理成章了。

六、順逆相成

清包世臣《藝舟雙楫・論文》稱:「文勢之振,在於用逆;文氣之厚,在於用順。」[20]用順筆,可以形成層波疊浪之效果,就像一波接一波,一浪高過一浪,是順著潮水來的,可以厚集文氣。用逆筆,可以造成逆水行舟的效果:雖然,乘風破浪,水花

---

[20] 王水照編:《歷代文話》,第六冊。清包世臣《藝舟雙楫》,〈論文〉卷一,〈論文一・文譜〉,頁 5193。

四濺，可以振作文勢。何謂順逆？一般指正筆反筆，即肯定與否定命題，正常狀況與例外情形。有時是指正面直接敘寫，及從旁面、對面、側面、烘托映襯之手法。善用此法，既可使文章的觀點面面俱到，又可避免呆板平凡。所以，也是文章病院的良方。

孟子好辯，孔道以明，其辯說術多方，規畫篇章，好用一正一反之順逆對列法。如〈滕文公篇〉之「一傅眾咻」，〈離婁篇〉之「君子自反」、「君臣之義」、「得天下有道」各篇皆是。今舉「君子自反」章，以論述之。首段論正常狀況，是「愛人者人恒愛之，敬人者人恒敬之。」次段論反常情形：我待人以仁禮忠信，人待我以橫逆。末段論君子有終身之憂，無一朝之患，也以「有無」順逆對列成章。初學作文，能規法順逆，則篇幅字數擴大一倍，觀點更加該洽周到了。

司馬光的〈訓儉示康〉，通篇用「儉」、「奢」對列法，一順一逆，烘托映襯，把主題表現得十分深刻醒豁。本文第二段、第四段，為尊題而詳論儉素，這是正論順筆。第三、第五、第六段，則別從反面逆筆論說：或詳論奢侈之風，以與儉素之風相對襯；或儉侈並論，順逆對列；或臚舉事證，儉素略而奢侈詳，以凸顯「侈，惡之大也」之意。一順一逆，一正一反，對比敘事。對列結構，可使論說較為周到完美，而且相襯相形，主題更加顯豁，內容更加充實。

逆筆的另一個涵意，是指不寫正面，別從側面對面烘托。像李白〈下江陵〉詩：「朝辭白帝彩雲間，千里江陵一日還。兩岸猿聲啼不住，輕舟已過萬重山。」除了第三句外，其他各句都是寫舟行的快速：以快速的節奏，模擬歸心似箭的喜悅心情。這是發揮正位的「順」筆。其實第三句表現的，也是「舟行的快速」；不過鏡頭已從水上行舟，移轉到長江兩岸的樹梢或石崖

上，藉著猿聲的連續不斷，推想水流湍急，舟行飛快的過程，自然比較曲折靈活，秀出可觀。作文當如參禪，不犯正位，切忌死語，[21]這是逆筆給我們的啟示。

七、欲擒故縱

明李騰芳《文字法三十五則》，論擒縱對列之法：「此二法互用，實是一法。欲擒他，須先縱之，使他諸路都走盡；及至無頭可奔，然後一手擒住，使他死心塌地，再不想走也。欲放他，須先拏住，使他分毫動彈不得。及至放處，如條鷹靮馬，脫然而逝矣。」[22]縱，是放開一步；擒，是一把抓住。這是孔明七擒七縱孟獲之兵法，也是《老子》以退為進的策略，更是漁人放長線釣大魚的辦法。在這裏，縱、退、放，只是促進成功的手段過程，並不是目的。態度須從容不迫，避免打草驚蛇。文章如果能縱而不能擒，則如瀉水於地；能擒而不能縱，則如膠柱鼓瑟。前者病在漸離題旨，後者失在意境不開，都是為文之缺失。

「擒縱」對列之結構設計，古文中不乏名篇。如《孟子》〈許行君民並耕之說〉。孟子與陳相之問答，是欲擒故縱法的典型例子。當然這得預先作好設計，不能太迷信機智。孟子從容鎮定，閒閒布棋：先設計肯定命題，促使對方認同；再安排否定命題，使陳相誤蹈陷阱，自陷矛盾。此時，孟子尚未主動出擊，直

---

[21] 周裕鍇：《中國禪宗與詩歌》，上海：上海人民出版社，1992 年。第五章，〈機智的語言選擇〉，四，〈不犯正位，切忌死語〉，頁 171-179。

[22] 王水照編：《歷代文話》，第三冊。明李騰芳《文字法三十五則》，〈擒縱〉，頁 2497。

接反駁，只聽由陳相發表意見，這就是「縱」，是使他諸路都走盡，再也無路可走的方法。「以粟易械器者，……何許子之不憚煩？」這時，孟子才開始反駁，用「以子之矛，攻子之盾」之辯證法，得理不饒人，擊中要害，遂一舉成擒。陳相自覺理虧，以「百工之事，固不可耕可為也」自我辯護，孟子則乘勝追擊，抓住許行學說的破綻，再也不肯放鬆，批駁論斷，直搗黃龍，令對方心服口服，這就是「擒」。擒縱法，在辯論性或翻案式的文章中，以結構對列法，屢建奇功。像韓愈的〈送董邵南序〉，歐陽脩的〈縱囚論〉，王安石的〈讀孟嘗君傳〉，都是傳世的名篇。今舉韓愈文章，論說如後。

〈送董邵南序〉，敘董邵南不得志於有司，想去河北投靠藩鎮亂黨。如果直言諫諍，勸其勿往，則此送序可以不寫。於是運用微言諷諫手法，欲擒故縱之術，開口不說唐之河北，卻稱古之燕趙。將時空推回到過去，謂燕趙之士愛惜懷才不遇之人，故斷定董生此行必得賞識任用。這是一「縱」──故意放縱，以退為進，令董生感到希望無窮，躍躍欲往。轉筆，則論如今時移勢異，恐怕今之河北，已不同於古之燕趙。暗示董生從長計議，不可魯莽行事，一「擒」。如果董生執迷不悟，堅持前往，那麼就去吧，再「縱」。到了河北，為我做三件事：一弔樂毅、二觀其市、三勸來歸。樂毅流亡而思故國，董生去故國而流亡河北；屠狗者既皆出而仕，董生又何必去父母之邦：絕妙反諷，再「擒」。縱，以蓄勢；擒，以扣題。一縱一擒，往復圓警，文情飛動。

敘事文與小說中，為強化主要人物的形象，也都採用「以退為進」、「欲擒故縱」之手法。如劉鶚《老殘遊記》〈明湖居聽書〉一段：白妞在本文為第一主角，於人於事於文，皆是

「主」。本文在未寫「主」之前，先寫「賓」——黑妞。把黑妞的唱腔寫得「以為觀止」，便已襯托白妞的說書更為出神入化。明明是要寫白妞王小玉說鼓書，卻先寫黑妞的說書唱腔，故意推開放過，盤旋徘徊，蓄積文勢，這是「縱」筆。再用藉言記事法，將黑妞白妞賓主對列比較：「黑妞比白妞，還不曉得差多遠呢！」「白妞的好處，從沒有一個人能及他十分裏的一分的。」曲折迤邐寫來，也是「縱」筆，為下文白妞出場說書蓄勢：「王小玉便啟朱唇，發皓齒」說書一大段。作者運用八個譬喻，以言傳其中之美；同時採用「欲擒故縱」法，以摹寫其旋律的高下疾徐，抑揚頓挫。忽「然」，而又「否」之；忽「否」，而又「然」之。只是盤旋，只是跳盪，如此者八，方將說書之妙寫就。聽眾固然感到餘音繞探，讀者也為之神蕩目搖，氣盈魄動。其中關鍵，「擒縱」對列之巧妙設計，居功最偉。善用此法，可以變化文情，引發興味，救治文章平直呆板之病。

八、抑揚頓挫

清唐彪《讀書作文譜》稱：「凡文欲發揚，先以數語束抑，令其氣收斂，筆情屈曲，故謂之抑。抑後，隨以數語振發，乃謂之揚；使文章有氣有勢，光焰逼人。」《史記》「太史公曰」，最長於此道。

抑揚與頓挫，似是而非，唐彪《讀書作文譜》又謂：「抑揚者，先抑後揚也。頓挫者，猶先揚後抑之理。」[23]篇章結構之設

---

[23] 王水照編：《歷代文話》，第四冊。清唐彪《讀書作文譜》，卷七，〈文章諸法・抑揚・頓挫〉，頁 3489。

計，善用抑揚頓挫對列之法，可以防文章之流宕忘返，可以避筆勢之平順挨接，語意更加周延，論點令人信從。正史論贊，《史記》以下之評論人事，都用「褒貶兼至」法，很能切合人事善惡短長之實際。

後世遊說、勸諫、論辯之文，亦常用之，如丘遲〈與陳伯之書〉，堪稱抑揚法典範之作。文章第一段，自「將軍勇冠三軍」，至「何其壯也」，歷數陳伯之當年的勇壯，是褒「揚」他；「如何一旦為奔忙之虜……又何劣也！」嘲諷後來的棄明投暗，是貶「抑」之筆。這裏用「先揚後抑」法，頗合人情心理。蓋「欲抑則抑，抑無勢；欲揚則揚，揚無力」，此固文章平凡之病。必須「欲抑先揚，欲揚先抑」，方成文法。蓋昂揚其志意，以激勵自尊自重；再貶抑其氣勢，令其憂懼省思。如此，則談說勸諫可行。先抑後揚，暗合《鬼谷子》捭闔術所謂：「或開而示之，或闔而示之。開而示之，同其情也；闔而示之，異其誠也。」[24]

丘遲勸降陳伯之，深知「與陽言者，依崇高；與陰言者，依卑小」，故第三段，自「今功臣名將，雁行有序」，至「並刑馬作誓，傳之子孫」，是褒獎表「揚」梁朝；「將軍獨靦顏借命，驅馳氈裘之長，寧不哀哉！」是貶「抑」陳伯之，譏諷明珠暗投的悲哀。「夫以慕容超之強，……懸首藁街」，是以近似的事件相比類推，殺其銳氣，含沙射影，意在沛公，再「抑」。又稱北虜惡積禍盈，勢在必敗，三「抑」。然後數落將軍昧於時勢，不知進退，四「抑」。經過這四「抑」，已使陳伯之威武盡失，灰

---

[24] 許富宏撰：《鬼谷子集校集注》，北京：中華書局，2008 年，〈捭闔第一〉，頁 9、13。

心喪志，自覺錯誤，懊悔不已。逡巡彷徨之際，再以「暮春三月，江南草長」云云，借景寓情，訴諸鄉情，以招降投誠。接信之後，陳伯之果然反正來歸。一紙書信，賢於十萬雄兵，妙在抑揚捭闔，因機而動；「抑揚」對列，結構安排得法。

先揚後抑的對列手法，在歐陽脩的《五代史‧伶官傳》中，也有同工異曲之妙。西諺有云：「上帝要使人滅亡，必先使他瘋狂。」運用在文章義法上，欲敘其衰弱式微，先鋪寫其盛壯強大，在用筆為再加一倍，在用意為追進一層，最能有波瀾起伏之觀。〈伶官傳〉第三段，欲寫莊宗意氣之衰，則先在前段渲染鋪張莊宗意氣之盛。盛衰相形，成敗得失、天人之際，不言可喻。末段，再用先揚後抑之法，述盛衰變遷之迹，令人感慨萬端。全篇結構之設計，全出於「抑揚」對列之手法。

傳世名篇中，賈誼所作〈過秦論〉，比事顯義，使用先揚後抑之法，堪稱抑揚法典型之作。〈過秦論〉自開端：「秦孝公據函之固」以下，至「始皇之心自以為關中之固，金城千里，子孫帝王萬世之業也」，洋洋灑灑，六百餘言，歷數秦孝公至秦始皇，經營天下，併吞八荒之豐功偉業，氣勢凌厲，銳不可當，這是「揚」法。自「始皇既歿，餘威振於殊俗」，至「山東豪俊遂並起，而亡秦族矣！」特寫陳涉「一夫作難，而七廟墮」，以嬴秦的千里金城，帝王之尊崇富貴，居然抵擋不了匹夫的揭竿起義，這是對嬴秦的譏諷貶「抑」。這裏採用欲抑先揚，見盛觀衰的手法。抑主揚賓，以凸顯出「仁義不施，而攻守之勢異也」的警醒主題。興衰成敗，治亂得失，褒貶抑揚，堪作後世政治的借鏡，治亂興亡的戒惕。

結　語

　　篇章結構對列之法，當然不止這八項。其它尚有明暗、重輕、開闔、寬緊、奇正、變常等等，限於篇幅，只得割愛。結構，是文章骨幹，骨幹英挺穩適，膚肉自然勻稱姣好。

　　篇章結構的經營設計，濫觴於比事屬辭的《春秋》書法，演變為比事顯義的歷史編纂，再轉化生成古文義法。本文暫以賓主、虛實、離合、斷續、詳略、順逆、擒縱、抑揚八大法式，舉例論說之。

　　文章的高下得失，與內容的充實與否很有關係。內容的充實，除關乎學養外，結構的經營設計最有影響。工程的結構設計出了問題，就會嚴重妨害華廈的品質；篇章的結構有了毛病，也同樣影響文章的脈絡和格局。為了正本清源，先立其大，同時取法乎上，謹提出結構對列之法八種，以為補偏救弊之參考。平時閱讀，觸類思索；老師教學，隨機介紹；苟念茲在茲，持之有恒，對文章的改善，甚至指出向上一路，必能收立竿見影之效。

附表：長善救失與對列結構

文章寫作之缺失	改善之道：運用結構對列諸法
主題不顯、說服無方	賓主、虛實、詳略、擒縱、抑揚
旨趣凡近、思不出位	離合、順逆、擒縱、抑揚
捕風捉影、漸離題旨	賓主、離合、斷續
左抽右旋，困死題內	賓主、虛實、離合、順逆、擒縱
拙於剪裁、輕重失當	賓主、斷續、詳略、擒縱、抑揚
評論得失，顧此失彼	賓主、虛實、順逆、抑揚
平直通順、無奇無妙	本文所舉八法
篇幅短小、內容貧乏	本文所舉八法

叁、中國古典散文之種類

一、文體源流

（一）釋名

　　文章類別：一般稱為「文體」，這是相沿的錯誤。考「文體」一詞，自曹丕〈典論論文〉、劉勰《文心雕龍》以迄六朝諸作，凡談及「文體」者，莫不指文學中之藝術形相而言。其涵義與後世所謂文學之風格近似，而與文章類別殊科，不可同日而語。[1]

　　然自南宋章樵升之〈古文苑序〉，錯會前賢文意，明吳訥《文章辨體》、徐師曾《文體明辨》、賀仲來《文章辨體彙選》，又習焉不察，蹈襲其誤，指體為類。於是「體」與「類」淆亂，失其本旨。南宋以前，文章中由於題材不同而區分之種類，〈典論論文〉謂之科，摯虞《文章流別論》謂之流別，《文心雕龍》謂之區界、囿別、區分、區囿、區畛、區品、區別、類聚等；蕭統〈文選序〉、歐陽詢〈藝文類聚序〉、姚鉉〈唐文粹序〉等，則謂之類，未有稱為體者。[2]

---

[1] 文體與文類之義既經混同，因此明清以來，誤認《文心雕龍》上篇為文體論。其實為數二十之文章分類，劉勰未嘗稱為「體」。《文心雕龍》下篇所述，才是真正的「文體」。說參徐復觀：《中國文學論集》，臺北：臺灣學生書局，1974年。〈文心雕龍的文體論〉，（3）對《文心雕龍》文體觀念的誤解，（4）文體與文類的釐清。頁12-18。

[2] 參考同前書：徐復觀《中國文學論集》，頁8-12。

　　「體」與「類」之意涵，既經明代文章選家淆亂，一旦約定俗成，眾口鑠金，遂積重難返，無從改易。於是明清以來學者，率皆指「文體」為「文類」。既然積習難改，未能免俗，於是本文姑從其名。

（二）緣起

　　中國文章之體裁（即體、類），究竟起於何者？顏之推《顏氏家訓・文章篇》、劉勰《文心雕龍・宗經篇》、任昉《文章緣起》、陳騤《文則》，一致認為原於《六經》。明黃泰泉則更推衍諸說，作《六藝流別》之論。雖皆不免支離附會，而謂體始於《六經》，則大要不謬。因《六經》之堂廡甚大，是以《六經》文字，無體不備。後世能文之士，未有不本於《六經》者；各章體式，亦未有不胎始於《六經》者。

　　謂文體原於《六經》，此就體制承嬗而言；若就性質效用論，則章學誠《文史通義・詩教上》，有「後世之文，其體皆備於戰國」之說：戰國之時，「子史衰，而文集之體盛；著作衰，而辭章之學興」；「後世之文集，舍經義、與傳記、論辨之三體，其餘莫非辭章之屬也。而辭章實備於戰國，承其流而代變其體製焉。」[3] 其實，除經義外，傳記論辨之文，亦備具於戰國。[4] 要之，九流之所分部，《七錄》之所論，實皆六藝之遺緒，文章

---

[3]　章學誠著，葉瑛校注：《文史通義校注》，北京：中華書局，2014 年。卷一〈詩教上〉，頁 73。

[4]　說參《文史通義・詩教上》、《文心雕龍・史傳篇》、《史記・十二諸侯年表序》，知文類至戰國而大備。至於戰國文章之盛，可參《文心雕龍・諸子篇》，及謝無量《中國大文學史》第三章「戰國文學總論」。

之珍藪。戰國,堪稱文章最盛,文體大備之世。[5]

　　至於中國之文體論,則發始於魏晉,而興盛於齊梁。蓋秦漢古籍,如經傳、諸子、史乘等,皆已各成專著。單篇之作,唯詩歌辭賦而已,終不足以分合文章之體式。迄東漢之世,學者專著之書漸少,文人單篇之什日多,於是有專搜一人詩文集之「別集」,以及選錄多人作品之「總集」。別集總集滋多,就得費盡心思,蒐羅類分,品題比較,於是「文體論」生焉。[6]

(三)流派

　　中國文章,有三大體式:駢體、散體、語體,各有得有失,不分軒輊。若細分之,則春秋至西漢,為駢散合轍時期;自東漢至六朝,為駢文盛行時期;由李唐至滿清,為散文發達時期;民國以來,則為語體文流行時期。駢文,詞句凝鍊,色澤豔麗,聲調中節,氣度雍容,是以情韻跌宕,有一唱三歎之致。散文,則詞句疏散,不尚文飾,不拘形式,不泥聲律,是以氣盛言宣,有搖曳生姿之態。且駢文,重在求美,故態度散淡超然,而氣體閒逸,如高人逸士,瀟灑出塵。散文,則主明道,故態度認真嚴肅,文情雄健,如英才偉略,具經世之志。

　　雖然,為文之道,仍需奇偶相生,駢散相間,因為「駢中無散,則氣壅而難疏;散中無駢,則辭孤而易瘠。」故知兩者但可相成,不可偏廢。[7]至於語體文,則直錄口語,淺顯明白,以之

5　參考方銘:《戰國文學史論》,北京:商務印書館,2008 年。

6　「別集」「總集」之起源,可參《隋書‧經籍志》,《四庫全書目提要‧集部》「別集類」、「總集類」。

7　駢散不可偏廢之論,引見清劉孟塗〈與王子卿太守論駢體書〉。其他,可參

曉諭大眾、啟迪民智、普及教育，自較駢文散文為佳。然縷述繁稱，言之無文，難於傳諸久遠，則為不可諱言之缺點。三者之中，若論流傳與接受，散文自較其他二者為優長。以言各類文體內容之豐富，散體亦遠勝諸體。先略述駢文派之文體論著如下，再扼重論述中國散文之種類。行文有主有賓，烘雲托月，藉賓形主，固輕重詳略之法所應有也。

中國歷代文章總集，為文體分類之淵藪。中國之有總集，應推《詩經》為最早。繼之則王逸《楚辭章句》，皆詩歌總集。至晉杜預撰《善文》，李充撰《翰林》，摯虞撰《文章流別論》；又如劉義慶之《集林》、沈約之《集鈔》、孔逭之《文苑》、以及《詞林》、《文海》之屬，皆輝映於當時，琳瑯於著錄。可惜書皆亡佚，不能見其風貌。

今可見者，駢體之總集，以梁昭明太子蕭統《文選》為最早最著。其所采錄，「事出於沉思，義歸乎翰藻」；上起姬周，下迄蕭梁，凡歷七代，得百三十餘家，分三十九類。[8]蘇軾憾其「編次無法，去取失當」；姚鼐譏其「分體碎雜，立名多陋」，瑕累既多，實不足稱為文體論之專著。劉勰與蕭統同時，著《文心雕龍》五十篇，前半部說文章體製，後半部論修辭技巧；不僅為中國文學批評之鼻祖，更是現存最早之文體論專著。《文心雕龍》〈明詩〉至〈諧讔〉十篇，論有韻之「文」；〈史傳〉至〈書記〉十篇，論無韻之「筆」。由此觀之，駢散兼宗，文體論

蔣伯潛：《駢文與散文》，第一章〈駢散文的異同〉臺北：世界書局，1983年。

[8] 《昭明文選》分類凡三十九，首列詩賦，為其主體，各有其子目。其他，則有騷、七、詔、冊、令、教、策、表、上書、啟、彈事、牋、奏記、書、移書、檄、難、對問、設論、辭、序、頌、贊、符命、史論、史述、贊、論、連珠、箴、銘、誄、哀文、碑文、墓誌、行狀、弔文、祭文。

開山之作，非《文心雕龍》莫屬。與《昭明文選》為駢文派文體論不祧之祖，合稱雙璧。

　　純粹選錄駢文之總集，大多沿承《文選》文體分類之餘風：如宋王銍之《四六話》，李劉、羅逢吉之《四六標準》，魏齊賢、葉棻之《五百家播芳大全文粹》；明王志堅之《四六法海》，清孫友梅之《四六叢話》、陳均之《唐駢文鈔》，彭元瑞之《宋四六選》、曾燠之《清駢體正宗》、吳鼒之《清八家四六文鈔》、王先謙之《十家四六文鈔》、《駢文類纂》，王闓運之《八代文粹》等，文體的分類，存在與《文選》之關聯。彼此之差異，只是分合不同而已。另外，清李兆洛之《駢體文鈔》，書名雖稱駢體，然李氏立意，實主駢散合一。其書依文章性質，分為廟堂之製、指事述意之作、緣情托興之作三綱，統攝三十一類，誠前所未有。然強分門類，未免重複，則為美中不足處。

　　駢文與散文，文體容有不同，然自立意、謀篇、安章、修辭之創作藝術，作為他山之石，異域之眼，當有值得散文借鏡參考之處。因談文學創作，故觸類略及之。

二、連類並觀與古典散文之種類

　　散文，指筆法偏重於用奇，不專尚對偶，且無須協韻者。其名首見於宋羅大經《鶴林玉露》卷六，蓋別於駢文而言。而清代駢文家最喜用散文之名，以與駢文對舉，其義蘊則全同「古文」。[9] 雖辭賦頌贊，亦包括其中。此與現代稱「散文」，泛指

9　羅大經《鶴林玉露》卷六，引周必大之言曰：「四六特拘對耳，其立意措詞，貴於渾融有味，與散文同。」臺北：開明書店鉛字本，頁 17。「散文」

一切與韻文對立之文體，會當有別。此處所謂「散文」，實指
「古文」之別名。古文之名，起於韓愈，為厭棄魏晉六朝駢儷之
文，而務復古，使之返於三代兩漢而作。其後宋明清科舉之制
藝，名曰時文，為區隔辨知，古文之稱乃相沿不改。總之，古文
之名，或為界分體制之華樸，或為區別時代之早晚，章學誠《文
史通義·說林下》所謂：「文緣質而得名，古以時而殊號」，其
此之謂。

　　散文的分類，一般稱為文體論，大抵指文章體制而言。然後
散文之種類，除依體制劃分外，又可從性質、作法、時代、地
理、作者、風格等多方面，加以考察論說。如此連類並觀，以之
探索散文之種類，將較周延縝密。下列所述：即依循此七項分
類，略加討論。當然，此七類之中，仍以體制分類為最重要，故
列居首位，論述亦較詳盡。

（一）以體制分

　　學習辭章，當以體制為先。因為文章之有體制，好比宮室之
有制度，器皿之有法式。為文而不先明體，猶如作宮室、造器
皿，而不循制度法式一般。故宋倪思《經鉏堂雜志》說：「文章
以體制為先，精工次之。失其體制，雖浮聲切響，抽黃對白，極
其精工，不可謂之文矣。」明陳洪謨《靜芳亭摘稿》亦云：「文
莫先於辨體，體而後意以經之，氣以貫之，辭以飾之。體者，文
之幹也……體弗慎則文龐。」讀書作文，當以體制為先務，由此
可見。所謂體制，即是文章之類別。駢文體制之論著，前已述

二字，見於載籍，以此為最早。

過，今敘說有關散文分類之情形：

欲知中國散文的種類，當就古文總集中探尋之。古文總集之文體分類，除《昭明文選》分三十九類外，宋李昉、徐鉉、宋白等，奉敕編《文苑英華》，以續《文選》，其分類編輯體例，亦略相同，而門目更為繁碎。其後姚鉉取其十之一，成《唐文粹》，唯取古體，不錄駢文：分古賦、古調、頌、贊、表奏、書疏、狀、檄、露布、制策、文、論、議、古文、碑、銘、記、箴、誡、銘、書、序、傳錄、記事，凡二十二類，為散文總集之開山，承先啟後之作。此後，散文總集勃興，其中較著者，如南宋呂祖謙之《宋文鑑》，凡分五十類；元代有蘇天爵之《元文類》，則分十五綱，四十三類；明程敏政之《明文衡》，則分三十八類；吳訥之《文章辨體·內集》，分四十九類；徐師曾《文體明辨》內集，分一百零一目；賀後徵《文章辨體彙選》，分一百三十二類；清儲欣之《唐宋十大家類選》，分六門十三類。至於散文派文體分類最精善，可奉為圭臬者，當數姚鼐之《古文辭類纂》，與曾國藩之《經史百家雜鈔》。

姚鼐之《古文辭類纂》，區分文體為十三類：一、論辨，二、序跋，三、奏議，四、書說，五、贈序，六、詔令，七、傳狀，八、碑誌，九、雜記，十、箴銘，十一、頌贊，十二、辭賦，十三、哀祭。曾國藩編《經史百家雜鈔》，據姚書稍加損益分合，分散文為三門十一類：一、著述門：論著、詞賦、序跋三類；二、告語門：詔令、奏議、書牘、哀祭四類；三、記載門：傳誌、敘記、典志、雜記四類。曾氏此書，文該四部，堪稱集散文總集之大成。

中國古典散文之分類，自《文選》之三十九類，經《唐文粹》之二十二類，至《古文辭類纂》之十三類，《經史百家雜

鈔》之三門十一類，可謂愈分愈善，後出轉精了。文選分類，實
多可議。前人已言之；《唐文粹》之分類，又較《文選》為碎雜
可議，亦無庸置論。[10]其中分類精當，論說可法者，當數姚氏、
曾氏二書。今試就二書選錄範圍，與分類之異同，作一比較。二
書所選，皆為古文，然姚氏不選經、史、子，與《文選》同趣，
卻與曾氏取材之鎔經史子集於一爐相異。可見就選錄範圍而言，
曾氏遠較姚氏為廣博。若就分類異同而言，贈序類，為姚氏所
有，而曾氏刪之；敘記、典志二類，姚氏所無，而曾氏增之；頌
贊、箴銘二類，姚氏所分，曾氏附於詞賦之下編；傳狀、碑誌二
類，亦姚氏所分，而曾氏合為傳誌類。總之，以古文家法義法而
言，曾氏不如姚氏謹嚴；以選材範圍而論，姚氏不如曾氏廣博。
[11]二書分類，既各有優劣，故論文體者，皆並採兼顧。以下就二
書所分三門十五類，參以吳曾祺《涵芬樓古今文鈔》卷首之文體
芻言，敘次論列之，以見文體分類流變之一斑。

　　曾氏分文體為三門，實本南宋真德秀之四類：告語門，即真
氏之辭令類；著述門，即真氏之議論類；記載門，即真氏之敘事
類；其中只詩歌類為曾氏所不取，因《文章正宗》不選詩歌。今
會通姚、曾二家之文體分類，實得十五：著述門：論說、箴銘、
頌贊、辭賦、序跋、贈序六類。告語門：詔令、奏議、書牘、哀
祭四類。記載門：傳狀、碑誌、敘記、典志、雜記五類。茲述說
其體制與流別如左：

10　《昭明文選》與《唐文粹》，文體分類碎雜，可參考馮書耕、金仞千編：
　　《古文通論》，第九章「文章分類」，頁840。

11　姚鼐、曾國藩二書分類之異同優劣，可參蔣伯潛著：《文體論纂要》，頁41-
　　44，及第七～十四章所論。

（1）論說

　　凡辨析事理，綜論學術，以明其原委曲直者，皆屬於論說之體式。凡散文屬於吳氏所謂「論、設論、續論、廣論、駁、難、辨、義、議、說、策、程文、解、釋、考、原、對問、書、喻、言、語、旨、訣」；以及曾氏所謂「篇、訓、覽」諸目，都隸屬於論說之文體。[12]。

（2）箴銘

　　規諷警戒，規過褒贊之文，皆屬之。其流別為箴、銘、戒、訓、規、令、誥。

（3）頌贊

　　美盛德而述形容，定褒貶而致厚意之文，皆屬之。其流別為頌、贊、雅、符命、樂語等。

（4）辭賦

　　設辭託諷，廓張聲勢之文，皆屬之。曾氏以「著作之有韻者」為詞賦類之界義，且合併箴、銘、頌、贊入詞賦，未免太拘形式。其流別為賦、辭、騷、操、歌、七、偈、設論、連珠等。

（5）序跋

　　將既成之著作，紬繹序述其意者，統名曰序跋，兼合他人與自己之著作而言。其流別為序、引、題、序錄、序略、表序、跋、讀、後序、書後、題後、題詞、評、述、例言、譜等。

---

[12] 各類目之義界、文例、與辨誤，可參姚、信、吳三家所著書，及《古文通論》第九章第四節〈文章體性與類屬關係〉。

（6）贈序

作序贈人，以致其忠告與祝福者屬之。其流別為序、賀、壽序、引、說等。

（7）詔令

上告下之公文，皆入詔令之類。其流別為詔、即位詔、遺詔、令、遺令、諭、書、璽書、御札、敕、德音、口宣、策問、誥、告詞、制、批答、教、冊文、冊書、策令、赦文、檄、牘、符、九錫文、鐵券文、判、參評、考語、勸農文、約、牓、示、審單等。

（8）奏議

下告上之公文，皆屬奏議類。其流別為奏、議、駁議、謚議、冊文、疏、上書、上言、章、書、表、賀表、謝表、降表、遺表、策、摺、箚子、啓、牋、對、封事、彈文、講義、狀、謨、露布等皆是。

（9）書牘

人際往來之私函，都屬於書牘。其流別為書、上書、簡、札、帖、箚子、奏記、狀、牋、啟、牘、親書、柬啟、移、揭、刀筆等皆是。

（10）哀祭

人告於鬼神者，則為哀祭類。其流別為祭文、弔文、哀辭、誄、告祭、祝文、願文、招魂、告天文、告廟文、玉牘文、悲文、哀頌、哀冊、祭冊、諭祭文、祝香文、釋奠文、祈禱文、謝、歎道文、齋詞、願文、醮辭、冠辭、祝蝐文、賽文、贊饗

文、告文、盟文、誓文、青詞等是。

（11）傳狀

　　傳狀之文，所以記敘一人生平之事蹟。傳本出於史官，狀則出自私人；傳或有褒有貶，狀則絕無貶辭，此二者不同處。其流別為史傳、家傳、小傳、別傳、外傳、託傳、假傳、補傳、行狀、合狀、述、事略、實錄等皆是。

（12）碑誌

　　或以歌功頌德，或記死者事實，即是碑誌文。傳狀與碑誌，曾氏合為一類，稱傳誌類，姚氏則分為二。曾氏以為二者皆所以記人，故合而為一；姚氏以為碑誌刻石，傳狀不刻石，故分而為二。碑誌之文，其流別為碑、碣、廟碑、刻石、題名、碑記、碑陰、神道碑、墓誌銘、墓誌、墓表、阡表、靈表、權厝誌、續誌、後誌、歸祔誌、遷葬誌、蓋石文、墓磚文、墓版文、塔銘、塔記、葬誌、銘、雜銘、雜誌等皆是。

（13）敘記

　　凡記事之文章，都屬於敘記類。此類為曾氏之發明，凡編年體或紀事本末體史書中的文章，多屬之。其流別為記、日記、日錄、述、表、譜，以及一切史書中之記事文，凡不屬於典誌類或雜記類者，多屬之。

（14）典志

　　凡記政典的文章，則屬於典志類。其流別為典、志、書、通、記、法規、儀注等。

（15）雜記

　　凡文章用來記雜事者，多屬於這一類。其流別為記、後記、書事、紀、志、錄、序、題、述、經等皆是。

　　文體之分類，古今以來不可勝載，其間同名異實或異名同實者，又所在多有，勢不能一一列舉。今只擇要論次如上，以見中國古典散文體制分類之大凡。詳細內容，請參考《文心雕龍》上卷、《唐文粹》、《文章辨體》、《文體明辨》、《古文辭類纂》、《經史百家雜鈔》、《涵芬樓文談》。以及林紓之《畏廬論文》、章太炎之《國故論衡》、王葆心之《古文詞通義》卷十三，姚永樸之《文學研究法》、薛鳳昌之《文體論》、蔣伯潛之《文體論纂要》、顧藎丞之《文體指南》、馮書耕金仞千之《古文通論》、張相之《古今文綜》。

　　復旦大學教授王水照，為宋代古文研究之行家。主編《歷代文話》，共十鉅冊，尤為斯學之大觀。[13]《歷代文話》之收錄，以宋代至近代之古文評論為主，間取駢文、時文之論著。堪稱集古代文章學評論資料之大成。

（二）以性質分

　　宋真德秀《文章正宗》分文章為四大類，除詩歌外，散文分議論、敘事、詞命三類。以散文性質分類，此為最早。明代王三省之《古文類選》，則分散文為十六類：一、道德，二、經學，三、著作，四、君道，五、臣道，六、政事，七、治體，八、用人，九、諍爭，十、刑賞，十一、論法，十二、夷狄，十三、兵

---

[13] 王水照編：《歷代文話》（1-10冊）。上海：復旦大學出版社，2007年。

事，十四、忠孝，十五、氣節，十六、幽憤。其以性質分類，大抵立名不嚴，分合取舍，漫無標準，可以無論。[14]。近人呂佩芬編《評釋分級古文讀本甲編》，依孝、弟、忠、信、禮、義、廉、恥分類，雖去取較王書嚴密，但選文局限於道德性之散文，取材未免不廣。今參考諸家意見，覆按中國散文之特質，可從四方面探討散文的種類。

（1）論理、敘事、抒情、寫景

　　清末以來，文體之分類，有規仿東洋及西洋者，如龍伯純之《文字發凡》、高語罕之《國文作法》、劉永濟之《文學論》、施畸之《中國文章論》等。[15]綜合各家學說，中國散文的種類，依其撰作性質可分為四：論理、敘事、抒情、寫景。以姚、曾二氏之文體分類而言：論辨、詔令、奏議、書說、贈序，屬於論理式散文；傳狀、碑誌、敘記、典志、雜記、序跋，偏於敘事式散文；哀祭、頌贊、箴銘、辭賦，偏於抒情式散文。至於描寫文，則傳狀、碑誌、典志、敘記、雜記、辭賦諸體中，亦多有之。此雖別為四類，其實非截然可以劃分者。行文時或夾敘夾議，運筆時亦無礙情景兼描也。[16]

---

[14] 古類選分類之煩亂無法，可參馮書耕、金仞千編：《古文通論》，頁 854-855。

[15] 各家學說，可參考蔣伯潛著：《文章學纂要》，頁 46-62。

[16] 王葆心：《古文詞通義》，臺北：臺灣中華書局，1965 年。據《晦堂叢書》本景印本。卷十三，以為：歷代散可以敘事、說理、述情三派統括之。「由完全三種統系可觀歷代之文派」；「由不完全三種統系可觀歷代之文派」；「由完全三種統系統合文家之時代」；「由完全三種統系區別文家之家數」；「三種統系有歸併於一人之時」；「三種統系有並見於一朝之局」，詳見頁 30-47。卷 14，「以三種統系總概文家之輯述」，頁 1-2。

（2）歷史、哲學、藝術、實用

　　真、善、美，為文藝創作之三大追求法則，由是而生發求真之歷史、求善之哲學、求美之藝術，以及求經世之實用主義者。中國散文，亦可據此加以分類：《尚書》、《春秋》、《左傳》、《國策》、《史記》、《漢書》、《後漢書》、《三國志》、《資治通鑑》，以及一切史學名著，皆屬於歷史性散文。

　　《易經》、《禮記》、《論語》、《老子》、《墨子》、《孟子》、《莊子》、《荀子》、《韓非子》、《列子》、《孫子》、《呂子》、《公羊傳》、《穀梁傳》、《新語》、《淮南》、《論衡》等，以及一切有關理學、心學、義理、思想的文章，都可稱為哲學性散文。

　　至於藝術性之散文，則如魏晉六朝之錯比文華、沉思翰藻，又如明季小品之流麗清新、沉鬱深刻，清初古文之體兼華藻、郁郁彬彬，以及一切抒寫性靈之美文，虛構情節之妙文，皆屬之。

　　歷代文家之疏表策議，寫實派文家之反映時代社會，唐宋古文家之載道致用，永嘉永康金華浙東諸學派之經世文論，以及清代倡導實學之文章，皆為實用式散文。

（3）平易、奇崛

　　陳柱《中國散文史》稱：韓愈之文，可分為三類：其一為文從字順各識職，其二怪怪奇奇詰詘聱牙，其三為實用類。此三者之中，就性質而言，不外平易與奇崛二途。平易與奇崛，為中國散文的二大類型，韓愈皆具備之，因時施用。前乎此者，《左傳》、《禮記》、諸子、《國策》、《史記》之文，遣詞都偏於平易淺顯；《尚書》、《周易》、《儀禮》、《周禮》、古鐘鼎文字、揚雄、班固、范曄之文，則偏向奇崛艱澀。後乎此者，李

翱、白居易、元稹、歐陽脩、曾鞏、蘇洵、蘇軾、蘇轍、三袁、唐順之、歸有光、桐城派、陽湖派、湘鄉派、林紓諸家之文，則近平易純正。至於皇甫湜、孫樵、李觀、歐陽詹、樊紹述、劉蛻、李商隱、明前七子、後七子、鍾惺、譚元春、章太炎諸家之文，則衍韓愈奇崛艱險一派。王安石〈題張司業〉詩云：「看似尋常最奇崛，成如容易卻艱辛。」平易，看似尋常，自較奇崛為難能而可貴，亦由此可見。

（4）陽剛、陰柔

文章依性質分為陰陽剛柔，早見於《周易》、〈賁卦象傳〉、〈說卦傳〉。其後沈約《宋書・謝靈運傳》，劉勰《文心雕龍》〈體性篇〉、〈定勢篇〉、〈鎔裁篇〉，皆有言及，而語焉不詳。至姚鼐〈答魯絜非書〉，剖析分辨，始昭然若揭；到曾國藩《求闕齋日記》，更推衍敷說，成四象八訣，益見具體，而不免混雜。

以陽剛陰柔二分中國散文之體制，像論說、詞賦、奏議、哀祭、傳狀、碑誌、敘記，以及詔令中之檄文，書牘中論事之文，舉凡有「雄、直、怪、麗」之風格者，皆近陽剛。至於像序跋、詔令、書牘、典志、雜記、哀祭中之郊社祖宗、祭祀同輩或後輩友朋，舉凡有「茹、遠、潔、適」之風格者，則近陰柔。此處所謂陽剛之文、陰柔之文，只是比較的說法，並非截然可以劃分。歷代各大散文家作品，自可以陽剛與陰柔加以分類：散文家如《公羊傳》、《孟子》、《莊子》、《國策》、賈誼、司馬遷、司馬相如、揚雄、曹操、曹植、蔡邕、韓愈、陸贄、柳宗元、蘇洵、蘇軾、王安石、王守仁、劉大櫆等，文章多富於陽剛之美。至於《左傳》、司馬遷、班固、劉向、匡衡、諸葛亮、曹丕、陸

機、歐陽脩、曾鞏、蘇轍、朱熹、歸有光、姚鼐諸家之文，則偏向陰柔之美為多。當然，也有一人而兼含陽剛陰柔之美者，如莊子、司馬遷等是。此處所言，只是指出各家文章之偏重趨向而已！

（三）以作法分

作文始於有法，終於無法；其實並非無法，而是「神而明之，出乎法律之外」罷了。文章傳世之後，後代選文家或文評家有依照「作法」，而將散文分成若干類者，如歸有光《文章指南》，分文章作法為六十二則：如通用、立論正大、用意奇巧、遣文平淡、造語蒼勁、敘事典贍、辭氣委婉、神思飄逸、譬喻、引證、將無作有、化用經傳、引事論事、抑揚、尚論成敗、一反一正、正反翻應、前後相應、總提分應、總提總收、逐事條陳、文勢重疊、句法長短錯綜、一級高一級、一步進一步、文勢如貫珠、文勢如走珠、文勢如擊蛇、文勢如破竹、先虛後實、先疑後決、下句載上句、綴上生下、叠上轉下、攔截上文、設為難解、含意不露、設為問答、辨史、文短氣長、字少意多、字煩而不厭、雙關、兩柱遞文、下字影狀、相題用字、題外生意、駁難本題、回覆題意、駕空立意則、死中求活、立意貫說、繳應前語、疊用繳語、結意有餘、竿頭進步、結末括應、結末推原、結末推廣、結末垂戒、結句有力、結束斷制，皆各有其文例。歸有光以後之評點家評文，所謂某某法者，大多本此，可見其影響之深遠。當然文章作法不止這六十二種，歸氏只是舉例指示而已。

除外，宋謝枋得《文章軌範》，分文章為二類，放膽文與小

心文。[17]明張明弼《文塵》，分文章作法為一百二十七類（實際只有一百二十二類），疏密兩失，過猶不及。又有成璞完之《古文筆法》，分文章作法為二十二類：波瀾層疊、先敘後議、結筆論斷、純粹記事、整齊排疊、詼諧寓意、借物寫影、無中生有、前後呼應、回護題意、狹題寬做、曲折達意、據理辨駁、設喻證明、運用陪襯、著眼一字、逐層申論、按段遞轉、用筆勁峭、詞旨簡潔、即景點綴、感慨生情，亦各有其文例。宋文蔚之《文法津梁》，則分造意十六法、謀篇十三法、布局十二法、分段十六法、運調十二法、音節八法、運典十二法、修辭八法、鍊句八法、鍊字八法，凡一一三法。凡此，皆可以作為中國散文作法分類之參考。

（四）以時代分

　　中國散文之種類，亦可依據時代作區分；劉禹錫云：「八音與政相通，文章與時高下。」此說可取。蓋言為心聲，心隨物移，時運之變遷，徵諸人心；人心之感受，形諸言論：所以文學創作或和平，或噍厲，蓋隨國運而盛衰上下。

　　《尚書》之編輯，以虞夏商周四朝為分類，依時代為分類標準，以《尚書》為最早。其次則《詩・大序》、《朱子語類》、《古文詞通義》三家，區分文章為盛世、衰世、治世、亂世四種：唐虞成周政教之美化，文章多昌偉博大，從容清明，其氣雍容和平，《詩》、《書》、《易》、《禮》、《春秋》五經之文，就是「盛世之文」的代表。周季、漢季、唐季、宋季、明季

---

[17] 王水照編：《歷代文話》，第一冊，宋謝枋得：《文章軌範評文》，頁 1041-1043。

之世衰道微，文章多委靡繁絮，深沉惻悱，氣象熟圓軟美，蘊藉深藏，如《左傳》、《國語》、《孟子》、《荀子》、屈原、宋玉，以及漢唐宋明末季諸家之文，大多屬於「衰世之文」。漢之文帝、武帝、光武帝，唐之貞觀、開元、元和，宋之仁宗、英宗，元之大德、明之宣德正統，清之康熙乾隆諸治世，文章發陳，了無鬱屈，其氣和樂正直，皆所以鳴國家之盛。如賈誼、董仲舒、枚皐、司馬遷、司馬相如、張衡、班固、魏徵、韓愈、柳宗元、李翱、范仲淹、歐陽脩、三蘇、曾鞏、元好問、虞集、侯方域、魏禧、汪琬、錢謙益、姚鼐、方苞、劉大魁諸家之文，即所謂「治世之文」。至於戰國六朝五代，文章鋒厲殺伐，詭譎慘刻，曼靡容與，顛倒悖謬，有破決歧裂之氣。如《國策》、《莊子》、《列子》、《申子》、《韓子》，以及一切俳優宮體之作，都是所謂的「亂世之文」。

陳柱《中國散文史・序》，以文學為治化學術之華實，而將文學分為七個時代：一、三代，為治化而文學之時代。二、春秋，由治化而漸變為學術之時代。三、戰國，為學術而文學之時代。四、嬴秦，反文化之時代。五、兩漢，由學術而漸變為文學之時代。六、漢魏唐宋元，為文學而文學之時代。七、明清，以八股為文學之時代。由此七個時代，也可看出散文潮流之消長。[18]

李曰剛《中國文學史》，述散文之流變，則分八個時期：一、周秦，導源期；二、兩漢，發達期；三、魏晉，式微期；四、南北朝，跛行期；五、李唐，新生期；六、兩宋，風靡期；七、元明，紛競期；八、清代，昌盛期。由此分類，頗可見中國

---

[18] 陳柱著：《中國散文史》，臺北：臺灣商務印書館，1980 年。

散文盛衰之情形。[19]

　　另外，高明主編之《中華文彙》，也將古典散文分成八個時期：一、先秦；二、兩漢三國；三、兩晉南北朝；四、隋唐五代；五、宋；六、遼金元；七、明；八、清。大致以類相從，頗見本末。比起明王世貞《正續名世文宗》之分為春秋列國、西漢、東漢、三國、六朝、唐、宋、元、明九類，崔銑《文苑春秋》之分為漢、魏、吳、晉、後魏、唐、宋、元、明九類；以及吳楚材《古文觀止》之分為周、秦、漢、七朝唐、唐、唐宋、宋、明八目，允稱精當該洽了。[20]

　　綜要言之：三代之文，主於說理；秦漢後之文，主於敘事述情；六朝李唐之文，主於述情聲律，北宋之文，主於敘事議論，宋以後之文，主於說理。黃宗羲認為：唐以前句短，唐以後句長；唐以前字華，唐以後字質。唐順之則以為：漢以前之文，未嘗無法而未嘗有法；唐與近代之文，不能無法而能毫釐不失乎法。侯方域則以為：秦以前文主骨，漢以後文主氣。這些又都是以漢前後為一界限，唐前後為一界限的分類法。[21]

（五）以作者分

　　中國古典散文之分類，亦有以作者為區分者。以作者為類別，又有數種分法：或以同一流派為指歸的，或以同時期之地望

---

[19] 李日剛：《中國文學史・辭賦流變史》，臺北：文津出版社，1987 年。

[20] 高明主編：《中華文彙》；李日剛編纂：《先秦文彙》，臺北：中華叢書編審委員會，1957-1960 年。

[21] 詳參王葆心：《古文詞通義》卷十三，頁 37-38。另外，林庚《中國文學發展史》，又區分中國文學：漢為啟蒙時代；魏晉隋唐為黃金時代，兩宋為白銀時代，元明清為黑暗時代，失之籠統不精，殊無足取。

相類為標準，或專以古諸子為範疇，亦有合經子文家為一編者。
敘述如下：

　　呂祖謙選取韓、柳、歐、曾、三蘇七家之文，輯為《古文關
鍵》；[22]樓昉又擴唐宋大家之文，上及秦漢之作，輯為《崇古文
訣》。宋磻洲則取韓、柳、歐、蘇之文，而成《文膽》；陳貞山
亦有《唐宋四大家文鈔》之編，為六家之文。明朱右選韓柳等八
家之文，為《八先生文集》。至茅坤輯韓、柳、歐、曾、蘇、王
八家之文，而成《唐宋八大家文鈔》，於是有唐宋八大家之稱。
[23]鍾惺之《八大家文選》、王寵之《唐宋八家古文選》，旨趣亦
與茅書相同；清劉大魁之《八家選》，沈德潛之《唐宋八大家文
集》，旨趣則與茅書出入，且未盡精當。儲欣於茅氏所取八家
外，增李翱、孫樵為十家，著《唐宋十大家文集》。乾隆時，又
敕儒臣，據儲欣書別加編定，成《唐宋文醇》；李祖陶則又輯元
好問、姚燧、吳澂、虞集、宋濂、王守仁、唐順之、歸有光八家
文，以為《金元明八大家文選》。

　　凡此，雖都可作為學習古文之參考，然言及精善，則非茅坤
《唐宋八大家文鈔》莫屬。因為文章體制，至八家乃全，有一定
之程序可供遵循，故為文宜先學八家，行有餘力，始上及先秦兩
漢之作；否則，必生種種流弊。[24] 其他，以二十四史文章而
言，《三國志》、《梁書》、《陳書》、《南北史》、《新唐

---

[22] 宋呂祖謙：《古文關鍵》，〈看古文要法〉一卷。王水照編：《歷代文
話》，第一冊。

[23] 明茅坤輯：《唐宋八大家文鈔》，〈評文〉一卷，王水照編：《歷代文
話》，第二冊。

[24] 詳參方苞：〈古文約選序〉，劉開：〈與阮芸臺論文書〉，朱一新：《無邪
堂答問·論古》諸什。

書》、《新五代史》、《宋史》、《遼史》、《金史》、《元史》、《明史》等史傳，行文解散辭體，疏縱中見雄快，文筆皆宗法《史記》。而《後漢書》、《晉書》、《宋書》、《南齊書》、《北齊書》、《周書》、《隋書》、《舊唐書》、《舊五代史》，體裁綺密，偶整中見凝鍊，則薪傳自《漢書》，而為其流裔者。若斯之比，皆以同一流派為指歸，所作之分類。

　　以作者分類，又有以同期地望相類為標準者，如劉師培《近代文學史》，分清代古文派有寧都、商邱、餘姚、吳越、桐城、陽湖、湘鄉等七派，而都屬於唐宋文派。又有專以古諸子為範疇者，如明王廷諫之《七子文華》，摘選老、莊、列、荀、揚、文、韓七子之文是。又有合經史子及文家為一編者，如宋湯漢之《妙絕古今》，及曾國藩之《經史百家雜鈔》等是。

（六）以地理分

　　王葆心《古文詞通義》卷十四提示：列朝之文，略有南北之分野：劉師培有〈南北學術不同論〉：梁啟超《中國地理大勢論》，亦以為言。此乃時風地氣使之然，非盡關乎人之所作為。此種地理史觀，《史記・貨殖列傳》，已發其端。中國學術宗派，區分為南北二大門，猶《楚辭》與《詩經》然，各有其特色而不相紊，此乃存在而不容爭辯的事實。單就文章而言，說理敘事二派，北方較勝；言情寫景二派，南方為優。如是分法固嫌粗略，其中不乏北人而工於言情寫景者，亦不乏南人而長於說理敘事者，詳參王葆心《古文詞通義》卷十四，〈總術篇二・文之總以地域〉者：〈周季文家流衍之地域〉、〈兩漢文家流衍之地域〉、〈六朝南北文家流衍之地域〉、〈唐代文家流衍之地

域〉、〈宋代文家流衍之地域〉、〈元代文家流衍之地域〉、〈明代文家流衍之地域〉。卷十五，〈總術篇三・文之總以地域〉者：〈國朝文家流衍之地域〉諸什。[25]王葆心謂：「北人之文主理，南人之文主情，此其大都也。然南人主情之文，迄唐初而止；北人主理之文，至唐後而大熾於南方。敘事之文，在唐以前亦北方為之宗主，南方為之附庸。唐以後，南北皆互有名家。故三者之於南北，常有直接與循環之觀焉。」[26] 綜論歷代文章之地理分佈，頗值得參考。

自元好問《中州集・題詞》，分區域以論文，爾後多有本諸地域以劃分文家之派別者，如明代散文有七派，其中公安派，袁中道、袁宏道之徒主之；竟陵派，鍾惺、譚元春之徒主之，顯然是以地域分派。清代散文，有寧都三魏（禧、際瑞、禮）、商邱侯方域、長洲汪琬、桐城姚鼐、方苞、劉大櫆，陽湖張惠言、惲敬，湘鄉曾國藩、王先謙、張裕釗、吳汝綸，閩縣林紓，皆以地域而成文派。可見文章不特與時高下，亦有地氣限之。人文與地理交相影響，遂成獨特風格之文派。凡此，亦散文分類依據之一。

（七）以風格分

《文心雕龍・體性篇》，論及文體之基本型式有八：典雅、遠奧、精約、顯附、繁縟、壯麗、新奇、輕靡。各種文體，皆由

---

[25] 王水照編：《歷代文話》，第八冊，王葆心《古文詞通義》卷十四・〈總術篇二・文之總以地域者〉；卷十五・〈總術篇三・文之總以地域者〉，頁7761-7810。

[26] 王葆心：《古文詞通義》，臺灣中華書局本，卷十五，頁14。

此八體糅合衍化，因此，劉勰既言「數窮八體」，又云「八體屢遷」，職此之故。[27]其後日本遍照金剛《文鏡秘府論》論體篇，分文章風格為六，以高、逸、貞、忠、節、志、氣、情、思、德、誠、閒、達、悲、怨、意、力、靜、遠十九字，概括文章之德體風味。大致本於劉勰《文心雕龍》，唐釋皎然《詩式》。

　　司空圖撰《詩品》，受皎然《詩式》影響，分詩文為二十四種風格：雄渾、冲淡、纖穠、沉著、高古、典雅、洗鍊、勁健、綺麗、自然、含蓄、豪放、精神、縝密、疎野、清奇、委曲、實境、悲慨、形容、超詣、飄逸、曠達、流動。[28]清袁枚愛賞司空圖《詩品》，遂作《續詩品》：崇意、精思、博習、相題、選材、用筆、理氣、布格、擇韻、尚識、振采、結響、取徑、知難、葆真、安雅、空行、固存、辨微、澄滓、齋心、矜嚴、藏拙、神悟、即景、勇改、著我、戒偏、割忍、求友、拔萃、滅跡，凡三十二品。[29]

　　清顧翰撰《補詩品》，亦分詩文風格為二十四：古淡、蘊藉、雄渾、清麗、哀怨、激烈、奧折、華貴、疏散、超逸、閒適、奇艷、凄婉，飛動、感慨、雋雅、高潔、精鍊、峭拔、悲壯、明秀、豪邁、真摯、渾脫。[30]自《詩式》以下三書，所作風格分類，雖皆針對詩歌而言，亦未嘗不可觸類隅反，會通轉化，以之品賞古文，甚至現代文學。

---

[27] 梁劉勰著，范文瀾註：《文心雕龍註》，北京：人民文學出版社，2014 年。

[28] 釋皎然：《詩式》，司空圖：《詩品》，詳清何文煥：《歷代詩話》，北京：人民文學出版社，1982 年。

[29] 清袁枚：《續詩品》，見丁福保輯：《清詩話》，上海：中華書局，1971 年。頁 1029-1036。

[30] 清顧翰：《補詩品》，中國哲學書電子化計劃，維基網頁。

　　清馬榮祖，始作《文頌》，以品論文章之體式與風格，體制
與司空圖《二十四詩品》相類。其上篇，倣《文心雕龍》，論文
章之體制、構思、筆法、旨趣。下篇，專說文章之風格。全書分
為四十八目：沉雄、峻潔、典雅、清華、淳古、怪豔、沉著、生
動、嚴重、疏放、遒媚、超忽、蒼潤、清越、奇險、輕澹、鬱
折、洸漾、雄緊、頹暢、奧澀、樸野、蘊藉、恣睢、澹永、跌
宕、瘦硬、渾灝、秀拔、排奡、修遠、夭矯、冲寂、鼓舞、停
勻、雄挫、閒適、堅深、清深、古拙、妙麗、勁宛、英雅、遒
逸、複隱、空靈、神解、飄渺。[31]

　　直接以文品為書名，則有清許奉恩之《文品》三十六，專論
文章風格：高渾、名貴、超脫、簡潔、雄勁、典博、精練、整
齊、放縱、暢足、謹嚴、質樸、恬雅、濃麗、清淡、鮮明、老
當、險怪、流動、細密、奇譎、空靈、纏綿、神化、圓轉、純
熟、軒昂、幽媚、快利、峭拔、沉厚、和平、悲慨、得意、停
蓄、遊戲。[32]承繼司空圖《二十四詩品》，出於形象式批評。

　　除外，姚鼐《古文辭類纂》以為：「神、理、氣、味，文之
精也；格、律、聲、色，文之粗也。」[33]曾國藩有古文八字訣：
雄、直、怪、麗、茹、遠、潔、適，[34]可看成文章的八種風格。

---

[31] 清馬榮祖撰：《文頌》一卷，分上下篇，《昭代叢書》道光本。王水照編：
　　《歷代文話》，上海：復旦大學出版社，2007年。第四冊，頁 4013-4042。

[32] 清許奉恩撰：《文品》一卷，1930 年刊文品滙鈔本。王水照編：《歷代文
　　話》，第六冊，頁 5601-5612。

[33] 清姚鼐：《古文辭類纂》，臺北：臺灣中華書局，1971 年。

[34] 《曾國藩日記》，咸豐十年閏三月廿四日：「余思古文有八字訣，曰雄、
　　直、怪、麗、淡、遠、茹、雅。近於茹字似更有所得。而音響、節奏，須一
　　『和』字為主。因將『淡』字改為『和』。」

曾氏選鈔古文，則分氣勢、識度、情韻、趣味四大風格。[35]其後蔣伯潛著《體裁與風格》，綜合前人之說，而分文章為具體與抽象二方面：就具體而言，文辭有繁縟簡約之分，筆法有婉曲直截之分，境界有動蕩恬靜之分，章句有整齊錯綜之分，格律有謹密疏放之分；就抽象而言，色味有濃厚淡薄之別，意境有超逸切實之別，態度有輕鬆嚴肅之別，氣象有陽剛陰柔正大精巧之別，聲調有曼聲促節高亢微弱輕清重濁宏壯纖細之異。[36]這些都是文章風格的粗略分類，大多「言之成理，持之有故」，很可以作為散文分類的參考。

　　一般而言，文章的風格隨著時代、地域、作者、性質等因素而改變，已見上述；甚至一人之作、同篇之文，風格也有不同。以作品來說，諸家散文各有特色，也就有了不同的風格，舉其犖犖大者言之，如《春秋》之謹嚴、《左傳》之宏富、《國語》之修整、《穀梁》之清婉、《公羊》之辯裁、《大戴記》之條暢、〈考工記〉之精巧、〈檀弓〉之簡捷、《老子》之渾古，《莊子》之駘蕩、《孟子》之雄辯、《荀子》之切實、《國策》之華峭、《楚辭》之幽博、《列子》之奇肆、《管子》之勁直、《韓子》之峭刻、《孫子》之簡明、《呂子》之賅洽、《淮南》之瓌瑋、《史記》之疏蕩，風格不同，各有自家面目。

　　乃至於賈誼之壯麗、董仲舒之冲暢、劉向之規格、司馬相如之富麗、揚雄之邃險、班固之宏雅、韓愈之渾厚、柳宗元之光潔、杜牧之豪縟、元結之精約、陳子昂之古雅、李翱皇甫湜之溫

---

[35] 《曾國藩日記》，同治四年六月二十五日：「氣勢、識度、情韻、趣味」四者，偶思邵子四象之說，可以分配。

[36] 蔣伯潛：《體裁與風格》，臺北：世界書局，1982年。

粹、元積白居易之平易、陸贄李德裕之經濟、歐陽脩之正大、蘇
洵之老健、王安石之清新、蘇軾之宏肆、蘇轍之淡泊、曾鞏之開
闊、司馬光之篤實。[37]若此，皆諸家風格之精粹處。既為諸家風
格之代表，自可奉為學文之指針。

三、經典古文與閱讀之範疇

上文談古文之分類，依性質分，其中第二類，分為歷史、哲
學、藝術、實用。然曾國藩分古今學術為四類：「有義理之學，
有詞章之學，有經濟之學，有考據之學。此四者，缺一不可。」
[38]所謂「經濟」之學，即經國濟民，利用厚生之學。孔門四科之
政事，今世所指實用功能之文，皆屬之。除了考據之學外，其他
義理、辭章、經濟領域，大抵以文、史、哲為本體，而以「利用
厚生」之實用為功能，經國濟民為效益。

從甲骨刻辭、彝器銘文，到晚清近代古文，前後三千多年，
古文可謂源遠流長，枝繁葉茂。就數量言，古典散文佔中國文學
作品的最大宗。就成就言，名家輩出，可與詩歌相媲美。體裁靈
活，風格多樣，敘事、抒情、描景、議論，無一不可。篇幅長短
隨意，行文樸素自然，句式參差變化、語言簡潔凝煉。尤其章法

---

[37] 諸家文章之風格，可參閱《文心雕龍》〈宗經篇〉、〈體性篇〉、〈才略
篇〉。曾國藩：《日記》、《家訓》，以及金仞千、馮書耕：《古文通論》
第十一章〈文章體性〉。

[38] 賈文昭編著：《桐城派文論選》，北京：中華書局，2008 年。姚鼐〈述庵文
鈔序〉，頁 91。曾國藩〈聖哲畫像記〉亦云：「學問之途有三：曰義理，曰
詞章，曰考據。戴東原氏亦以為言。」其後，曾國藩《求闕齋日記類鈔‧問
學》，再添增「經濟」一項，頁 325。

技巧之講究，古文更遠在詩歌之上。所以，古文被士人看作是最普遍、也是最重要的表意媒介，成為三千年來文學的長青樹。作品之創作與流傳，影響經典古文之閱讀與接受。

就範圍而言，古文的主體，以抒情寫景的文學散文為主，旁通到傳記、史評、政論、墓誌、雜文。「事出於沈思，義歸乎翰藻」的駢文和辭賦，最能體現漢語文章的特色，也包括在內。今將經典式古文，分為傳記、哲理、文學、實用四大類型，以統攝歷代文家。本文略述寫作手法、拈出文章風格、概說體派流變。四大類型，各以特色之側重為區分。各類型之間，並非楚河漢界，涇渭分明。

（一）傳記散文

傳記散文，以敘事狀人為範疇，以反映真實、提供借鏡為依歸。可以《尚書》、《左傳》、《國語》、《戰國策》、《史記》、《漢書》、《世說新語》、《唐傳奇》、《資治通鑑》，以及唐宋八大家之碑傳散文為代表。

《尚書》，是現存最古的傳記散文，後世政論文淵源於此，敘事記言已稍具規模。章學誠《文史通義‧書教》，推崇其「因事命篇，自具始末」。《左傳》，以歷史敘事方式解釋《春秋》經，為中國傳統敘事學之開山，與《史記》並稱史傳文學二大典範。《左傳》在敘寫戰爭、塑造形象、傳達詞令、安排對話方面，皆精彩可觀。以史傳經，所運用的書法與史法，更影響司馬遷、司馬光、蘇軾、朱熹，以及有清一代古文義法。《國語》，詳載諸侯大夫間的論辯言詞，一人一事自具始末，乃紀傳體的先導。人物對話的生動、神話傳說的奇特，自是藝術魅力所在。

　　《戰國策》記載謀臣策士縱橫捭闔的謀略和詞令，其敷張揚厲的語言風格，成為「行人詞命之極致」。其次事蹟，刻劃人物，為傳記文學樹立新楷模，對《史記》行文、蘇洵、蘇軾古文風格，有深遠影響。

　　《史記》敘史，「不虛美，不隱惡」，有實錄之譽，信史之稱。而又感情深沈悲憤，文筆曲折盡致，是文學的歷史，亦是歷史的文學。人物形象塑造之鮮明，堪稱歷史的畫廊；敘事精善奇妙，語言頓挫生姿，史論義深旨微，魯迅稱為「史家之絕唱，無韻之《離騷》」，可以當之無愧。《漢書》體裁綺密，語言於偶整中見凝鍊，駢多於散；與《史記》之雄深雅健，疏縱中見雄快，散行多於駢偶不同。《世說新語》為志人小說之鼻祖，人物塑造與語言藝術方面，尤其「高簡有法」。唐人傳奇，借鏡《左傳》《史記》諸敘事手法，所建構的藝術技巧和典型形象，對後代小說戲曲深有影響。於對話的設計，敘事手法的遞變，自有觸發作用。《資治通鑑》書法義例，宗法《春秋》，敘事手法仿擬《左傳》，繁簡得宜，機抒自成，梁啟超以為「文章技術不在司馬遷之下」。其他，唐宋以下的傳記文學，參看郭預衡《中國散文史》、[39]孫昌武《唐代古文運動通論》、[40]韓兆琦《中國傳記文學史》、[41]賈文昭編著《桐城派文論選》。[42]

---

[39] 郭預衡：《中國散文史》（上中下），上海：上海古籍出版社，1986 年、2000 年。

[40] 孫昌武：《唐代古文運動通論》，天津：百花文藝出版社，1984 年。

[41] 韓兆琦：《〈史記〉與傳記文學二十講》，北京：商務印書館，2016 年。

[42] 賈文昭編著：《桐城派文論選》，北京：中華書局，2008 年。

（二）哲理散文

哲理散文，以表達思想理趣為主，指點迷津，辨明疑誤。既「以立意為宗」，且「以能文為本」。如經學中的《論語》、《孟子》、《易傳》、《禮記》、《公羊傳》、《穀梁傳》，諸子學中的《老子》、《莊子》、《荀子》、《韓非子》、《孫子兵法》、《六韜》、《鬼谷子》。加上魏晉玄學、唐代佛道思想、宋明理學心學、明清論學諸作，及歷代寓言文學皆是。

《論語》，是孔子及其門人的言行記錄。或專題討論、或設問對答，文章簡要概括，詞氣溫文爾雅，生動活潑，頗富於哲理意味。《孟子》一書，代表孟軻的思想和風格，「道性善、稱堯舜」，是其中的哲學思想和政治理念。假設問對，長於論辯，氣勢磅礴，感情豐富，形象生動，說服力極強，是其文章特色。《易傳》釋《易》經，往往借題發揮，說理透闢；立象盡意，多駢偶句法，對後世文藝創作和美學思想，極富啟示。《禮記》，主要談喪禮，是解說禮儀的傳疏文字，文章兼備眾體，如〈檀弓〉、〈學記〉、〈樂記〉、〈經解〉、〈禮運〉、〈儒行〉諸名篇，排比自然，奇偶相間，語言氣勢盛，思想境界高。《公羊傳》、《穀梁傳》，側重以歷史哲學方式解釋《春秋》經，與《左傳》出以歷史敘事釋經有別。《公羊》、《穀梁》解經，精於《春秋》書法，非好學深思不能。《公羊》堂廡較大，《穀梁》指歸較正：「《穀梁》清而婉，其失也短；《公羊》辯而裁，其失也俗。」風格要自不同。

先秦諸子散文，頗有可觀：《老子》一書，「哲人其智，詩人其心」，運用形象思維、詩歌語言、詩法韻格來談玄說理，大抵文約義豐，而時有憤辭。《莊子》一書多寓言，是詩化的哲

學，對於游心物外的浪漫形象，世態人情的精妙刻劃，以及寓言式意象化的表現方法，皆對後世影響深遠。《荀子》集百家學術精華的大成，主張「化性起偽」，而歸本於儒家。思想豐贍，行文謹厚，具有恢宏雍容、嚴謹綿密的學者文風。《韓非子》集法家學說之大成，嶄新的歷史視角，全面的法度觀點，是其思想特徵。〈說難〉之剖析入骨，〈五蠹〉之洋洋大觀，〈難〉篇之駁論犀利，〈孤憤〉、〈難言〉之憤慨悲情，內外〈儲說〉、〈說林〉之寓言文學，皆是韓非哲理散文的重大成就。漢代以後，諸子學流雖變為思想家之學術，然「必以周秦諸子為主」。像董仲舒、王充、王弼、阮籍、郭象、韓愈、柳完元、周敦頤、邵雍、張載、王安石、二程、朱熹、陸九淵、羅欽順、王守仁、李贄、黃宗羲、方以智、王夫之、顏元、龔自珍、魏源、康有為、譚嗣同、嚴復等人談玄稱儒、說佛論道、倡言性命，宣揚維新，大抵皆「以立意為宗」。

（三）文學散文

大凡有意為文，講究獨抒性靈，「事出於沈思，義歸乎翰藻」者，皆屬於文學散文。此類散文以「情靈搖蕩，流連哀思」的抒情寫懷為大宗。以唐宋八大家、明代唐宋派、公安派、晚明小品、清代桐城派古文為其代表。

唐代古文，以韓愈、柳宗元為代表。韓愈寫作古文，主要在闡揚儒道；一生致力於古文，企圖以傑出的「文」，來捍衛純正的「道」。在新變文體，改革文風方面，貢獻卓越。所作議論文，精闢而形象；記敘文，洗煉而生動；描寫文，真切而細膩；抒情文，質樸而熱烈。尤其在形象性、創造性、形式美、精粹化

方面，韓文更富於文學語言的特質。柳宗元為文，強調文道結合，文以明道，而以褒貶諷諭著其用。其山水遊記，文中有畫，情景交融；所作雜文，議論和詩情結合為一。語言峻潔勁峭、精麗生動，結構嚴謹連貫，靈活曲折；風格沈鬱凝斂、冷峻峭拔。

　　歐陽脩散文，追新求變，不拘常規，所作多平易自然，婉曲有致，條達疏暢、頓挫有致；情韻綿邈、美在陰柔。含蓄蘊藉、詩味醇濃，世號「六一風神」。蘇洵好縱橫家言，其文雄壯俊偉，曲折多變，筆力最為蒼勁。王安石論文，強調文章的現實功能和社會效用，所作即其體現。識度高遠，長於獨抒己見，是其優長。曾鞏文章「本原六經」，為文主張先道而後文，所作以雜記類之成就最為突出。抒發感慨，要能真摯自然，含蓄婉轉，惜不如歐公之搖曳生姿，情韻豐厚。蘇軾為文，強調「言必中當世之過」，「作文之要在有意而言」。散文創作包羅宏富，眾體兼善，其中尤以議論文、記遊文、書札，成就最高。所作多豪邁奔放、雄渾恣肆；隨物賦形、姿態橫生；活潑暢達、行雲流水；語言生動精煉、明快自然，富於形象和感染力；騈散相間，富於節奏感。蘇轍所作古文，立意賅當，結構謹嚴，行文簡潔暢達，語言樸實淡雅。其政論文、史論文，最具此種特色。雜記文亦佳，語言沖雅淡泊、形象生動有致。

　　明代唐宋派文家，如唐順之，文章有縱橫氣，論文重本色，不尚辭采。歸有光繼承宋代古文平淡之風，兼取唐宋之長，將之融入生活真實之中，往往小中見大，具體傳神。公安派袁宏道，為文提倡性靈之說，強調真聲任性，寫景文尤其清新，文筆活脫。晚明小品，獨抒性靈，不拘格套、筆調悠然自得、形象真實寫照、語言詩情畫意、風格清遠蕭散、空靈閒適處，亦值得品賞。清代桐城派方苞，揭示古文義法，標榜「言有物」、「言有

序」。桐城諸子如劉大櫆、姚鼐、曾國藩、林紓等人，準此創作，亦多卓犖可觀。參考漆緒邦選注《桐城派文選》、[43]賈文昭編著《桐城派文論選》。[44]

（四）實用散文

經世致用，向來是儒家標榜的文學觀。主張文章需「明義理、適時用」，應「本於教化、形於治亂」，以期「學問經世、文章垂訓」。注重載道、關心政教，而歸於「利用厚生」。把文章看成是「經國之大業，不朽之盛事」。

如歷代文家疏表策議等政論文，寫實派文家之反映政教得失，唐古文家之載道作品，南宋言事論政之文章，明清學者的經世實學，都是實用散文。南宋言事論政之文與宋明清實之文，略述如下：

南宋偏安，主和主戰，爭議不斷，於是言事論政之文，多倡導經世致用，實事求是。如范成大、楊萬里之痛快淋漓，理直氣壯；陸游、辛棄疾之堅持抗戰，志在恢復；周必大、樓鑰之從容詞令，明白曉暢；朱熹詞清理暢、自然平易；呂祖謙筆鋒穎利、巧於逞辭；陳傅良、葉適、陳亮等浙東學者，皆主事功，志在恢復。所謂講學家之文。其後，實學思潮流傳至明清，更提倡利用厚生、經世致用。鴻文佳構極多，可參葛榮晉《中國實學思想史》一書。[45]

中國古文經典之作，浩如煙海。上列所提大家名家，及其作

---

[43] 漆緒邦選注：《桐城派文選》，合肥：安徽人民出版社，1984 年。

[44] 賈文昭編著：《桐城派文論選》，北京：中華書局，2008 年。

[45] 葛榮晉：《中國實學思想史》，北京：首都師範大學出版社，1994 年。

品，不過滄海一粟。古文之研究，五四新文學運動以來，向稱沈寂。有賴學界志士仁人之盡心致力，迴狂瀾於既倒，作中流之砥柱。

四、結語

本文以體制、性質、作法、時代、作者、地理、風格七目，來闡述中國散文的種類。其中除體制分類外，其他分類法，實際上都說不上是周賅完善。不過，亦各有其分類的特色和價值，自有述說的必要。如果想徹底明瞭中國散文的種類，不妨從多元角度去分析探討，然後加以比觀會通，這樣較能獲得事實的真相，本文依照這個原則去經營擬畫的。如此，中國散文的分類，大抵可得。

入門參考書目

孫昌武：《唐代古文運動通論》，天津：百花文藝出版社，1984。

譚家健：《先秦散文藝術新探》，北京：首都師範大學出版社，1995。

熊禮滙：《先唐散文藝術論》（上下），北京：學苑出版社，1999。

郭預衡：《中國散文史》（上中下），上海：上海古籍出版社，1986、2000。

朱世英等著：《中國散文學通論》，合肥：安徽教育出版社，

1995。

韓兆琦主編：《〈史記〉與傳記文學二十講》，北京：商務印書館，2016。

張新科：《唐前史傳文學研究》，陝西：西北大學出版社，2000。

趙明主編：《先秦大文學史》，長春：吉林大學出版社，1993。

章滄授：《先秦諸子散文藝術論》，合肥：安徽大學出版社，1996。

熊禮滙：《中國古代散文藝術史論》，武漢：湖北人民出版社，2005。

馬茂軍：《宋代散文史論》，北京：中華書局，2008。

賈文昭編著：《桐城派文論選》，北京：中華書局，2008。

張新科：《中國古典傳記文學的生命價值》，北京：人民出版社，2012。

王水照編：《歷代文話》，上海：復旦大學出版社，2007。

肆、中國古典散文之理論

一、緒論

　　魏晉六朝以前的文章，大抵是駢中有散，散中有駢，奇偶相生，駢散不分。到了魏晉六朝，文人刻意講求駢偶，其末流不重內容，徒尚藻飾的唯美文學。下至唐代，柳冕、元結、韓愈、柳宗元等，厭棄六朝駢儷之浮豔羈束，乃倡恢復秦漢以前之古文，務以樸實代浮華，以確切適當之文句替代敷衍熟爛堆砌藻典之陳言，在形式上解除一切句調聲律之約束，力求散行達意自然無礙。從此以後，古文遂成散文的代稱。可見，「散文」之號，是針對駢文而起的。[1]本篇所謂的「散文」，就是泛指歷代古文來說的。

　　中國散文的發展，歷經先秦，至於兩漢，已到輝煌燦爛的境界。其時雖有揚雄、王充之論文章，但都非專著。專門評論文章，始於魏晉，而興盛於齊梁。《四庫全書總目・詩文評》〈提要〉云：「文章莫盛於兩漢，渾渾灝灝，文成法立，無格律之可拘。建安黃初，體裁漸備，故論文之說出焉。〈典論〉其首也。其勒為一書，傳於今者，則斷自劉勰、鍾嶸。觀究文體之源流，

---

[1] 散文之名，最早見於宋羅大《鶴林玉露》卷六，引周公必大之言曰：「四六特拘對耳，其立意措詞，貴渾融有味，與散文同。」清代的駢文家尤愛較論駢散：孔廣森答朱滄湄書云：「六朝無非駢體，但縱橫開闔，一與散文同。」袁枚胡稚威駢體文序說：「散文可踏空，駢文必徵實。」劉開〈與王子卿書〉：「文之有駢散，猶樹之有枝幹。」都是駢文散文對舉的。

而評其工拙；嶸第作者之甲乙，而溯厥師承，為例各殊。」[2] 劉
勰《文心雕龍》與鍾嶸《詩品》，是文論專著的先驅。其他如陸
機〈文賦〉、李充〈翰林論〉、沈約《宋書‧謝靈運傳論》、蕭
統《文選‧序》、蕭繹《金樓子‧立言篇》、蕭綱〈與湘東王
書〉、蕭子顯《南齊書‧文學傳論》、葛洪《抱朴子》外篇之
〈逸文〉、〈諸子〉、〈尚博〉、〈鈞世〉、〈辭義〉諸篇，都
是討論文章的佳作。雖或單篇短什，亦足寶貴珍視。

　　下逮李唐，韓愈、柳宗元皆主復古，文章中往往多論古文的
卓見：韓愈之〈進學解〉、〈答李翊書〉、〈答劉正夫書〉、
〈題歐陽生哀辭〉諸什；柳宗元〈答韋中立論師道書〉、〈楊評
事文集後序〉、〈西漢文類敘〉等文，皆是名世的文論。到了宋
代，學者論文章，北宋有歐陽脩、曾鞏、三蘇父子等古文家之文
論，又有周敦頤、二程子等道學家之文論。另有司馬光、王安
石、李覯等政治家之文論；復有契嵩、德洪等釋子之文論，並皆
有其獨到的見解，充實了中國散文的理論。南宋，則胡銓、朱
熹、真德秀等人，仍然談論「道」的問題。而陳騤之〈文則〉、
呂祖謙之〈古文關鍵〉、樓昉之〈崇古文訣〉、謝枋得之〈文章
軌範〉等書，則在揭櫫古文之文法。[3]

　　至於元明兩代之論文者，陳繹曾之《文筌》，體例繁碎，可
取者不多。徐師曾之《文體明辨》，析體分論，實有足多。唐順
之之《文編》，論文章之本色及文法，茅坤之《八大家文鈔》，
歸有光之《史記評點》，則又師心自用，為世所病。其他，如前

---

[2] 《四庫全書總目‧詩文評》〈提要〉。

[3] 宋代各家文論主張，可詳參郭紹虞：《中國文學批評史》，臺北：明倫出版
　　社，1970 年。四、〈近古期—自北宋至清代中葉〉，三三～三八，頁 138-
　　178。

後七子，力主模擬，剽賊難免；公安袁氏昆仲之革新文體，流於詼詭質俚；竟陵鍾惺譚元春，又革三袁之清新為幽晦，可謂每下愈況，越變越不通矣。

　　清朝，經桐城派方苞、劉大櫆、姚鼐、曾國藩、林紓等人先後之努力，古文義法大白於世。從此學者有所據依以為文，散文乃再度昌盛。其時，浙東學派之章學誠，著有《文史通義》、《章化遺書》傳世，獨標義理與文例，而針砭作者與論者之缺失，往往見其真知與灼見。清代其他古文理論之專著，傳世而可觀者多：王水照主編《歷代文話》，清人所著佔十之七冊，夥矣！盛哉！舉其較著者，如黃宗羲《金石要例》附《論文管見》，方以智《文章薪火》、唐彪《讀書作文譜》、方苞《古文約選評》、李紱《秋山論文》、《古文辭禁》，劉大櫆《論文偶記》、李元春《四書文法摘要》、包世臣《藝舟雙輯・論文》、方宗誠《論文章本原》、《讀文雜記》，曾國藩《鳴原堂論文》、劉熙載《藝概・文概》、林紓《春覺齋論文》、《文微》、《韓柳文研究法》，吳曾棋《涵芬樓文談》、陳衍《石遺室論文》、姚永樸《文學研究法》、王葆心《古文辭通義》、唐文治《國文經緯貫通大義》、孫德謙《六朝麗指》、唐恩溥《文章學》、張相《古今文綜評文》、劉師培《文說》、《漢魏六朝專家文研究》，〔日〕齋藤正謙《拙堂文話》等。[4]

　　歷代文家與學者，討論有關散文之理論，可謂汗牛充棟，紛紛若若。前文所述，但略說大概而已。以下，根據歷代的散文理論資料，進行分類闡述。希望藉由比較綜觀，能得中國散文理論

4　王水照主編：《歷代文話》，上海：復旦大學出版社，2007 年。分見第四～十冊之中。

的大凡。

二、中國古典散文理論概說

　　一切文學作品的完成，都得包括四個階段，那就是宇宙、作者、作品、讀者。他們之間的關係，是循環無端的，不是單向進行的：宇宙影響作者，作者反映宇宙，這是第一階段。作者因此項反映，而創造作品，這是第二階段。讀者閱讀作品之後，直接受到影響，這是第三階段。讀者感受作品，而改變了對宇宙的反映，這是第四階段。[5]依據這種分析，來考察中國的散文理論，可以得出八種類型：那就是形上論、反映論、感情論、道德論、文質論、致用論、風格論、方法論。其中形上論，為文學歷程的第一階段；反映論、感情論、道德論、方法論屬於第二階段。文質論與風格論，則為第三階段。致用論，是第四階段。現在就依照這八種論式，來闡述中國散文的理論。[6]

（一）形上論

　　《易繫辭・上》謂：「形而上者謂之道」，又說：「一陰一陽之謂道」，可見「道」就是構成宇宙的原理，所以《莊子・漁

---

[5]　（美）M. H. 艾布拉姆斯（Meyer Howard Abrams）著，酈稚牛、張照進、童慶生譯，王寧校：《鏡與燈：浪漫主義文論及批評傳統》，北京：北京大學出版社，2004 年，頁 4-6。

[6]　本文緒言及各章所論文學四歷程，以及文論分類，多本劉若愚著，賴春燕譯：《中國人的文學觀念》，臺北：成文出版社，1977 年。劉若愚著，杜國清譯：《中國文學理論》，臺北：聯經出版社，1985 年，較前書為詳，可參。

父》說：「道者，萬物之所由也。」〈天地篇〉說：「夫道，覆載天地者也。」《韓非子‧解老》也說：「道者，萬物之所然也，萬理之所稽也。」這種包含萬有，絕對抽象存在之道，後來成為中國文學形上論的依據，許多強調寫作必須表徵自然的理論，都是從這裏衍繹出來的。例如摯虞《文章流別論》：文章的作用，是用來「窮理盡性，以究萬物之宜」的。陸機《文賦》亦以為：文章可以「恢萬里而無閡，通億載而為津」，可見表現宇宙之原理，是文學的目的之一。劉勰《文心雕龍》首篇〈原道〉，頗論文學源於道之意，所謂「道沿聖以垂文，聖因文而明道」，宇宙、作者與作品三者之關係，可謂一語道盡。唐李百藥《北齊書‧文苑傳序》：「玄象著明以察時變，天文也；聖達立言化成天下，人文也。達幽顯之情，明天人之際，其在文乎？」這段話，可以代表中國文學形上理論的基型。

　　歷來學者多好言「道」，然其所謂「道」，道其所道，難歸一揆。因此，闡論「文」與「道」之關係，亦各自為說：古文家韓愈、柳宗元、歐陽脩、曾鞏、宋濂、曾國藩等，皆主張「文以明道」、「文以貫道」；胡銓、周敦頤、朱熹、眞德秀、魏了翁等，則倡「文以載道」。說雖不同，而謂文與道當相資為用，始能相得益彰，則為確切不移之論。茲分述如下：

　　道與文，有密切不可分的關係：文章因道而傳，道藉文以發揮，所以葛洪《抱朴子‧尚博篇》說：「筌可棄而魚未獲，則不得無筌；文可廢，而道未行，則不得無文。」歐陽脩〈代人上王樞密求先集序書〉亦謂：「文至矣，又繫其所恃之大小，以見其行遠不遠也。」所謂所恃之大小，即指道之大小而言。王守仁〈送宗伯喬白巖序〉亦云：「夫道，廣矣！大矣！文詞技能，於是乎出，而以文詞技能為者，去道遠矣！」曾國藩〈致劉孟容

書〉以為：「其文之醇駁，一視乎見道之多寡以為差；見道尤多者，文尤醇焉，孟軻是也。次多者，醇次焉；見少者，文駁焉；尤少者，尤駁焉！」歸有光〈雍里先生文集序〉則認為：「道勝，則文不期少而自少；道不勝，則文不期多而自多。溢於文，非道之贅哉？」諸家所述，與其說在強調文學與「道」相互表裏，倒不如說哲學思想領導文學思想。一切文學，只不過是哲學的一種工具，要來得妥切。

「道」與「文」孰先孰後？這是個爭議的課題：大抵古文家都主「先道後文」，韓、歐如此，其他古文家亦然。亦有主「先文後道」之說者，如王充《論衡・書解》、黃宗羲《論文管見》、章學誠《文史通義・說林》曾國藩〈致劉孟容書〉等文皆是。又有以為：「道」與「文」不當分先後，而當兼容並重者，如王充《論衡・書解篇》、葛洪《抱朴子・尚博篇》、曾國藩《曾國藩全集・雜著》，都認為文與道不宜分先後輕重，而當等量齊觀，相資為用。考韓愈之倡古文，原為矯正時文之弊，放虛言「道」以張其事，宋代古文家因之，遂視「道」為門面語。後世治古文者，更盲從言道以自尊。由於「道」字失之玄虛難及，於是論文家易「道」字為「理」字，明道為明理，載道為載理：如張耒〈答李推官書〉，以文章為「寓理之具」，黃宗羲〈論文管見〉則謂：「文以理為主」，章學誠《文史通義・辯似》亦言：「文固所以載事理」。如此論說，自然較為切實易曉。

由於各家對「道」字的看法不同，所以談到文章的作用，就有古文家與理學家二派相異之說。韓愈、柳宗元等古文家主張「文以貫道」、「文以明道」，李漢主張：「文者，貫道之器」；韓愈〈讀荀〉則云：「孔子刪《詩》《書》，筆削《春

秋》，合於道者著之，離於道者黜去之。」其所謂「道」，不離乎民生日用彝倫之外，實即儒家所謂內聖外王之道。〈原道〉篇言之甚明。[7] 柳宗元〈報崔黯秀才論為文書〉謂：「辭之傳於世者，必由於書，道假辭而明，辭假書而傳。要之，之道而已耳。」從此以後，古文家喜言道者多，而所言不必盡同。

　　歐陽脩〈與張秀才第二書〉所言「道」，與韓愈〈原道〉相表裏，〈答吳充秀才書〉則謂：「大抵道勝者，文不難而自至也。」其〈答祖擇之書〉亦云：「學者當師經，師經必先求其意，意得則心定，心定則道純，道純則充於中者實，中充實則發於文者輝光。」這些，都是「文以明道」的主張。曾鞏〈答李沨書〉，亦有類似的論調：「夫道之大歸無他，欲其得諸心，克諸身，擴而被之國家天下而已，非汲汲乎辭也。其所以不已乎辭者，非得已也，」同時，曾鞏〈讀賈誼傳〉，又拈出「氣」，以為「資之者深，而得之者多」，自然足以「自壯其氣」，自然「其辭源源來而不雜」。至於三蘇論文，本不重「道」，偶有言及，亦非韓、柳、歐、曾之所謂道。蘇洵昌言：為文而學文，遂建立文統之說。《嘉祐集》十一，〈上歐陽內翰書〉。蘇軾標榜「文必與道俱」，則是「文以貫道」之異說。[8] 蘇轍則別拈出「氣」字，〈上樞密韓太尉書〉以為「文者氣之所形」，而養氣重在閱歷山川，純粹是古文家的養氣方法。

　　明宋濂亦持「文以明道」之說，其〈文說贈王生黼〉云：「明道之謂文，立教之謂文，可以輔俗化民之謂文。斯文也，果

7　韓愈：〈原道〉，論者甚多，可參考黃震：《日抄》，韓元吉：《南澗甲乙稿》，清高宗：〈讀昌黎集師說〉，包世臣：《藝舟雙楫》，〈與楊季子論書〉等所闡發。

8　參考《朱子語類》駁東坡論文與道，又《東坡文集》〈日喻贈吳彥律〉。

誰之文也？聖賢之文也。」其所持論，大抵不出韓愈〈原道〉所云。姚鼐論文，〈海愚詩鈔序〉、〈復魯絜非書〉認為：「文章之原本乎天地，天地之道陰陽剛柔而已。苟有得乎陰陽剛柔之精，皆可以為文章之美。」其所謂道，最近《文心雕龍》之原道。蓋姚鼐論文主張：「天與人一」，「道與藝合」，「意與氣相御而為辭」，[9] 故有是說。同時，〈述庵文鈔序〉提出：「義理考證文章」三者，當相濟為用之說，[10]亦屬文以明道之形上理論。此後戴震、段玉裁、曾國藩、章學誠等人，亦有類似之論。可見當時論文風尚殊途同歸之一斑。[11]曾國藩論文，則以為文道不必有別，亦不可強合，苟欲學道，則必須先學文。〈聖哲畫像記〉所謂「習其器矣，進而索其神，通其微，合其莫」，就是這個意思。要之，古文家之說，以為道必藉文而顯，文係道之流露，蓋以道為手段，與理學家視文為工具，是迥乎不同的。

　　理學家之形上論，則倡「文以載道」之說，認為文須因道而成，於是文成了載道的工具。宋代理學的開山胡銓，《澹庵文集》〈灞陵文集序〉主張：「文非生於有心，而生於不得已。」又以為，「書所以衛道，而非所以傳道。」所論，尚未有道學家之習氣。到了周敦頤著《通書》，才明白提出「文以載道」之說，《通書·文辭》稱：「文辭，藝也；道德，實也。……不知務道德，而第以文辭為能者，藝焉而已。」朱熹，是宋代理學集

9　詳參郭紹虞著：《中國文學批評史》下卷，〈姚鼐義法說之抽象化〉，頁 375-380。

10　賈文昭編著：《桐城派文論選》，北京：中華書局，2008 年。姚鼐〈述庵文鈔序〉，論學問之事有三：「曰義理也，考據也，文章也。」頁 91。

11　詳參郭紹虞著：《中國古典文學理論批評史》，即修訂本《中國文學批評史》，〈經學家的文論〉，頁 503-506。

大成者；周子言文以載道，而朱子即闡明載道之旨。程子言作文
害道，朱子亦言逐末之弊。朱子闡發《通書》載道之意：「文所
以載道，猶車所以載物。」「不載物之車，不載道之文，雖美其
飾，亦何為乎？」《朱子語類》卷八又云：「道者文之根本，文
者道之枝葉。所以發之於文，皆道也。三代聖賢文章皆從此心寫
出，文便是道。」接著，又辨正貫道之意說：「這文皆是從道中
流出，豈有文反能貫道之理。文是文，道是道，文只如喫飯時下
菜耳。若以文貫道，却是把本為末，以末為本，可乎？」載道與
貫道的分別，理學家與古文學家立論的差異，由此可見其端倪。
於是朱子一派中，真德秀選文章正宗，以「明義理切實用為主，
共體本乎古，其指近乎經者，然後取焉。」（《文章正宗‧
序》）也是載道之說。魏了翁論文與道之關係，以為「辭根於
氣，氣命於志，志立於學。氣之薄厚，志之小大，學之粹駁，則
辭之險易正邪從之。」（〈攻媿樓宣獻公文集序〉）志以道為鵠
的，辭即道之流露，卻是「文道合一」之說。

　　另外，清代史學家章學誠與崔述，對於散文，亦各有其形上
之理論。章學誠所謂「道」，較近於古文家，而不同於理學家。
《文史通義‧原道上》所謂：「道者，萬事萬物之所以然，而非
萬事萬物之當然也！」認為「因文見道，又復何害？孔孟言道，
亦未嘗離於文也。」（《章氏遺書》九，〈與林秀才〉）於是，
攻擊宋儒載道之說，《文史通義‧原道中》以為：「彼舍天下事
物人倫日用，而守六經以言道，則固不可與言夫道矣。」這種見
解，跟死守經籍以言道的古文家，會當有別。崔述論文，與章氏
相近，而又多所發明。其〈文說上〉云：「賢人君子明理之士，
固有不工文者；然未有於道茫然，無牖隙之見而能文者也。」
〈文說下〉亦云：「道其物也，文其味也。……有其道而文不美

焉者，失飪者也；摭拾六經之遺文，勦竊注疏之成說，以為明道者，食饐而餲，魚餒而肉敗者也。」可見文與道不可分，道是文的內容，文是道的形式。文道合一觀，與章氏最為近似。

（二）反映論

《禮記‧樂記》說：「治世音安以樂，其政和；亂世之音怨以怒，其政乖；亡國之音哀以思，其民困。」劉禹錫亦云：「八音與政相通，文章與時高下」，可見藝術與時代，有很密切的關係。中國散文理論中，有很多學者主張：文章應該是反映時代信息，當代的政治、社會、文化、學術實況，多藉文章反映或透露出來。換言之，文章作為時代的鏡子，投影當代的實況，從中可以窺見一斑。進一步說，不僅文章反映時代，時代亦影響文章。是以秦皇焚書，百家以息；漢武崇儒，六藝以興；晉世尚老莊，士大夫好作玄言；唐宋重釋梵，文章多參禪理，這是時代影響文章的實例。唐柳冕〈與徐給事論文書〉說：「文章本於教化，形於治亂，繫於國風。」〈謝杜相公論房社二相書〉又說：「文生於情，情生於哀樂，哀樂生於治亂，故君子感哀樂而為文章，以知治亂之本。」文章反映時代，上述這些理論主張都是。

文章既然是反映時代的，所以朝代盛衰，文章與時高下，《文心雕龍‧時序篇》、《北史‧文苑傳序》、《宋史‧文苑傳序》、《金史‧文藝傳序》、《明史‧文苑傳序》，論述堪稱詳盡，可資參考。《朱子語類》、焦袁熹《此木軒雜著》，則分文章為盛世之文，衰世之文，治世之文，亂世之文。以為：「盛世之言其氣和，衰世之言其氣蒪，治世之言其氣直，亂世之言其氣猛。」氣之和、蒪、直、猛，都取決於時代的反映。這和魏源所

說：「文章與世道為污隆」，有相通的地方。其中的原故，可以王葆心《古文詞通義》的話來解釋。他說：「蓋時運之變遷，徵諸人心；人心之隆污，形諸言論。言論之和平噍厲，迎機互引；和平引和平，噍厲引噍厲？出於口為言論，筆於書為文章，所謂文以引聲，聲亦足以引文，故文者人心之聲也。」（卷十四）文章可以觀風俗，知厚薄，最有關於興衰治亂，由此可見。[12]

　　縱的方面說，文章反映時代情況。若橫的方面看，則文章反映政治、教化、社會、經濟等等。王安石〈與祖擇之書〉說：「治教政令，聖人之所謂文也。」司馬光〈答孔文仲司戶書〉也說：「古之所謂文者，乃所謂禮樂之文，升降進退之容，絃歌雅頌之聲，非今之所謂文也。」（《傳家集》卷六十）二家主張，都認為文章是反映禮教政治的。梁肅〈秘書監包府君集序〉也認為：「文章之道，與政通矣。世教之汙崇，人心之薄厚，與立言立事者，邪正臧否皆在焉。」觀念相較，沒有多大出入。李覯《直講李先生文集・上宋舍人書》，有更賅備之論，他說：「賢人之業，莫先乎文。文者，豈徒筆札章句而已？誠治物之器焉。其大則核禮之序，宣樂之和，繕政典，飾刑書。上之為史，則怙亂者懼；下之為詩，則失德者戒。發而為詔誥，則國體明，而官守備；列而為奏議，則關政修，而民隱露。周還委曲，非文曷濟？」又說：「大抵天下治，則文教盛，而賢人達；天下亂，則文教衰，而賢人窮。欲觀國者，觀文可矣！」（卷二十七）文章

---

[12] 文章與時代的關係，詳參王葆心：《古文詞通義》，臺北：臺灣中華書局，1965 年，據《晦堂叢書》景印本。又，王水照編：《歷代文話》，上海：復旦大學，2007 年。第八冊，頁 7293-7294。卷十四，引朱琦〈湖海文傳序〉、邵青門〈三家文鈔序〉、姜西溟〈阮亭選古詩序〉、顧大韶《炳燭齋文集》〈文章關乎世運〉，以及汪琬《曉峯文鈔》卷一，〈文戒示門人〉諸什。

所以可供觀國之資者，在能反映政教禮俗，此即文章尚用精神的發揮。文章中的詔誥、奏議、書記、文移、史文、史論，都可反映政教禮俗之是非得失，進一步作批評與指導。此種目的論，在中國散文創作中，相當明顯和普遍。也許，「人是政治的或是社會的動物」吧！

（三）感情論

文章是感情的產物，文情生於人情。文情的表現，主要藉由情感的激發作用，故李延壽《北史‧文苑傳敘論》謂：「夫人有六情，稟五常之秀；情感六氣，順四時之序。蓋文之所起，情發於中。」劉勰《文心雕龍‧體性篇》也說：「夫情動而言形，理發而文見。蓋沿隱以至顯，因內而符外者也。」〈體性篇〉又說：「吐納英華，莫非情性。」因此〈情采篇〉稱：「情者，文之經。」而〈附會篇〉稱：創作「必以情志為神明」。同時，梁元帝《金樓子》亦謂：「吟詠風謠，流連哀思者謂之文」；「文者，惟須情靈搖蕩」。蕭子顯《南齊書‧文學傳論》也說：「文章者，蓋情性之風標。」可見，唯有感情，才能產生作品。如果缺乏感情，作品將會失去內容和靈魂。所以，《文心雕龍‧情采篇》認為立文之道有三，而以情文最為重要。並說：「五情發而為辭章，神理之數也。」感情與文章之關係，由此可見。

就寫作的過程而言，作品所要表現的，或書寫人類共同的情感或理想，或為個性感性之稟賦展示，這就是文學的感情論。作者的感情，必定受到外界環境的影響，或自我情緒的反應，搖動激蕩，中有所感，才下筆成文的。或感於時節，或感於事物，或感於遭遇，或感於情思，不一而足。《文心雕龍‧物色篇》謂：

「歲有其物，物有其容：情以物遷，辭以情發。」陸機〈文賦〉、蕭綱〈與湘東王書〉亦有類似的看法，都會是文情感於時節之例。《文心雕龍·物色篇》說：「若乃山林皋壤，實文思之奧府……屈平所以能洞鑒風騷之情者，抑亦江山之助乎！」這是文情感於事物之例。

文章由於個人遭遇而感慨奮發者，亦所在多有，司馬遷〈報任安書〉所謂：「西伯拘而演《周易》，仲尼厄而作《春秋》，屈原放逐，乃賦《離騷》；左丘失明，厥有《國語》；孫子臏腳，《兵法》修列；不韋遷蜀，世傳《呂覽》；韓非囚秦，〈說難〉、〈孤憤〉，《詩三百篇》，大氐聖賢發憤之所為作也。」尹師魯〈答友人書〉亦云：「若夫放廢之人，其心思以深，故其言或窘或迂，或激或哀。異此，則非本於情，矯為之也。」這些都是由於身世之感，而影響到文學創作的例子。至於韓愈〈送孟東野序〉所謂：「物不得其平則鳴」，「文辭之於言，又其精也。尤擇其善鳴者而假之鳴。」這是情思之發影響到文章寫作的明證。

除此之外，性情足以決定文章，文章亦足以驗徵性情。《文心雕龍·體性篇》，論述極詳切該要，可以參看。情有所感，性有所偏，剛柔緩急，皆可於文章見之。姚鼐〈復魯絜非書〉云：「文者，天地之精英，而陰陽剛柔之發也。」又說：「觀其文，諷其音，則為文者之性情形狀舉以殊焉。」陰柔陽剛，有稟受於天地者，由此可以知之。

感情論到了明末以後，更有精彩的學說出現。李贄著有〈童心說〉，以為「天下之至文，未有不出於童心。」其〈雜說〉一文，更以為文章之為物，在於傾洩內心積抑之苦痛，他說：「世之真能文者，比其初皆非有意於為文也。其胸中有如許無狀可怪

之事，其喉間有如許欲吐而不敢吐之物，其口頭又時時有許多欲語而莫可以告語之處。蓄極積久，勢不能遏，一旦見景生情，觸日興歎，奪他人之酒杯，澆自己之壘塊，訴心中之不平，感數奇於千載。」這種感情論中的始源觀，是相當明晰而卓犖的。袁宏道論文，亦注重性靈，他敘〈小修詩文〉說：「大都獨抒性靈，不拘格套，非從自己胸臆流出，不肯下筆。有時情與境會，頃刻千言，如水東注。」足見他為文，著重性靈表現之一斑。清初金聖歎，為文重性情表達，選批〈唐才子詩序〉說：「離乎文字之間，極於怊悵之際。性與情為挹注，往與今為送迎。……於是而情之所注無盡，性之受挹為不窮矣。」總之，作為文學內容的感情，是主觀內心對客觀環境所發的觀照作用。所以，作品完成後，便顯現客觀的優越性。透過讀者的理解和感受，就引起了共鳴和慰藉效果。

（四）道德論

蓄道德，而後能文章，是韓愈、歐陽脩、曾鞏等古文家論文的中心主張。韓愈〈答尉遲生書〉說：「夫所謂文者，必有諸其中，是故君子慎其實。實之美惡，其發也不揜。」〈答李翊書〉也說：「仁義之人，其言藹如也。」所以他要「行之乎仁義之途，游之乎詩書之源。」歐陽脩〈答吳充秀才書〉亦以為：「道勝者，文不難而自至。」〈代人上王樞密求先集序書〉以為：「言之所載者大且文，則其傳也章；言之所載者不文而又小，則其傳也不彰。」其所載者，即是忠恕仁義孝弟之道，這種明道的主張，很接近道學家。曾鞏也主張：文章根原於道德，〈寄歐陽舍人書〉所謂：「孰為其人，而能盡公與是歟？非畜道德而能文

章者，無以為也」；「非畜道德者，惡能辨之不惑，議之不徇？」可見文章與道德之關係。其他古文家，如獨孤及、蕭穎士、元結、方苞等，也都有類似的論調。唐尚衡《文道元龜》所謂：「君子之作，先乎行；行為之質，後乎言。言為之文，行不出乎言；言不出乎行，質文相半，斯乃化成之道焉。」這段話，很可以概括這一派的文論。

　　所謂「蓄道德而後能文章」的文論，可以追溯到孔子，《論語》〈學而〉所謂「行有餘力，則以學文。」〈憲問〉：「有德者必有言，有言者不必有德。」文學與德行，同為孔門四科之一，《文心雕龍‧宗經篇》，樹立了「文以行立，行以文傳」的觀念。王充《論衡‧書解篇》，也有「文德世服」的說法，認為「德彌盛者文彌縟，德彌彰者文彌明。大人德擴其文炳，小人德熾其文斑。」又說：「人無文德，不為聖賢。」文章與德性之關係，益形密切。宋魏了翁《攻媿樓宣獻公文集‧序》，更綜合諸家之說：「古者即辭以知心，故即其或慚、或枝，或游，或屈，而知其疑叛，知其誣善與失守也。即其或詖或淫、或邪或遁，而知其蔽陷，知其雜且窮也。」此即曾子「出辭氣，斯遠鄙倍」之意。陸游〈上辛給事書〉所謂「人之邪正，至觀其文，則盡矣、決矣，不可復隱矣。」《丹鉛雜錄》引明楊用修稱：「有德之文信，無德之文詐。」可見心端則文正，如響斯應。文章之正邪，取決於心術。所以，必須文行兼修，才算至善。清錢大昕〈崇實書院記〉所謂：「儒者讀《易》、《詩》、《書》、《禮》、《春秋》之文，當立孝弟忠信之行。文與行兼修，故文為至文，行為善行，處為名儒，而出為良輔。程張朱以文詞登科，唯行足以副其文，乃無媿乎大儒之名。」方苞自言：「學行繼程朱之後，文章在韓歐之間。」（汪兆符〈望溪全集序引〉）也就是這

個意思。

心術端正，則文章自然中正，如諸葛亮〈出師表〉、李密〈陳情表〉、陸贄《奏議》、韓愈〈諍臣論〉是。反之，如揚雄〈美新〉、潘勗〈九錫〉、魏收〈穢史〉、王充〈問孔〉、〈刺孟〉皆是。作者一旦有文而無行，則其文害道，便無足觀。《文心雕龍‧程器篇》、《顏氏家訓‧文章篇》，舉例可參。也有主張就文章論文章，猶就藝術談藝術，不必涉及道德，以致混淆不清，如梁簡帝〈誡當陽公大心書〉以為：「立身之道，與文章異。立身先須謹慎，文章且須放蕩。」純從文藝觀點出發，因文論文，有文者不必有德，有德者未必有文，這純粹是辭章家的主張。與古文家所謂「文由道出」，理學家所謂「文以載道」，是迥乎不同的。此又一說也。

（五）文質論

散文之形式與內容，孰輕孰重？二者之間關係如何？探討這個問題的理論，就是文質論。有人偏重於內容實質，有人講究辭藻形式，大多數人則主張質文兼顧，內容與形式並重。要而論之，當以文質並重說，持論最為平正通達。除外，又有論文章辭藻之雕琢與渾樸，或工或拙亦名為文質論者，則顯然貴質輕文。今分別論說如下：

「尚文」之說，起於孔子。如《禮記‧表記》引孔子語謂：「情欲信，辭欲巧。」《左傳》引孔子語：「言之無文，行而不遠。」（襄公二十五年）《周易‧繫辭下》引孔子曰：「其旨遠，其辭文，其言曲而中。」這些都是孔子主張尚文之證。漢揚雄《法言‧吾子篇》，雖斥文章為「雕蟲篆刻，丈夫不為。」然

《法言・寡見篇》亦云：「玉不彫，璵璠不作器；言不文，典謨不作經。」則其尚文之意顯然可見。王充論文雖主實質，然《論衡・超奇篇》云：「山無林，則為土山；地無毛，則為瀉土；人無文，則為樸人。土山無鹿麋，瀉土無五穀，人無文德不為聖賢。」則亦有重文輕質之意。[13]

　　魏晉之後，作品注重「以情緯文」，於是在理論上益加重視文采。陸機《文賦》強調「貴妍」，所謂「播芳蕤之馥馥，發青條之森森」，「藻思綺合，清麗芊眠，炳若縟繡，悽若繁絃」，這就是陸機「緣情綺靡」之唯美觀念。其弟陸雲，亦重文藻，有所謂「文章當貴輕綺」，「往日論文，先辭而後情」諸說（《全晉文》輯陸雲〈與兄書〉）。其他，像李充〈翰林論〉、葛洪《抱朴子・逸文篇》，也都主張綺豔贍麗。梁昭明太子蕭統，雖有「麗則傷浮」之說，但別文章於經史子，專選「綜輯辭采，錯比文華，事出沉思，義歸翰藻」的文章，尤可見蕭統重視文章華采。沈約論文，則不惟重麗辭，又主張「音律調韻」。《文心雕龍・情采篇》所謂形文、聲文，沈約並注重之。另外，《文心雕龍》有〈麗辭篇〉，以言形文，又有〈聲律篇〉，以論聲文，正與梁元帝《金樓子》論文，以「綺縠紛披，宮徵靡曼」為文之條件同義，都是尚文輕質的論調。

　　形式，為文學之外表；感情與思想，則文學之內容。前者為文，後者為質。魏阮瑀有〈文質論〉一文，謂「遠不可識，文之觀也；近而得察，質之用也。」已開重質輕文之先聲。唐大曆後，文主復古，故論文章，大抵重質而輕文。古文家如韓愈〈答

---

[13] 以上所謂「文」，多泛指一切學術而言，乃文之廣義，非指狹義之辭章。雖然，辭章亦包括在內，因而加以引述，以明源流之變。

李翊書〉云：「養其根而竢其實，加其膏而希其光。根之茂者其實遂，膏之沃者其光曄。」以為有其實者，必有其文。歐陽脩〈與樂秀才第一書〉亦謂：「聞古人之於學也，講之深而信之篤，其充於中者足，而後發於外者大以光。」亦主張質重於文。曾鞏〈上歐陽學士第一書〉，更認為世之所謂大賢者，「其仁與義，磊磊然橫天地、冠古今不窮也。其文與實，卓卓然軒士林，猶雷霆震而風飈馳，不浮也。」雖亦重聖心之實質，然亦不偏廢文采。其說頗近文質並重之論。

尚文與貴質，皆各有偏蔽，故通人多主文質並重之論。《論語‧雍也》載孔子言：有「質勝文則野，文勝質則史。文質彬彬，然後君子」之說，此雖非論文之語，而彬彬之旨，後世藉以評文者多。如揚雄《法言‧吾子篇》，論有文乏質之無功；〈先知篇〉論有質而無文，則併其質亦不可見；王充《論衡‧超奇篇》，論文實表裏相成，〈書解篇〉論質必待文而王。[14] 蕭統〈答湘東王求文集〉曰：「夫文，典則累野，麗則傷浮；能麗而不浮，典而不野，文質彬彬，有君子之致。」蕭繹亦主張文質並重，見其〈內典碑銘集林序〉中（《廣弘明集》二十）。《文心雕龍‧徵聖篇》謂：「志足而言文，情信而辭巧」；〈情采篇〉則明謂立文之道，除形文聲文之外，尚有情文，足見文質相待之理。《文心雕龍‧情采篇》稱：「聖賢書辭，總稱文章，非采而何？夫水性虛而淪漪結，木體實而花萼振，文附質也。虎豹無文，則鞹同犬羊；犀兕有皮，而色資丹漆，質待文也。」文附質而質待文，等量齊觀可知。其後，柳宗元〈送豆盧膺秀才南遊

---

[14] 揚雄與王充主張「文質並重」之論，可詳傅庚生：《中國文學批評通論》第七章，〈中國文學批評之思想論〉，「文質彬彬」，頁 115。

序〉也說：「君子病無乎內而飾乎外，有乎內而不飾乎外者。」
亦主內質外文並重。下迄清世，姚鼐、戴震、段玉裁、曾國藩、
章學誠等，多主義理、辭章、考據三者並重，也是文質兼重的遺
韻。

　　至於辭藻的文華或樸質，亦各言爾志，家自為說。尚文者，
多主華美，以六朝緣情綺靡之說為典型，而其弊在於「繁花損
枝，膏腴害骨」。外此，則多倡貴質之說：漢揚雄《太玄經》
曰：「大文彌樸」；宋吳子良《林下偶談》，有「文雖工，不可
掩素質」之言。宋李耆卿《文章精義》：「（文）不難於巧，難
於拙；不難於華，難於樸。」明吳訥《文章辨體》亦謂：「文不
難於華，而難於質。」此言蓋本之吳子良。蘇厚子〈吳生甫先生
文集序〉云：「夫文不貴乎詞藻繁麗，而貴質實中理。」焦袁熹
《此木軒雜著》亦云：「夫為文章者，與其過於雕琢，寧過於渾
樸。渾樸之文，加之雕琢，可為也；雕琢之文欲反而之渾樸，不
可為也。」渾樸之所以難能者，蓋是絢爛歸於平淡。王安石〈題
張司業詩〉所謂「看似尋常最奇崛，成如容易卻艱辛」，最能道
出個中真相。

（六）致用論

　　文章之撰作，必須有益時代需求，風俗教化，人倫日用、國
計民生。換言之，文章的使命，是為了達到政治、經濟、社會、
道德或教育等目的，這就是經世致用論。曾國藩談治學途徑，於
義理、辭章、考據外，再加「經濟」，標榜經國濟民乃為文旨向
之一，顯然為集文章致用說之大成。

　　姚鼐〈述庵文鈔序〉，舉義理、考據、文章，為治學之三

事。曾國藩〈聖哲畫像記〉、戴震〈與方希原書〉亦云：「古今學問之途，其大致有三：或事于理義，或事于制數，或事于文章。」乾嘉之後，崇尚實學，曾國藩《求闕齋日記類鈔・問學》，在姚鼐成說之基礎上，治學途徑再添增「經濟」一項，以為「四者缺一不可」。[15]

推本溯源，文章致用觀念，起於春秋時代。《論語・先進》稱：孔門有德行、言語、政事、文學四科；政事一科，重在經世致用。〈子路〉篇：孔子有誦《詩》專對之言，〈陽貨〉篇，又有「何莫學夫《詩》」之論。《漢志》則有「別賢不肖，而觀盛衰」之說，這些都是文章尚用說的先聲，大致是衍述儒家經世致用的主張。東漢後，文論漸盛，揚雄《法言・吾子篇》譏麗藻為「女工之蠹」；王充《論衡・超奇篇》誚徒誦為「鸚鵡能言」，主張文宜「載人之行，傳人之名」，則其尚用之意可知。曹丕〈典論論文〉稱文章，乃「經國之大業，不朽之盛事」。摯虞《文章流別論》亦云：「文章者，所以宣上下之象，明人倫之敘」。《文心雕龍・序志篇》更謂：「唯文章之用，實經典枝條，五禮資之以成，六典因之致用，君臣所以炳煥，軍國所以昭明。」最是典型的尚用理論。徐堅《初學記》亦言：「古者登高能賦，山川能祭，師旅能誓，喪紀能誄，作器能銘，則可以為大夫矣。」文章的實用價值，表現在多方面、多功能。這就是《墨子・非命下》所謂：「君子之於文學，中實將欲為其國家邑里萬

---

15 賈文昭編著：《桐城派文論選》，北京：中華書局，2008 年。姚鼐〈述庵文鈔序〉，論學問之事有三：「曰義理也，考據也，文章也。」頁 91。曾國藩〈聖哲畫像記〉亦云：「姚姬傳氏言學問之途有三：曰義理，曰詞章，曰考據。戴東原氏〈與方希原書〉亦以為言。」其後，曾國藩《求闕齋日記類鈔・問學》，再添增「經濟」一項，《桐城派文論選》，頁 325。顯然，曾氏是在姚鼐成說之基礎上，再添增「經濟」一項，成為曾國藩四合一之學。

民刑政」的意思。

文學所以有不朽的價值，在於不離民生日用。若文學能影響社會、政治、教育、道德，其價值將會更高。《隋書・文學傳序》謂：「文之為用，上所以敷德教於下，下所以達情志於上，大則經天緯地，作訓垂範，次則風謠歌頌，匡主和民。」唐柳冕論文，如〈謝杜相公論房杜二相書〉，更是十足的實用主義者，所謂「文章之道，不根教化，則是一技耳。」〈與徐給事論文書〉亦云：「文章本於教化，形於治亂，繫於國風。」這是以教化為準的實用主義。白居易〈與元九書〉云：「文章合為時而著，歌詩合為事而作。」這是尚用的社會寫實理論。周敦頤《通書・文辭篇》說：「文所以載道也，輪轅飾而人弗庸，徒飾也，況虛車乎？」真德秀《文章正宗・序》稱：「所輯以明義理切實用為主」，這是道學家的文章實用觀。

政治家更強調文章之實用價值，往往於六經中求文章之用。范仲淹〈上時相議制舉書〉、陳舜俞說用可徵此說。因其主用，故每以禮教治政為文：如司馬光〈答孔文仲司戶書〉：「古之所謂文者，乃所謂禮樂之文，升降進退之容，絃歌雅頌之聲，非今之所謂文也！」李覯〈上宋舍人書〉亦云：「賢人之業，莫先乎文。文者，豈徒筆札章句而已，誠治物之器焉。」王安石〈與祖擇之書〉亦稱：「治教政令，聖人之所謂文也。」若此之類，皆為政治家之致用論。

古文家為文，亦主致用：歐陽脩〈代人上王樞密求先文集序書〉云：「文之存亡，視有所載與否。」清魏禧論文，尤主經世，以為「作文須先為其有益者，關係天下後世之文，雖名立言，而德與功俱見。」劉大櫆《論文偶記》則謂：「人無經濟，則言雖累牘，不適于用」；「作文，本以明義理適世用；而明義

理適世用，必有待於文人之能事」。其後，方苞與曾國藩，亦主張文章宜合經國濟世之致用為目的。古文家之致用文學觀，若此。

司馬遷著《史記》，〈太史公自序〉稱：史書當「善善、惡惡、賢賢、賤不肖，存亡國，繼絕世，補敝起廢。」劉知幾《史通‧人物篇》亦以為：史書宜以昭垂勸戒，激貪勵俗為主：〈雜說下〉稱：「書之有益於褒貶，不書無損於勸誡。」章學誠《文史通義‧說林》則認為：「學問經世，文章垂訓。自醫師之藥石偏枯，亦視世之寡有者而已矣。」此謂文章當視世之所需要者而為之。否則，將無濟而有害。以上，為史學家尚用之文論。主張文章須有益於天下，更是顧炎武標榜的文學觀：〈文須有益於天下〉一文說：「文之不可絕於天地間者，曰明道也，紀政事也，察民隱也，樂道人之善也。」〈與人書之二十五〉又說：「君子之為學，以明道也，以救世也。徒以詩文而已，所謂雕蟲篆刻，亦何益哉？」〈與人書之三〉又曰「故凡文之不關於六經之指，當世之務者，一切不為。」此則經學家之功利文學觀。

由此觀之，文章切於實用，是諸家共同、且普遍之論文主張。指出向上一路，自是文學創作之嚴肅使命。

（七）風格論

凡一種內在之特性，藉由特殊之形式，表現於外在時，是所謂風格。[16]劉勰《文心雕龍》下篇二十五篇，專論文體，即指文章之風格。其中〈體性篇〉與〈風骨篇〉所論，恰與風格之涵義

---

[16] 引自德國 Wackernagel 著，易默譯：〈修辭學與風格論〉，載《國文月刊》，第四十五期。

及內容相稱。閱讀《文心雕龍・奏啟篇》，可知體裁、體要、體貌，乃構成文章風格之基本要素。根據〈體性篇〉，可見風格決定於內在之才與氣，以及外在之學與習，而〈哀弔篇〉、〈論說篇〉、〈章表篇〉，言風格出於內在之性。〈物色篇〉、〈誄碑篇〉、〈詮賦篇〉，則說風格本乎自然之情。〈體性篇〉，則揭櫫文章風格之八種基型：典雅、遠奧、精約、顯附、繁縟、壯麗、新奇、輕靡，而以雅麗為最理想之風格。[17] 劉勰認定：通過文章風格之認識，有助於學文與鑑賞。然風格，並非即是修辭或鑑賞。〈風骨篇〉云：「怊悵述情，必始乎風；沉吟鋪辭，莫先於骨。故辭之待骨，如體之樹骸；情之含風，猶形之包氣。結言端直，則文骨生焉；意氣駿爽，則文風生焉。」可見修辭與風格之關係。[18] 〈知音篇〉謂：「是以將閱文情，先標六觀：一觀位體，二觀置辭，三觀通變，四觀奇正，五觀事義，六觀宮商。斯術既成，則優劣見矣。」此六項觀文之法，係通過文章之風格，進行鑑賞作品之具體憑藉。

　　《文心雕龍》分風格為八體後，日遍照金剛《文鏡秘府

---

[17] 詳參徐復觀《中國文學論集》，〈文心雕龍的文體論〉；廖蔚卿《六朝文論》，〈文心雕龍三論〉，第三章〈劉勰的風格論〉。劉勰以「雅麗」為理想風格，見《文心雕龍》〈體性篇〉、〈徵聖篇〉、〈宗經篇〉、〈明詩篇〉，及〈詮賦篇〉。

[18] 黃侃：《文心雕龍劄記》，〈風骨〉第二十八云：風骨二者，皆假物以為喻。文之有意，所以宣達思理，網維全篇。譬之於物，則猶風也。文之有辭，所以攄寫中懷，顯明條貫，譬之於物，則猶骨也。必知風即文意，骨即文辭，然後不蹈空虛之弊。……紬誦斯篇之辭，其曰「怊悵述情，必始於風；沉吟鋪辭，莫先於骨」者，明風緣情顯，辭緣骨立也。其曰「辭之待骨，如體之樹骸，情之含風，猶形之包氣」者，明體恃骸以立，形恃氣以生；辭之於文，必如骨之於身。不然，則不成為辭也。意之於文，必若氣之於形；不然，則不成為意也。文見洪治綱主編：《黃侃經典文存》，上海：上海大學出版社，2008 年，頁 94-97。

論》，〈論體篇〉則歸為六事：博雅、清典、綺豔、宏壯、要約、切至，大致祖襲《文心雕龍》而作。唐釋皎然《詩序》，以十九字概括詩之體：高、逸、貞、忠、節、志、氣、情、思、德、誠、閑、達、悲、怨、意、力、靜、遠。司空圖《詩品》，則分二十四品：雄渾、沖淡、纖穠、沉著、高古、典雅、洗鍊、勁健、綺麗、自然、含蓄、豪放、精神、縝密、疏野、清奇、委曲、實境、悲慨、形容、超詣、飄逸、曠達、流動。司空圖所分二十四品，雖不無可議，然後代之文章風格分類，卻多師法之。[19]為探原計，故論列之。專門論文章風格之著作，當數清代馬榮祖之《文頌》。其書下篇，錄文章之風格四十有八：曰沉雄、峻潔、典雅、清華、淳古、怪豔、沉著、生動、嚴重、疏放、遒媚、超忽、蒼潤、清越、奇險、輕澹、鬱折、洸漾、雄緊、頹暢、奧澀、樸野、蘊藉、恣睢、澹永、跌宕、瘦硬、渾灝、秀拔、排奡、修遠、夭矯、沖寂、鼓舞、停勻、雄挫、閒適、堅深、清新、古拙、妙麗、勁宛、英雅、遒逸、複隱、空靈、神解、飄渺。要之，大抵蹈襲《詩品》之成法。[20]清代許奉恩著《文品》，分三十六類：高渾、名貴、超脫、簡潔、雄勁、典博、精練、整齊、放縱、暢足、謹嚴、質樸、恬雅、濃麗、清淡、鮮明、老當、險怪、流動、細密、奇譎、空靈、纏綿、神化、圓轉、純熟、軒昂、幽媚、快利、峭拔、沉厚、和平、悲

---

[19] 司空圖《詩品》，淵源於皎然《詩式》，比觀其品目可知。《詩品》名目之多寡、次第之先後、體例之純駁，後人多有辨之者。可參林昌彝《海天琴思錄》卷七，趙執信《談龍錄》、《四庫全書總目提要》、朱東潤《中國文學批評史大綱》等。

[20] 清馬榮祖撰：《文頌》一卷，輯入王水照編《歷代文話》，2007 年。第四冊，頁 4028-4042。

慨、得意、停蓄、遊戲，亦承襲詩品而作。[21]要之，馬榮祖、許奉恩二家之論文章風格，大抵不出傳統詩話、文話之印象式批評。[22]

姚鼐〈復魯絜非書〉，論文章之風格，標舉陽剛與陰柔兩大面向。劉大櫆〈論文偶見〉，提出「高、大、遠、簡、疏、變、瘦、華」八貴。章學誠《文史通義·質性篇》，則以《尚書·洪範》「正直、剛克、柔克」三德，作為標準。曾國藩乙丑正月《日記》，別倡「雄、直、怪、麗、茹、遠、潔、適」八美；又作古文四象，列太陽氣勢：噴薄之勢、跌蕩之勢；太陰識度：閎括之度、含蓄之度；少陰情韻：沉雄之韻、悽惻之韻；少陽趣味：詼詭之趣，閒適之趣，堪稱八種風格。另外，姚鼐《古文辭類纂·序目》，又另分文章風格為八類：「凡文之體類十三，而所以為文者八：曰神、理、氣、味、格、律、聲、色。神理氣味者，文之精也。格律聲色者，文之粗也。然苟舍其粗，則精者亦胡以寓焉。」首句宜修正為：「凡文之類十有三，而所以為文體者八。」文體，即是風格，神理氣味，為文章的內相；格律聲色，是文章的外象。格有高卑，律有精粗，聲有飛沉，色有濃淡；神有強弱，理有醇駁，氣有盛衰，味有甘苦。由於作者內在精神不同，促使作品表現各種相異之風格。誠如《文心雕龍·體性篇》所云：「各師成心，其異如面」而已矣。

---

[21] 清許奉恩著：《文品》一卷，輯入王水照編《歷代文話》，第六冊，頁 5602-5612。

[22] 黃維樑：《中國詩學縱橫論》，〈詩話詞話和印象式批評〉，臺北：洪範書店，1986 年，頁 1-26。

（八）方法論

文學辭章，注重創作技巧，與音樂、繪畫、書道、雕塑等藝術無異，講究美感表現。不過，文學創作以文字為媒介，與其他藝術或技藝之以音符、線條為媒材不同。辭章既然注重表現，那麼，創作、寫作是否必須講究方法？卻是一個見仁見智的問題。或以為不須有法，或以為不可無法，或以為不可泥法。說雖不同，義理無二，要皆持之有故，言之成理。論述如下：

李翱〈答王載言書〉謂：「六經創意造言，皆不相師。」蘇伯衡〈答尉遲楚問文〉亦言：「文有法乎？曰：初何法？典謨訓誥，國風雅頌，初何法？」曾國藩〈湖南文徵序〉推本諸說亦云：「古之文，初無所謂法也。《易》《詩》《書》《儀禮》《春秋》諸經，其體勢聲色，曾無一字相襲；即周秦諸子，亦各自成體。」以上，認為文章不必有法之說。唐順之〈董中峯文集序〉，則闡述文章所以無法之故：「漢以前之文，未嘗無法，而未嘗有法。法寓於無法之中，故其為法也，密而不可窺。」可見秦漢之所以無法，非無法之謂，乃神而明之於法律之外。

唐順之〈董中峯文集序〉又言：「密，則疑於無所謂法；嚴，則疑於有法而可窺。然而文之必有法，出乎自然而不可易者，則不容異也。」由此觀之，又以為文章必有法度。《宋書・謝靈運傳》載：沈約倡四聲八病之說，期使「五色相宣，八音協暢」，以為「妙達此旨，始可言文。」顯然，沈約主張文宜有法。韓愈謂：「經承子厚口講指畫為文辭者，悉有法度可觀。」歐陽脩亦稱：「尹師魯為文章，簡而有法」，可見文章宜講求法度。李夢陽〈答周子書〉云：「文必有法式，然後中諧音度，如方圓之於規矩。古人用之，非自作之，實天生之也。」汪琬〈答

陳靄公書二〉亦云：「大家之有法，猶奕師之有譜，曲工之有節，匠氏之有繩度，不可不講求而自得者。」汪氏得力於古文者，正在法度之間。《文心雕龍》有〈章句篇〉、〈練字篇〉、〈麗辭篇〉、〈情采篇〉、〈比興篇〉等，系統性論文章作法。宋陳騤《文則》，呂祖謙《古文關鍵》、謝枋得《文章軌範》、唐順之《文編》、歸有光《文章指南》，方苞論古文「義法」，劉大櫆論神氣、音節、字句，章學誠所謂格（文理、文例），在在都提示文章宜有法度，作為學文之津梁。創作、寫作文章，不可沒有法度，亦由此可見。

　　然則，文章果有定法乎？則又未必然！姚鼐〈與張阮林尺牘〉云：「古人文有一定之法，有無定之法。有定者，所以為嚴謹也；無定者，所以為縱橫變化也。二者相濟，而不相妨。」〈答翁學士書〉亦云：「聲色之美，因乎意與時變者也。是安得有定法乎？」汪琬〈與梁曰緝論類稿序〉謂：「凡為文者，其始也，必求其所從入；其既也，必求其所從出。彼句剟字竊，步趨尺寸以言工者，皆能入而不能出者也。」魏際瑞〈學文堂文集序〉稱：「今人之為古文者，非尺寸規模古人，則滅裂其法，而冒然無所據。夫學古人而似，與不學古人而不似，皆非所以為文也。要其大弊，則由於中之無物。」論作文宜言之有物，而不在拘泥法度，此與汪琬〈拾瑤錄序〉，主張為文「要以義理經濟為之原」；焦循《雕菰集文說一》主張：「必素蓄乎所以言者。而後質言之」；唐順之〈與茅鹿門主事論文〉所謂：「中一段精神命脈骨髓，則非洗滌心源、獨立物表，具今古隻眼者，不足以與此。」相通，都是主張不可泥法，而宜言之有物。魏禧〈陸懸圃文序〉復提出「知常通變」之法：以為「言古文者，曰伏，曰應、曰斷、曰續。人知所謂伏應，而不知無所謂伏應者，伏應之

至也。人知所謂斷續，而不知無所謂斷續者，斷續之至也。」進一步揭示：「變者，法之至者也，此文之法也。」以上諸家，都贊同文章創作，不可泥法之說。姚鼐〈劉海峰先生八十壽序〉，引歷城周編修語曰：「為文章者，有所法而後能，有所變而後大。」旨哉斯言！

　　文章作法，有具體明確之指示者，當始於呂祖謙《古文關鍵》。呂氏於〈看文字法〉云：「第一看大概主張，第二看文勢規模，第三看綱目關鍵，第四看警策句法。」於〈綱目關鍵〉中，再分別「如何是主意首尾相應？如何是一篇舖敘次第？如何是抑揚開合處？」於〈警策句〉中，再分別「如何是一篇警策？如何是下句下字有力處？如何是起頭換頭佳處？如何是繳結有力處？如何是融化屈折剪裁有力處？如何是實體貼題目處？」預設法式如此，參酌可也，不宜刻舟求劍，執著而為。否則，明人之文章評點，古文之僵化為時文、為八股，此殆其濫觴。明歸有光著《文章指南》，分文章作法為六十二則：如通用、立論正大、用意奇巧、遣文平淡、造語蒼勁、敘事典贍、辭氣委婉、神思飄逸、警喻、引證、將無作有、化用經傳、引事論事、抑揚、尚論成敗、一反一正、反正翻應、前後相應、總提分應、總提總收、逐事條陳、文勢重疊、句法長短錯綜、一級高一級、一步進一步、文勢如貫珠、文勢如走珠、文勢如擊蛇、文勢如破竹、先虛後實、先疑後決、下句載上句、綴上生下、疊上轉下、攔截上文、設為難解、含意不露、設為問答、辨史、交短氣長、字少意多、字煩而不厭、雙關、兩柱遞文、下字影狀、相題用字、題外生意、駁難本題、回護題意、駕空立意、死中求活、立意貫說、繳應前語、疊用繳語、結意有餘、竿頭進步、結末括應、結末推

原、結末推廣、結末垂戒、結句有力、結束斷制。[23]其所列六十二法，聊舉為文章寫作之參考而已，非真能確立不移者。除外，尚有明張明弼《文壨》，分文章作法（含性質），為一百二十七類，類聚群分，並不精當。近人成璞完《古文筆法》，分作法為二十二類，頗嫌粗疏簡略。清李扶九輯，清黃仁黼纂定：《古文筆法百篇》，[24]流傳版本不少，值得參考。

　　《左傳章義法擇微》，專論《左傳》之古文義法，為原初博士論文之下編。分命意、謀篇、安章、鍛句、鍊字、風格六章，舉例論證之：脈注、詭辭、微辭、飾辭、托辭、諷喻、借事、象徵、深曲、廻護、翻空、因勢，此《左傳》命意之法也。次論謀篇之義例：先驅、破題、中權、關捩、後勁、餘波、收煞、論斷，此篇什架構之安排法。映襯、賓主、明暗、離合、斷續、順逆、輕重、虛實、詳略、擒縱、開闔、寬聚、奇正、變常，乃情境對比之設計。伏應、逆攝、側筆、線索、原委、類從、集散、配稱，為有關脈絡統一之規畫。次論安章之心法：順帶、穿插、橫接、遙接、側敘、逆敘、夾寫、互見、補筆、附載、自注，為段落位次之調配。表現、直書、說明、點綴、渲染、閒筆、錯綜、奇偶、想像、形容、析分、援引、概餘、時中，為主題表達權宜之法。眼目、點睛、波瀾、關鍵、特筆、取影，乃建立一篇警策之法。次論鍛句之方術，舉凡曲折、往復、對照、排比、錯綜、層遞、翻疊、移換、誇飾、類句、類字、吞吐、蘊藉、轉品、濃縮、譬喻、轉化、象徵、示現、存真諸法，是浮現意象之

---

[23] 明歸有光：《文章指南》，臺北：廣文書局，1972 年。

[24] 清李扶九輯，清黃仁黼纂定：《古文筆法百篇》，清光緒八年善化黃氏刻本。長沙：岳麓書社，1991 年。

樣式。鎔鍊、藏鋒、跳脫、舉要、層遞、翻疊、頓挫、勒轉、鎖紐、頂真，即文化章矜鍊縝密之原理。儷辭、用典、烘托、映帶、廻文、諧隱，促使文章華贍豔麗之道。若思文章氣勢勁健，亦有方法：倒裝、加倍、反語、類句、聯鎖、旋繞、捧壓、墊拽、提振、節短、誇飾、設問、感歎、呼告諸法之善用，以及倒攝、橫接、錯綜複雜、追敘、翻疊、排比、頓挫、勒轉、鎖紐、頂真諸法之運化，文章之氣勢已遒勁矣。末論鍊字之妙訣：巧用虛字、實字、重筆、曲筆、圓活字、新闢字，則章句明靡。鍊擇文字、慎用類字、複字、犯重、倒文、轉品、省文、借代、鑲嵌、立柱諸法，有助文辭之光彩。按諸長短、緩急、諧韻、長言、短言，而文化章逐聲遂諧，應節遽協，音韻鏗鏘，音節響亮矣。[25]

最近八年來，筆者以屬辭比事之書法，探索孔子所著《春秋》經之筆削旨義，別有會心。乃以屬辭比事之《春秋》教，重探《左傳》之文章義法。[26]然後增訂重版原著，將新意亮點分別安排於命意、謀篇、安章、鍛句、鍊字、風格各章之第一節，出版《左傳屬辭與文章義法》專著。[27]《左傳》屬辭及其義法，要皆宗祖於《春秋》之筆削昭義，以及屬比顯義，亦由此可知。《春秋》一書，不特為《左傳》文章義法之所由出，自《史記》以下，二千多年來之古文義法，皆當視為不祧之宗。

以上所論，雖為《左傳》文章義法而發，推而廣之，以言古

---

[25] 張高評：《左傳文章義法撢微》，臺北：文史哲出版社，1982年。

[26] 張高評：〈《春秋》屬辭比事與《左傳》文章義法〉，《華中學術》第36輯（2021年12月），頁245-265。

[27] 張高評：增訂重版《左傳屬辭與文章義法》，臺北：五南圖書公司，2021年。

今諸家文章寫作之技法，亦可以相通，足資參考。

三、結語

　　以上，分八大部分，討論考察中國古典散文之理論。由於資料繁多，而篇幅有限，不得不擇精取要，抽樣論述。於是，自然忽略文學之傳承性。為兼顧普遍性與代表性，文論除選古文家之見解外，間採理學家、史學家、詩人與學者之說，並列比觀，異中求同，藉以獲得中國古典散文理論之實際狀況。管錐蠡嘗，罣漏難免，尚祈海內方家，不吝指正。[28]

---

[28] 本文原載張高評等撰：《中國散文之面貌》，臺北：中央文物供應社，1984年，頁 1-29。今增加注釋、書名號，內容亦稍作增訂。

伍、古文創作之主題和技巧──
　以唐宋古文為論述核心

一、古典散文之特質

　　「散文」之名，起於南宋羅大經《鶴林玉露》。其原始義界，與駢文對舉，用來指稱一切句法不整齊的文章。到了清代，「散文」名稱才開始流行，泛指與韻文、駢文相對稱的概念。韻文與駢文的形式特色，講究聲律、注重對仗，句式整齊劃一。於是除韻文與駢文以外的文章，皆得統稱為散文。這是清朝以前，中國文學傳統的「散文」概念。五四以後，受西方文論影響，將文學作品分為詩歌、小說、戲劇、散文四類。散文，專指富含文學性的敘事或抒情的文章，這是「現代散文」的概念。由此看來，古典散文的指涉過於寬泛，現代散文的概念失之狹隘。

　　古典散文，俗稱「古文」。「古文」之名，較「散文」早出。中唐韓愈及柳宗元反對六朝以來駢儷文風，主張宗法三代兩漢的文章傳統，提倡寫作「氣盛言宣」、「文從字順」、「散句單行」的古文。到了北宋，范仲淹、歐陽脩、蘇軾等有志之士，厭棄西崑體浮豔儷偶之習氣，反對太學體矜巧怪奇的文風，企圖矯正晚唐五代文壇的流弊，於是發展出長於議論、平易自然的北宋文章特徵。唐宋古文的傑出成就，可以和秦漢古文分庭抗禮。在明清兩代秦漢古文、唐宋古文，遂蔚為學習古文的兩大宗派。今日所謂古文，是中國古典散文的簡稱。或稱為「文言文」，意

謂文飾之文，係針對語體文而言。

古文在歷代，是最方便、最實際，也是運用最廣大的文體。它跟古典詩歌一樣，有著輝煌光榮的成就，也有源遠流長的歷史。體裁靈活多樣，風格不拘一律，可以敘事，可以寫人，可以抒情，可以議論，可以描景。篇幅短捷精悍，行文樸素自然，句式奇偶相生，語言簡潔凝煉，風格疏散，不泥聲律。實事求是，真實不妄，是古文的首要特徵。自由揮灑，長短隨意，則是古文外在的形式特色。至於以虛字傳神，則往往見氣勢頓宕，情韻流溢之美。尤其謀篇、安章、佈局諸技巧之講究，古文更遠在詩歌之上。[1]這些特色，使得散文成為三千年來文壇的長青樹，薪傳了豐富的民族智慧，保存了優質的文化傳統，積累了許多文學遺產，提供了大量研究「人學」（homonology）的啟示，更展現多采多姿的應對談說之方，以及辭章寫作的典範。歷代儒者倡導經世致用之學，古文一體，真足以囊括無遺。古文獲士人青睞，選擇作為最重要的表意媒介，這絕對不是偶然的。

二、古代散文之流變

古典散文（以下簡稱「古文」），自甲骨文、鐘鼎文、《尚書》以來，一直是中國文學的正宗。傑出作家之眾，優秀作品之多，可謂代有其人，朝不乏篇。舉其大者，如先秦之諸子散文和史傳散文，兩漢的《史記》、《漢書》，魏晉南北朝時有曹氏父子、建安七子、王羲之、陶淵明、庾信、酈道元諸家為代表。唐

---

[1]　參考王水照編：《歷代文話》（1-10），上海：復旦大學出版社，2007 年。彭會資主編：《中國文論大辭典》，桂林：百花文藝出版社，1990 年。

代的韓愈、柳宗元，宋代的歐陽脩、蘇洵、蘇軾、蘇轍、王安石、曾鞏。明代公安派的袁宏道、竟陵派的鍾惺、唐宋派的歸有光，以及張岱為代表的晚明小品。至清代，則有侯方域、魏禧、汪琬，號稱清初三大古文家。其後，又有桐城派戴名世、方苞、劉大櫆、姚鼐之古文，以及陽湖派惲敬、張惠言諸家，以及湘鄉派曾國藩，閩縣林紓諸代表之名世。

　　就比較而言，詩歌、小說、戲劇有相對穩定的形式和體制。古文則較自由隨意，不受約束。古文的發展長河，源遠流長，於是品類繁富，風格多樣。就後代學科分工和文體分類而言，古典散文時有學科混血、文類間相互滲透交融的現象。古文之所以呈現千巖競秀、萬壑奔流的大觀，與此不無關係。如先秦《老子》、《莊子》、《韓非子》等諸子散文，是哲學與文學的混血；《尚書》、《左傳》、《國語》、《戰國策》，是歷史與文學的化成。漢代司馬遷《史記》、班固《漢書》等史傳文學，也是學科整合的產物。其後，玄學佛學之於六朝；儒家、佛教、道家、道教四家思想之於唐宋古文，理學、心學、實學，西學之於宋、元、明、清古文。乃至於書法、繪畫，以及屈騷、儒家、道家、禪宗四大美學的發用，多少左右了歷代古文的思想，形塑了諸家及時代的特色。其他，如地理性散文的《水經注》，寺志散文的《洛陽伽藍記》，科技散文的《夢溪筆談》，詩評類散文的《滄浪詩話》，史論性散文的《讀通鑑論》、《宋論》，遊記性散文的《徐霞客遊記》，也都橫跨異領域學科，彼此巧妙融合，是以琳瑯滿目，絢麗多彩如是。

　　綜觀古典散文的發展，依其時代與特色，筆者以為可分四個階段：

其一，先秦兩漢，注重應用功能

這一時期，主要以哲理散文和歷史散文為主。先秦諸子散文的文學價值，主要靠象徵和寓言體現。其體為哲學，其用則為說服傳播，如《論語》的警策，《墨子》的質樸，《孟子》的雄暢，《莊子》的恣肆，《荀子》的淳厚，《韓非子》的峭刻，皆各呈異采，而殊途同歸於「救世之弊」的應用價值。史傳散文，如《左傳》以史傳經，長於敘事，工於傳人與記言。《國語》，則詳於記言，而略於敘事，倫理教化之色彩極重。《戰國策》，將書寫重心關注在策士上，環繞人物性格選材。司馬遷編纂《史記》，欲以「究天人之際，通古今之變，成一家之言」。魯迅曾評《史記》，為「史家之絕唱，無韻之《離騷》」，乃史傳文學典範之作。《漢書》沿襲《史記》體例，唯語言上改變《史記》疏散生動的文風，而為整煉工麗、駢多於散的風格。《左傳》、《國語》、《史記》、《漢書》，大抵多以資鑑勸懲的經世致用功能為依歸。

其二，漢魏六朝，傾向文學審美

漢魏六朝的文學主潮，深受辭賦和駢文影響，因而產生鋪張美、整飭美、音韻美，及錯落美，古文自不例外。富含藝術美感的騷體賦、散體大賦、抒情小賦、詠物敘事賦，及六朝駢儷之文，本是古文的變體。由於文體的自然演化，附庸遂蔚為大國。辭賦與駢文，在文體歸類上或與古文並立，成為獨立文類；或為古文所含概，成為古文的支派。從戰國時代辭賦產生，到漢魏六朝辭賦流行，駢文大盛，辭賦和駢文幾乎取代古文地位，成為當今的文學體式。先秦兩漢的古文風格，雖暫時隱退，然辭賦和駢

文對爾後古文體制的改造，卻產生深遠的影響，其中尤以唐宋古文為然。

其三，四唐兩宋表現自由揮灑

騈文講究對偶、聲律、典故、辭藻諸形式美感，唐宋古文家往往進行借鏡化用，作為創作取捨之參考。學古而通變之，能入又能出，猶何休稱鄭玄論著，所謂入室操戈。韓愈提倡於前，柳宗元與之呼應於後。韓愈以理論指點創作，再以創作印證理論，以之倡導古文寫作，遂突破了騈文的形式美，回歸到秦漢古文不拘一格、自由靈活之優良傳統，中唐文風為之一變。其後，北宋六大古文家繼之，發揚光大，古典散文創作之自由隨意，揮灑裕如，風格復見。唐宋時期，古文和騈文相互爭輝，就大勢論，古文創作較占有優勢地位。唐宋八大家古文之膾炙人口，可為明證。宋代騈文，又稱四六文，流行局限於官方之應用文書。同時，賦體的創作技巧，直接影響了古文的創作，「以賦為文」，成為唐宋古文的重要表現手法。其間，文類的交融整合，成為創作時尚：[2] 杜甫「以詩為文」，韓愈、歐陽脩「以賦為文」，蘇軾、辛棄疾「以賦為詞」、「以文為詞」。此種「破體」現象，值得重視與探究。[3]

---

[2] 程千帆、莫礪鋒、張宏生：《被開拓的詩世界》，上海：上海古籍出版社，1990 年。〈火與雪：從體物到禁體物──論白戰體及杜、韓的先導作用〉，頁 75-97。

[3] 張高評：〈破體與創造性思維──宋代文體學之新詮釋〉，《中山大學學報》2009 年第 3 期第 49 卷（總 219 期，2009 年 3 月），頁 20-31。

其四，明清兩代，轉化為復古與創新的消長

明代前後七子，為文力主模擬，所謂「文必秦漢，詩必盛唐」。模仿重於創發，因襲多於新變。因此，古文價值普遍不高。唯公安袁氏三兄弟，獨抒性靈。晚明小品如張岱所作，清新悅目，頗有生機，可惜如夕陽餘暉，可愛有餘，精彩不足。清代中葉，桐城派方苞提出「言之有物，言之有序」之「義法」說，宗法《左傳》《史記》，作為古文創作之典範。桐城古文，衍生而有陽湖派、湘鄉派，多張皇「義法」之說。桐城古文義法之提出，對初學入門自有啟益。唯預設法式，未免作繭自縛。畢竟，「有所法而後成，有所變而後大」；過度執著於「義法」，不免「致遠恐泥」。

作家眾多，作品豐富之餘，自然容易總結經驗，提煉理論，作為創作之指導。創作與理論，常相互為用，相得益彰。朱世英等《中國散文學通論》，曾概說散文理論的發展，以為：先秦，渾沌未分；兩漢，初見端倪；魏晉南北朝，文學的自覺；隋唐，革故鼎新；宋元，分蘗而後繁茂；明代，復古激發新變；清代，集通變之大成。此蓋就時代文風大勢言之而已，不盡然如此分劃井然也。

以上有關古文源流正變、因革損益之論述，試與四大分期相互參照，對於古文的流變，掌握將可以更加切實明確。

三、唐宋古文之創作主題

古典散文的義界，指涉十分廣大。除了韻文、戲劇、小說之外，幾乎都屬於古文的範圍。就廣義而言，連辭賦、駢文二大文

類，也都可以視為古文。因此，談論古文表現的主題類型，也就包羅眾多，豐富多彩。由於古文發展源遠流長，上下三千年間，作家如雲，作品如林，詳論實在不易。經由斟酌權衡，本文只選擇唐宋古文作為討論核心。如此，較容易上究淵源，下探流變。

　　古文發展至唐宋，皆自成一家，各具本色，然又有其共相。就名家名篇作品言，唐代古文有四大特點：一、以篇什體裁為主，不以著述體裁為宗。二、散句單行，妥帖流暢；陳言務去，詞必己出。三、體裁改造、材料廣博、視角拓展、命意創新。四、形塑獨特風格，散文藝術登峰造極，形成風格流派。相形之下，宋代古文亦呈現若干特徵，與唐代古文略有出入，如：一、文體注重會通與化成，達到眾體皆備。二、長於說理議論，顏見襟抱與才學。三，追求平易自然，流暢婉轉，形成群體風格。四、致力文學語言之經營，提高散文的美學價值。五、體現超勝意識，期許自成一家。

　　西方主題學研究，主張探討主題與作家、時代的關聯。文本，即由發揮表達性技巧而得到。表達性技巧（expressive devices，簡稱 Eds），如具體化、擴增、重複、變異、細分、對比、協調、結合、預備和減縮，皆是。[4]西方主題學，相當中國文學之命意、取義，近似小說之「母題」。換言之，凡題材具普遍性、延展性、及文化效應功能者，皆稱之。[5]今借用其說，以

---

[4]　王立：《中國古代文學十大主題》，臺北：文史哲出版社，1994 年。卷首，陳鵬翔〈主題學研究回籠〉，其中云：柴可夫斯基（A. Zholkosky）認為：主題，是明確歸結出來的一些指涉性或語碼範圍常數。表達性技巧（expressive devices，簡稱 Eds），是結合主題文本的一些運作法則（operatinal rules）。頁 4-5。

[5]　王立：《中國古代文學十大主題》，〈緒論・本書「主題」的內涵及民族特徵〉，頁 5-11。

論述中國唐宋古文的創作主題。

如果異中求同，唐宋古文又何嘗沒有殊途同歸之處？筆者以為：唐宋古文的共同特色，大抵有四：一、寫作目的，在明道、適用，不是為文藝而文藝。二、創意造語，風格多樣，富於文學形象。三、將敘事、抒情、描寫、議論，作有機的會通化成。四、質而不俚，華而不麗，奇而不怪，平而不庸。由於篇幅所限，論證從略。筆者考察唐宋古文之名家名篇，歸納其中之主題類型，提出較為常見之主題十種，列舉代表作之篇目如下：

（一）山水寓志，隱逸寄趣

如王維〈山中與裴迪秀才書〉、韓愈〈送李愿歸盤谷序〉、柳宗元〈愚溪詩序〉、〈始得西山宴遊記〉，白居易〈盧山草堂記〉、王禹偁〈黃岡竹樓記〉、范仲淹〈岳陽樓記〉、歐陽脩〈醉翁亭記〉、蘇舜欽〈滄浪亭記〉、蘇軾〈超然臺記〉、〈放鶴亭記〉等。

（二）因物詠懷，借題發揮

如韓愈〈蝜蝂傳〉、〈雜說〉、〈三戒〉、柳宗元〈捕蛇者說〉、白居易〈養竹記〉、周敦頤〈愛蓮說〉、王禹偁〈雙鸚志〉、宋祁〈雁奴後說〉、歐陽脩〈秋聲賦〉、〈養魚記〉、蘇軾〈日喻〉、〈二魚說〉、〈鳥說〉，孔武仲〈雞說〉、陳傅良〈怒蛙說〉、岳飛〈良馬對〉、林景熙〈蜃說〉諸是。

（三）悼古傷今，勸戒資鑑

如李華〈弔古戰場文〉、柳宗元〈箕子碑〉、杜牧〈阿房宮賦〉、司馬光〈淝水之戰〉、〈赤壁之戰〉，歐陽脩〈相州晝錦堂記〉、蘇軾〈赤壁賦〉、〈後赤壁賦〉、蘇轍〈黃州快哉亭記〉、王安石〈遊褒禪山記〉諸文。

（四）閒情逸趣，描摹勝景

如舒元輿〈牡丹賦序〉、李白〈春夜宴桃李園序〉、曾鞏〈擬蜆亭記〉、沈括〈雁蕩山記〉、蘇軾〈石鐘山記〉、〈承天寺夜遊〉、蘇轍〈武昌九曲亭記〉、范成大〈峨嵋山行紀〉、朱熹〈百丈山記〉、周密〈觀潮〉諸文。

（五）慷慨論政，進陳得失

如魏徵〈諫太宗十思疏〉、陳子昂〈諫用刑書〉、韓愈〈爭臣論〉、〈原毀〉、柳宗元〈駁復仇議〉、〈梓人傳〉、王禹偁〈侍漏院記〉、歐陽脩〈與高司諫書〉、〈朋黨論〉、王安石〈答司馬諫議書〉，以及蘇軾所作進策二十五篇，進論二十五篇皆是。南宋宗澤〈乞毋割地與金人疏〉、李綱〈議國是〉、胡銓〈戊午上高宗封事〉、陳亮〈上皇帝四書〉、〈中興論〉、葉適〈治勢〉、辛棄疾〈美芹十論〉、〈九議〉諸文皆屬之。

（六）從容評史，鑑戒成敗

如獨孤及〈吳季子札論〉、權德輿〈兩漢辨亡論〉、柳宗元〈封建論〉、劉禹錫〈華佗論〉、李格非〈書洛陽名園記〉、歐

陽脩〈五代史伶官傳序〉、蘇洵〈管仲論〉、〈六國論〉、〈高帝論〉、〈項籍論〉、王安石〈讀孟嘗君傳〉、〈書刺客列傳後〉、蘇軾〈范增論〉、〈留侯論〉、〈賈誼論〉、〈晁錯論〉、蘇轍〈六國論〉、〈漢高帝論〉、〈漢武帝論〉、司馬光〈賈生論〉、〈廉藺論〉、曾鞏〈唐論〉、張耒〈司馬相如論〉、〈蕭何論〉諸篇。

（七）敍事傳人，得失龜鑑

如韓愈〈圬者王承福傳〉、柳宗元〈宋清傳〉、〈種樹郭橐駝傳〉、〈童區寄傳〉、李商隱〈李賀小傳〉、王禹偁〈唐河店嫗傳〉、范仲淹〈种世衡墓志銘〉、歐陽脩〈桑懌傳〉、王安石〈傷仲永〉、蘇軾〈方山子傳〉、〈潮州韓文公廟碑〉、蘇轍〈巢谷傳〉、曾鞏〈洪渥傳〉、李清照〈金石錄後序〉、朱敦儒〈東方智士說〉、陸游〈姚平仲小傳〉、楊萬里〈張魏公行狀〉、朱熹〈記孫覿事〉、文天祥〈指南錄後序〉諸文。

（八）談學品藝，心裁別出

如韓愈〈師說〉、〈原道〉、〈進學解〉、〈畫記〉；柳宗元〈答韋中立論師道書〉、劉禹錫〈陋室銘〉、張籍〈上韓昌黎書〉、歐陽脩〈賣油翁〉、〈梅聖俞詩集序〉、〈集古錄目序〉、文同〈捕魚圖記〉、沈括〈技藝·活板〉、〈書畫·古文〉、〈書畫·正午牡丹〉、蘇軾〈傳神記〉、〈書吳道子畫後〉、〈書唐氏六家書後〉、〈書蒲永升畫後〉、〈文與可篔簹谷偃竹記〉、黃庭堅〈與王觀復書〉、李清照〈詞論〉等是。

（九）説服勸諫，情理兼顧

　　如祖君彥〈為李密檄洛州文〉、魏徵〈諫太宗十思疏〉、駱賓王〈討武曌檄〉、李白〈上安州裴長史書〉、〈與韓荊州書〉、韓愈〈諫迎佛骨表〉、〈送董邵南序〉、〈後十九日復上宰相書〉、〈後廿九日復上宰相書〉、歐陽脩〈為君難論〉、王安石〈上仁宗皇帝言事書〉、〈本朝百年無事札子〉、蘇軾〈上皇帝書〉諸文皆屬之。

（十）以文為戲，亦莊亦諧

　　如韓愈〈毛穎傳〉、柳宗元〈賀進士王參元失火書〉、柳開〈代王昭君謝漢帝疏〉、蘇軾〈萬石君羅文傳〉（硯臺）、〈葉嘉傳〉（茶葉）、〈江瑤柱傳〉（干貝）、〈陸吉黃甘傳〉（柑桔）、〈溫陶君傳〉（饅頭）、〈杜處士傳〉（藥名）諸文，多逞材炫學，憤世嫉俗之作。

四、古文創作及其藝術技巧

　　《孟子・離婁下》說孔子作《春秋》，首揭其事、其文，稱「其義，則丘竊取之矣！」《禮記・經解》提示「屬辭比事」，作為《春秋》之教。於是其文（屬辭）與其事（比事），成為史乘「如何書」之編纂手法，藉之可以體現「何以書」之義。無論《春秋》、《左傳》、《史記》、《漢書》、《三國志》，及其他史傳文學，如樂府、變文、小說、戲劇，甚至敘事寫人之文

學，凡榮登著作之林者，百家騰躍，率不能出此範圍。[6] 要之，《春秋》書法，不止為史家筆法、敘事義法之所由出，即文章義法、古文創作之藝術技巧，追本溯源，亦自《春秋》書法衍化而來。[7]

東漢王充《論衡・超奇篇》稱：「孔子得《史記》以作《春秋》，及其立義創意，褒貶賞誅，不復因史記者，眇思自出於胸中也。」[8]《春秋》或筆或削魯史春秋，在「其義，則丘竊取之」之前提下，「事仍本史，而辭有損益」，進行編纂著作。於是在別裁史料、獨斷特識之作為下，遂有王充《論衡》所謂：「立義創意，褒貶賞誅，不復因史記」之現象。入乎其內，又出乎其外如斯，自成一家之言，於是乎生焉。因為「眇思自出於胸中」，所以「立義創意」，「褒貶賞誅，不復因史記」。[9]

由此觀之，所謂「創作」，孔子作《春秋》，給予後代之啟示有二：積極方面，必須「妙思自出於胸中」。消極作法，則必須「褒貶賞誅，不復因史記」。韓愈指點古文之創作，消極作法，可以〈與李翊書〉所謂「惟陳言之務去，戛戛乎難哉！」為代表。積極作為，則以韓愈〈南陽樊紹述墓志銘〉所云：「惟古

6　張高評：〈《春秋》筆削見義與傳統敘事學——兼論《三國志》、《三國志注》之筆削書法〉，山東大學《文史哲》學報，2022 年第 1 期（總第 388 期），頁 117-130。

7　張高評：〈《春秋》屬辭約文與文章修辭——中唐以前之《春秋》詮釋法〉，山東大學儒學高等研究院《漢籍與漢學》2021 年第一輯（總第八輯），頁 65-101。

8　漢王充著，北京大學歷史系《論衡》注釋小組：《論衡注釋》，北京：中華書局，1979 年。第二冊，卷十三〈超奇篇〉，頁 777。

9　余英時：《歷史與思想》，臺北：聯經出版公司，1977 年。〈章實齋與柯靈烏的歷史思想——中西歷史哲學的一點比較〉，三・筆削之義與一家之言，頁 188-199。

於詞必己出，降而不能乃剽賊」，作為典範追求。[10]宋歐陽脩之古文宗法韓愈，所著《六一詩話》，標榜「意新語工」，實不離韓愈所謂「詞必己出」。「意新語工」，原初雖出於說詩，作為詩歌語言之標竿；若持以規範古文創作之追求，從立意到屬辭，亦順理成章可通。

　　研究古典文學或現當代文學，海峽兩岸三地有一通病：往往超越作品的藝術技巧，直探文學的主題、內容，和思想。文學作品與法令公告的分野，就在於藝術技巧、寫作手法，這就是文學語言關注的課題。姚鼐《古文辭類纂‧序》不云乎：「神、理、氣、味者，文之精也；格、律、聲、色者，文之粗也。然苟舍其粗，則精者亦胡以寓焉？」善哉此說！主題內容之精實，得藝術技巧美妙之發明，方能相互輝映，精彩全出。宋范溫《潛溪詩眼》謂：「黃庭堅言：文章必謹布置。每見後學，多告以〈原道〉命意曲折。」[11]古文創作注重章法布局的抑揚頓挫，黃氏一語道破。清初金聖歎稱：「臨文無法，便成狗嗥。」[12]謀篇安章，布置曲折，這是創作技巧、寫作方法的講究。

　　語云：文無定法，文成而法成。然自劉勰撰《文心雕龍》，有〈麗辭〉、〈風骨〉、〈通變〉、〈情采〉、〈鎔裁〉、〈聲律〉、〈章句〉、〈儷辭〉、〈比興〉、〈誇飾〉、〈事類〉、

---

[10] 韓愈著，馬其昶校注：《韓昌黎文集》，臺北：河洛圖書出版社，1975 年。卷三〈答李翊書〉，頁 99。卷七，〈南陽樊紹述墓志銘〉，頁 312。北宋人所著詩話，自《六一詩話》以降，至南宋《詩人玉屑》、《詩林廣記》，其內容偏向，大多聚焦於「陳言務去」、「詞必己出」二語上。

[11] 郭紹虞校輯：《宋詩話輯佚》，臺北：文泉閣出版社，1972 年。宋范溫：《潛溪詩眼》，〈山谷言詩法〉，頁 399。

[12] 金聖歎著，陸林校整理：《金聖歎全集》，南京：鳳凰出版社，2008 年。第二冊，《貫華堂第六才子書西廂記》，卷四〈驚艷〉，頁 898-899。

〈練字〉、〈隱秀〉、〈附會〉、〈物色〉諸篇以論文章作法。[13] 下迄宋代陳騤《文則》、呂祖謙《古文關鍵》、謝枋得《文章軌範》、明唐順之《文編》、歸有光《文章指南》，在在都提示古文的法度，指引學文之津梁。

清代方苞，著有《春秋通論》、《春秋直解》、《春秋比事目錄》、《左傳義法舉要》四書，以義理闡發詮釋經典，為《春秋》宋學之代表人物。十一年之後，《春秋》書法轉化為古文義法，奪胎轉換之軌跡，清晰可尋。[14] 於是由尚於三禮學，長於《春秋》學，而以「經術兼文章」，儼然以古文義法成為一代宗師。方苞楬櫫「義法」說，開創桐城古文一派。所作〈又書貨殖傳後〉云：

> 《春秋》之制義法，自太史公發之，而後之深於文者亦具焉。義，即《易》之所謂「言有物」也。法，即《易》之所謂「言有序」也。「義」以為經，而「法」緯之，然後為成體之文。[15]

太史公作《史記‧十二諸侯年表序》，闡發《春秋》之編纂學，稱孔子敘次《春秋》：「上記隱，下至哀之獲麟。約其辭文，去其煩重，以制義法。」[16] 案：去其煩重，指或筆或削之工

---

[13] 梁劉勰著，范文瀾注：《文心雕龍註》，北京：人民文學出版社，2014 年。

[14] 張高評：《比事屬辭與古文義法──方苞「經術兼文章」考論》，臺北：新文豐出版公司，2016 年，頁 1-581。

[15] 清方苞：《望溪先生全集‧文集》，臺北：臺灣商務印書館，1979 年，《四部叢刊初編》本。《望溪先生文集》卷 2，〈讀史‧又書貨殖傳後〉，頁 20，總頁 40。

[16] 漢司馬遷著，日本瀧川龜太郎考證：《史記會注考證》，臺北：萬卷樓圖書

夫；約其辭文，乃屬辭比事之能事。或筆或削、屬辭比事，乃歷史編纂之方法：或筆或削足以昭義，屬辭比事可以明義，故曰「《春秋》之制義法，自太史公發之」。大凡著述之事，要皆未下筆，先有意，所謂意在筆先，成竹在胸者是。紡織之役，先織經線（縱絲），後織緯線（橫絲），作文又何嘗不然？故方苞稱：「義以為經，而法緯之，然後為成體之文。」義作先導，法居後應，然後方為「成體之文」。古文創作之歷程，剖析歷歷如是，堪作屬辭約文或一切文藝創作之圭臬。

唐劉知幾，提出優良史家，必須具備才、學、識三長。雅好《左傳》，影響其實錄史學，以及詩性史學。著有《史通》一書，然如〈載文〉、〈因習〉、〈言語〉、〈浮詞〉、〈敘事〉、〈品藻〉、〈直書〉、〈曲筆〉、〈模擬〉、〈煩省〉、〈申左〉、〈點煩〉、〈雜說上·左氏傳〉，雖說史傳，談史學，然如尚簡用晦之藝術共相，直書曲筆之忌諱敘事，以及上述屬辭約文之闡說，多啟益史傳之敘事，可資文筆之借鏡。[17]故習作古文者，取徑於《史通》，所謂異領域碰撞，將可觸發古文創作無限利多。

浙東學派章學誠，著有《文史通義》，強調文德、文理、古文辭義例、古文公式。[18]《章氏遺書》，載錄〈論文示貽選〉，

公司，1993 年。卷十四，〈十二諸侯年表序〉，頁 235。

[17] 張高評：〈劉知幾之《左傳》學——兼論詩化之史學觀〉，《隋唐五代經學國際研討會論文集》，《中國文哲論集》16，臺北：中央研究院中國文哲研究所出版，2009 年，頁 537-571。

[18] 清章學誠著，葉瑛校注：《文史通義校注》，北京：中華書局，2019 年。卷一〈書教上〉、〈書教中〉、〈書教下〉，頁 36-63。卷三，〈史德〉，頁 357-361。〈文德〉，頁 324-325。〈文理〉，頁 334-338。卷五，〈古文公式〉，頁 576-578。〈古文十弊〉，頁 584-590。

外編卷三〈丙辰箚記〉。《章氏遺書‧補遺》，收錄〈課蒙學文法〉、〈上朱大司馬論文〉，多揭示敘事之法，作文之道，兩岸學界已多所論述。[19]章學誠曾云：「古人著述，必以史學為歸，蓋文辭以敘事為難。……然古文必推敘事，敘事實出史學，其源本於《春秋》『比事屬辭』」。[20] 章氏文史兼通，提示古文、敘事、史學、書法之間，有本末原委之關係。若辨章學術，考鏡源流，則殊途同歸，百慮一致，皆宗祖於「比事屬辭」之《春秋》教。史傳古文尤其如此，敘事傳統亦然。[21]

筆者研究《左傳》辭章，撰有《左傳文章義法撢微》一書，論述謀篇安章之方法，凡六十餘。[22]筆者〈從結構對列之研究論中學作文改善之道〉一文，從比事顯義、屬辭觀義之視角，列舉八大謀篇安章之法，以談論秦漢唐宋古文。[23] 爾後，筆者主編《古文觀止鑑賞》，標榜「從文章學角度鑑賞古文」，實集古文章法技巧之大成於一編之中。原博士論文《左傳文章義法撢微》，最近增訂重版，將《春秋》屬辭約文之概念，添增於立

---

[19] 參考羅思美：《章實齋文學理論研究》，臺北：臺灣學生書局，1976 年。又，王義良：《章實齋以史統文的文論研究》，高雄：復文圖書出版社，1995 年。又，唐愛明《章學誠文論思想及文學批評研究》，上海：上海古籍出版社，2013。

[20] 清章學誠著：《章氏遺書》，臺北：漢聲出版社，1973 年。卷二十九，〈論文示貽選〉，頁 752-754。外編卷三〈丙辰箚記〉，頁 863。《章氏遺書‧補遺》，收錄〈課蒙學文法〉，頁 1354-1360。《章氏遺書‧補遺》，〈上朱大司馬論文〉，頁 32-33，總頁 1370-1371。

[21] 張高評：〈書法、史學、敘事、古文與比事屬辭──中國傳統敘事學之理論基礎〉，香港中文大學《中國文化研究所學報》第 64 期（2017 年 1 月），頁 1-33。

[22] 張高評：《左傳文章義法撢微》，臺北：文史哲出版社，1982 年，頁 1-262。

[23] 張高評：〈從結構對列之研究論中學作文改善之道〉，《國文天地》8 卷 3 期（總第八十七期），1992 年 8 月，頁 58-71。

意、謀篇、安章、鍛句、鍊字之中，作為每章之引序，完成《左傳屬辭與文章義法》一書。[24]將《春秋》書法、歷史編纂、古文義法，作三位一體之整合。《左傳》歷史敘事、古文義法之章法學，其中可見。[25]

由此觀之，為文不可沒有規矩準繩。姚鼐〈與張阮林尺牘〉稱：「古文有一定之法，有無定之法。有定者，所以為嚴謹也；無定者，所以為縱橫變化也。二者相濟而不相妨。」[26]文章之道，蓋始於有法，終於無法；非無法也，出神入化，不可方物，從心所欲而不踰矩也。此猶北宋黃庭堅作詩，標榜詩法，被譏為預設法式。然有門可入，有法可尋，於是江西詩派風行天下。至南宋呂本中提倡活法，以救濟死法，江西詩風復振。[27]要之，即器求道，其道不遠；順指尋月，月在指端。法之為物，亦若是而已！

受限於篇幅，請以唐宋古文為例，列舉十大章法技巧之綱領，而以代表作繫焉。姑且作為學文之階梯，美感鑑賞之左券。他日得閒，再加詳說。

---

[24] 張高評：增訂重版《左傳屬辭與文章義法》，臺北：五南圖書公司，2021.12，頁 1-485。

[25] 參考張高評：〈《春秋》屬辭比事與《左傳》文章義法〉，《華中學術》第 36 輯（2021 年 12 月），頁 245-265。

[26] 賈文昭編著：《桐城派文論選》，北京：中華書局，2008 年。姚鼐《惜抱軒尺牘》，卷三〈與張阮林尺牘〉，頁 131。

[27] 顧易生、蔣凡、劉明今著：《宋金元文學批評史》，上海：上海古籍出版社，1996 年。第二編，第二章〈南宋初期的江西詩論〉，三，「活法」與「悟入」，頁 237-241。又，黃寶華、文師華：《中國詩學史・宋金元卷》，廈門：鷺江出版社，2002 年。第六章第四節，〈呂本中：養氣與會活法〉，頁 167-175。

（一）賓主相形法

如韓愈〈與于襄陽書〉、〈送孟東野序〉、〈送楊少尹序〉、〈原毀〉、柳宗元〈梓人傳〉、周敦頤〈愛蓮說〉、范仲淹〈嚴先生祠堂記〉、歐陽脩〈瀧岡阡表〉、〈醉翁亭記〉、〈釋秘演詩集序〉、蘇轍〈黃州快哉亭記〉諸篇是。

（二）虛實相生法

如韓愈〈祭十二郎文〉、柳宗元〈種樹郭橐駝傳〉、歐陽脩〈秋聲賦〉、〈醉翁亭記〉、王安石〈遊褒禪山記〉、蘇軾〈赤壁賦〉、〈教戰守策〉諸篇是。

（三）比興寄託法

如韓愈〈雜說〉、〈應科目時與人書〉、〈蝜蝂傳〉、劉禹錫〈歎牛〉、白居易〈養竹記〉、王禹偁〈雙鸚志〉、宋祁〈舞熊說〉、宋庠〈鼄說〉、蘇洵〈辨姦論〉、蘇軾〈稼說〉、〈黠鼠賦〉、〈放鶴亭記〉、〈二魚說〉，劉學箕〈金鯉說〉、岳飛〈良馬對〉、林景熙〈蜃說〉諸什是。

（四）對比映襯法

如李華〈弔古戰場文〉、韓愈〈後廿九日復上宰相書〉、〈與陳給事書〉、柳宗元〈捕蛇者說〉、歐陽脩〈朋黨論〉、〈五代史伶官傳序〉、〈五代史宦者傳論〉諸名篇皆是。

（五）詳略得宜法

如韓愈〈柳子厚墓誌銘〉、范仲淹〈岳陽樓記〉、歐陽脩〈相州晝錦堂記〉、蘇軾〈留侯論〉、曾鞏〈墨池記〉諸篇。

（六）順逆相成法

如魏徵〈諫太宗十思疏〉、韓愈〈師說〉、范仲淹〈岳陽樓記〉、司馬光〈訓儉示康〉、蘇軾〈留侯論〉、〈喜雨亭記〉、〈超然臺記〉、蘇轍〈六國論〉諸代表作是。

（七）欲擒故縱法

如韓愈〈送董邵南序〉、〈祭鱷魚文〉、歐陽脩〈縱囚論〉、王安石〈讀孟嘗君傳〉是。

（八）抑揚頓挫法

如韓愈〈圬者王承福傳〉、〈爭臣論〉、李格非〈書洛陽名園記後〉、蘇軾〈范增論〉諸篇是。

（九）翻案生新法

如柳宗元〈桐葉封弟辨〉、歐陽脩〈縱囚論〉、蘇洵〈六國論〉、蘇軾〈賈誼論〉、〈留侯論〉，王安石〈讀孟嘗君傳〉諸文是。

（十）總提分疏法

如柳宗元〈駁復仇議〉、〈箕子碑〉、白居易〈與元微之書〉、王安石〈答司馬諫議書〉、蘇洵〈六國論〉諸代表作，是其例也。

孟子曾言：「大匠能示人之以規矩，不能予人巧。」為文如斲輪，能不能巧，在乎個人之妙悟和才性。然得其規矩技巧，足以相得益彰而已。由此觀之，技法雖為末節，然不可不講。孔子稱：「工欲善其事，必先利其器。」技法雖為形而下之「器」，然即器可以求道，順指可以得月。影響文章優劣之因素，筆者以為：技法之講究與否，居最大關鍵。試檢驗大家名家之名篇佳作，大要如此，鮮少例外。

五、研讀古文之重要參考書目

（一）古代典籍

周左丘明著，晉杜預注，唐孔穎疏：《春秋左傳注疏》，臺北：藝文印書館，《十三經注疏》本，1955。

日本瀧川龜太郎：《史記會注考證》，臺北：萬卷樓圖書公司，1993。

明凌稚隆輯校，日本有井範平補標：《史記評林》，臺北：蘭臺書局，1968。

清方苞口授，王兆符傳述：《左傳義法舉要》，臺北：廣文書局，1977。

清章學誠著，《章氏遺書》，臺北：漢聲出版社，1973。

清章學誠著，葉瑛校注：《文史通義校注》，北京：中華書局，
　　2019。

清吳見思：《史記論文》，臺北：臺灣中華書局，1970。

清姚祖恩：《史記菁華錄》，臺北：聯經出版事業公司，2016。

林紓：《左傳擷華》，上海：商務印書館，1921。高雄：復文書
　　局，1981。

吳闓生：《左傳微》，臺北：臺灣中華書局，1970。

（二）文論文評

晉陸機著，張少康集釋：《文賦集釋》，2002。

梁劉勰著，范文瀾注：《文心雕龍註》，北京：人民文學出版
　　社，1958。

牟世金：《劉勰論創作》，合肥：安徽人民出版社，1982。

王運熙：《文心雕龍探索》，上海：上海古籍出版社，1986。

牟世金：《雕龍後集》，濟南：山東大學出版社，1993。

王更生：《文心雕龍讀本》（上下），臺北：文史哲出版社，
　　2007。

張少康：《劉勰及其《文心雕龍》之研究》，北京：北京大學出
　　版社，2010。

〔日〕遍照金剛著，盧盛江校考：《文鏡秘府論彙校彙考》，北
　　京：中華書局，2015。

唐劉知幾，清浦起龍釋：《史通通釋》，上海：上海古籍出版
　　社，1978。

羅思美：《章實齋文學理論研究》，臺北：臺灣學生書局，
　　1976。

王義良：《章實齋以史統文的文論研究》，高雄：復文圖書出版
　　社，1995。

唐愛明：《章學誠文論思想及文學批評研究》，上海：上海古籍
　　出版社，2013。

清宋文蔚編：《文法津梁評註》，臺北：蘭臺書局，1970。

林紓：《畏廬論文・文集・續集》，臺北：文津出版社，1978。

〔日〕齋藤謙：《拙堂文話》，臺北：文津出版社，1978。

王水照編：《歷代文話》（1–10），上海：復旦大學出版社，
　　2007。

（三）近人論著

孫昌武：《唐代古文運動通論》，天津：百花文藝出版社，
　　1984。

朱任生：《古文法纂要》，臺北：臺灣商務印書館，1984。

郭預衡：《中國散文史》（上中下），上海：上海古籍出版社，
　　1986。

陳必祥：《古代散文文體概論》，臺北：文史哲出版社，1987。

彭會資主編：《中國文論大辭典》，桂林：百花文藝出版社，
　　1990。

何寄澎：《北宋的古文運動》，臺北：幼獅書店，1992。

漆緒邦主編：《中國散文通史》（上下），長春：吉林教育出版
　　社，1994。

王立：《中國古代文學十大主題》，臺北：文史哲出版社，
　　1994。

朱世英等：《中國散文學通論》，合肥：安徽教育出版社，

1995。

吳孟復：《唐宋古文八家概述》，合肥：安徽教育出版社，1998。

郭預衡：《歷代散文叢談》，太原：山西教育出版社，1999。

張高評主編：《古文觀止鑑賞》（上下），臺南：南一書局，1999。

陳鵬翔：《主題學理論與實踐：抽象與想像力的衍化》，臺北：萬卷樓圖書公司，2001。

熊禮滙：《中國古代散文藝術史論》，武漢：湖北人民出版社，2005。

張高評：《比事屬辭與古文義法——方苞「經術兼文章」考論》，臺北：新文豐出版公司，2016。

張高評：增訂重版《左傳屬辭與文章義法》，臺北：五南圖書公司，2021。

張高評：《左傳英華》，臺北：萬卷樓圖書公司，2020。

（四）期刊論文

張高評：〈中國散文之理論〉，收入《中國散文之面貌》，臺北：中央文物供應社，1984 年 5 月，頁 1-29。

張高評：〈中國散文之種類〉，收入《中國散文之面貌》，臺北：中央文物供應社，1984 年 5 月，頁 31-55。

張高評：〈破體與創造性思維——宋代文體學之新詮釋〉，《中山大學學報》2009 年第 3 期第 49 卷（總 219 期，2009 年 3 月），頁 20-31。

張高評：〈從結構對列之研究論中學作文改善之道〉，《國文天

地》8 卷 3 期（總第八十七期），1992 年 8 月，頁 58-71。

張高評：《春秋》屬辭約文與文章修辭——中唐以前之《春秋》詮釋法〉，《漢籍與漢學》2021 年第一輯（總第八輯），頁 65-101。

第二卷

宋代古文之批評與鑑賞

壹、張鎡《仕學規範‧作文》述評──兼論詩法與文法之會通

提要

　　張鎡為詩，宗尚黃庭堅、陳師道，與楊萬里、陸游為詩友，善參活法，頗受江西詩學影響。著有《仕學規範》四十卷，其中四卷臚列作文之道。其書載錄原典，注明出處，為較早以輯錄諸家之文而成書之文話著作。以「輯」而不「作」為其主要方式，故《四庫全書》入子部雜家類。《仕學規範》之纂集，羅列北宋以來「作文」文獻，蓋宗尚黃庭堅、陳師道所倡江西詩法，會通化成之，持以論作文，所謂以詩法為文法。內容大抵以提示作文津梁，強調命意與修辭，品題名家名篇為主，亦旁及閱讀與涵詠，文品與人品。看似述而不作，然信宿與信源因果循環之效應，已造就了《仕學規範》「論作文」之內容。因此，其中不無別識心裁。今考論「作文」之篇章，可知北宋文論之大凡，傳播接受之向度，品題關注之焦點，諸家之學說，以及「以文氣論文」之概況。圖書之傳播，生發接受反饋，體現為詩法文法之會通交融；江西詩法影響於文學法式，此又一例。

關鍵詞

　　《仕學規範‧作文》詩法文法　詩文會通　人品文品　接受反應

一、圖書傳播與《仕學規範》之纂輯

趙宋開國以來，實施右文崇儒政策，於是科舉取士之多，號稱空前絕後。[1]雕版印刷繁榮，與寫本競妍爭輝，以至有「天下未有一路不刻書」的盛況。[2]科舉考試與印本傳播，落實了右文政策，也促進了宋型文化崇理尚智，好發議論，追求創造，注重會通之精神。[3]反思內求，競爭超勝，更是宋型文化普遍之體現。其中，詩話創始於宋，筆記書寫亦蔚為大觀。對於說詩論文，反思傳統文學，提供學古通變，追求自名一家。宋代印本寫本之相濟為用，相得益彰，作為知識傳媒，其功足多。[4]

自歐陽脩撰《詩話》、司馬光撰《續詩話》，此種「以資閒談」之說詩論文筆記，風起雲湧，令人目不暇給。其後發展，乃有許顗《彥周詩話》所謂「辨句法、備古今、記盛德、錄異事、正訛誤」之內容。[5]要之，不出清章學誠《文史通義‧詩話》所謂「論詩及事」與「論詩及辭」二者。[6]其中，或網羅散佚，徵

---

1 張希清：〈論宋代科舉取士之多與冗官問題〉，《北京大學學報》1987 年第 5 期，頁 105-106，123；〈北宋貢舉登科人數考〉，《國學研究》第二卷，1994 年，頁 393-413。

2 宿白：《唐宋時期的雕版印刷》，北京：文物出版社，1999 年，頁 84-110；張秀民（著），韓琦（增訂）：《中國印刷史》，杭州：浙江古籍出版社，2006 年，頁 40-161。

3 陳植鍔：《北宋文化史述論》，北京：中國社會科學出版社，1992 年，頁 287-323。

4 張高評：《印刷傳媒與宋詩特色──兼論圖書傳播與詩分唐宋》，臺北：里仁書局，2008 年，頁 100-120。

5 清何文煥編：《歷代詩話》，北京：人民文學出版社，1982 年。清許顗《彥周詩話》，頁 378。

6 清章學誠著，葉瑛校注：《文史通義校注》，北京：中華書局，2014 年。卷五，〈詩話〉，頁 648。參考蔡鎮楚：《中國詩話史》，長沙：湖南文藝出版

存文獻；或刪繁汰蕪，斷以己意；或提示方法，度人金針；或分享閱讀經驗，提供鑑賞心得；或考鏡淵流，評騭優劣，不一而足。詩話作為討論詩文之筆記，就材料之編纂而言，或摘抄材料，以助閑談；或分類抄輯，彙歸成書；或論詩及事，論詩及辭，或兼而有之。南宋筆記徵存古文評論資料者不多，[7]筆者選擇張鎡《仕學規範》卷三十二～三十五〈作文〉，作為討論之文本。北宋以來至南宋紹興間，文家之文思與文論，據此可以概見。

　　張鎡（1153-1235），字功甫，一字時可，號約齋，臨安人，為南宋名將張俊之曾孫。累官奉議郎、直秘閣，權通判臨安府事。開禧三年（1207），為左司郎官，參與謀誅韓侂冑。後忤宰相史彌遠，貶死象臺（今廣西象縣），著有《南湖集》、《仕學規範》。嘗與陸游、楊萬里唱和，楊萬里曾作序跋，提及張鎡之詩學淵源，其言曰：

　　　　句裏勤分似，燈前得細嘗。孤芳後山種，一瓣放翁香。
　　　　（楊萬里〈跋張功甫通判直閣所惠約齋詩乙稿〉）
　　　　（約齋子有能詩聲，其詩）大抵祖黃、陳，自徐、蘇而下
　　　　不論矣。（楊萬里〈約齋《南湖集》序〉）[8]

社，1988 年，頁 17-22。

[7] 王水照編：《歷代文話》，上海：復旦大學出版社，2007 年。此書選錄王銍、謝伋、洪邁、楊囷道四家之四六話外，文話尚收錄張鎡《仕學規範》，以及陳騤、朱熹、呂祖謙、葉適、王正德、孫奕、樓昉、陳模、吳子良、黃震、王應麟、謝枋得、魏天應、周密十四家。

[8] 以上引文見辛更儒（箋校）：《楊萬里集箋校》，北京：中華書局，2007 年，卷二一，頁 1076；卷八十，頁 3251。

　　由此可見，張鎡之師友學侶，如楊萬里、陸游等人，多為
「從江西入，而不從江西出」之詩人；而所宗法，如黃庭堅、陳
師道，要皆江西詩派代表作家。其《南湖集‧題尚友軒》曾自述
得詩法於「八老」：「淵明次及寒山子，太白還同杜拾遺。白傅
東坡俱可法，涪翁無己總堪師」，前代五老中，陶淵明、杜甫、
白居易三家，或為宋詩典範，或為宋調開山；於當代頗私淑蘇
軾、黃庭堅、陳師道，亦宋詩代表大家。楊萬里極推重張功甫之
詩，以為在尤、蕭、范、陸四詩翁之外，「新拜南湖為上將，更
推白石作先鋒」，肯定其地位與姜夔相伯仲。方回〈讀張功甫
《南湖集》并序〉亦指出，在山谷、後山、簡齋得此「活法」
外，張南湖功甫亦「得活法於誠齋」。清鮑廷博〈刻《南湖集》
緣起〉因謂：「公之於詩，善參活法，遠宗香山於唐，而近得力
於誠齋、放翁諸人。」[9]由張鎡之文學淵源與師承學侶看來，張
鎡之文學觀念當不離元祐學術，尤其宗仰蘇軾、黃庭堅及江西詩
人；而且於江西詩法與活法，頗多傳承與發揚。故《仕學規範》
卷三十六～四十論〈作詩〉，宗法江西，闡發其詩法，即論〈作
文〉之道，亦深受蘇、黃與江西詩學之影響，往往以詩法轉化為
文法。

　　自黃庭堅創立江西詩派，提倡詩法，陳師道、呂本中等詩人
繼起，由於有門可入，有法可尋，因此天下風從。影響所及，文
家以詩法為文法，如陳善《捫蝨新話》論古文化用奪胎換骨，[10]

9　盧慶濱：〈張鎡詩歌創作與園林雅趣〉，載張廷杰（編）：《第三屆宋代文
　　學國際研討會論文集》，銀川：寧夏人民出版社，2005 年，頁 250-255。

10　宋‧陳善：《捫蝨新話》上集卷二〈文章有奪胎換骨法〉云：「文章雖要不
　　蹈襲古人一言一句，然古人自有奪胎換骨等法，所謂靈丹一粒，點鐵成金
　　也。」《儒學警悟》本，香港：龍門書店，1967 年，卷三三，頁 182。

詞人作樂府，亦運用奪胎換骨法填詞。此種跨際會通之「破體」效應，宋代文學相當普遍。[11]今考陳師道《後山詩話》引黃庭堅之言曰：「杜之詩法，韓之文法也」，可見詩法可以轉換為文法，向為江西詩人所倡導。江西詩風既籠罩南宋前期詩壇，古文評論不得不受江西詩法影響，如所謂命意、造語、布置、用字、句法等等，南宋古文之評點多傳承之。[12]何況張鎡作詩，宗法黃庭堅、陳師道，與楊萬里、陸游，為時相唱和之詩友，濡染江西詩風之深切，可以想見。由於宗師江西詩法，於是閱讀接受之定勢，左右其論文說詩之取材，所謂「以詩法為文法」，此中有之。觀張鎡《仕學規範》〈原序〉，楬櫫「法度」、「規矩」、「範模」、「法程」、「規範」云云，[13]顯然追求準方作矩之詩美，可證筆者所言非虛。

　　《仕學規範》四十卷，文淵閣《四庫全書》入子部雜家類雜纂之屬。其中卷三十二至三十五，論〈作文〉；卷三十六至四十，論〈作詩〉，大抵節錄宋代名公文士之論著而成。卷首羅列書目 100 種，有傳記、語錄、文集、筆記、詩話之屬，可見閱覽之博，採摭之富。復旦大學王水照教授，主編《歷代文話》，採

---

[11] 張高評：〈破體與創造性思維——宋代文體學之新詮釋〉，《中山大學學報》2009 年第 3 期第 49 卷（總 219 期，2009 年 3 月），頁 20-31。

[12] 陳師道：《後山詩話》，見清何文煥《歷代詩話》，臺北：木鐸出版社，1982.2，頁 303。參考祝尚書：《宋代科舉與文學考論》，鄭州：大象出版社，2006 年，〈南宋古文評點緣起發覆〉，三、「江西派」詩文論：駕輕就熟的評論方法，頁 294-297。

[13] 張鎡《仕學規範‧序》稱士大夫「才非不逮，微法度也。前言往行，可做可師，佩服弗替，如循三尺，則幼學壯行，焉往而不中節」；「斥規矩以觀全材，屏範模而良器是圖，世固無若事也。」「窺窾前哲，採摭舊聞，凡言動舉措，粹然中道，可按為法程者，悉派分鱗次，萃為鉅編，以便省閱。」「謂其皆可為終身法，遂目之曰《仕學規範》」，文淵閣《四庫全書》第 875 冊，臺北：臺灣商務印書館，1983 年，頁 8-9。

錄張鎡《仕學規範》〈作文〉四卷，權充南北宋之際討論古文評論之代表，敘錄所謂「內容大抵為闡述作文之法，品析各類文體，記載宋時文壇之傳聞逸事，為較早的以輯錄諸家之文而成書的文話著作，『輯而不作』，為其主要方式。」[14]無論說詩或論文，《仕學規範》之纂集，看似述而不作，猶如南北宋之際所編《唐宋分門名賢詩話》、《詩話總龜》，後此魏慶之《詩人玉屑》之屬。然閱讀圖書之際，取捨文獻之間，自有偏全多寡之筆削、輕重詳略之判準，其中不無別識心裁。今讀《仕學規範》數過，梳理其重點核心，結合圖書傳播與宋代詩學之研究，以解讀《仕學規範》之「輯而不作」，進而詮釋張鎡之「作文」理念。北宋以來古文之評論，亦如網在綱，具體而微在其中。張鎡論文，往往以詩法為文法，除宗法江西，轉化活法外，蓋與北宋以來印本寫本爭輝，傳播之接受與反饋，促成詩法與文法之會通，有密切關係。[15]

　　《仕學規範》為雜纂筆記，《四庫全書》既入子部雜家雜纂，故全書未有完密體系。然考察其書之取捨予奪，加以類聚群分，紛紜間亦稍稍有序。陳騤（1128-1203）著《文則》一卷，總論古文之寫作法則，系統論述修辭問題。紹熙四年（1192）前後，王正德選輯前人論文之語，而成《餘師錄》四卷；採集眾說，未加論斷，與《仕學規範》屬性相近似。張鎡與陳騤、王正德，時代相近；不過《文則》為撰著，《仕學規範》、《餘師錄》為纂述，性質雖有別，直接或間接藉由編纂，演述文心理

---

[14] 參考王水照主編：《歷代文話》，第一冊，《仕學規範·作文》四卷之提要，頁303。

[15] 張高評：《〈詩人玉屑〉與宋代詩學》，臺北：新文豐出版公司，2012年。第二章第一節〈印刷書之普及與其傳媒效應〉，頁15-36。

念，則無二致。今嘗試就南宋三種文話，針對議題進行類比論說。選擇從圖書傳播切入，以江西詩法活法為核心，從四方面闡述其古文觀點，大抵為北宋文論與當代文風具體而微之反映。論證如下：

二、印本寫本爭輝與傳播接受之反饋

自北宋太宗、真宗以來，積極推動右文崇儒政策，鼓勵國子監及官家書坊雕印圖書，於是盛況空前，「天下未有一路不刻書」；「板本大備，士庶家皆有之」。今考《宋史・藝文志》，宋初開國，圖書才萬餘卷；終北宋之世，圖書凡 6705 部 73877 卷。其間經宋室南渡，圖書劫餘，至南宋末，《宋史・藝文志》著錄四部典籍，猶有 9819 部 119972 卷。私家藏書目錄如尤袤、晁公武、陳振孫，尚著錄 7588 種，75780 卷以上；私人藏書動輒萬卷，未計在內。圖書呈八倍質量成長，其中自有印本之書籍在。明胡應麟《少室山房筆叢》卷四論雕版圖書之便利與效用，有云：

> 今人事事不如古，固也；亦有事什而功百者，書籍是已。……至唐末宋初，鈔錄一變而為印摹，卷軸一變而為書冊，易成、難毀、節費、便藏，四善具焉。遡而上之，至於漆書竹簡，不但什百而且千萬矣。士生三代後，此類未為不厚幸也。[16]

---

[16] 明・胡應麟：《少室山房筆叢》，上海：上海書店出版社，2001 年，卷四，〈經籍會通四〉，頁 45-46。

　　圖書流通之歷史，由「鈔錄一變而為印摹，卷軸一變而為書冊」，複製圖書由寫本進化為印本，具備「易成、難毀、節費、便藏」四善，外加化身千萬，無遠弗屆之便利；於是宋理宗時，印本圖書數量與寫本勢均力敵，成為圖書傳媒之新寵；至宋末元初廖瑩中世綵堂校正《九經》，皆採用印本，無一寫本。[17]從此，印本逐漸成為圖書傳播之主流。由此可見，在宋代寫本與印本爭妍競奇，既此消彼長，又相得益彰，對於知識傳播，著述或評論，自有深遠之影響。筆者曾撰文研究宋代雕版圖書作為知識傳媒，生發何種傳媒效應，提出十二層面作討論，其中讀書撰述之昌盛、閱讀習性之改易、讀書方法之注重、創作法度之講求、詩話評點之崛起、學術風尚之轉移等等，尤其重要，在在攸關印刷文化史之研究。[18]江西詩派注重法度之講求，度人以金針，《仕學規範》論詩，論作文，有具體而微之體現。

　　錢存訓《中國紙和印刷文化史》以為：「印刷術的普遍使用，被認為是宋代經典研究的復興，及改變學術和著述風尚的一種原因。」[19]李約瑟《中國科學技術史》之《印刷術》卷，十分稱讚雕版印刷在宋代之崛起和推廣，以為一切「巨大的變化和進步，都跟印刷術相聯繫」；《中國科學技術史》第六卷第三十八

---

[17] 王重民：《中國目錄學史論叢》，北京：中華書局，1984 年，第三章第五節，頁 120。

[18] 張高評：〈宋代雕版印刷與傳媒效應〉，《陝西師範大學學報》（哲學社會科學版）2011 年第 40 卷第 4 期（總第 181 期，2011 年 7 月），頁 45-57。又，張高評：〈從傳播、閱讀到接受反應——宋代圖書刊行與文風士習〉，《承前起後——中國文化講座彙編》，香港：學海書樓，2019 年，頁 1-28。又，張高評：〈宋代印刷傳媒與讀者之接受反應〉，《第十一屆宋代文學國際研討會論文集》，上海：復旦大學出版社，2021 年，頁 304-317。

[19] 錢存訓：《中國紙和印刷文化史》，桂林：廣西師範大學出版社，2004 年，第十一章，四、〈印刷術在中國社會和學術上的功能〉，頁 356。

章〈植物學〉，討論宋代本草學家、博物學家刊刻醫藥書籍。李約瑟不斷強調，作品數量所以不斷增多，評論標準所以持續提高，迅速修訂、廣泛傳播之所以成為可能，修訂版和再版所以更加容易，這都歸功於印刷術的發展，「這種情況，在印刷術時代以前，是辦不到的！」[20]以彼例此，觸類旁通，雕版圖書之為傳播媒介，對於詩、文、詞、賦圖書之流通，知識傳媒之效應，亦不妨類推討論，考而後信。《仕學規範》網羅 100 種圖書，其中涉及圖書之傳播與知識之反饋，是否亦有類似之效應？值得進一步探討。

　　控制論乃傳播理論之一，由美國數學家諾伯特・維納（Norbert Wiener，1894～1964）提出。控制論以「反饋」概念為依據，強調「通過一個系統以往運行情況的信息，來控制這個系統的未來行為」。之所以如此，因為「一個系統自身的行為結果，提供了新的信息；系統就憑藉這個新的信息，修正它自己隨後的行為。」在傳播系統中，一個接受者（信宿）回應傳播者（信源）從前信息所生發的效果，就叫「反饋」。[21]依照維納的控制論，接受與反饋為一體之兩面。宋代文化之會通意識，呈現宋代文學之「破體」現象，如以文為詩、以詩為詞、以賦為文，圖書傳播之多元，促成文體會通為一。蔡絛《西清詩話》稱蘇軾

---

[20] 李約瑟：《中國科學技術史》，北京：科學出版社，上海古籍出版社，2006年，第六卷《生物學及其相關技術》，第三十八章〈植物學〉，d、文獻（2），VI宋朝、元朝和明朝（公元 10-16 世紀）的博物學和印刷業，頁 237-239。

[21] 「反饋」，是一種特殊類型的傳播流通，被傳遞的信息，描繪了系統自身在從前某一時間的運行狀況。參 Everett M. Rogers, *A History of Communication Study: A Biographical Approach* (New York: Free Press,1994)。中譯見 E. M. 羅杰斯：《傳播學史：一種傳記式的方法》，上海：上海譯文出版社，2005年，殷曉蓉譯，第十章〈諾伯特・維納和控制論〉，頁 340-358。

〈醉白堂記〉，「乃是韓白優劣論」；陳師道《後山詩話》載：尹師魯讀〈岳陽樓記〉，以為「傳奇體爾」；朱弁《曲洧舊聞》謂：宋子京讀〈醉翁亭記〉，以為「只目為〈醉翁亭賦〉」可也。若是之見解，泯除記與論、記與賦之差別相，但見其近似與會通，此宋人接受與反應之特識。以活法為文法，此詩法與文法之會通，亦此類也。陳騤《文則》論文，即有此種審美情趣：

> 六經之道，既日同歸；六經之文，容無異體。故《易》文似《詩》，《詩》文似《書》，《書》文似《禮》。〈中孚〉九二曰：「鳴鶴在陰，其子和之；我有好爵，吾與爾靡之。」使入《詩・雅》，孰別〈爻辭〉？〈抑〉二章曰：「其在于今，興迷亂于政，顛覆厥德，荒湛于酒，女雖湛樂，從弗念厥紹，罔敷求先王，克共明刑。」使入《書・誥》，孰別〈雅〉語？〈顧命〉曰：「牖間南嚮，敷重篾席，黼純，華玉，仍几；西序東嚮，敷重厎席，綴純，文貝，仍几；東序西嚮，敷重豐席，畫純，雕玉，仍几；西夾南嚮，敷重筍席，玄紛，純漆，仍几。」使入《周禮・春官・司几筵》，孰別〈命〉語？[22]

　　「《易》文似《詩》、《詩》文似《書》、《書》文似《禮》」，陳騤《文則》之論文審美，凸顯《六經》之文的共同交集，即會通而一之，異中有同。由此可見，破體會通之意識，不止廣見於詩賦，亦同見於散文。江西詩派提倡詩法，南北宋之際轉化預設法式之死法，為「出新意於法度之中」的活法，於是

---

[22] 轉引自王水照編：《歷代文話》，宋陳騤《文則》，甲，一，頁136。

沾溉無限。《仕學規範》借鏡活法以論作文，是以詩法為文法，是亦會通意識之發用，遂有此跨際整合之效應。維納的控制論，涉及信息如何在兩個或兩個以上單位間進行流通，以便相互影響。其間循環的因果關係，可簡化為 A 造成 B，B 造成 C，而 C 又造成 A。由此可見，因果循環的效應，是 A 成就造就了它自身。此一控制論之反饋概念，不妨借鏡運用於「述而不作」之《仕學規範》中，以考察北宋以來之詩法與文風。

黃庭堅、陳師道所倡江西詩法，自北宋元祐年間形成後，經由詩話宣揚，詩歌唱和，因為有門可入，有法可循，輾轉傳播，天下風從，於是形成一個傳播系統。北宋以來名公士人作文論文，經由文集徵存，筆記載錄彙集，初以稿本、寫本流傳，繼則校勘雕版，與天下共享之，於是筆記文話形成另一種傳播系統。南宋後，江西詩派既風行天下，不同領域、不同性質、殊異系統間，由於交相傳播，遂形成信息之反饋。張鎡《仕學規範》輯錄北宋名公文士討論作文之文獻，可視為一個「文話」之傳播系統。其書雖載錄原典，看似述而不作，然揭示文法津梁之際，閱讀接受推崇熟讀涵泳，標榜有宗有趣，揚棄死法而參活法，且借鏡詩法以為文法，此即信息「反饋」理論所謂「一個接受者（信宿）回應傳播者（信源）從前信息」，是《仕學規範》雖輯而不作，或筆或前之際，其中自有別識心裁，可據以考索選輯之理念。蓋編輯者張鎡之閱讀論、創作論、鑑賞論及審美觀，已隱然寓含於其間矣。

信息論之首倡者，為美國學者克勞德·香農（Claude E. Shannon，1916-2001），其《傳播的數學理論》，提供了一種線性的、從左到右的傳播概念。傳播學者用信息論來詮釋傳播效果，特別是大眾傳播之效果。香農理論的意圖，要在解釋傳遞信

息的能力。[23]張鎡《仕學規範》特色之一，為以江西詩法會通文章作法。傳播者（信源）張鎡，在眾多傳播訊息中，找到「熟讀涵泳，有宗有趣」諸江西詩法與活法，於是轉換成品題文法之「信號」，通過《仕學規範》載錄南宋紹興以前古文評論，重新解讀詮釋，成為新訊息，「雜然賦流形」於輯而不作之載錄中。猶如文天祥〈正氣歌〉所云，正氣無時無處不在，往往反饋體現。經由筆記、詩話等寫本或印本之信道傳播，促成南宋文士（接受者）之接受。由此觀之，香農信息論線性傳播行為之四大模式：信源、訊息、信道、接受器（者），值得參考借鏡。轉化運用於南宋圖書流通、詩論文論之傳播中，乃有士人熟讀涵泳，以活法論文。詩法與文法之所以能會通，圖書傳播實為其中最要之媒介。

三、閱讀與接受——熟讀涵泳，以活法論文

蘇軾〈稼說送張琥〉提出「博觀而約取，厚積而薄發」二

---

[23] 信息論，由美・克勞德・香農（Claude E. Shannon）提出。香農的《傳播的數學理論》（*The Mathematical Theory of Communication* (Urbana, IL: University of Illinois Press,1949)揭示線性傳播過程模式，略謂：「『信源』在一系列可能的訊息中選擇一個稱心的『訊息』。……『發射器』將這個『訊息』改變成『信號』，後者實際上是通過『傳播信道』被從發射器送到『接受器』……『接受器』是一種相反的發射器，將被發射的信號重新變成一個訊息，並將這個訊息傳遞到信宿……在被發射的過程中，不幸的特徵是：某些東西被加到了信號上面，它們在信源的意圖之外……被發射的信號中的所有這些變化就被稱為『噪音』。」（厄巴納：伊利諾伊大學託管委員會，1949 年）。信息論對傳播學的理論影響是強大的，無論「信源」、「接受者」、「反饋」等原初的工程概念，或諸如噪音、編碼、解碼等控制術語，多唯香農是賴。參考羅杰斯：《傳播學史》，頁 367、388-390。

語，作為「務學」之教示。[24]筆者曾撰文討論宋詩之學唐變唐，期許自成一家，其途徑與步驟，即在「博觀厚積」四字。

宋詩之大家名家，蘇軾以外，如歐陽脩、王安石、黃庭堅；宋代之詩話筆記，如《冷齋夜語》、《苕溪漁隱叢話》、《鶴林玉露》、《捫蝨新話》、《藏海詩話》、《詩人玉屑》、《滄浪詩話》等，多主張讀書博學，知入知出，以期新變自得，自成一家。蓋知識信息豐厚，觸發激盪無限，博觀厚積與熟讀精思，可以突破宋詩之困境；博觀約取，可以助成宋詩別闢蹊徑。詩話筆記，好以「破體」、「出位」論詩，以「會通化成」評詩，固為約取薄發之體現，且為多元傳媒之反饋。[25]

筆者發現：宋代學術，崇尚不同學科間的整合融會，許多文藝創作家與理論家不僅將文藝作為一總體來思考，從中發掘彼此間的共相與規律，而且企圖超越表現材料的限制，嘗試跳出本位專業之外，去尋求可資利用的文藝泉源，以便作交流、借鏡、融會、整合的憑藉。如黃庭堅〈題摹燕郭尚父圖〉，既稱「書畫當觀韻」，又謂「此與文章同一關紐」；〈答洪駒父書〉，前言「老杜作詩，退之作文」，後曰「古之能為文章者，真能陶冶萬物」云云，可見宋人所謂文章，實通詩與文而言之。《仕學規範》論作文，體現詩法與文法之會通與化成，亦當時學風士習明證之一。

張鎡作詩宗祖蘇軾、黃庭堅、陳師道，以楊萬里、陸游為唱和之詩友，自身「善參活法」，楊萬里稱其詩藝成就，謂堪作

---

[24] 蘇軾著，孔凡禮點校：《蘇軾文集》，北京：中華書局，1986 年。卷十，〈稼說送張琥〉，頁 339-340。

[25] 張高評：《印刷傳媒與宋詩特色——兼論圖書傳播與詩分唐宋》，頁 155-173。

「上將」，可與姜夔相伯仲。以此詩人氣質而論文，宗派指向必近乎蘇、黃及江西詩風。就文學閱讀的心理定勢來說，離不開偏好、選擇和取捨。概括而言，不外「證同」與「趨異」兩種傾向。證同，指接受主體習慣接納與自身心理經驗和結構相同的審美信息。[26]因此，張鎡《仕學規範》論文，與蘇軾、黃庭堅、江西詩派論詩，既異曲同工，又相得益彰，其中自有閱讀定勢在也。

　　《仕學規範》論作文，摘引文獻，再三提及勤讀、熟讀、詳讀、熟觀、涵泳、詳味、涵養、教讀，念茲在茲，三致其意，可謂不憚其煩，江西詩學之濡染，昭然若揭。先看勤讀與熟讀如何有助於作文：

> 東坡云：頃歲，孫莘老識文忠公，乘間以文字問之。云「無他術，唯勤讀書而多為之自工。世人患作文字少，又懶讀書，每一篇出，即求過人，如此少有至者。疵病不必待人指摘，多作自能見之。」此公以其嘗試者告人，故尤有味。
> ……往年嘗請問東坡先生作文章之法，東坡云：「但熟讀《禮記‧檀弓》，當得之。」既而取〈檀弓〉二篇讀數百過，然後知後世作文章不及古人之病如觀日月也。文章蓋自建安以來，好作奇語，故其氣象衰爾，其病至今猶在，惟陳伯玉、韓退之、李習之，近世歐陽永叔、王介甫、蘇子瞻、秦少游乃無此病耳。

---

[26] 龍協濤：《文學閱讀學》，北京：北京大學出版社，2004 年，第六章第三節〈證同與趨異〉，頁 172-178。

（黃庭堅）謂王立之云：「若欲作楚詞，追配古人，直須熟讀《楚詞》。觀古人用意曲折處，講學之，然後下筆。譬如巧女文繡妙一世，若欲作錦，必得錦機，乃能成錦爾。」[27]

　　歐陽脩答孫莘老問作文之術，云「勤讀書而多為之，自工」；此與《後山詩話》載歐公論「為文有三多：看多、做多、商量多」，可以相發明。黃庭堅〈答洪駒父書〉謂學作議論文字，當勤讀董仲舒、賈誼、劉向、蘇洵文章，然後出入眾作，貫穿諸家。山谷問東坡作文章法，答以「但熟讀《禮記‧檀弓》」；山谷勉洪駒父，「熟讀司馬子長、韓退之文章」，以求繩墨、宗趣、關鍵、開闔；又謂王直方，「欲作楚詞」，「直須熟讀《楚詞》」，以揣摩「古人用意曲折處」。歐陽脩、蘇軾、黃庭堅論作文，提倡熟讀、勤讀、多讀，與論作詩並無二致。[28]杜甫詩不云乎：「讀書破萬卷，下筆如有神」；黃庭堅〈與王觀復書〉稱：「長袖善舞，多錢善賈」，堪作讀書精博之注腳。

　　熟讀博觀，主要目的在提供飽參活參，既有規矩準繩，又能變化不測。詩法通於文法，由此可見。如王正德《餘師錄》「呂居仁」條，引述呂本中「活法」之說：

---

[27] 以上引文見：（一）《仕學規範》卷三二引《三蘇文集》，頁 164；王水照編：《歷代文話》，〈仕學規範‧作文〉卷一，頁 309。（二）《仕學規範》卷三三引《南昌文集》，頁 165；《歷代文話》，〈仕學規範‧作文〉卷二，頁 311-312。（三）《仕學規範》卷三三引《南昌文集》，頁 165；《歷代文話》，〈仕學規範‧作文〉卷二，頁 312。

[28] 張高評：〈印刷傳媒與宋詩之新變自得〉，二、「厚積薄發與宋詩之新變」，見南京大學古文獻研究所：《古典文獻研究》第十輯，南京：鳳凰出版社，2007 年，頁 123-139。

呂居仁作〈遠遊堂詩集序〉云：「頃歲，嘗與學者論學詩當識活法。所謂活法者，規矩備具而能出於規矩之外，變化不測而卒亦不背規矩也。是道也，蓋有定法而無定法，無定法而有定法。知是者，則可以語活法矣。」[29]

呂本中論活法，所謂「規矩備具而能出於規矩之外，變化不測而卒亦不背規矩。」乃為振濟江西詩法「預設法式」所作之修正。俞成《螢雪叢說》曾申說之：「若膠古人之陳迹，而不能點化其句語，此乃謂之死法。死法專祖蹈襲，則不能生于吾言之外；活法奪胎換骨，則不能斃于吾言之內。斃吾言者，故為死法；生吾言者，故為活法。」[30]這種規律和自由的統一，即所謂「死蛇解弄活潑潑」。

其實，宋代文藝審美，有所謂雙重模態者，審美理想往往徘徊兩端，游移二邊。[31]蘇軾、黃庭堅論詩，即有二重性：蘇軾稱：「出新意於法度之中，寄妙理於豪放之外。」黃庭堅論詩亦云：「拾遺句中有眼，彭澤意在無弦。」可見規矩準繩與靈活自由可以相容並駕，不必偏廢單行。[32]《餘師錄》引述呂本中「活法」說於卷首，或欲通詩法於文章作法，其用心顯然，不言可喻。又如：

---

[29] 轉引自王水照編：《歷代文話》，第一冊，王正德《餘師錄》卷三，頁 385。

[30] 宋俞成：《螢雪叢說》，《儒學警悟》本，四十上，香港：龍門書店，1967年，頁 222。

[31] 周來祥、儀平策：〈論宋代審美文化的雙重模態〉，《文學遺產》1990 年 2 期，頁 61-69。

[32] 顧易生、蔣凡、劉明今：《宋金元文學批評史》，上海：上海古籍出版社，1996 年，頁 202-208；周裕鍇：《宋代詩學通論》，上海：上海古籍出版社，2007 年。乙編，詩法篇，第四章〈規則與自由〉，頁 199-243。

山谷〈答外甥洪駒父書〉云：「學工夫已多，讀書貫穿，自當造平淡，且置之。可勤讀董、賈、劉向諸文字，學作議論文字，更取蘇明允文字讀之。古文要氣質渾厚，勿太雕琢。」

（黃庭堅）謂洪駒父云：「諸文亦皆好，但少古人繩墨耳，可更熟讀司馬子長、韓退之文章。凡作一文皆須有宗有趣，終始關鍵，有開有闔，如四瀆雖納百川，或匯而為廣澤，汪洋千里，要自發源注海耳。」

〈與王觀復書〉云：「……自作語最難，老杜作詩，退之作文，無一字無來處。蓋後人讀書少，故謂韓、杜自作此語耳。古之能為文章者，真能陶冶萬物，雖取古人之陳言，入於翰墨，如靈丹一粒，點鐵成金也。文章最為儒者之末事，然須索學之，又不可不知其曲折，幸熟思之。至於推之使高，如泰山之崇崛，如垂天之雲。作之使雄壯，如滄江八月之濤，海運吞舟之魚。又不可守繩墨，令儉陋也。」[33]

　　張鎡作詩，「善參活法」，《仕學規範》當有體現。今觀黃庭堅〈答外甥洪駒父書〉，所謂「讀書貫穿，自當造平淡」；「古文要氣質渾厚，勿太雕琢」云云，即是呂本中「規矩準繩」與「變化不測」之參酌利用。《南昌文集》載山谷稱洪駒父諸文

「但少古人繩墨」，可更熟讀史遷、韓愈文章以相濟，如此，則「有宗有趣，終始關鍵，有開有闔」，此為文求之乎規矩繩墨，所謂「法」也。由法度入，然後可以從心所欲，自由揮灑，此山谷之活法，所謂「法度森嚴，卒造平淡」；〈與王觀復書三首之二〉所謂「平淡而山高水深」是也。《仕學規範》摘錄黃庭堅〈與王觀復書〉，論述尤其明白：一則稱：真能陶冶萬物，方稱「能為文章」；二則稱：古人陳言，入於翰墨，要能「如靈丹一粒，點鐵成金」；妙在能轉易、點化與活用。三則稱：文章要求崇高雄壯，「又不可守繩墨，令儉陋也。」此即呂本中「規矩備具而能出於規矩之外，變化不測而卒亦不背規矩」之「活法」。

宋人所謂文章，既通詩與文而言之，故引黃庭堅〈與王觀復書〉為證。雖論詩法，《仕學規範》移換為論作文之法則，詩法與文法固相通相融也。再如：

> （張九成）又云：「書猶麴糵，學者猶秫稻；秫稻必得麴糵，則酒醴可成。不然，雖有秫稻，無所用之。今所讀之書，有其文雄深者，有其文典雅者，有富麗者，有俊逸者，合是數者，雜然列于胸中而咀嚼之，猶以麴糵和秫稻也。醞釀既久，則凡發於文章，形於議論，必自然秀絕過人矣。故經史之外百家文集，不可不觀也。」
> 作文必要悟入處，悟入必自工夫中來，非僥倖可得也。如老蘇之於文，魯直之於詩，蓋盡此理矣。[34]

---

[34] 以上引文見：（一）《仕學規範》卷三五引張橫浦《日新》，頁 175；王水照編：《歷代文話》，〈仕學規範・作文〉卷四，頁 326。（二）《餘師錄》卷三引呂本中《童蒙訓》，頁 388。

　　黃庭堅提示江西詩法，所謂「點鐵成金」，先決條件是泛覽圖書，學養精博，有本有源，規矩準繩先具，方能陶冶萬物，所謂「取古人之陳言，入於翰墨，如靈丹一粒，點鐵成金。」此與以故為新、奪胎換骨、以俗為雅詩法一般，或為陳言俗語之點化與活用，或為詩意原型之因襲與轉易，[35]多以深厚之學養為基礎，進一步點化轉易，方有可能「出新意於法度之中，寄妙理於豪放之外」。張九成「秫稻必得麴糵，則酒醴可成」之喻，頗可見讀書博學，真積力久，醞釀而發用為文章，有宗趣，有開闔，有繩墨法式，而又能神明變化之效應。《餘師錄》引述《童蒙訓》之言，稱「作文必要悟入處，悟入必自工夫中來」，必先博觀厚積，熟讀涵泳，反覆揣摩玩味，透徹體悟，方能心領神會，妙手偶得。其所舉例論證，亦會通東坡之文與山谷之詩而言之。《滄浪詩話・詩辨》：「禪道惟在妙悟，詩道亦在妙悟」，此正蘇軾、黃庭堅、呂本忠等活法妙悟說之源流。閱讀、接受、反應，是一種傳播的過程。依據香農信息論的說法：當信息被有選擇的分享時，它的價值就增加；任何訊息（message）都是已知和未知、預料之中和預料之外的結合，訊息中的預料之外，尤為信息的一個標誌。[36]規矩準繩與變化不測，呂本中「活法」說所謂「有定法而無定法，無定法而有定法」，閱讀接受廣博，信息反應自然表現「流轉圓美」，活潑多元。

　　因此，開卷有益，行文方有觸發，方有意料之外的訊息。故多讀書之於作文、作詩，最為實事求是。蘇門弟子李廌方叔，江

---

[35] 周裕鍇：《宋代詩學通論》，乙編，詩法篇，第三章〈師古與創新・鐵與金〉，頁 174-198。

[36] 羅杰斯：《傳播學史——一種傳記式的方法》，頁 365。

西詩人呂本中居仁論讀書作文，最切近實際：

> （李廌）又云：「東坡教人讀《戰國策》，學說利害。讀
> 賈誼、晁錯、趙充國章疏，學論事。讀《莊子》，學論理
> 性。又須熟讀《論語》、《孟子》、〈檀弓〉，要志趣正
> 當。讀《韓》、《柳》，令記得數百篇，要知作文體
> 面。」
> 讀《莊子》，令人意寬思大敢作；讀《左傳》，便使人入
> 法度，不敢容易：此二書不可偏廢也。近世讀東坡、魯直
> 詩，亦類此。
> 學者須做有用文字，不可盡力虛言。有用文字，議論文字
> 是也。議論文字須以董仲舒、劉向為主，《禮記》、《周
> 禮》及《新序》、《說苑》之類，皆當貫穿熟考，則做
> 一日，便有一日工夫。近世文字如曾子固諸序，尤須詳
> 味。[37]

就不同用途、不同目的，而選讀不同書籍；信息論所謂：
「信息被有選擇分享時，它的價值就增加！」故學習說利害、學
習論事、學習論理性，固然必須慎選書籍；即要志趣正當、知作
文體面，亦皆各有必讀書籍，此李廌之見解。《戰國策》、賈
誼、晁錯章疏、《莊子》、《論語》、《孟子》、韓柳文，皆各

---

[37] 以上引文見：（一）《仕學規範》卷三三引《方叔文集》，頁 168；王水照
　　編：《歷代文話》，〈仕學規範・作文〉卷二，頁 315；《餘師錄》卷四「李
　　方叔」條，頁 402。（二）《仕學規範》卷三五引呂氏《童蒙訓》，頁 174；
　　《歷代文話》，〈仕學規範・作文〉卷四，頁 324。（三）《仕學規範》卷三
　　五引呂氏《童蒙訓》，頁 175；王水照編：《歷代文話》，〈仕學規範・作
　　文〉卷四，頁 325-326；《餘師錄》卷三「呂居仁」條，頁 388-389。

有利害之準依、論事之繩墨、理性之規範、志趣之標的，以及作文之體面。先具規矩準繩，方能從心所欲不踰矩。呂本中《童蒙訓》討論閱讀《莊子》、《左傳》二書，效應不同；「意寬思大」與「使入法度」；「敢作」與「不敢容易」，即是自由與規矩、活法與法式之辯證。《左傳》《莊子》二書體性不同，猶東坡、魯直詩各有風格，讀書不妨類推選擇，各取所需。此所謂「類比」，蓋以文法喻詩、品詩，謂東坡詩近《莊子》，山谷詩近《左傳》，亦風格即人格之說。蘇洵庭訓二子：「言必中當世之過」；蘇軾〈南行前集敘〉謂能文之士，「非能為之為工，乃不能不為之為工」；經世致用，文以載道，此理學家之說。影響所及，呂本中以為有用文字指議論文，主要宗法董仲舒、劉向，其次則《禮記》、《周禮》、《新序》、《說苑》，「皆當貫穿熟考」，會通為一；而曾鞏諸序「尤須詳味」。要之，皆所以陶冶萬物，點鐵成金也。

　　巧婦難為無米之炊，山谷〈與王觀復書〉稱：「長袖善舞，多錢善賈。」以為讀書精博，稍入繩墨，當有益於作文作詩，此勢所必至，理有固然。宋王正德《餘師錄》卷三，〈呂居仁〉條，亦全錄《童蒙訓》此文，可見二書識見近似。讀書有得，其中有所謂「涵泳」工夫，以及涵養氣息者，如：

　　　呂居仁云：「東坡〈三馬贊〉：『振鬣長鳴，萬馬皆瘖。』此皆記不傳之妙。學文者能涵泳此等語，自然有入處。」
　　　讀三蘇〈進策〉，涵養吾氣，他日下筆，自然文字霑霈，無吝嗇處。
　　　張子韶云：「文字有眼目處，當涵泳之。使書味存於胸

中，則益矣。韓子曰『沈浸醲郁，含英咀華』，正謂此也。」[38]

　　為了他日下筆，「文字雰霈，無吝嗇」，呂本中主張宜「讀三蘇〈進策〉，涵養吾氣」。如東坡〈三馬贊〉，富含不傳之妙。學文者，當「涵泳此等語」。要之，亦在求繩墨，識關鍵，尋悟門而已。張九成詮釋韓愈「沈浸醲郁，含英咀華」，以為即「文字有眼目處，當涵泳之」；蓋眼目處，即是規矩繩墨處，即是關鍵致力處，涵之泳之，則「書味存於胸中」，規矩備具，可以神明變化，如此自有進益。筆者以為，此所謂「涵泳」，與韓駒等江西詩人所謂「飽參」、「遍參」、「活參」，有異曲同工之妙。[39]或謂張鎡「善參活法」，當指此等。此與理學家朱熹（1130-1200）等以「涵泳」為中心，進行文學解讀，「須要見古人好處」，亦足相發明。朱熹〈答何叔京〉云：「（倬彼雲漢》）此等語言，自有箇血脈流通處。但涵咏久之，自然見得條暢浹洽，不必多引外來道理言語，卻壅滯詩人話底意思也。」[40]詩中自有真意，詩美可經由玩味咀嚼而體悟個中三昧，妙處可以

---

[38] 以上引文見：（一）《仕學規範》卷三五引呂氏《童蒙訓》，頁173；王水照編：《歷代文話》，〈仕學規範・作文〉卷四，頁323。（二）《仕學規範》卷三五引呂氏《童蒙訓》，頁173；《歷代文話》，〈仕學規範・作文〉卷四，頁323；《餘師錄》卷三「呂居仁」條，頁386。（三）《仕學規範》卷三五引張橫浦《日新》，頁175；王水照編：《歷代文話》，〈仕學規範・作文〉卷四，頁326。

[39] 參考周裕鍇：《宋代詩學通論》，丁編，詩思篇，第三章，二、活參：能動的解讀，頁435-444。

[40] 朱熹著，郭齊、尹波點校：《朱熹集》，成都：四川教育出版社，1996年。卷四十〈答何叔京〉（又題作〈答王子合何問詩諸說〉），論《詩經・倬彼雲漢》，頁1879。

不假外求。

　　《朱子語類》亦載朱子之言：「讀書，需要切己體驗，不可只作文字看」；又曰：「讀《詩》正在於吟詠諷誦，觀其委曲折旋之意」；又謂：看《詩》，「未要去討疑處，只熟看。……卻便玩索涵泳，方為有得。」「須是踏翻了船，通身在那水中，方看得出。」[41]蓋讀書，曉得文意是一重，尚游離在外面；須要進一步入乎其內，方能「曉得意思好處」，此非涵泳不為功。張伯行《濂洛關閩書》引朱熹語所謂「為學不可以不讀書，而讀書之法又當熟讀深思，反復涵泳，銖積寸累，久自見功」，張載、二程如此，朱熹讀書法尤其如此。[42]張鎡既為楊萬里學侶，楊萬里（1127-1206）亦南宋理學家之一，《宋元學案》卷四四有傳。讀書有味，宜涵泳之說，或聞而知之也。

　　由此觀之，《仕學規範》輯錄諸家有關圖書之閱讀與接受，在提供行文有本、涵泳有得方面，除傳承蘇軾、黃庭堅、元祐詩學，以及呂本中、楊萬里江西詩法外，與程朱理學之讀書涵泳說，恐亦有其淵源。姑記於此，容後細考。

---

[41] 宋黎靖德：《朱子語類》卷十一〈讀書法下〉，卷八十〈論讀詩〉、卷一一四〈訓門人二〉，臺北：文津出版社，1986年，頁181、2086、2088、2756。王水照編《歷代文話》，亦從《朱子語類》選錄若干「論文」資料，不妨參看，頁201-230。

[42] 朱熹之讀書法，余英時推崇備至。參考余英時：〈怎樣讀中國書〉，《文化評論與中國情懷》（下），《余英時文集》第八卷，桂林：廣西師範大學出版社，2006年，頁324-326。

四、反應與品題——出入眾作，度人以金針

谷登堡（Gutenberg Johann，1397～1468）發明活字版印刷術，在西方中古歐洲，改變了閱讀的環境，影響了接受反應，重新詮釋評注經典，重組了文學領域，徵存了傳統典籍，催生了創新文類。[43]在東方宋朝，號稱雕版印刷之黃金時代，圖書傳播質量約百倍成長，傳播範圍無遠弗屆，閱讀環境突破時空，蔚為宋代士人博觀而約取、厚積而薄發之習性。[44]

那麼，印本圖書作為傳播媒介，對於士人之閱讀、接受、創作、論述，是否亦有其影響與激盪？就古典文學之研究言，論者指出：「中國古代文學理論中，有極其豐富的接受鑑賞的美學遺產，從接受主體、接受能力、體味方式、雙向交流、讀者創造、運作程序和閱讀層次等方面，形成了體大慮周，內涵豐富的東方接受方式，或華夏接受方式。」[45]此一研究領域，資源豐沛可觀，其中詩話、文話，以及筆記，即是尚待開發之學術處女地，值得投入探索。

詩話、文話、評點、序跋中，對於歷代名篇佳作之品評，資料豐富可觀，即是上述所謂「讀者接受反應論」所當研究之文本。張鎡《仕學規範・作文》所述文論，品評歷代名家名作，亦

---

[43] Lucien Febvre et Henri-Jean Martin. *L'apparition du livre*，中譯本，見費夫賀、馬爾坦（著），李鴻志（譯）：《印刷書的誕生》，桂林：廣西師範大學出版社，2006 年。一、〈從手抄本到印刷書〉，頁 278-279。

[44] 張秀民著，韓琦增訂：《中國印刷史》，杭州：浙江古籍出版社，2006 年。第一章，〈雕版印刷術的發明與發展・宋代雕版印刷的黃金時代〉，頁 40-161。

[45] 金元浦：《接受反應文論》，濟南：山東教育出版社，1998 年，第十一章〈接受反應文論的「中國化」〉，「接受反應文論與中國古代文學理論」，頁 402-403。

琳瑯滿目，頗可觀玩。就華夏之文學接受學而言，品評是接受主體對審美對象之理性判斷和評估，融合審美鑑賞與藝術批評而一之；因此，與「玩味」之審美，同屬文學接受而又有所差異。大抵是植基於玩味接受，又超越玩味審美，而有更多理性批評之接受範式。[46]

　　試翻檢《仕學規範》所輯文獻，品評先秦兩漢文章者居多，數量高達六成以上；而品評經傳，宗經思想，與《文心雕龍》並無二致：

> 夫文傳道而明心也，古聖人不得已而為之也。既不得已而為之，又欲乎句之難道耶？又欲乎意之難曉耶？必不然矣！請以六經明之。《詩》三百篇，皆儷其句，諧其音，可以播管絃，薦宗廟，子之所熟也。《書》者，上古之書，二帝三王之世之文也，言古文者無出於此，則曰：「惠迪吉，從逆凶。」又曰：「德日新，萬邦惟懷。志自滿，九族乃離。」在《禮・儒行》者，夫子之文也，則曰：「衣冠中，動作謹，大遜如慢，小遜如偽」云云者。在《樂》，則曰：「鼓無當於五聲，五聲不得不和；水無當於五色，五色不得不章。」在《春秋》，則全以屬辭比事為教，不可備引焉。在《易》，則曰：「乾道成男，坤道成女。」「日月運行，一寒一暑。」夫豈句之難道邪？夫豈義之難曉邪？今為文而捨《六經》，又何法焉？若第取其《書》之所謂「弔由靈」，而《易》所謂「朋合簪」

---

[46] 鄧新華：《中國古代接受詩學》，武漢：武漢出版社，2000 年，第七章〈「品評」的文學接受方式〉，頁 268-270。

者，模其語而謂之古，亦文之弊也。[47]

　　《仕學規範》選錄王禹偁之說，強調《詩》、《書》、《易》、《禮記》、《春秋》之文，皆為「傳道而明心」，句非難道，義非難曉，乃「古聖人不得已而為之」。因此，「為文而捨《六經》，又何法焉？」《書》者，古文之所出；《禮》者，夫子之文；《春秋》者，以屬辭比事為教；《易》與《樂》，亦各有其可法。所以師法《六經》者，以其「規矩備具」，可以準方作矩，進而神明變化，流轉圓美。王禹偁《小畜集》強調：為文宜宗法《六經》，而《仕學規範》摘錄之，不憚其煩，蓋與《仕學規範・原序》所謂法度、規矩、範模、法程、規範，異曲同工。為文而法《六經》，最便於「傳道而明心」。

　　自五代馮道刊行《九經》，宋初開寶、雍熙、端拱、淳化、至道、咸平年間，國子監又先後刻印《五經正義》、《七經義疏》，「士大夫不勞力而家有舊典」。於是古籍經典之傳播與光大，如順風揚帆，更加水到渠成。《仕學規範》之選錄《小畜集》、《節孝先生語》，申說傳道明心、為文學習《春秋》，與經典之傳播效應或有關聯，如：

　　　　為文必學《春秋》，然後言語有法。近世學者多以《春秋》為深隱不可學，蓋不知者也。且聖人之言曷嘗務奇險？求後世之不曉。趙啖曰：「《春秋》明白如日月，簡

---

47 《仕學規範》卷三二引《小畜文集》，頁 161；王水照編：《歷代文話》，〈仕學規範・作文〉卷一，頁 305-306。

易如天地。」此最為至論。[48]

張鎡選錄徐積節孝先生之說，強調「為文必學《春秋》，然後言語有法」；蓋《春秋》之為書，有書法，有史法，有文法，有義法，筆削以昭義，故為文所以必學，亦師法其規矩準繩而已。有門可入，有法可循，此亦江西詩法之路數。至於所謂：「聖人之言曷嘗務奇險？求後世之不曉」，微辭批評宋初「太學體」之務為艱澀奇險，文弊已極。徵聖宗經，此與劉勰《文心雕龍‧宗經》稱許五經之文：「根柢槃深，枝葉峻茂，辭約而旨豐，事近而喻遠。」所謂「文以行立，行以文傳。四教所先，符采相濟。邁德樹聲，莫不師聖；而建言修辭，鮮克宗經。」[49]因此，為文而宗經徵聖，誠然為「正末歸本」之方，亦「有所法而後成，有所變而後大」之意。宋代開國以來，右文崇儒，提倡文化復興，於是王禹偁、歐陽脩等古文家，多體現復古之意識，故文章寫作講究宗經徵聖，理固然也。

《仕學規範》纂輯諸家之說，雖未斷以己意，亦未揭示評述，然考索推敲選錄趨向，筆削取捨之際，亦可推見其依違取捨之大凡。下列文獻，清一色採自呂本中《童蒙訓》。呂本中（1084-1145）為理學家，見《宋元學案》卷三十六〈紫微學案〉。[50]亦能詩，乃南宋初江西詩派之革新者。為救治江西詩學

---

[48] 張鎡《仕學規範》卷三二引《節孝先生語》，頁 163；王水照編：《歷代文話》，〈仕學規範‧作文〉卷一，頁 308

[49] 劉勰著，王更生注釋：《文心雕龍讀本》，臺北：文史哲出版社，1985.3，〈宗經第三〉，頁 35。

[50] 清黃宗羲、全祖望：《宋元學案》，北京：中華書局，2007 年，卷三十六，〈紫微學案〉，頁 1233-1242。

「預設法式」，執著詩法之病，提出「活法」說及「悟入」說，觸發楊萬里之詩學論述，間接影響張鎡之「活法」觀。除外，呂本中師事楊時，問學於游酢、尹焞、劉安世等，可見其理學趨向。呂氏著有《春秋集解》十二卷、《紫微雜說》107 則、《童蒙訓》、《紫微詩話》，及《詩集》、《文集》各若干卷。其中《春秋集解》「自《三傳》而下，集諸家之說」；《紫微雜說》之論說辨析，涉及五經、四書、《左傳》、《國語》，歷代史書、諸子、韓文；[51]《童蒙訓》論文之涉獵廣博，以此。

為文講究宗經，便於參酌典範，《詩》所謂「伐柯伐柯，其則不遠」，規矩備具，方能依違規矩，無入不自得。由是而之焉，於是品評經籍，則或出入諸家，金針度人，如標舉《尚書》，稱揚《詩經》，褒贊《左傳》，以及推崇《禮記》之文：

> 古人文章一句是一句，句句皆可作題目，如《尚書》。可見後人文章累千百言，不能就一句事理。只如《選》詩，有高古氣味，自唐以下無復此意，此皆不可不知也。
> 張文潛云：「《詩》三百篇，雖云婦人女子小夫賤隸所為，要之非深於文章者不能作。如『七月在野』至『入我床下』，於『七月』以下，皆不道破，直至『十月』，方言『蟋蟀』，非深於文章者能為之邪？」[52]

---

51 歐陽炯：《呂本中研究》，臺北：文史哲出版社，1992 年，第五章〈呂本中之詩論〉，第一、第二節；第三章第二節〈師承〉、第四節〈著述〉，頁 257-287。頁 117-131、147-156。

52 以上引文見：（一）《仕學規範》卷三五引呂氏《童蒙訓》，頁 174；王水照編：《歷代文話》，〈仕學規範・作文〉卷四，頁 324。（二）《仕學規範》卷三四引呂氏《童蒙訓》，頁 173；《歷代文話》，〈仕學規範・作文〉卷

　　閱讀典籍，接受信息，進而玩味、鑑賞，終而反應表現，有所品評或論斷，要皆筆記編著者之心路歷程。纂輯成書，歷程不過再次演示，資料再次梳理取捨而已。作為原始讀者，唯有泛覽博觀，出入眾作，始能較論優劣，度人以金針。《仕學規範》纂輯北宋諸家文話以成書，詳略去取之際，豈無別識心裁？看似述而不作，然《仕學規範》纂輯諸家作為一個接受者（信宿），諸家文話作為傳播者（信源），北宋文話之信息隱約已作回授與體現。易言之，信宿與信源因果循環之效應，已造就了《仕學規範》「論作文」之內容。張鎡師承呂本中，濡染其活法，又博觀泛覽，嫻熟於經籍，故其筆削去取，可議於斷割，可定其妍媸。於《尚書》，取其氣味高古，句句皆可作題目。於《詩經·七月》，妙在始終「皆不道破」。[53] 褒其「非深於文章者不能作」，以此。

　　凡師法優長，初則作為規矩繩墨，繼則提供點化轉易，非拘守陳迹、死於句下可比。所謂「活法」、「悟入」說，此中有之。陳騤《文則》亦頗論活法與創意，以為「六經創意，皆不相師」，因枚舉「《詩》創意師於《書》」，「《詩》創意師於《禮》」者申說之：

三，頁 322。

[53] 《詩經·豳風·七月》第五章：「五月斯螽動股、六月莎雞振羽。七月在野、八月在宇、九月在戶，十月蟋蟀、入我牀下。」裴普賢編著：《詩經評註讀本》，引清牛運震曰：「十月點明蟋蟀，則七月、八月、九月、之為蟋蟀明矣！倒裝文法，妙。」上冊，臺北：三民書局，1982 年。頁 544。程俊英、蔣見元著：《詩經注析》，北京：中華書局，1991 年。賞析〈豳風·七月〉第五章云：「修辭學稱為『探下省略』法。描寫蟋蟀的鳴聲，由遠而近，以見天氣逐漸寒冷。方玉潤評曰：『其體物微妙，又何精緻乃爾。』」頁412。

或曰：「六經創意，皆不相師。」試探精微，足明詭說。〈洪範〉曰：「恭作肅，從作乂，明作哲，聰作謀，睿作聖。」〈小旻〉五章曰：「國雖靡止，或聖或否；民雖靡膴，或哲或謀，或肅或艾。」此《詩》創意師於《書》也。（鄭康成《箋》曰：「詩人之意，欲王敬用五事，以明天道。」）《儀禮》曰：「皇尸命工祝，承致多福無疆，于女孝孫，來女孝孫，使女受祿于天，宜稼于田，眉壽萬年，勿替引之。」（此〈少牢〉嘏辭。）〈楚茨〉四章曰：「工祝致告，徂賚孝孫，苾芬孝祀，神嗜飲食，卜爾百福，如幾如式。」此《詩》創意師於《禮》也。鄭康成云：「此皆嘏辭之意。」[54]

《詩·小旻》師法《尚書·洪範》，《詩·楚茨》師法《儀禮·少牢》，然多師其意，未師其詞，符合韓愈所謂「陳言務去，詞必己出」之創作主張。江西詩法所謂奪胎換骨、點鐵成金；呂本中等「活法」說所謂「變化不測，而卒亦不背規矩」者，陳騤論文有之。

宋王正德《餘師錄》選輯前人論文之語以成書，雜纂性質與《仕學規範》相近似。其書卷三〈呂居仁〉條，摘錄《童蒙訓》詩學文獻二十八則，其中與《仕學規範》取材雷同者五則，其餘「黃魯直」、「李方叔」、「洪覺範」諸條，徵引同一文本者，亦達八則。下列《仕學規範》所引《呂氏童蒙訓》三則，亦同見於《餘師錄》所徵引。呂本中云：

---

[54] 轉引自王水照編：《歷代文話》，第一冊，陳騤《文則》，頁 136-137。

《左氏》之文，語有盡而意無窮，如「獻子辭梗陽人」一段，所謂一唱三歎，有遺音者也。如此等處，皆是學文養氣之本，不可不深思也。

文章不分明指切而從容委曲，辭不迫切而意以獨至，惟《左傳》為然。如當時諸國往來之辭，與當時君臣相告相誚之語，蓋可見矣。亦是當時聖人餘澤未遠，涵養自別，故辭氣不迫如此，非後世人專學言語者也。

東坡云：「意盡而言止者，天下之至言也。」然而言止而意不盡，尤為極至，如《禮記》、《左氏》可見。[55]

含蓄有味，曲折有致，固同為宋代詩歌美學及散文美學所追求。呂本中於《左傳》之文，美其「語有盡而意無窮」，一唱三歎，為「學文養氣之本」；更稱其文章，「不分明指切而從容委曲，辭不迫切而意已獨至」。美其言語，「辭氣不迫」。其中關鍵，尤在「涵養」。《仕學規範》所輯錄，標榜涵養，與前文所述勤讀、熟讀、熟觀、涵泳同功，亦有諸中而形諸外之意。呂本中引東坡之言後，再推尊《左氏》、《禮記》之文，以為「言止而意不盡」，較「意盡而言止」之至言，更為「言意」表達之「極至」。凡此，要皆玩味涵泳、深造有得之文章品題，可供學文之金針與左券。《仕學規範》雖輯而不作，然就信息傳播而

---

[55] 以上引文見：（一）《仕學規範》卷三五引呂氏《童蒙訓》，頁173；王水照編：《歷代文話》，〈仕學規範‧作文〉卷四，頁323；《餘師錄》卷三「呂居仁」條，頁386。（二）《仕學規範》卷三五引呂氏《童蒙訓》，頁174；《歷代文話》，〈仕學規範‧作文〉卷四，頁324；《餘師錄》卷三「呂居仁」條，頁387。（三）《仕學規範》卷三五引呂氏《童蒙訓》，頁174；《歷代文話》，〈仕學規範‧作文〉卷四，頁325；《餘師錄》卷三「呂居仁」條，頁388。

言，諸家文話在獲選移錄之際，信息已被強化與分享。由此觀之，述者，亦等同作者無異。《文心雕龍・宗經》強調：「邁德樹聲」與「建言修辭」同等重要，《童蒙訓》之宗經致用，《仕學規範》其知之矣。

旁敲側擊，曲折有致；以少勝多，精煉有味，為文學語言及詩歌語言之主要特質。[56]宋代詩話、筆記往往喜談含蓄有味，曲折有致。含蓄，不僅是《春秋》書法，史家筆法；道家與禪宗之「言意」觀，亦多津津樂道「含蓄」。[57]反觀宋代文論「文話」，作文之道追求此一美感，相較於詩，亦無二致，如宋陳騤《文則》所云：

> 文之作也，以載事為難；事之載也，以蓄意為工。觀《左氏傳》載晉敗於邲之事，但云：「中軍下軍爭舟，舟中之指可掬。」則攀舟亂刀斷指之意自蓄其中。又載楚師寒拊勉之事，但云：「三軍之士皆如挾纊。」則軍情愉悅之意自蓄其中。《公羊傳》載秦敗於殽之事，但云：「匹馬隻輪無反者。」則要擊之意，自蓄其中。若《公羊傳》載齊使人迓郤克、臧孫之事，則曰：「客或跛或眇，齊使跛者迓跛者，眇者迓眇者。」《孟子》載天下歸舜之事，則曰：「天下諸侯朝覲者，不之堯之子而之舜，訟獄者不之堯之子而之舜，謳歌者不謳歌堯之子而謳歌舜。」凡此，

---

[56] 張高評：《宋詩之新變與代雄》，附錄三，〈詩歌語言與言外之意〉，頁521-526。

[57] 張高評：〈儒、道、禪與詩歌語言——宋代詩話論含蓄〉，載所著《會通化成與宋代詩學》，臺南：成功大學出版組，2000年，頁291-324。

則意隨語竭，不容致思。[58]

唐劉知幾《史通・敘事》稱：「史之美者，以敘事為先。」清李紱《秋山論文》亦云：「文章惟敘事最難，非具史法者不能窮其奧突也。」[59]而皆稱美《左傳》之敘事。宋陳騤《文則》，推崇《左傳》敘邲之戰（宣公十二年）：「中軍下軍爭舟，舟中之指可掬也。」而亂軍爭渡，無備自敗諸意，多見於言外。天寒，楚莊王撫軍，「三軍之士皆如挾纊」，則感悅溫馨可以想見。《公羊傳》敘秦敗於晉殽，但云「匹馬隻輪無反者」，則夾擊晉軍，全軍覆沒可知。若此之類，皆《史通・敘事》所謂用「晦」之道。晦也者，意到而筆不到。《詩人玉屑》卷十引《漫齋語錄》稱：「詩文要含蓄不露，便是好處。」《史通・敘事》所謂「言近而旨遠，辭淺而義深。雖發語已殫，而含意未盡。使夫讀者望表而知裏，捫毛而辨骨；覩一事於句中，反三隅於字外。」[60]歐陽脩《六一詩話》所謂：「含不盡之意，見於言外」，此皆詩文美妙之審美標準。至於《公羊傳》敘列晉齊鞌之戰緣起，「齊使跛者迓跛者，眇者迓眇者」云云；與孟子載「天下歸舜」二事，皆以為「意隨語竭，不容致思」，直率逕露，未留餘地，其短處在欠缺想像空間，了無言外之意，猶膠柱鼓瑟者然，要皆有害於蓄意與蘊藉。

陳騤《文則》舉《詩》、《書》文字為例，標榜曲折。其言

---

[58] 轉引自王水照編：《歷代文話》，第一冊，宋陳騤《文則》，頁 138。

[59] 轉引自王水照編：《歷代文話》，第四冊，清李紱《秋山論文》，頁 4004。

[60] 唐劉知幾撰，清浦起龍釋：《史通通釋》，臺北：里仁書局，1980.9，卷六〈敘事〉，頁 173-174。《餘師錄》卷三「呂居仁」條，亦引述《史通・敘事》此文，頁 389。

曰：

> 《詩》、《書》之文，有若重複而意實曲折者。《詩》
> 曰：「云誰之思，西方美人。彼美人兮，西方之人兮。」
> 此思賢之意，自曲折也。又曰：「自古在昔，先民有
> 作。」此考古之意，自曲折也。《書》曰：「眇眇予末小
> 予。」此謙托之意，自曲折也。又曰：「孺子其朋，孺子
> 其朋其往。」告戒之意，自曲折也。[61]

　　含蓄之外，陳騤《文則》又標榜「曲折」：或以思賢，或以
考古，或以謙托，或以告戒，要皆出於迴環往復，音節複沓，而
見曲折有致之美。清袁枚《隨園詩話》卷四稱：「凡作人貴直，
而作詩文貴曲。孔子曰：『情欲信，詞欲巧。』……巧，即曲之
謂也。崔念陵詩云：『有磨皆好事，無曲不文星。』洵知言
哉！」[62]此之謂也。大抵敘事、詠物、寫景、抒情，不從直接正
面表述，別從間接、側面、旁面、反面、對面描寫，能使文意紆
曲婉轉者，皆屬之。《史記》敘事傳人，多貴曲忌直。其特出神
處，尤在以詠嘆作頓挫，使讀之者得其言外之意，反覆玩味，愈
隱愈長。後來史家，敘此等事，皆以平鋪為之，則味同嚼臘矣。
[63] 敘事曲折，故讀之有味，覽諷忘疲。

---

[61] 轉引自王水照編：《歷代文話》，第一冊，陳騤《文則》，頁139。

[62] 清袁枚：《隨園詩話》，臺北：漢京文化事業有限公司，1984年。卷四，第
二八則，頁111。

[63] 李景星《史記評議》，〈外戚世家〉。其他，參考張高評：〈《史記》敘事
藝術與詩歌語言〉，第五屆《漢代文學與思想學術研討會論文集》，
（三），致曲，頁204-209。

　　其次，則先秦諸子、兩漢史傳之文，《仕學規範》引述諸家，亦多採錄師法，玩味之，品題之，作為學文之津梁，度人以金針。嘗試考之，《仕學規範》之輯錄，多不離《文心雕龍》〈史傳〉、〈諸子〉之審美趣味，以及北宋文家如蘇洵、蘇軾、曾鞏之師法趨向，此實宋初以來復古意識之反映。《仕學規範》枚述諸家閱讀先秦兩漢之諸子與史傳，如：

　　　讀《莊子》，令人意寬思大，敢作；讀《左傳》，便使人
　　　入法度，不敢容易：此二書不可偏廢也。近世讀東坡、魯
　　　直詩，亦類此。
　　　居仁云：「文章須要說盡事情，如《韓非》諸書大略可
　　　見。至於一唱三歎，有遺音者，則非有所養不能也。如
　　　《論語》、《禮記》文字，簡淡不厭，似非《左氏》所可
　　　及也。《列子》氣平文緩，亦非《莊子》步驟所能到也。
　　　東坡晚年敘事文字多法柳子厚，而豪邁之氣，非柳所能及
　　　也。」
　　　《孫子》十三篇，論戰守次第，與山川、險易、長短、小
　　　大之狀，皆曲盡其妙。摧高發隱，使物無遁情，此尤文章
　　　妙處。[64]

　　呂本中《童蒙訓》，較論《莊子》與《左傳》：《莊子》

---

[64] 以上引文見：（一）《仕學規範》卷三五引呂氏《童蒙訓》，頁 174；王水照編：《歷代文話》，〈仕學規範‧作文〉卷四，頁 324。（二）《仕學規範》卷三四引呂氏《童蒙訓》，頁 173；《歷代文話》，〈仕學規範‧作文〉卷三，頁 322。（三）《仕學規範》卷三五引呂氏《童蒙訓》，頁 173；《歷代文話》，〈仕學規範‧作文〉卷四，頁 323。

「令人意寬思大，敢作」，近世讀東坡詩，類此。讀《左傳》「便使人入法度，不敢容易」，讀黃庭堅詩似之。呂本中此論，是以文法喻詩法，業已跨際會通為一矣。彼此類比，言近旨遠，非玩味涵泳之久，難得若是之品題。呂本中又綜論子史：「說盡事情」，《韓非》諸書可見；一唱三歎且有遺音者，則如《論語》、《禮記》、《左傳》、《列子》、《莊子》，以及東坡文。雖各就一端品題，然又互有短長優劣，如以「簡淡不厭」言，《左氏》不及《論語》、《禮記》；以「氣平文緩」言，《莊子》不及《列子》；論豪邁之氣，則柳宗元不如東坡文。又推崇《孫子》十三篇，不但「論戰守次第與山川、險易、長短、小大之狀，皆曲盡其妙。」同時，「摧高發隱，使物無遁情」，尤為文章妙處，是兵法通於文法者。若此之倫，指點為文之圭臬，提倡跨際會通，宗師經傳，取徑兵法，皆示繩墨、明宗趣，提供熟讀涵泳，亦活法論文之實例。

　　三蘇父子古文，為科舉考試典範。《老學庵筆記》卷八載有「蘇文熟，吃羊肉；蘇文生，吃菜羹」之諺，可以知之。南渡後，元祐學術既解禁，[65]於是影響所及，《仕學規範》輯錄諸家文論，遂多徵引老蘇、大蘇之言，作為行文之規範，如：

　　　蘇明允〈上田樞密書〉云：「……凡數年來，退居草野，自分永棄，與世俗日疏闊，得以大肆其力於文章。詩人之優柔，騷人之清深，孟、韓之溫淳，遷、固之雄剛，孫、吳之簡切，投之所嚮，無不如意。常以為董生得聖人之

65　曾棗莊等著：《蘇軾研究史》，南京：江蘇教育出版社，2001 年，第二章〈「議論常公于身後」——南宋「風行」期〉，頁 79-155。

經，其失也流而為迂；晁錯得聖人之權，其失也流而為
詐。有二子之才而不流者，其惟賈生乎？」[66]

　　江西詩人論詩，每好標榜典範，推尊傑作，以便師法學習。
所謂一祖三宗，祖述杜甫，宗法黃庭堅、陳師道、陳與義是也。
張鎡為詩，既宗尚蘇軾、黃庭堅、陳師道，故其論文章，亦引為
宗師與典範。品題名篇佳作，所以便利熟讀涵泳，進而「陶冶萬
物」，「點鐵成金」。蘇洵〈上田樞密書〉對於先秦兩漢之諸子
史籍，風格特質多所品題，如以優柔、清深稱《詩》、《騷》，
以溫淳與簡切分論《孟子》、《韓文》、《孫子》、《吳子》，
以雄剛品題《史記》、《漢書》；以董仲舒、晁錯各得聖人之經
與權，互有得失，兼之者乃賈誼。為文者苟能出入諸家，貫穿熟
考，涵泳玩味，久之自然深造有得。

　　品題諸家，點評風格特色，亦示學者以規矩準繩之意。金針
度人，固江西詩法揭示之宗風。又如：

　　明允〈上歐陽公書〉云：「……孟子之文，語約而意深，
不為巉刻斬絕之言，而其鋒不可犯。韓子之文，如長江大
河，渾浩流轉，魚黿蛟龍，萬怪逞惑，而抑絕蔽掩，不使
自露。而人望見其淵然之光、蒼然之色，亦自畏避，不敢
迫視。執事之文，紆餘委備，往復萬折，而條達疏暢，無
所間斷。氣盡語極，急言竭論，而容與閑易，無艱難辛苦
之態。此三者，皆斷然自為一家之文也。」

---

[66]　《仕學規範》卷三二引《三蘇文集》，頁 163；王水照編：《歷代文話》，
　　〈仕學規範‧作文〉卷一，頁 308-309。

班固敘事詳密有次第，專學《左氏》，如敘霍、上官相失之由，正學《左氏》記秦穆、晉惠相失處也。[67]

　　蘇洵〈上歐陽公書〉，品評孟子、韓愈、歐陽脩三家之文：「自為一家」為其共相，而又各具個性特質。《孟子》之文，「語約而意深」；韓愈之文，「如長江大河，渾浩流轉」；歐陽公之文，則「紆餘委備，往復萬折」。又評論班固《漢書》，稱其「敘事詳密有次第，專學《左氏》」，據文章之因革損益品題，非熟讀精思、涵泳玩味之深，何能出此精到之評論？范溫《潛溪詩眼》引曾鞏之言：「司馬遷學《莊子》，班固學《左氏》；班馬之優劣，即《莊》、《左》之優劣也。」黃庭堅亦云：「司馬遷學《莊子》，既造其妙；班固學《左氏》，未造其妙也。」[68]見仁見智，各自表述，不妨互參。上述品題，標榜學習古人之特色與範式，與江西詩人學唐學古，其精神、其途徑，並無二致。此出其所自得之先遣工夫，「入乎其內，見得親切」，方有助於創發。由此觀之，《仕學規範》雖輯而不作，然對於學文作文，提示津梁，度人金針，多所啟益。實與江西派提倡詩法，強調活法無異。

　　《仕學規範》載錄歷代散文之風格特徵，大多依違所選之詩

---

[67] 以上引文見：（一）《仕學規範》卷三二引《三蘇文集》，頁 163；王水照編：《歷代文話》，〈仕學規範・作文〉卷一，頁 309。（二）《仕學規範》卷三五引呂氏《童蒙訓》，頁 173；《歷代文話》，〈仕學規範・作文〉卷四，頁 323。

[68] 郭紹虞：《宋詩話輯佚》，臺北：文泉閣出版社，1972 年，范溫：《潛溪詩眼》引曾鞏，引黃庭堅，第 17 則「山谷詩文優劣」，頁 402-403。又見胡仔《苕溪漁隱叢話》前集，北京：人民文學出版社，1981 年。卷十二，〈杜少陵七・《詩眼》云〉，頁 78。

話、筆記、文集見解，而抑揚進退之。南北宋之際，品題散文之
風貌，從此可見。如：

> 《漢高紀》詔令雄健，《孝文紀》詔令溫潤，去先秦古書
> 不遠，後世不能及。至《孝武紀》詔令始事文采，文亦寖
> 衰矣。[69]
> 李格非善論文章，嘗曰：「諸葛孔明〈出師表〉、劉伶
> 〈酒德頌〉、陶淵明〈歸去來辭〉、李令伯〈乞養親
> 表〉，皆沛然如肺肝中流出，殊不見斧鑿痕。是數君子在
> 後漢之末、兩晉之間，初未嘗欲以文章名世，而其詞意超
> 邁如此。是知文章以氣為主，氣以誠為主。」[70]

　　呂本中《童蒙訓》品評漢高、漢文之詔令，稱許其雄健、溫
潤，而感慨漢武詔令之寖衰，由於「始事文采」。李格非論文
章，推崇諸葛亮〈出師表〉、劉伶〈酒德頌〉、陶潛〈歸去來
辭〉、李密〈乞養親表〉，其難能可貴處，在「皆沛然如肺肝中
流出，殊不見斧鑿痕。」因論「文章以氣為主，氣以誠為主。」
此人格即風格之說，其氣其誠即是其人格之反應。中有超邁之人
格，發而為文，方有超邁之詞意、名世之文章，此所謂「本立而
道生」。李格非以氣、以誠論文，於北宋右文尊儒，復雅崇格之

---

[69] 《仕學規範》卷三十五引呂氏《童蒙訓》，頁 174；王水照編：《歷代文
　　話》，〈仕學規範・作文〉卷四，頁 325。

[70] 以上引文見：（一）《仕學規範》卷三五引呂氏《童蒙訓》，頁 173；王水照
　　編：《歷代文話》，〈仕學規範・作文〉卷四，頁 323。（二）《仕學規範》
　　卷三四呂氏《童蒙訓》，頁 172；《歷代文話》，〈仕學規範・作文〉卷三，
　　頁 321。（三）《仕學規範》卷三十五引呂氏《童蒙訓》，頁 173；《歷代文
　　話》，〈仕學規範・作文〉卷四，頁 323。

學風，頗具代表性。（宋人以氣論文，詳下節。）呂本中又云：

> 韓退之文渾大，廣遠難窺測；柳子厚文分明，見規摹次
> 第。初學者當先學柳文，後熟韓文，則工夫自易。
> 呂居仁云：「老蘇嘗自言：『升裏轉，斗裏量』，因聞
> 此：遂悟文章妙處。文章紆餘委曲，說盡事理，惟歐陽公
> 為得之。至曾子固，加之字字有法度，無遺恨矣。文章有
> 本末首尾，元無一言亂說，觀少游〈五十策〉可見。」
> 讀三蘇〈進策〉，涵養吾氣，他日下筆，自然文字霶霈，
> 無吝嗇處。[71]

　　《童蒙訓》較論韓柳文之風格特色，而建言「初學者當先學
柳文，後熟韓文。」因為：「韓退之文渾大，廣遠難窺測；柳子
厚文分明，見規摹次第。」先易後難，循序漸進，學不躐等，此
學文之階梯。呂本中綜論現當代四大古文家之特質：蘇洵文章，
「升裏轉，斗裏量」；歐陽公文章「紆餘委曲，說盡事理」；曾
鞏文章，「字字有法度」；秦觀策論，「本末首尾，元無一言亂
說」，各盡其美，俱臻其妙。雖取徑有殊，多可為典範。又謂讀
三蘇〈進策〉，可以涵養文氣；他日為文，「自然文字霶霈」。
《仕學規範‧原序》所謂文章之法度、規矩、範模、法程、規
範，所舉六家古文之風格特色，皆可以得之。張鎡企圖以詩法為
文法，亦從中可以考見。

---

[71] 以上引文見：（一）《仕學規範》卷三五引呂氏《童蒙訓》，頁174；王水照
　　編：《歷代文話》，〈仕學規範‧作文〉卷四，頁325。（二）《仕學規範》
　　卷三四引《冷齋夜話》，頁169；《歷代文話》，〈仕學規範‧作文〉卷三，
　　頁317；《餘師錄》卷四「洪覺範」條，頁405。

　　王安石之文學觀，主張通經致用，批評近世古文之缺失，在徒事光采，不濟於用。《仕學規範》卷三二，曾采錄其言，所謂「辭弗顧於理，理弗顧於事，以襞積故實為有學，以雕繪語句為精新。譬之擷奇花之英，積而玩之，雖光華馨采，鮮縟可愛，求其根柢濟用，則蔑如也。」試觀南宋初年中期，為文以窮極華麗著稱者，有汪藻、李清照等人；又有倡導事功、關切民生之事功派古文，陳亮、辛棄疾、陸游、楊萬里為代表作家。[72]由此可見，為文致力「根柢濟用」，亦南渡大家之文學觀。張鎡梳理諸家論述，摘選名家名篇之品題，自是當代文學思潮之反映。《仕學規範》所示：「口詠心惟，趣向弗謟」，「可為終身法」之著書旨趣，由此可得印證。

五、人品與文品──人如其文，文正如其人

　　宋詩之典範選擇，歷經漫長之追尋：學李商隱，學白居易，學韓愈，學晚唐，多曾入圍候選。最終，陶潛與杜甫，以人格美、風格美兼備，雙雙脫穎而出，成為宋人之詩學典範。[73]

　　宋代文藝審美，標榜「人格即風格」說，此頗有時代特徵。宋朝開國以來，崇儒右文，士人皆知反思內求，涵養品格；加以

---

[72] 郭預衡：《中國散文史》，上海：上海古籍出版社，1993 年。中冊，論及楊萬里、陸游、辛棄疾、葉適、陳亮諸家「言事論政之文」，頁 605-643。

[73] 程杰：《北宋詩文革新研究》，臺北：文津出版社，1996 年，第二十章〈陶、杜典範意義的發現與宋詩審美意識的形成〉，頁 570-586；張高評：〈北宋讀詩詩與宋代詩學──從傳播與接受之視角切入〉，四、「北宋讀詩詩與宋詩之典範選擇」，《漢學研究》第二十四卷第二期（2006 年），頁 207-215。

憂患頻仍，黨爭嚴酷，道學濡染，文士多以格高相砥礪。歐陽脩作詩「獨崇氣格」，黃庭堅以「不俗」期許人格與詩格，江西詩派亦推崇「格高」，作為人品之標竿、詩歌之極則。以此類推，花卉以梅花為格高，宮廷以植槐為偉岸，工藝以青花瓷之平淡素樸斂芒，繪畫以小景之情趣逸格取勝。由此觀之，「崇格」乃宋人之審美主潮之一。[74]

　　大抵而言，「崇格」意識，自是道學（即理學、宋學）氛圍下，人生觀之藝術實踐和人格體現。周裕鍇曾稱：就道德規範而言，江西詩派與理學家的觀點極為相近。[75]如「明道」與「見性」，即把詩看作涵養道德與吟詠性情之工具。蘇軾〈於潛僧綠筠軒〉詩：「人瘦尚可肥，士俗不可醫」；黃庭堅〈書嵇叔夜詩與姪榎〉論詩之不俗，且稱揚人品之不俗；〈書繒卷後〉強調「士大夫處世可以百為，唯不可俗，俗便不可醫也。」〈書王知載朐山雜詠後〉，標榜忠信篤敬之性，與溫柔敦厚之旨，可見一斑。

　　陳師道個性狷介，志行高潔，不妄取與。[76]《後山詩話》謂：「詩非力學可致，正須胸肚中泄爾」；張戒《歲寒堂詩話》卷上稱：杜甫「篤于忠義，深于經術，故其詩雄而正」云云。張鎡既祖述黃庭堅、陳師道詩風，道德規範與崇格意識，於《仕學規範》之輯錄文話，取捨之際自見別裁。由此觀之，欲求文章名

---

[74] 秦寰明：〈論宋代詩歌創作的復雅崇格——宋代詩歌思潮論〉（上），《中國首屆唐宋詩詞國際學術討論會論文集》，南京：江蘇教育出版社，1994年，頁618-625。

[75] 周裕鍇：《宋代詩學通論》，甲編第二章，二、〈道德規範：明道與見性〉，頁43-56。

[76] 鄭騫：《陳後山年譜》，臺北：聯經出版事業公司，1984年，〈生平總述〉，頁14。

世，詞意超邁，必先求人格高尚，風節無虧。觀南宋陸游、朱熹、魏了翁諸家之主張，尤其顯著。由內在實有之品格美，轉化為形諸外在之文藝風格，人格與風格會通為一，遂為宋代文藝美學之特色之一。[77]人格既通向風格，於是人品之高下，遂等同於詩品、文品之優劣。人如其文，文如其人，此自是江西詩風人格美通向風格美之體現。

今考《仕學規範》輯錄宋人文論，再三提及「文如其人」之命題，即此是也。論者指出：「文如其人」涵意有二：其一，體與性之交集，即風格與創作個性之關係。其二，人品與文品之關係。前者探討作家氣質、秉性、性格等個性因素，對於文學風格之影響；後者探討作家之人格、情操、思想、品性等道德因素對於藝術品格的制約。[78]《仕學規範》所錄，大多屬於文品即人品。如：

> 小說載盧携貌陋，嘗以文章謁韋宙，韋氏子弟多肆輕侮。宙語之曰：「盧雖人物不揚，然觀其文章有首尾，異日必貴。」後竟如其言。本朝夏英公，亦嘗以文章謁盛文肅公，文肅曰：「子文章有館閣氣，異日必顯。」後亦如其言。然余嘗究之文章，雖皆出於心術，而實有兩等：有山林草野之文，有朝廷臺閣之文。山林草野之文，則其氣枯槁憔悴，乃道不得行，著書立言者之所尚也。朝廷臺閣之文，則其氣溫潤豐縟，乃道得行，著書立言者之所尚也。

---

[77] 張高評：《宋詩特色研究》，長春：長春出版社，2002 年，專題二，〈化俗為雅與宋詩特色‧品格的轉化〉，二、（四）品格的轉化，頁 404-408。

[78] 吳承學：《中國古典文學風格學》，廣州：花城出版社，1993 年，第三章〈人品與文品〉，頁 32。

故本朝楊大年、宋宣獻、宋莒公、胡武平所撰制詔，皆婉
美淳厚，過於前世燕、許、常、楊遠甚，而其為人亦各類
其文章。王安國常語余曰：「文章格調，須是官樣。」豈
安國言官樣，亦謂有館閣氣耶？又今世樂藝亦有兩般格
調：若教坊格調，則婉媚風流；外道格調，則粗野嘲哳。
至於村歌社舞，則又甚焉。茲亦與文章相類。[79]

　　程頤曾闡述孔子「有德者必有言」之說，謂「和順基於中，
英華發於外也。故言則成文，動則成章。」[80]其他，《外書》及
《二程語錄》於「有德者必有言」，亦再三提挈教示。理學家以
為：文乃道之發用；此一主張，頗影響宋代之文論。江少虞《皇
朝類苑》強調，人品與文品聲氣相通，桴鼓相應，蓋有諸中必形
諸外，是所謂「其為人亦各類其文章」。文中枚舉盧攜、夏竦之
文章，一則「有首尾」，一則「有館閣氣」，果然「異日必
貴」、「異日必顯」。由是推知，山林草野之文與朝廷臺閣之
文，氣象確實有別：前者其道不得行，故其文枯槁憔悴；後者其
道得行，故其文溫潤豐縟。王充《論衡‧超奇》云：「文由胸中
而出，心以文為表」，文之風格與人之體性如影隨形，如響斯
應，此之謂也。

　　因此，北宋館閣名臣如楊億、宋祁、宋庠、胡宿所撰制誥，

<hr>

[79] 《仕學規範》卷三二引《皇朝類苑》，頁 160-161；王水照編：《歷代文
　　話》，第一冊，〈仕學規範‧作文〉卷一，頁 304-305。

[80] 語見《河南程氏遺書》卷二五，卷一八，程子云：「學本是修德，有德然後
　　有言。退之卻倒學了，因學文日有所至，遂有所得」；《外書》卷二謂：說
　　辭、德行「孔子兼之，蓋有德者必有言」；《遺書》卷一八，《二程語錄》
　　卷一一云：「聖人亦攄發胸中所蘊成文耳，所謂有德必有言也。」

皆「婉美淳厚，過於前世」，文體風格即其人格品性之體現，故曰「其為人亦各類其文章」。館閣文章格調「須是官樣」，所謂絅中彪外，外內副稱故也。又如：

> 漢州進士楊交同時獲郡解，攜文來謁，公厚禮之。間日謂李畋與張逵曰：「漢州楊秀才可惜許一舉及第了，儻更為文十年，狀元不難得。」逵請問之，公曰：「昨閱其文，辭旨甚優，氣骨未實。欲期大受，須是功全。是知文章優劣，本乎精神，富貴高卑，在乎形器。吾以是觀人，十得八九矣。」明年，交果一舉及第。
>
> 徐公仲車曰：「凡人為文，必出諸己而簡易，乃為佳耳。為文正如其人，若有辛苦態度，便不自然。」
>
> 人當先養其氣，氣全則精神全。其為文則剛而敏，治事則有果斷，所謂先立其大者。故凡人之文必如其氣。班固之文可謂新美，然體格和順，無太史公之嚴。近世孫明復及徂徠公之文，雖不若歐陽之豐富新美，然自嚴毅可畏。[81]

文品既是人品之體現，故文章風格即其個人品格之反映：「文章優劣，本乎精神；富貴高卑，在乎形器。」此即張詠乖崖答問，所謂「觀人」術。進士楊交「一舉及第」，由其文「辭旨甚優」看出。美中不足者，為「氣骨未實」；「儻更為文十年，

---

[81] 以上引文見：（一）《仕學規範》卷三二引《張乖崖語錄》，頁 161；王水照編：《歷代文話》，〈仕學規範・作文〉卷一，頁 306。（二）《仕學規範》卷三二引徐積《節孝先生語》，頁 163；《歷代文話》，〈仕學規範・作文〉卷一，頁 308。（三）《仕學規範》卷三二引徐積《節孝先生語》，頁 163；《歷代文話》，〈仕學規範・作文〉卷一，頁 308。

狀元不難得」。徐仲車亦提出「為文正如其人」之說：凡為文章，「出諸己而簡易，乃為佳」；否則，「若有辛苦態度，便不自然」，即不佳。陸游詩亦出入江西，其〈上辛給事書〉曾稱：「君子之有文也，如日月之明、金石之聲、江海之濤瀾、虎豹之炳蔚，必有是實，乃有是文。」因此，「心之所養，發而為言；言之所發，比而成文。人之邪正，至觀其文，則盡矣，決矣，不可復隱矣。」[82]陸游謂「必有是實，乃有是文」；因此，觀其文，可以體察人之邪正，此亦文品即人品之說。徐積亦強調：「凡人之文必如其氣」，「氣全則精神全。其為文則剛而敏，治事則有果斷」。據「文必如其氣」之說，而品評史傳之文與名家之文，指《漢書》之文新美和順，與太史公《史記》之嚴殊科；近代孫復、石介之文嚴毅可畏，亦與歐陽脩之豐富新美風格不同。於是提出先養其氣之主張，以為如此可以「先立其大者」。紀昀〈詩教堂詩集序〉稱：「人品高，則詩品高；心術正，則詩體正。」與上述觀點，可以相互發明。

以「氣」論文，自魏曹丕《典論·論文》首倡，而後世稱述演繹，代有其說。大抵指作家之個性、氣質，以及由此而決定並體現之藝術風格，包含作品思想內容和藝術形式方面之總特色。[83]宋人以氣論文，除上所引李格非提出「文章以氣為主」，盛度文肅公主張文章有「館閣氣」，徐積節孝先生提倡為文「先養其氣」外，蘇軾揭示「文者氣之所形」，蘇門六君子之一李廌方叔，於此更多所發揚，楬櫫體、志、氣、韻四者，為「文章之不

---

[82] 陸游：《渭南文集》，臺北：臺灣商務印書館，1979 年。《四部叢刊》正編，影上海涵芬樓藏明華氏活字本。卷十三，〈上辛給事書〉，頁 122。

[83] 彭會資主編：《中國文論大辭典》，桂林：百花文藝出版社，1990 年，第五編〈以氣論文〉，頁 286。

可無者」，其文氣論極詳盡明白，如：

> 東坡云：「某生好為文，思之至深，以為文者氣之所形。
> 然文不可以學而能，氣可以養而致。」
> 凡文章之不可無者有四：一曰體，二曰志，三曰氣，四曰
> 韻。……充其體於立意之始，從其志於造語之際，生之於
> 心，應之於言，心在和平則溫厚典雅，心在安敬則矜莊威
> 重。大焉，可使如雷霆之奮，鼓舞萬物；小焉，可使如絡
> 脈之行，出入無間者，氣也。如金石之有聲，而玉之聲清
> 越；如草木之有華，而蘭之臭芬薌。如雞鶩之間而有鶴，
> 清而不羣；犬羊之間而有麟，仁而不猛。如登培塿之丘，
> 以觀崇山峻嶺之秀色；涉潢汙之澤，以觀寒溪澄潭之清
> 流。如朱絃之有遺音，太羹之有遺味者，韻也。文章之無
> 體，譬之無耳目口鼻，不能成人。文章之無志，譬之雖有
> 耳目口鼻，而不知視聽臭味所能，若土木偶人，形質皆具
> 而無所用之。文章之無氣，雖知視聽臭味，而血氣不充於
> 內，手足不衛於外，若奄奄病人，支離顦頓，生意消削。
> 文章之無韻，譬之壯夫，其軀幹枵然，骨強氣盛，而神色
> 昏瞀，言動凡濁，則庸俗鄙人而已。[84]

　　蘇軾揭示「文者氣之所形」，言簡意賅；又提倡養氣，以為
有助於學文，對於蘇門弟子李方叔自有啟迪作用。《四庫全書總

---

[84] 以上引文見：（一）《仕學規範》卷三二引《三蘇文集》，頁 163；王水照
編：《歷代文話》，〈仕學規範‧作文〉卷一，頁 309。（二）《仕學規範》
卷三三引《方叔文集》，頁 167；《歷代文話》，〈仕學規範‧作文〉卷二，
頁 314；《餘師錄》卷四「李方叔」條，頁 401。

目》《濟南集》提要稱：李廌（方叔）「才氣橫溢，其文章條暢曲折，辯而中理，大略與蘇軾相近。故軾稱其筆墨瀾飜，有飛沙走石之勢。」[85]李方叔古文造詣挺出，其文「紆餘委備，詳緩而典雅」，與東坡文之「雄竣高簡，而優游自得」，斷然各為一家。[86]《仕學規範》卷三十三引其文章四全，所謂體、志、氣、韻謂之成全。其中論及為文之「氣」，尤其精詳明朗，所謂「充其體於立意之始，從其志於造語之際，生之於心，應之於言。」從立意到造語，自生心至應言，都是「氣」之作用。發於內，形諸外，如玉聲清越，蘭花芬芳。「氣」之發用，大抵「各因天姿才品，以見其情狀」，此即所謂人品即文品。為方便解說論證，李方叔分文品為四等，人品為六等，如：

> 有體、有志、有氣、有韻，夫是之謂成全。四者成全，然於其間各因天姿才品，以見其情狀。故其言迂疏矯屬，不切事情，此山林之文也。其人不必居藪澤，其間不必論巖谷也，其氣與韻則然也。其言鄙俚猥近，不離塵垢，此市井之文也。其人不必坐廛肆，其間不必論財利也，其氣與韻則然也。其言豐容安豫，不儉不陋，此朝廷卿士之文也。其人不必列官寺，其間不必論職業也，其氣與韻則然也。其言寬仁忠厚，有任重容天下之風，此廟堂公輔之文也。其人不必位臺鼎，其間不必論相業也，其氣與韻則然

---

[85] 紀昀等：《四庫全書總目》，臺北：藝文印書館，1974 年，卷一百五十四，《濟南集》八卷「提要」，頁 3066。

[86] 陳恬〈李方叔遺稿序〉，宋刻本《國朝二百家名賢文粹》卷一五九，轉引自曾棗莊等編：《宋文紀事》，成都：巴蜀書社，1995 年，卷六○「李廌」，頁 856。

也。正直之人其文敬以則，邪諛之人其言夸以浮，功名之人其言激以毅，苟且之人其言懦以愚，捭闔從橫之人其言辯以私，刻核忮忍之人其言深以盡。則士欲以文章顯名後世者，不可不謹其所言之文，不可不謹乎所養之德也如此。[87]

山林之文、市井之文、朝廷卿士之文、廟堂公輔之文，此文章四品；所以如此區分者，「其氣與韻則然也」。人品則分六等：正直、邪諛、功名、苟且、捭闔從橫、刻核忮忍，各受其天姿性情之制約，而體現自家之言與文，或敬以則，或夸以浮，或激以毅，或懦以愚，或辯以私，或深以盡，不一而足。孔子所謂「出辭氣，斯遠鄙倍」，則非養氣成全不可。由此觀之，士人欲以文章顯名後世，不可不「謹其所言之文」，不可不「謹乎所養之德」；裴行儉品評唐初四傑，所謂「士先器識而後文藝」，人品與文品當兼顧並重，此為文之要略。

《周易・繫辭下》稱：「將叛者，其辭慚；中心疑者，其辭枝。吉人之辭寡，躁人之辭多。誣善之人，其辭游；失其守者，其辭屈。」[88]早在先秦，孔子、孟子皆有觀人術；以為言辭之表述，與人之品性、心態、人格等道德和個性特質間，存在許多必然之關聯，孔孟已作若干發微闡幽，《漢書・藝文志》列有「形法學」一項，即此是也。下迄宋朝，道學主盟兩宋，崇尚品格之

---

87 《仕學規範》卷三三引《方叔文集》，頁 168；王水照編：《歷代文話》，〈仕學規範・作文〉卷二，頁 314-315；《餘師錄》卷四「李方叔」條，頁 401-402。

88 徐志銳：《周易大傳新注》，濟南：齊魯書社，1988 年，卷五，〈繫辭下〉第十二章，頁 481-482。

風漸成審美意識，於是文品即人品之辯證，人格即風格之論述，自詩話、文話、筆記、詩集、文集多所體現。影響所及，如屈原、陶潛、杜甫、韓愈、蘇軾、黃庭堅等文家詩人，皆以人格拔俗，辭章超群，而蔚為詩家典範、文家楷模。人品即文品，人格即風格，在宋代成為文藝學之審美標準，由《仕學規範》所輯錄，足為明證。

六、結語

　　張鎡《仕學規範》卷首，臚列其書徵引之書目凡 100 種，有傳記、語錄、詩話、筆記、文集、類書之屬，各若干。以卷三十二～卷三十五論〈作文〉而言，亦徵引 31 種圖書：《童蒙訓》最多，高達 28 則；其次，《麗澤文說》15 則，《步里客談》9 則，《三蘇文集》7 則，《南昌文集》6 則；又取材呂本中、呂祖謙、陳長方、三蘇、黃庭堅諸家之詩學文論，則其江西宗派取向，以詩法為文法，可以推知。

　　詩話與筆記，就編纂而言，或摘抄材料，以助閑談；或分類抄輯，述而不作；或論詩及事，或論詩及辭，或兼而有之。無論說詩或論文，《仕學規範》之纂集，看似述而不作，猶如南北宋之際所編《唐宋分門名賢詩話》、《詩話總龜》、《餘師錄》之屬。然閱讀反應之際，信息反饋回授之間，輯錄取捨，偏全多寡、輕重詳略之斟酌，其中自有別識心裁在。試考察其書，無論閱讀接受、反應品題，以及摘述人品與文品，多轉換江西詩法以論古文文法，堪稱特識。

　　今選擇張鎡《仕學規範》論〈作文〉部分，從宋初至南北宋

之際，資料凡 122 則，從中精選 37 則，作為研究文本。又翻檢時代相近之文話二種：陳騤《文則》及王正德《餘師錄》，作類比論說；間取北宋文論闡說之，以見當時文論流變之一斑。筆者以為，張鎡雜纂，以「規範」名書，此江西詩法「繩墨」、「宗趣」、「關鍵」、「開闔」之異稱。示學者以規矩準繩，度人以金針，而後能變化不測，從心所欲而不踰矩，此亦參悟呂本中、楊萬里「活法」說之明證。今從圖書流通、傳媒效應、閱讀與接受、反應與品題、人品與文品諸視角切入，參考控制論、信息論等傳播理論，以討論《仕學規範》之文獻徵存、文論分佈，究竟凸顯哪些「作文」訊息。初步獲得下列觀點：

（一）張鎡之師友學侶，如楊萬里、陸游等人，多為「從江西入，而不從江西出」之詩人。而所宗法，如黃庭堅、陳師道，要皆江西詩派典範作家。江西詩法濡染既深，復得活法於誠齋，其論作文，遂往往「以詩法為文法」。觀張鎡《仕學規範・原序》，楬櫫法度、規矩、範模、法程、規範云云，可證筆者所言非虛。

（二）圖書流通之歷程，由「鈔錄一變而為印摹，卷軸一變而為書冊」，複製圖書之技術，由寫本進化為印本，具備「易成、難毀、節費、便藏」四善，外加化身千萬，無遠弗屆之便利，於是印本逐漸成為圖書傳媒之新寵與主流。寫本與印本爭妍競奇，既此消彼長，又相得益彰。印本寫本之多元閱讀，對於宋代類書、叢書、筆記、詩話之輯錄，自有推助之功；引發之傳媒效應，更值得探討。

（三）張鎡詩學淵源師法宋詩宋調，且其論文，宗派指向亦近蘇、黃及江西詩風。如論作文，摘鈔文獻，再三強調熟讀、涵泳，標榜典範，推尊名作，揭示津梁，指引門徑，

皆與江西派提倡詩法、強調活法有關。由《仕學規範》徵引圖書 100 種，多近江西詩風，由圖書流通生發之傳媒效應，即器求道，可以推知。

（四）張鎡《仕學規範・作文》品題歷代名家名作，大抵以詩法為文法，頗可觀玩。黃庭堅〈跋書柳子厚詩〉提示作詩，宜「左準繩右規矩」，而〈與王觀復書三首之一〉、〈題意可詩後〉卻又追求淵明「不煩繩削而自合」之境界。《仕學規範》論文，體現宋型文化之徘徊兩端、雙重模態，猶蘇軾所謂「出新意於法度之中，寄妙理於豪放之外。」此自是活法論詩、建構新典範之標誌與特質。

（五）《仕學規範・作文》品評先秦兩漢文章數量高達六成以上，宗經思想，與《文心雕龍》並無二致：標舉《尚書》、稱揚《詩經》、褒贊《左傳》，推崇《禮記》之文。其次，則先秦諸子、兩漢史傳之文，亦多採錄取法，玩味品題之，作為學文之津梁，亦不離《文心雕龍》〈史傳〉、〈諸子〉之審美趣味，以及北宋文家如蘇洵、蘇軾、曾鞏之師法趨向。張鎡摘選名家名篇之品題，可印證《仕學規範》所示：「口詠心惟，趣向弗謬」，「根柢濟用」，「可為終身法」之著書旨趣。江西詩法之學古通變，於此可見一斑。

（六）趙宋開國以來，文士多以格高相砥礪。歐陽脩作詩「獨崇氣格」，黃庭堅則標舉「不俗」以期許人格與詩格，江西詩派亦推崇「格高」，作為詩歌之極則。以此類推，「崇格」遂成為宋人之審美思潮，蔚為藝術實踐和人格體現之終極理想。於是《仕學規範》輯錄宋人文論，再三觸及「文如其人」、「以氣論文」之命題，亦是江西詩風濡染

之體現。

（七）以「氣」論文，魏曹丕首倡，大抵指作家之個性、氣質，以及由此而決定並體現之藝術風格。宋人以「氣」論文，除李格非提出「文章以氣為主」，盛度文肅公主張官樣文章須有「館閣氣」，徐積節孝先生提倡為文「先養其氣」外，蘇軾揭示「文者，氣之所形」，蘇門李廌方叔更多所發揚，楬櫫體、志、氣、韻四全，為「文章之不可無者」。其文氣論分文品為四等，人品為六等，所以如此區分者，其氣與韻是決定關鍵。道學主盟兩宋，崇尚品格之風漸成審美意識，影響所及，辭章超群、人格拔俗者，往往蔚為詩家典範、文家楷模，此與江西詩風相通無異。

（八）《仕學規範》羅列諸家論文之言，如作文之要、作史之法、作文之體、為文三多、文章四全、為文之法、作文之法，以及論取捨、繁簡、詳略、警策、悟入、剪裁、主客、命意、用事、造語、貴生、轉折、藏露、氣勢；溫柔敦厚、言約意盡、不襲常新、體位布置、文字頻改等等，要在提示津梁，度人以金針，其中所述，「以詩法為文法」者居多。陳師道《後山詩話》引黃庭堅之言曰：「杜之詩法，韓之文法也」；張鎡詩學既宗法黃庭堅、陳師道，故《仕學規範》論文，亦體現以詩法為文法。

（九）為辨章學術，考鏡淵流，本文討論《仕學規範》之文論，同時徵引南宋兩部文話：陳騤《文則》與王正德《餘師錄》，作類比論說，從而可見博觀厚積，悟入自得；熟讀涵泳，以活法論文；跨際會通，以詩法為文法；創意造語，推陳出新；含蓄有味，曲折有致；風格即人格，人品即是文品諸文論議題，三部文話殊途同歸，百慮一致。由

此觀之，上述文學理念，自是宋代散文美學之創作論、批評論與鑑賞論之主潮。

（十）張鎡作為原始讀者，必然泛覽博觀，出入眾作，始能較論優劣，度人以金針。《仕學規範》纂輯諸家作為一個接受者（信宿），諸家文話作為傳播者（信源），北宋文話之信息隱約已作回授與體現。就信息傳播而言，諸家文話在獲選移錄為《仕學規範》之際，信息已被強化或分享。易言之，信宿與信源因果循環之效應，已造就了《仕學規範》「論作文」之內容。由此觀之，述者實無異於作者。張鎡宗法黃庭堅、陳師道，識江西詩法之規矩準繩；師承呂本中、楊萬里、陸游，濡染其活法；又博觀泛覽，嫻熟於經籍，能入能出，往往「以詩法為文法」，故其筆削去取，可議於斷割，可定其妍媸如此。

貳、創意造語與歐陽脩之雜記文──以破體、出位與創造性思維為核心

提要

　　創造開拓，兼容會通，為宋代文化與文學之精神。大家名家，尤其具體而微。歐陽脩《六一詩話》標榜意新語工，強調立意新奇，造語精工。與韓愈論古文，所謂「陳言務去、詞必己出。」殊途同歸。歐陽脩古文，諸家以為富涵繪畫性、層次感、曲折性、詩歌化諸特色。今以雜記古文十八篇為文本，以破體、出位為範圍，進行論證。曾棗莊《宋文通論》云：「雜記文，宋人多破體為文，往往以賦為記，以傳奇為記，以論為記。」就歐陽脩雜記文而言，破體為文，往往以賦為記、以論為記。其中，以賦為記最為大宗，如層面鋪寫，圓滿具足；假設問對，以虛為實；排偶對比，渲染有味等皆是。其他，尚有以論為記，別子為宗；以駢為文，對語說景等雜記之法。同時，歐陽脩雜記文，亦有文思出位與跨際會通者，如文中有畫與以形寫神、壺中天地與小中見大諸層面。凡此超常越規、求異獨創，要皆創造性思維之體現。

關鍵詞

　　意新語工　破體出位　創造性思維　雜記文　歐陽脩

　　現在已經是二十一世紀了，為什麼還要研讀古文？這種質疑，在報章雜誌，或公開場合，都有些論爭。語文學習的過程，本是思維的訓練，人文氣質的養成。其最大的價值，其實不在語文本身。蘋果電腦創辦人賈伯斯說：創新有兩個關鍵詞，一個叫做「借用」，另一個是「連結」。但前提是，你得先知道別人做了什麼。[1]人文學科的本質，即是魯道夫・史代納（Rud olf Steiner）所謂之「人學」（The Study of Man）。必須懂得借用、連結、轉化、創新，才有出路與前途。

　　一些理工醫管的學生，畢業後進入職場，當然憑藉本身的專業。但是經過若干年後，或為高階主管，或為菁英領袖，所憑藉者，不再只有專業，往往外加語文能力和人文素養。因為，科技源於人性，創意來自人文。企業界常言：「態度決定高度，格局影響結局。」雖是口頭禪，自有其道理。因為，人文素養決定了態度，創意思維影響了格局，世人卻渾然不察。

　　古文寫作，清代桐城派提出「義法」說。義，指言有物，即內容思想之殊勝。法，指言有序，乃形式技巧之講究。[2]言之有物，就是獨到創獲。傑出之文學家或藝術家，古今中外無一不具備創意。古文、辭賦、詩、詞、小說、戲劇，舉凡優秀之作品，一定具備創意。平常談吐思辨之詞彙、創意，排列、組合，精確性、說服性，從何而來？大抵來自經典範文。睥睨群倫之創意發想，提煉萃取自文學、藝術作品，提供利用厚生之借鏡參考，應成為研讀經典的重要指標。

---

[1] 〈賈伯斯的 10 句經典名言〉，《天下雜誌》電子版（2011 年 10 月），「創新＝借用與連結」，生活版。

[2] 清方苞：《方望溪先生全集》，臺北：臺灣商務印書館，1979 年，《四部叢刊初編》。卷二〈又書〈貨殖傳〉後〉，總頁 40。

一、長於創發開拓：一代通儒、文壇祭酒歐陽脩

（一）歐陽脩之學術與文學

　　北宋歐陽脩（1007-1072），[3]著有《易・童子問》、《詩本義》之經學，開啟宋代疑經疑傳的風氣，富於創始與發掘之功。與宋祁合編《新唐書》，出於眾手，而體裁互異。獨著《新五代史》，《四庫全書總目》稱其：「義例謹嚴，文章高簡。此書一筆一削，尤具深心，其有裨於風教者甚大。」[4]除外，尚有《集古錄》之金石學，考據學論著若干。歐陽脩尤長於文學，工於詩、詞、文、賦、四六，為北宋詩文革新運動代表之一。其擅長開拓與創造，最富於研究價值。

　　歐陽脩之文學創作，要皆出其所自得，精工美妙，富於新異與獨到。平易、融通、博雅，實為其文學之主體風格。而避熟就生，自出機杼；創意造語，意新語工，即其表現之特色。蘇軾《六一居士集・敘》稱：「歐陽子論大道似韓愈，論事似陸贄，記事似司馬遷，詩賦似李白。」[5]通經學古，求變追新，乃其文學體類之共相。四唐六朝，工於文學而又兼擅學術者不多。至兩宋，傳統寫本與新興印本競奇爭輝，引發之傳媒效應蔚為知識革命，有以促成之。[6]

---

[3]　歐陽脩的親筆、墨寶，有流傳到現代者。其署名，清一色都寫肉乾的「脩」，不作「修」。

[4]　清紀昀等主纂：《四庫全書總目》，臺北：藝文印書館，1974 年。卷四十六，史部正史類二：《新五代史》提要，頁 991-992。

[5]　宋蘇軾著，孔凡禮點校：《蘇軾文集》，北京：中華書局，1986 年。卷十，〈六一居士集・敘〉，頁 316。

[6]　張高評：《印刷傳媒與宋詩特色》，臺北：里仁書局，2008 年。第二章第一

新異、獨到、創造與開拓，可泛稱為創造性思維。即美國哈佛大學教授約瑟夫・奈伊（Joseph Nye），所指的人文「軟實力」（Soft Power）。今探討歐陽脩之古文成就，枚舉雜記文十八篇為例，考察其創意造語、言近指遠，以論證歐陽脩古文之造詣。諸家品評歐陽脩古文，有所謂六一風神者，體現《史通・敘事》推崇之尚簡用晦，[7]最富於詩歌語言、文學語言的特質。為篇幅所限，將另成〈歐陽脩雜記文與六一風神——以言近旨遠為例〉一文，今從略。

（二）意新語工與歐陽脩之詩、文、詞、賦

歐陽脩，是一位全材的文學家，北宋詩文革新運動的領袖及代表之一。作詩、填詞、撰文，寫賦，都非常精彩。平易、融通、博雅，是主要的文學風格。精彩在富有創意，能引領群倫。當時流行詰屈聱牙之太學體，專重文采修飾的西崑體，新奇相尚，文體大壞。為矯正當下之學風，乃務求平淡典要，講究平易、融通、博雅。

歐陽脩詩文宗法韓愈，蘇軾《六一居士集・敘》稱：「歐陽子，今之韓愈也。」此言得之。韓愈為古文，提倡陳言務去，詞必己出。[8]歐公《六一詩話》薪傳韓愈之說，標榜意新語工，講

節〈雕版印刷之崛起與知識革命〉，頁 29-31。

[7] 唐劉知幾著，清浦起龍釋：《史通通釋》，上海：上海古籍出版社，1978年。卷六〈敘事〉，論敘事尚簡用晦，頁 168、173。

[8] 唐韓愈著：《韓昌黎集》，臺北：河洛圖書出版社，1975 年。馬其昶校注：《韓昌黎文集》卷三〈答李翊書〉：「惟陳言之務去，戛戛乎其難哉！」，頁 99。卷七，〈南陽樊紹述墓誌銘〉：「惟古於詞必己出，降而不能乃剽賊。」頁 312。

究避熟生新、別出心裁，追求自出機杼，創意造語。意新語工四字，原初雖針對詩歌語言而發，終而擴及文學語言，包括文、詞、辭賦、四六文，甚至可以適用一切文學之革新。

（三）歐陽脩古代散文之特色

歐陽脩古文，為唐宋八大家之一。其古文特色，自立意、謀篇、安章、鍛句、鍊字，大抵盡心於意新語工、創意造語，與《六一詩話》標榜之詩家語，出入不大。當時蘇洵，品評其古文：「執事之文，紆餘委備，往復百折；而條達疏暢，無所間斷；……而容與閒易，無艱難勞苦之態。此三者，皆斷然自為一家之文也。」[9]《東坡文談錄》則稱：「歐公不盡說，含蓄無盡。」元王構《修詞鑑衡》謂：「文章紆餘委曲，說盡事理，惟歐陽公得之。」[10]諸家品評歐陽脩古文，所謂紆餘委備、含蓄無盡、紆餘委曲云云，與《六一詩話》所謂「狀難寫之景，如在目前；含不盡之意，見於言外。」不謀而合。

出入韓愈，又有所自得，乃歐陽脩古文之特色。明茅坤《歐陽文忠公文鈔·序》，稱其：「序記書論，雖多得之昌黎，而姿態橫生，別為韻折，令人讀之一唱三嘆，餘音不絕。」[11] 所謂姿態橫生、餘音不絕云云，自是詩歌語言之主體特質。金人趙秉

---

[9] 宋蘇洵著，曾棗莊等箋注：《嘉祐集箋注》，上海：上海古籍出版社，1978年。卷十二，〈上歐陽內翰第一書〉，頁 328-329。

[10] 曾棗莊等編：《宋文紀事》，成都：四川大學出版社，1995 年。卷一八，〈歐陽修之一〉，引元陳秀民編《東坡文談錄》，頁 249。卷一九，〈歐陽脩之二〉，引元王構《修詞鑑衡》卷二，頁 255。

[11] 明茅坤：《歐陽文忠公文鈔·序》，曾棗莊等編：《宋文紀事》卷一九，〈歐陽脩之二〉，頁 258 引。

文《竹溪先生文集・序》云：「歐陽公之文，不為尖新艱險之語，而有從容閑雅之態，豐而不餘一言，約而不失一辭。使人讀之者，亹亹不厭。」[12]清劉熙載《藝概》曰：「歐陽公文，幾于史公之潔，而幽情雅韻，得騷人之指趣為多。」[13]《藝概》所稱《史記》之潔，即是唐代劉知幾《史通・敘事》所指尚簡用晦；[14]金人趙秉文「豐而不餘一言，約而不失一辭」，亦是簡潔。劉熙載所謂「幽情雅韻，得騷人之旨趣為多。」則又是詩歌語言之風味。

《宋史》〈歐陽脩傳〉，對於歐陽脩古文之風格與技法，成就與地位，有極簡要之揭示。「論曰」云云，則推重宋之歐陽脩，持以比肩唐之韓愈，其言曰：

> 為文天才自然，豐約中度。其言簡而明，信而通，引物連類，折之於至理，以服人心。超然獨騖，眾莫能及，故天下翕然師尊之。[15]
> 論曰：（文章）涉晉、魏而弊，至唐韓愈氏振起之。唐之文，涉五季而弊，至歐陽脩又振起之。挽百川之頹波，息千古之邪說，使斯文之正氣，可以羽翼大道，扶持人心，

---

12 曾棗莊等編：《宋文紀事》，卷一八，〈歐陽脩之一〉，引《東坡文談錄》，頁 253。引《竹溪先生文集・序》，頁 245。

13 清劉熙載著，徐中玉、蕭華榮校點：《劉熙載論藝六種》，成都：巴蜀書社，1990 年。《藝概》卷一，頁 30。

14 唐劉知幾著，清浦起龍釋：《史通通釋》，卷六，〈敘事〉，頁 168、173。參考張高評：《春秋書法與左傳史筆》，臺北：里仁書局，2011 年。第七章〈劉知幾《史通》及其《春秋》《左傳》學——兼論詩化之史學觀〉，281-296。

15 元脫脫等修纂：《宋史》，北京：中華書局，1985 年。卷三一九，列傳七十八〈歐陽脩〉，頁 10381。

此兩人之力也。[16]

　　自然、中度、簡明、信通，為歐陽脩古文之主體特色。至
理、服人，則其文學效應。六朝之文敝，待韓愈而振起；唐五代
之文敝，亦待歐陽脩而後振衰起敝。挽頹波，息邪說，羽翼大
道，扶持人心，此韓、歐二人文以載道之功。宋人尊奉政治倫
理、理想人格，往往體現儒學教化之文學觀。韓歐齊名，其淑世
之情懷從中可見。[17]

　　現當代學者研究歐陽脩古文，如郭預衡、王水照、吳孟復三
家，更獨具慧眼，別有見地。先引述郭預衡之觀點：

　　　　歐陽脩的散文，平易自然而又委婉曲折，正如繪畫中的山
　　　　水景物，雖是平遠的構圖，但章法開合，變化多樣。不僅
　　　　有平遠之景，而且有層次、有曲折，能夠見高見深。尺寸
　　　　千里，富有質感。使人看了，吟味無窮。[18]

　　郭預衡指出：歐陽脩古文有四大特色：一，繪畫性。二，層
次感。三，曲折性。四，詩歌之趣味性。繪畫性、層次感，傾向
於文中有畫。曲折、趣味二者，則是詩歌之本色，近似於以詩為
文。

---

[16] 元脫脫等修纂：《宋史》卷三一九，列傳七十八〈歐陽脩・論曰〉，頁
　　10383。

[17] 王水照：《王水照自選集》，上海：上海教育出版社，2000 年。〈「祖宗家
　　法」的「近代」指向與文學中的淑世精神──宋型文化與宋代文學之研
　　究〉，頁 5-20。

[18] 郭預衡：《歷代散文叢談》，太原：山西人民出版社 1986 年。〈看似尋常最
　　奇崛，成如容易卻艱辛──歐陽脩散文隨筆之一〉，頁 274-283。

復旦大學王水照教授，則從宏觀視野，考察歐陽脩之古文特色，凸顯其主體風格，與作家代表，如：

> 平易自然，流暢婉轉，是宋代散文的主體風格，歐陽脩是
> 這種共同風格最有代表性的作家。[19]

王水照揭示：「平易自然，流暢婉轉」，是宋代散文的主體風格。宋詩相對於唐詩，平易自然亦其主體風格。流暢婉轉，乃太學體解放，西崑體疏離後之文風。流暢婉轉之文風吹向詩歌，於是形成「以文為詩」之風格。詩與文，具備這種共同風格，最具代表性者，非歐陽脩莫屬。

吳孟復著有《唐宋古文八家概述》一書，談及歐陽脩古文之藝術成就，精簡概括之，有四大面向：

> 歐陽脩散文的藝術成就：（1）平易流暢，意能曲達；
> （2）紆徐柔婉，吞吐抑揚；（3）散文詩化，風味曲包；
> （4）用語純熟，豐富多彩。[20]

歐陽脩之古文，成就多方，如平易流暢、紆徐柔婉、散文詩歌化等，大抵不出宋、元、明、清前賢之論述。至於「用語純熟，豐富多彩」，自是名家古文之充分且必要條件，自不在話下。

---

[19] 王水照：《王水照自選集》，〈宋文探索·宋代散文的風格——宋代散文淺論之一〉，頁 414-420。

[20] 吳孟復《唐宋古文八家概述》，合肥：安徽教育出版社，1985 年。第四章〈歐陽脩及其散文·歐陽脩散文的藝術成就〉，頁 80-93。

二、歐陽脩雜記文之源流、種類與創造性思維

（一）唐宋雜記文之源流

　　雜記文，所以記雜事者。清曾國藩《經史百家雜鈔‧序例》：「後世古文家，修造宮室有記，遊覽山水有記，以及記器物，記瑣事皆是。」宋人雜記，或記亭、臺、樓、閣，殿、廳、廟、堂，書齋、佛塔、寺院、道觀，或記山水、園林、書畫、庠學，不一而足。門類龐雜，故文體分類，以「雜」名之。

　　記之文體，原來只是客觀記事的應用文字。唐代韓愈、柳宗元之後，「記」突破「敘事識物」之範圍，或借以議論感慨，或工於景物刻劃。至宋代，又擴大文體內容，強化文學質素，成為文學散文之重要體式。其中，亭、臺、樓、閣，殿、廳、廟、堂，塔、齋、寺院、道觀之記和遊記，較有特色與成就。

　　「記」之為體，淵源自碑記文，是一種應用文學。譬如亭、臺、樓、閣落成，記以頌其輪奐。殿、廳、廟、堂構建，記以誌其偉岸。橋、塔、寺廟、道觀、齋堂，記以感慨人世之滄桑，世態之浮沈。記，本是應用文書，如碑記文者是。[21]唐代韓愈、柳宗元，以記描景寫物、發揮議論、書寫感慨。記的表述層面擴大了，功能增多了。影響所及，宋代記文除了客觀敘記之外，又會通描寫、抒情、議論而一之。

---

[21] 王基倫：〈北宋碑記文的發展〉，明道大學中文系主編：《唐宋散文研究論集》，臺北：萬卷樓圖書公司，2010年，頁317-361。

（二）歐陽脩雜記文之種類

歐陽發所撰〈先公事跡〉，對於歐陽脩記體文之代表作，只是援舉示例，其實不止〈醉翁亭記〉、〈真州東園記〉兩篇。《居士集》、《居士外集》所載雜文，以記述亭、堂、齋、閣、廟、塔之文最多。

記體文之名篇，歐陽脩所作，有關亭臺樓閣諸建物之記體文，尚有〈豐樂亭記〉、〈有美堂記〉、〈相州畫錦堂記〉、〈峴山亭記〉，〈非非堂記〉、〈至喜亭記〉等，皆其佳作。再翻查《歐陽脩全集》，考察其《居士集》卷三十九，記文一類，尚有〈泗州先春亭記〉、〈夷陵縣至喜堂記〉、〈峽州至喜亭記〉、〈御書閣記〉、〈畫舫齋記〉、〈穀城縣夫子廟記〉、〈菱谿石記〉諸篇。《居士外集》卷十三，又收錄有〈陳氏榮鄉亭記〉、〈明因大師塔記〉、〈叢翠亭記〉、〈李秀才東園亭記〉、〈樊侯廟災記〉、〈東齋記〉、〈游鯈亭記〉、〈偃虹堤記〉、〈燕喜亭記〉、〈浙川縣興化寺廊記〉、〈湘潭縣修藥師院佛殿記〉諸什。歐陽脩所作此類之記體文，凡 26 篇。

其他，尚有〈王彥章畫像記〉、〈吉州學記〉、〈仁宗御飛白記〉、〈海陵許氏南園記〉、〈浮槎山水記〉、〈游大字院記〉、〈伐樹記〉、〈戕竹記〉、〈養魚記〉、〈洛陽牡丹記〉、〈大明水記〉、〈孫氏碑陰記〉、〈三琴記〉、〈風俗記〉、〈吉州學記（續添）〉諸篇。歐陽脩所作書畫記、學記、山水記、園林記諸什，約共 15 篇。[22]

歐陽脩之雜記文，或聚焦描寫，或偏向敘事，或側重議論，

---

22 宋歐陽脩（修）著：《歐陽脩（修）全集》，北京：中國書店，1992 年。據世界書局 1936 年版影印。本文原典，皆據此版本。

或凸顯抒情。文體分類學，簡稱文體學，大抵歸納自既成之作品，理論後起，切忌以後律前。試問：范仲淹之〈岳陽樓記〉，屬於哪一種文體？是敘事？抒情？還是議論、描寫？回答任何其一皆非是，四項會通化成，圓滿具足方符事實。〈岳陽樓記〉，起首一段：慶曆四年春，是敘事。其次，岳陽樓之洞庭湖大觀，是描寫。接下來兩段，分寫「霪雨霏霏，連月不開」時登斯樓，以及「春和景明，波瀾不驚」時登斯樓，心情或悲或喜，呈現兩樣情，此乃藉景抒情。最後一段，揭櫫「先天下之憂而憂，後天下之樂而樂」，則是議論。時至宋代，活化文體學之內容，強化文學語言之功能，多體現在亭臺樓閣之記文中，成為文學散文之重要形式。若說：某一篇古文，只能敘事，不可議論；或只可描寫、不能抒情，宋代名篇少有這種文體。歐陽脩之雜記體，不可能存在這種寫法。

　　古文之文體多方，記體散文之難以著筆，媲美敘事文之寫作。清代方苞曾言：「散體文惟記難撰結。……惟記無質幹可立，徒具工築興作之程期，殿觀樓臺之位置，雷同鋪序，使覽者厭倦。」[23] 章學誠所謂：「意翻空而易奇，事徵實而難巧。」[24] 記文描寫之對象，為亭臺樓閣，乃客觀具在之實體，不能徒記其程期，寫其位置等「徵實」文字，如戴名世〈史論〉所云：「大匠之為巨室也，必先定其規模，向背之已得其宜，左右之已審其勢，堂廡之已正其基。」[25] 記文寫作若如是「徵實」，則何殊膠

---

[23] 清方苞：《方望溪先生全集・方望溪先生文集》，卷六〈答程夔州書〉，頁90。

[24] 清章學誠：《章氏遺書》，臺北：漢聲出版社，1973 年。《章氏遺書補遺》，〈論課蒙學文法〉，頁 7，總頁 1358。

[25] 清戴名世：《南山集》，上海：上海古籍出版社，2002 年，《續修四庫全

柱鼓瑟？缺乏創意、沒有價值，將使覽者拒而遠之。歐陽脩之古
文，未見此種缺失。

歐陽脩《居士集》最後，附錄其子歐陽發所述〈先公事
跡〉，於平生功業，學問文章，有極精要之鉤勒。而且，綜括歐
陽脩古文之造詣，凸顯諸記之特色，片言居要，堪稱畫龍點睛。
如：

> 公之文，備盡眾體，變化開闔，因物命意，各極其工，或
> 過退之。如〈醉翁亭記〉、〈真州東園記〉，創意立法，
> 前世未有其體。[26]

上列歐陽發〈先公事跡〉所言，可得而言者，有七大端，幾
乎一句一意：一，「備盡眾體」，謂體裁完備，體式多元。二，
「變化開闔」，指開闔變化，神妙不測。三，「因物命意」，指
意隨物轉，化工肖物。四，「各極其工」，無論眾體、開闔、命
意，皆極盡巧妙之能事。五，「或過退之」，相較於韓愈古文之
造詣，有過之而無不及。六，「創意立法，前世未有其體」，創
新之命意，表達之手法，要皆前代所未曾有。七，創意立法，舉
〈醉翁亭記〉、〈真州東園記〉二文為例。歐陽脩二文，誠為記
體古文之代表作。明王世貞〈書歐陽文後〉推重歐公：「記序之
辭，紆徐曲折。」[27]這兩篇記文，確實可以看出端倪。（詳後

書》本。卷一〈論說・史論〉，頁 17，總頁 30。

[26] 宋歐陽脩《歐陽修全集》，〈附錄〉卷五，歐陽發等述〈先公事跡〉，頁
1369。

[27] 明王世貞《讀書後》卷三，〈書歐陽文後〉。曾棗莊等編《宋文紀事》卷一
九，〈歐陽修之二〉，頁 255 引。

文）唯殊勝之雜記文尚多，不止此二篇而已。

（三）歐陽脩破體為文與雜記文之創造性思維

追求會通兼容，期許自成一家，為宋型文化之主體意識。司馬光《迂書》有〈兼容〉篇，蘇轍《欒城三集》有〈觀會通以行典禮論〉；呂本中《童蒙詩訓》論文章之妙，蘇軾在「廣備眾體，出奇無窮」；黃庭堅在「極風雅之變，盡比興之體，包括眾作，本以新意」，亦是會通諸家、兼備眾體、有和合化成之妙。《宣和畫譜》稱李公麟之畫學：「集眾所善，以為己有，更自立意，專為一家。若不蹈襲前人，實陰法其要。」蓋得化成之妙與兼容之訣。由此觀之，會通化成之新奇組合，堪稱宋人普遍之創造性思維。[28]

元馬端臨《文獻通考》〈通志‧總序〉稱：「百川異趨，必會於海，然後九州無浸淫之患；萬國殊途，必通諸夏，然後八荒無壅滯之憂。會通之義大矣哉！」[29]會通兼容，乃立義創意之思維與手段；自成一家，方為文藝與學術之終極追求。所謂創造性思維，或稱為創造原理，又稱創意思維，簡稱創意，為發明創造時應遵守的基本規則。其特性為水平思考，為匪夷所思，為不可思議，有別於一般之慣性思維、垂直思考。[30]主要包括組合原

---

[28] 張高評：《會通化成與宋代詩學》，臺南：成功大學出版組，2000年。壹、從「會通化成」論宋詩之新變與價，頁3-27。

[29] 元馬端臨：《文獻通考》，臺北：商務印書館，1987年臺一版，引宋鄭樵《通志》卷首，〈總序〉，頁1。

[30] 就思維空間之開放性而言，創造性思維（Creative Thinking），需要從多角度、多側面、全方位考察問題，不再侷促於邏輯的、單一的、線性的思維。由此形成了發散思維、逆向思維、側向思維、求異思維、非線性思維，及開放思維等，多種創造性思維形式。田運主編：《思維辭典》，杭州：浙江教

理、移植原理、逆反原理，和換元原理等（詳後）。創意，是文學的生命，藝術的靈魂。賈伯斯十大經典名言之一：「創新，決定了誰是領導者，誰是追隨者。」歐陽脩古文之造詣，評價為「創意立法，前世未有。」其為文壇祭酒，學術領袖，亦勢所必至，理有固然。

歐陽發所述〈先公事跡〉，品論歐陽脩古文之造詣，以為「或過退之」。於是枚舉〈醉翁亭記〉、〈真州東園記〉二文為例，以為「創意立法，前世未有其體。」已見上述。今再細論：「創意立法，前世未有」云云，標榜「創意」，聲稱所立法度「前世未有」，不但與《六一詩話》揭示之「意新語工」合符，亦與宋詩「創意造語」之期許相當，更與世俗所謂創新開拓無異。要之，皆是創造性思維之發用。時無古今，地無中外，一切傳世不朽之文學藝術作品，共立義創意，皆與創造性思維不謀而合。

清末民初之林紓（1852-1924），為桐城古文之殿軍，所作《選評古文辭類纂》，對於雜記類諸記之作法，有如下之提示：

> 雜記類者，亦碑文之屬。碑主于稱頌功德，記則所紀大小事殊，取義各異。……勘災、濬渠、築塘，語務嚴實，必舉有益于民生者，始矜重不流于佻。祠宇之記，或表彰神靈，及前賢之宦迹隱德。樓臺之記，或傷今悼古，或歸美主人之仁賢，務出以高情遠韻，勿走塵俗一路，始足傳之

　　金石。書畫古器物之記，務尚考訂，體近于跋尾⋯⋯。[31]

　　林紓〈雜記類〉前言，所謂「大小事殊，取義各異」者，謂撰作勘災、濬渠、築塘、祠宇、樓臺諸雜記文，當如相體裁衣，化工肖物，事殊則命意亦自不同，切忌千篇一律。否則，即是「塵俗一路」。譬如樓臺記之寫作，不可止於巧構形似；「或傷今悼古，或歸美主人之仁賢，務出以高情遠韻」云云，即與勘災、濬渠、築塘、祠宇諸記不同：「或傷今悼古」，有比興寄託之詩趣；「或歸美主人之仁賢」，此尊題頌美，乃碑記之流風。觀此，以推歐陽脩古文見稱為：「因物命意，各極其工」，即是創意之啟示。

　　曾棗莊：《宋文通論》云：「雜記文，宋人多破體為文，往往以賦為記，以傳奇為記，以論為記。」[32]就歐陽脩雜記文而言，除了以賦為記、以論為記之外，破體為文細分，則有以賦为記（層面鋪寫，圓滿具足；假設問對，以虛為實；排偶對比，渲染有味）；以論為記，別子為宗，以駢為文，對語說景。文思出位與跨際會通，亦有文中有畫與以形寫神、壺中天地與小中見大諸層面。

　　今討論歐陽脩之雜記文，取亭、臺、樓、閣諸建物之記體文為主，旁及山水、園林、書畫之什，以創造性思維為依歸，分為兩大層面論說之：其一，破體為文，創意拓展；其二，文思出位與跨際會通。非但歐陽脩之雜記文之特色可見，宋代詩歌「取材

---

[31] 林紓：《選評古文辭類纂》，杭州：浙江古籍出版社，1986 年。卷九〈雜記類〉，頁 385。

[32] 曾棗莊：《宋文通論》，上海：上海人民出版社，2008 年。第二十一章〈宋代的雜記文・宋人常破體為記〉，頁 761。

廣，而命意新」之趨向，[33]亦儼然可見一斑。依序舉例闡說如下：

文體學之破體研究，不純以古文為古文、以詩為詩、以詞為詞，而是經由破體、變體之融通，令古文、詩、詞，亦凸顯有辭賦層面鋪寫之風華與特色。人類種族的生存、繁衍、發展，上古部落吸取血淚教訓，從近親繁殖之內婚制，走向異姓通婚之外婚制。此種優生學之經驗，《左傳》曾提示：「男女同姓，其生不繁。」《國語‧晉語》亦載：「同姓不婚，惡不殖也。」[34]由此觀之，破體為文，屬於創造性思維之一，暗合優生學之學理。

宋型文化注重淑世實用，雜記文攸關民生日用彝倫，故至宋而有所拓展。同時，更展示創造、開拓之意識，以及會通、兼容之精神。此種精神或意識，於宋學（或稱道學、理學），體現最為具體而微。[35]而於宋代文學，如詩、詞、文、賦；宋代藝術，如繪畫、書道，及其文藝批評與理論，亦多有具體而微之表現。[36] 其中，宋人之破體為文，出位之思，對於文學藝術之創意拓展，頗具代表性。

---

[33] 清吳之振編：《宋詩鈔》，上海：三聯書店，1988 年。吳之振〈序〉文，引明曹學佺《石倉歷代詩選》序宋詩，卷首，頁 1。

[34] 周左丘明傳，晉杜預注，唐孔穎達疏：《春秋左傳注疏》，臺北：藝文印書館，1955 年，《十三經注疏》本，卷十五，僖公二十三年，頁 252。清徐元誥著：《國語集解》，北京：中華書局，2002 年。卷十，〈晉語四〉，頁 330。

[35] 陳植鍔：《北宋文化史述論》，北京：中國社會科學出版社，1992 年。第三章〈宋學的主題及其精神‧宋學精神〉，頁 287-323。

[36] 張高評：〈破體與創造性思維──宋代文體學之新詮釋〉，廣州中山大學《中山大學學報》（社會科學版）2009 年第 3 期第 49 卷（總 219 期，2009 年 3 月），PP.20-31。張高評：《會通化成與宋代詩學》，臺南：成功大學出版組，2000 年，頁 1-364。

　　文學創作之「破體」現象，起於作品繁榮，精華紛披時代，或求競奇爭勝，或為突破困境，乃萌生跨界組合之創意發想。自六朝即有之，至兩宋而愈烈。錢鍾書《管錐編》首發其蒙，稱：「名家名篇，往往破體，而文體亦因以恢宏焉。」[37]六朝、初唐詩人，往往以賦為詩；盛唐杜甫，則以詩為文；中唐韓愈，則以文為詩。至宋代，歐陽脩亦以文為詩，蘇軾則以詩為詞。唯文體解放伊始，陌生新奇，少見多怪之餘，往往慘遭否定與排斥，如陳師道《後山詩話》所云，可作代表：

　　　　退之以文為詩，子瞻以詩為詞，如教坊雷大使之舞，雖極
　　　　天下之工，要非本色。[38]

　　韓愈為古文大家，又長於詩歌，文與詩既然皆備於我，因此融文入詩，遂開創「以文為詩」之破體作品。蘇軾（子瞻）為宋詩之代表，又好作長短句，詩與詞皆備於我，於是移植詩歌之主題與語言於詞中，兩者交融為一，遂成「以詩為詞」之豪放詞風。行文貴能破體，體格之改造，主題之切換，語言之重組，風格之新異，皆於是乎出。陳師道《後山詩話》昧於新變代雄之創發，仍執著於尊體辨體之本色當行，故淺視以文為詩、以詩為詞之破體，以為「雖極天下之工，要非本色」。[39]

---

[37] 錢鍾書：《管錐編》，臺北：書林出版公司，1990 年。第三冊，全上古三代秦漢三國六朝文，一五、〈全漢文〉卷一六，頁 890。

[38] 清何文煥輯：《歷代詩話》，北京：人民文學出版社。1982 年。宋陳師道《後山詩話》，頁 309。

[39] 張高評：《宋詩之新變與代雄》，臺北：洪葉文化事業有限公司，1995 年。叁，〈破體与宋詩特色之形成〉，頁 158-171。

　　破體為文，富於陌生、新奇、創發、開拓，讀之，頗能引人入勝。迨「破體」為文之創作者日眾，作品愈多愈精，讀者態度自然有所轉變與接受。如宋胡仔《苕溪漁隱叢話》、宋王灼《碧雞漫志》所言，頗欣賞變體、破體、非本色當行之創作。如：

> 余謂後山之言過矣！子瞻佳詞最多，其間傑出者，如……
> 凡此十餘詞，皆絕去筆墨畦徑間，直造古人不到處，真可使人一唱而三歎。若謂以詩為詞，是大不然。[40]
> 長短句雖至本朝盛，而前人自立，與真情衰矣。東坡先生非心醉於音律者，偶爾作歌，指出向上一路，新天下耳目，弄筆者始知自振。[41]

　　《後山詩話》稱：「子瞻以詩為詞，雖極天下之工，要非本色。」胡仔《苕溪漁隱叢話》直斥：「後山之言過矣！」稱蘇軾詞之傑出者，「皆絕去筆墨畦徑間，直造古人不到處！」因此斷定：「若謂以詩為詞，是大不然！」宋王灼《碧雞漫志》亦推崇東坡詞：「指出向上一路，新天下耳目。」凡此，要皆蘇軾破體為文，以詩為詞，生新創發之效用。

　　除了以詩為詞之外，蘇軾雜記文之創造性思維，就破體而言，尚有以詩為文、以賦為文、以駢為文、以論為記諸現象。[42]

40　宋胡仔著，廖德明校點：《苕溪漁隱叢話》，北京：人民文學出版社，1981年。《苕溪漁隱叢話後集》卷二十六，〈東坡一〉，頁193。

41　唐圭璋：《詞話叢編》，北京：中華書局，1986年。宋王灼《碧雞漫志》，卷二〈東坡指出向上一路〉，頁85。

42　吳孟復：《唐宋古文八家概述》，第四章〈歐陽脩及其散文〉，三，散文詩化，風味曲包，頁85-87；四，用語純熟，豐富多采，頁87-89。

就出位之思而言，蘇軾雜記文則有文中有畫，新奇組合；壺中天地，小中見大諸創意與發想。依序舉例論說如下：

三、歐陽脩雜記文之以賦為文與新變創發

舉凡運用鋪陳、對稱、渲染、誇飾、博喻、類比、摹繪、開闔、映襯、頓挫、設問、排比、歷數之修辭法，敘事善白描，詠物工體物，其筆法橫向生發刻劃，縱深開掘剖析，或同義複沓，反義對舉；或往復類比，極言伸說，於是鋪采摛文，必使之悠揚舒展，淋漓酣暢而快；類聚群分，必期於面面俱到，窮形盡相而後已。如此，則形成賦化之古文、詩、與詞。[43]

寫作描寫文，可從辭賦手法得到啟發。辭賦之寫作手法，其一，為層面鋪寫，從各種層面對固定對象進行細緻描繪。如漢司馬相如〈子虛賦〉，分寫其山、其土、其石，其東、其南、其西、其北、其上、其下諸層面之景觀。〈上林賦〉，依次誇飾天子上林苑中之水勢、水產、草木、走獸、臺觀、樹木、猿猴之勝，極言上林苑奇景勝狀之巨麗。[44]枚乘〈七發〉，吳客諷諫楚太子，分別描述音樂、飲食、乘車、游宴、田獵、觀濤等六事之樂趣，卒章顯志，回歸到「要言妙道」上。[45]辭賦的景觀寫法，

---

[43] 張高評：《宋詩之新變與代雄》，伍，〈破體與宋詩特色之形成〉，頁 241-242。

[44] 漢司馬遷著，日本瀧川龜太郎考證：《史記會注考證》，臺北：萬卷樓出版公司，1993 年。卷一百十七，〈司馬相如列傳〉，〈子虛賦〉，頁 8-25，總頁 1240-1244。〈上林賦〉，頁數 25-58，總頁 1244-1252。

[45] 費振剛、胡雙寶、宗明華輯校：《全漢賦》，北京：北京大學出版社，1993 年。枚乘〈七發〉，頁 16-21。

由此可見一斑。不但東西南北中各方位，各寫一遍。或從高空、地面、水中，室內、室外，各寫一段。總之，仰角、俯角、平角各層面，如數家珍，掃描一番，於是敘寫有「表裏精粗都到」之美。歐陽脩將辭賦之手法引入古文中，進行移植、換元，於是打破古文與辭賦之藩籬、界線，重組、改造古文之體質，令古文具備辭賦的特質，此即是破體為文，文體聯姻。

歐陽脩雜記文，以賦為文者多。錢基博曾稱：「歐陽公雜記，雍容揄揚，皆有賦意。」[46] 如〈醉翁亭記〉、〈豐樂亭記〉、〈有美堂記〉、〈真州東園記〉、〈游儵亭記〉、〈仁宗御飛白記〉諸什，散文多用賦法，有賦意。其中最典型者，當推〈醉翁亭記〉。宋朱弁《曲洧舊聞》、宋張表臣《珊瑚鉤詩話》曾約略言之。如：

> 〈醉翁亭記〉初成，天下莫不傳誦。……宋子京得其本，讀之數過，曰：「只目為〈醉翁亭賦〉，有何不可？」[47]
> 歐公〈醉翁亭記〉，步驟類〈阿房宮賦〉；〈畫錦堂記〉，議論似〈盤古序〉。[48]

宋朱弁《曲洧舊聞》載：歐陽脩〈醉翁亭記〉，天下傳誦。宋祁以為：不妨將〈醉翁亭記〉看成〈醉翁亭賦〉。宋祁何以有此觀感？可見〈醉翁亭記〉廣用辭賦之寫作手法。歐陽脩長於辭

---

[46] 吳孟復等主編：《古文辭類纂評注》，合肥：安徽教育出版社，1995 年。〈仁宗御飛白記〉引錢基博語，頁 1467。

[47] 宋朱弁：《曲洧舊聞》卷三，臺北：臺灣商務印書館，1983 年。文淵閣《四庫全書》本，冊 863，頁 302。

[48] 清何文煥輯：《歷代詩話》，宋張表臣《珊瑚鉤詩話》卷一，頁 450。

賦，傳世之作，有〈黃楊樹子賦〉、〈鳴蟬賦〉、〈秋聲賦〉、〈病暑賦〉、〈憎蒼蠅賦〉、〈啄木辭〉、〈哭女師〉。[49]於辭賦手法之運用，自是駕輕就熟。於是創作〈秋聲賦〉時，為之移植、換元，[50]乃水到渠成，順理成章之事。

宋張表臣《珊瑚鉤詩話》說：歐陽脩〈醉翁亭記〉之寫作步調，與杜牧〈阿房宮賦〉一般；亦顯示歐陽脩之〈醉翁亭記〉，饒有辭賦的成分。歐陽脩之〈晝錦堂記〉，議論成分較顯著，像韓愈〈送李愿歸盤古序〉。記和序可以等同，重點在議論。總之，歐陽脩之雜記文，融入若干辭賦的成分，如〈醉翁亭記〉、〈豐樂亭記〉、〈有美堂記〉、〈真州東園記〉、〈游鯈亭記〉、〈仁宗御飛白記〉諸名篇，以下將次第舉例說明。

（一）層面鋪寫，圓滿具足

將辭賦之創作手法，引入雜記文中，既打破藩籬，又改造體質。如〈醉翁亭記〉首段，鋪敘山、泉、亭、建亭者、名亭者，層面舖陳，移步換景，文中有畫，多出於賦法。第二段鋪敘朝暮之景、四時之景，歷數說來，亦是賦法。樂，為全文之中心線索，分類描寫禽鳥之樂、滁人之樂、賓客之樂、太守之樂。層層點染，次第穿插。太守之樂，為一篇之主；再星羅棋布，分為山水之樂、宴酣之樂、樂人之樂。最後，全文脈注綺交，聚焦在

---

[49] 宋歐陽脩（修）著：《歐陽脩（修）全集》，《居士集》卷十五，賦，頁110-113。《居士外集》卷八，辭二首，頁407-408。

[50] 「移植」，為創造性原理之一。指將已知之概念、原理或方法，直接或稍加改造後，移植到其他領域，而實現創造的規律。「換元」，亦創造原理之一，指通過替代的方法解決問題，或產生新的事物。參考田運主編：《思維辭典》，頁208-209。

「樂人之樂」上,醉翁之意,乃呼之而出。

〈醉翁亭記〉假辭賦之手法以創作雜記文。明茅坤、清李騰芳、過珙諸家品評,稱美其妙絕古今處,或曰文中有畫,或曰如累疊階級,其形象性、層次感,細讀可知。要之,其中美妙,得於以賦為文居多。如:

> 文中之畫。昔人讀此文,謂如幽泉邃石,入一層纔見一層,路不窮,興亦不窮,讀已令人神骨翛然長往矣。此是文章中洞天也。[51]
>
> 讀歐公〈醉翁亭記〉,前面說山、說泉、說亭、說作亭人、說酒、說醉翁,都說了卻,後面還有許多,如何下處?你看他云:「醉翁之意不在酒,在乎山水之間也。」點出喫酒,帶下山水,立地便過,不用動掉。……不消過文傳送,妙絕古今。[52]
>
> 從滁出山,從山出泉,從泉出亭,從亭出人,從人出名;一層一層復一層,如累疊階級,逐級上去,節脈相生,妙矣!尤妙在「醉翁之意不在酒」,及「太守之樂其樂」兩段,有無限樂民之樂意,隱見言外。若止認作風月文章,便失千里。[53]

---

[51] 程千帆主編:《中華大典・文學典・宋遼金元文學分典》,南京:江蘇古籍出版社,1999年。〈宋文學部一・歐陽脩・醉翁亭記〉,引明茅坤評:《唐宋八大家文鈔》卷四九,頁750。

[52] 同上,〈宋文學部一・歐陽脩・真州東園記〉,引清李騰芳《文字法三十五則》,頁750。

[53] 同上,清過珙:《古文評注》卷八,頁751引。又,曾棗莊:《宋文通論》,第二十一章〈宋代的雜記文・宋人常破體為記〉,頁767。

　　明茅坤《唐宋八大家文鈔》，評〈醉翁亭記〉曰：「文中之畫。如幽泉邃石，入一層纔見一層。」清李騰芳《文字法三十五則》，說〈醉翁亭記〉：「前面說山、說泉、說亭、說作亭人、說酒、說醉翁，都說了卻」，已寫出六個層面之風景。後幅，記遊、記宴、記歡、記醉、記人歸、記鳥樂，再從禽鳥折返到人、從人回歸到太守。最終，結以「醉翁之意不在酒，在乎山水之間也」二句，統合醉翁、酒，與山水而收結之。醉翁與酒，亦隱然成為山水之一景觀。清過珙《古文評注》，亦欣賞「從滁出山，從山出泉，從泉出亭，從亭出人；從人出名」之層疊布置。不但富含文中有畫之具象性，以賦為文之層次感，亦隨文可見。

　　歐陽脩〈醉翁亭記〉以賦體為記，首段之後，次第用「至於」、「若夫」、「已而」領起，此乃六朝小賦之領字，用於每段開端。江淹〈恨賦〉、〈別賦〉，以及六朝之抒情小賦常見。清方苞《海峰先生精選八家文鈔》評語稱：「歐公此篇（〈醉翁亭記〉）以賦體為文，其用『若夫』、『至于』、『已而』等字，則又兼用六朝小賦局段套頭矣。然粗心人卻被他當面瞞過。」[54]案：用「若夫」、「至于」、「已而」賦體領字，作為記體之起始、轉承，有助於四時朝暮、吏民遊樂、與民同樂旨趣之鋪寫。歐陽脩移植六朝抒情小賦之虛詞領字，稍加換元連結，寫出〈醉翁亭記〉。故云：〈醉翁亭記〉是「以賦為文」之破體創作。

---

[54] 同上，引清方苞：《海峰先生精選八家文鈔》，〈醉翁亭記〉評語，頁751。

（二）假設問對，以虛為實

　　以賦為文的第二個特色，即是假設問對。《左傳》敘晉楚鄢陵之戰，巢車之望一節，不直書甲之運為，為而假乙眼中舌端出之。[55]此一「借乙口敘甲事」之法，其後衍變為辭賦之假設問對。《公羊傳》《穀梁傳》解經之設問體，以及屈原〈卜居〉、〈漁父〉等辭賦，亦多用此法。司馬遷亦長於辭賦，《史記》〈太史公自序〉，表達寫作《史記》之心意，亦採用一問一答方式呈現。其他，如〈滑稽列傳〉、〈日者列傳〉、〈貨殖列傳〉、〈太史公自序〉，都用這種辭賦的手法。[56]歐陽脩雜記文，有三篇運用假設問對之方式作記。如〈偃虹堤記〉，[57]通過與送信人之一問一答，交待偃虹堤的有關狀況，凸顯滕子京為興利除弊，方便交通而修建堤防。然後展開論述，層層推進，導出自古賢智之士，為民防患興利的一番議論來。而稱頌滕宗諒「以利及物」之政績，不必說破，自然意在言外。

---

[55] 周左丘明傳、晉杜預注，唐孔穎達疏：《春秋左傳注疏》，臺北：藝文印書館，1955 年。清阮元《十三經注疏》本。成公十六年〈鄢陵之戰・巢車之望〉：楚子登巢車以望晉軍，子重使大宰伯州犁侍于王後。王曰：「騁而左右，何也？」曰：「召軍吏也。」「皆聚於中軍矣！」曰：「合謀也。」「張幕矣！」曰：「虔卜於先君也。」「徹幕矣！」「將發命也。」「甚囂且塵上矣！」曰：「將塞井夷灶而為行也。」「皆乘矣，左右執兵而下矣！」曰：「聽誓也。」「戰乎？」曰：「未可知也。」「乘而左右皆下矣！」曰：「戰禱也。」伯州犁以公卒告王。苗賁皇在晉侯之側，亦以王卒告。皆曰：「國士在，且厚，不可當也！」卷二十八，頁 7-8。總頁 475。參考錢鍾書《管錐編》，臺北：書林出版公司，1990 年。〈左傳正義・借乙口敘甲事〉，頁 210。

[56] 張高評：〈賦化散文與《史記》之敘事藝術——以〈滑稽列傳〉、〈貨殖列傳〉、〈太史公自序〉，為例〉，《山西大學學報》（哲學社會科學版），第 45 卷第 6 期（202 年 11 月），頁 52-60。

[57] 《歐陽修（脩）全集》，《居士外集》卷十三，〈偃虹堤記〉，頁 459。

　　滕子京熱衷興利除弊，建造一座泊堤。遣人攜帶一幅圖，委請歐陽脩寫一篇記。於是歐公發書按圖，為作〈偃虹堤記〉。歐陽脩未身經目歷，不知偃虹堤之景觀。歐陽脩作記，將修造堤防之目的，為方便交通、為興利除弊，藉一問一答，如實展現。始也，「問其作而名者」；繼之，「問其所以作之利害」；接續，「問其大小之制、用人之力」；終之，「問其始作之謀」。

　　偃虹堤為滕侯建造、地當要衝、便利無患，工程形制、謀畫原委，藉由主客之一問一答，曉然可睹。卒章出以議論，申明〈偃虹堤記〉「宜書」，其故有三。興利除弊之值得表彰，滕子京之政績卓著，已見於言外。假設問對之發用，為辭賦、古文之重要手法，可以想見。

　　歐陽脩〈真州東園記〉，[58]作遊觀之記，亦未親臨現場，如何受託而據圖作記？其法多方：假設問對，借乙口敘甲事，自是一大竅門。清林雲銘、孫琮品評〈真州東園記〉，提示闡說，甚得理實。其言曰：

　　　　此特借許子春之口，件件數來，不但寫得已畫，併寫得未畫；不但寫得已言，併寫得未言，即躬歷亦不過此，此布局之巧也。[59]
　　　　一篇記載詳列許多佳景、許多規制、許多遊賞，皆從子春口中述出，自己并不費一筆一墨。而凡園中之佳景、園中之規制、園中之遊賞，早已為筆墨之所及者，無不及之；

---

[58]　《歐陽修（脩）全集》，《居士集》卷四十，〈真州東園記〉，頁279。

[59]　程千帆主編：《宋遼金元文學分典》，〈宋文學部一‧歐陽脩‧真州東園記〉，引清林雲銘評《古文析義》一四，頁754

為筆墨之所不及者，亦無不及之。[60]

〈真州東園記〉，歐陽脩借許子春之口，圖說東園之景觀，於是流水、清池、高臺、譙堂、射圃、佳花、美木等，文中有畫，一一如在目前。清孫琮評論此文，亦以為：「園中之佳景、園中之規制、園中之遊賞，早已為筆墨之所及者，無不及之；為筆墨之所不及者，亦無不及之。」真州東園中佳景、規制、遊賞，皆從子春口中述出，此辭賦假設問對手法之新變。林雲銘《古文析義》亦云：「作游觀之記，自當舖張景物。奈未經躬歷，即據畫圖寫去，何異泥塑木雕呆狀？此特借許子春之口，件件數來，不但寫得已畫，并寫得未畫；不但寫得已言，并寫得未言，即躬歷亦不過此。此布局之巧也。」[61]〈真州東園記〉借許子春之口，件件數來，即是辭賦假設問對之衍化，以虛為實，而東園之景觀布局，如在目前。清唐介軒《古文翼》以為：「未嘗親歷其地，則於按圖考言而得其景象，是文章虛者實之之法。」[62]假設問對，真化虛為實之妙法。

（三）排偶對比，渲染有味

排偶對比，渲染有味，為辭賦常用手法之三。漢大賦，如司馬相如所作，旨在諷諫君上，為體現《詩大序》所云：「言之者

---

[60] 同上，引清孫琮評：《山曉閣選宋大家歐陽盧陵全集》卷三，頁 754。

[61] 同上，〈宋文學部一・歐陽脩・豐樂亭記〉，引林雲銘《古文析義》卷一四，頁 754。

[62] 同上，〈宋文學部一・歐陽脩・豐樂亭記〉，引清唐介軒《古文翼》卷七，頁 754。

無罪，聞之者足以戒」，多用對比成諷之手法。眾多之寫作手法
中，辭賦跟駢文近似者，就是排偶。亭記，題目之小焉者，歐陽
脩〈豐樂亭記〉，卻運用天下之治亂興廢排偶對比，以成小題大
作之文章。清儲欣云：「以五代之滁，與今日之滁，相形憑弔，
最有深情。」沈德潛稱：「記一亭，而由唐及宋，上下數百年之
治亂，群雄真主之廢興，一一在目。」[63]〈豐樂亭記〉，將歐陽
脩至滁州之前與之後作對比：昔為干戈用武之地，今為民生豐樂
之鄉。卒章宣上旨意，與民同樂，歸結到亭之取名。林紓《選評
古文辭類纂》稱：滁州之故老無在，即十國之遺老衰亡，「然後
歸重本朝之功德，分外有力。」[64]曲折開合，饒有神韻。晚清陳
衍《石遺室論文》卷五云：「永叔文以序跋雜記為最長，雜記尤
以〈豐樂亭〉為最完美。」[65]歐公諸記，此為第一。

　　滁州，五代時處於分裂、戰亂狀態。然時移勢遷，今日滁
州，則是休養生息、歲樂物豐、喜樂可愛之鄉。將昔日之裂亂，
與當今之豐成喜樂對比寫照，「豐樂」之意味自然顯現。元李塗
（耆卿）《文章精義》稱：「歐陽永叔〈豐樂亭記〉之類，能畫
出太平氣象。」[66]信然！此種對比成諷，為辭賦之常法。試看漢
大賦，如司馬相如、揚雄、班固所作，都有如是之對比設計。

　　范仲淹受託，作〈岳陽樓記〉；歐陽脩作〈真州東園記〉、
〈偃虹堤記〉、〈有美堂記〉，皆受人之請託，未親臨其地，而

---

[63] 同上，引清儲欣：《唐宋八大家類選》卷十一，清沈德潛《唐宋八大家文讀
　　本》，頁752。

[64] 林紓：《選評古文辭類纂》，〈豐樂亭記〉，頁411。

[65] 王水照主編：《歷代文話》，上海：復旦大學出版社，2007年。第七冊，清
　　陳衍《石遺室論文》卷五，頁6760。

[66] 元李塗：《文章精義》，香港：中華書局，1977年。第七十則，頁73。

發書按圖，以撰作記文。〈真州東園記〉，作記之法，大抵鋪寫今時園林清池景致，追敘從前荒蕪頹敗衰颯，前後對比映襯，便覺波瀾迴蕩，意象豐富。清過珙評《古文評注》所謂：「歐公〈東園記〉，因興而追憶其廢。俯仰之間，同一感慨，而文字變化，意到景新，可謂奇紀。」[67]其中最奪目移人處，則在「前以監軍廢營作案，以後處處迴映」，排偶對比，鋪陳渲染，便覺文瀾宕往，含蘊無窮。[68]

羊祜、杜預之功業，顯於當世，峴首山因而馳名天下。於是歐陽脩作〈峴山亭記〉，將羊祜之感慨無常，墮淚傷悲；與杜預之銘功陵谷，預知有變，並舉對列，頓挫生姿，而所思所慮可知。然後單抽以為正，但敘羊祜遊止之山亭，屢興屢廢，襄陽太守因舊以為新，以後軒為光祿堂，欲記其事於石，擬与羊氏、杜氏之名並傳不朽，乃求記於歐公。然〈峴山亭記〉卒章，出於委婉之回應：一則曰：「其為人與其志之所存者，可知也」；再則曰：「君之為政于襄者，又可知也」。曰「可知也」云云，蓋繆悠荒唐，虛與委蛇之微辭，婉拒屬託，自見於言外。羊祜、杜預功勳傳世，猶且向外馳求，思與峴山同壽；襄陽俗吏無功業無德行，徒然索序，不過欲求附驥求名而已。「茲山待己而名著」，乃一篇之點睛，幻化三樣人物來。文翻空而益奇，命意引人反思。

龍圖閣直學士，尚書吏部郎中梅直，任杭州太守時，來信索記。歐陽脩〈與梅聖俞書〉曾自述〈有美堂記〉之緣起，且謂：

---

[67] 程千帆主編：《宋遼金元文學分典》，〈宋文學部一‧歐陽脩‧真州東園記〉，引清過珙評：《古文評注》卷八，頁754。

[68] 同上，引唐介軒：《古文翼》卷七，頁754。

「梅公儀來，要杭州一亭記。述游覽景物，非要務。閑詞長說，已是難工，兼以目所不見……。」[69]著墨之不易，可以想見。然而，〈有美堂記〉終成名篇，其難能可貴如此。〈有美堂記〉之開頭，談天下景觀，點染兩種美：一為山水之美、一為都會之美。而後，以山水之美與都會之美「不得兼者多」，作為本文前提。從天下之勝地中，突出金陵與錢塘（杭州）；再從金陵、錢塘之高下較論，突出錢塘；最後將錢塘之美，聚焦在有美堂。範圍由寬而漸緊：天下之廣大，慢慢縮小到金陵錢塘，最終聚焦在有美堂。而有美堂，即梅直任杭州太守時所建。層層軒輊，處處襯托。凸顯出杭州之有美堂，不僅有山水之美，又兼都會之美。此文之美妙，宋樓昉《崇古文訣》點評曰：「將他州外郡宛轉假借，比並形容，而錢塘之美自見，此別是一格。」[70]歐陽脩出以排偶對比，渲染有味。錢基博評〈有美堂記〉：「由寬而漸緊，以為空間之比較。」[71]誠如所言，信有此法。

　　皇帝曾欽賜墨寶給有美堂，然歐公作〈有美堂記〉未作特寫；對於杭州太守梅直，也未加稱讚。清沈德潛《唐宋八大家文讀本》品評〈有美堂記〉：「不侈賜書之榮，不贊梅公之品，獨從都會之繁榮，湖山之明麗著意。見他處不能兼者，而此獨兼之。逐層脫卸，累如置丸，筆下亦復烟雲繚繞。」[72]筆法所以略此者，全為了詳彼：詳寫都會之繁榮，與湖山之明麗。兩相對

---

[69] 《歐陽修（脩）全集》，書簡卷第六，〈與梅聖俞四十六首〉之四二，嘉祐四年，頁 1290。

[70] 同上，引宋樓昉：《崇古文訣》卷一九，頁 754。

[71] 吳孟復、蔣立甫主編：《古文辭類纂評注》，合肥：安徽教育出版社，1995年。引錢基博說，頁 1473。

[72] 程千帆主編：《宋遼金元文學分典》，〈宋文學部一・歐陽脩・真州東園記〉，引清沈德潛《唐宋八大家文讀本》卷12，〈有美堂記〉評語，頁 755。

比，兼而有之者，天下之大只有兩處：一為金陵（南京），一為
錢塘（杭州）。兩者之中，杭州又居第一，而有美堂正處杭州城
中。如此寫作，由大而小，由寬而緊，即是藉由空間的比較，婉
轉傳出有美堂的殊勝。

　　林琴南《選評古文辭類纂》，解讀歐陽脩作〈有美堂記〉記
文，則提出「較量」說。夷考其實，只是比事屬辭之對敘手法而
已。如云：

>　　……將金陵敗，錢塘降，一完一毀，作順逆之軒輊。文無
>他妙，巧言勝概。能于繁華之區，得湖山游覽之樂，不必
>尋索僻陋，此所以為美也。既將錢、李較量，復將錢塘與
>羅浮、天臺諸勝較量，文之清華朗潤，火色毫無。[73]
>〈有美堂記〉云：「都會，而又能兼有山水之美，以資富
>貴之娛者，惟金陵、錢塘。」因此，將金陵錢塘，並舉以
>為奇。然於宋初，金陵李煜敗而毀，錢塘錢俶降而全。
>錢、李之較量，即指「一完一毀，作順逆之軒輊」，於是
>單抽以為正，獨寫錢塘杭州。「羅浮、天臺諸勝」，指文
>中所云：「羅浮、天臺、衡岳、廬阜、洞庭之廣，三峽之
>險，號為東南奇偉秀絕」者。持與錢塘勝景相較，則不若
>遠甚。唯錢塘盡得「山水登臨之美，人物邑居之繁」而有
>之。於是，卒章顯志曰：「錢塘兼有天下之美，而斯堂者
>又蓋得錢塘之美焉。」排偶對比如是，有助於烘托渲染，
>凸出興衰優劣之意象。

---

[73] 林紓：《選評古文辭類纂》，〈有美堂記〉評，頁 413-414。

〈浮槎山水記〉，前幅考證浮槎泉水之真偽，山水、江水、井水之等第，移步換景，如讀《茶經》。後幅平列富貴者之樂與山林者之樂，二者各有所適，往往不可得、不可兼。惟李侯生長富貴，知山林之樂而好之樂之，兼取而自賞之，所以難能可貴。本文命意，大抵與〈有美堂記〉近似。

（四）以論為記，別子為宗

就唐宋變革論而言，[74]宋型文化與唐型文化不同。[75] 宋型文化雜然賦流形，體現於經學、史學、義理、文學，亦多理一而分殊，殊途而同歸。議論精神、懷疑精神、創造精神、開拓精神、實用精神、內求精神、兼容精神，堪稱宋學之六大精神。[76] 就宋代文學而言，無論詩、文、詞、賦之創作或評論，亦大抵不離如上之論述。

主意主理之文化性格，往往體現為即物窮理、知性反省之思維邏輯。范仲淹〈靈烏賦〉曾言：「寧鳴而死，不默而生。」歐陽脩〈鎮陽讀書〉亦云：「平生事筆硯，自可娛文章。開口攬時

---

[74] 日本內藤湖南：〈概括的唐宋時代觀〉，原載《歷史與地理》第 9 卷 5 號（1922.5），頁 11。黃約瑟譯文，載劉俊文主編：《日本學者研究中國史論著選譯》，北京：中華書局，1992 年。第一卷，頁 10-18。宮崎市定：〈內藤湖南與支那學〉，《中央公論》第 936 期，後收入氏著《亞洲史研究》第五卷。參考張廣達〈內藤湖南的唐宋變革說及其影響〉，《唐研究》第 11 卷，2005 年 12 月，頁 5-56。柳立言：〈何謂「唐宋變革」？〉，《中華文史論叢》2006 年第 1 期，頁 125-171。

[75] 傅樂成：《漢唐史論集》，臺北：聯經文化出版公司，1980 年。〈唐型文化與宋型文化〉，頁 339-382。

[76] 陳植鍔：《北宋文化史述論》，第三章〈宋學的主題及其精神‧宋學精神〉，頁 287-323。

事，議論爭煌煌。」[77]李之儀〈跋東坡先生《圓覺經·十一偈》後〉稱：「東坡老人以文學議論，師表一代。」黃庭堅〈與王觀復書〉其一，論文章：「好作奇語，自是文章病，但當以理為主。理得而辭順，文章自然出群拔萃。」[78]陸九淵稱王順伯言：「『本朝百事不及唐，然人物議論遠過之。』此議論甚闊可取。」[79]王柏亦云：「文以氣為主，古有是言也。文以理為主，近世儒者嘗言之。」[80]朱熹則云：「歐公文字鋒刃利，文字好，議論亦好。」[81]如此之類，不勝枚舉。

宋人除了運用形象思維，以之作詩撰文外，尚理重智之邏輯思維更普遍應用。歐陽脩身處慶曆黨爭之際，所作如〈上范司諫書〉、〈上杜中丞論舉官書〉、〈上高司諫書〉等七十篇奏議，及〈朋黨論〉、〈正統論〉諸什，多為時而作，為事而作，誠議論煌煌、文筆犀利之古文名篇。[82]故曾棗莊《宋文通論》稱：「專以議論為記，這就是宋代雜記文的特徵。」[83]

雜記文，本碑銘之屬，主於稱頌功德。歐陽脩雜記文，在

---

[77] 宋歐陽脩：《居士集》卷 2，〈鎮陽讀書〉，頁 14。

[78] 宋黃庭堅著，劉琳、李勇先、王蓉貴點：《黃庭堅全集》，成都：四川大學出版社，2001 年。第二冊，《宋黃文節公全集·正集》卷十八，〈與王觀復書〉其一，頁 470。

[79] 宋陸九淵：《陸九淵集》，臺北：臺灣商務印書館，1968 年，《四部叢刊》初編本。卷三十四，語錄，引王順伯之言，頁 265。

[80] 宋王柏：《魯齋王文憲公文集》，臺北：臺灣學生書局，1970 年。卷十一〈題碧霞山人王公文集後〉，頁 8，總頁 887。

[81] 宋黎靖德編，王星賢點校：《朱子語類》，北京：中華書局，1986 年。卷一百三十九，〈論文〉，頁 3308。

[82] 馬茂軍：《宋代散文史論》，北京：中華書局，2008 年。第二章第三節，二，〈慶曆黨議與歐陽脩的散文成就〉，頁 129-133。

[83] 曾棗莊：《宋文通論》，第二十一章〈宋代的雜記文·總論〉，第一節，頁 653。

韓、柳之後，別開生面，自成一家，主要在突出議論之元素，往往與敘事、描寫、抒情相結合，故寓含理趣之美，而無理障之病。何謂理趣？指有哲理的啟發，又有文學的趣味。理障，即是一味邏輯化、概念化、術語化。[84]歐陽脩雜記文，間發議論，亦出於形象思維，故多饒理趣。如〈相州晝錦堂記〉、〈樊侯廟災記〉、〈菱溪石記〉、〈伐樹記〉、〈戕竹記〉、〈非非堂記〉諸什，皆以論為記，堪稱別子為宗。

敘記小事，或從大處著墨、發起議論。如歐陽脩作〈相州晝錦堂記〉，開宗明義，拈出人情之所榮，今昔之所同，幾乎無人例外者二：所謂「仕宦而至將相，富貴而歸故鄉」。次段，即以議論入題，且舉蘇秦、朱買臣事例作說明。議論、敘事皆圍繞「晝錦」展開。其次以立德、立功、立言勸勉韓琦，稱頌其美。「歸美主人之仁賢」，固是雜記文撰寫之大方向。〈相州晝錦堂記〉，先談衣錦榮歸，為普羅大眾之心願。最終，反言以顯是，點出韓琦之志向，顯然與一般世俗不同。文章變化如是，可見推陳出新。明茅坤評：《唐宋八大家文鈔》：「晝錦題，本一俗見，而歐陽公卻于中尋出第一層議論發明，古文章家地步如此。」（卷四八）清何焯《義門讀書記》評稱：「題無深意，特高一層起論。施諸魏公，獨不為誇。荊川云：前一段依題說起，後乃歸之於正，此反題格也。按：反題，卻愈切題，所以佳。」[85]清林雲銘評云：「魏公為兩朝顧命、定策元勳，出入將相，功在社稷，其為榮原不在富貴不富貴，歸鄉不歸鄉也。是篇先就晝

84　張高評：〈朱熹〈觀書有感〉與宋人理趣詩〉，《國文天地》第 37 卷第 10 期（總第 442 期），2022 年 3 月，頁 72-78。

85　清何焯：《義門讀書記》卷三八，評〈相州晝錦堂記〉，頁 20。文淵閣《四庫全書》本，冊 860，總頁 535。

錦之榮翻起，倒入魏公之志，然後敘其平昔功業，以其榮歸之邦國。斡旋得體，文亦光明正大，與題相稱。」[86]題雖偏小，而詞高旨遠如此，值得參考。

又如〈王彥章畫像記〉，亦以論為記。王彥章，五代之將，以智勇聞者。歐公任滑州節度判官，得王彥章之家傳，頗多於舊史；其記德勝之戰尤詳。又言敬翔怒末帝不肯用公，公五子其二同父死節。凡此，皆舊史所無。又言：公得保鑾五百人，以力寡敗，而史云五千。後於鐵槍寺得公畫像，命工完理之，庶幾令後人「拜其像，識其面目」，因作此畫像記之。於是詳略、多少之際，有無、正誤之間，不能不辨。既以正視聽，且藉此重塑其人物形象。今後人讀其傳，能想見其為人。因記王氏畫像之始末，亦史乘善善惡惡之天職。歐陽脩獨纂《五代書》（今稱《新五代史》），雖敘王彥章傳，然以「舊史殘略，不能備公之事」為憾。既有如上之因緣，因以寫作本文為補充，大抵以史傳為畫記。其中稱王彥章用兵善出奇，因而比物聯類，特揭對西夏邊事用兵之切憤，建言「獨持用奇取勝之議」。文思旁溢，借題發揮，借像表傳，即傳表意，畫記傳記，和合為一。弔古正所以鑑今，史傳經世資鑑之常法也。

〈王彥章畫像記〉，尺幅千里，從五代敘至現當代，百年滄桑，亦熔敘事、議論、描寫、抒情於一爐而冶之，相輔相成，相得益彰。蘇軾曾評歐陽脩文，稱「記事似司馬遷」，可於此中窺知一二。明歸有光評本文，稱「以敘事行議論，更於感慨處著精神。」清孫琮評曰：「議論敘事相間插，縱橫恣肆，如蛟龍虎

---

[86] 程千帆主編：《中華大典・文學典・宋遼金元文學分典》，《古文析義》卷一四，評〈相州畫錦堂記〉，頁755-757。

躍，絕為高作。」儲欣甚至推重此畫記，以為「歐公諸記第一作。」[87]清顧炎武所謂：「古人作史，有不待論斷而於序事之中即見其指者」，論斷有據，理趣十足，此即「於敘事中寓論斷」之法。[88]太史公司馬遷於忌諱敘事，常用此法，歐陽脩作記妙得其神髓。

　　〈樊侯廟災記〉，旨在破除迷信。先敘迷信本事：樊侯廟神像，為鄭盜剖腹。既而大風雨雹，鄭人大駭，以為侯怒使然。歐陽脩敘記，暫且放開一步。繼之鋪敘樊噲功勞，然後徒然一轉，連續作設問、反詰：「當盜之傳刃腹中，獨不能保其心腹腎腸哉？而反貽怒于無罪之民，以騁其恣睢，何哉？豈生能萬人敵，而死不能庇一躬邪？」所以，下冰雹乃天然災害，與樊侯「怒而為之」毫無關係。藉此破除迷信。欲擒故縱，筆法靈巧，層層批駁，有理有據，論證一正一反，足以服人。清王文濡《評校古文辭類纂》所謂：「義正詞嚴，雪誣闢妄。」《唐宋八大家文鈔》引唐順之曰：「文不過三百字而十餘轉折，愈出愈奇，文之最妙者也。」《山曉閣選宋大家歐陽廬陵全集》卷三孫琮評：「此篇大段有二：一段辨禾稼災傷，必非樊侯遷怒，此是明於人道。一段辨風霆雨雹，亦非樊侯所能驅使，此是明於天道。大儒立言有本，能使群疑盡釋。」[89]諸家之說，多在凸顯〈樊侯廟災記〉以論為記之特色。

---

[87] 曾棗莊：《宋文通論》，第二十一章〈宋代的雜記文〉，引歸有光評《歐陽文忠公文選》卷七。清孫琮評《山曉閣選宋大家歐陽廬陵全集》卷三。清儲欣《唐宋十大家全集錄·六一居士全集錄》，頁736。

[88] 清顧炎武著，黃汝成集，欒保羣、呂宗力校點：《日知錄集釋》，上海：上海古籍出版社，2006年。卷二十六，〈史記於序事中寓論斷〉，頁1428。

[89] 程千帆主編：《宋遼金元文學分典》，評〈樊侯廟災記〉，頁759。

　　〈泗州先春亭記〉，敘張夏知泗州，針對「民所素病而治之尤暴者」，進行施作。依次作城之外堤，堤成，再修勞餞之亭、通漕之亭，最後築先春亭以自休。張侯施作之程序，誠所謂「先民之備災，而及於賓客往來，然後思自休焉。」其中，特提「城郭道路，旅舍寄寓，皆三代為政之法，而《周官》尤謹著之，以為御備」數語，尤為一篇之警策。於是，順理成章，借《周官》三代為政之「御備」法，巧妙稼接，以稱美張侯之善政。孫琮評〈泗州先春亭記〉云：「一篇議論，只從單子數語脫化出來。……將游戲小事，翻作絕大議論，真是文人之筆，何所不可。」[90]　《周官》三代為政之法，係從單子數語翻轉而出。「將游戲小事，翻作絕大議論」，自是以論為記之名篇。

　　〈畫舫齋記〉，因題發議：所以取「畫舫」者，緣因有二：其一，以泛舟濟渡之艱險，隱喻身處宦海之浮沉，含蓄表達居安思危之情懷。其二，以泛舟江湖之自適快樂，委婉表現對隱逸生活之嚮往。居安思危、嚮往隱逸，而仕宦之失意與苦悶，自見於言外。要之，〈畫舫齋記〉，自是因題發議，小中見大之雜記文體式。

　　〈菱溪石記〉，亦以議論為記：菱溪石，本五代時某將領所有，今子孫已成尋常百姓。從人物之興廢，感知富貴不能長久，何況長有此石？以議論為記，寓意深切。〈菱溪石記〉，藉此發揮議論，寄託感慨。清孫琮評〈菱溪石記〉：「此篇記石、記菱谿，平平無奇。至記石為劉金故物，忽然發出一段興廢之感來，無限低徊，無限慨歎，正如晨鐘朝發，喚醒無數夢夢，不止作悲

90　同上，引清孫琮：《山曉閣選宋大家歐陽廬陵全集》卷三，評〈泗州先春亭記〉，頁760。

傷憔悴語也。」⁹¹清王文濡評此篇雜記，亦稱：「因石立亭，從而及其主人富貴磨滅，子孫泯沒，而此石獨存。反覆沈吟，借題寓慨。」⁹²將古今興廢盛衰之理，寄寓於幽谷谿石之中，歐陽脩以論為記，富於理趣。

〈伐樹記〉，寓物說理：「才與不才，各遭其時之可否」，為一篇之旨趣。《莊子》〈人間世〉、〈山木〉諸篇，討論「有用、無用」，本文之寓物說理，深受啟發。不過，〈伐樹記〉反其意而論述之，駁斥《莊子》追求「無用」，明哲保身之虛無消極態度。文章具形象性，富感染力，是一篇寓言式之哲理文章。歸有光評稱：「胸中有末後一段議論，借客對以發其感慨。」茅坤評云：「借莊周之言，而參之以客對，發其感慨。」⁹³其言得之。有用無用、才與不才，談論相關之辯證，近似翻案文章。

〈戕竹記〉，寓議論於敘事：首段從題前落筆，寫洛竹之利、養竹之艱、竹林之美，主人之好客。其次，為供應宮中災後修復建材，正面敘寫「戕竹」，來勢之猛，行動之快，「如是累日，地榛園禿」。第三節援古證今，發揮議論：特提「伐山林，納材葦」，目的在「以經於用」，否則，謂之「畔廢」、「暴殄」，何況不經於用？文末曲終奏雅，先引《尚書‧旅獒》：「不作無益害有益」；結云「推類而廣之，則竹事猶末」，奇峰突起，境界大開，自微塵可以見大千。時歐公年二十五，任西京

---

⁹¹ 同上，引清孫琮評：《山曉閣選宋大家歐陽廬陵全集》卷三，評〈菱溪石記〉，頁759。

⁹² 同上，引清王文濡評：《評校音註古文類纂》卷五四，評〈菱溪石記〉，頁759。

⁹³ 同上，引明歸有光評：《歐陽文忠公選》卷七。明茅坤評：《唐宋八大家文鈔》卷四八，評〈伐樹記〉，頁761。

留守推官，所作雜記文，評論寄寓於記事之中，紆徐委備，已然如此。

〈非非堂記〉，融通邏輯與形象：「是是非非」，看似邏輯思維之命題，歐陽脩寄寓於形象思維，與之融通結合。首段拈出權衡、水、耳目三個形象思維之比喻，藉由動靜之對比，說明心靜心動，是非隨之而生。唯有心靜，才可發揮作用，作明確之判斷。作者借「是是非非」之話頭，過渡到以「非非」名堂之主旨。其中金句，如「是是近乎諂，非非近乎訕；不幸而過，寧訕無諂」；平易曉暢，寓意深遠，實一篇之警策。文章才三百餘字，所謂簡而有法，事信而言文，本文足以當之。

（五）以駢為文，對語說景

駢體文成熟於六朝，歷經唐代，到了宋朝，稱為四六文。北宋開國以來，四六文成為流行之應用文書。[94]如蘇軾〈湖州謝上表〉：「荷先帝之誤恩，擢置三館；蒙陛下之過聽，付以兩州。」「知其愚不適時，難以追陪新進；察其老不生事，或能牧養小民。」貶官黃州後，撰〈謝量移汝州表〉：「稍從內遷，示不終棄。罪已甘於萬死，恩實出於再生。」「隻影自憐，命寄江湖之上；驚魂未定，夢遊縲絏之中。」若是之駢體四六，為宋代之應用文書，十分當今盛行。

歐陽脩知禮部貢舉，文章務求平淡典要，深切時用。以身作則，所作駢文，特色有三：一，不用陳言典故，以「白戰」取勝。二，自然偶對，不求精警。三，文風自然樸素，文章明白曉

---

94 參考周劍之：〈宋代駢文「應用觀」的成型與演進〉，《華東師範大學學報》，2017 年 5 月。

暢。南宋吳子良《林下偶談》稱：「本朝四六，以歐公為第一。」[95]歐陽脩所作雜記文，往往擷取四六文之體式，融入古文之創作中。此種新奇組合，不妨稱為以駢為文。文體之特色，大抵以雙句、儷句、偶句為主，講究對仗工整，聲律諧暢。[96]稍作轉化，移以寫景作記，頗為適合。

　　宋陳師道《後山詩話》云：「歐陽少師始以文體為對屬，又善敘事，不用故事陳言，而文益高。」[97]歐陽脩持古文之體制融入四六文，或將駢偶排比原素移植到古文筆勢中，如是之換元與重組，當是出於自覺之意識。歐陽脩〈論尹師魯墓志〉嘗云：「偶儷之文，苟合於理，未必為非。」[98]由於駢散融合，而錯綜變化，生面別開，文體遂有改造與創新之美。故宋陳善《捫蝨新話》上集卷一稱：「以文體為詩，自退之始；以文體為四六，自歐公始。」[99]歐陽脩以文體為四六，古文與四六文經由移植、轉化、融通，促成體格質變，文體生新發展。如宗周鐘、毛公鼎、散氏盤等傳世寶器，材料都不是純銅，而是合金。相形之下，材質更加軟硬適中，更具實用與美觀之價值。

　　宋陳師道《後山詩話》稱：「范文正公為〈岳陽樓記〉，用

---

[95] 于景祥：《唐宋駢文史》，瀋陽：遼寧人民出版社，1991 年。第六章〈北宋駢文‧歐陽脩〉，頁 161-162。

[96] 張高評主編：《宋代文學研討會論文集》，高雄：麗文文化公司，1995 年。張仁青〈宋代駢文新探〉，頁 305-325。

[97] 清何文煥輯：《歷代詩話》，宋陳師道《後山詩話》，頁 310。

[98] 宋歐陽脩著，李逸安點校：《歐陽脩全集》，北京：中華書局，2001 年。卷七十二〈論尹師魯墓志〉，第 1045 頁。

[99] 宋俞鼎孫、俞經編：《儒學警悟》，香港：龍門書店，1967 年。宋陳善《捫蝨新話》上集卷一，〈文體〉，頁 7，總頁 178。

對語說時景，世以為奇。尹師魯讀之曰：『傳奇體爾。』」[100]
案：晚唐裴鉶編撰《傳奇》三卷，收十五篇小說，散文中雜用駢
語，故尹師魯如是說。范仲淹長於文學，撰〈嚴先生說祠堂記〉
及〈岳陽樓記〉，皆是傳世之名篇。《後山詩話》評〈岳陽樓
記〉：「用對語說時景，世以為奇。」指「霪雨霏霏」一段之
悲，與「春和景明」一段之喜，相反相對，所謂「用對語說時
景」。案：辭賦作法，有鋪陳、偶對之法，或同義複沓、反義對
舉。范仲淹〈岳陽樓記〉悲喜對舉，自是駢偶之法。陳師道以為
「傳奇體爾」，正指此。以駢為文，陌生新鮮，故曰「世以為
奇」。奇，指新奇而言。

歐陽脩將駢偶排比之元素，移植到雜記古文之中，進行換元
重組，於是文體獲得改造，生面別開，切合創造性原理。歐陽脩
之〈醉翁亭記〉，有單句相對者，如「日出而林霏開，雲歸而岩
穴暝。」有雙句相對者，如「臨溪而漁，溪深而魚肥；釀泉為
酒，泉香而酒洌。」更有三句相對者，如「夕陽在山，人影散
亂，太守歸而賓客從也；樹林陰翳，鳴聲上下，游人去而禽鳥樂
也。」由此觀之，〈醉翁亭記〉多用駢體文之偶對。換言之，駢
文之句法，已然融入散文之中。以駢體為古文、以偶為文，顯然
無疑。

歐陽脩記園亭，往往從虛處生情，與柳宗元山水記，從實處
寫景不同。[101]既橫向鋪陳，又縱向作邏輯敘述之連結。〈真州
東園記〉，可作代表。橫向並列鋪陳者，如「園之廣百畝，而流

---

[100] 清何文煥輯：《歷代詩話》，宋陳師道《後山詩話》，頁 310。

[101] 陳霞村、閻鳳梧：《唐宋八大家文選譯注》，太原：山西教育出版社，1986
年。〈真州東園記〉，頁 476。

水橫其前，清池浸其右，高臺起其北。臺，吾望以拂雲之亭；池，吾俯以澄虛之閣；水，吾泛以畫舫之舟。」行文之順序，依次為流水、清池、高臺，然後廻轉變成臺、池、水，偶對之句法顯然拉長，此之謂長偶對。尤其「芙蓉芰荷之的歷」以下三組十二句，尤為駢儷文標準之長偶對。今昔對照，並列鋪陳而纂組者有三：其一，寫花卉：佳花美木，與蒼煙白露而荊棘對比映照，如「芙渠芰荷之的歷，幽蘭白芷之芬芳，與夫佳花美木列植而交陰，此前日之蒼煙白露而荊棘也。」其二，寫建築：高甍巨桷，與頹垣斷塹排偶鋪陳，如「高甍巨桷，水光日景動搖而下上，其寬閒深靚可以答遠響而生清風，此前日之頹垣斷塹而荒墟也。」共三，寫樂音：嘯歌而管弦，與鳥獸之噪音反義對舉，如「嘉時令節，州人士女嘯歌而管弦，此前日之晦冥風雨、鼠生鼯鳥獸之噪音也。」以駢為文，淋漓盡致之描摹如此，顯得歷歷如繪，身歷其境。誠如《六一詩話》所云：「狀難寫之景，如在目前。」詩學評論與古文創作，可謂相得益彰。

四、歐陽脩雜記文之文思出位與跨際會通

歐陽脩之雜記文，為打破體制，新創風格，頗致力於以賦為文、駢偶入文、以論為記。歐陽脩之雜記文，同時用心於文中有畫之空間藝術；壺中天地之小中見大，則是古文跳出本位到繪畫、仙道之創意發想。於是跨際會通，文體間進行新奇組合，而蔚為獨到創新之風格。

唐代韓愈、柳宗元之雜記文，或以敘事識物，或以議論感慨，或以刻畫景物。宋代優秀之散文家，往往將敘事、描寫、抒

情、議論熔為一爐，騰挪變化，涉筆成趣。歐陽脩為宋代古文之宗師，開物成務，所作雜記文，頗有指標意義。

文中有畫與以形寫神、壺中天地與小中見大，要皆文思出位與跨際會通之實質體現。論證如下：

（一）文中有畫與以形寫神

宋代文體改革之方向有二：其一，為破體，嘗試打破文體之限制。其二，為出位，嘗試跨越領域，進行學科整合。如蘇東坡，以為王維之山水詩，詩中有畫；王維之山水畫，畫中有詩。王維、蘇軾，皆詩畫兼擅，故至東坡而提出詩中有畫、畫中有詩。東坡工於詩，長於畫，出於自覺之意識，寫作山水詩、題畫詩，時將繪畫之意境、筆法、創作方式，融入詩歌之創作中。於是，形成詩中有畫之特色。詩歌之本質為抒情，如果融入繪畫中，就變成文人畫、寫意畫。詩歌本是時間藝術，繪畫為空間藝術。匯通兩個不同學科，即是出位跨際：跳出自己本位之外，跨過了不同學科的分際，觸動不同場域之碰撞，進行新奇組合，容易造就生、新、創、拓之作品，所謂梅迪奇效應，指此。[102]

歐陽脩身為古文家，又懂得繪畫，撰有畫學理論。[103]文學與藝術之創作背景，有助於文與畫之交相融合。士人畫講究神似，不重形似。歐陽脩〈盤車圖〉詩稱：「古畫畫意不畫形，梅

---

[102] 美國 Frans Johansson 著，劉真如譯：《梅迪奇效應》（*The Medici Effect*），臺北：商周出版，2005 年。第二篇〈創造梅迪奇效應〉，頁 52-165。

[103] 參考敏澤：《中國美學思想史》，濟南：齊魯書社，1989 年。第二卷，第三十五章第一節〈歐陽修〉，頁 344-361。周來祥：《中國美學主潮》，濟南：山東大學出版社，1992 年。第五編第十三章第一節，〈歐陽修「明道」與「會意」互糅的美學〉，頁 401-412。

詩詠物無隱情。忘形得意知者寡，不若見詩如見畫。」[104]〈題薛公期畫〉論畫亦云：畫以形似為難，然「筆簡而意足」，尤其難能可貴。《試筆・鑒畫》遂稱：「高下向背，遠近重複，此化工之藝爾。」至於，「蕭條淡泊」、「閑和嚴靜，趣遠之心」之意境，則較難表達。[105]主張如是，影響以蘇軾為主之寫意畫、士人畫之理論提出。

詩中有畫之課題，研究者不乏其人。[106]古文中自有繪畫之理論，或近似繪畫之布局，研究者並不多。亭、臺、樓、閣，殿、廳、廟、堂，塔、齋、寺院、道觀，居高俯瞰，可以流觀上下，亦不妨平視遠望。有此視角以作雜記類古文，期待文中有畫之實臨感受，自在情理之中。站在亭臺樓閣上，以平視的角度看遠方景觀，所謂極目遠眺，即是平遠、迷遠之視角，如平沙落雁、平林漠漠、在水一方等是。抬頭看天空之雲彩、飛鳥、樹梢、峰巒、閣樓、高臺、殿塔，即是高遠之視角。低頭看地面、俯看山谷，是深遠之視角。宋代雜記古文中，應該會有「三遠」視角的體現。

北宋郭熙、郭思《林泉高致》，揭示「三遠」之透視學原理：「山有三遠：自山下而仰山巔，謂之高遠；自山前而窺山後，謂之深遠；自近山而望遠山，謂之平遠。高遠之色清明，深遠之色重晦，平遠之色有明有晦。高遠之勢突兀，深遠之意重

---

[104] 歐陽脩：《歐陽修全集》，《居士集》卷六，〈盤車圖〉，頁43。

[105] 歐陽脩：《歐陽修全集》，《居士外集》卷二十三，〈題薛公期畫〉，頁537。《試筆・鑒畫》，頁1047。

[106] 張高評：《宋詩之傳承與開拓》，臺北：文史哲出版社，1990。下篇，〈宋代「詩中有畫」之傳統與價值〉，頁255-515。張高評：《創意造語與宋詩特色》，臺北：新文豐出版公司，2009年。第六章〈詩畫相資與宋詩之創造思維——宋代詩畫美學與跨際會通〉，頁231-285。

叠，平遠之意沖融而縹縹緲緲。」[107]三遠法，就是一種時空觀，取仰視、俯視、平視等不同視點，以描繪視野中之景物。一般山水畫，多以一個透視焦點觀察景物；「三遠」之法，一舉而打破焦點透視法之局限。較諸歐美之透視學，早於二百多年提出。[108] 不過，散點透視之運用，六朝以及唐代的山水文學，約略已有高遠、平遠、深遠之視角書寫。

相關文獻指出，滁州之山實際不多。歐陽脩為文造情，卻聲稱「環滁皆山也」，贏得文評家許多欣賞。首段文中有畫，鋪敘山、泉、亭：始寫「環滁皆山」，特提「西南諸峰」，再落到瑯邪山，再及釀泉，終而聚焦在「臨於泉上」、「有亭翼然」。自遠而近、自大而小，由山及水、由望至行。移步換景，令人有身歷其境之感受，所謂筆端有畫。「有亭翼然」，刻畫涼亭之形象，以鳥類張開翅膀飛翔譬況之，形象具體而生動。

明茅坤評〈醉翁亭記〉云：「文中之畫。昔人讀此文，謂如遊幽泉邃石，入一層纔見一層，路不窮，興亦不窮。讀已，令人神骨翛然矣。此是文章中洞天也。」稱為文中之畫，譬為文章之洞天，其遠近高低、明暗向背之布置，近似繪畫空間藝術之講究，所謂歷歷如繪。近人曾子魯《韓歐文探勝》亦稱美〈醉翁亭記〉：「文中有詩，詩中有畫。」[109]無論稱為文中有畫、或如

---

[107] 俞劍華編著：《中國畫論類編》，北京：人民美術出版社，1986 年。上卷，宋郭熙、郭思《林泉高致》，〈山水訓〉，頁 639。參考黃長美《中國庭園與文人思想》，臺北：明文書局，1986 年。第四章〈中國山水畫表現之園林思想〉，三，觀景點的布置，頁 78。

[108] 凌嵩郎等編著：《藝術概論》，臺北：空中大學，1987 年：參考，網址：https://kknews.cc/culture/2olan9.html

[109] 明茅坤：《唐宋八大家文鈔》，評〈醉翁亭記〉。曾子魯《韓歐文探勝》，北京：中國文學出版社，1993 年，頁 143-144。

畫，即是歐陽脩《六一詩話》所謂：「狀難寫之景，如在目前」。

明清之評點家多認為：歐陽脩擅長以形傳神，靈感大抵取法自《史記》敘事傳人之風韻。歐陽脩得此啟發，對於遊人之神韻、太守之神韻、山水之神韻，都能恰如其份之掌握，此之謂藉形傳神。六朝顧愷之畫人物畫，大抵藉形傳神。因為神韻抽象存在，不易白描傳寫。歐陽脩〈醉翁亭記〉，呈現動態之描寫視角，移步換景，猶如現今之動畫。敘事、描寫、議論、抒情，即會通化成，融為一體。〈醉翁亭記〉，即其顯例。

〈豐樂亭記〉，先描寫豐樂亭之形勢：「其上豐山聳然而特立，下則幽谷窈然而深藏，中有清泉水翁然而仰出。俯仰左右，顧而樂之。」視角轉換，如觀動畫：高遠，則「其上豐山聳然而特立」；深遠，則「下則幽谷窈然而深藏」，中有清泉水翁然而仰出。次敘唐五代以來，滁州干戈太平事蹟。說古道今，不離本地風光。卒章又記：「日與滁人仰而望山，俯而聽泉，掇幽芳而蔭喬木，風霜冰雪，刻露清秀，四時之景，無不可愛。」仰而望山，俯而聽泉，掇幽芳而蔭喬木云云，則是高遠、深遠、平遠，描述都到。游觀上下中，又俯仰左右，滁水景觀盡收眼底，非文中有畫，而何？而借史抒慨，巧妙穿插議論，能使山水增輝；且又會通描寫、敘事、抒情議論而一之。錢基博謂：「〈豐樂亭記〉，居今以追昔，而為時間之比較。」[110]由此觀之，不必盡然。文中有畫點綴，令人有臨場之感受。

〈叢翠亭記〉，亦文中有畫：叢翠亭「因高以望之」，是平

---

[110] 吳孟復、蔣立甫主編：《古文辭類纂評注》，〈豐樂亭記〉，引錢基博說，頁 1473。

遠、深遠之視角。視角由近而遠，洛陽「都城而南以東」之景觀，可以一覽無餘，此是平遠，或迷遠。以擬人手法，刻劃嵩陽三十六峰：「山之連者、岫者，絡繹聊互，卑相附，高相摩，亭然起，崒然止，來而向，去而背，傾崖怪壑，若奔若蹲，若鬥若倚。」遠近高低、明暗向背，聯想豐富，形象逼真，猶繪事之布置。坐小亭中游觀，而嵩陽諸峰之勝，盡收眼底。仰視山峰，是高遠；向遠方瞭望，是平遠迷遠。暗合散點透視角度之三遠理論。

〈真州東園記〉之緣起，為三人得一廢棄軍營，以作東園。許子春示以園圖，索記於歐陽脩。文中透過一問一答，間接敘述，次第展現東園之景觀風貌。按圖舖述，虛處生情。場景示現，繪聲繪影。寫園林之方位有其前、其右、其北；園景有流水、清池、高臺，拂雲亭、澄虛閣、畫舫舟、清燕堂、射賓圃。又有芙渠支荷、幽蘭白芷諸美景錯落其間。虛實相生，巧構形似。形容之妙，讀其文，如睹真州東園之今昔，感人事之聚散、浮世之滄桑。明茅坤稱歐公〈真州東園記〉：「有畫意」，歸有光評云：「分明一幅東園畫，水墨淋漓尚未乾」。[111]范仲淹作〈岳陽樓記〉之前，未嘗前往洞庭湖。但憑藉滕子京所送圖，即寫出千古名篇。看圖作文，不過胸中丘壑之寫意而已。歐公〈偃虹堤記〉和〈真州東園記〉，亦藉捎畫者之口述，吐露偃虹堤和真州東園之景觀，文中有畫，歷歷如繪。雖是看圖作文，然貴能畫形，兼能寫意。

〈峽州至喜亭記〉，亦文中有畫之作。亭名至喜，取江行至

---

[111] 程千帆主編：《宋遼金元文學分典》，引明茅坤《唐宋八大家文鈔》卷四八，頁 754。歸有光評《歐陽文忠公文》卷七引徐文昭曰，頁 753。

此安流之意。欲寫江行之安流，先寫江行之不測：第二段文字云：「岷江之來，合蜀眾水，出三峽為荊江，傾折回直，捍怒鬥激，束之為湍，觸之為旋。順流之舟，頃刻數百里不及顧視。一失毫釐，與崖石遇，則糜潰漂沒，不見蹤跡。」摹寫荊江之水，曰傾、折、回、直，曰捍、怒、鬥、激，曰怒、激、湍、旋，終以「糜潰漂沒，不見蹤跡」八字，則其驚險不測，繪聲繪影，如聞如見。清孫琮評本文稱：「不寫不測，無以見安流之可喜也，此文家襯起之法。因寫江行，先寫蜀地產物之富，并寫蜀地未通之時，此文家原敘之法。歐公之文，信筆書來，無不合法如此。」[112]諸法錯出，美不勝收。

　　歐陽脩作雜記文，往往不黏題目生發，不著題文發揮。如〈浮槎山水記〉，題文明揭「山水記」，實不黏於「山水」而作記。〈浮槎山水記〉，描繪山水，形容妙肖，如丹青畫圖，堪稱文中有畫。

（二）壺中天地與小中見大

　　晉葛洪《神仙傳》卷九載：（壺公）常懸一空壺於坐上。日入之後，公輒轉足跳入壺中，人莫知所在。公邀費長房，「既入之後，不復見壺，但見樓觀五色，重門閣道，見公左右侍者數十人。」[113]「壺中天地」，納須彌於芥子之中，展示小中見大之美，往往為宋代園林藝術所借重。[114]

---

[112] 程千帆主編：《宋遼金元文學分典》，引清孫琮評：《山曉閣選宋大家歐陽盧陵全集》卷三，頁 760。

[113] 晉葛洪：《神仙傳》，北京：中華書局，1971 年。卷五，〈壺公〉，頁 38。

[114] 王毅：《園林與中國文化》，上海：上海人民出版社，1990 年。第七編第二章〈宋代園林的典型意義之二──「壺中」高度完善的士大夫文化藝術體

　　歐陽脩所作雜記，出於小中見大之文思者不少。前文所述，如〈相州畫錦堂記〉、〈豐樂亭記〉、〈戕竹記〉，以及〈畫舫齋記〉皆是。舉凡涉及園林美學之雜記，如〈真州東園記〉，大抵與道教之「壺中天地」文思較為接近。其次，若有陶淵明〈歸去來兮辭〉：「倚南窗以寄傲，審容膝之易安」之胸襟者，亦屬之。故以下舉歐陽脩〈畫舫齋記〉、〈游鯈亭記〉論說之。

　　西元一〇四二年，契丹南下，歐陽脩憂心忡忡，建言朝廷，然未予理會。於是自請外調，前往河南滑州任通判，於是作〈畫舫齋記〉。辦公廳雕梁畫棟，猶如畫舫，即以為家。船之為用，在此岸渡到彼岸，平安渡濟，並非用來居住。言外之意，滑州只是寓所，不妨隨遇而安。然居安，當思危。歐陽脩掌握「以舟名齋」之題旨，反復發揮，從齋居室內，寫到戶外；再追憶過去經歷，聯想古代隱士，層層推進。空間延展，時間交錯，成為多重宇宙。抒發感慨，發表議論，兼而有之。透過〈畫舫齋記〉，官員失意之苦悶，曲曲傳出。通判滑州，寓居畫舫，雖是個案，然心境之調適，無處而不自得，能小中見大，發人深省。

　　〈游鯈亭記〉，借觀魚賞花，唱歌飲酒，排遣有才之士之苦悶惆悵。亭記先鋪陳長江「汪洋誕漫、風濤晦暝」之壯，下敘寫異母兄雖壯志義勇，志在天下，奈何時運不濟，「困於位卑，無所用以老」。於是鑿池建亭，且歌且飲，「不以汪洋為大，不以方丈為局」，其心浩然，此真壯者之樂。歐陽脩作記，將惠施濠梁之樂，與蛟龍變怪之為壯，小大、狹闊交相比較：以為與「游魚之上下，其為適也」，何以異？故名其亭為「游鯈」。游鯈之語源，蓋即《關尹子·一宇》所稱：「以盆為沼，以石為島，魚

　　系〉，頁 555-611。

環游之，不知其幾千萬里而不窮也。」[115]從「方丈」之狹小天地中，運用烘托映襯手法，展現雖處卑困，仍能「浩然其心」之胸懷。猶魚環盆石而游之，可以「幾千萬里而不窮」。文中渲染江色雄壯，相形之下，而園亭之局促卑狹，自在言外。納須彌山於芥子之中，自微塵可見大千，小中見大，自是辭賦寫作手法之一。

五、結語

歐陽脩之雜記文，或破體為文，或文思出位，創造性思維之發用，此中可見。歐陽發述〈先公事跡〉稱：「公之文，備盡眾體，變化開闔，因物命意，各極其工。」今以雜記文驗之，知父莫若子，信然。

歐陽脩雜記文以賦為文者，或層面鋪寫，圓滿具足；或假設問對，以虛為實；或排偶對比，渲染有味；或以論為記，別子為宗；或以駢為文，對語說景。要之，多為求變追新，創發開拓之名篇佳作。

歐陽脩雜記文之文思出位者，或文中有畫，以形寫神；或壺中天地，小中見大，大多為跨際會通，異領域之碰撞。所謂「備盡眾體，變化開闔，因物命意，各極其工」者，可於此中見之。

歐陽脩作〈偃虹堤記〉、〈真州東園記〉、〈有美堂記〉，皆受託作文，並未親赴現場。其法或假設問對，或發書按圖，蓋有所憑依而行文，所謂「善假於物」。與范仲淹作〈岳陽樓

---

[115] 漢劉向校：尹喜：《關尹子》，臺北：臺灣商務印書館，1973 年。〈一字篇〉，頁 7。

記〉，但參滕子京所示《洞庭晚秋圖》近似。其借用與連結，自是文人興寄法之運用。

　　歐陽脩雜記文，又有紓徐柔婉，吞吐抑揚之特色者，大抵為以詩為文之發用，擬另撰〈歐陽脩雜記文與六一風神——以言近旨遠為例〉論說之。本文從略。

叁、蘇軾〈赤壁賦〉的創新詮釋

提要

　　蘇軾謫遷黃州，創作許多文學經典名篇，〈赤壁賦〉為其中之一。就體式而言，〈赤壁賦〉，薪傳先秦兩漢辭賦之傳統，如假設問對、鋪陳錯彩、排比襯映、韻散相間、托物設喻、卒章顯志等。又進而追新求變，借鏡、移植、稼接、吸納散行的古文特質與技法，於是形成以文為賦之風格。或疑東坡赤壁，非三國古戰場，此猶雪中芭蕉，得心應手，造理入神，所見在牝牡驪黃之外。蘇軾幼承庭訓，言必中當世之過，其學以儒學為底蘊，會通《老》、《莊》、佛、禪而一之。由〈赤壁賦〉觀之，《老子》、《莊子》、《楞嚴經》、《物不遷論》，皆有所體現。蘇軾手書〈赤壁賦〉，故宮藏本作「而吾與子之所共食」，正是《大威德陀羅尼經》「色是眼食，聲為耳食」，所謂六根互用的發揮。總之，無論文體之新奇組合，或哲理之融合會通，多出於創造性思維。〈赤壁賦〉所以獨到、創新、卓越，或由於此。

關鍵詞

　　〈赤壁賦〉　破體　出位　創新　詮釋　蘇軾

一、蘇軾遷謫黃州與文學經典

　　蘇軾（1037～1101），字子瞻，號東坡居士。天資聰穎，學

識淵博，詩、文、詞、賦、四六諸文體，無不精工；又擅長書法、繪畫等藝術，通曉儒學、佛禪、老莊、道教諸義理思想。因為「道大難容，才高為累。」所以，貶黃州、謫惠州、遷儋州，一生仕途坎坷，卻造就文學藝術成就的卓越非凡。南宋孝宗〈蘇文忠公贈太師制〉敕詞：「經綸不究於生前，議論常公於身後；人傳元祐之學，家有眉山之書。」[1]蘇軾學術對後世的影響，享有千秋萬歲的美名，自是公允的評價。

宋神宗任命王安石為參知政事，主持變法革新。蘇軾政治理念本與新黨不合，乃自請外調，任杭州通判。又任徐州、湖州知州。新法施行，如青苗法、食鹽專賣法、助疫法等，多有擾民不便者。蘇軾悲天憫人，關心民生疾苦，于是形諸吟詠，對新法進行批評和諷刺。當此之時，王安石已二次罷相，神宗親自主導變法。於是，作詩譏諷新法，無異於非議君上。[2]元豐二年（1079），御史何正臣等上表彈劾。七月二十八日，湖州知州蘇軾被捕，入御史臺獄，羈押一百三十日。蘇轍等多方營救，同年十二月二十九日獲釋，史稱「烏臺詩案」。[3]

烏臺詩案結案，蘇軾責授檢校尚書、水部員外郎充黃州團練副使、本州安置、不得簽書公事。從神宗元豐三年（1080）二

1　宋蘇軾撰，郎曄選註：《經進東坡文集事略》，卷首，〈蘇文忠公贈太師制〉。香港：中華書局，1979年，頁1。

2　參考宋蘇轍：《欒城集・後集》卷二十二，〈亡兄子瞻端明墓誌銘〉，上海：上海古籍出版社，1987年，頁1410-1422。元脫脫：《宋史》，卷三百三十八〈蘇軾傳〉，北京：中華書局，1985年，頁10802-10809。

3　南宋朋九萬：《東坡烏臺詩案》、清張鑑秋：《眉山詩案廣證》。詳參內山精也：《蘇軾詩研究》，〈東坡烏臺詩案考〉第五章、第六章、第七章，東京：研文出版，2010年。頁167-298。清人張鑑編著《眉山詩案廣證》，又稱「眉山詩案」。

月，至七年四月，蘇軾作為罪人，貶謫黃州安置，前後長達四年另兩個月，是人生的轉折點，政治的失意期，卻是文學創作的豐收季。傳世名作，詩如〈定惠院海棠〉、〈五禽言〉、〈紅梅三首〉、〈寒食雨〉、〈和秦太虛梅花〉、〈洗兒戲作〉；詞如〈卜算子〉（缺月掛疏桐）、〈定風波〉（莫聽穿林打葉聲）、〈洞仙歌〉（冰肌玉骨）、〈念奴嬌〉（大江東去）、〈臨江仙〉（夜飲東坡醒復醉）；文如〈方山子傳〉、〈記承天寺夜遊〉；賦如〈前赤壁賦〉、〈後赤壁賦〉，皆創作於謫居黃州時期。蘇軾〈自題金山畫像〉：「問汝平生功業，黃州、惠州、儋州。」[4] 是詩人自嘲，亦是立言不朽的絕佳自白。語云：「詩人不幸詩家幸」，李白、杜甫、李商隱如此，蘇軾亦然。

　　蘇軾的人生思想，始終以儒家思想為底蘊，充滿「奮厲有當世志」的淑世精神。進而儒、老、莊、佛、禪會通化成，雜揉並存，不同時期，分別體現不同的思想傾向。任官時期，以悲天憫人，兼善天下的儒家胸襟為主。雖貶黃州、謫惠州、遷儋州，仍保持樂觀用世之心志。貶謫時期，則同時追求佛禪之心無牽掛，任運自如；老莊思想之超脫自在，物我兩忘。[5] 漢司馬遷〈報任安書〉稱：「詩三百篇，大抵聖賢發憤之所為作」，唐韓愈〈送孟東野序〉：「大凡物不得其平則鳴。」宋歐陽脩〈梅聖俞詩集序〉：「非詩之能窮人，殆窮者而後工也。」蘇軾貶謫黃州，人生際遇可謂窮矣！前塵往事，不平之事如此之多，如何發憤而表

4　宋蘇軾著，清王文誥、馮應榴輯注，孔凡禮點校：《蘇軾詩集》卷四十八，〈自題金山畫像〉：「心似已灰之木，身如不繫之舟。問汝平生功業，黃州、惠州、儋州。」臺北：學海出版社，1985 年，頁 2641。

5　參考王水照：《蘇軾論稿》，〈蘇軾創作的發展階段〉、〈蘇軾的人生思考和文化性格〉，臺北：萬卷樓出版公司，1994 年，頁 3-17，頁 69-81。

現於創作？

　　蘇軾作為罪人，貶謫黃州，寓居臨皋亭。得黃州太守徐君猷善待，許可自由往來宴游。宋神宗元豐五年（1082），蘇軾年四十七，七月十六日，泛舟夜游於赤壁之下，作〈赤壁賦〉。蘇文淵博如海、汪漫暢達、一瀉千里，出以氣勝的風格，此中可見。〈赤壁賦〉之文學成就，歷代評價極高。或曰：「行歌笑傲，憤世嫉邪」；或云：「瀟灑神奇，出塵絕俗」；「一洗萬古，不能髣髴其一語」；「所見無絕殊者，而文境邈不可攀」；或謂：「胸襟既高，識解復絕；奇妙之作，通于造化」。[6]〈赤壁賦〉作為謫黃時期的文學經典，由此可見一斑。

　　〈赤壁賦〉，又稱〈前赤壁賦〉，為文學之經典名篇。詮釋、解讀、鑑賞、品析者，古往今來，絡繹不絕。今綜合蘇軾學術思想與審美趣味，詳人之所略，重人之所輕，而異人之所同，從七個面向解讀〈赤壁賦〉，闡發作品之美妙：（一）辭賦薪傳與新變代雄；（二）以文為賦與「破體」「出位」；（三）雪中芭蕉，牝牡驪黃之外；（四）主客問對，釋疑辨惑；（五）體物寫志，藉賦發論；（六）曲終奏雅，卒章顯志；（七）儒學與《老子》、《莊子》、佛禪之會通。分論如下：

二、辭賦薪傳與新變代雄

　　賦，由楚辭演變而來，是一種亦詩亦文，非詩非文的文體。

6　王水照：《蘇軾選集》，〈文選·前赤壁賦〉評箋，臺北：萬卷樓出版公司，1993 年，頁 387-390。曾棗莊編：《蘇文彙評》卷上，〈赤壁賦〉，臺北：文史哲出版社，1998 年，頁 3-21。

[7]自屈原宋玉作騷賦，荀卿作短賦，經兩漢演變為大賦，魏晉六朝為俳賦、抒情小賦，唐宋為律賦、散文賦。至宋代，受詩文革新運動影響，促使賦體散文化，會通古文而一之，成為詩、文、駢、賦四位一體的散文賦。

散文賦，又稱文賦、散賦，其特色為廢棄駢律的限制，致力於駢散的會通與融合，形成一種散行的自由、駢行的偶對、詩歌的韻律，又不失辭賦風格的體裁。唐代如杜牧〈阿房宮賦〉、李華〈弔古戰場文〉，宋代如歐陽脩〈秋聲賦〉、蘇軾前後〈赤壁賦〉，堪稱散文賦的經典作品。蕭子顯《南齊書・文學傳論》論文章：「若無新變，不能代雄。」文學的生存發展、窮變通久，一語道盡無遺。詩、文、詞、賦、四六，要皆如此，了無例外。

蘇軾長於詩、文、詞、賦、四六等文體，往往破體為文，會通諸體於一篇之中，不獨辭賦為然。宋蘇籀《欒城遺言》評〈赤壁賦〉：「髣髴屈原、宋玉之作，漢唐諸公皆莫及也。」宋謝枋得《文章軌範》卷七亦稱：「此賦學《莊》、《騷》文法，無一句與《莊》、《騷》相似。非超然之才，絕倫之識，不能為也。」〈赤壁賦〉從模仿屈原、宋玉入手，所謂宗祖屈宋，學其文法。有本有源之外，又知所新變，學而不為，故無一句相似，至理奇趣，有自家風格。宋張表臣《珊瑚鉤詩話》稱：欲求超騰飛翥，必先祖述憲章，此宋人之學古論。致力學古，盡心通變，蔚為宋代文學之新變代雄。

宋人以散文氣格作賦，主要為了突破賦學的困境，拓開藝術的空間，以便獲得更多的創作自由。在創作意圖上，與漢人以文

---

[7] 郭紹虞：《照隅室雜著》，〈論賦兼及賦史〉，上海：上海古籍出版社，1986 年，頁 201-204。

為賦相近似，都以追求新變為依歸。宋代文賦自歐陽脩〈秋聲賦〉、蘇軾〈赤壁賦〉以下諸名篇，大多模仿漢賦而又有所新變：審美風格，崇尚平易曉暢，不事雕琢；審美趣味，傾向損悲自達、尚理造境，故宋賦與漢賦相較，審美特徵遂迥不相侔。[8]其中，宋人的義理之學，充實而提昇了宋賦中的人生境界。蘇軾〈赤壁賦〉文尾，闡發變與不變的哲理，以及物各有主，人所共食的觀點，卒章顯志，可為代表。

三、以文為賦與「破體」、「出位」

文體分類，曰詩曰文、曰駢曰賦，皆起於後人歸納前代作品所得，是相對的說法，不是絕對的區別。錢鍾書《管錐編》宣稱：「名家名篇，往往破體，而文體亦因以恢宏焉。」[9]以文體分類學而言，名家名篇敢於打破既定的體制，突破現有的規範，是名為「破體」。破體的現象，自古有之，於宋為烈。宋人的文學創作，一方面恪守尊體辨體的制約，另一方面更講究超常越規的變體破體。如以文為詩、以詩為詞、以賦為文、以文為賦、以文為四六等，皆是突破當行，疏離本色，進行文體間的新奇組合。因會通而改造了文學的體格，是所謂破體為文。

宋代的文化政策，標榜兼容並包，會通為一；於是理一分殊，成為哲學思想之主張。反映於文藝上，即成破體為文、出位

8　許結：《中國賦學歷史與批評》，南京：江蘇教育出版社，2001 年。中編〈因革論〉，五，「論宋賦的歷史承變與文化品格」，頁 250-267。

9　錢鍾書《管錐編》，第三冊〈全漢文〉卷十六。臺北：書林出版公司，1990年，頁 890。參考張高評《會通化成與宋代詩學》，〈「破體出位」與宋代文學的整合研究〉。臺南：成功大學出版組，2000 年，頁 271-289。

之思。宋人以「可通」作為交融的觸媒，以「異質」作為借鏡的源泉。破體為文，經由嫁接、換元、創意組合，於是文體再造、風格生新。古文寫作有其本色，如講究章法、句法、字法，化複句為單句，妙用虛字語助，寓議論抒情於形象之中，富於質實、理道、詞達、載道、實用之風格。辭賦的本色，如假設問對、鋪陳錯彩、排比襯映、韻散相間、托物設喻、卒章顯志等。以辭賦的特色為本位，旁通、借鏡、移植、稼接散行的古文，即是以文為賦。如此，可以突破本色，疏離當行，進行文體間之新奇組合，會通化成，而創發新文體，誕生新風格。[10]

　　破體，是一種文體混血的再造工程。宋人所作散文賦，說理狀物，多純任自然。[11]蘇軾〈赤壁賦〉以文為賦，顯然有較具體的反應。其文體為賦，故辭賦的特質，如鋪陳、對稱、渲染、誇飾、類比、摹繪、映襯、排比、設問、歷數諸法，多表現無遺。[12]清人張伯行《唐宋八大家文鈔》卷八稱：「以文為賦，藏叶韻于不覺，此坡公工筆也。憑弔江山，恨人生之如寄；流連風月，

10　破體，指將其他文體之特質與本色，轉介、移植於本位文體之中，迭經移植換元、創意組合，於是促成文體再造、風格生新。如：古文之特色為典實、理道、詞達、載道，為事之實用；移以置人貴清空、主風神、尚詞婉、崇虛用、陶性情之詩歌中；或以古文章法句法入詩、以議論入詩、以虛詞、奇零句入詩，會通化成，則體現為以文為詩。將原本隸屬於詩歌之題材、主題、語匯、意象、風格，憑借新奇組合，而體現於詞體中，則是以詩為詞。辭賦本色如假設問對、鋪陳錯彩、排比襯映、韻散相間、托物設喻、卒章顯誌，體現於古文之中，則成以賦為文。凡此，皆突破本色，疏離當行，進行文體間之新奇組合，大抵切合創造性思維之表現。

11　參考張高評〈破體與創造性思維——宋代文體學之新詮釋〉，《中山大學學報》2009年3期，總219期。張高評：《《苕溪漁隱叢話》與宋代詩學典範——兼論詩話刊行及其傳媒效應》，附錄〈宋代詩話文體學之新詮釋——破體與創造性思維〉。臺北：新文豐出版公司，2012年，頁449-486。

12　張高評〈破體與宋詩特色之形成——以「以賦為詩」為例〉，《宋詩之新變與代雄》，臺北：洪葉文化出版公司，1995年，頁241。

喜造物之無私。一難一解。悠然曠然。」揭示〈赤壁賦〉以文為賦，凸顯破體為文之特色。吳闓生《古文範》：「此篇初何嘗為古今賦家體格所拘，而縱意所如，自抒懷抱，空曠高古，夐不可攀。」[13]已稍稍觸及破體為文之活法。

孫梅《四六叢話》稱文賦，為「古文之有韻者」。今觀〈赤壁賦〉，韻散相間，首尾換韻十二次。考其用韻處，參差錯落，間隔數句；押韻不必在句末，往往韻隨心轉。聲情之美，朗讀自明。「藏叶韻于不覺」，見辭賦亦詩亦文、非詩非文之特色。〈赤壁賦〉受漢大賦影響，採用主客問對的方式，闡述作者的思想、意趣（詳下）。行文使用排比與對偶者多，富於駢賦和律賦的氣息。然而並不拘執賦體行文的體式，往往穿插散文筆法，長短參差、散整錯綜，形成韻散自然結合、詩文和諧統一的傑作。其散文的筆勢筆調，使全文與賦的講究對偶不同而更為自由。如起首「壬戌之秋，七月既望，蘇子與客泛舟遊於赤壁之下」，皆為散句，參差中有整飭。全文散整穿插，若此者多。由是至篇末，換韻較快，體現詩歌的情致，極富聲韻之美。至於恨人生、喜造物云云，則詠懷議論兼而有之，託物言志、寓議論詠懷於形象之中。

論者稱：宋代文賦，以散體語勢為行文風格，以議論治亂、心性修養、抒發人生感悟為思想內容，以淺顯平易、追求理趣，作為語言特色。因此，文賦的詠懷寫志，可以補強散文的抒情功能；文賦的富於理趣，可以救濟論說的感悟比重。[14]凡此，皆是

<hr>

13 吳闓生：《古文範》，下編二，〈前赤壁賦〉。臺北：臺灣中華書局，1984年，頁18，總頁180。

14 劉培：《兩宋辭賦史》，第二章第八節〈文賦的形成〉，濟南：山東人民出版社，2012年，頁182-188。

破體為文的效用。至於立足於儒學，受容於《老》《莊》，濡染於佛禪，會通化成而一之，此乃蘇軾散文賦「出位之思」（錢鍾書語）的特色，〈赤壁賦〉堪稱典範（詳見後文）。

四、雪中芭蕉，牝牡驪黃之外

江漢之間，名為赤壁者有五：分別位於黃州、嘉魚、江夏、漢陽、漢川。三國鏖兵之歷史古戰場，究竟位在何處？宋王象之《輿地紀勝》引《圖經》，指江夏之說近古而合於史。清顧祖禹《讀史方輿紀要》，指曹公赤壁在嘉魚縣，即今蒲圻縣西北。二說相持不下，迄無定論。然唐杜牧曾任黃州刺史，作〈赤壁〉、〈齊安郡晚秋〉二詩，則視黃州赤鼻磯為三國古戰場。[15]然則，三國爭戰之赤壁，與蘇軾所遊之赤壁，一武一文，有異同乎？

蘇軾謫居黃州，壬戌之秋，七月既望，李委秀才來相別，乃以小舟載酒，與客楊世昌等游于赤壁之下，於是有〈赤壁賦〉之作。東坡所遊赤壁，在黃州州治之西，名赤鼻磯。蘇軾〈與范子豐書〉云：

> 黃州少西山麓，斗入江中，石室如丹。《傳》云：「曹公敗所」，。謂赤壁者；或曰「非也」。[16]

---

[15] 愛新覺羅弘曆御選《唐宋文醇》卷三十八：「今世人以赤壁在武昌嘉魚縣，東坡所遊者黃州赤壁也，恐亦未確。」參考朱靖華〈黃州赤壁確為赤壁之戰古戰場〉，《華中師範大學學報》，「赤壁戰地辨證專輯」，1992 年。

[16] 宋蘇軾著，孔凡禮點校：《蘇軾文集》卷五十，〈尺牘・與范子豐八首〉其七，北京：中華書局，1986 年，頁 1452-1453。

　　黃州赤壁，是否即曹公赤壁？歷來說法紛歧。蘇軾〈赤壁賦〉稱：「西望夏口，東望武昌，山川相繆，鬱乎蒼蒼，此非孟德之困于周郎者乎？」〈念奴嬌·赤壁懷古〉云：「故壘西邊，人道是三國周郎赤壁」。由此可見，東坡信而又疑，疑中有信。掉弄玄虛，並未坐實確指；反詰模稜，徒令人惑。為文有比興寄託之法，所謂東坡赤壁、文赤壁者，實指此等。

　　遙想蘇軾當下，不過「坐念孟德、公瑾如昨日耳」，遂借景弔古，比興寄託，以之寫其胸中之塊壘。託物諷諭，固辭賦寫作之常法，何妨以假作真，無中生有，稍作乾坤之挪移？《列子·說符》敘九方皋相良馬，在牝牡驪黃之外，所謂「得其精忘其麤，在其內而忘其外；見其所見，不見其所不見；視其所視，而遺其所不視。若皋之相者，乃有貴乎馬者也。」[17]九方皋相馬，所以為天下之馬者，蓋所見者天機神氣之精，所不見者毛色或驪或黃之粗。九方皋相馬，在牝牡驪黃之外，以此。王維畫〈雪中芭蕉〉，可以不問四時，亦有異曲同工之妙。宋沈括《夢溪筆談·書畫》：

　　　王維畫物，多不問四時。如畫花往往以桃、杏、芙蓉、蓮花同畫一景。予家所藏摩詰畫《袁安臥雪圖》，有〈雪中芭蕉〉。此乃得心應手，意到便成，故造理入神，迥得天意，此難與俗人論也。[18]

---

[17] 戰國列禦寇著，楊伯峻集釋：《列子集釋》，臺北：華正書局，1987 年，卷八〈說符〉，頁 255-258。

[18] 宋沈括著，胡道靜校注：新校正《夢溪筆談》，卷十七〈書畫〉，香港：中華書局，1973 年，頁 169。

東坡作前後〈赤壁賦〉、〈念奴嬌‧赤壁懷古〉，借景弔古，比興寄託，將黃州赤壁與三國鏖兵之赤壁混同無別。猶如王維畫〈雪中芭蕉〉，可以不問四時，將春花與秋英同入畫中，所謂「得心應手，意到便成」，以意逆志可也。此猶九方皋相馬，用心於牝牡驪黃之外。

蘇軾遊黃州赤壁，「坐念孟德、公瑾如昨日耳」，於是油然懷古，落想三國赤壁鏖兵；於是比興寄託，而有前後〈赤壁〉、〈念奴嬌〉之作。誠如元許有壬〈赤壁〉詩所云：「坡翁乘興賦〈赤壁〉，爛漫天真湧毫楮。偶從雪裏寫芭蕉，又似驪黃不毛舉。」清朱日清〈赤壁懷古〉詩亦稱：「赤壁何須問出處？東坡本是借江山。」乘興賦、借江山，託物以遣興寫志，固文人之雅事。至於筆下之赤壁，究指黃州？或嘉魚？抑江夏？《孟子‧萬章上》稱：「說詩者，不以文害辭，不以辭害志。以意逆志，是為得之。」以意逆志，知人論世，是謂得之。

作者既託物以寫志，讀者何妨以意逆志。若太拘執，何異刻舟求劍，膠柱鼓瑟。《莊子‧外物》稱：「筌者所以在魚，得魚而忘筌；蹄者所以在兔，得兔而忘蹄；言者所以在意，得意而忘言」。[19]善哉，得魚忘筌，得意可以忘言。解讀文學創作之赤壁，不同於理解歷史現場之赤壁，得意而忘言可也！

五、主客問對，釋疑辨惑

屈原作〈卜居〉、〈漁父〉，宋玉作〈登徒子好色賦〉，多

---

[19] 戰國莊周，清郭慶藩釋：《莊子集釋》卷九下，〈外物第二十六〉，臺北：河洛圖書公司，1974年，頁944。

以主客問對為章法，以之解釋疑難，辨析迷惑。《莊子》、《列子》，亦載主客之辭，假設問對，以申明作意。漢大賦如枚乘〈七發〉、司馬相如〈子虛賦〉〈上林賦〉，揚雄〈長楊賦〉、班固〈兩都賦〉〈答賓戲〉、東方朔〈答客難〉，以及《史記》〈滑稽列傳〉、〈太史公自序〉等，亦皆主談議、設客問，以辯明指趣。蘇軾所作辭賦，如前後〈赤壁賦〉、〈後杞菊賦〉、〈黠鼠賦〉、〈秋陽賦〉，亦多出於主客問對、設辭應答的體式，此有得於辭賦傳統之體式。

樂、悲、喜三種情緒，為〈赤壁賦〉行文的三部曲。蘇軾以主客問答的賦法，申說對宇宙、對人生的見解。首先，敘記借遊赤壁之「樂」。其次，以主客答問方式抒情，表現「樂」極而生「悲」之因緣。最後，又運用主客問對體式論說，跳脫「悲哀」，轉向「喜笑」。蘇軾〈赤壁賦〉，因客吹簫，而傳怨慕之聲，主人以此而有「何為其然也」之設問。客人以憑弔赤壁古戰場作答，而成「月明星稀，烏鵲南飛」一段妙文。從如怨如慕、如泣如訴的洞簫聲中，引出客人思古之幽情。以曹操的〈短歌行〉起興，而有設問一：「此非曹孟德之詩乎？」自「西望夏口」以下五句，再以眼前的山川形勝，藉客語憑弔歷史興亡，而有設問二：「此非孟德之困于周郎者乎？」自「方其破荊州，下江陵」以下八句，舖采摛文，錯置古今，引領讀者重回三國鏖兵的赤壁古戰場。總之，〈赤壁賦〉借主客問答，「悲」與「樂」對比烘托，頗便於抒情寫志，令人油然而生身歷實境之感受。

蘇軾借客之口，稱揚曹孟德允文允武，顧盼自雄之形象，歷歷如在目前：「方其破荊州，下江陵，順流而東也，舳艫千里，旌旗蔽空，釃酒臨江，橫槊賦詩，固一世之雄也！」欲抑先揚，此行文頓挫之法。慨歎孟德當年赤壁鏖兵，「固一世之雄也」！

然最終困於周郎，檣櫓飛灰煙滅，「而今安在哉？」千古風流人物，都隨浪花淘盡。人生的興衰成敗，大起大落，何嘗不然？洞簫客所云「寄蜉蝣於天地，渺滄海之一粟。哀吾生之須臾，羨長江之無窮。」興發生命渺小，人生短暫的慨嘆。這種傷悲，緣於對生命的眷戀，有其積極向上的意義，代表蘇軾人生觀的一個面向，假借客人之口表出。所謂借他人之酒杯，澆自己胸中之塊壘，借乙說甲，文章之常法。文中設置兩次發問，皆有所寄託，以宣洩其感憤，可使文章波瀾起伏，無一平筆。

　　蘇子應答，由情入理，抒發己見，自感情的抒寫轉入哲理的闡發，回應洞簫客人生無常的感慨，以破解悲情，寬慰友朋。文賦的體制，既可借場景以抒情，更可以憑藉水、月、風的形象而說理。蘇軾以眼前的江水、明月、清風設喻取譬，提出「逝者如斯，而未嘗往也；盈虛者如彼，而卒莫消長也」的辯證論點。凸顯了「變」與「不變」的哲理，以及「物各有主，人所共食」的觀點。顯示蘇軾雖身處遷謫逆境，仍能持盈保泰、豁達超脫、樂觀進取、隨緣自適。（詳後）蘇軾宦途不幸，而遭逢困頓，究竟怎樣調和情理？如何安頓生命？[20]〈赤壁賦〉闡發「變」與「不變」的哲理，其中的人生觀與宇宙觀，頗有啓示，值得借鏡參悟。

　　薪傳自屈原、宋玉、莊子、列子，以及漢賦之主客問對法，虛設人物問對的章法結構，頗便於釋疑辨惑，申說闡發。語云：「有所法而後成，有所變而後大」，〈赤壁賦〉能有所新變，故可稱雄當代，澤被後世。

---

[20] 張高評：《宋詩特色之發想與建構》，第七章〈蘇軾、黃庭堅邊謫詩與道家美學——邊謫與生命安頓〉，臺北：元華文創公司，2018 年，頁 185-221。

六、體物寫志，藉賦發論

　　從「壬戌之秋，七月既望，蘇子與客泛舟遊於赤壁之下」看來，〈赤壁賦〉自是一篇遊記。然細觀文章，並未著意客觀記述景物，而是以闡明哲理，發表議論為主。注重會通化成，冶敘事、抒情、描寫、議論而一之，此宋人文體學之大凡。《赤壁賦》，以江風、明月為主景，貫串全文，以山水、古戰場為背景，穿插點綴其間。全文聚焦於風、月，以之描繪形象，抒情寫志，開展議論，寓託哲理。

　　漢王逸《楚辭章句・序》稱：「《離騷》之文，依《詩》取興，引類譬諭。故善鳥香草，以配忠貞；惡禽臭物，以比讒佞；靈修美人，以媲於君。」〈赤壁賦〉：「誦〈明月〉之詩，歌〈窈窕〉之章。」一般指《詩・陳風・月出》第一章。或說，上句指曹操〈短歌行〉：「明明如月，何時可掇」；「月明星稀，烏鵲南飛。」下句，則指《詩・周南・關雎》第一章：「窈窕淑女，君子好逑。」若就第二段、第三段之情節呼應而言，或說自有可取之處。重點當在蘇子扣舷所歌：「渺渺兮予懷，望美人兮天一方。」懷望美人，正切合王逸所云「靈修美人，以媲於君」比興寄託之說。蘇軾無端罹禍，含冤入烏臺獄，旋又遷謫黃州，卻依然眷念君王，忠愛朝廷。其後，神宗讀〈赤壁賦〉，見「懷望美人」云云，曰：「蘇軾終是愛君！」東坡以詩諷諭之意顯然可知。

　　《文心雕龍・詮賦》：「賦者，舖也。舖采摛文，體物寫志也。」〈赤壁賦〉體物，多聚焦在「月」的圖寫，以及洞簫聲的形容上。而且，體物的作用，在為寫志作舖墊。如寫水，曰「清風徐來，水波不興」；「白露橫江，水光接天」，文中有畫，為

遊赤壁之樂作張本。如寫月，曰「誦〈明月〉之詩：歌〈窈窕〉之章。少焉，月出於東山之上，徘徊於斗牛之間」，動態演示，興起下文之望月懷人。寫洞簫聲，曰「其聲嗚嗚然，如怨如慕，如泣如訴，餘音嫋嫋，不絕如縷。舞幽壑之潛蛟，泣孤舟之嫠婦。」長於譬況，形容妙肖；工於誇飾，意象浮現。簫聲哀戚，見於言外，為〈赤壁賦〉樂極生悲，自悲轉喜三部曲作轉折。本文體物之妙，在隨物賦形，窮形盡相，著墨不多，而形象生動。

　　〈赤壁賦〉作為辭賦之一體，其舖采摛文處，不在景物與事件。而是透過憑弔古人古事，品賞江風水月，以形象思維體現抽象哲理，進行比物聯類的鋪排，而意象歷歷浮現。〈赤壁賦〉憑弔赤壁古戰場，鋪排曹操的允文允武、數說其盛衰興亡：「『月明星稀，烏鵲南飛』，此非曹孟德之詩乎？」以下十五句，鋪陳錯采，以之塑造曹操「一世之雄」的形象，有聲有色，何其喧赫。旋即下一轉語，感慨「而今安在哉？」前一句方贊曹操，為「一世之雄」；下一句立歎：「而今安在？」如此情境，正如蘇軾〈薄薄酒〉其二所云：「達人自達酒何功？世間是非憂樂本來空。」[21]又如明楊慎〈臨江仙〉詞所云：「滾滾長江東逝水，浪花淘盡英雄，是非成敗轉頭空。青山依舊在，幾度夕陽紅。」[22]三者皆同一情境，可以相參互發。

　　〈赤壁賦〉之舖采摛文，又體現在品賞江風水月上，如「縱

21　宋蘇軾著，孔凡禮點校：《蘇軾詩集》卷十四，〈薄薄酒〉其二，臺北：學海出版社，698。

22　明楊慎：《廿一史彈詞》第三段，說秦漢開場詞〈臨江仙〉，其後，羅貫中著《三國志演義》，卷首借用為開場之詞。明羅貫中著，陳曦鐘等輯校：《三國演義》會評本，北京：北京大學出版社，1986 年，卷首「詞曰」云云，頁 1。

一葦之所如,凌萬頃之茫然」,一葦面對萬頃,懸殊之對比,而渺小可知。「浩浩乎如馮虛御風,而不知其所止;飄飄乎如遺世獨立,羽化而登仙」;如馮虛御風、如遺世獨立、如羽化登仙,經過鋪采摛文,而歡樂可知。「寄蜉蝣於天地,渺滄海之一粟。哀吾生之須臾,羨長江之無窮」;藉由形象之對襯鋪排,而哀樂心情之轉折,立馬可感。清浦起龍《古文眉詮》稱〈赤壁賦〉:「其托物也不粘,其感興也不脫,純乎化機。」信然!

蘇子曰:「客亦知夫水與月乎」云云,為賦體的卒章顯志,曲終奏雅,可分為前後兩小節。其一,「客亦知夫水與月乎」以下九句,將水與月作為喻體,以闡明或變或不變的哲理。蘇子對列或變或不變的哲理,辯證「物我無盡,人所共食」的觀點,鋪采摛文,寫其心志,適足以化解洞簫客的悲戚傷感。蘇軾身處遷謫逆境,得《老》、《莊》、佛禪的啓迪,存有豁達樂觀,超脫自在的人生觀,故能隨緣自適如此。

其二,水與月,再鋪采摛文,如「惟江上之清風,與山間之明月」以下七句,江上之清風、山間之明月,作為自得其樂、目擊道存的場景。〈赤壁賦〉強調:「天地之間,物各有主。苟非吾之所有,雖一毫而莫取。」洞簫客哀吾生,羨長江,思挾飛仙,欲抱明月,因為「不可乎驟得」,所以哀從心起,悲從中來。若能領悟生命的久長,人世的富貴,「物各有主」,「非吾所有」。唯有「江上之清風,與山間之明月」,目擊道存,人所共食。換言之,拋棄一切「非吾所有」,享受當下之江風山月,足以排遣洞簫客的悲情與哀歎。在心境追求上,蘇軾思想具有二重性:以儒家的經世致用為政治理想,兼用莊禪的超脫曠達慰藉不遇,由此可見一斑。

七、曲終奏雅，卒章顯志

「亂曰」，本指古代樂曲的最終一章。其後，移用於《楚辭》，置於尾章，成為全篇主旨的結穴。[23]漢王逸《楚辭章句序》以為：「亂，理也。所以發理詞指，總攝其要也。」[24]《楚辭》中的「亂曰」，或概括總結，或升華主題，或對前文進行反復陳詞。如〈離騷〉、〈招魂〉、〈抽思〉、〈哀郢〉、〈涉江〉、〈懷沙〉篇末，皆有「亂曰」，可為明證。

蘇子曰：「客亦知夫水與月乎」一段，就辭賦體制而言，相當於〈赤壁賦〉的「亂曰」。上一段洞簫客感歎：「寄蜉蝣於天地」，「哀吾生之須臾」；本段升華主題，反復陳詞，稱「自其不變者而觀之，則物與我皆無盡也。」我之所以「無盡」，實期待立德、立功、立言三不朽。蘇軾雖遭橫逆貶竄，立身行事仍然積極樂觀，時時秉持這種「不變」的視角，一直深信「物與我皆無盡」的生活哲學。[25]所以〈赤壁賦〉的尾章，跳脫哀樂，隨緣自適，凸出物我無盡，水月共食，作為全篇主旨的結穴。此之謂曲終奏雅，卒章顯志。

樂、悲、喜，為〈赤壁賦〉抒情之三部曲。初由主客的「飲酒樂甚」，轉向洞簫客的哀怨傷悲，經主人水月山風的開示解

[23] 參考徐正英：〈清華簡《周公之琴舞》組詩對《詩經》原始形態的保存及被楚辭形式的接受〉，《文學評論》，2014 年第 4 期。陳志霞〈楚辭「亂曰」的內涵及功用——以〈離騷〉〈招魂〉〈九歌〉為例〉，《現代語文》2015年 12 期。

[24] 漢王逸注，白化文等點校：《楚辭補注》，〈離騷經章句第一〉，北京：中華書局，1983 年，頁 47。

[25] 意本吳小如〈赤壁賦〉賞析，周先慎主編：《蘇軾散文賞析集》，成都：巴蜀書社，1994 年，頁 10。

惑，最後歸結到「客喜而笑」，賓主盡歡。水月山風，目擊而道存，蘇子所謂：「耳得之而為聲，目遇之而成色，取之無禁，用之不竭，是造物者之無盡藏也。」誠然！論者評〈赤壁賦〉：「賦中情、景、理、境參融一體。如詩如畫。然探其妙諦，當于『蘇子曰』一段議論文字求之。」[26]信然！

八、儒學與《老子》、《莊子》、佛禪之會通

（一）儒學為思想底蘊，會通《老》、《莊》、佛、禪

　　蘇軾文藝思想，深受儒學的影響，〈赤壁賦〉有隱隱約約的體現。其父蘇洵諄諄教示：詩文應「有為而作」，「言必中當世之過」。東坡終其一生，「不以身禍福，易其憂國之心」，要皆庭訓之發用。[27]年青時曾作策論五十篇，頗見內聖外王之儒家思想。宋釋惠洪《冷齋夜話》曾稱：蘇軾〈濁醪有妙理賦〉得孟子心正性善之意。[28]論者於是推衍：〈赤壁賦〉稱「泣孤舟之嫠婦」，深涵博施濟眾之情懷；而「侶魚蝦而友麋鹿」，富有民胞物與之胸襟。要之，皆仁心之體現。[29]另外，「誦明月之詩，歌

---

[26] 〈赤壁賦〉的藝術思想層次有三：一是莊學淵源，二是佛學影響，三是仁心體現。說見許結：《中國賦學歷史與批評》，下編〈批評論〉，十一，「蘇賦新論・蘇賦的審美風格」，南京：江蘇教育出版社，2001 年，頁 544。

[27] 參考徐中玉：《論蘇軾的創作經驗》，一，〈言必中當世之過〉，上海：華東師大出版社，1981 年，引蘇軾〈鳧繹先生詩集敘〉，陸游《放翁題跋・跋東坡帖》，頁 1-18。

[28] 宋釋惠洪：《冷齋夜話》卷一，〈鳳翔壁上詩〉，見張伯偉編校：《稀見本宋人詩話四種》，南京：江蘇古籍出版社，2002 年，頁 15。

[29] 許結：《中國賦學歷史與批評》，下編〈批評論〉，十一，「蘇賦新論・蘇賦的審美風格」，頁 546-547。

窈窕之章」，表現儒者詩樂相成的美學。儒學講究經世致用、兼
善天下，蘇軾謫居困頓，不能奮飛，窮則獨善其身，〈赤壁賦〉
只能心嚮神往：懷望天一方的賢君，憧憬「一世之雄」的曹操，
這是蘇軾的淑世精神。

　　至於《老子》、《莊子》，與佛禪的發用，於「客亦知夫水
與月乎」一段，有較集中而顯著的例證。清儲欣《唐宋八大家類
選》評〈赤壁賦〉，謂：「出入仙佛，賦一變矣！」蘇軾〈赤壁
賦〉，賦作出入儒、佛、老、莊，時時作「出位之思」，盡心致
力於新奇組合，於是體格遂有新變，風格遂能代雄。蘇軾文學的
博大精深，於此可見一斑。

　　〈赤壁賦〉：「逝者如斯，而未嘗往也」一段，論或
「變」、或「不變」的哲理，緣於〈赤壁賦〉的出位之思。除了
儒家思想以外，又會通《老子》、《莊子》、《楞嚴經》、《物
不遷論》、《大威德陀羅尼經》。擇其要者言之，有四大面向：
其一，有《老子》「獨立而不改，周行而不殆」之意。《朱子語
類》主之。[30] 其二，指運用《莊子·德充符》的觀點，宋吳子
良《荊溪林下偶談》，宋周密《浩然齋雅談》主之。[31]其三，除
了用《莊子》句法之外，又暗用《楞嚴經》經旨，為宋周密《浩
然齋雅談》所主張。[32]其四，化用僧肇《物不遷論》的佛典，
《朱子語類》如是說。[33]

　　「出位之思」，會通化成、兼容開放，為宋型文化的特質之

---

[30] 宋黎靖德：《朱子語類》卷一三〇。

[31] 宋吳子良：《荊溪林下偶談》〈坡賦祖《莊子》〉。宋周密《浩然齋雅談》
卷上。

[32] 宋周密；《浩然齊雅談》卷上。

[33] 宋黎靖德：《朱子語類》卷一三〇。宋周密《浩然齊雅談》卷上。

一。宋代文學既為宋代文化的反映，也隱含這種特質。由此觀之，無論宋型文化，或宋代文學，多致力於合併重組之創意策略。宋詩面對唐詩繁榮的高峰，為補偏救弊，改善體質，於是詩人立足本位文藝，肆力旁搜，往往跳出詩體之外，去尋求可資利用之泉源，以便作為補償、吸收、借鏡、化用之依據。此種現象，錢鍾書稱為「出位之思」（andersstreben）。[34]宋詩如此，宋代辭賦亦然：跳出本位之外，思想內容除立基於儒學之外，又出位借鏡藝術，如繪畫、書法，借鏡哲學思想，如《老》、《莊》、佛禪、道教。蘇軾文學作品之多采多姿，或由於此。

（二）〈赤壁賦〉與《老子》、《莊子》

《朱子語類》以為：〈赤壁賦〉「逝者如斯，而未嘗往也；盈虛者如彼，而卒莫消長也。」有《老子》「有物混成，先天地生。寂兮寥兮，獨立而不改，周行而不殆」之意。案：魏王弼注《老子》「有物混成，先天地生」之「道」：「無形體，無物匹之；變化終始，不失其常。周行無所不至，而不危殆。」[35]要之，《老子》所言，與〈赤壁賦〉所論，皆是指「道」的發用。所不同者，蘇軾寓物說理，取水與月為喻，以詮釋「道」的流

---

[34] 「出位之思」，語見錢鍾書：〈中國詩與中國畫〉，原載《開明書店二十周年紀念文集》，上海：開明書店，1947 年；《文學研究叢編》第一輯影印，臺北：木鐸出版社，1981 年，頁 77-78。參考饒宗頤：〈詞與畫：論藝術的換位問題〉，《畫𩑽》，臺北：時報文化公司，1993 年，頁 219-236；葉維廉《比較詩學》，〈「出位之思」媒體與超媒體的美學〉，臺北：東大圖書公司，1983.2，頁 195-234。張高評《創意造語與宋詩特色》，第六章〈詩畫相資與宋詩之創造思維〉，臺北，新文豐出版公司，2008 年，頁 243-245。

[35] 周李耳著，魏王弼注，樓宇烈校釋：《老子道德經校釋》，第二十五章，北京：中華書局，2008 年，頁 62-63。

行。形象大於思想，深入淺出，雅俗共賞，是其引人入勝處。

　　《莊子・德充符》以為：「自其異者視之，肝膽楚越也；自其同者觀之，萬物皆一也。」[36]觀點的產生，往往因視角的「異同」，而生發差別相。從相異的視角看去，縱然親近如肝如膽，也像楚和越般疏遠。若從相同視角來觀察，則我與萬物為一體，並無「分別心」、「差別相」。可見觀點，決定了認知和視野。蘇軾作〈莊子祠堂記〉、著《廣成子解》一卷，頗專擅《莊子》之學。[37]故〈赤壁賦〉能化用《莊子・德充符》之意，演繹為亮點與偉論：「自其變者而觀之，則天地曾不能以一瞬；自其不變者而觀之，則物與我皆無盡也。」

　　從「變」的角度看來，天地萬物猶如水的奔流、月的圓缺，無時無刻不在變化。歷史的治亂興亡，朝代的更替盛衰，不過轉瞬之間。如果從「不變」的角度去觀察，則江水依然向東，明月永在蒼穹，變的只是現象而已，本身或本體未曾改變。變與不變，猶如是非、成敗、禍福、榮辱，生死、刹那與永恆、都是相對存在、相倚相成的。若能清楚認知，不被假象迷惑，不隨環境迷失，就不會受死生困擾，而能視萬物與我為一體，無入而不自得。〈赤壁賦〉卒章顯志，以形象思維體現邏輯思維。蘇軾以文學象徵手法，揭示宇宙人生的哲理。就江水與明月作比況，說明天地萬象有動、有不動，有變、有不變的真理常道。同時破解洞簫客「寄蜉蝣於天地，渺滄海之一粟。哀吾生之須臾，羨長江之無窮」的執著與迷惑。

---

[36] 戰國莊周著，清郭慶藩釋：《莊子集釋》，卷二下〈德充符第五〉，臺北：河洛圖書出版社，1974 年，頁 190-191。

[37] 參考姜聲調：《蘇軾的莊子學》，臺北：文津出版社，1999 年。

除了〈德充符〉之外，〈赤壁賦〉師法《莊子》指義者，又有「縱一葦之所如，凌萬頃之茫然。浩浩乎如憑虛御風，而不知其所止；飄飄乎如遺世獨立，羽化而登仙」；以及「寄蜉蝣於天地，渺滄海之一粟。」皆為獨自與宇宙對話，與大自然交流之演示。論者以為：正是會心於《莊子·天下》所謂「獨與天地精神往來，而不敖倪於萬物，不譴是非，以與世俗處。」[38]〈赤壁賦〉又稱：「天地之間，物各有主。惟江上之清風，與山間之明月，而吾與子之所共食。」雖曰「物各有主」，然欲超然物外，自得其樂，仍有待於清風明月。與〈人間世〉所云「心齋、混冥」，〈大宗師〉所謂「坐忘」絕對自由的境界，若合符節。其中哲理，要皆包括《莊子·人間世》所云：「知其不可奈何，而安之若命」的人生哲學。[39]

（三）〈赤壁賦〉與《楞嚴經》、《物不遷論》

宋周密《浩然齋雅談》主張：〈赤壁賦〉「變」或「不變」之義理，用《莊子》句法之外，又暗用《楞嚴經》的佛法：

王言：「如三歲時宛然無異，乃至於今年六十二，亦無有異。」佛言：「汝今自傷髮白面皺，其面必定皺於童年。則汝今時觀此恒河，與昔童時，觀河之見有童耄不？」王言：「不也，世尊。」佛言：「大王，汝面雖皺，而此見精性未曾皺。皺者為變，不皺非變。變者受滅，彼不變者

---

[38] 郭維森、許結：《中國辭賦發展史》，第六章第四節〈北宋辭賦境界的拓展〉，南京：江蘇教育出版社，1996年，頁573。

[39] 同上，頁573-574。

元無生滅。」[40]

　　佛陀開示「變」與「不變」的佛法：「變者受滅，彼不變者
元無生滅」。佛陀就近取譬，以容貌的皺與不皺為說：起皺是變
化，不皺是不變。變化的有生滅，不變化的本來就沒有生滅。
〈赤壁賦〉指義：「自其變者而觀之，則天地曾不能以一瞬；自
其不變者而觀之，則物與我皆無盡也。」於《楞嚴經》，自有所
受容。

　　〈赤壁賦〉申明「變」、或「不變」的哲理，《朱子語
類》、宋周密《浩然齋雅談》，皆以為宗法佛典僧肇《物不遷
論》。《朱子語類》引宋朱熹曰：

　　　既是「逝者如斯」，如何不往？「盈虛如代」，如何不消
　　　長？既往來，不消長，卻是箇甚底物事？這箇道理，其來
　　　無盡，其往無窮。聖人但云：「維天之命，於穆不已。」
　　　又曰：「逝者如斯夫！」只是說箇不已，何嘗說不消長，
　　　不往來？它本要說得來高遠，卻不知說得不活了。既是
　　　「往者如斯，盈虛者如代」，便是這道理流行不已也。東
　　　坡之說，便是肇法師「四不遷」之說也。[41]

　　案：朱熹所謂肇法師，指晉釋僧肇（384 年～414 年）。僧
肇建立三論宗，著有《不真空論》、《物不遷論》，鳩摩羅什譽

---

[40] 「波斯匿王問佛陀生滅」，見《楞嚴經》，《宗鏡錄》第三十九章〈觀花
　　　眼，流水心〉。

[41] 宋黎靖德編，王星賢點校：《朱子語類》卷一三〇，北京：中華書局，1986
　　　年，頁 3115。

為「秦人解空第一」。所謂「四不遷」之說，指僧肇《物不遷論》：

> 昔物自在昔，不從今以至昔；今物自在今，不從昔以至今。故仲尼曰：「回也見新，交臂非故。」如此，則物不相往來，明矣。既無往返之微聯，有何物而可動乎？然則旋嵐偃岳而常靜，江河競註而不流，野馬飄鼓而不動，日月歷天而不周。復何怪哉？

所謂物不遷，指事物雖有生起、流轉等現象，然其本體恒不遷動，故曰「昔物自在昔，不從今以至昔；今物自在今，不從昔以至今。」事物的存在只是當下的，轉瞬即逝的，不會從古至今，也不會從今返古。各性只住於一世，事物是靜而不遷的。因為在佛家看來，事物隨因緣而起，而自性本空。[42]肇論四句偈：「旋嵐偃岳而常靜，江河競注而不流，野馬飄鼓而不動，日月歷天而不周。」意謂：上風自住於上風，下風自住於下風，故云：旋嵐偃岳而常靜。前波自住於前波，後波自住於後波，故云：江河競注而不流。左塵自住於左塵，右塵自住於右塵，故云：野馬飄鼓而不動。朝陽自住於朝陽，夕陽自住於夕陽，故云：日月歷天而不周。[43]

由此觀之，〈赤壁賦〉所謂「逝者如斯，而未嘗往也；盈虛者如彼，而卒莫消長也。」實本於僧肇《物不遷論》四句偈。釋

---

[42] 項運良：〈僧肇《物不遷論》的哲學思想〉，2008 年 8 月 6 日《佛學研究網》。

[43] 太虛大師：〈《肇論》四句偈解〉，《愛社叢刊》1915 年第 2 期，頁 4-10。

慧達《肇論疏》謂：「今不言遷，反言不遷者，立教（指肇論）本意，只為中根執無常教者說。」為防止執著「常」，所以說「去」；防止執著「無常」，所以說「住」。因此，說去不必就是去，稱住不必就是住。僧肇所謂「不遷」，指「動靜未嘗異」之意。[44]〈赤壁賦〉亦稱：水看似流逝，實未嘗往；月似有盈虛，然卒莫消長。《物不遷論》，闡發般若性空學說，以「即動即靜」之義，闡明「即體即用」之理論。蘇軾得此啟示，遂有〈赤壁賦〉之作。

　　《老子》、《莊子》，與佛禪在〈赤壁賦〉的發用，於「客亦知夫水與月乎」一段，有較顯著的例證。一段文字，何以讀者可以或《老》、或《莊》，或佛、或禪，見仁見智的解讀？原來在魏晉南北朝玄學風行之時，《老》《莊》與佛禪即有頻繁的交涉，通過玄學與般若學的中介和橋樑，老莊與佛禪相通相融處不少。論者以為，大抵表現在四大方面：一，老莊之「無」，與佛禪之「空」。二，莊玄的「即無即有」，與佛禪的「非有非無」。三，老莊玄學的「無為而無不為」，與佛禪的「即體即用」。四，莊子的「萬物一齊」，與僧肇的「物我一體」。[45]要之，老莊本體之「道」，與佛禪本體之「空」，兩者間有若干相通相融之處。故歷代學者解讀〈赤壁賦〉，或以為受容於《老》《莊》，或以為濡染於佛禪，所見殊異，詮釋遂有不同。清儲欣《唐宋八大家類選》評本文，謂：「出入仙佛，賦一變矣！」賦作有「出位之思」，體格遂有新變。

---

[44] 呂澂：《中國佛學源流略講》第五講，〈僧肇的思想〉，北京：中華書局，2004 年。

[45] 徐小躍：《禪與老莊》，第二章〈老莊本體之道與佛禪本體之空〉，南京：江蘇人民出版社，2010 年，頁 49-104。

（四）蘇軾手書〈赤壁賦〉與「吾與子之所共食」

以上談〈赤壁賦〉的出位之思，大抵有四大淵源取向，多就語意的會通化成而言之。若論措詞練字，蘇軾墨寶傳世者，有自書〈赤壁賦〉，藏臺北故宮博物院。〈赤壁賦〉通俗本「而吾與子之所共適」，作「適」；故宮博物院蘇軾自書〈赤壁賦〉，藏本正作「而吾與子之所共食」。食，作享受欣賞之義解。

《朱子語類》卷一三〇述〈赤壁賦〉諸寫本，言「蘇季真刻東坡文集，嘗見問『食』字之義。」[46]乾隆御選《唐宋文醇》卷三十八釋「食」字曰：「六識以六入為養，其養也胥謂之食。目以色為食，耳以聲為食，鼻以香為食，口以味為食，身以觸為食，意以法為食。具見《釋典》，故曰『江上清風，山間明月，耳得成聲，目遇成色』者，皆吾與子之所共食也。」[47]案：隋闍那崛多譯《大威德陀羅尼經》卷十二曰：「復有四種食：色是眼食，聲為耳食，香為鼻食，味為舌食。」當是乾隆帝《唐宋文醇》所稱《釋典》之出處。一切聲、色、香、味之感官享受，皆可謂之食。江風山月，「耳得成聲，目遇成色」，正是《德陀羅尼經》「色是眼食，聲為耳食」的發揮。

宋代禪宗走向世俗化，士大夫普遍習禪悅禪。於是《楞嚴經》所提「六根互用」的觀念：無目而見、無耳而聽、無鼻可嗅、無舌可味、無身可觸等。「見聞覺知不能分隔，成一圓融清淨寶覺。」[48]雜然賦流行，體現於生活審美及文學作品中；蘇軾

---

[46] 宋黎靖德編，王星賢點校：《朱子語類》卷一三〇，頁 3115。

[47] 清愛新覺羅弘歷（乾隆）御選《唐宋文醇》卷三十八。

[48] 般剌密帝譯：《楞嚴經》卷六，《大正藏》第 19 卷，頁 129。參考周裕鍇：〈「六根互用」與宋代文人的生活、審美及文學表現——兼論其對「通感」

沐禪悅禪，作〈赤壁賦〉，卒章大書「吾與子之所共食」，亦順理成章。

九、結語

　　宋代文學受宋型文化影響，致力破體出位，盡心會通化成，於是大家名家輩出，詩、文、詞、賦、四六多能新變代雄，有自家面目。蘇軾為其中大家，〈赤壁賦〉尤為此中之代表。

　　〈赤壁賦〉主客問對，釋疑辨惑；體物寫志，藉賦發論；曲終奏雅，卒章顯志，皆不失辭賦之當行本色。除外，又進行文體之新奇組合，如借鏡古文之散整穿插，錯落有致，而成以文為賦。詩歌之比興寄託，寓物寫志，而有雪中芭蕉，牝牡驪黃之妙。

　　蘇軾幼承庭訓，言必中當世之過，其學以儒學為底蘊，會通《老》、《莊》、佛、禪而一之，哲理之融合會通，於斯為盛。由〈赤壁賦〉觀之，《老子》、《莊子》、《楞嚴經》、《物不遷論》，皆有所體現。〈赤壁賦〉所以獨到、創新、卓越，此又一端。

的影響〉，《中國社會科學》2011 年第 9 期，頁 136-153。

肆、北宋古文名家之作品鑑賞

一、范仲淹〈岳陽樓記〉

　　慶曆四年春，滕子京謫守巴陵郡。越明年，政通人和，百廢具興。乃重修岳陽樓，增其舊制，刻唐賢、今人詩賦於其上；屬予作文以記之。

　　予觀夫巴陵勝狀，在洞庭一湖。銜遠山，吞長江，浩浩湯湯，橫無際涯；朝暉夕陰，氣象萬千。此則岳陽樓之大觀也，前人之述備矣。然則北通巫峽，南極瀟湘，遷客騷人，多會於此，覽物之情，得無異乎？

　　若夫霪雨霏霏，連月不開；陰風怒號，濁浪排空；日星隱耀，山岳潛形；商旅不行，檣傾楫摧；薄暮冥冥，虎嘯猿啼。登斯樓也，則有去國懷鄉，憂讒畏譏，滿目蕭然，感極而悲者矣。

　　至若春和景明，波瀾不驚，上下天光，一碧萬頃；沙鷗翔集，錦鱗游泳，岸芷汀蘭，郁郁青青。而或長煙一空，皓月千里，浮光躍金，靜影沉璧；漁歌互答，此樂何極！登斯樓也，則有心曠神怡，寵辱皆忘，把酒臨風，其喜洋洋者矣。

　　嗟夫！予嘗求古仁人之心，或異二者之為。何哉？不以物喜，不以己悲。居廟堂之高，則憂其民；處江湖之遠，則憂其君。是進亦憂，退亦憂，然則何時而樂耶？其必曰：「先天下之憂而憂，後天下之樂而樂」歟？噫！微斯人，吾誰與歸！

〔 **鑑賞** 〕

　　滕宗諒（子京），與范仲淹同榜考上進士，又共事多年，交誼深厚。滕子京由於仲淹的薦舉，以天章閣待制知涇州、慶州。後來代理鳳翔府知府，御史梁堅誣告子京擅用官錢十六萬貫，仲淹大力營救，代為辯誣，方免於下獄與落職。慶曆四年春，子京免於論處奪職，改知岳州（即范文所謂「謫守巴陵郡」）亦始終得范氏的奔忙盡力。所以子京重修岳陽樓，以為「山水非有樓觀登覽者不為顯，樓觀非有文字稱記者不為久，文字非出於雄才鉅卿者不成著」，而仲淹「文章器業，凜凜然為天下之時望，又雅意在山水之好。」（〈求記書〉）故致書求記，范氏遂不作第二人想。

　　滕子京果然是一位有才幹的賢吏、有抱負的政治家。守巴陵郡一年多，竟然做到「政通人和，百廢具興」，行有餘力，可以「重修岳陽樓，增其舊制」。仲淹〈祭同年滕待制〉文稱：「巴陵政修，百廢具興。雖小必治，非賢孰能？」歐陽脩〈與滕待制子京書〉亦稱其：「去宿弊以便人，與無窮之長利」。王闢之《澠水燕談錄》甚至推崇子京：「治最為天下第一」。可見「政通人和」云云，確是「不虛美」的實錄敘述。此以具體政績，凸顯滕子京的才幹與賢能。為「謫守」二字，作事實的澄清，及無言的辯護。對比成諷，絕妙對照。

　　由於滕子京的個性「豪邁自負，罕受人言」；謫守巴陵郡後，更加「憤鬱頗見辭色」。范仲淹有意規勸他，卻苦於找不到時機。子京守巴陵的「明年春」（案：即慶曆五年春），「政通人和，百廢具興」之餘，對於「襟帶三千里」的岳陽樓，「日思以宏大隆顯之」，以為「使久而不可廢，則莫如文字。」於是

「分命僚屬」，於古今詩集中摘出登臨岳陽樓、洞庭湖的歌咏，而成《岳陽樓詩集》。不過，遺憾的是：「古今諸公於篇咏外，率無文字稱紀。所謂岳陽樓者，徒見夫屹然而踞，岈然而負，軒然而竦，傴然而顧，曾不若人具肢體，而精神未見也。寧堪久焉？」於是致書范仲淹，請求「少吐金石之論，發揮此景之美，庶漱芳潤於異時，知我朝高位輔臣有能淡味，而遠託思於湖山數千里外」者。而且，隨信附上〈洞庭秋晚圖〉一幅，所謂「謹以〈洞庭秋晚圖〉一本隨書贄獻。涉毫之際，或有所助。」由滕宗諒〈求記書〉看來，范仲淹寫作〈岳陽樓記〉的最原始動機，不過是受人之託，「發揮此景之美」而已。滕氏深知仲淹未嘗登臨岳陽樓，缺乏身歷其境之實感經驗，為彌補此一缺憾，所以隨函送去一幅〈洞庭秋晚圖〉，姑作寫作的參考，所謂「涉毫之際，或有所助」，就是期望范氏「看圖作文」，藉此生發。

　　滕氏於〈求記書〉中，提到范氏「雅意在山水之好」，而且還說：「每觀送行還遠之什，未嘗不神遊物外，而心與景接。」這「神遊物外，心與景接」，對范氏寫作〈岳陽樓記〉，當有觸發作用。對於文中第三、四段，借景生情，情隨境轉的設計，自有提示意義。滕氏個性特質，既然「豪邁自負，罕受人言」，仲淹跟他誼屬僚友，「正患無隙以規之」，恰巧「子京忽以書抵文正，求〈岳陽樓記〉」。故范氏於記中藉題發揮，寓物說理，勸勉滕子京「不以物喜，不以己悲」；期許他當一位「古仁人」。由此生發，進而寓物說理，寄託襟抱，提出「先天下之憂而憂，後天下之樂而樂」的政治理想，以自勉勉人。全文扣緊「謫守」二字發揮，確為有感之作。清余誠《重訂古文釋義新編》評本文：「通體俱在『謫守』上著筆，確是子京重修岳陽樓記，一字不肯苟下。聖賢經濟，才子文章，於此可兼得之矣！」此時，不

僅滕子京「謫守」巴陵，范仲淹亦由「資政殿大學士，知邠州」，又「改知鄧州」（《年譜》）亦形同貶謫，故提出「不以物喜，不以己悲」；「先憂後樂」諸理念，以規勸期勉子京，並以自惕自勉。

滕宗諒〈岳陽樓詩集序〉稱：「東南之國富山水，惟洞庭於江湖名最大，環占五湖，均視八百里，據湖面勢，惟巴陵最勝。」此即〈岳陽樓記〉所謂「巴陵勝狀，在洞庭一湖」；「浩浩湯湯，橫無際涯」。前者化虛為實，後者化實為虛，而各有勝境。〈岳陽樓詩集序〉稱岳陽樓景觀：「瀕岸風物，日有萬態。雖漁樵雲鳥，棲隱出沒，同一光影，中惟岳陽樓最絕。」范氏〈岳陽樓記〉，則高度概括形象，而成「朝暉夕陰，氣象萬千」二句，亦詳略各有所當。就文筆之雅潔言，范氏較勝一籌。尤其「銜遠山，吞長江」二句，各用「銜」、「吞」兩個動詞，渲染洞庭湖之浩瀚氣勢。於是，下接「浩浩湯湯，橫無際涯」，便水到渠成，順理成章。這岳陽樓的大觀，自六朝顏延之、陰鏗，唐代李白、杜甫、白居易、孟浩然、韓愈所作詩篇，已先後見歌咏。尤其是韓愈〈岳陽樓別竇司直〉五古一首，九十二句，四六〇字，寫得極有聲色氣勢。御編《唐宋詩醇》卷二十八，以為范氏〈岳陽樓記〉「似從此脫胎」。所以范氏作記，明指岳陽樓之大觀，「前人之述備矣！」因此，范氏受託作記，勢必另闢蹊徑，別出心裁，方能自成一家之言。

「詳人之所略，異人之所同」，是命意新穎，造語獨特的不二原則。岳陽樓之大觀，既然「前人之述備矣」，依據創意造語原則，就應該略寫，所以范氏只概括描述洞庭湖之景象：「銜遠山」二句，實寫；「浩浩湯湯」四句，虛描。只用六句，就概括岳陽樓之大觀，可謂雅潔有致。既已略寫岳陽樓之大觀，那麼，

應當詳寫的是什麼？想范氏當年下筆之際，早有主張。依范公偁《過庭錄》所載：滕子京「謫巴陵，憤鬱頗見辭色。文正與之同年，友善，愛其材，恐後貽禍」，所以趁子京求記之便，藉景生情，寓物說理，以盡僚友忠告善道之義。首段拈出「謫守」二字，已埋伏以下二、三、四段的大意。貶謫之人，多悲而少喜，正是滕子京寫照。滕子京〈岳陽樓詩集序〉稱：「能至此（岳）者，率自遷謫而來，故所屬篇，類多《離騷》嘆惋之意」，可謂夫子自道。原來，這「遷客騷人」的「覽物之情」，才是描寫的重點；也是「前人之述」闕如漏略的地方。選取遷客騷人的「覽物之情」，作為重點詳述，不僅是「詳人之所略，異人之所同」的創意造語而已！更有手寫景物，而目注滕子京性情之妙。

遷客騷人登樓覽物，往往因天候陰晴不同，而隨景異情。第三、第四兩段之所側重，正是「詳人之所略」的安排。范仲淹終其一生，未登臨岳陽樓，故文中渲染登樓者的「覽物之情」：面對陰景，悲感交集；面對晴景，樂情洋溢，當然都不是范公實臨的感受，確實是滕子京〈求記書〉所謂「神遊物外，心與景接」的實情。范氏此記所寫洞庭湖的陰景晴景，當是青少年生活洞庭湖的經驗，加上年幼時的太湖印象，以及遭貶饒州（今江西省上饒縣），對都鄱陽湖的感性認知。加上，還有滕子京隨信送來的〈洞庭秋晚圖〉，可以看圖作文，觸類而長。於是慘澹經營，精心安排之下，以一系列的灰暗陰沉畫面，表現遷客騷人的悲憂；再以另組系列亮麗鮮明的場景，表現遷客騷人的歡欣喜樂心情。這兩段文字，描寫登樓覽物，隨景異情，係針對第二段的「遷客騷人」來說的。這種「陰景感悲」、「晴景生樂」的情緒反映，就是「以物喜，以己悲」，不正是范公偁《過庭錄》所指：滕子京「謫巴陵，憤鬱頗見辭色」？這兩段情景交融的描寫，既呼應

一、二段的「謫守」和「遷客騷人」；也為末段的「不以物喜，不以己悲」蓄勢。清金聖嘆批《才子古文》卷十五稱：「中間悲喜二大段，只是借來翻出後文憂樂耳！」金氏所言，很有參考價值。

李扶九《古文筆法百篇》評本文：「文正此記，前半為岳陽樓寫景繪情，經營慘澹，已到十分。而其中或悲或喜，處處隱對子京，即處處從『謫』著想。故末以『憂』『樂』二字易『悲』『喜』二字，歸到仁人身上，見得境雖變，心不與之俱變；心所存，道即與之俱存。出憂其民，處憂其君，仁人之心自有其所以異者在也。」對於全文的文章架構、情采、旨趣，有極確切的解讀，值得參考。第三、四兩段，隨景描繪淒愴悲感和游目騁懷的「悲」「喜」，有聲有色地渲染了「登樓覽物，隨景異情」的場景，為卒章「不以物喜，不以己悲」厚蓄氣勢。「先天下之憂而憂，後天下之樂而樂」，為范仲淹正大高遠的襟抱，藉此提出，妙手天成，相映成趣。

就文體而言，本文駢散相間，以賦為文。第一段純用散句，第二段散體多於駢偶，稍稍用韻。第三、四、五段，則多排偶，交叉用韻，結構齊整，音調諧美。尤其是第三、四兩段，運用「若夫」、「則」、「至若」、「而或」等漢賦關連虛詞。兩大段在布局上，又「反義對舉」，前後映襯；在色調上，是明麗與昏暗的對比；在氣氛上，是驚怖與安和的對比；在狀態上，是動盪與穩定的對比；在情感上，是悲感與喜樂的對比。而且，講究藻飾，注重聲文與色彩。古文寫作，借鏡辭賦技巧，顯而易見。「體物瀏亮」，是辭賦的主要特色，排比是最重要的寫作手法。〈岳陽樓記〉從第二段開始，概寫岳陽樓之大觀，固然運用排比；第三段面對陰景，悲感交集；第四段面對晴景，樂情洋溢，

也多巧用排比。第五段，凸顯古仁人之心，敘寫廟堂、江湖；進、退、喜、悲，乃至於先憂後樂各方面，也都接二連三，巧用結構相似的排比句。這種辭賦式的排比句，對〈岳陽樓記〉寫景的淋漓盡致，面面俱到；言志詠懷的窮理盡情，深沈反省，都有推助觸發之功。

第三、四兩段，鋪陳天候的陰晴，牽動遷客騷人情緒的悲喜，從文章結構看，是一篇的主體，卻不是主意所在。本文在最後一段，仿擬漢賦「曲終奏雅」、「卒章顯志」的手法，先對前兩段作翻案，強調古仁人之心是「不以物喜，不以己悲」，是「進亦憂，退亦憂」。最終，則提出「先天下之憂而憂，後天下之樂而樂」的主張，以自勉勉人。范仲淹的人格光輝，可以想見；其政治襟抱，亦藉此展現。

在文體方面，本文駢散相間，以賦為文，衡以尊體、辨體的古文體例，似乎不是本色。故陳師道《後山詩話》稱：「范文正為〈岳陽樓記〉，用對語說時景，世以為奇。尹師魯讀之曰：『傳奇體爾』。」尹洙（師魯），倡導純正的古文，〈岳陽樓記〉既然「用對語說時景」，表現濃厚的駢儷色彩，體例不純，所以尹師魯不以為然。因〈岳陽樓記〉駢散相間，遂比擬唐代裴鉶所作傳奇小說，以為並非古文正宗。清代桐城姚鼐編選《古文辭類纂》，也是基於相同理由，不選〈岳陽樓記〉。以至於高步瀛《唐宋文舉要》評本文，以為「稍近俗豔」，這些都不是公允之論。

試觀唐代韓愈、柳宗元古文，以及宋代歐陽脩所作散文，多不乏駢偶文句，辭藻華美，句式雅潔，是其優點。文體複合，是作品新生的途徑之一。一味排斥，殊不可取。本文結構，運用許多辭賦手法，亦當作如是觀。

　　錢鍾書《管錐編》考察漢魏六朝文學作品，發現「文章之體，可辨別，而不堪執著」，於是揭示「名家名篇，往往破體，而文體亦因以恢宏焉」之說。

　　文體分類之學，發展到了宋代，固然講究尊體、辨體，為了新變創拓、自成一家，更追求破體、變體。其實，破體變體，六朝、韓柳已然，於兩宋更加普遍而已。〈岳陽樓記〉「用對語說時景」，亦當作如是觀。

二、王禹偁〈黃岡竹樓記〉

　　黃岡之地多竹，大者如椽。竹工破之，刳去其節，用代陶瓦。比屋皆然，以其價廉而工省也。

　　子城西北隅，雉堞圮毀，蓁莽荒穢，因作小樓二間，與月波樓通。遠吞山光，平挹江瀨，幽闃遼夐，不可具狀。夏宜急雨，有瀑布聲；冬宜密雪，有碎玉聲。宜鼓琴，琴調虛暢；宜詠詩，詩韻清絕；宜圍棋，子聲丁丁然；宜投壺，矢聲錚錚然；皆竹樓之所助也。

　　公退之暇，被鶴氅衣，戴華陽巾，手執《周易》一卷，焚香默坐，消遣世慮。江山之外，第見風帆沙鳥，煙雲竹樹而已。待其酒力醒，茶煙歇，送夕陽，迎素月，亦謫居之勝概也。彼齊雲、落星，高則高矣；井幹、麗譙，華則華矣；止于貯妓女，藏歌舞，非騷人之事，吾所不取。

　　吾聞竹工云：「竹之為瓦，僅十稔；若重覆之，得二十稔。」噫！吾以至道乙未歲，自翰林出滁上。丙申，移廣陵；丁酉，又入西掖；戊戌歲除日，新舊歲之交，有齊安之命；己亥閏

三月到郡。四年之間，奔走不暇；未知明年又在何處？豈懼竹樓之易朽乎！幸后之人與我同志，嗣而葺之，庶斯樓之不朽也！

　　　　　　　　　　　　　　　　　　咸平二年八月十五日記

〔鑑賞〕

　　竹，以勁節為個性，虛心為特質，挺拔有風骨，高雅不粗俗，既象徵傲岸頑強，又表現瀟灑脫俗；既有剛毅堅貞之個性，又有能屈能伸之韌性。脫絕凡俗如此，故宋人發揚先秦以來之比德審美傳統，將竹與梅、蘭、菊相配，合稱「四君子」，特別賞識竹子的高潔品格。王禹偁被貶官到黃州後，選竹為材，構建竹樓兩間，俯仰寢饋其間，權作安身立命之所。這「小樓二間」，選用竹材，當有上述的象徵意義才是。

　　王禹偁為骨鯁之臣，終身以直道自任，故仕途坎坷，所謂「四年之間，奔走不暇」；而八年之中，迭遭三黜。此次貶官黃州，起因於預修《太祖實錄》時，直言犯忌。所以八個月後，寫作此文，改以「直書其事，具文見義」的手法：作品藉景抒情，借事寓理，讀者因景而索其情，即事以明其義，但見溫柔敦厚，含蓄不露，未有怒罵乖張之失，亦無肆言激切之病。王禹偁違世忤俗的苦悶，屢遭貶謫的憤慨，經由藝術手法的淨化，及高遠意境的追求，一時皆變為詩情畫意的勝景，昇華為隨緣自適的樂觀與曠達。此種表現手法，很切合儒家的詩教。因此，吳楚材、林雲銘評論本文，都一致讚揚深得柳宗元永州諸記之神髓，這跟本篇的表現手法很有關係。

　　文章首段，敘黃岡之地築屋，多就地取材，為下文之隨遇而安，預作鋪墊。第二段敘寫小竹樓之環境、視野，渲染竹樓之

「六宜」。這二間小樓，位於「雉堞圮毀，蓁莽荒穢」的荒郊僻野之中，分明是陋室，以下卻寫得十分風雅：樓外視野遼闊，可以遠眺山光，近觀水色；竹樓內宜聽急雨、宜聽密雪、宜鼓琴、宜詠詩、宜圍棋、宜投壺，一切風雅清音，幾乎無所不宜。這些樂音清響，全因竹樓之觸發與共鳴，在遼闊無邊的荒郊野外，聲聲分明，傳入幽人耳際。也聲聲洋溢，畫破竹樓之幽闃寂寥。南朝王籍〈入若耶溪〉詩云：「蟬噪林逾靜，鳥鳴山更幽」，透過鳥與蟬之鳴噪，來表現山林的幽靜，十分得體美妙。王禹偁以六種樂音清響，鋪陳竹樓之幽闃孤寂，在技巧烘托上，有異曲同工之妙。竹樓之「六宜」，本是六組排比句，為防平板呆拙，於是變成三組長短不同，參差排列的句式。這是以變換流動，替代板重堆疊，在整齊中寓有變化之美。而且，這「六宜」，由樓外雨、雪之自然音響，寫到樓內琴、詩、圍棋、投壺的人為音聲，竹樓主人之閒適恬淡、隨遇而安，可以想見。這是以聲寫景，藉聲摹情之妙法。

「公退之暇」一段，是謫居生活之剪影，也是「消遣世慮」的具體內容：被鶴氅衣、戴華陽巾、手執《周易》、焚香默坐、眺望江山之外、送夕陽、迎素月；如此閒情逸致，即是作者所謂「謫居之勝概」，何異超脫塵世之外的隱者所為？王禹偁之思想，頗能融儒家進退行藏之理想，與老莊任真自然之道，而成其隨緣自適之人生觀，所作〈尺蠖賦〉可見一班。不過，作者欲借此「消遣世慮」，真是「抽刀斷水水更流，舉杯澆愁愁更愁」。作者所要消遣的「世慮」是什麼？那自然是違世忤俗的苦悶，以及屢遭貶謫之憤慨。此種苦悶和憤慨，如何消遣得了？試讀其「酒力醒，茶煙歇」二句，即可知其不成。由於酒可以銷憂愁、解煩惱；茶可以破孤悶，發散不平，所以作者也藉茶酒來消遣世

慮。可是終歸無效，因為等待作者「酒力醒、茶煙歇」時，往往已經是夕陽在山的黃昏、或素月在天的黑夜時刻。世慮必定相當的深沉鬱結，所以才得飲酒喝茶，耗費全天工夫企圖克服。由此可見，這些翩翩欲仙，超然物外之「謫居勝概」，根本無助於他「消遣世慮」。作者直道自任之苦悶，遭貶之憤慨，反而曲曲傳出，含蓄不露。除外，作者勾勒「謫居之勝概」，除眺望江山使用三句形容之外，幾乎一句一意，側重視覺呈現，文約而義豐，具體而生動。視覺形象之呈現，結合前段描繪竹樓「六宜」，訴諸音響，可謂繪聲繪影，有聲有色。

敘完竹樓「六宜」，勾勒謫居「勝概」，則新建小竹樓之清幽雅靜，適宜騷人幽客居住，可以知之。為凸顯竹樓之不同凡響，作者乃枚舉齊雲、落星、井幹、麗譙四座古代帝王豪華閣樓作對照，反面映襯：高雅與鄙俗相對，幽靜與繁華相比，作者鄙視權貴，不慕榮華之情操，不必詞費，自然見於言外。清吳楚材《古文觀止》評論此段文章說：「借四樓反照竹樓，以我幽冷，傲彼繁華，襟懷何等灑脫？」舉四樓之高華，與竹樓之韻致相形相較，這種雅俗「對比成諷」之手法，不必說破，自然含蓄有味。這八句話，整齊中不失流動，簡雅中不失醇麗，最見古文之特色。

王士禎〈香祖筆記〉，以及《四庫全書總目·提要》，曾推崇王禹偁《五代史闕文》，謂其中所論，「深合《春秋》之義」，可見《春秋》書法、史家筆法，王禹偁必然知而行之。因此，能預修《太祖實錄》。試閱讀〈竹樓記〉最後一段，果然運用「屬辭比事」之《春秋》教，以及史志「據事直書」之史法：前段以帝王之閣樓，與黃岡之竹樓雅俗相形，已用比事屬辭之法；此段再藉竹樓之易朽，慨嘆仕途之奔走不暇。事跡相互比

對，文辭前後連屬，則政治之失意不難想見。《春秋》與《左傳》之褒貶勸懲，往往採取「據事直書，是非自見」之筆法。王禹偁此文，據實臚列至乙未、丙申、丁酉、戊戌、己亥四年之中，政治生涯之進退窮達，則屢遭貶謫可知，宦途之險惡亦可見。「四年之間，奔走不暇，未知明年又在何處？」內心之激憤不平，微露端倪。本文前兩段，表現作者居生活之恬淡、雅致、超脫、自在，此段訴說宦途失意之激憤不平，由於手法高妙，大抵多能含蓄不露，有遙情遠韻。

全文明寫謫居之樂，暗寓不平之氣，文章由欣喜之情，轉為悲涼之慨，妙在含蓄蘊藉，不直不露。王安石、黃庭堅一致讚揚〈黃岡竹樓記〉，而且「優〈竹樓記〉而劣〈醉翁亭記〉」。因為王禹偁全篇所記，無非竹樓，十分貼切題旨，最合文章體制之正。歐陽脩〈醉翁亭記〉，境中有我，無異〈滁州太守傳〉。若論體制之純正，自然首推〈竹樓記〉。另外，本篇情景交融、事理合一，合敘事、寫景、議論、抒情於一爐而冶之，已開宋代古文辨體而又破體之風氣。王禹偁論文，追求「句之易道，義之易曉」（〈答張扶書〉、〈再答張扶書〉）。本文語言，流暢自然，去藻飾，避艱澀，對於作者「古雅簡淡」的文體風格，有絕佳的呈現。林紓選評《古文辭類纂》，認為樓臺之記，「務出以高情遠韻，勿走塵俗一路，始足傳之金石。」王禹偁〈黃岡竹樓記〉，真足以當之。

三、王安石〈遊褒禪山記〉

褒禪山，亦謂之華山，唐浮圖慧褒始舍於其址，而卒葬之，

以故其後名之曰褒禪。今所謂慧空禪院者，褒之廬塚也。距其院東五里，所謂華山洞者，以其乃華山之陽名之也。距洞百餘步，有碑仆道，其文漫滅，獨其為文猶可識，曰「花山」。今言「華」如「華實」之「華」者，蓋音謬也。

其下平曠，有泉側出，而記遊者甚眾，所謂前洞也。由山以上五六里，有穴窈然，入之甚寒。問其深，則其好遊者不能窮也，謂之後洞。余與四人擁火以入，入之愈深，其進愈難，而其見愈奇。有怠而欲出者，曰：「不出，火且盡。」遂與之俱出。蓋予所至，比好遊者尚不能十一，然視其左右，來而記之者已少。蓋其又深，則其至又加少矣。方是時，予之力尚足以入，火尚足以明也。既其出，則或咎其欲出者，而予亦悔其隨之，而不得極乎遊之樂也。

於是予有歎焉，古之人觀於天地、山川、草木、蟲魚、鳥獸，往往有得，以其求思之深，而無不在也。夫夷以近，則遊者眾；險以遠，則至者少。而世之奇偉瑰怪非常之觀，常在於險遠，而人之所罕至焉。故非有志者，不能至也。

有志矣，不隨以止也，然力不足者，亦不能至也。有志與力而又不隨以怠，至於幽暗昏惑，而無物以相之，亦不能至也。然力足以至焉，於人為可譏，而在己為有悔。盡吾志也而不能至者，可以無悔矣，其孰能譏之乎？此予之所得也。

余於仆碑，又有悲夫古書之不存，後世之謬其傳而莫能名者，何可勝道也哉！此所以學者不可以不深思，而慎取之也。

四人者，廬陵蕭君圭君玉，長樂王回深父，余弟安國平父、安上純父。

　　　　　　　　至和元年七月某甲子，臨川王某記

〔鑑賞〕

　　王安石之經學、史學，頗見功力，轉化在遊記文學方面，則是忠實敘記，嚴謹考證，事具首尾，猶如《水經注》、《徐霞客遊記》諸地理書，得史官敘事之大體。本文首尾兩段，敘記本末終始，得史學之真，即是此種遊記手法。此與即興命篇之小品隨筆，大異其趣。

　　此次褒禪山之遊，因為半途而廢，「不得極夫遊之樂」。山景之奇偉，洞天之瑰怪，自然無從杜撰記敘。本文跳脫一般遊記模山範水、巧構形似之框架，轉而側重遊後感慨，再由感慨生發議論，固然是王安石構思之別出心裁，亦是順理成章，自然成文之作。明代李光祚稱美安石為文：「宛若風皺水紋，月翻花影，乃天地間自然景色。」（〈新刻臨川王介甫先生集序〉），蓋有見而言然。試觀本文架構，將敘事、寫景、抒情、論說作巧妙之有機組合，但見自然天成之妙，了無牽強硬湊之病。與范仲淹〈岳陽樓記〉、曾鞏〈墨池記〉、蘇軾〈石鐘山記〉諸作，同工而異曲，皆可見宋代散文「尚意重理」之傾向。

　　宋代理學家程顥〈偶成〉詩（七律）有言：「萬物靜觀皆自得，四時佳興與人同。道通天地有形外，思入風雲變態中。」其中，「靜觀自得」、「四時佳興」、「道通天地」、「思入風雲」，可借來形容安石在本文中構思之歷程。程顥這首〈偶成〉詩，對於本文及其他山水文學之創作，在構思方面，很富於啟發意義。王安石記敘文特殊之處，不在生動之描繪，精巧之刻畫，而在敘議結合，情理融會，表現出頓挫轉折、寓意遙深之風格來。〈遊褒禪山記〉一文，即是其中之代表作。細讀全文，敘記本末者，在首尾兩段：首段考察山名洞名由來，因碑文漫滅，而

考文正音。末段記錄此遊五人姓名，並誌出遊年月。人、事、時、地、物備載，得史家取信存真之大體。此是《水經注》一類地理書之遊記寫法，以考據求真為主。

作文之法，宜有伏應鋪墊，文脈才能波瀾層折，首尾貫通。以伏應來說，誠如唐彪《讀書作文譜》所言：「於篇首預伏一二句，以為張本，則中後文章皆有脈絡。」本文首段寫「有碑仆道」，考文正音之外，略不經意。實際上，是為第四段論學者「不可以不深思而慎取之」作伏筆。第二段，記敘遊歷華山前洞後洞之情形。側重記遊歷後洞之狀況與感受，所謂「入之愈深，其進愈難，而其見愈奇」，以重複三「愈」字，達到漸層之強調效果，且作為第三段全文核心論點之伏筆。前伏後應，連環相扣，不僅脈絡清晰，結構亦因之而緊湊縝密。

第三段重要論點，如「求思之深，而無不在」；「夷以近，則遊者眾；險以遠，則至者少」；「奇偉瑰怪非常之觀，常在於險遠，而人之所罕至焉」，皆是對第二段「入之愈深，其進愈難，而其見愈奇」旨趣之申說與呼應。

第三段文章的後半，更是本文借事說理警策中之警策，與上文的關係，是運用「由此及彼」之開拓法寫作：上文敘寫「世之奇偉瑰怪非常之觀，常在於險遠，而人之所罕至焉」，接著筆鋒陡轉，深入開掘，昇華主題，提到另個嶄新的意境：接談有志、有力、有物云云，對「能至」成事之聯鎖關係，可謂峰迴路轉，開拓新意。文情曲折，文勢變化，盡在於斯。沈德潛稱本文：「用筆最折」，即指此等。文章採用開拓法，則「使自己的眼光，不局限在眼前的事物上。放開一步，從更大的範圍來看，看得更遠些，更深些！」（劉勵操《寫作方法一百例》）運筆作文，善用由此及彼之「開拓法」，自然思路開展，意蘊無限，且

有「柳暗花明又一村」之變幻美感。

本文記遊之始末，考文之正訛，於文為賓從，其作用皆隱為後半之抒感、議論、哲理作伏筆。為抽象之議論，提供具體形象之佐證，於是敘議融合，虛實相生，自然貼切，而又令人信服。

分賓分主，為謀篇布勢第一要著。善為文者，用一人或一事為貫串，則穿插提頓皆有憑依，此用「主」之法。賓可多，主無二，此為文之道。賓主之運用，又與詳略輕重有關：一般而言，主意多詳重，賓筆多略輕（參閱張高評《左傳屬辭與文章義法》第二章）。以本文來說，遊歷華山洞，以後洞為主，故側重詳敘如此，而前洞則輕筆略寫。本文以遊山探奇為主，仆碑及相關議論為賓，故後者多略多輕，概括點染，借墨如金有如此者。而遊山探奇，因故未能「極夫遊之樂」，是以遊山探奇，只能輕筆略寫，而以遊後抒感作重筆強調。以感慨生發議論，作為警策詳說，是以層次分明，跌宕有法如此。林琴南（林紓）評賞本文，以為「文字之千盤百轉，盡伸縮之能事，自屬可貴。」斯言得之。

林琴南《選評古文辭類纂》又稱：「言為心聲，公之宿志如此，則異日之設施亦正如此。但以文字決之，已足為公一生之行述。」其說值得參考。熙寧變法，王荊公提出「三不」，所謂：「天變不足畏，祖宗不足法，人言不足恤」，其志意之堅定不拔可知，毅力之百折不回可見。可惜「無物以相之」，既不得韓琦、富弼之相，卻專恃呂惠卿、李定諸小人，成事不足，敗事有餘。世事有知易行難者，此其一。以「風格即人格」言之，文如其人，亦足供知人論世之參考。

四、蘇軾〈留侯論〉

　　古之所謂豪傑之士者，必有過人之節。人情有所不能忍者，匹夫見辱，拔劍而起，挺身而鬥，此不足為勇也。天下有大勇者，卒然臨之而不驚，無故加之而不怒。此其所挾持者甚大，而其志甚遠也。

　　夫子房受書於圯上之老人也，其事甚怪；然亦安知其非秦之世，有隱君子者出而試之。觀其所以微見其意者，皆聖賢相與警戒之義；而世不察，以為鬼物，亦已過矣。且其意不在書。

　　當韓之亡，秦之方盛也，以刀鋸鼎鑊待天下之士。其平居無罪夷滅者，不可勝數。雖有賁、育，無所復施。夫持法太急者，其鋒不可犯，而其勢未可乘。子房不忍忿忿之心，以匹夫之力而逞於一擊之間；當此之時，子房之不死者，其間不能容髮，蓋亦已危矣。

　　千金之子，不死於盜賊，何者？其身之可愛，而盜賊之不足以死也。子房以蓋世之才，不為伊尹、太公之謀，而特出於荊軻、聶政之計，以僥倖於不死，此圯上老人所為深惜者也。是故倨傲鮮腆而深折之。彼其能有所忍也，然後可以就大事，故曰：「孺子可教也。」

　　楚莊王伐鄭，鄭伯肉袒牽羊以逆；莊王曰：「其君能下人，必能信用其民矣。」遂捨之。勾踐之困於會稽，而歸臣妾於吳者，三年而不倦。且夫有報人之志，而不能下人者，是匹夫之剛也。夫老人者，以為子房才有餘，而憂其度量之不足，故深折其少年剛銳之氣，使之忍小忿而就大謀。何則？非有生平之素，卒然相遇於草野之間，而命以僕妾之役，油然而不怪者，此固秦皇之所不能驚，而項籍之所不能怒也。

觀夫高祖之所以勝，而項籍之所以敗者，在能忍與不能忍之間而已矣。項籍唯不能忍，是以百戰百勝而輕用其鋒；高祖忍之，養其全鋒而待其弊，此子房教之也。當淮陰破齊而欲自王，高祖發怒，見於詞色。由此觀之，猶有剛強不忍之氣，非子房其誰全之？

太史公疑子房以為魁梧奇偉，而其狀貌乃如婦人女子，不稱其志氣。嗚呼！此其所以為子房歟！

〔鑑賞〕

別開生面，另闢谿徑，是寫作史論散文的不二法門。史論，是針對歷史人物或歷史事件作評論。這些人物和事件，因為業已記載在歷史典籍之中，其是非功過，大抵也早已蓋棺論定，很難翻案。而且流傳久遠，約定成俗，積習難改。所以，撰寫史論，和寫作詠史詩一樣，如果沒有獨具隻眼的見識，新穎透闢的論點，是很難超凡脫俗，推陳出新的。南宋費袞《梁溪漫志》卷七稱：「詩人詠史最難。須要在作史者不到處，別生眼目。」詠史如此，史論文又何嘗不然？

評價古人古事，「須要在作史者不到處，別生眼目」，這非運用到創造性思維不可。就創造性思維來說，蘇軾在〈留侯論〉中，運用翻案手法，出於思維形式的反常性；就「能忍」、「不能忍」往復論證，是思維過程運用了辯證性；凸顯「忍小忿而就大謀」，作為一篇主旨，這是思維成果富於獨創性。成果的新穎獨特，果然能在史家眼光不到處，「別生眼目」。「語不驚人死不休」，是詩聖杜甫的自我期許。優秀的詩人文豪，時常標榜「胸中丘壑」，不願意「蹈襲前人」。有這種覺悟，謀篇安章才

有可能「見人所未見」，敘說論證才有可能「言人所未言」。蘇軾讀書得間，根據《史記‧留侯世家》所言：「留侯所見老父予書，亦可怪矣！」從而翻案生奇，稱老人為隱君子；稱圯上之約，「其意不在書」，而在教之以「忍」。凡此論點，皆卓越不凡，古所未有。

　　留侯張良佐高祖、滅項羽、定天下，為王者師，堪稱漢初第一謀臣，又是謀臣中第一等高人。漢高祖曾謂：「運籌莢帷帳之中，決勝千里外，吾不如子房！」則張良策謀之高妙，可以想見。《史記‧留侯世家》稱：橋上老人授《太公兵法》給張良，而且告訴他：「讀此，則為王者師矣！」於是世人遂以為，張良的功業，得力於《太公兵法》之啟益。晚唐溫庭筠〈簡同志〉詩所謂：「留侯功業何容易？一卷兵書作帝師。」可以作為此派之代表。蘇軾作〈留侯論〉，眼光並不停滯在這卷能「為王者師」的兵法上；而將兵謀學再推本溯源，至道家「容忍」之發用工夫方面。於是以「忍」字貫說，正反翻應，揮灑成篇。東坡論留侯功業，能拈出一「忍」字，作為一篇之警策，可謂隻眼獨具，富於創造性思考。筆者談寫作，常言：「文章要寫得好，先求想得妙！」能運用創造性思維，佳篇妙製就已成功一半。

　　「忍小忿而就大謀」，是〈留侯論〉的主要旨趣。無論篇首、篇中、篇尾，都迴環映帶、脈注綺交在這個主旨上。首段，強調人貴能忍，方成豪傑，是全文的總綱，一篇的骨幹。次段言老人三約，其意不在授書，而在教之以能忍。第三段，言老人以忍教子房，正緣於子房不能忍，而逞於一擊。第四段，列舉鄭伯降楚，勾踐事吳作論證，以見老人之善教，而子房之能忍，足以成大事。第六段，舉楚漢之爭為例，論高祖能忍，終成大業，而歸功於子房所教。末段，借司馬遷之見頓挫作結，仍歸本到

「忍」字上。

　　全文反覆，語必歸宗，如百鳥之朝鳳，萬水之歸海。其中，謀篇立意之法，很值得借鏡參考。明歸有光《文章指南》云：「作文須尋大頭腦，立得意定，然後遣詞發揮，方是氣象渾成。」因舉〈留侯論〉，以「忍」字貫說。唐順之《文編》亦稱：「須有一段不可磨滅之見，然後能勦絕古今，獨立物表。」這裡所謂「立大頭腦」、「不可磨滅之見」，就是指謀篇立意來說的。譬如繪畫，蘇東坡〈六與可畫篔簹谷偃竹記〉，所謂「畫竹，必先得成竹於胸中」；南宋羅大經《鶴林玉露》也認為：「畫馬必先有全馬在胸中」。如此，意趣定於落筆之前、行文之際，方能以意趣為將帥、為導航，取捨裁剪，遣詞造句，隨心所欲，而又勝任愉快。

　　正反對照，一意往復，是東坡安排本文篇章的第二個特色。第一、第二段，提出「能忍」與「不能忍」的命題，來區分豪傑與匹夫的差異，自是正反映襯的手法。而且，「其意不在書」，而在「聖賢相與警戒之義」（即「忍」），更是虛實相形相對，翻案出奇。第三段，子房原先「不忍忿忿之心」，故效荊軻聶政之計，老人深惜其生命，深折其銳氣，遂教其「有所忍」，勉其「為伊尹太公之謀」，亦是正反翻應，面面俱到。第四段，舉鄭伯、勾踐能忍辱負重，故能保全國祚，而成就大業。子房年少氣剛，不能涵養忍耐，故老人深折之，使就大謀，亦就「能忍」與「不能忍」，作比較式的申說。第五段，舉楚漢之爭的史實作印證，強調楚漢之爭，劉邦項羽的成敗關鍵，只在「能忍」和「不能忍」罷了。而高祖之所以能忍，乃得力於「子房教之」。文中藉賓顯主之法，也分成正反兩面鋪寫論證。最後一段，以子房狀貌的柔如婦女，和志氣的昂揚奇偉作對比，不相配稱之處，即是

張良「能忍」的豪傑之士形象。更是知雄守雌，知白守黑，道家「忍」術的表現功夫。畢竟，豪傑的大志大勇，是內在品節的體現，不是外在相貌看得出來的。

大凡，敘事論說之際，最苦散漫無歸，無所約束。謀篇安章之初，如果能夠安排「每說一事，必有偶對」；遣詞造句，設法以「無獨有偶」的形式出現，無論類比映襯，或對比烘托，多能夠擴大篇幅，充實內容。而且藉由彼此的相反相成，相映成趣，主題獲得凸顯，說服力亦隨之提昇。「反正相生」的文家布局手法，本文堪作典範。另外，「翻案」的手法，亦是文家推陳出新，史家重建史實，所運用追新求奇的手段之一。

題目為〈留侯論〉，張良一生，值得當作史論發揮的很多。東坡獨具隻眼，只選《史記・留侯世家》「太史公曰」一段話作翻案，前後提出三個富有創意的論點：其一，圯上老人，乃秦世隱君子，不是鬼物。其二，圯上之約，「其意不在書」，而在「聖賢相與警戒之義」。其三，子房狀貌如婦人女子，不稱其志氣，正是豪傑形象之寫照。這種翻空求奇的手法，文家多所關注。清金聖嘆《才子古文》批〈留侯論〉：「此文，得意在『且其意不在書』一句起，掀翻盡變，如廣陵秋濤之排空而起也。」余誠《古文釋義新編・卷八》亦云：「劈頭提出個『忍』字，闢去俗論，翻卻常解，立定主意。」沈德潛《唐宋八大家讀本》亦稱：「『其意不在書』一語，空際掀翻，如海上潮來，銀山蹴起。」都異口同聲，推崇〈留侯論〉的翻案成趣。最可看出蘇軾讀書之善於得間，方能見人所未見，言人所未言。從道德上去翻案，從立意去翻新，由於創新、自得、反常、出奇，故往往能聳動視聽，引發興味。初看出人意表，細讀卻入人意中，頗見議論風生，雄辯有力之美。

　　總之，〈留侯論〉一文，見解新穎，議論透闢；意實翻空，辭皆徵實。行文雄辯而有氣勢，用典明確而不駁雜。誠如明代楊慎《三蘇文範・卷七》所稱：「東坡文如長江大河，一瀉千里，至其渾浩流轉，曲折變化之妙，則無復可以名狀，而尤長於陳述敘事。〈留侯〉一論，其立論超卓如此。」清劉大櫆《古文辭類纂》卷四評論本文，以為「忽出忽入，忽賓忽主，忽淺忽深，忽斷忽續。」章法變幻，曲折有致，這些都值得參考。

五、蘇軾〈教戰守策〉

　　夫當今生民之患，果安在哉？在於知安而不知危，能逸而不能勞。此其患不見於今，而將見於他日。今不為之計，其後將有所不可救者。

　　昔者先王知兵之不可去也，是故天下雖平，不敢忘戰。秋冬之隙，致民田獵以講武，教之以進退坐作之方，使其耳目習於鐘鼓旌旗之間而不亂，使其心志安於斬刈殺伐之際而不懾。是以雖有盜賊之變，而民不至於驚潰。及至後世，用迂儒之議，以去兵為王者之盛節，天下既定，則卷甲而藏之。數十年之後，甲兵頓弊，而人民日以安於佚樂，卒有盜賊之警，則相與恐懼訛言，不戰而走。開元、天寶之際，天下豈不大治？惟其民安於太平之樂，豢於游戲酒食之間，其剛心勇氣，銷耗鈍眊，痿蹶而不復振。是以區區之祿山一出而乘之，四方之民，獸奔鳥竄，乞為囚虜之不暇，天下分裂，而唐室因以微矣。

　　蓋嘗試論之：天下之勢，譬如一身。王公貴人所以養其身者，豈不至哉？而其平居常苦於多疾。至於農夫小民，終歲勤

苦，而未嘗告病。此其故何也？夫風雨、霜露、寒暑之變，此疾之所由生也。農夫小民，盛夏力作，而窮冬暴露，其筋骸之所衝犯，肌膚之所浸漬，輕霜露而狎風雨，是故寒暑不能為之毒。今王公貴人，處於重屋之下，出則乘輿，風則襲裘，雨則御蓋。凡所以慮患之具，莫不備至。畏之太甚，而養之太過，小不如意，則寒暑入之矣。是以善養身者，使之能逸而能勞；步趨動作，使其四體狃於寒暑之變；然後可以剛健強力，涉險而不傷。夫民亦然。今者治平之日久，天下之人驕惰脆弱，如婦人孺子，不出於閨門。論戰鬥之事，則縮頸而股慄；聞盜賊之名，則掩耳而不願聽。而士大夫亦未嘗言兵，以為生事擾民，漸不可長。此不亦畏之太甚，而養之太過歟？

且夫天下固有意外之患也。愚者見四方之無事，則以為變故無自而有，此亦不然矣。今國家所以奉西北二虜者，歲以百萬計。奉之者有限，而求之者無厭，此其勢必至於戰。戰者，必然之勢也。不先於我，則先於彼；不出於西，則出於北。所不可知者，有遲速遠近，而要以不能免也。天下苟不免於用兵，而用之不以漸，使民於安樂無事之中，一旦出身而蹈死地，則其為患必有不測。故曰：天下之民，知安而不知危，能逸而不能勞，此臣所謂大患也。

臣欲使士大夫尊尚武勇，講習兵法；庶人之在官者，教以行陣之節；役民之司盜者，授以擊刺之術。每歲終則聚於郡府，如古都試之法，有勝負，有賞罰。而行之既久，則又以軍法從事。然議者必以為無故而動民，又撓以軍法，則民將不安，而臣以為此所以安民也。天下果未能去兵，則其一旦將以不教之民而驅之戰。夫無故而動民，雖有小怨，然孰與夫一旦之危哉？

今天下屯聚之兵，驕豪而多怨，陵壓百姓而邀其上者，何

故？此其心以為天下之知戰者，惟我而已。如使平民皆習於兵，彼知有所敵，則固以破其奸謀，而折其驕氣。利害之際，豈不亦甚明歟？

〔鑑賞〕

　　科舉試策論，始於唐朝。發展到北宋中期，策論越來越重要。試策與試論，目的不同。蘇軾〈謝梅龍圖書〉所謂：「試之論，以觀其所以是非於古之人。試之策，以觀其所以措置於今之世。」〈教戰守策〉，屬於著書上進的進策，雖類似論，然以「措置於今之世」為主，故又稱為時務策。

　　蘇軾關心時務，〈教戰守策〉乃其政論名篇。全文共分六段：首段，開宗明義即提出論點。開門見山，一語道破當今生民之患：「在於知安而不知危，能逸而不能勞。此其患不見於今將見於他日；今不為之計，其後將有所不可救者。」開門見山，直截了當；當頭棒喝，如醍醐灌頂，論點明確，不容懷疑。作者由提出論點，而申說論證，而得出結論，層次分明，結構謹嚴。蘇軾系列政論的特色，本文可作代表。

　　第二段，借古鑑今，正反論證，專注申說當今生民之患，「在於知安而不知危」。分三個層面，依序進行辨析：首先，強調先王不去兵、不忘戰的教民遺則，作為論證的正面依據。然後，再舉兩個反面的經驗教訓，相互對照：後世迂儒之議，是泛言；開元天寶之禍，則是具體事例。虛實相生，正反相形，論證遂明確無疑，令人信服。忘戰去兵的危害，經此申說，遂昭然若揭。迂儒見解的錯誤，也得到歷史的印證。

　　第三段，再進一步就近取譬，以日常生活的經驗為例，論證

當今生民之患，「在於能逸而不能勞」：舉王公貴人的養身，「畏之太甚，養之太過」，卻苦於疾病煩多。農夫小民，終歲勞苦，習於寒暑之變，卻未嘗告疾。兩相襯映對比，於是得出「善養身者，使之能逸而能勞」的結論來。養身如此，養民亦然，此處用就近取譬，「同理可證」，類比推理、觸類引申之法，論說持平日久的百姓，「驕惰脆弱」；士大夫「亦未嘗言兵」，有如王公貴人之養身：「畏之太甚，而養之太過」，能逸而不能勞。如此，將無法涉險歷變。宋朝的潛在危機，已明白指出。楊慎《三蘇文範》引王守仁的評論說：蘇軾「已預知北狩事」（指後來徽欽二帝被虜事）。李贄甚至說：「北狩之事，公已看見。時不用公，可奈之何？」可見蘇軾看見未來，確有獨到眼光，不是泛泛的書生之見。

接著蘇軾分析當前的形勢，進一步強調：「知安而不知危，能逸而不能勞」的潛在禍患。主要針對第一段的提綱：「此其患不見於今，將見於他日」，來作申說，強調戰爭不可避免。文章用對比論證法，將愚者以為：「變故無自而有」，與「戰者必然之勢」兩種不同觀點，作強烈對比，而得出戰爭「不能免」的殘酷事實。本文念茲在茲的「生民大患」，至此已獲得淋漓盡致之發揮。「生民大患」既然證明確實存在，於是解禍免患的救病良方，自然就是「尊武勇，講兵法」。前文諸多蓄勢，自然水到渠成，得出如此結論。

「尚勇講兵」一段，呼應首段「今不為之計，其後將有所不可救者」之提綱。又分正反兩面論述：正面提出系列具體措施，教民戰守；反面則批駁：「無故動民」之異議。述說「無故而動民」引來的小恐，相較於「一旦之危」的禍患，兩害取其輕，於是「動民」就顯得順理成章了。

最後一段，補敘教民戰守，可以一舉解決武將驕豪多怨、邀上壓下的「內憂」，足以破其姦謀，折其驕氣。由此觀之，教民戰守的實施，內憂與外患，將同時可以圓滿獲得解決。

《蘇軾文集》中，像本文一樣，能切中時弊、福國利民的政論文不少。可惜不為當政者採用施行。蘇門弟子陳師道有稱：「一代蘇長公，四海名未已。投荒忘歲月，積毀高城壘。」南宋孝宗〈蘇文忠公贈太師制〉曰：「經綸不究於生前，議論常公於身後。人傳元祐之學，家有眉山之書。」自古才人命途多蹇，後人徒嘆奈何！

六、蘇轍〈黃州快哉亭記〉

江出西陵，始得平地，其流奔放肆大；南合湘、沅，北合漢、沔，其勢益張；至於赤壁之下，波流浸灌，與海相若。清河張君夢得，謫居齊安，即其廬之西南為亭，以覽觀江流之勝；而余兄子瞻，名之曰快哉。

蓋亭之所見，南北百里，東西一舍。濤瀾洶湧，風雲開闔。晝則舟楫出沒於其前，夜則魚龍悲嘯於其下。變化倏忽，動心駭目，不可久視。今乃得翫之几席之上，舉目而足。西望武昌諸山，岡陵起伏，草木行列，煙消日出，漁夫樵父之舍，皆可指數，此其之所以為快哉者也。

至於長洲之濱，故城之墟，曹孟德、孫仲謀之所睥睨，周瑜、陸遜之所騁騖，其流風遺跡，亦足以稱快世俗。昔楚襄王從宋玉、景差於蘭臺之宮，有風颯然至者，王披襟當之，曰：「快哉此風！寡人所與庶人共者耶？」宋玉曰：「此獨大王之雄風

耳，庶人安得共之？」玉之言，蓋有諷焉。夫風無雌雄之異，而人有遇不遇之變；楚王之所以為樂，與庶人之所以為憂，此則人之變也，而風何與焉？

士生於世，使其中不自得，將何往而非病？使其中坦然，不以物傷性，將何適而非快？今張君不以謫為患，竊會計之餘功，而自放山水之間，此其中宜有以過人者。將蓬戶甕牖，無所不快；而況乎濯長江之清流，挹西山之白雲，窮耳目之勝以自適也哉！不然，連山絕壑，長林古木，振之以清風，照之以明月，此皆騷人思士之所以悲傷憔悴而不能勝者。烏睹其為快也哉？

〔鑑賞〕

〈黃州快哉亭記〉，是亭記文章的上乘佳作。遷謫文學的有數名篇，從中可看出蘇轍散文的風格。宋代古文繼承傳統，又開拓當代的特色，本文皆有具體而微的體現。

名家名篇之作，大抵多有「能入能出」的本領。能入，故見得親切；能出，故用得透脫。就文類而言，既恪守常格，辨明體制，又超常越規，破體為文。蘇轍寫作本文，正具備這種特色。一般寫亭臺樓閣，必須標明建造之人、建造之因、亭臺之名、作記之人，這是起首的常格，本文也未能免俗。不過，在傳承常格之外，蘇轍又透脫新變，不落俗套。除起筆不凡外，變唐文之以記寓論，為借物設論；變唐文之記多論少，為鋪敘議論等量齊觀；變唐文之借物抒情，為敘事、寫景、抒情、議論融為一體。這些，都是在前代作家既有的優長上，進行創造發明。《南齊書·文學傳論》稱：「若無新變，不能代雄。」林紓《選評古文辭類纂》論雜記類文章的撰作，也認為：「務出以高情遠韻，勿走

塵俗一路，始足傳之金石。」這是文學創作的金玉良言，很值得參考借鏡。

文章首段，敘寫快哉亭，採用側筆烘托的手法，未直接正面著墨。先宕開一筆，狀寫江水的態勢：奔流浩蕩，壯闊可觀；再接敘「覽觀江流之勝」，點明因「快哉」而建亭之緣由。如是布局安排，最稱順理成章。歐陽脩〈醉翁亭記〉之首段寫景：自遠山而近水，由水而亭，然後點出人與亭，手法與此有異曲同工之妙。蘇轍敘寫江水的態勢，歷經三變：純就「勝」字渲染：江流由「奔放肆大」，經「其勢益張」，到「波流浸灌，與海相若」。由遠而近，自廣大到無垠，活繪出一幅「不盡長江滾滾來」的江流勝景圖。作者勾勒江流勝景的雄壯美，不僅作為小巧玲瓏快哉亭的背景，而且為後文蓄積文勢。這樣的設計，將快哉亭的孤小與江景的雄闊構成對比，謫居的張夢得置身亭中，亦將「如滄海之一粟」，相映成趣。貶謫之人，面對江流勝景之情懷，蘇軾子瞻取亭名為「快哉」，其中即有自勉勉人之深意在。次段提明「快哉」二字，然後詳加揮灑，遂成千古快文。

第二段，「南北百里，東西一舍」，概寫在亭覽勝之景。先以平面的視角，敘寫長江的廣闊無邊，是泛寫。以下分自然景觀與人文勝跡，立體敘寫所聞所見。自然景觀，又分寫江面景色和陸上風光：江面景色是近景，「濤瀾洶湧」是俯瞰，「風雲開闔」是仰視；「晝則舟楫出沒於其前」，寫白天所見；「夜則魚龍悲嘯於其下」，寫夜晚所聞。這些江流勝景，都可以經由耳聞目見，「翫之几席之上，舉目而足」。草蛇灰線之間，已發散「快哉」之題旨。作者寫快哉亭所見：俯瞰、仰視；晝觀、夜聞，從多層面觀賞江流勝景，勝景恍如立體動畫。總括觀勝感受：「變化倏忽，動心駭目，不可久視」，則是以驚心動魄之長

江景色，反襯謫居者平靜快活的心情。如此勝景，謫居者「翫之几席之上」，則「其中坦然」，不因榮辱得失而憂戚可知。

　　蘇軾〈記承天寺夜遊〉，寫東坡與張懷民（即張夢得），謫居如閒居，從而可見「不以物傷性」的處世態度。范仲淹〈岳陽樓記〉，描寫洞庭湖陰風怒號、濁浪排空、檣傾楫摧、虎嘯猿啼諸景象，想像登斯樓的遷客騷人，必定會「感極而悲」。快哉亭上所見所聞，與登岳陽樓之景象類似，謫居人將如何自處？作者描寫長江之勝景後，筆鋒一轉，接敘「今乃得翫之几席之上，舉目而足」。強調覽物而生的「快哉」之情，係由險惡的景觀提煉昇華而來。所以，這兩句話氣魄之大，遠甚於江流勝景，堪稱文中絕筆。「西望武昌諸山」以下，寫臨江遠眺：岡陵草木，起伏行列；煙日茅舍，皆可指數。這些岸上風光的描述，採用平視幽遠的角度，與前面一節的近觀，筆路又不同，令人目不暇接，而同感「快哉」！

　　「至於長洲之濱」以下，則由自然景觀轉筆憑弔人文勝跡。由於首段先敘寫江水「至於赤壁之下，波流浸灌，與海相若」，早已移花接木，將黃州之赤鼻磯，想像成三國破曹兵的赤壁。此處再憑藉史實，發揮想像，於是曹操、孫權、周瑜、陸遜的雄姿英發，又隨浪淘盡，皆在懷想之中。這些英雄人物的「流風遺跡」，在「坦然不以物傷性」的遷謫之士來說，覺悟到「是非成敗轉頭空」，就像「浪花淘盡英雄」一樣，當然值得「稱快」。這一段敘寫江亭所見、所聞、所感，運用兩套筆墨：寫江上勝景的「動心駭目」，歷史遺跡的「稱快世俗」，是用雄健奔放，剛健粗獷之筆。勾勒素描武昌諸山，用的是清新雋麗，柔婉細緻之筆。剛柔相濟如是，故能使行文雄放而有風致，筆勢條暢而又不失紓徐從容，形成蘇轍古文的風格。

　　因赤壁而懷想孫曹赤壁鏖戰；周瑜勝曹，在於憑藉東風，已暗藏一「風」字，為下文的「快哉此風」預作張本。於是接續探「快哉」出處，述楚王披襟當風，闡發〈風賦〉諷諭之旨趣，文勢機巧而又不失自然。第三段剪取宋玉〈風賦〉的精華，凸顯「風無雌雄之異，而人有遇不遇之變」主題，是「快哉」二字的進一步闡發。就主題表現而言，本文無論敘事、寫景、議論、抒情，在在聚焦「快哉」二字。「快哉」，可謂一篇之腦，故作者以淋漓酣暢之筆，段段寫透「快哉」。此段簡要引述楚王「快哉此風」的典故之後，文章開始借題發揮：風有「雌」與「雄」之異，人有「遇」「不遇」之變；楚王所以為「樂」，庶人所以為「憂」，透過三組對比兼排比句法，發揮宋玉〈風賦〉的精神，暗示外在機緣（物），並非決定快與不快的因素。行文至此，左右人生憂、樂、病、快的緣由，已呼之欲出。

　　第四段，概括前文，卒章顯志，提出極富哲理的結論，用以自勉勉人：「使其中不自得，將何往而非病？使其中坦然，不以物傷性，將何適而非快？」不以榮辱得失為念，但求坦然自適、面對一切。這不僅稱道謫居的張夢得，曠達樂天，「自放山水之間」；對於同遭貶謫，「同是天涯淪落人」的胞兄子瞻，以及子由自己，「其中坦然，不以物傷性」的胸襟和情懷，處世哲學想必也是有志一同。上一段提到人的憂樂和遇不遇有關，卻跟風無關，那麼，士生於世，正確的處世態度應該如何？順理成章，就成了本段探討的課題。本段主旨，在強調樂觀曠達的處世態度之後，接著讚揚張夢得「不以物傷性」、「不以謫為患」的襟懷。既承接前文，照應首段，一篇之結穴歸趣更在此。全文到此，本可收結，但作者善用絕處逢生之法，又推開一層，宕起一筆，「將蓬戶甕牖」以下六句，用正說：「不然」以下七句，用反

證，正反論證，收結了全篇，也闡明了主題。至於前後照應自然，猶其餘事。本段文章在標明主旨，以及正反論證時，都使用排比句法，而且層層遞進；對於旨趣的凸顯，邏輯的嚴密，脈絡的分明，運用這些修辭手法，都表現極佳的功能。

本文寫景方面，層次分明，歷歷如繪；論說「快哉」得名由來，以及正反縱論「快哉」之處世哲學，亦見層層遞進，條理井然。「快哉」得名緣由，分三層發揮：江面景色，一層；武昌諸山，二層；歷史遺跡，三層。「快哉」襟懷，亦分三層論說：探求「快哉」典故，一層；概括「快哉」哲理，二層；頌揚張夢得「不以物傷性」，「不以謫為患」，三層。而且，就尾段而言，亦分三層；「士生於世」以下，一層；「將蓬戶甕牖」以下，正反論證，亦各有層次。層層遞進，步步關鎖如此，自然形成「漸層之美」。對於文章深化論點，揭示本質特徵，最有裨益。

本文前半幅，大抵以寫景為主；後半幅，則以發揮議論為要。通篇融合議論、抒情、敘事、寫景而一之。與范仲淹〈岳陽樓記〉，同一機杼。而且，散體和偶句間雜運用，亦錯落有致。通篇構思布局，由敘事，而寫景，而議論，要皆環繞「快哉」二字發揮，故「快」字凡七見。《文心雕龍・章句》所謂「外文綺交，內義脈注」，此文有之。於直敘之中，自見俯仰頓挫、一唱三嘆的抒情韻味。此與坦然自適的旨趣，是相得益彰的。這些謀篇安章的技巧，修辭作的要領，影響了〈快哉亭記〉雄放、酣暢、明快、灑脫的特色，展現了蘇轍散文紆徐條暢、汪洋澹泊的風格。

宋代雜記體名篇，有王禹偁〈黃岡竹樓記〉、范仲淹〈岳陽樓記〉、歐陽脩〈醉翁亭記〉、〈豐樂亭記〉；蘇軾〈超然臺記〉、〈凌虛臺記〉。蘇轍〈快哉亭記〉，既有時代特色，又有

個人風格，故於諸作輩出之餘，仍無愧於名篇佳作。清吳楚材《古文觀止》評論本文，所謂「文勢汪洋，筆力雄壯，讀之令人心胸曠達，寵辱皆忘」。儲欣《唐宋八大家類選》亦推崇之，以為「汪汪若千頃波，次公集中第一乘文字」，可見其價值。

第三卷

散文的創意化、現代化與實用性

壹、人文學的創意化與實用性

　　人工智慧 AI，風行全球，無所不在。專家預測：未來十五年內，AI 將取代百分之五十的工作。人類要避免被 AI 取代，應靠創意活出價值。（李開復談〈AI 創意難取代〉）

　　科技源於人性，創意來自人文。文學、歷史、哲學、語言、音樂、美術、書法、宗教等人文學科，無不追求創意、體現創意、展演創意。創造力，是人工智能 AI 無法取代的。所以，二〇一七年臺灣大學畢業典禮，李開復致辭說：「進入 AI 時代，各種文科真的變得更有意思了。」主要是針對文科的特殊屬性——創意、創造性思維來說的。

　　《孟子・告子》稱：「仁義禮智，非由外鑠我也，我固有之也，弗思耳矣。故曰：『求則得之，舍則失之。』」創意之於人文學科，亦如孟子所言仁義禮智，「非由外鑠，我固有之」，吾人只是「弗思」不察而已。大學教育，主要在修習可大可久之學，以便學以致用。大學課程設計，應該與時俱進，因應時代市場需求。十幾年來，執行教學發展計畫，提倡人文學的實用化、創意化、現代化、生活化，就是期待人文學科能「靠創意活出價值」，讓「文科真的變得更有意思」。

　　一家走過歷史的餐廳，如果想要永續經營，廚師必須不斷創新研發菜單，才能時時推陳出新，不能停留在往日情懷，不可陶醉於孤芳自賞。六十年來，人文學科的課程，大抵變化不大。不過，當時的慘綠少年，都已兩鬢飛霜矣！結果，孫子進入大學，

修讀的課程，與祖父母輩所學，基本上有驚人的相似。甘心與時代脫節，卻美其名為薪火相傳。長此以往，在人工智能 AI 時代，注定是落伍，將會被淘汰。吾為此懼！擬借籌代籌，為人文學院課程設計，提供九大方向之建言。敬祈方家學者，博雅君子，不吝指教之。

一、知所先後

美國伯明罕（Birmingham）鋼鐵公司，年產值曾經高居世界第二位。後來人謀不臧，經營不善，業績一直掉落到十幾名。為突破困境，公司請來一位高級顧問，診斷癥結，提出建言。首先，高級顧問請執行長拿出一張便條紙，將明天急切要做的事，條列出六件。其次，再將這六件事，衡量其輕重緩急，排列出優先順序，寫在第二張便條紙上。最後，顧問說：明天來到辦公室，就著手處理第一件事。直到第一優先的事務完成了，才可以再做第二、第三件事。因為，這個順序，是經過審慎斟酌、通盤考量出來的。執行長遵照指點，切實力行，公司業績果然蒸蒸日上，否極而泰來。

當時，這位顧問的談話只花了十分鐘，一年後收到了二萬五千美元的諮詢費。其實，這攸關企業管理的妙方，二千五百年前的先賢早已作出提示：《禮記》〈大學〉第一章說：「物有本末，事有終始。知所先後，則近道矣。」這「知所先後」四字，正是經營管理的真言，金針度人的指南。真言無價，指南易得。指南恆存，真理永在，關鍵在如何善待與利用。

如果我們開授《禮記》、《四書》的課程，能多花五分鐘、

十分鐘，聯結到明體達用、學以致用的理念上，則思過半矣。嘗試將傳統經典實用化、創意化、現代化、生活化，提供人文的軟實力，印證人文學術存在的價值，正是本人提倡「實用中文寫作學」的終極追求。因為，唯有思維改變了，那麼其他一切才有可能跟著好轉。

二、最終用途

管理學之父彼得杜拉克（Peter Ferdinand Drucker），曾診斷美國大學教育的缺失，以為「都以學科為為主，以產品為導向，而不是以市場或最終用途為出發點」。然而職場的需求，「愈來愈講究應用，而不是學科的訓練！」（張高評《中文實用寫作二十講》〈代序〉）何止美國教育？兩岸三地的課程設計，教學目標，又何嘗例外？名校以「得天下英才而教育之」為樂，一般大學也盡心致力於「教育之使成英才」，大家不約而同「以產品為導向」，都極熱衷栽培、調教英才。至於作育出來的「英才」，何去何從？將來如何與就業市場接軌？有無一貫的規劃設計？似乎乏人過問。再說，關我何事！

這種只側重過程訓練，未關注「最終用途」，不問市場需求的教育方式，是當前大學教育的通相。尤其是人文課程的教學，往往不食人間煙火；學得屠龍之技，卻無龍可屠！如果持續拒絕改變，那麼，畢業生將不會有較好的出路。一顆螺絲釘，無論設計之初，製作之中，或出廠之後，究竟是拴在玩具上、汽車上？或飛機、衛星上？廠商接到訂單之際，其最終用途早已確認。目標明確、用途清楚，自規劃到設計，從製作到生產，要皆量身訂

做，無可取代。人文學院的課程設計、教學方向、研究內容，是否也應該見賢思齊、參考借鏡？落實學用合一，關注「最終用途」，擬定若干目標導向？因應當下職場「愈來愈講究應用」的需求，大學教育的課程設計，確實應「以市場或最終用途為出發點」。《左傳》載子產答子大叔問政，提示一段話，可與彼得杜拉克的呼籲相互印證。子產說：「政如農功，日夜思之，思其始而成其終，朝夕而行之。行無越思，如農之有畔，其過鮮矣。」（襄公二十五年）「日夜思之」，指念茲在茲的用心構思。「思其始而成其終」，指發揮系統思維，規劃本末，設計終始。「行無越思」，政策既經慎思明辨，可以即知即行，故所行不出所思。身為鄭國正卿，子產一番話，有多少經營管理之道在其中？這不就是真言？何妨作為指南！

李澤厚《論中國傳統文化》，曾言：「民族的性格特徵、意識形態、思維模式、文化現象，多具體而微體現在傳世經典之中。」（三聯書店，1998）傳世經典，是取之不盡，用之不竭的智慧寶庫。關鍵在於如何善加取擇發揚，作為利用厚生的資材。好比《莊子・逍遙遊》所提不龜手之藥，作為洴澼絖（漂洗棉絮），未免小用。若移為水師作戰用藥，則裂地封侯，福國利民，搖身一變而為大用矣。宋胡瑗答神宗問，稱：

> 「《詩》《書》史傳子集，垂法後世者，其文也。舉而措
> 之天下，能潤澤斯民，歸於皇極者，其用也。（清黃宗羲
> 《宋元學案・安定學案》）

實用中文寫作學的精神，標榜學以致用，要即胡瑗「舉而措之天下，能潤澤斯民」的大用精神。居今之世，功利當道，實用

掛帥。人文學門的課程設計，當高瞻遠矚，與時俱進，規劃學科的最終用途。

三、創意發想

　　人文學科的課程，應該追求實用化、創意化、現代化、生活化，而以創意化為一切之領頭羊。語文學科之教學，尤其如此。這是筆者主編《實用中文寫作學》初編到六編，一以貫之的初衷。韓愈為文，主張務去陳言，言必己出，注重創造性思維的發用，於語文教學之追求創意，啟發無限。起心、動念、發用之際，以創意為指歸，傳世經典多所提示。

　　《論語・子罕》載：「子絕四：毋意、毋必、毋固、毋我。」不主觀臆斷，不絕對肯定，不固執己見，不唯我獨尊。日本管理學大師大前研一說：「答案不只一個，請思考！」（《創新者的思考》）三千年前，孔子早有全方位的提示。《金剛經》說：「不應住色生心，不應住聲、香、味、觸法生心，應無所住而生其心。」（〈莊嚴淨土分第十〉）面對大千世界，不執著於所見、所聞、所感，應該生起清淨心。

　　孔子不主觀，不絕對，不固執，不獨尊的教示，大前研一所謂「答案不只一個」的提撕，《金剛經》所謂「無住生心」，禪宗標榜「不犯正位」，其道多助，皆相通相融。為人、處世之圓滿無礙，治學、作文之創造思維，傳統經典自有觸發，要在如何「利用厚生」而已。

四、看見未來

　　愛迪生很有系統思維，長於擬想結果，看見未來。發明電燈之餘，能想到相關配套：從發明電燈，想到需要建造一座電廠，供應低價能源；要建造一座電廠，就聯想到如何吸引資金投注，才能成功設立電廠。當時，有好幾個科學家同時發明電燈，最後只有愛迪生成功了。因為，他看見未來！

　　第二座迪士尼樂園，選擇落腳在佛羅里達州的沼澤地區。一般只看到：那是鱷魚出沒的地方。華德‧迪士尼（Walt Elias Disney，1901-1966）以實驗未來都市為概念，去擬想結果，所看到的卻是未來大好的商機。他，華德‧迪士尼，也看得到未來。歐里拉（Jorma Ollila），是行動電話諾基亞（Nokia）的執行長。為了要讓全球人都能連結到網路，「能滿足任何時候，符合所有人的條件。」「移動影像」，就成了歐里拉的經營哲學。未來的遠景和商機，他看得見。

　　花旗銀行 CEO 瑞德，看到行動電話，當下想到：「這個就是銀行！」擬想行動電話變成銀行存摺功能。於是花旗業績，由一年一億戶頭，變成五年有十億業績。馬雲創立阿里巴巴，互聯網、支付寶，實現虛擬銀行、無人超市的概念。他，看得見未來！

　　《左傳》、《史記》敘述戰爭，《孫子兵法‧計》，論說有關兵法謀略，用計料敵諸案例。由此觀之，領導統御而能擬想結果，「看見未來」者勝。如《史記》敘鉅鹿之道，項羽破釜沉舟；井陘口之戰，韓信佈背水之陣，「陷之死地而後生，置之亡地而後存」，亦是看見未來！

　　軍事國防的兵法謀略，若能轉化為領導統御的哲理啟示，經

營管理的策略規劃，則思過半矣。《荀子・勸學》：「君子生非異也，善假於物也！」善假於物，就是拋磚引玉，進行借鏡、移換、轉念、顛覆、利用、厚生。《金剛經》所謂「應無所住而生其心」，值得參悟。

創新的兩個關鍵字，是「借用」與「連結」。《左傳》敘戰，往往逆料成敗吉凶，如響斯應。如晉楚城濮之戰前夕，蒍賈評子玉剛而無禮，稱「過三百乘，其不能以入矣！」果然，城濮之戰後，子玉兵敗自殺。秦穆公命三帥東征，千里襲人，蹇叔哭師：「吾見師之出，而不見其入也！」果然，晉軍敗秦師於崤山山谷，匹馬隻輪無返者。伍子胥勸諫吳王夫差，不可允諾越王勾踐談和，否則，「二十年之外，吳其為沼乎？」（哀公元年）案：哀公二十二年，越入吳。賈伯斯的經典名言：創新的兩個關鍵字，是「借用」與「連結」。借用傳統文化優質的成分，連結到實用市場上來。借用過往經驗，參考對方的身、位、時、事而料算之，於是蒍賈、蹇叔、伍子胥的觀人術，可以看到未來！由此觀之，體用合一，榮景可期。

五、系統思維

愛迪生用心於電燈的推廣，所作通盤考量，表裏精粗都到，主要在系統思維的發揮。所謂系統思維，指系統可分解為要素，要素集結起來構成系統。系統與要素，整體與局部的關係，是系統方法的基本點。中國科技思維注重綜合，著重從整體上掌握事物，強調事物的結構和功能。（劉長林：《中國系統思維》）像八卦，是一種整體思維模式：分別代表天、地、雷、風、水、

火、山、澤；首、腹、足、股、耳、目、手、口；父、母、長男、長女、中男、中女、少男、少女等等。以此模式來觀察世界和萬物，必然要求從整體的觀點來把握對象，把對象當作一個系統來看待。（劉長林《中國系統思維・周易系統觀》）後來，八卦思維影響到中醫的治療，中藥的調劑。

《易經》〈坤卦・文言〉稱：「積善之家，必有餘慶；積不善之家，必有餘殃。臣弒其君，子弒其父，非一朝一夕之故，其所由來者漸矣，由辨之不早辨也。《易》曰：『履霜，堅冰至。』蓋言順也。」從積善、積惡，到餘慶、餘殃；從弒君到弒父，都是緣於積漸使然。好比從履霜，到堅冰至；自一葉落，到天下秋；從一片花飛，到春天逝去，自始、微，到積、漸，自是歷史發展的原理。

孔子作《春秋》，謹微慎始，指示再三，提供《春秋》經傳研究無數法門。司馬遷說：「有國者不可以不知《春秋》，前有讒而弗見，後有賊而不知。　人臣者不可以不知《春秋》，守經事而不知其宜，遭變事而不知其權。」（《史記・太史公自序》）知道始微積漸的系統思維，有助於明察古往今來人與事的變化。成中英《C理論・中國管理哲學》，謂《易經》管理有八大要素：道、能、中、卜、元、中、幾、介。以為整合起來，便是一套知行合一，體用不二，主客兼容，內外協調的管理模式。這，也是系統思維應用於經營管理。

系統思維的發用，在規劃、設計、經營、管理方面，好自為之，都成了創意的攻略。宋沈括《夢溪筆談》卷二〈權智〉記載：「宋真宗祥符中，丁謂營復宮室，一舉而三役濟，省費以億萬計。」《宋史・丁謂傳》稱：「謂機敏有智謀，憸狡過人。」真宗時，督導災後重建宮殿事宜。丁謂全方位考量：首先，建築

的廢棄物如何運出宮外？其次，大批的建築材料，如何便利運往宮內？又其次，建築宮殿過程，需要大量的取土，需要大量的用水，如何才能滿足這兩大工程要求？丁謂規劃：在原有通往宮殿的道路，挖掘出一條河道，直通外頭。道路挖掘的土方，暫擺一邊，他日備用。於是修復宮殿的建材，經由河道，可以絡繹不絕，通行無阻，自外運輸入內。因此，畢成功於一役。所謂三役者，指取土、用水、運材。丁謂的「一舉而三役濟」，其規劃、設計、經管、管理，即是系統思維的運用。傳世史書中，類似丁謂的「權智」，其例實多，在在值得學以致用，借鏡參考。

　　古典詩詞之美妙者，多妙用形象思維。若加之以系統思維，則能上下古今之間，馳騁天地之際，無入而不自得。讀者閱覽之，則如晉陸機《文賦》所謂：「觀古今於須臾，撫四海於一瞬」；梁劉勰《文心雕龍・神思》稱：「寂然凝慮，思接千載；悄焉動容，視通萬里。」詠史詩、懷古詩，遣詞命意，往往運用系統思維，呈現這種美學效果。如：

> 群山萬壑赴荊門，生長明妃尚有村。一去紫臺連朔漠，獨留青冢向黃昏。畫圖省識春風面，環珮空歸月夜魂。千載琵琶作胡語，分明怨恨曲中論。（唐杜甫〈詠懷古跡五首〉其三）
>
> 三年謫宦此棲遲，萬古惟留楚客悲。秋草獨尋人去後，寒林空見日斜時。漢文有道恩猶薄，湘水無情弔豈知？寂寂江山搖落處，憐君何事到天涯。（唐劉長卿〈長沙過賈誼宅〉）
>
> 朱雀橋邊野草花，烏衣巷口夕陽斜。舊時王謝堂前燕，飛入尋常百姓家。（唐劉禹錫〈烏衣巷〉）

　　杜甫〈詠懷古跡五首〉其三，係詠王昭君，代其抒寫不幸的怨恨：就空間而言，自荊門、明妃村到長安紫臺，從紫臺漢宮到塞漠穹廬、到青冢黃沙；再從青冢，魂歸漢宮，一一勾勒昭君遭遇的怨恨。就時間而言，一去紫臺，是怨恨的開始；畫圖省識，是造成怨恨的原因；黃昏青冢，是怨恨的結局。千載琵琶，分明泣訴、代寫他綿綿不絕的怨恨和心聲。劉長卿〈長沙過賈誼宅〉，謫宦棲遲的劉長卿，來訪賈誼故宅，聯想到屈原、賈誼以來，到自家的貶謫傳統。誠然思接千載，觀古今於須臾。收結處，固憐賈誼、屈原，亦且自憐自艾，借他人酒杯，澆自己胸中之塊壘。劉禹錫〈烏衣巷〉，從眼前朱雀橋、烏衣巷的蕭瑟，思接東晉王導、謝安的風流；舊時王謝堂，如今已成百姓家。古今之變，窮達之殊，物是人非的感慨，藉由飛燕的穿梭飛入，表現無遺。

　　詩歌之外，今昔榮枯的唱歎，興衰無常的書寫，俗所謂「華屋山丘」的警示，詞曲亦不讓詩歌。如明楊慎〈臨江仙〉，孔尚任《桃花扇‧餘韻》，也都從歷史長河的浮沈中，看「浪花淘盡英雄」；從「是非成敗轉頭空」領悟，古今多少事、都付笑談中。要之，亦是系統思維的發用：

　　　　滾滾長江東逝水，浪花淘盡英雄。是非成敗轉頭空，青山依舊在、幾度夕陽紅。　白髮漁樵江渚上，慣看秋月春風。一壺濁酒喜相逢，古今多少事、都付笑談中。（明楊慎〈臨江仙〉，《廿一史彈詞》，《三國志演義》開場詞）

　　　　俺曾見金陵玉殿鶯啼曉，秦淮水榭花開早，誰知道容易冰消。眼看他起朱樓，眼看他宴賓客，眼看他樓塌了。（清孔尚任《桃花扇》續四十齣〈餘韻〉）

　　孔尚任《桃花扇》，冷眼旁觀，形象概括、速寫人世的興亡、榮枯、窮達、無常，所謂「眼看他起朱樓，眼看他宴賓客，眼看他樓塌了！」自發跡而變泰，由興盛而衰亡，如流星，如拋物線，如雲煙過眼，何等警策！何等匆匆！立意屬辭，亦不離系統思維。

六、顛覆傳統

　　一九六八年奧運，跳高選手 Dick Fosbury，無視主流（腹滾式），首創背越式跳法，顛覆跳高規則，打破世界紀錄。Dick Fosbury 相信：「唯有全盤顛覆，才能有所突破。我顛覆了跳高這件事，我改變了世界。當別人對你說：『這是不可能的！』那就去證明：他們錯了。」由此看來，唯有顛覆，才得以超越。

　　禪宗流行一樁知名的公案，涉及到兩組偈語。惠能的偈語，無論形式或內容，都翻神秀的公案。北宗神秀主張漸修，偈語說：「身是菩提樹，心如明鏡臺。時時勤拂拭，勿使惹塵埃。」（《壇經・行由品》）六祖惠能宗法頓悟，故偈語云：「菩提本無樹，明鏡亦非臺。本來無一物，何處惹塵埃。」（《壇經・行由品第一》）惠能偈語，顛覆了佛學的傳統，所以教外別傳，是為禪宗。

　　《大藏經》，動輒五千餘卷，宋代雕版九次；《金剛經》、《楞嚴經》等單本佛經，亦刊印頻繁。印刷傳媒生發閱讀效應，因而形成禪悅風氣。禪宗的思維方式，別具一格，於是文思、詩思、禪思之間，彼此觸發激盪、交融轉化，遂生發若干新奇創意的作品來，翻案法為其中之一。不但宋詩相較於唐詩，多翻案成

趣；即北宋古文名篇，如王安石〈讀孟嘗君傳〉、歐陽脩〈縱囚論〉、蘇洵〈六國論〉、蘇軾〈留侯論〉、蘇轍〈六國論〉，要皆顛覆傳統之翻案文章。

由此觀之，顛覆傳統，才得以超越。唯能創前所未有，方可開後之無窮。7-11 創辦人鈴木敏文，為日本新經營之神，提倡「朝令夕改學」，曾言：「拋開經驗污染，才能有新的思考。」「大家認為不行的地方，才有機會和價值。」（2008 年《商業週刊》）新變代雄、打破世界紀錄如此，參禪、賦詩、作文亦然。規劃、設計、經營、管理，又何嘗不然？

七、自出新裁

遠古之希臘神廟，以「認識自己」，作為警語。禪宗公案教人：認識本來面目。宋祁《筆記》稱：「文章必自名一家，然後可以傳不朽。」黃庭堅題跋書帖，謂「隨人作計終後人，自成一家始逼真。」其中，別裁特識，是自成一家的關鍵要訣。作文、治學如此，經營、管理、規劃、設計，又何嘗例外？

古典詩歌發展到唐，菁華極盛，體製大備，似乎不好超越。宋人生唐後，雖然開闢真難為，亦盡心致力而為之。學唐、變唐、新唐、拓唐，是宋人超越障礙，顛覆傳統的策略。嚴羽《滄浪詩話》固然推崇盛唐詩的成就，對於北宋蘇軾、黃庭堅詩歌的造詣，卻也深表肯定，所謂「至東坡、山谷，始自出己意以為詩，唐人之風變矣！」影響所及，於是能再造宋詩之輝煌，樹立宋調之千年一脈。

文家如雲，詩作如林，如何而能超凡脫俗，出類拔萃？唐朝

韓愈提倡古文，有兩句口訣：消極作為，叫做「務去陳言」；積極主張，稱為「言必己出」。歐陽脩《六一詩話》提出「意新語工」，兩宋其他五十餘種詩話所云，可以「創意造語」概括之。換言之，無論形而上內容的「意」，形而下技巧的「語」，都以創造性為依歸。自宋代以降，歷代詩話、詞話、曲話、文話所言，可以一言以蔽之，曰「創意造語」，或「意新語工」而已矣。如清人袁枚、方東樹於詩話中所云：

> 凡人作詩，一題到手，必有一種供給應付之語，老生常談，不召自來。若作家，必如謝絕泛交，盡行麾去，然後心精獨運，自出新裁。（清袁枚《隨園詩話》卷七）
> 淺俗之輩，指前相襲，一題至前，一種鄙淺凡近公家作料之意與辭，充塞胸中喉吻筆端，任意支給，雅俗莫辨，頃刻可以成章⋯⋯萬手雷同，為傖俗可鄙，為浮淺無物，為粗獷可賤，為纖巧可憎，為凡近無奇，為滑易不留，為平順寡要，為遣詞散漫無警，為用意膚泛無當。凡此，皆不知去陳言之病也。（清方東樹《昭昧詹言》卷一，第 45 則，頁 16）

簡要言之，袁枚、方東樹於詩話中所言，可歸納為兩個概念：一為創意，一為非創意。非創意，即陳言務去；創意，則意必己出。人文與理工管理的創意，超越表現媒介，直搗核心概念，則無往而不可。經營、管理、規劃、設計，如果可以借鏡作文作詩的創意，古為今用；語文教學也樂意連結到實用的市場行銷上，則思過半矣。唯有體用合一，利用厚生，人文學科教學的實用化、創意化、現代化、生活化，才算落實，才算成功。

八、創造性模仿

藝術與文學，都起源於模仿。模仿的長處，在跳過艱辛而費時的研發，可以快速擷取他人的心得成果。缺點是，貌異心同，差別不大；陳陳相因，缺乏創新。如果去弊取利，折衷而為，則是創造性模仿。哈佛大學教授李維，將改良、改造稱為「創造性模仿」（Creative imitation）。

創造性模仿，並沒有發明產品，只是將原始產品變得更完美。如英國電器商戴森爵士（Sir James Dyson），創造性模仿手部烘乾機，發明「空氣倍增機」——沒有扇片的電風扇。特色為：沒有葉片、不會抖振、不會傷人，沒有噪音、氣流穩定、安全清靜。上市以來，大發利市，商機無限。

宋人以學習唐詩的優長為手段，以自成一家為終極的追求目標，所以黃庭堅作詩，有奪胎換骨、點鐵成金、以故為新諸詩法。[1]

宋張表臣《珊瑚鉤詩話》卷一云：「古之聖賢，或相祖述，或相師法。生乎同時，則見而師之，生乎異世，則聞而師之。……未能祖述憲章，便欲超騰飛翥，多見其嚄唶而狼狽矣。」王國維《人間詞話·卷下》亦稱：「最工之文學，非徒善創，亦且善因。」而能善創者，往往長於善因。

創造性模仿，運用於產品之研發，促成仿生科技之蓬勃發展。如在荒郊野外，衣服狗毛被鬼針草芒刺黏附過，瑞士電機工程師麥斯楚（George de Mestral）因而發明魔鬼氈（Velcro），

---

[1] 張高評：《《苕溪漁隱叢話》與宋代詩學典範——兼論詩話刊行及其傳媒效應》，臺北：新文豐出版公司，2012 年。第十章〈《苕溪漁隱叢話》與宋代詩學的學古論——以仿擬修辭為討論核心〉，頁 395-438。

促成扣件產品的革命，是仿生科技中的代表產品。鸚鵡螺的升降浮沈，取決於螺旋狀殼的內腔，隔層分為三十多個殼室。美國人得此啟發，建造第一艘核子潛艇，遂取名鸚鵡螺號。

〈愛蓮說〉，特寫「蓮出淤泥而不染」的特質，深得周敦頤的愛賞。在印度宗教裡，蓮花是純潔的象徵。《妙法蓮華經》，為佛教知名經典，以蓮華（花）為名，比喻經典的潔白清淨完整。象徵《法華經》深遠的妙理，能使眾生出離煩惱，不為世俗所染。猶如蓮華出污泥而不染般，不可思議。文學作品與宗教經典，屬性懸遠，卻可以相互發明，有如此者。

德國巴斯洛特（Wilhelm Barthlott）教授發現：蓮葉表面，具有許多由防水物質構成的小突起。微小的隆起，竟能撐起上方的水珠，其原理猶如僧人臥釘床。一九九七年，巴斯洛特發表「蓮花效應」的論文：蓮葉具有潔淨效果，以及生物表面避免髒污的特性。換言之，蓮葉，具有奈米結構表面的自潔材質。因蓮葉出淤泥而不染的特性（所謂蓮花效應），仿生科技開發出：潔淨塗料、自潔玻璃、奈米自潔纖維（弄不髒的布料）。[2]

由此觀之，自傳統經典的研讀進入，再觸發激盪出仿生科技的發明，可以落實經世致用、明體達用、古為今用、學用合一，此方是人文教育結合實用與創意的未來遠景。總之，創造性思維，是實用中文寫作的領頭羊和催化劑。必須發揮創意，連結市場需求，才能可大可久。語文之教學與寫作，尤其如此。

---

[2]　佛布茲（Peter Forbes）著，張雨青譯：《學蜘蛛人趴趴走‧受大自然啟發的仿生科技》，第二章〈出淤泥而不染的蓮葉〉，臺北：遠流出版公司，2007年。

九、實用創意

　　文學院的學科，如文學、歷史、哲學、繪畫、音樂、工藝作品，其屬性主要在求異、求變；跟理、工、醫、法學院之趨同、規格化有別。因為十分講究求異、求變，所以差異、個性，就是它的標識；而「創新」二字，就成了源頭活水，以及終極追求。

　　二〇〇四至二〇〇七年，成功大學推動五年五百億大學頂尖研究計劃，每週三高強校長主持全校主管會報，聽取文學、理學、醫學、工學、設計、電資、管理、社科八個學院院長報告。我承乏文學院，也參與聆聽了各學院的發展報告。冷眼旁觀比較發現：其他學院的價值追求，在教育部所謂一流大學的主導下，更加崇尚功利，注重實用之價值。唯有文學院還在講文化、人文、美感、思辨。似乎不食人間煙火，不切實際，與頂尖一流似乎漸行漸遠。

　　為了文學院的出路，我尋尋覓覓，多方思考，眾裡尋她千百度，驀然回首，那人卻在燈火闌珊處。終於領悟：創意，既是文學院的學科屬性與特色，更是各學院追求卓越的價值所在。文學院若能提煉文、史、哲、宗教、藝術的創意，歸納條例，成為理論，呼應普世價值，提供學界與企業界取用，則功莫大焉。如今AI 人工智慧流行，急需人文的創意發想，即是一大明證。人文學院之課程設計，應該與時俱進，導向古為今用、經世致用、學用合一，與就業市場作密切連結與融合。如此，將可望改善若干畢業生出路的困境，實現昔賢所謂明體達用的外王理想。

　　在這方面，我曾經以身作則，身先士卒，為執行教育部頂尖大學計劃，先後主編出版《人文與創意學術研討會論文集》、《典範與創意學術研討會論文集》、《文學藝術與創意研發研究

論文集》（三編）、《文學藝術與創意研發研究論文集》（四編）、《傳統文化與經營管理》（以上，臺北市：里仁書局出版）。同時，為提倡人文學術之創意，曾梳理構想，擬定「創造性思維與人文的軟實力」課題，受邀到臺灣各科技大學，及香港、大陸高校演講，迴響熱烈，深受歡迎。

　　同時，更執行「實用中文寫作研究計劃」，自我作古，開發一百多個研究選題。邀請中文系同仁，以及校外同道參與執行。選題設計，主要聚焦在明體達用、古為今用、學以致用、學用合一方面。期待科技大學通識中心，開授「實用中文寫作」之課程。希望發揮影響，蔚為風氣，共同改善人文教學之困境。計劃前後執行六年，研究成果結集成冊，出版《實用中文寫作學》一至六編：初編，論文十四篇。續編，論文十四篇。三編，論文十九篇。四編，論文十七篇、演講詞四篇，共二十一篇。五編，論文十四篇、演講詞二篇，共十六篇。六編，論文十七篇、演講詞六篇，共二十三篇。總共一〇七題，一〇七篇。原書俱在，歡迎參考。

　　中文教學的實用化、創意化、現代化、生活化設計，最初源於理學、工學、醫學、商學等當今學科，對文學院之激盪與導向，說已見前。理念形成、計畫執行之際，曾就教於里仁書局徐秀榮董事長，難得一拍即合，莫逆於心。徐董不但出謀畫策，提示若干選題，而且允諾出版論文集，敲定書名為《實用中文寫作學》，以為可以形成風潮，故稱之為「學」云。如今，《實用中文寫作學》六編出齊，彼此的合作，有一個完美的結局，可以畫上無憾的句點。

　　之後，又主編《實用中文講義》上下冊，分生活指南、研習密碼、創作入門三個單元。上冊著錄學者專家論文 21 篇，下冊

20 篇。臺北：東大圖書公司印行，2008 年、2010 年。科技大學通識課程，紛紛採用中。猶有餘妍，再主編《中文實用寫作》二十講，臺北：萬卷樓圖書公司，2016 年。要之，皆行有餘力，企圖轉變人文學門困境，所作之種種嘗試。

我在成大服務三十餘年，有關學術研究的貢獻如何，影響如何？姑且不論。標榜創意的構思，追求實用的導向，在改善教學品質、促成學習興趣、規劃就業出路方面，可謂不遺餘力。企圖現身說法，金針度人，出版十八種有關創意發想、修辭策略、實用寫作、經營管理的教學論文集，堪稱個人在關心教學上最大的收穫。在「大一國文」學分，由八而六，自六而四，最終由四而二，甚至有可能成為選修的危急存亡之秋，懇請有志改革者三思，不可再抱殘守缺，當思索可大可久的解決之道。那麼，若借箸代籌，則《實用中文講義》上下冊，以及《實用中文寫作學》一至六編，將是語文教學的諾瓦方舟，人文學科的西方淨土，通識教學的世外桃源。

高陽歷史小說《胡雪巖》中，秦壽門說過一段話：「『讀書萬卷不讀律，致君堯舜知無術。』所謂『天下文章，出於幕府』，言其實用而已。」如果致君堯舜，是仕宦的終極追求；那麼，進入官場，讀書讀律就成了學用合一的利器。紹興師爺長於舞文弄墨，加上讀律知法，自然有助於官場的排難解紛。一言以蔽之，追求實用而已。居今之世，中文學門用來濟世助人的利器為何？所學屠龍之技，能否轉化為利用厚生之方術？經世致用和明體達用的理念，是否還有時代意義？值得吾人三省與深思。

貳、陳之藩散文與創造性思維── 以獨創思維、組合思維、 類比思維為例

提要

　　電機資訊，為陳之藩教授之教學研究專業。業餘熱衷寫作散文，享受創作的喜悅。深信學術成果與文藝成就，都有「個人創作的成份存乎其間」，其過程存在若干「無所定，卻有所顯」的創作思維。本文擬考察陳教授之創作觀，選擇《陳之藩文集》及《思與花開》作研究文本。詩歌傑作、科學真理都致力絕唱無二，都追求「第一個說出」，可見獨到新創乃其創作主導。有此創作觀發用為散文，藝術造詣遂不同凡響。文集中描景、抒懷、敘事、傳人，都體現跨學科、跨領域、跨文化之會通與對話，隨機組合，引發異場域之碰撞，頗具有梅迪奇效應之創造性思維。陳教授腹有詩書，見聞廣博，專業沉潛，人情練達，以之類比旁通，遂生發無限。以之行文，由於開放性強，橫向跨度大，於是文章浮想聯翩，又不失一氣貫注；移步換景，卻又不即不離。除外，陳教授散文，亦有從多面向、多角度、多層次、全方位表述者，開放性思維與傳統辭賦手法，可以相互發明。

關鍵詞

　　陳之藩散文　科學文學對話　獨創思維　組合思維　類比思維　創造性思維

一、科學與文學的對話

　　陳之藩教授，河北霸縣人，生於 1925 年 6 月 19 日（農曆）。十歲，父親教背唐詩，[1]暑期年假時再請童生老師啟蒙，教背《孟子》、《千家詩》。[2]陳教授在文集中，十分欣賞文言的簡潔。文言小說如《聊齋誌異》、《閱微草堂筆記》，甚至魯迅的《中國小說史略》，也推崇為「簡潔」、「簡淨」。[3]古典文學的薰陶與濡染，對於陳教授理念之表達、思路之開展、文筆之洗鍊、音節之諧調，大有助益。[4]因此，肄業北洋大學電機系時，已能寫出〈世紀的苦悶與自我的徬徨〉一文，二十二歲的大學生也有自信、敢寫十三封信給北大校長胡適之。[5]胡適答信，欣慰「發現一個英年的陳之藩，可以打掉一點暮氣」。

　　其後，前往美國進修，1957 年獲賓夕法尼亞大學科學碩士；1969 年赴英國深造，獲劍橋大學哲學博士。1948 年來臺，其後任職國立編譯館，譯著《馬克士威爾傳》、《閃電與避雷》、《光的原理》等科普讀物近二十種。先後任教普林斯頓大學、休士頓大學、香港中文大學、波士頓大學，皆以電機工程專

1　陳之藩：《一星如月》，臺北：天下文化，2008.1，〈熊〉，頁 239。

2　陳之藩：《散步》，臺北：天下文化，2006.1，〈日記一則〉，頁 222。

3　陳之藩：《在春風裏》，臺北：天下文化，2006.1，〈序〉，頁 15-17。

4　楊振寧中學讀洋學堂，其父楊武之為清華大學數學系名教授，唯恐學不到中國文化，請人為他補習古文，以至於楊會背誦全本《孟子》。《左傳》一書，既為古文範本，自然也在授讀之列。同時又補習《四書》、《五經》。西南聯大時，國文又受教於朱自清、聞一多、沈從文。因此，楊振寧教授能文能詩如此。陳之藩教授〈日記一則〉引述楊〈父親與我〉，類比如此，可視為古代文學的沾溉，中華文化的洗禮。

5　陳之藩：《大學時代給胡適的信》，臺北：天下文化，2006.1，頁 12-118。

業受聘。撰有電機工程論文 103 篇，著《系統導論》、《人工智慧語》專書兩冊。1993 年至 2002 年間，前後來成功大學擔任講座教授，也是借重他在資訊與電機方面的專業。以散文作品享譽文壇，乃其專業之餘事。

陳之藩教授從大學、碩士、博士，專業都是電機工程，任教科目也是資訊電機。但在華文文學世界中，最稱有口皆碑的，贏得桂冠文學家榮銜的，卻是他的業餘嗜好，散文成就極高。如《旅美小簡》、《在春風裡》、《劍河倒影》、《一星如月》、《時空之海》、《散步》、《看雲聽雨》、《思與花開》等文學作品，皆可以傳世不朽。[6]

電機工程，是科學；散文作品，是文學。科學與文學的論爭，是五四以來學界的重大議題。在四分之一世紀以前，陳之藩與胡適之通信，往來筆仗，就已經觸及有關科學與文學之爭。胡先生欣賞宋朝歐陽脩、司馬光、趙明誠的科學考據；陳教授卻喜歡歐陽脩的詩文、司馬光的史筆、李清照的詞文。[7]雖經胡適之的責備和訓斥，卻也改變不了陳教授對詩、詞、文、史的喜歡。電機工程的科學專業，加上九部文集創作的文學表現，科學與文學的融通與對話，會通化成於陳之藩教授一人身上。教育部五年 500 億期許一流大學：「人文社會與自然理工，必須均衡發展」，陳教授在電機工程的學術成就，散文創作的文學造詣，並行不悖，相得益彰，真可作為這方面的標竿與表率。

在電機資訊專業教學研究之餘，陳教授所以熱衷個人寫作散

---

[6] 陳先生文集海內外出版極多，以新近版本言，有臺北天下文化、香港牛津大學出版社、南京江蘇文藝出版社、安徽黃山書社，以及新加坡八方文化創作室等五種。牛津大學出版社分為九冊，較齊全。

[7] 陳之藩：《一星如月·序》，頁 245-246。

文，照他自己的話說，是「在享受創作的喜悅」，其中自有「創作思維」在。他在〈煩惱與創作〉中說：

> 所以，大至於學術上、藝術上的成就，小至於社會上、學校裏的生活，如果沒有個人創作的成分存乎其間，都是半死不活的。人生與狗生或貓生所不同的，就在這些極細微的地方。
>
> 小孩在沙灘上堆沙，並不只是堆沙而已，主要是他創作的想像；一如牛頓在蘋果樹下拾蘋果，並不只是蘋果而已，還有牛頓的思維。從小孩到牛頓，他們在享受創作的喜悅。而這種創作，是人類所獨有，是在狗生貓生中所不見的。[8]

學術研究追求創發，藝術作品表現創意，都有「個人創作的成分存乎其間」。所以，小孩堆沙，是他「創作的想像」；牛頓撿拾蘋果外，應該有牛頓的思維。總之，小孩與牛頓，「他們在享受創作的喜悅」。實現這種創作的喜悅，其過程應有若干「無所定，卻有所顯」[9]的創作思維。這，應該是人生不同於狗生貓生的地方。陳教授的散文，最常見人與人之間透過語言進行平等交流，人與自然、人與歷代作品、東西文化、人文與科學，也時時進行溝通、融合、對話。[10]

陳之藩教授的散文作品，廣受讀者歡迎，筆者以為其中自多

---

8 陳之藩：《一星如月》，〈煩惱與創作〉，頁 245-246。

9 陳之藩：《時空之海》，臺北：天下文化，2006.1，〈時間的究竟〉，頁 27。

10 有關「對話」，可參考滕守堯：《對話理論》（*Dialogue*），臺北：揚智文化公司，1995 年，〈自序〉，頁 10。

創造性思維。創造思維的特性之一，為思維成果之獨創性，以新穎與唯一為主要標誌。特性之二，為思維過程之辯證性，體現為創造性思維的綜合性。特性之三，為思維空間的開放性，從多角度、多側面、全方位述說問題，不再局限於邏輯的、單一的、線性的思維，於是形成了旁通思維、發散思維、類比思維。這固然是他的文學思維，應該也是科學思維。

　　成功大學前校長賴明詔院士，就讀臺大醫學系時，已然是陳之藩散文的粉絲。曾經登門拜訪，要求在《旅美小簡》、《在春風裡》書本扉頁上題籤。陳教授贈予的題籤是：「義正而詞婉，理直而氣和。」這兩組金句，顯然從「義正詞嚴，理直氣壯」翻案而來。發用為求異思維、反常思維，創意堪稱十足。可作為人處世、談吐思辨、評議是非、著書立說的座右銘。陳教授胸襟器度之不同凡響，有如此者。

二、獨創思維與詩及科學

　　獨到與創新，是文學的生命，藝術的靈魂。一切創造與發明，大抵多是不可思議、匪夷所思，無中生有，挺拔不群的。文學藝術的獨到，科學的發現，乃至於一切產品的開發，都是獨創思維的體現。陳之藩教授的文集中，談到科學、詩、講學、研究四者，在在都見獨創思維的凸顯。

　　《在春風裏》有篇文章，提到科學與詩的異中之同，以為從上下求索到匠心獨運，科學與詩有異曲同工之處，即是獨到與創新的追求。陳教授說：

最好的詩句，只有一個，如被人唱出，別人只有罷唱。真理，
也是只有一個，如被人先說出，別人也只有不必再說了。
科學界的研究科學，與詩人踏雪尋梅的覓句差不太多。大
家在同時想一個問題，有人想出來以後，大家又想另一個
問題。研究科學的一個很大的特點，即是全世界的人共
同唱和一首詩，有一首最好的出來，大家就另找一個題
目。[11]

　　陳教授專業為科學人，雅好文藝，尤其喜歡古典詩。他曾經
跟提倡白話的胡適之論辯，堅持主張「律詩是不能廢的！」甚至
不惜招惹胡適生氣，誤以為「故意和他搗亂」。[12]陳教授現身說
法，濡染優遊兩者之間，方能作此融通與對話。的確，「最好的
詩句，只有一個，如被人唱出，別人只有罷唱。」古今中外皆
然！就算詩仙李白，登黃鶴樓詩興大發，看到崔顥〈黃鶴樓〉詩
已寫得格高意超，精采絕倫，也不得不擱筆歎賞說：「眼前有景
道不得，崔顥題詩在上頭。」[13]科學發現，真理提出，也都追求
獨到創發，「如被人先說出，別人也只有不必再說了！」研究科
學，就好像「全世界的人共同唱和一首詩，有一首最好的出來，
大家就另找一個題目。」如此類比，生動而傳神。

　　類比，是陳教授散文特色之一，將科學與詩作類比，兩者共
相正是獨到與創發。陳教授〈約瑟夫的詩・統一場論〉一文，再

---

11 陳之藩：《在春風裏》，〈在春風裏〉，頁 46。

12 陳之藩：《在春風裏》，〈序〉，頁 15-16。

13 元辛文房撰，傅璇琮主編：《唐才子傳校箋》，北京：中華書局，1987.5，
卷一〈崔顥〉，頁 202-203。參考黃永武、張高評：《唐詩三百首鑑賞》，臺
北：黎明文化公司，2004.5 三刷，下冊，崔顥〈黃鶴樓〉鑑賞，頁 553-555。

次提示詩與科學的相似處：

> 詩這東西真奇怪，也像科學，第一個「唱」出來的就是傑作，第二個「學」出來的就成練習題了。[14]

　　有關黃鶴樓之美景抒寫，崔顥既已「第一個唱出」，而且是傑作，即使是詩仙李白也覺悟：「眼前有景道不得，崔顥題詩在上頭」，於是哲匠斂手，無作而去。[15]詩如科學，講究獨到創新，宋人學古，標榜學唐、變唐、新唐、拓唐。於是，創意造語，成為詩話筆記談詩之指向。詩思，盡心於「前人所未道」；寫作，致力於「意新語工」，「作古今不經人道語」，如此，則立意生新，造語精工。《六一詩話》引述梅堯臣之言，《冷齋夜話》考論王安石、蘇軾詩篇，多盛稱其創意造語，盡古今之變。[16]元祐詩人無不學古，如黃庭堅諸人，多學而不為，能入能出，知追新求變。楊萬里作詩，亦盡心於「今人不能道語」，而蔚為誠齋體；朱熹論文，提出做文字，當追求「言眾人之所未嘗」。詩家語盡心致力之陌生化與獨創性。宋人詩話筆記，如《西清詩話》、《漫齋語錄》、《仕學規範》、《白石道人詩說》、《滄

---

[14] 陳之藩：《散步・約瑟夫的詩・統一場論》，頁 207。

[15] 元辛文房著，傅璇琮校箋：「（崔顥）遊武昌，登黃鶴樓，感慨賦詩。及李白來，曰：『眼前有景道不得，崔題題詩在上頭。』無作而去，為哲匠斂手云。」北京：中華書局，2000 年。第一冊，卷一，〈崔顥〉，頁 202。又，宋胡仔著，廖德明校點：《苕溪漁隱叢話》，北京：人民文學出版社，1981 年。前集卷五，引《該聞錄》：「唐崔顥〈題武昌黃鶴樓詩〉云云，李太白負大名，尚曰『眼前有景道不得，崔顥題詩在上頭。』欲擬之較勝負，乃作〈金陵登鳳凰臺詩〉。」，頁 30。

[16] 張高評：《宋詩之新變與代雄》，臺北：洪葉文化公司，1995 年。貳、〈自成一家與宋詩特色・宋人期許獨創成就〉，頁 74-85。

浪詩話・詩辨》諸詩話，在在強調自得自到，獨到創新。[17]

科學研究，亦如作詩：講究「第一個」，追求卓越和「傑作」。陳之藩先生說：約瑟夫寫了一首〈統一場論〉的詩，是以詩歌語言來談科學史，主要講量子物理（Quantum Physics），從亞里斯多德，寫到牛頓、愛因斯坦、玻爾，最後歸結到弗之蓀的統一場論。陳教授堅持「第一個唱出來的就是傑作」的標準，發現約瑟夫的〈統一場論〉詩，很可能是「看到蒲柏的詩後，才引出來的作品」，相當於「述」，而不是「作」。既已不是原創，就不是傑作，價值就要打折了。

「最好的詩句，只有一個」，「第一個唱出來的就是傑作」；科學與真理亦然，注重「第一個說出」。牛頓（Sir Isaac Newton, 1642-1727），為現代科學之父。由於倫敦黑死病蔓延，回鄉下老家避災，而發現了「萬有引力」定律。其實，萬有引力的概念，早就有人發現，都想證明，只有牛頓利用數學原理證明適用於一切物體。牛頓不是第一個「說」出的人，卻是第一個「證明」出的人，所以「萬有引力」定律的專利，登記在他名下。達爾文（Charles Robert Darwin, 1809-1882），不是第一個提出「進化論」的科學家；在他誕生前 1809 年，就有拉馬克（Jean Baptiste de Lamarck, 1744-1829）在《動物學哲學》中提出了生物進化的學說；1858 年也有一位年輕科學家華萊士（Alfred Russel Wallace, 1823-1913），考察物種，論文內容與達爾文竟然不謀而合。但是，達爾文的貢獻，在於為進化論的信念提供理論基礎，而且指出進化的動力，在生存競爭和自然選擇。

---

[17] 張高評：〈創造性思維與文學創新——以宋詩之組合思維、開放思維、獨創思維為例〉，四、宋詩之自得自到與獨創思維，張高評主編：《實用中文寫作學（四編）》，臺北：里仁書局，頁 79-92。

他的成就不是只有來自生物學的領域，直接促成者，還借用社會哲學家斯賓塞（Herbert Spencer, 1820-1903）「適者生存」的術語，參考經濟學家馬爾薩斯（Thomas Malthas, 1766-1834）《人口論》「競爭的選擇」作用，再得亞當斯密斯（Adam Smith, 1723-1790）《國富論》經濟競爭的啟示，領悟統計學家奎特勒（Adolphe Quelet, 1796-1874）「個體特性與環境適應」曲線。於是會通化成，新奇組合，而提出《物種原始》「進化論」的學說。[18]誠如陳教授所言，研究科學的特點，「即是全世界的人共同唱和一首詩」；顯然，達爾文有所補充和發展，唱出了「最好的詩句」，別人就只有罷唱了。

　　科學的發現，文學的創作，都追求「第一個唱出來」的傑作，所謂慧眼獨具，指出向上一路。推而至於學術研究，道理亦相通。《漢書・藝文志》所謂「天下同歸而殊途，一致而百慮」，學科整合如此，學術研究亦然。陳教授曾言：

　　　　做研究如作詩，如第一個說出，就是大詩人或高斯，如第
　　　　二個說的人，即是家庭作業的一題了。[19]

　　學術研究追求原創，期許研究心得「不經人道，古所未有」；「創前未有，開後無窮」，獨到心得，創新成果，等於是「第一個說出」，數學天才高斯（Carl Friedrich Gauß, 1777-1855）即是代表人物。約瑟夫〈統一場論〉詩所提，科學史上建

---

[18] 美・E・M・羅杰斯（Rogers, E・M）著，殷曉蓉譯：《傳播學史：一種傳記式的方法》（*A History of Communication Study：A Biographical Approach*），上海：上海譯文出版社，2005.7。

[19] 陳之藩：《散步・敲門聲》，頁 236。

立里程碑的科學家，如牛頓提出「慣性定律」，愛因斯坦提出「相對論」，玻爾（Niels Henrik David Bohr, 1885-1962）提出「量子原理」，弗之蓀提出「統一場論」，當時都是石破天驚，曠古所未有，都是「第一個說出」的高斯。如第二個說的人，就是因襲模仿，了無創意，如同家庭作業一般，只供初學練習，既未升堂，遑論入室？作詩亦然，齊・蕭子顯《南齊書・文學傳論》稱：「若無新變，不能代雄」；晉・陸機《文賦》云：「謝朝華於已披，啟夕秀於未振」；唐・李德裕〈文章論〉謂：文章當如「日月常見，而光景常新」；宋・歐陽脩《六一詩話》揭示「創意造語」、追求「意新語工」等等，都在標榜「第一個唱出來」的傑作，必須獨到與創新。

研究、作詩如此，講學融合教學與獨創心得而一之，也貴在有創見、可開拓與能發明。陳教授為《時空之海》一書作序，提到「使人動容的演講」，如 1979 年數學家陳省身在普林斯頓的主講，楊振寧 2004 年在「愛因斯坦一百二十五周年誕辰紀念會議」的特約主講。令人動容的精彩演說，絕對是「接著講」，不是「照著講」，他說：

> （陳省身和楊振寧）他們兩人都是「接著講」愛因斯坦學說的向前發展，而不是「照著講」愛因斯坦學說的按本宣科。「接著講」，就是大師；「照著講」，只是背書而已。[20]

---

[20] 陳之藩：《時空之海・序》，〈一百與一百二十五：談愛因斯坦致羅斯福的一封信〉，頁9。

　　馮友蘭在《新理學・緒論》中強調：新理學的系統，「是『接著』宋明以來底理學講底，而不是『照著』宋明以來底理學講底」；〈三松堂自序〉談哲學史的「怎麼說」，和哲學創作的「怎麼想」，二者之差異，也如同《新理學》所謂「照著講」和「接著講」的不同。[21]陳教授談演說之精彩與否，取決於「接著講」和「照著講」，顯然受馮友蘭影響。「照著講」，就是依樣葫蘆、準方作矩；亦步亦趨，唯恐不切題，唯恐溢出題外。「接著講」，是戮力開展，有所新拓，能承先啟後，發揚光大。繼往與開來並重，而更致力於啟後；是一種「站在巨人的肩膀上」，所以必然「看得遠些」的論述法。孔子號稱「述而不作」；「照著講」，無所發明，就是「述」；「接著講」，是傳承前人之外，又有「自成一家」之心得創「作」，可說「述」少而「作」多之體現。如果只有「述而不作」，那「只是背書而已」。《禮記・學記》稱：「記問之學，不足以為人師」；又曰：「善歌者使人繼其聲，善教者使人繼其志」，[22]接著唱、接著教、接著講，道理也是相通的。其實，不但作詩、科學研發如此，馮友蘭講理學如此，學術論文寫作亦復如是。[23]百慮而一致，殊途而同歸，天下事往往如斯。

　　陳之藩教授的獨創思維，體現在詩與科學的類比上。他所謂的「詩」，當然是指古典詩，絕對不是新詩。本校「陳之藩文獻搶救計畫」，成果之一《名家書信》中，陳教授給成功大學湯銘

---

[21] 馮友蘭：《三松堂全集》，鄭州：河南人民出版社，1988 年，第 4 卷《新理學・緒論》，頁 4。第 1 卷，〈三松堂自序〉，頁 201-210。

[22] 漢戴聖編，清・孫希旦集解：《禮記集解》，臺北：文史哲出版社，1990.8，卷三十六〈學記〉第十八，頁 967-970。

[23] 參考張高評：《論文選題與研究創新》，臺北：里仁書局，2013 年。

哲教授、香港中文大學黃坤堯教授的信函，一致表達不喜歡新
詩。甚至引用毛澤東的話說：「給我一萬元，我也不讀新詩。」
[24]他對古典詩詞情有獨鍾，可能來自童蒙教育的背誦唐詩、《千
家詩》，從他散文注重結構對稱，平仄諧調，可以知道淵源有
自。與名家書信中，切磋討論古典詩詞者不少，他年結集出版，
讀者可窺一斑。陳教授為《看雲聽雨》作序，談到美國太空中心
有個話題，就是「該把什麼人送上太空？」因為太空人返回地球
後，「說不出什麼來」，或者「好似無新意可言」，或者「說不
出來他們所感的」；因此，陳教授主張：「應送一詩人到太
空」，他說：

> ……尤其挑戰者號出了慘事，大家不忍之餘，許多人議論
> 出個一致的想法：反正是冒險，既然有感而說不出來，就
> 應送一詩人到太空。不是攜回月亮上的岩石或土塊，而是
> 帶回幾句詩來。也就是說只有詩人才能說出他們的感覺。
> 人們所悟出的竟是詩人與詩才是太空事業之所需。其他貴
> 重的繁複設備，奇巧的機構措施都是打雜，幫忙，或是湊
> 熱鬧，看熱鬧的。如無詩人出場，大家所看所演的太空
> 戲，豈不成了沒有哈孟雷特的哈孟雷特了。[25]

由於太空人「說不出他們所感的」，「只有詩人才能說出他
們的感覺」；若把詩人送到太空，可以「帶回幾句詩來」。因此
悟出：「詩人與詩才是太空事業之所需」。歐陽脩《六一詩話》

---

[24] 2007 年 7 月 21 日，給湯銘哲的信，〈又及〉。
[25] 陳之藩：《看雲聽雨》，臺北：天下文化，2006.1，〈序〉，頁 297。

稱美詩人之難能，在「狀難寫之景如在目前」，繪聲繪影，巧構形似，本來就是詩人之能事。《一星如月》書中曾云：「無詩的時代是最可憐的時代，傷春悲秋因無以名狀，而天翻地覆也不會形容。」[26]所言正可以相互發明。詩人的敏銳、直覺、獨到、創新，往往有感而發，巧構形似之餘，猶能遺貌取神，匠心獨運，有筆補造化之功。因此，如無詩人出場，難寫之景，將莫能名狀；說不出之感受，將更加混沌不清。太空事業之需要詩與詩人，以此。

　　獨到新創，是文學的生命，藝術的靈魂。因此，「忌隨人後，務去陳言」，是詩人必經之淬煉；而「自得自到，自成一家」，方是換骨成仙之極致。[27]換言之，自得自到之獨創思維，亦即詩人與科學家之所同。陳教授散文集中，現身說法，體現此種創作觀，發用為寫作，文學成就自然不同凡響。

三、組合思維與跨學科之會通

　　舊元素的新奇組合，能創造發明新產品。有所謂「梅迪奇效應」者，注重不同領域、不同學科、不同文化間之交流對話，由於現有觀念之隨機組合，於是造成了異場域碰撞，而生發大量傑出的構想。[28]扭轉假設，容易發現不同世界；唯有跳脫舊有，才

---

[26] 陳之藩：《一星如月》，〈四月八日這一天〉，頁 334。

[27] 張高評：〈評《詩人玉屑》述推陳出新與自得自到：兼論印本寫本之傳播與接受〉，國立中山大學《文與哲》第 18 期（2011.6），頁 295-332。

[28] 約翰森（Frans Johansson）著，劉真如譯本：《梅迪奇效應》*The Medici effect : breakthrough insights at the intersection of ideas, concepts, & cultures*，臺北：商周出版社，2005.10。佛羅倫斯銀行家族梅迪奇，資助科學家、哲學

能開創新局。所以，組合思維是一種創意發想，跨學科、跨領域、跨文化，乃至於一切科際整合、交叉研究，本質上都屬於組合思維。

發明創造之道有二：其一，無中生有，全新發現；其二，會通既有，新奇組合。發明晶體管的蕭克萊（William Shockley）說：「所謂創造，就是把以前的獨立發明組合起來。」[29]這種跨際思考的技術，重視合併重組，是創造性思維方法之一。[30]現代最新、最尖端的科技產品，如電腦、手機、晶片、火箭、衛星、電動車、無人機、潛水艇，從發想、設計，到組裝、製作，無不仰賴組合思維之體現。文學與藝術之新異卓越，亦乞靈於會通化成之效應。

陳之藩文集中，《在春風裏》，描繪場景，抒寫情懷，多以畫境比擬文境，表現文中有畫之特色。至於敘事傳人評論，亦多體現跨學科、跨領域之會通化成。尤其《一星如月》（1985 年出版）以後之文集，如《時空之海》、《散步》、《看雲聽雨》、《思與花開》等等，字裡行間，較多強調跨學科、跨領域之會通與整合。如此分野，是否如錢鍾書〈詩分唐宋〉所云：「少年才氣發揚，遂為唐體。晚節思慮深沉，乃染宋調」？[31]感性與知性二分，雖失之籠統，不妨姑妄言之，待後細考。

家、金融家、建築家、詩人、畫家，經常聚集、交會、學習，分享經驗心得，不同領域、科目，或文化間，遂產生異場域碰撞，將現有觀念隨機組合，於是生發大量傑出的新構想。這種跨際思考之技術，引導不同領域和文化的想法相互碰撞，促成十五世紀義大利創意勃發之文藝復興。這種現象，叫做梅迪奇效應（The Medici Effect）。

[29] 張永聲主編：《思維方法大全》，〈組合法〉，頁 16。

[30] 張永聲主編：《思維方法大全》，〈組合法〉，頁 16-18。

[31] 錢鍾書：《談藝錄》，臺北：書林出版公司，1988.11，〈詩分唐宋〉，頁 2-4。

〈寂寞的畫廊〉一文，從形形色色的人間畫廊中，抽樣挑選出一個老太太，作為人生寂寞的縮影，並不刻意形容，而形象躍然生動。從幸福到寂寞，從贏得到失去，用速寫表出：

> 以後女兒像蝴蝶一樣的飛去了，兒子又像小兔似的跑走了。燕子來了去了，葉子綠了紅了。時光帶走了逝者如斯的河水，也帶走了沉疴不起的丈夫。
>
> 在鏡光中，她很清楚的看到如霧的金髮，漸漸變成銀色的了。如蘋果似的面龐，漸漸變成不敢一視了。從樓梯上跑下來的孩子，是叫媽咪；從門外走來的孩子，叫起祖母來了。而逐漸，孩子的語聲也消失了。
>
> 這是最幸福的人的一生，然而我卻從她每條蒼老的笑紋裏，看出人類整個的歷史，地球上整個的故事來。[32]

將詩情與畫意，作完美的結合，繪聲繪影，典範集成，是〈寂寞的畫廊〉一文的特色。〈幾度夕陽紅〉，則以顏色妝點文章，亦具「文中有畫」之效果，如：

> 我左右看一看，只有兩個顏色。西邊全是紅的，那是夕陽；東邊全是綠的，那是校園。噴泉處處如金絲銀縷，在繡一幅紅綠各半的披錦。

紅夕陽、綠校園，金絲銀縷，紅綠各半的披錦，這些都以繽紛色彩構築的大千世界，可謂文中有畫。陳教授所作早期散文，

---

[32] 陳之藩：《在春風裏》，〈寂寞的畫廊〉，頁 25-26。

以畫法為文法，最典型者，莫過於對布蘭姆「永恆之城」怪畫之摹繪形容，如：

> 遠處是藍色的天，褐色的山，山下的城廓，城廓中的廣場，廣場上的廢柱，廢柱旁的人馬，人馬旁的樹，樹旁的樓，樓下的殘垣，殘垣下的地道。這些由遠而近，由小而大。由廢柱及地下走廊看來，這是羅馬。但在最近處，是一堆殘石斷柱，圮牆旁坐著一個乞丐。在這堆垃圾中，卻有一個比例特大的紙造玩具，……一抬手即伸出個大的人頭來。這個人頭之大約佔全畫十分之一。顏色之不協調，看了使人起雞皮。頭是翠綠，嘴是血紅，眼是銀灰，珠是烏暗，一個橫眉豎目的墨索里尼的頭。乍看起來使人戰慄，細看起來是個紙的。[33]

如果我們讀過唐朝杜甫〈韋諷錄事宅觀曹將軍畫馬圖〉、[34] 韓愈〈畫記〉、[35] 宋蘇軾〈韓幹十四匹〉題畫詩，[36] 理解類聚群分之方，以賦為詩之法，以及九馬分寫之格，[37] 就不得不佩服陳教授「再現畫面」的功力，讓讀者能夠「見文如見畫」，簡直可以跟杜甫、韓愈、蘇軾諸大家相媲美。畫面的內容「由遠而近，

---

[33] 陳之藩：《在春風裏》，〈永恆之城〉，頁 51。

[34] 唐杜甫撰，清・仇兆鰲注：《杜詩詳注》，卷 13，頁 1152-1155。

[35] 唐韓愈撰，屈守元、常思春主編：《韓愈全集校注》，成都：四川大學出版社，1996，〈貞元十一年・畫記〉，頁 1230-1231。

[36] 宋蘇軾撰，清王文誥、馮應榴輯注，孔凡禮點校：《蘇軾詩集》，臺北：學海出版社，1985.9，卷 15〈韓幹馬十四匹〉，頁 767-768。

[37] 清李香巖手批：《紀評蘇詩》，第伍冊，卷 15〈韓幹十四匹〉紀昀批語，成都：四川大學出版社，2007.4，頁 104。

由小而大」，作極有層次之呈現，最後特寫「比例特大的紙造玩具——大的人頭」。接著以色彩映照：翠綠頭、血紅嘴、銀灰眼珠；加上「橫眉豎目」的線條勾勒，於是凸顯出一個「使人戰慄」的墨索里尼的頭來。由此觀之，散文寫作融合了繪畫手法，有助於表現歷歷如繪的描寫效果。

　　有跨領域、跨學科的會通整合，真是談何容易！具體實際操作，需先儲備相關領域或學科之專業，然後進行交叉綜合，如此乃有利於移植、轉化、改造、創新。[38]陳教授為電機工程專業，熟悉豐富而多元的科學史掌故，加上讀萬卷書，行萬里路，見多識廣，於是交互融通，新奇組合，自然助成科學與文學的對話。除上文所引，約瑟夫以詩歌語言述說〈統一場論〉，而陳教授將之譯為中文，撰文介紹外，《思與花開》文集〈背誦與認識〉一文，亦以杜牧〈清明〉詩起興，申說二十四節氣，用最通俗的語言，來說清楚楊振寧教授有關「相」（phase）的物理意義。詩與科學間，居然可以相互觸發借鏡如此。千里達詩人瓦科特（Derek Walcott）獲得諾貝爾文學獎，陳教授推崇道：

> 他是既畫一筆好畫，又編一手好戲，更寫出如珠似玉的好詩，可以說是藝術全才，倒很像近來才囂塵上的高行健之亦畫亦戲且亦文。他們的不同之點，是一個寫詩，一個寫小說。[39]

---

[38] 盧嘉錫等主編：《院士思維》，合肥：安徽教育出版社，2003.11，徐傑：〈重視學科交叉，善于概念遷移〉，嵇汝運：〈改造以啟創新，交叉有利綜合〉，頁1013-1020、1195-1202。

[39] 陳之藩：《散步》，〈桂冠詩人與桂冠學人〉，頁201。

瓦科特與高行健兩位諾貝爾文學獎得主，都不只是「單科獨進」，而是本行之外，又兼擅繪畫與戲劇。多元領域兼擅，贏得陳教授讚賞，可見其創造性思維之一斑。再看楊振寧教授演講「物理與對稱」，觸類旁通，整合為一，也運用比類與合併之創造思維，如：

> 也是十年前罷，也是香港，有一次聽楊振寧的演講。他講的是「二十世紀物理與對稱」。卻是從雪花的對稱形狀講起，講到音樂的對稱，畫的對稱，麥克士韋方程的對稱，以及他自己的規範場的對稱，但沒有涉及黃金分割。[40]

演講的主題是物理學，談及對稱，卻旁通到音樂、繪畫、方程、規範場，就近取譬，由淺入深，深得演說之妙。楊振寧教授接受傳統文化之薰陶頗深，一如陳之藩教授。數學天才陳省身教授那個時代的科學家亦多如此：

> 陳省身那個時代的科學家，不論中外，幾乎每個人都有藝術的嗜好，有愛拉提琴的，有愛彈鋼琴的，有愛下棋的，有愛打鼓的！他們在這些嗜好上，都有相當的造詣。不幸的是陳省身的小學、中學、大學、博士後，無一不跳級，數學以外的科目均未得全面自然地發展。[41]

科學家都有藝術嗜好，也都達到相當造詣，這既是事實，也

---

[40] 陳之藩：《散步》，〈閒看黃金分割〉，頁 255。

[41] 陳之藩：《看雲聽雨》，〈疇人的寂寞〉，頁 352。

是期許。陳省身教授因故不能，故陳教授遺憾其「不幸」。這種跨領域接觸，是極有必要的。通識教育規劃的本意，就是企圖實現這種理念。像 AI 智能之提倡，也應該朝跨學科、跨領域會通整合。因為，AI 是科技；智能是人文或文化。陳之藩教授與李國鼎資政關於科學園區的對話，從而可見陳教授會通整合之思維：

> 我繼續說：「我有個香港同事，他是哈佛的博士廖約克。他說：『寫軟體不是技術上的了不得的問題，而是一個文化問題。讓香港的軟體工程師寫美國的足球遊戲，或讓美國軟體工程師寫中國的《紅樓夢》的戀愛，他們都需要分別從美國足球規則和賈寶玉是誰開始學罷！中國人總覺得軟體容易，你做出來我抄抄就可以了，遂把大好光陰蹉跎了。』」李國鼎深有感慨地說：「是各行各業的人學電腦而搞軟體呢？還是會軟體的人學各行各業的內容呢？」[42]

　　說工程師寫軟體，「是一個文化問題」，可謂一針見血之論！文化問題千絲萬縷，而會通整合可以得到最大公約數，此即李國鼎資政所稱：資訊工程師「學各行各業的內容」。就像前文所言，科學家兼有藝術造詣，文學涵養一般。民國以來，大學教育學習美國，往往淪為「單科獨進」的流弊，理工自然學科間，往往各自為政，不相往來，遑論與人文社會之互動？陳之藩教授在《一星如月》文集中，曾略說數學和科學發展的密切關係，申明物理學家、自然科學家「不可能沒有數學的訓練」。[43]到了

---

[42] 陳之藩：《看雲聽雨》，〈潮頭上的浪花──李國鼎與科學園區〉，頁 343。
[43] 陳之藩：《一星如月》，〈時代的困惑〉，頁 375。

《時空之海》文集，論述更加詳盡明白：

> 有精湛數學訓練的物理學家，像馬克士威爾，像愛因斯坦，以數學作工具，來做物理的問題，也產生出偉大的、新鮮的觀念來。
>
> 但還有些物理學家，工具不夠用了，就自己發明起數學來。比如牛頓之於微積分，楊振寧之於規範場。牛頓是一邊發明微積分，一邊應用在物理上；楊振寧卻是擴建規範場，而規範場就是數學裏的纖維叢。這固然是他們自己始料所不及，也常常為數學家們所驚訝不止的。[44]

「以數學作工具，來做物理的問題」；物理學家「工具不夠用了，就自己發明起數學來」，數學與物理學間，作跨際思考，容易產生異場域碰撞；因為將現有觀念作新奇組合，往往生發大量傑出的新創構想。總之，扭轉假設，容易發現不同世界；跳脫舊有，才能開創新局。[45]馬克士威爾、愛因斯坦之卓越，牛頓、楊振寧之傑出，全得力於跨際思考。陳教授有見於此，特為文表出。

科學史的記載，也證實跨際思考的效益，可以引導不同領域和文化的想法互相碰撞，而引爆新構想，而出現突破性和創新性。陳教授津津樂道科學史上的事例，可見其創造性思維之一斑：

> 我的講演內容，是圍繞在他們當年的深入閱讀與日後的細

---

[44] 陳之藩：《時空之海》，〈數學與電子〉，頁 55。

[45] 張高評：〈創造性思維與宋詩特色──以組合思維、開放思維、獨創思維為例〉，第四屆「實用中文寫作學術研討會」論文，頁 6。

密思考上。……科學史是門新興的學問，即以哈佛大學為例，比如孔恩（Thomas Kuhn）、蓋利森（Peter Galison）以及荷頓（Gerald Horton）……等結論新穎而成績顯明。孔恩是由於科學史的研究而創出科學革命的新說，蓋利森是把科學史與藝術史並列研究；而荷頓在2000年的一篇文章中，可以說專寫科學家的散步，比如愛因斯坦與海森伯的散步等。[46]

　　陳教授在上述引文前，提到愛因斯坦與人共組「奧林匹亞研究院」，閱讀名著，思索問題。當時所讀作品，除力學、幾何學、心理學外，尚有邏輯學、人性論、哲學論文。出乎常人慣性思維之外的，愛因斯坦等還閱讀「與數理完全不沾邊的戲劇、小說等，比如狄更斯的《聖誕頌歌》、塞萬題斯的《唐吉訶德》等」。[47]或許，就因為如此的跨際接觸，引領不同領域和文化的想法互相碰撞，才可能促成創意勃發的成果。孔恩研究科學史，而創出科學革命的新說；蓋利森最有組合思維，將科學史與藝術史並列研究。荷頓專寫科學家的散步，如愛因斯坦、海森伯的散步。科學家之於散步，猶歌者之於跑步，看似無關，其實大有觸發與助益。《禮記・學記》稱：「鼓無當於五聲，五聲弗得不和；水無當於五色，五色弗得不彰」；[48]同理，散步無當於科學，科學弗得則不新穎，不卓越。陳教授謂哈佛大學孔恩等三位學者研究科學史，「結論新穎而成績顯明」，或許得力於此。

---

[46] 陳之藩：《散步》，〈愛因斯坦的散步及其他〉，頁122。

[47] 同上，頁121。

[48] 漢戴聖編，清孫希旦集解：《禮記集解》，頁971。

《左傳‧昭公二十年》載齊晏嬰論和同，宣稱：「若以水濟水，誰能食之？若琴瑟專壹，誰能聽之？」單科獨進，慣性思維，抱殘守缺，猶膠柱鼓瑟，就是「以水濟水，琴瑟專壹」。《淮南子‧氾論訓》稱：「東面而望，不見西牆；南面而視，不睹北方。唯無所向者，則無所不通。」組合思維，為創造思維之一，「唯無所向者」，不執一以廢百，能會通而一之，遂無所不通。

宋詩面對唐詩繁榮的高峰，為補偏救弊，改善體質，於是詩人立足本位文藝，肆力旁搜，往往跳出詩體之外，去尋求可資利用之泉源，以便作補償、吸收、借鏡、化用之依據。此種現象，錢鍾書稱為「出位之思」（andersstreben），葉維廉名為媒體與超媒體的美學。二家所謂「出位之思」，特指詩與畫之交融整合、相資為用而已。宋人之新奇組合，層面多方，如詩中有畫、畫中有詩、詩禪交融，以老莊入詩、以儒學入詩、以書法為詩、以史筆作詩；以文為詩、以詞為詩、以賦為詩。其他，尚有以詩為詞、以賦為詞、以賦為文等等，不一而足。[49]由此觀之，只有異質交叉，跨際融通，盡心致力不同文化，不同學科間之「異場域碰撞」，才有可能促成創造與發明。

美國科學家 L‧托馬斯（L.Thomas）在其《頓悟：生命與生活》中指出：「有生命的事物傾向於聚合，相互之間建立聯繫」；而所謂創造，就是將已有的，但又相互分離的要素、事物、概念、事實等結合、合併和重新洗牌。[50]由此看來，陳教授

---

49 張高評：〈破體與創造性思維──宋代文體學之新詮釋〉，廣州中山大學《中山大學學報》（社會科學版）2009 年第 3 期第 49 卷（總 219 期，2009 年 3 月），頁 20-31。摘要云：所謂破體，指將其他文體之特質與本色轉介移植于本位體中，迭經移植換元、創意組合，于是促成文體再造，風格生新。頁 20。

50 滕守堯：《對話理論》，第一章第一節〈走向對話的自然科學〉，頁 29-33。

之散文，融合科學與人文，交流對話，正暗合當代文化之走向。
陳寅恪治學，打通文史；錢鍾書治學，打通中西，學術研究固然
注重跨際整合、交叉研究；[51]即詩詞文學之創作，亦以打破體
制、創意組合為改造、新變之策略。[52]研究與創作之優勝，百慮
一致，要以新奇組合為依歸。

四、類比推理與創造性思維

觸類旁通，舉一反三，是謂類比法，或稱旁通思維法。此法
之運用，只注意兩者之相似度和相關性，而忽略彼此之差異性。
[53]科學研究建立假說，有效推測；文學內容富贍豐厚，廣博多
元，多有得於旁通（類比）思維。[54]

在中國傳統思維中，類比思維之體現，豐富而多元。如《周
易》，即是人類最早之類比推理系統，見諸《左傳》《國語》引
《易》，最見類比推理之說服效果。《九章算術》[55]總結戰國、
秦、漢之數學成就，以實際應用為目的，有一套推理程序和方

---

[51] 張高評：〈研究視野與學術創新〉，《書目季刊》第 44 卷第 3 期
（2010.12），「跨際整合與研究創新」，頁 29-48。

[52] 張高評：〈破體與創造性思維──宋代文體學之新詮釋〉，廣州中山大學
《中山大學學報》（社會科學版）第 49 卷（2009 年第 3 期，總 219 期，
2009.3），頁 20-31。

[53] 美‧歐文‧M‧柯匹（Irving M. Copi）等著，張健軍等譯：《邏輯學導
論》，北京：中國人民大學出版社，2007 年，第 11 章〈類比與或然推理〉，
頁 489、496-497。

[54] 田運主編：《思維辭典》，杭州：浙江教育出版社，1996.3，〈類比〉，頁
459-460。張永聲主編：《思維方法大全》，南京：江蘇科學技術出版社，
1991.1，〈旁通思維法〉，頁 48-49。

[55] 劉徽注，李淳風注釋：《九章算術》，北京：中華書局，1985 年。

法，堪稱科技推類的代表作。其他，如古代天文理論之取象比類，中醫理論之模式類比推理，都是中國傳統思維中之類比方法。[56] 類比思維由於開放性強、橫向跨度大，在建立新的知識鏈接上，頗具重要作用，往往蔚為創造性思維之關鍵因素。[57]

陳之藩教授是科學家，濡染傳統文化頗深，散文作品之謀篇布局，運用類比思維，展現創造性思維者極多。如《一星如月》文集中，類比述說了兩個熊的故事，在化干戈為玉帛之後，說：

> 仔細想來，人類的好多思想，都是藉這種模糊的比類方式來傳達來發展的。[58]

比類作為一種思維傳達的方式，存在許多或然性，雖不是很精確，但卻極具形象性與說服力，陳教授應用頗多。比類的類，大抵有三個來源：其一，得自知識的啟示，從多讀書來；其二，緣於自然的啟發，從觀察來；其三，得自工作的啟迪，從實踐來。陳教授閱讀廣博，行遍天下，又身為科技學者，因此就學養、見聞、經驗進行觸類旁通，故無往而不自得。《一星如月》以後出版的文集，運用旁通類比謀篇安章者不少，已形成作品一大特色。就謀篇安章來說，如：

《一星如月》〈垂柳〉一文，從眼前香港垂柳，想到美國柳

---

[56] 周山主編：《中國傳統思維方法研究》，上海：學林出版社，2010.4，〈中國傳統類比思維與創造性思維的相關知識鏈接論〉、〈論推類〉、〈《周易》：人類最早的類比推理系統〉，頁113-122、123-144、147-159。

[57] 同上，〈論類推邏輯與中國古代天文學〉，頁160-167；〈論中醫理論的模式類比推理〉，頁215-222。

[58] 陳之藩：《一星如月》，〈熊〉，頁263。

樹、中國柳樹；再回憶小學河邊柳樹、小學老師教古代柳詩，老師死於柳樹下；再旁推到中學水邊柳樹、柳樹畔女孩，贈送柳枝筆與詩等等。「方以類聚，物以群分」，類比旁推，能引發聯想，擴大認知範圍，正是文章能一線貫通之法。

　　《散步》〈敲門聲〉中，由當下臺南的敲門聲，跨越時空，類敘旁通到四十年前費城的敲門聲；再由萍水相逢，聯想起幸運的遭遇作收結。〈現代的司馬遷——談今日的資料壓縮〉一文，從信息傳遞，談到信息載體、信息儲存，資料壓縮，多以類相從。其次，則分別敘述資料壓縮的種種，依序舉司馬遷《史記》的信息系統，莫爾斯漢字電報系統（Morse telegraph system），電影動作之失真壓縮，歸結到儲存與傳遞的思想「並沒有改變很多」。旁通思維，可使思維「精騖八極，心游萬向」，作多方觸類，古今類比，中外並置，引爆靈感，文思活絡，而又不即不離。

　　《看雲聽雨》文集中，〈遠見與危言〉一文，由南亞地震引發海嘯起興，銜接「等同一萬五千枚原子彈的爆炸威力」作類比，於是「因這個形容詞而想起了思想家波普爾（Karl Popper）」，以及所論前蘇聯物理學家沙卡諾夫（Sakharov）。再因「波普爾是經濟學家海耶克的朋友」，於是談到海耶克；而以波氏海氏之遠見危言作結。由震災而類推到戰禍，再由形容詞聯想到思想家、物理學家、經濟學家，純用類比經營本文。

　　《看雲聽雨》文集，〈米勒與老舍〉一文，亦用類比。由於英若誠擔綱製作老舍〈茶館〉及中譯米勒〈推銷員之死〉，因而由米勒想起老舍。而且從米勒與老舍自家創作中，成敗有差，優劣懸殊，「情況頗為類似」，故可以類比而揮灑成章。〈兄與弟〉一文，由於蘇軾、蘇轍兄弟相互唱和的「二難併」，「因而想起了古今的許多兄與弟的故事來」，如白居易、白行簡；魯

迅、周作人，是以知識見聞為類比的。文章脈絡，亦自貫串。

《看雲聽雨》文集，〈奇蹟年的聯想〉一文，更是浮想聯翩，類比旁通為文。首先，由愛因斯坦奇蹟年，「很像兩三年前鬧 SARS 時，我們想到牛頓的那個奇蹟年」作提綱，起興類比。1666 年牛頓發現萬有引力，這就是牛頓的奇蹟年，「中國是什麼情狀呢？」1905 年是愛因斯坦的奇蹟年，愛因斯坦推出開天闢地的論文，如狹義相對論、光的量子假說，布朗運動，「中國那一年又是什麼？」中西一經類比，反差極大，激盪觸發自在言外。接寫牛頓、愛因斯坦的謙遜有加；連類「想起」《荀子·勸學》嘉言，作為二氏之品題。

《思與花開》文集，〈齊如山的著述〉一文，談到齊如山「死得其所」，於是聯類提到吉星文、傅斯年、胡適之等人，亦皆「死得其所」，是以類相從。〈屬兔的故事〉一文，由于右任、愛因斯坦同歲，連類而及「北京大學卯字號」屬兔的陳獨秀。以下再類敘有關于右任的所見所聞，最後迴龍顧主，再談愛因斯坦、居禮夫人都屬兔作結。《墨經》卷十一〈大取〉有言：「辭以類行者也，立辭而不明于其類，則必困也。」陳教授行文知類、明類、察類、推類，故文章可以浮想聯翩，而又一氣貫注；移步換景，卻又不即不離。猶重巒疊嶂，不失雲蒸霞蔚之妙。

由此觀之，旁通類比之法，有如傳統類書之逞博炫奇，設非腹有詩書，見聞廣博，專業沉潛，人情練達，如何能觸類而有所啟益？旁通而有所開拓？觀陳教授文集之旁通類推，實無異於學養、見聞、專業、經驗之綜合體現。

五、結語

　　2009 年上半年，筆者前往香港中文大學擔任訪問教授，有此機緣，遂受命執行本校「陳之藩教授文獻搶救計畫」，得以三次造訪陳之藩教授家，不時與童元方教授商討有關計畫事宜。陳教授文集已出版九冊，講學香江時，曾拜讀一過。對於命意之新奇，結構之勻稱，觸類之廣博，以及節奏之和諧，均給人深刻的印象。不同凡響處，多在科學與文學的對話及融通；引人入勝處，則在鍛字煉句，新創獨到方面。而總體閱讀印象，則在創意無限四字。

　　陳教授以科技人而從事文學創作，因為「有個人創作的成分存乎其間」，是以真能「享受創作的喜悅」，故樂此不疲，老而不輟如此。就科學與文學之對話，現身說法，而標榜獨到與新創，其嘉言頗富啟示性，如云：「最好的詩句，只有一個；如被人唱出，別人只有罷唱！」研究科學，「即是全世界的人共同唱和一首詩；有一首最好的出來，大家就另找一個題目」。學術研究追求原創與自得，所以他說：「做研究如作詩，如第一個說出，就是大詩人或高斯；如第二個說的人，即是家庭作業的一題了！」何等剴切明白，發人深省。這些，就是陳教授散文中現身說法，凸顯的獨創思維。

　　陳教授早期散文描景抒懷，或將詩情與畫意作完美的結合，或以色彩線條裝飾文章，或以畫法為文法，頗見「文中有畫」之特色。中晚期後之散文，知性理性增多，往往體現跨領域、跨學科之會通整合，尤其科學與文學之對話，形成主體特色。如譯介詩歌以說統一場論，藉杜牧〈清明〉詩述說二十四節氣。文學藝術創作，則主張多元兼擅，如此可以觸類旁通。即使是科學家，

也都應有藝術的嗜好，以及跨際會通的思維。如此，「才能產生偉大而新鮮的觀念來」。又認為工程師寫軟體，「是一個文化問題」。換言之，不只是照應數位科技而已，還要能含攝人文內容。這些，都是陳教授散文中體現的組合式創造性思維。

　　觸類旁通，揮灑成篇，是陳教授散文中謀篇安章主要手法之一。用來類比的素材，或得自書卷之啟示，或緣於自然之啟發，或仰賴經驗之啟迪，陳教授腹有詩書，見聞廣博，加以專業沉潛，故信手拈來，類聚群分，多成妙文。類比古今，旁通中外，或促成脈絡貫串，或有助意象浮現，或因對比而成諷，或藉類比以推理，其文學效用不一而足。如談資料壓縮、南亞海嘯、奇蹟年、齊如山各文，推類觸發，開放性強，橫向跨度大，都是陳教授散文中運用的旁通式創造性思維的名篇。

　　陳教授文集中的創造性思維，除獨創、組合、類比外，尚有求異思維，從全方位、多面向、多角度、多層次進行思考與表述，亦屬於創造性之思維方式。如關於黃金分割，《散步》文集中，前後撰寫五篇文章，除答覆讀者一篇外，如〈閒看黃金分割〉、〈再談黃金分割〉、〈令人失眠的數〉、〈細說黃金分割〉四文，多層層遞進，精益求精；富於獨創性、探索性、靈活性。蘇軾〈題西林壁〉所謂：「橫看成嶺側成峯，遠近高低各不同」，差堪比擬。辭賦寫作手法，有所謂橫向生發刻劃，縱深開掘剖析，面面俱到、層見迭出者，亦足以相互發明。由於篇幅所限，未能暢言，他日再議。

叁、文學鑑賞及其寫作策略

提要

　　當前之語文教學，識者以為：只有文字教育，沒有文學教育。文學教育注重美感之鑑賞、語文之寫作。因此，本文針對讀者、作家、作品三層面，提出文學鑑賞之五大策略：一、儲備專業知識，可以提昇鑑賞層次。二、重回文學現場，可以深切體會意境。三、提示藝術技巧，傳達美妙，可以金針度人。四、關注焦點議題，較論新變，可以考鏡源流。五、探求作家心境，知人論世，可以避免捕風捉影。其中舉例論證，多摘錄學者專家之鑑賞文字為示範，希望能對「閱讀與寫作」方面之語文教學有所啟發與裨益。

關鍵詞

　　文學鑑賞　寫作策略　讀者　作品　作家

一、文學鑑賞的層面與方法

　　作家、作品、讀者、宇宙，是文學批評的四大要素，自美國 M・H・Abrams（艾布拉姆斯）提倡以來，東西方學界殆無疑義。[1]無論藝術品、文學作品，其生成或詮釋，要皆不離此一範

---

[1]　M・H・Abrams（艾布拉姆斯）：《鏡與燈——浪漫主義文義及批評傳統》（*The Mirror and The Lamp：Romantic Theory and The Critical Tradition*）第

疇。即以文學鑑賞而言，讀者閱讀文學作品，從而對作者創造的審美對象進行感知、體味，和判斷，這一精神活動的歷程，也在在涉及到作家、作品、讀者：讀者，為審美能力的鑑賞主體；作品，為審美價值的鑑賞客體；而作家，則是作品生成的本源。[2]本論文架構，大抵據讀者、作家、作品三者之關係論定。

接受美學指出：文學本體論的範圍，不只是文學作品，也不只是讀者或作家；而是作品、讀者、作家三個環節的動態流程。因此，接受學討論文學作品，有所謂「本文的召喚結構」；文學認識論，有所謂「個體閱讀心理學」、「群體接受社會學」；談文學創作論，有所謂「潛在的讀者」等等，可見，文學是「創造和接受的社會交流過程」。[3]傅偉勳探索儒、道、佛三家「生命的學問」，提出「創造的詮釋學」五大層面分析法：「實謂」、「意謂」、「蘊謂」、「當謂」、「創謂」；分別就原典表述、依文解義、義理蘊含、批判繼承、創造發明五者，進行系統詮釋。創造詮釋學的五個層次，頗可作為吾人賞析文學、解讀作品之借鏡。文藝鑑賞是一個「再創造的過程」，讀者依據作品形象提供的信息進行鑑賞活動，其中涉及讀者之學養、經驗，以及作品內在之情境、風格、規律、技法，所以西方文論家說：「有一

一章，一、〈藝術批評的諸座標〉，北京：北京大學出版社，1989.12，頁 5-7；劉若愚《中國文學理論》，即據此書之四大要素論，以闡述中國文學批評發展史。

[2] 黃書雄：《文學鑑賞論》第一章，一、〈文學鑑賞論的對象〉，北京：北京大學出版社，1998.9，頁 4-5；胡有清：《文藝學論調》，第六章〈文學鑑賞論〉，南京：南京大學出版社，2001.2，頁 266-274。

[3] 朱立元：《接受美學》，II、III、IV、V、VI，上海：上海人民出版社，1989.8，頁 54-230。

千個讀者，就有一千個哈姆雷特」。[4]本論文鑑賞詩文，即參考上述論點，加以申說。

筆者曾與本師黃永武博士合作，撰著《唐詩三百首鑑賞》，[5]亦曾主編南一版《古文觀止鑑賞》，[6]對於詩文鑑賞之三昧，稍有會心與體悟。《中央日報》副刊「文藝評論」專欄書評小組，曾發表書評推介《唐詩三百首鑑賞》，特提完全鑑賞的角度；詩文鑑賞之策略，得此可以舉一反三，觸類旁通：

> 黃永武在「談詩的完全鑑賞」（《幼獅月刊》67年6月）文中，曾揭舉詩歌鑑賞的過程與層面：科學性的求真、藝術性的求美、思想性的求善。光是其中的第二項，即須講求：造意的新穎、布局的嚴密、修辭的新奇、音響的諧和、神韻的動人等。本書即為其精闢理論的最佳實踐。作者考察詩的內質外飾，從作品本身的評析到外緣的背景探討，兼顧知識詮別與性靈感受，正是詩的完全鑑賞。
>
> 好詩正像美果，欣賞的角度不同，所見景觀各異。《唐詩三百首鑑賞》分從多種角度，評析詩意的奧秘與詩境的高妙，例如結構、音響、色彩、時空安排、情景交融、言外

---

4 傅偉勳：《學問的生命與生命的學問》，〈創造的詮釋學與思維方法論〉，臺北：正中書局，1994.5，頁 220-240。參考龍協濤：《文學讀解與美的再創造》，臺北：時報文化出版公司，1993.8；吳中杰：《文藝學導論》，第四編〈鑑賞論〉，上海：復旦大學出版社，2002.10，頁 217-218。

5 《唐詩三百首鑑賞》（上下），黃永武、張高評合著，臺北：尚友出版社，1983.9，頁 1-951；臺北：黎明文化事業公司，1986.11，頁 1-1050；2003 年 9 月三刷。

6 《古文觀止鑑賞》（上下），張高評主編，臺南：南一書局，1999.2，頁 1-1383；2002 年 3 月，4 版。

之意等等，讓讀者在享受絢爛奪目的視覺美感與音調鏗鏘的聽覺美感之餘，「默契寸心，神遇千古」，與李白、杜甫、王維、李商隱等偉大的心靈溝通[7]。

　　文學的完全鑑賞，最好是求真、求美、求善三者兼顧。再從多角度評析文學的奧祕，解讀意境的高妙。中國大陸於 1984 年出版《唐詩鑑賞辭典》以來，「鑑賞熱」一時蔚為風潮，不但各種文類如詩、詞、曲、古文、辭賦、戲劇、小說，多有鑑賞辭典，甚至斷代及專家文學，亦多有導讀、精華、賞析、評點、深究之論著。流風所及，猶清代章學誠評述「詩話」之作：「挾人盡可能之筆，著惟意所欲之言」，[8]良莠不齊，準的無依者多。文學作品如何鑑賞？有哪些角度？哪些層面？牽涉到哪些問題？立言者多知其然，未明說其所以然。以筆者管見，其中，提示較具建設性及啟發性者，當推本師黃永武博士談詩歌鑑賞所謂：讀者的悟境、作品的詩境、作者的心境。[9]錢鍾書《管錐編》提示鑑賞若干要領，如區別情感價值與觀感價值、警惕文字之迷誤、要識文字虛涵兩意、探源要連類通家、審美宜顧及欣賞之時尚，鑑賞者要識異量之美，忌諱榮古虐今；而以「比較」作為賞析詩文之基本方法。[10]程千帆欣賞詩、理解詩，則提出六個側面：一

7　《中央日報》1984 年 4 月 12 日副刊，書評小組「每週書評」：《唐詩三百首鑑賞》，「文藝評論」第三期。

8　章學誠：《文史通義》內篇五，〈詩話〉，臺北：華世出版社，1980.9，頁161。

9　黃永武：《中國詩學：鑑賞篇》，臺北：巨流圖書公司，1976.10。

10　蔡明田：《管錐編述說》，第六章，七、〈鑑賞論〉，北京：中國友誼出版公司，1991.4，頁 382-416。

與多、形與神、曲與直、物與我、同與異、小與大，[11]作為評論家評定作品之概念參考。傅庚生、傅光則提出「總結歷代詩話體制內容」的十個面向；[12]雖原本作為詩歌賞析之途徑，推而廣之，亦可移為一切文學之鑑賞原則。至於文學鑑賞的傳統與未來，徐中玉所言，甚有參考價值：

> 文學鑑賞是整個文學活動系統中的一個有機構成部分，也是一種文學的審美性質的再創造活動。傳統的鑑賞觀念基本局限於研究鑑賞對象本身，目的主要在於本文的含義、作家的用心、作品產生作用的條件、方式、過程和結果等。隨著觀念的變化，視野的開拓，這樣的研究顯然已經不夠了，已經出現了「文藝鑑賞學」、「文藝闡釋學」、「接受美學」等分支學科。對文學作品的研究，從藝術感受，審美判斷，到多方面多角度的鑑賞探索，必將開闢出許多新的境界，對向來的感受、解說、評價提出遠為擴大、豐富、新穎的見解，甚至出現重要的挑戰。這只能深化我們的認識，進一步發掘出傳統文化潛在的現實意義，這絕不是壞事。[13]

---

[11] 程千帆：《程千帆全集・古詩考索》，〈古典詩歌描寫與結構中的一與多〉、〈讀詩舉例〉，石家莊：河北教育出版社，2001.5，頁 93-116，頁 145-159。

[12] 傅庚生、傅光選編：《百家唐宋詩新話》，〈前言〉，提出詩話鑑賞的十個面向：一、品衡詩人詩作；二、探討風格源流；三、繹釋名篇佳句；四、欣賞詩情意境；五、研究體制手法；六、推敲聲韻格律；七、詮訂典章名物；八、辨析疑義異文；九、闡發微言大義；十、載述本事佚聞。（成都：四川文藝出版社，1989.5），頁 4-5。

[13] 徐中玉：〈中國古代散文的發展與美學思維形式問題〉，《華東師範大學學

綜合前文所述，筆者以為：文學鑑賞必須立足傳統，瞻望未來，從多角度的解讀，發掘潛在，開拓新局。今斟酌文學鑑賞論、接受美學、創造的詮釋學，參考學界撰著之賞析深究觀點，就讀者、作品、作家三層面，提出文學鑑賞之五大寫作策略：一、借重專業，深層解讀；二、身經目歷，體會意境；以上屬讀者的悟境。三、提示技法，傳達美妙；四、關注議題，發表心得；以上為作品的語境。五、知人論世，探索隱微，則屬作家的心境。茲分三個層面，五大寫作策略，論證詩文之鑑賞：

二、讀者的悟境

讀者，是文學鑑賞的主體，是文學作品欣賞、闡釋，和批判的靈魂。因此，文學作品的鑑賞層次，跟讀者具備的豐富學養和人生歷練，息息相關。理解、賞析一般文學作品，固然需要相當的學識和體驗；而身經目歷，重回文學現場，尤其有助於文學鑑賞。茲分二項說明之：

（一）借重專業，深層解讀

文學作品的理解，牽涉到許多層次，不是單憑「以意逆志」，就可以解決的。「鑑賞受到經驗與知識的限制，使我們往往迷失在它的外在形式裏，那五色繽紛、燦爛光華中，我們雖左衝右突，仍覺無所適從」。[14]鑑賞文學作品時，若能運用專業知

報》1988 年 4 期；又見徐中玉主編《古文鑑賞大辭典》，〈序言〉，杭州：浙江教育出版社，1989.11，頁 5。

[14] 參考姚一葦：《藝術的奧秘》，第一章〈論鑑賞〉，臺北：開明書店，

識，配合身歷目驗，則鑑賞層次自然勝人一籌。

　　文學求美，科學求真，看似兩不相關。然文學家之敏銳直覺，有時與科學之實驗結論一致，其中自有可以相互發明之處。吾人從事文學鑑賞時，不妨善加借重。如蘇軾〈惠崇春江曉景〉題畫詩，有「春江水暖鴨先知」之句，何以是「鴨先知」？而不是其他家禽？除了惠崇原畫作鴨戲春江外，科學家耐寒抗冷實驗，鴨子可以堅持到攝氏零下 110°，一般動物只能忍受零下45℃，海豹北極熊也只能忍受零下80℃，相形之下，鴨子耐寒居冠。鴨子既耐寒，終年嬉戲水中，水溫的些微變化當然屬「鴨先知」了。[15]又如杜甫〈春夜喜雨〉詩：「好雨知時節，當春乃發生。隨風潛入夜，潤物細無聲」，將春雨當作玉液瓊漿，金顆玉粒，是切合實際的。科學實驗指出：每長成一片小麥體，需水500斤；收穫小麥400斤，需要水量20萬斤。一顆玉米需水量，從播種到成熟，竟達 1200 斤。由此可知，一場「當春乃發」，知時順節的及時雨，是多麼令人欣喜盼望啊。[16]劉禹錫〈烏衣巷〉：「舊時王謝堂前燕，飛入尋常百姓家」；馮延巳〈長命女〉：「三願如同梁上燕，歲歲常相見」；晏殊〈浣溪沙〉：「無可奈何花落去，似曾相識燕歸來」；晏幾道〈臨江仙〉：「落花人獨立，微雨燕雙飛」；燕子在古典詩詞中，意象有兩

1976.3，頁 6。姚一葦曾撰〈釋「懂」〉一文，指所謂「懂」，有三個層次。：層次一，來自文字或語言；層次二，溶入自我經驗；層次三，建立法則，評價作品。詳參姚一葦：〈釋「懂」〉，原載《幼獅文藝》25 卷 3 期，1966年 9 月，頁 7-13。又見姚一葦：《欣賞與批評》，臺北：聯經出版公司，1989年，頁 3-11。

[15] 林正合：《詩詞與科學》，〈春江水暖鴨先知〉，南京：江蘇科學技術出版社，1984.2，頁 12-15。

[16] 同上，〈好雨知時節〉，頁 19-22。

個：戀舊不移，恩愛成雙。科學實驗證明：燕子有驚人的記憶力，據統計：燕子秋去春回，越山過海，老燕歸巢率為 47%，幼燕則為 16%。同時，燕子為一夫一妻制，科學家多次試驗，年復一年，雙燕歸舊巢，大多仍是原來的配對。[17]這些科學的佐證，對於我們鑑賞詩詞，自有助益。又如杜甫〈詠懷古跡〉：「獨留青冢向黃昏」；蘇軾〈登州海市〉、蒲松齡《聊齋志異‧山市》，所涉及之海市、山市、青冢，與浮現夜間山區之神燈，浮現在沙漠前端之綠州一般，科學家指出：都是光線折射的投影現象。[18]科學的認知，對於文學美感的鑑賞，有相得益彰之效果。

杜甫詩歌，宋人號稱「詩史」；筆者以為，杜甫為杜預十三世孫，其祭祖之文既感慨《春秋》「筆跡流宕」，故所謂「詩史」諸什，必隱含《春秋》書法。以〈麗人行〉一詩而言，諸家鑑賞多避重就輕，未搔到癢處。[19]歐陽脩言：「《春秋》之義，痛之深則詞益隱，刺之切則旨益微」；清黃周星《唐詩快》稱：「通篇俱描繪豪貴濃豔之景，而諷刺自在言外。少陵豈非詩史？實有所指，轉若無所指，故妙。」[20]歐、黃二家說〈麗人行〉，

---

[17] 同上，〈似曾相識燕歸來〉，頁 120-125。

[18] 同註6，下冊，卷之十二，清文，〈山市〉，頁 1350。

[19] 張高評：《會通化成與宋代詩學》，〈史家筆法與宋代詩學〉，五、杜工部似司馬遷，臺南：成功大學出版組，2000.8，頁 192。

[20] 杜甫「詩史」，必隱含《春秋》書法，與史家筆法，〈麗人行〉之所敘寫，頗體現此種傾向。明末王嗣奭《杜臆》卷一稱此詩：「本是風刺，而詩中直敘富麗，若深不容口，妙妙！」《杜詩詳注》卷二引盧元昌之說，謂玩味「賜名大國」與「慎莫近前」二句，「則當時上下驕淫，瀆倫亂禮，已顯然言下矣！」清末郭曾炘《讀杜劄記》引俞犀月云：「前半指椒房，後半直說丞相，筆法何等森嚴！不先直說……亦是風人之筆」；又引李安溪之論云：「歐陽文忠言《春秋》之義，痛之深，則詞益隱，〈子般卒〉是也；刺之

旨趣已呼之欲出。筆者以為，以《春秋》「為尊者諱」書法賞析
〈麗人行〉，則表裡精粗無不到，昭然若揭矣。無論美人相、富
貴相、妖淫相、羅剎相，要皆「假相」；以上種種，誰為為之？
孰令致之？《春秋》書法實指斥大唐天子唐明皇而已。宋人詩
話、筆記，於此討論頗多，[21]值得參看。持以鑑賞杜甫有關「詩
史」諸什，以及唐詩敘寫宮幃外戚諸作，[22]可以舉一反三，觸類
旁通。

　　文學作品的思想陶冶或哲理啟示，是讀者鑑賞作品時不容忽
視之課題。像佛教禪宗對文學的影響，鑑賞作品時，值得關注。
周裕鍇曾撰文精賞禪詩，闡釋王維〈鹿柴〉、〈過香積寺〉、
〈終南別業〉；柳宗元〈晨詣超師院讀禪經〉、蘇軾〈琴詩〉、
〈和子由澠池懷舊〉諸詩中之禪機禪趣，[23]頗有助於讀者鑑賞禪
詩。吳言生著有《禪宗詩歌境界》一書，對於五家七宗之禪詩作
提綱挈領之論述；而且特別標榜〈李商隱詩歌中的佛學意趣〉，
以無常幻滅、超越痛苦、耽著色相三方面，鑑賞義山詩，亦頗有
可觀。[24]其他，唐代詩人與佛教，宋代詩人如蘇軾、黃庭堅等，
皆與佛教禪宗關係密切。鑑賞唐宋詩歌，知人論世，遂不得不略

切，則旨益微，〈君子偕老〉是也。……詩至老杜乃可與風雅代興。」

[21] 同註 19，貳、〈《春秋》書法與宋代詩學——以宋人筆記為例〉、參、〈會
通與宋代詩學——宋詩話「以《春秋》書法論詩」〉，頁 55-152。

[22] 如張祜〈集靈臺〉：「虢國夫人承主恩，平明騎馬入宮門。卻嫌脂粉污顏
色，淡掃蛾眉朝至尊。」清黃生《唐詩摘抄》卷四：「具文見意。只言虢國
以美自矜，而所以蠱惑人主者，自在言外。『承主恩』三字，乃《春秋》之
筆也。」

[23] 周裕鍇：《中國禪宗與詩歌》第十章〈禪詩精賞〉，高雄：麗文文化公司，
1999.7，頁 349-371。

[24] 吳言生：《禪宗詩歌境界》，北京：中華書局，2001.6，頁 310-330。

知佛學與禪學。[25]

　　道家自戰國後，道教自六朝後，深入民心，影響深遠。不僅陶淵明〈桃花源記〉、李白遊仙詩、蘇軾〈赤壁賦〉、〈超然臺記〉、謫僊詩與道家道教有關，即魏晉南北朝文學、隋唐五代兩宋文學，尤其是山水、隱逸、遷謫、丹鼎、養生、醫學、仙術諸主題，無論詩、文、賦、小說，也都涉及道家道教[26]。讀者鑑賞上述文學，若能具備道家道教之素養，自能深層解讀作品，無入而不自得。儒、釋、道三家之思想融入詩趣中，形成理趣詩。理趣詩如宋代蘇舜欽〈題花山寺壁〉、歐陽脩〈畫眉鳥〉、王安石〈登飛來峰〉、蘇軾〈和子由澠池懷舊〉、〈題西林壁〉、〈琴詩〉；黃庭堅〈次韻王荊公題西太一宮壁〉、陳師道〈絕句〉、楊萬里〈宿靈鷲禪寺〉、朱熹〈觀書有感〉、方岳〈春思〉諸詩，會通哲學與文學而一之，美善兼賅，感性與知性並有，但有理趣，沒有理障。其中所涵之哲理義，除原生性外，由於讀者之意會有別，或擴大、或轉移、或蛻變，而有衍生義、轉生義、蛻生義。要之，都屬於鑑賞的範疇。文學鑑賞，是一個「再創造的過程」，此之謂也。

　　繪畫是空間藝術，與詩歌之為時間藝術雖不同，然詩與畫自

[25] 參考姚南強：《禪與唐宋作家》，南昌：江西人民出版社，1998.1；張晶：《禪與唐宋詩學》，北京：人民文學出版社，2003.6；陳引馳：《佛教文學》，上海：上海人民美術出版社，2003.8。

[26] 參考李炳海：《道家與道家文學》，長春：東北師範大學出版社，1992.5；詹石窗《道教文學史》，上海：上海文藝出版社，1992.5；《道家及其對文學的影響》，長沙：岳麓書社，1998.3；張松輝：《唐宋道家道教與文學》，長沙：湖南師範大學出版社，1998.4；尚學鋒《道家思想與漢魏文學》，北京：北京師範大學出版社，2000.9；孫昌武《道教與唐代文學》，北京：人民文學出版社，2001.3；楊建波《道教文學史論稿》，武漢：武漢出版社，2001.10。

有相互交融會通之處，蘇軾所謂「詩中有畫，畫中有詩」，即指此等。[27]吾人鑑賞山水文學、旅遊文學，或者題畫文學，乃至於亭、臺、樓、閣諸記，若能具備畫論、畫學、書法知識，則必能較深層解讀作品，有助於鑑賞層次之提昇。如杜甫〈絕句四首〉其三，除欣賞黃鸝、翠柳、白鷺、青天，色彩澹雅諧調，宛如水彩寫生外，論者更持後世「三遠論」、透視學原理，解讀「窗含西嶺千秋雪，門泊東吳萬里船」，畫境之逼真，呼之欲出。[28]另外，杜甫所作詠畫詩，如〈奉先劉少府新畫山水障歌〉、〈丹青引贈曹將軍霸〉，論者亦以為有「以畫法為詩法」之特點。[29]由此可知，熟知畫學畫論，有助於山水文學、題畫文學之鑑賞。

（二）身經目歷，體會意境

　　文學創作的當下，有其特定的時空。如果讀者有機會重回「文學現場」，印證作品之空間方位、景觀形勢，甚至遠近配置，由於身經目歷，然後鑑賞文學作品，自然感同身受，親切有味。如下列詩文之鑑賞：

　　王之渙〈登鸛雀樓〉詩，首句「白日依山盡」，究竟如何解讀？可不可以把「白日」解作「落日」？「白日依山盡」，是否即是李商隱「夕陽無限好」詩境？這只得重回鸛雀樓的文學現場。據《元和郡縣志》、《禹貢錐指》，鸛雀樓座落蒲州府（今

---

[27] 參考伍蠡甫：《中國畫論研究》，〈試論畫中有詩〉，北京：北京大學出版社，1987.5，頁 194-242；張高評《宋詩之傳承與開拓》，下篇〈宋代「詩中有畫」之傳統與創格〉，臺北：文史哲出版社，1990.3，頁 255-515。

[28] 同註 12，引鄭慶篤、李思敬二家之鑑賞，頁 259-260。

[29] 參考孔壽山：《唐朝題畫詩注》，成都：四川美術出版社，1988.8，頁 114、頁 140。

山西永濟縣）城西黃河小州上。中條山，在鸛雀樓東南方十五里處；黃河，在鸛雀樓之西。換言之，「在鸛雀樓樓上看落日，只能看到夕陽落向黃河之西的渭河平原，而絕不會看到夕陽依著東南的中條山落下」。[30]因為登上鸛雀樓，南瞻中條，西瞰大河，「日之所至，無所不至，所不見者為高山阻隔，故曰依山盡」，由此可見，解讀「白日依山盡」為太陽下山，經過實地印證，可悟其非。

　　王維〈使至塞上〉詩，為詠邊塞之名作。中間頸聯「大漠孤烟直，長河落日圓」，諸家同聲稱讚，或曰「獨絕千古」，或謂「邊景如畫」；[31]或就「直」、「圓」線條，品賞其「詩中有畫」。然而，多未能形容其美妙。馬茂元鑑賞此二句，以內蒙、河套塞外實地景觀為說，堪稱確解：

　　　　內蒙接近河套一帶，自秋初至春末，經常為高氣壓中心盤踞之地，晴朗無風，日光強烈，近地面處，溫度較高，向上則氣溫急遽下降。烟在由高溫到低溫的空氣中，愈飄愈輕，又無風力攪動，故凝聚不散，直上如縷，故曰「孤烟直」。河套一帶，是平坦的大高原，人在高處，視野遼闊，可以看到落日如輪在黃河上漸漸下降的壯麗景象，故曰「落日圓」。按：這一聯的妙處在於寫出了「動」的過

---

[30] 同註 12，〈登鸛雀樓〉，引郁賢皓、吳偉斌之說，頁 47-48。

[31] 清徐增：《說唐詩》卷十五，王維〈使至塞上〉評語，鄭州：中州古籍出版社，1990.12，頁 350；陳伯海主編：《唐詩彙評》，王維〈使至塞上〉引《峴齋詩談》評語，杭州：浙江教育出版社，1995.5，頁 322。

程，這一點是連繪畫藝術也無法達到的。[32]

　　以文學現場之實證，作為鑑賞依據，不僅兼顧真相，更有助於美感之深化。李白所作山水詩，雖不乏浪漫之作，然如〈望天門山〉七絕，則是如實指點景物，逼真說盡目前山水之妙。研究李白詩之知名學者葛景春，曾於 1985 年 6 月 2 日，與中日學者數十名，乘坐江輪，重回文學現場天門山，而有如下之體會：

　　兩山夾江而立，相崎如門。江東岸的叫博望山，又叫東梁山；西岸的叫西梁山。因遠望浩浩江水好似從天而降，從兩山間穿過，故又叫天門山。船漸近天門山，只見東西梁山漸漸高大，面臨大江處，絕壁千仞，勢如斧劈。好像東西梁山原是一座大山，後被江水從中切斬，削成了如今崎立江岸的兩座山。船過天門山，江心有沙洲，將江流分成了東西兩條航道。船向西航道駛去，然後船調了個頭，順著江水由西向東，到天門山時又直折向北，順流而下。這時我才明白了李白在〈望天門山〉詩中「碧水東流至此回」這句詩的含義。大約李白當年所乘的一葉扁舟，就是由大江的西側航道駛過天門山的，所以他才有碧水東流「至此回」的感覺。[33]

[32] 馬茂元：《唐詩選》，王維〈使至塞上〉，註 4、註 5，上海：上海古籍出版社，1999.10，頁 99。

[33] 李白〈望天門山〉：「天門中斷楚江開，碧水東流至此回。兩岸青山相對出，孤帆一片日邊來。」參考裴斐主編：《李白詩歌賞析集》，葛景春賞析〈望天門山〉，成都：巴蜀書社，1988.2，頁 375。

　　李白所作樂府〈長干行〉，《唐宋詩醇》評其「兒女子情事，直從胸臆間流出，縈迂回折，一往情深」；其中有「十六君遠行，瞿塘灩澦堆。五月不可觸，猿聲天上哀」諸句，渲染刻劃舟船經過瞿塘峽的驚險，以表現少婦對丈夫安危的關懷。這個「灩澦堆」，是位於瞿塘峽口的一塊礁石，字或作「猶豫堆」、「猶與堆」，較切合原始命名的本意。《蜀外紀》、《南史》、《唐國史補》、《一統志》、《太平寰宇記》等書對於此處之險象萬生也都有記載，尤以《太平寰宇記》描述最為生動詳盡，讀之對這四句詩有深入的了解：「灩澦堆周回二十丈，在夔州西南二百步蜀江中心瞿塘峽口。冬水淺，屹然露百餘尺；夏水漲，沒數十丈。其狀如馬，舟人不敢近。諺曰：『灩澦大如馬，瞿塘不可下。灩澦大如鱉，瞿塘行舟絕。灩澦大如龜，瞿塘不可窺。灩澦大如襆，瞿塘不可觸。』又曰猶與，言舟子取途不決水脈，故猶與也。」後來傳說諸葛亮在灩澦石壁上鐫刻「對我來」三字，當作導航秘訣；提醒舟船必須對準礁石航行，那麼舟船就逐水旁流，可以避禍得安；如果躲避礁石，則被漩渦捲去，觸石立碎。我們欣賞〈長干行〉，如果對於上列書籍知識有充分了解，那麼對詩中那位少婦對丈夫牽掛、擔憂、關心、叮嚀的情緒，自然會更加體會深刻；同時對李白選擇詩材，把握住「最富於孕育性頃刻」，來狀寫行經船隻的驚險，也深致佩服。

　　由此可見，讀者必須先儲備相當的學養，借助實臨的感受，才可以使自己欣賞的眼光更上一層樓。洪亮吉《北江詩話》卷五稱：「大抵讀古人之書，又必身經其地，身歷其險，而後知心驚魄動者，實由於耳聞目見得之，非妄語也。」的確，耳聞目見的實臨感受，最有助於情境之鑑賞。

三、作品的語境

　　語境，是指語言交際的環境，大抵跟語義學、修辭學、語用學相互關聯。語言環境是修辭的生命，沒有語境，就沒有修辭。就廣義的修辭學而言，相當於辭章學，陳望道《修辭學發凡》指出：「修辭以適應題旨、情境為第一義」；「凡是成功的修辭，必定能夠適合內容複雜的題旨，內容複雜的情境，極盡語言文字的可能性」；[34]今借用其說，討論作品之修辭技巧、風格源流、詩情意境，作為文學作品鑑賞之指向，分二項論證之。

（一）提示技法，傳達美妙

　　前人鑑賞文學之美妙，有所謂「只可意會，不可言傳」者；有以為「鴛鴦繡出從教看，莫把金針度與人」者，此說誤人久矣。自《文心雕龍》〈情采〉篇以來，文藝理論皆強調思想內容與形式之相得益彰，二者不容偏廢。姚鼐〈古文辭類纂序〉所謂「神理氣味，文之精也；格律聲色，文之粗也。苟捨其粗，則精者亦胡以寓焉？」善哉斯言！然近世以來，賞析文學，多跳脫形式技巧，直探主題內容，有識之士皆以為不可。技巧修辭，雖為文之粗，然即器求道，可以致遠。今舉唐宋詩詞佳作，及歷代古文名篇為例，提示若干修辭技法，姑作為鑑賞與研究之參考。

---

[34] 陳望道〈修辭學中的幾個問題〉：「照我看，詞章學就是修辭學。我認為修辭學可以包括風格學，而詞章學這一名稱可以不用」，《陳望道文集》第三卷，上海：上海人民出版社，1981.12，頁 639；《修辭學發凡》，上海：上海人民出版社，1976.11，頁 11。參考西槙光正編：《語境研究論文集》，北京：北京語言學院出版社，1992 年，頁 1-357。馮廣藝《語境適應論》，第一章，〈四、中國現代學者的「語境適應論」〉，漢口：湖北教育出版社，1999.9，頁 48-50。

《文心雕龍‧總術》稱：「執術馭篇，似善奕之窮數；棄術任心，如博塞之邀遇」，強調創作必須講究方法和技巧，不可任心隨意。鑑賞作品，旨在考求作者於作品中表現之技法，不僅能言傳其美妙，而且更能金針度人。藝術技巧之提示，既為文學欣賞重要之課題，大陸學界因此編成《唐詩藝術技巧分類辭典》，及《宋詞藝術技巧辭典》諸書，[35]作為斯學之鼓吹，以濟助文學鑑賞側重內容思想之偏頗。其他，則詩話、詞話自宋代以後，評點學自明清以來，賞析作品，亦多強調藝術技法，吾人擇精取要，皆有助於傳達詩文之妙諦。《孟子‧盡心下》稱：「梓匠輪輿，能與人規矩，不能使人巧。」章學誠《文史通義‧文理》亦云：「文學之事，可授受者，規矩方圓；其不可授受者，心營意造。」鑑賞文學，解讀作品，要在示人以規矩；知曉規矩準繩，則為方畫圓不難達成。筆者以為，當前寫作教學之癥結，主要還在技法不明；施教時，若能嫻熟規矩技法，則以金針度人不難。

以詠物詩之作法而言，除巧構形似，賦詩必此詩外，不即不離，托物寄興，為諸家詠物之妙法，如張九齡〈感遇〉詩（孤鴻海上來）、李商隱〈在獄詠蟬〉，《唐詩三百首鑑賞》書中賞析道：

> 本詩題為〈感遇〉，是追述過去的遭遇而生種種感觸，但在命意上，是以「詠物」的方式來表現的。詠物詩並不以鏤繪工切為上乘，必須投入作者的生命，任取一物一事，無不洞見血肉的人生，才能引起普遍的共鳴。像本詩詠孤

---

35 宋緒連、趙乃增、董維康主編：《唐詩藝術技巧分類辭典》，北京：中國人民大學出版社，1996.11；宋緒連、鍾振振：《宋詞藝術技巧辭典》，長春：吉林文史出版社，1998.1。

鴻，卻處處投射出人生智慧的光輝。

歷來騷人墨客都喜歡歌詠蟬，以抒寫自己的襟抱，崇德象賢，最可寄託襟抱，傳達遠情。本詩句句貼切秋蟬，卻語語關涉作者心境，寫來十分空靈無迹。蓋詠物詩，就題言，是賦的手法；就內容而論，卻是比興的詩法。個人處境不同，同一詠蟬，也就有不同的心聲：前人稱虞世南「居高聲自遠，端不藉秋風」，是清華人語；李商隱「本以高難飽，徒勞恨費聲」，是牢騷人語；駱賓王「露重飛難進，風多響易沈」，是患難人語。三者相較，當推駱賓王之作最為高渾絕倫。詠物貴在有感而發，將我融入題內，如此則靈動有神。[36]

詠物詩之寫作手法，托物寄興，不即不離，為二大優良傳統。[37]讀者鑑賞作品時，若能掌握其中技法，自然有助於認知和理解。即以詠物詞而言，亦有相通相似之處，如蘇軾〈水龍吟〉（次韻章質夫楊花詞）、史達祖〈雙雙燕〉（詠燕），名家評賞道：

　　本詞（〈水龍吟〉）就深得其「入閨房之意」和「着些艷

---

[36] 同註 5，黃永武、張高評合著：《唐詩三百首鑑賞》，頁 4、頁 364。劉逸生亦稱：「李商隱這首〈蟬〉，是托物寄興中的傑作。題目是詠蟬，實則把蟬同詩人的命運聯繫起來。詩中既有蟬的形象，又是比喻個人的命運遭遇，兩種不同的內容打成一片，恍如水乳交融，取得很好的藝術效果。」，《唐詩鑑賞集》，北京：人民文學出版社，1981.11，頁 362。

[37] 黃永武《詩與美》，〈詠物詩的評價標準〉，臺北：洪範書店，1984.12，頁153-180。南宋張炎《詞源》卷下：「詩難於詠物，詞為尤難。體認稍真，則拘而不暢；模寫差遠，則晦而不明。」清王士禎《帶經堂詩話》卷十二：「詠物之作，須如禪家所謂不黏不脫，不即不離，乃為上乘。」

語」的妙處。也就是說，它不是為寫楊花而寫楊花，也不是單純地就楊花而寫楊花，而是緊緊地把楊花與思婦的形象時分時合，不即不離地結合在一塊來寫，從而使楊花具有了思婦的面目姿容和神情心態，也使思婦的宛轉情思通過楊花的形象得以曲折盡致地表露。這就達到了寫人、詠物而兼抒情的雙重目的。

南宋盛興詠物之詞，「儷采一字之偶，價爭一句之奇」，詞人們紛紛在狀物摹態的逼真與傳神方面狠下功夫。此詞之寫雙燕，就很見功力。但寫燕畢竟還是為寫人服務的，所以在寫足了燕子的輕俊姿影之後，它又以佳人憑欄盼望雙燕捎信的愁容來作結穴之筆。全詞描寫細膩，着色鮮妍，富有濃厚的人情味。前人對它極為贊賞，甚至譽為「詠物至此，人巧極天工矣」（王士禎《花草蒙拾》）。[38]

　　蘇軾〈水龍吟〉詠楊花、史達祖〈雙雙燕〉詠燕子，妙在不即不離，詠物而兼抒情，此詠物法之一端而已。詠物之作，忌諱直接正面、太切題著相，妙在不犯正位，側面暗示，從對面寫來。如程千帆先生評賞宋祁〈落花〉、陳師道〈謝趙生惠芍藥〉二詩，透過評詩，提示若干詠物技巧，如：

　　這（〈落花〉）是一篇構思十分精巧的詠物詩。我國古代美學認為，摹寫物象，大體有三個不同的層次：首先是要

---

[38] 楊海明：《宋詞三百首鑑賞》，高雄：麗文文化公司，1996.2，頁 106、頁433。

形似，即能傳達出客觀事物的外部特徵。其次就是要形神兼備，即除了事物的外部特徵之外，還要進一步體現出蘊藏于事物形體中的內在精神實質來。而最高的要求則是遺貌取神，即為了更精確更豐富地表現客觀事物，詩人和藝術家有時會故意忽略它們的某些外部形態以突出其內在的精神。

唐人詠牡丹名句如李正封之「國色朝酣酒，天香夜染衣」，李白之「一枝紅艷露凝香」，吳融之「膩若裁雲薄綴霜」，都從正面形容其體態，此詩（〈謝趙生惠芍藥〉）則從側面暗示其風神，非惟實虛有殊，還從議論中展示形象。唐宋有別，這又是一例。[39]

　　程千帆先生提出詠物詩有三個層次：形似、形神兼備、遺貌取神；又強調唐人詠牡丹，都從正面形容其體態，宋人則從側面暗示其風神。高度概括詠物詩之流變，提示唐宋詠牡丹詩之異同，歸納體例，總結作法，對於其他詠花詩，或詠物詩之文學鑑賞，極具示範與啟發作用。

　　就敘事詩而言，劉希夷〈代悲白頭翁〉、杜甫〈北征〉、白居易〈長恨歌〉、歐陽脩〈邊戶〉，各有技法。透過技法之品賞，可知敘事詩之樣貌與流變，如云：

　　　　此詩（〈代悲白頭翁〉）融會漢魏歌行、南朝近體，及梁
　　　　陳宮體的藝術經驗，而自成一種清麗婉轉的風格。它還汲

---

[39] 程千帆編選：《宋詩精選》，品評〈落花〉、〈謝趙生惠芍藥〉，南京：江蘇古籍出版社，1992.12，頁 22、頁 164。

取樂府詩的敘事間發議論，古詩的以敘事方式抒情的手法，又能巧妙交織運用各種對比，發揮對偶、用典的長處。[40]

其實，杜甫的「詩史」之作，都具有「以文為詩」的特點；而〈北征〉這篇不朽之作，在「以文為詩」方面，更有代表性。[41]

〈長恨歌〉是一首抒情成份很濃的敘事詩，詩人在敘述故事和人物塑造上，采用了傳統詩歌擅長的抒寫方法，將敘事、寫景和抒情和諧地結合在一起，形成詩歌抒情上回環往復的特點。[42]

此詩（〈邊戶〉）寫法同杜甫的名篇〈三別〉相同，都是采用詩中人自敘的口脗。這樣寫，可以使人感到更加真切，增強作品的感染力。詩中把澶淵之盟的前後作為對照，也使對朝廷主和派的揭露更加深刻有力。[43]

上述諸家賞析作品之面向不一，或就敘事詩之傳承源流談說，或與名篇較論對照，或拈出詩人之特點代表，種種鑑賞品評之法，都很有參考意義。論者閱讀錢鍾書《宋詩選注》，以為其中「有來龍去脈的爬梳，有優劣長短的評賞。」凡意象、境界、

---

[40] 蕭滌非等撰寫：《名家鑑賞唐詩大觀》，倪其心賞析〈代悲白頭翁〉，香港：商務印書館，1986.1，頁 28。

[41] 霍松林：《唐宋名篇品鑒》，杜甫〈北征〉，北京：中國社會科學出版社，1999.11，頁 67。

[42] 同註 40，饒芃子評賞〈長恨歌〉，頁 873。

[43] 繆鉞等撰寫：《宋詩鑑賞辭典》，王思宇賞析〈邊戶〉，上海：上海辭書出版社，1987.12，頁 131。

風格、題材、句式、用語等之解讀，多用「比較法」。[44]除此之外，筆者以為：敘事詩多用主文譎諫之《春秋》書法、史家筆法，詠史詩多用藉史言懷、別出眼目手法，體制不同，技法隨之改異。鑑賞詩文宜因事命篇，隨物賦形，不可執一例百，以免膠柱鼓瑟。

　　修辭手法，是「使語言表達產生美感效果的形式安排，使語言能最有效地傳達訊息、感動聽眾、讀者的策略」。因此，文學鑑賞中，強調修辭手法之提示，可以體現作家之匠心，作品之美妙，凸顯文章之特殊風格，明察文學美感之效應。[45]修辭格是人類思維規律的一種表現，具有相當的認知功能，更是一種寫作方法。[46]如頂針格，是《三國演義》、《西遊記》、《水滸傳》和《一千零一夜》等名著結構篇章之重要手法，而比喻（博喻、借喻、倒喻等）辭格，宋代詩人蘇軾〈百步洪〉詩、〈和子由澠池懷舊〉諸詩，尤其擅長。[47]比擬法之運用，堪稱宋詩之常法；[48]

---

[44] 王水照、內山精也：〈關于《宋詩選注》的對話〉，《文史知識》1989 年第五期。

[45] 高辛勇：《修辭學與文學閱讀》，一、〈修辭與解構閱讀〉，北京：北京大學出版社，1997.5，頁 1，頁 9-29。

[46] 修辭格的產生，是為了提高表達效果，而有意識地偏離語言的、和語用的常規，並逐漸形成的固定格式、特定模式。王希杰：《修辭學通論》，第十章〈修辭格〉，南京：南京大學出版社，1996.6，頁 403-405。七十餘年來之修辭學論著，自陳望道《修辭學發凡》以下，多強調修辭格之判讀；黃永武《字句鍛鍊法》獨標榜修辭之效果與價值。如個別就文句靈動、文句華美、文句有力、文句緊湊、文句變化等表達成效，分題列舉辭格論說之，對於文學鑑賞與研究，頗多啟益。黃永武：《字句鍛鍊法》（新增訂本），臺北：洪範書店，2002.7，頁 11-192。

[47] 馮廣藝：《漢語比喻研究史》，第四章第二節〈宋元時期的比喻學說〉，武漢：湖北教育出版社，2002.4，頁 109-139。

[48] 小川環樹：《論中國詩》，第五章〈大自然對人類懷好意嗎？──宋詩的擬人法〉，香港：中文大學出版社，1986，頁 83-90。

含蓄法有狹義廣義之分，或者與《春秋》五例，史家敘事用晦，道家意在言外，禪宗思維不犯正位，繞路說禪有關[49]。學者參據修辭格，以鑑賞詩文，卓犖可觀者多，如黃永武先生《中國詩學‧設計篇》，選擇示現、移就、特寫、誇大、陪襯、曲折、翻叠、倒裝、聯鎖、比擬、吞吐、蘊藉、反常、誇張諸辭格，以論說詩藝詩美。[50]萬雲駿《詩詞曲欣賞論稿》，拈出點染、比喻、誇張、正襯、反襯、大細、雅俗、巧拙、顯隱、直曲、斷續、順逆諸手法，以解讀文學作品。[51]劉衍文、劉永翔《古典文學鑑賞論》，則列舉增減、改易、代易、煉字、設喻、排列、繁簡、敷核、疏密、虛實、方圓、離合、斷續、比重、賓主、濃淡、巧拙等名目，以鑑賞文學。[52]其中有字法、句法、章法、篇法，觸及之廣泛，幾與辭章學之範圍等倫無異。由此觀之，學界研究文學，探討藝術技巧，若只執著於《修辭學發凡》38 個修辭格，不敢踰越樊籬，甚者運用未超過 10 個辭格，欲以體現《詩經》《楚辭》、《左傳》《史記》、志怪、傳奇，以及詩、詞、曲、賦、文之藝術技巧，甚至現代文學之修辭手法；則掛一漏萬可知，未獲總會可見。學界對修辭學之認知與偏差，進行文學之鑑賞與研究時，最可測之。此一現象，宜求改善。

　　從聲律的分析，也有助於詩歌之鑑賞。如杜審言〈和晉陵陸丞早春遊望〉，句末四聲遞用、句中皆備四聲，千錘百鍊，精密

---

[49] 同註 19，張高評：《會通化成與宋代詩學》，〈儒、道、釋與詩歌語言——宋代詩話論含蓄〉，頁 291-324。

[50] 黃永武：《中國詩學‧設計篇》，臺北：巨流圖書公司，1976.6。

[51] 萬雲駿：《詩詞曲欣賞論稿》，北京：中國社會科學出版社，1986.9。

[52] 劉衍文、劉永翔：《古典文學鑑賞論》，上海：上海教育出版社，1991.8。

驚人，可印證杜甫所謂「吾祖詩冠古」之豪語。[53]詩人為了內容表達，和追求特效，故意以古體詩的作法寫律詩，如崔顥〈黃鶴樓〉三四句，律間出古（古風式的律詩），氣勢軒昂。[54]唐人七言歌行運用律句，當以高適〈燕歌行〉為最典型：全詩用韻大抵平仄相間，抑揚有節。[55]黃庭堅主張「寧律不諧，不使句弱」，於音節中別創一種兀傲奇倔之音響，如所作〈寄黃幾復〉五六句，「當用平字處，往往易以仄字」，兀傲的句法，奇峭的音響，正有助於表現黃幾復廉潔幹練，剛正不阿的性格。[56]音調之高朗佳妙，莫如黃庭堅〈書磨崖碑後〉，此詩以高峻激昂的聲調，配合縱橫恣肆的議論，形式和內容渾然一體。詩藝之高超，已達爐火純青。范成大〈催租行〉，八句詩四換韻，韻腳忽抑忽揚，急遽轉換，正好與敘事內容之大幅度跳躍相呼應。聲情合一之說，於此可獲得若干印證。[57]

　　黃永武先生曾說：「中國的詩歌，沿襲性特別顯著，在用字造意方面，用典脫化，視為當然；在詩法方面，也遵循前人，奉為圭臬。」[58]在因革損益之中，就形成一種創作方面的藝術規律，只要熟諳這些規律，以一例百，觸類旁通，自然能透徹了解匠心獨運的美妙。語云：「有所法而後成，有所變而後大」，藝

---

[53] 同註 5，黃永武鑑賞〈和晉陵陸丞早春遊望〉，頁 346-348。

[54] 同註 35，《唐詩藝術技巧分類辭典》，〈律間出古〉，傅浩等解析，頁 781-783。

[55] 同註 40，徐永年鑑賞〈燕歌行〉，頁 385。

[56] 同註 41，江湖夜雨十年燈──說黃庭堅〈寄黃幾復〉，頁 284。

[57] 同註 43，王鎮遠評〈書磨崖碑後〉，頁 579；又同註 41，霍松林說范成大〈催租行〉，頁 325-326。

[58] 同註 9，黃永武《中國詩學・鑑賞篇》，〈讀者的悟境〉，三、諳作法以識匠心，頁 38。

術手法之提示，對於創作、閱讀、研究，都極具參考借鏡之價值，不只是鑑賞層次之提昇而已。

（二）關注議題，發表心得

研讀作品，由於學養、興趣、性向、專業關係，關注之焦點或議題，容有不同，然鑑賞寫作，可藉以揮灑才情，發表閱讀心得，則無疑義。陶淵明所謂「奇文共欣賞，疑義相與析」，正可作為欣賞寫作之指針。綜覽諸家品評唐宋詩詞，除上述外，屬於作品欣賞者，尚有探討風格源流，及解讀詩情意境兩大端。

考察體裁之流衍，討論題材之變化，提示風格之嬗變，辨析語彙意象，頗有助於文學作品之解讀。鑑賞作品若能朝上述焦點致力，則可讀性高，觸發性大，如下列諸家品評李白〈蜀道難〉、杜甫〈北征〉、〈佳人〉，李商隱〈淚〉，多有這些特色，如：

> 白詩最精彩處為承用古樂府而加以推陳出新。此篇唐人寫卷題作〈古蜀道難〉。〈蜀道行〉，本為相和歌瑟調曲，見王僧虔《技錄》。陳時、陰鏗，亦有〈蜀道難〉。詩為五言，用王尊事加以推演、無甚新意。白詩張大其詞，變化為長短句散文化騷體，故殷璠稱其「奇之又奇，自騷人以還，鮮有此體調。」賀知章讀後，至譽之曰：「公非人世之人，可不是太白星精耶？」[59]
>
> 本詩（〈自京赴奉先詠懷五百字〉）與下面所選的〈北

---

[59] 同註12，饒宗頤評李白〈蜀道難〉，頁114。

征〉，代表了杜甫五古的最高成就，在五古發展史上占有特殊地位。它們改變了漢魏以來五言抒情詩一般篇幅較短小，主題較單一，風格較平穩的傳統，開創了以長篇巨制，通過精心的開闔結構。合敘述描寫與抒情議論于一體，以反映一個歷史時期的深廣複雜的社會內容的新形式。這種形式，後為韓愈、李商隱、杜牧等所效法。宋以後亦代有繼作者，但都未能達到杜甫的高度。[60]

此詩（〈佳人〉）很能見出杜甫善於熔鑄古今，自成一家的功力，當與兩組前人詩對談。先取漢樂府〈陌上桑〉、古詩〈青青河畔草〉、曹植〈美女篇〉與之對讀，可見歷代寫美人詩如何越來越著重于人物氣質、心靈的刻劃，而至杜甫此詩達到了高峰。更取《楚辭》〈山鬼〉、〈湘君〉，古詩〈上山采蘼蕪〉、〈冉冉孤生竹〉諸篇與之對讀，可見杜甫如何大量借取前人句意而熔鑄新語，構成嶄新的藝術意境。〈佳人〉詩正是杜甫立足于安史之亂的現實，對古典詩歌熔鑄提煉的結晶。[61]

　　饒宗頤探討〈蜀道難〉樂府詩之體裁，以見李白之推陳出新；馬茂元品賞杜詩之餘，又論述五言古詩自漢魏至唐宋之嬗變；考察杜甫〈佳人〉詩「熔鑄古今，自成一家」之所以然。此種鑑賞解讀，必須學富識高，方能如庖丁解牛，游刃有餘。鑑賞作品，能強調古今流變，提示異同轉化，尤能令讀者開卷有益。如富壽蓀、程千帆二先生之鑑賞手法：

---

[60] 同註 32，馬茂元評杜甫〈自京赴奉先詠懷五百字〉，頁 283。

[61] 同上，馬茂元評杜甫〈佳人〉，頁 317。

辛棄疾〈賀新郎・別茂嘉十二弟〉，「綠樹聽鵜鴂」，正意只在最後「誰共我，醉明月」二句，點出送別，與義山〈淚〉詩運思布局頗有相似之處。近人劉永濟〈讀辛稼軒送茂嘉十二弟之賀新郎詞書後〉：「談此詞者多以〈恨賦〉或〈擬恨賦〉相似，以予考之，實本之唐人賦得詩，與李商隱詠〈淚〉之七律尤復相似。」[62]

六朝迄唐，一篇之中景語為多，乃至全篇都用景語寫成的抒情詩也不少。由唐轉宋，又有些詩人寫出全篇用情語的詩。這似乎也是一種值得注意的變化。[63]

陸游〈馬上作〉云：「平明小陌雨初收，淡日穿雲翠靄浮。楊柳不遮春色斷，一枝紅杏出牆頭。」與此詩（〈游園不值〉）後半辭意頗同。……沿襲前人創造的某些境界、手法與語言，則是較普遍的。如果在沿襲中還能夠青出于藍而勝于藍，也許還是應該受讚賞的。正因為如此，讀者便從來有意忽略晏幾道〈臨江仙〉中「落花人獨立，微雨燕雙飛」，是這位詞人攘奪五代翁宏的詩句以為己有；也不追究和苛責葉紹翁這首詩和陸游那首詩的後半何以如此相近。廣大文學愛好者這種寬容，值得專業工作者深思。[64]

　　富壽蓀鑑賞李商隱〈淚〉詩之餘，連類論及辛棄疾〈賀新郎・別茂嘉十二弟〉，又探本唐人賦得詩，啟益讀者良多。程千帆

---

[62] 同註 12，富壽蓀品評李商隱〈淚〉，頁 444。

[63] 同註 39，程千帆品評陳師道〈懷遠〉，頁 162。

[64] 同上，程千帆品評葉紹翁〈游園不值〉，頁 319。

品評陳師道〈懷遠〉詩之餘，又歷數六朝至宋，情語、景語之轉化，鉤勒出文學流變之脈絡，極具啟發性。又品評葉紹翁〈游園不值〉詩，討論沿襲、甚至攘奪前人詩句之受容現象，足以提供閱讀接受學之深思。

　　閱讀名篇佳作，書寫鑑賞心得，不妨從體制、詩材、語言、主題、風格諸方面，提出源流、異同、優劣、受容之論述。如此，將更具有專業性，及建設性。

　　詩情意境之解讀和鑑賞，是文學寫作策略的要項之一，試看諸家如何品賞唐詩名篇〈春江花月夜〉、〈夢游天姥吟留別〉、〈春夜喜雨〉、〈長恨歌〉：

　　　　這詩以春江月夜為背景，細緻地形象地描繪在樂府民歌中經常看到的相思離別之情。其中雖流露出些許消極感傷的情緒，但應看到這是出于對自然美景和自身存在的深切感受和珍視，出于對自身存在的有限性的無可奈何的感傷、惆悵和留戀，是永恆的江山、無邊的風月給予了詩人以人生哲理的啟示。這種感傷惆悵中夾有激勵和歡愉。它在藝術上初步洗淨六朝宮體的濃脂膩粉，詞清語麗，韻調優美，一向為人們所傳誦。[65]

　　〈夢游天姥吟留別〉中所寫仙境倏忽消失，夢境旋亦破滅，是為了證實詩人一個牢固的對於人生的想法：人生如夢。但他更以生動的藝術形象告訴人們，無論夢中的世界多麼神奇美妙，多麼引人入勝，也只是空幻的，不可靠的。詩人終於在驚悸中返回現實，夢境破滅後，人，不是

---

[65] 同註 32，馬茂元評張若虛〈春江花月夜〉，頁 57。

隨心所欲地輕飄飄地在夢幻中翱翔了，而是沉甸甸地躺在枕席之上。[66]

通篇不着「喜」字，而喜雨之意溢於紙上。「知時節」、「潛入」、「細無聲」，見得春雨似潛通人情，輕柔而可喜。由野徑雲黑，一燈獨明，至曉看紅濕，錦城花重，萬物改觀中又見歡欣而可喜。前片之喜是期待佳景，故其喜含蓄；後片之喜是實見春光，故喜得開朗。層折之喜，只從層折之景透出。[67]

〈長恨歌〉的表現藝術，也在傳統歌行體基礎吸取了當時傳奇小說的某些因素。其取材雖為史事，卻糅入了小說家流創造的漢武帝與李夫人愛情故事，改造為李楊的悲歡離合；在布局上也吸取了傳奇的長處，情節鋪排深得小說神髓。其描敘又避免了現象的平鋪直敘，而着重于人物形象的細緻的塑造（外貌，動作，特別是心理）。從而使本詩表現出與漢樂府〈陌上桑〉以來傳統敘事詩迥然不同的風貌。[68]

　　馬茂元特提相思離別主題，在〈春江花月夜〉詩中細緻而形象的描繪，以及江山風月所賦予之人生啟示。〈春夜喜雨〉，則以含蓄與開朗畫分前後片之喜，凸顯「喜」意從景中層折透出。鑑賞〈長恨歌〉，則從傳奇小說之交融、樂府敘事之異同，以及情節鋪排、人物形象塑造諸方面著墨。喬象鍾欣賞李白〈夢游天

---

[66] 張寶坤選編：《名家解讀唐詩》，喬象鍾欣賞李白〈夢游天姥吟留別〉，濟南：山東人民出版社，1999.1，頁 150。

[67] 同註 32，馬茂元評杜甫〈春夜喜雨〉，頁 333。

[68] 同上，馬茂元評白居易〈長恨歌〉，頁 600。

姥吟留別〉，強調本詩主題為「人生如夢」，就此申論說解，不支不蔓，亦是寫作之常法。

　　錢鍾書《管錐編》曾宣稱：「詩分唐宋」；因此，透過名家之鑑賞，歸納梳理出其中之寫作策略，藉此流程，可以開卷有益，如諸家評司馬池〈行色〉、歐陽脩〈夢中作〉、陸游〈沈園〉、蕭德藻〈登岳陽樓〉諸詩：

　　　　這些的主題，是古代詩人常寫的羈旅之愁。但詩人選材獨
　　　　到，（〈行色〉）借旅客在匆匆旅途中的神色來表現，因
　　　　而構思也顯得新穎，語言便不落俗套。……這正是古代士
　　　　子謀求功名前程的一段艱難初階。其特點便是奔走、風
　　　　波、追求和企望，充滿得失的折磨。總起來看，前二句恰
　　　　似一幅寫意的秋色。清陳衍評論這詩說：「有神無迹。」
　　　　（《宋詩精華錄》）[69]
　　　　葉夢得曾評歐詩尚能保存「唐人風氣」，實為知論。唐人
　　　　寫情，宋人說理，因而景物在宋人筆下可為說理之具，在
　　　　唐詩中則為情緒之象徵，有葱蘢迷離之美。歐公（〈夢中
　　　　作〉）此詩便深得「葱蘢迷離」的唐詩之美。明代楊慎曾
　　　　指出，此詩一句一絕，四句寫了四個不同的意境，看似不
　　　　相關連，實則意連句圓，與詩題結合，方知其中妙處。[70]
　　　　《宋詩精華錄》選了慶元五年陸游所作（〈沈園〉）一律
　　　　二絕，評道：「古今斷腸之作，無如此前後三首者。」又

---

[69] 傅璇琮等：《宋人絕句選》，司馬池〈行色〉簡評，濟南：齊魯書社，
　　 1987.3，頁 17-18。

[70] 胡曉明等評點：《宋代詩歌評點》，歐陽脩〈夢中作〉總評，南寧：廣西教
　　 育出版社，2001.4，頁 36。

道：「無此絕等傷心之事，亦無此絕等傷心之詩。就百年論，誰願有此事？就千秋論，不可無此詩。」都說得的當。[71]

歷代登臨岳陽樓，遙攬洞庭湖的諸家所作，皆係登樓以後即目抒懷，故奇麗景色，盡收眼底，而蕭德藻這一首（〈登岳陽樓〉），卻祇描寫登樓以前的浪游。詩對此樓更未用一字正面品題，而其為天下絕景自見。《宋詩精華錄》甚贊此詩，謂「作者手筆直兼長吉（李賀）、東野（孟郊）、閬仙（賈島）而有之。」似不僅指其造句之工緻，即構思之獨特亦應包括在內。由於蕭德藻此詩給與了讀者以充分馳騁想像的自由，也許洞庭湖比他正面描寫出來更為奇絕。[72]

特提作品之新穎不俗，標榜作品之詩美意境，辨析古今詩之異同，為作品鑑賞之重要途徑，如〈行色〉、〈夢中作〉之品評。程千帆品評〈沈園〉，及〈登岳陽樓〉詩，則引用專家評論，再申說己見，品評作斷。其法不一而足，此只舉例說明而已，鼎嘗一臠罷了。

詞彙意象之辨析，頗可見詩情之基調，意識之型態，意象之遞相沿襲，以及文化傳統之影響與受容。鉤勒重複出現率較高的詞彙（字頻），以考察其中之意象流變，深層結構；如日本小川環樹曾研究《詩經》至六朝詩中之風與雲，得出「風與雲，是中

---

[71] 同註 39，程千帆品評陸游〈沈園〉，頁 244。

[72] 同上，程千帆品評蕭德藻〈登岳陽樓〉，頁 262-263。

國感傷文學的起源」之結論；[73]松浦友久探討猿聲、蛾眉、斷腸、怨恨、一片、沙場諸唐詩語彙；[74]中西進、王曉平對談中日詩歌中水、山、月、星、葛、藻、喬松、梧桐、梅、櫻、桃、柳、鳥、鴨、鶺鴒、燕、雁、鶴之自然意象；[75]林庚細說「木葉」，歷數屈原《九歌·湘夫人》以下，六朝唐宋詩詞中「木葉」意象之傳承與流變；[76]黃永武研究李商隱之孤獨流離，特別探討詩中遠、遲、閉、鎖；孤、迷、隔、絕；深、晚、斷、密等反覆出現之字彙，遠隔心態遂成李詩之基本情調。[77]詞彙之辨析、字頻之探索，可以知曉意象之流變；其研究方法與成果，均值得文學鑑賞寫作之取法與參考。

宋詞，為宋人的現代文學，是傳承唐詩之傳統，又別開生面的文學載體，與宋詩並稱宋代文學之雙璧。朱祖謀所編選《宋詞三百首》，流傳最廣，影響深遠。諸名家解讀宋詞名篇，其鑑賞策略，值得借鏡參考者殊多，如對柳永〈八聲甘州〉、蘇軾〈江城子〉、〈定風波〉諸詞之賞析：

　　這首（〈八聲甘州〉）望鄉詞通篇貫串一個「望」字，作

---

[73] 同註 48，第三章〈風與雲——中國感傷文學的起源〉，頁 49-77。

[74] 松浦友久：《唐詩語彙意象論》，北京：中華書局，1992.5。

[75] 中西進、王曉平：《智水仁山——中日詩歌自然意象對談錄》，北京：中華書局，1995.11。

[76] 林庚：《唐詩綜論》，〈說「木葉」〉，北京：人民文學出版社，1987.4，頁 283-289。

[77] 黃永武：《中國詩學·思想篇》，〈李商隱的遠隔心態〉，臺北：巨流圖書公司，1979.4，頁 81-94。其他，如〈詩人眼中的龍鳳麟龜〉、〈蟬蝶春秋〉、〈古典詩中的美人幻象〉、〈詩經中的「水」〉、〈杜甫筆下的馬〉諸篇，亦多有關意象之研究，皆值得參閱。

者的羈旅之愁，飄泊之恨，盡從「望」中透出。另外，此詞多用雙聲疊韻的詞，以聲寫情，聲情并茂。雙聲如「清秋」、「冷落」、「渺邈」等，疊韻如「長江」、「無語」、「闌干」等。它們間出錯出，相互配合，時而嘹亮，時而幽咽。這自然有助于增強聲調的兀墜抑揚，更好地表現心潮的起伏不平。[78]

這（〈江城子・密州出獵〉）是一首別開生面的詞作。首先，（蘇軾）用詞來寫習武打獵，借以抒發關心邊防的熱忱，在題材和內容上都具有開創性意義。它進一步發展了范仲淹悲壯蒼涼的邊塞詞的精神，為南宋蔚為大觀的抗戰詞開了先河。其次，它塑造了一個激昂慷慨的志士形象。形成一種粗獷豪邁的風格，具有一種陽剛之美，與當時籠罩詞壇的柳永詞的詞風形成鮮明的對照。[79]

蘇軾此詞（〈定風波〉）就通過途中遇雨的一件小事，來表明自己的人生哲學和人生態度。此詞寓哲理于敘事寫景中，簡直達到了水乳交融的地步，是一首極富機智、極耐尋味的佳詞。所詠雖小，而意蘊甚深，極能見出作者超然、淡然和泰然的高遠襟懷。[80]

吳熊和品評柳永〈八聲甘州〉，拈出一「望」字，作為解讀

---

[78] 吳熊和、蕭瑞峰：《唐宋詞精選》，品評柳永〈八聲甘州〉，南京：江蘇古籍出版社，1992.12，頁103。

[79] 唐圭璋主編：《唐宋詞鑑賞集成》，劉乃昌、崔海正鑑賞蘇軾〈江城子・密州出獵〉，香港：中華書局，1987.7，頁411。

[80] 楊海明：《宋詞三百首新注》，評賞蘇軾〈定風波〉，天津：天津人民出版社，1993.12，頁110-111。

文本之關鍵。同時強調聲情關係，以欣賞作品。劉乃昌從題材、內容之開創、風格之豪放陽剛，詮釋蘇軾〈江城子・密州出獵〉，頗能凸顯豪放詞之本色。楊海明評賞蘇軾〈定風波〉，提出由小見大之藝術構思，以及「寓哲理於敘事寫景中」之詞體特色。其他宋詞名篇佳作，如周邦彥〈滿庭芳〉、〈六醜〉、辛棄疾〈摸魚兒〉、姜夔〈暗香〉諸作，學者專家之鑑賞策略，也值得借鏡，如：

> 宋陳振孫《直齋書錄解題》云：「清真詞多用唐人詩語，隱括入律，渾然天成，長調尤善鋪敘，富艷精工。」這話是對的。即如這首詞就用了杜甫、白居易、劉禹錫、杜牧諸人的詩，而結合真景真情，煉字琢句，運化無痕，氣脈不斷，實為難能可貴的佳作。[81]
>
> 此詞（〈六醜〉）即借惜花傷春，來寄托詞人自傷遲暮的身世之感。綜觀全詞，就無處不充溢着詞人傷春惜花的依依深情；而這種惜花意緒又正如黃蓼園所說，是其「自嘆年老遠宦，意境落寞」的心境之借托流露（《蓼園詞選》）。它在寫法上則很富變化，一會兒寫人惜花，一會兒又寫花戀人，人花互憐，難分難解，簡直達到了滿紙癡情的境地。[82]
>
> 此詞（〈摸魚兒〉）上片傷春，痛風雨之無情；下片詠懷，哀時局之可憫，雖目曰「閒愁」，而寄託遙深。字面上傷春宮怨，骨子裡憂國憂時。摧剛為柔，沉鬱頓挫。迴

---

[81] 同註 79，唐圭璋評賞周邦彥〈滿庭芳・夏日溧水無想山作〉，頁 547。

[82] 同註 80，楊海明評賞周邦彥〈六醜・薔薇謝後作〉，頁 171-172。

腸盪氣，低徊不已。夏承燾先生曾以「肝腸似火，色笑如花」八字贊譽此詞，推為詞中極品。[83]

細繹（〈暗香〉）全詞，其中固然有身世沉浮之感，但更多的卻是家國興亡之慨。當然，由於藝術趣味以醇雅為歸，姜夔的這類作品大多寄託無痕，不像張元幹、劉克莊等人的同類作品那樣浩氣回旋、壯懷激烈，但在他曲折深婉的唱嘆中，時局和國事投下的陰影卻是驅不開、抹不去的。[84]

　　唐圭璋鑑賞周邦彥〈滿庭芳〉，援用陳振孫語，引申發揮，補證了「清真詞多用唐人詩語，隱括入律」之指涉。楊海明評賞周邦彥〈六醜〉，亦引用黃蓼園之見，斷以己意，再引申揮灑成篇。吳熊和品評辛棄疾〈摸魚兒〉，除鉤勒旨趣外，又凸顯此詞「摧剛為柔，沉鬱頓挫」之風格。品評〈暗香〉一詞，亦先驪括大意，再與其他詞人同類作品相對照，以見異同。

　　「詞」之為體，是音樂與文學緊密結合的藝術形式。詞之句法長短參差，韻律錯綜變化，其中之音樂旋律，與詞人起伏變化的感情是相適應的。龍榆生指出：要了解詞的特殊形式，該從每個調子的聲韻組織上去加以分析，該從每個句子的平仄四聲和整體的平仄四聲的配合上去加以分析，是該從長短參差的句法，和輕重疏密的韻位上去加以分析。據此，龍先生分析鑑賞了蘇軾〈念奴嬌‧赤壁懷古〉，為何適宜表達豪放激壯一類的感情；鑑賞晁補之、辛棄疾〈摸魚兒〉曲調，適宜表達悲鬱沉咽一類的情

---

[83] 同註78，吳熊和等品評辛棄疾〈摸魚兒〉，頁291-292。

[84] 同上，品評姜夔〈暗香〉，頁319。

感；鑑賞柳永、吳文英〈八聲甘州〉曲調，適宜表達蒼涼淒壯類的情感。[85]就「聲情合一」音樂文學之實際，舉例申說，有助於唐宋詞之聲律鑑賞。

　　上述之解讀與鑑賞，應如相體裁衣，隨物賦形，就各詩詞之體制、題材、內容、風格、聲律、旨趣、特色作品評論說，而以得其體要，切中情境為依歸。

四、作家的心境

　　歷來研究文藝美學，有所謂「傳記研究法」和「社會歷史研究法」者。前者方法的要領，在悉心探尋作品與作者的關係，試圖透過作品尋找作者經歷、人格，並據以詮釋作品。社會歷史研究法與前者不同，主要考察社會、文化、歷史之背景，以解讀作家之文學活動，[86]這種研究作家與作品之方法，即是《孟子·萬章下》：「誦其詩，讀其書，不知其人可乎？是以論其世也」的「知人論世」法。欣賞文學必須了解作家其人，考索作家所處之時代，品評作品方不致捕風捉影，或自由心證。鑑賞作品時，若能參考作家年譜，或作品繫年，將有助於探求作家心境之隱微。

　　以唐詩之欣賞品評而言，精確解讀作品，往往宜參酌作家生平遭遇，時局世態。如賞析李白〈將進酒〉、〈戰城南〉、〈遠別離〉諸詩：

---

[85] 龍榆生：《龍榆生詞學論文集》，〈談談詞的藝術特徵〉，上海：上海古籍出版社，1997.7，頁 43-58。

[86] 胡經之、王岳川：《文藝學美學方法論》，第一章〈社會歷史研究法〉，第二章〈傳記研究法〉，北京：北京大學出版社，2001.5，頁 24-66。

李白的二次上長安，雖然是奉召入朝，榮耀一時，但他的政治理想仍未能實現，結果是所謂的「賜金還山」，實際是被趕出朝庭。懷才不遇雖然是李白詩歌中經常出現的主題，但同是抒憤懣，發牢騷，一入長安後和二入長安後大不相同；開元年間和天寶年間大不相同。只有一入長安後一段時期，李白詩歌中才頻頻出現這種明暗交錯、悲歡雜糅的調子。他的〈梁園吟〉是這樣，〈梁甫吟〉也是這樣，〈將進酒〉也是這樣。[87]

像〈戰城南〉這樣，通首充溢着強烈的反戰情緒，把戰爭寫得十分殘酷，甚至充滿了血腥味的詩，並不多見。天寶十載和十三載，楊國忠兩次發動對南詔（雲南）的戰爭，唐軍損失近二十萬人。李白為此寫有〈羽檄如流星〉（「古風」其三十四），思想上與〈戰城南〉大致相同。按〈戰城南〉反映的內容看，此詩可能寫於天寶八載；可以說，〈戰城南〉是李白邊塞詩內容發生變化的轉折點。這種變化很值得我們重視。[88]

總的來說，〈遠別離〉是李白天寶十二載「幽州之行」歸來，又即將南游宣城之作。他感到唐王朝政治昏暗，危機嚴重，雖然憂心如焚，可是無能為力。在無可奈何的情況下，只有遠走高飛，以避禍亂。但在臨行之際，卻又感慨萬端，既對國家命運無限憂慮，又對自己理想落空而抱恨無窮。此情此景，難以直言，因此李白學習和繼承《楚

---

[87] 安旗等：《李詩咀華》，〈將進酒〉賞析，北京：北京十月文藝出版社，1984.12，頁 106。唯王學泰以為此詩作於天寶四載（745），二入長安後。參考同註 33，頁 94。

[88] 同上，賞析〈戰城南〉，頁 208。

辭》「遠游」之意，言志抒懷，又借用古代神話湘妃的故事，托古喻今。[89]

考察李白詩中抒憤懣、發牢騷、悲歡雜揉的內涵，結合一入長安，賜金還山的遭遇，作為〈將進酒〉一詩之本事，可謂知人論世。〈戰城南〉詩，則連繫天寶年間，楊國忠對南詔作戰，唐軍戰死二十萬人史事，因而詩中充溢著反戰情緒。〈遠別離〉詩，則提明王朝政治昏暗，危機嚴重，李白雖憂心如焚，然無能為力，故思遠遊以避禍。以「詩史相證」，知人論世，亦欣賞作品之一法。杜甫遭逢安史之亂，形諸歌詠，晚唐以來，兩宋明清尤推尊為「詩史」。[90]於是鑑賞杜甫詩歌，除以詩補史闕外，又往往以史證詩，如〈悲陳陶〉、〈哀江頭〉、〈除草〉諸詩：

> 天寶十五載（756）七月，肅宗在靈武即位，急欲收復兩京，房琯為元帥。十月辛丑（二十一日），中軍、北軍與安祿山叛軍安守忠部遭遇於陳陶，戰敗，「傷殺者四萬餘人」。肅宗又強令房琯「袞夷散，復圖進取」。第三天，房琯再領南軍，與安守忠部戰於青坂，又敗。弄清此詩（〈悲陳陶〉）寫作背景，對於把握詩人創作意圖及詩作主題，頗有必要。看來，此詩要旨，不僅止於「傷主帥之

---

[89] 同上，賞析〈遠別離〉，頁 259。

[90] 楊松年：《中國古典文學批評論集》，〈宋人稱杜詩為詩史說述評〉，〈明清詩論者以杜詩為詩史說析評〉，香港：三聯書店，1987.7，頁 127-184；許總：《杜詩學發微》，〈宋詩宗杜新論〉，南京：南京出版社，1989.5，頁 25-40；韓經太：《詩學美論與詩詞美境》，〈傳統「詩史」說的闡釋意向〉，北京：北京語言文化大學出版社，2000.1，頁 121-127。

輕敵也」（仇兆鰲注），亦不僅止於「其失皆以中人促戰，不當專為琯罪也」（朱鶴齡注），更在於暗諷肅宗急功輕敵而鑄成大錯。[91]

唐玄宗天寶十四載（755）冬天，安祿山在范陽發動了叛亂，次年，安史亂軍兵臨長安城下，唐玄宗倉惶西逃。756 年，唐肅宗李亨在靈武即位，杜甫聽到這個消息，從鄜州城北的羌村隻身北上，打算投奔在靈武的肅宗。在途中，不幸被安史亂軍捉住，解送長安。757 年的春天陷賊期間，杜甫偷偷地到了長安城東南的曲江。撫今追昔，不禁感慨萬端，以沉痛的心情，揮筆寫下了〈哀江頭〉這篇名作。[92]

聯繫杜甫寫作此詩（〈除草〉）的背景來看，詩人必欲除之而後快的惡人，有擾亂國家綱紀的外戚宦官；有割剝民脂民膏的豪奪之吏；有弄權君側的讒人；有圖謀反叛的群小。詩人目睹這班人禍國殃民，為害至深，憤恨之情鬱積已久，在這首詩中借除草一事痛快淋漓地渲洩出來，氣勢凌屬如摯鳥擊物，詞意嚴正如問罪之師，不但對當時的社會現實有強烈的批判意義，就是在今天也仍有其寶貴的認識價值。[93]

　　杜甫〈悲陳陶〉詩之欣賞，考察陳陶役之戰役始末，以見其失不在主帥之輕敵，亦不在中人之促戰，以《春秋》「為尊者

---

[91] 陶道恕主編：《杜甫詩歌賞析集》，周子瑜評賞〈悲陳陶〉，成都：巴蜀書社，1993.10，頁 91-92。

[92] 同上，劉文忠評〈哀江頭〉，頁 97-98。

[93] 同上，葛曉音評〈除草〉，頁 373。

諱」之書法衡之，實在暗諷肅宗之急功輕敵。〈哀江頭〉詩，則明言安史之亂中，杜甫淪陷長安，書寫身經目歷之景況。〈除草〉一詩，以寓言諷寄之手法，抒發除惡務盡之心志。詩中指稱之毒草，賞析者以「知人論世」觀點梳理之，也只是大概籠統言之，實難確指。

宋詩在唐詩之後，自成一家，自具面目，名篇佳作值得欣賞者多。吾人欣賞王安石〈明妃曲〉、蘇軾〈澄邁驛通潮閣〉、黃庭堅〈雨中登岳陽樓望君山〉、楊萬里〈初入淮河四絕句〉諸什，若能連結「知人論世」觀點，就相關生平傳記、社會歷史作考察，則思過半矣。如：

> 王安石的〈明妃曲〉便是以王安石北使詩組為基礎而創造成功的。王安石將現實生活中以熱愛祖國為核心的悲歡離合等思想感情，加以凝聚、提煉、昇華，以其高度的形象思維的藝術能力，以及浪漫主義的手法，塑造了王昭君這個形象，具有極大的藝術魅力。於同類產品中卓立不群，在文學史上是永放光輝的。[94]
> 宋哲宗紹聖四年（1097），六十二歲的蘇軾從惠州（今廣東惠陽）再南貶瓊州，已感「無復生還之望」，與長子訣別，「已處置後事矣」（〈與王敏仲書〉）。三年後被調到廉州安置，總算有了一絲北歸的生望。他渴望北歸，又害怕歸路遙遠，活不到家鄉。這種矛盾心情在本題（〈澄邁驛通潮閣〉）第一首中有生動明白的表露。[95]

---

[94] 漆俠：《王安石變法》，附錄〈王安石的〈明妃曲〉〉，石家莊：河北人民出版社，2001.9，頁356。

[95] 同註69，傅璇琮：《宋人絕句選》，蘇軾〈澄邁驛通潮閣二首〉其二，頁

詩人晚年，新黨執政，把黃庭堅遠貶川、黔交界的戎州，整整六年。他準備老死邊荒了，卻不料徽宗即位，太后聽政，政局變化，舊黨又得勢了一陣。詩人被重新起用，離開戎州，生出瞿塘關。然後幾經周折，在建中靖國元年（1101）請准擔任太平州知府。崇寧元年（1102）春天，在赴任前，他先回家鄉，途經岳陽，寫下這（〈雨中登岳陽樓望君山〉）兩首絕句。[96]

紹熙元年（1190），楊萬里借煥章閣學士為接伴金國賀正旦使，〈初入淮河四絕句〉，就是奉命迎接金國來使時所寫的。南宋朝廷偏安東南，淮河以北全部割讓給金國，出洪澤湖，進入淮河，就已經是宋朝的北部疆界了。詩人身歷其境，禁不住黯然神傷。楊萬里的這種感慨在南宋很普遍，反映了詩人們的傷時憂國之心。[97]

漆俠為研究宋史知名學者，以歷史傳記考證方式，論定王安石〈明妃曲〉二首，以其北使組詩為基礎，重塑昭君形象，表現愛國情操。蘇軾從惠州再貶儋州，然後結束貶儋生涯，待船北歸之心思，清楚剖析陳述，自然有助於〈澄邁驛通潮閣〉之賞析。楊萬里奉命使金，身經淮河邊界，作〈初入淮河四絕句〉，鑑賞說明淮河以北已全部割讓給金國，因此，「出洪澤湖，進入淮河」，就已是南宋邊界。陳述上述事實，對於詩人於作品中之感慨憂傷，讀者將有較同情之理解。

94。

[96] 同上，黃庭堅〈雨中登岳陽樓望君山二首〉，頁 124-125。

[97] 同上，楊萬里〈初入淮河四絕句〉其一，頁 234。

　　一般讀者欣賞蘇軾〈念奴嬌・赤壁懷古〉，或稱揚他的雄奇豪放，流宕深沉；或讚賞他的文理自然，姿態橫生；或肯定他掙脫了情詞豔科的束縛，樹立了宋詞豪放的新風貌，這是美學的鑑賞，自有可取。若要探討東坡寫作這闋詞的深微旨趣，就要別從「知人論世」的角度入手。東坡經歷「烏臺詩案」出獄後，貶官黃州，接受監管，精神十分苦悶，於是出遊黃岡城西的赤鼻磯，此時為宋神宗元豐五年（1082），東坡四十七歲。東坡自幼就胸懷大志，要以「書劍報國」，期望「致君堯舜」，所以安邊、禦敵、愛國、澤民、經世、濟時的思想，時時表現在他的詩文奏議中。雖然遭到變法浪潮的衝擊，以及烏臺詩案的影響，鬱憤感慨之餘，仍執意不改其志。作〈念奴嬌〉的前一年秋天，宋廷命高遵裕等兵分五路攻伐西夏，由於驕縱輕敵，故靈州之役損兵折將達三十萬人，張舜民〈西征回途中二絕〉其二詩所謂：「十去從軍九不回」、「白骨似沙沙似骨」。東坡向來關心邊防敵患，目睹宋廷將帥萎靡庸懦，於是憧憬英雄豪傑，以斡旋乾坤，扭轉世局，三國時代的周瑜，正符合他理想中的英雄形象。周瑜，是一位足智多謀，志在靖難圖強的豪傑；赤壁之戰中，他更是雄姿英發，閒雅從容地就大破了曹軍的英雄。宋朝需要有這樣的英雄豪傑，來扭轉當前的頹勢。因此，東坡在詞中的下半闋，用概括、提煉、加工的手法，塑造了一位氣勢磅礡，指揮若定的英雄周瑜形象。詞中的周瑜，不僅是他仰慕的偶像，簡直就是安邊禦敵的救星。藉著這闋詞，可以看出東坡報國救世之志，不因貶謫而稍改，功名事業之念依然橫梗於胸中。晁補之〈變離騷敘・下〉說：「曹操氣吞宇內，樓船浮江，以謂遂無吳矣；而周瑜少年……一炬以焚之。公謫黃岡，數游赤壁下……觀江濤洶湧，慨然懷古，猶壯瑜事而賦之云。」說的雖是〈赤壁賦〉，移來解說

〈念奴嬌・赤壁懷古〉詞，也許更為恰當。

　　清代章學誠曾說：「不知古人之世，不可妄論古人文辭也；知其世矣，不知古人之身處，亦不可遽論其文也。」（《文史通義・內篇二・文德》）的確，作品為作者平生得失毀譽的反映，更是個人性情襟抱的表現，是詩人繁複的心靈世界的縮影，因此要鑑賞作品，必須先知人論世。由此觀之，欣賞詩歌，運用傳記研究法以「知人」，採行社會歷史研究法以「論世」，皆足以探索作家之心曲，剖析作品之隱微。可以避免自由心證，捕風捉影；提昇理解之層次，增添詮釋之精確，如此，文學的美感鑑賞方有效益。

五、結語

　　三百年前，吳楚材《古文觀止》出版時，吳興祚為之作序，標榜「析義理於精微之蘊，辨字句於毫髮之間」，並以之期許此書。前者側重思想內容之詮釋，後者強調藝術技法之發揮，解讀文章，欣賞文學，兩者必須兼容並顧，才可能轉相發明，得其三昧。有感於國內之語文教學，只重文字教育，而忽視文學教育，故文學美感鑑賞之提倡，乃當務之急。希望經由閱讀、欣賞，而感發、寫作，教學一貫，才算功德圓滿。

　　文學鑑賞的能力，必須持續不斷地培訓、淬煉、充實、養成。假以時日，才有可能深入、提昇、精緻化、肯綮化。其中牽涉到閱讀、認知、接受、詮釋諸問題。程千帆先生於此頗多提示：

丹麥作家安徒生在其童話〈冰姑娘〉中說過一句話:「上帝賜給我們硬殼果,但是他卻不替我們將它砸開。」我國古詩(元好問〈論詩三十首〉之三)說:「鴛鴦繡取從教看,莫把金針度與人。」這些話的意思是一致的。一件已經完成的作品,就是一個富有生命力與魅力的客體,是一件使人無法知道怎樣裁製出來的無縫天衣。如何比較準確地理解作家藝術構思,他所要顯示的美、情、理,並不是件輕而易舉的事情。因此,讀者們必須長期地、艱苦地鍛煉自己的感受能力和判斷能力,要使自己的眼睛成為審美的眼睛,耳朵成為知音的耳朵,而心靈呢,則成為善于捕捉藝術構思和藝術形象的心靈。[98]

感受能力和判斷能力之鍛煉,審美眼光和知音耳朵之培訓,藝術構思和藝術形象之捕捉,的確是一位有品味、高水準讀者或批評家之重要條件。作為一般讀者之鑑賞寫作,自然應該取乎法上,見賢思齊;斟酌損益,量力而為可也。

本文借鏡文學鑑賞論、接受美學、創造的詮釋學,參考學者專家所撰品評賞析文字之論述,就讀者、作品、作家三層面,提出文學欣賞之五大寫作策略,獲得下列結論:

一、讀者若能具備科學、經學、史學、思想、哲理、藝術,以及其他相關方面之涵養,將有助於文學鑑賞層次之提昇。

二、讀者若能重回文學現場,印證作品之空間方位、景觀配置,身經目歷之實臨,對於文學鑑賞之知性理解,自有匡謬補闕之助益。

---

[98] 《程千帆全集‧古詩考索》,〈讀詩舉例〉,頁 146-147。

三、藝術技法之鉤勒與提示，對於解讀與欣賞作品之主題、意象、境界、內容、思想、風格、聲律、優劣、特色諸方面，將有相得益彰之效應。金針度人，示以規矩；即器求道，可以致遠。

四、考察體制之流衍，討論題材之轉化，述說風格之嬗變，探索語言之陶鑄，分析文體之交融，特提作品之美妙不俗，較論古今之異同源流，凸顯一家之特色與優長，皆可作為文學鑑賞之途徑與策略。

五、了解生平傳記可以「知人」，熟悉社會歷史足以「論世」。持以鑑賞文學，則解讀精確，鑑賞肯綮，可免流於捕風捉影，自由心證。

肆、自傳寫作的原則和要領

　　自傳，是自我形象的寫照，是哀樂人生的剪影，是投石問路的明燈，更是自我行銷的利器。記述不必鉅細靡遺，但要具體而微。不宜敷衍了事，虛應故事。應講究凸顯個性，表現才情，展示優長，傳達神韻。另外，人生觀點、自我期許，自傳中亦不妨順帶略及。

　　《左傳》、《史記》，堪稱史傳文學、人物傳記的典範著作。傳記寫作，追求史學之真、文學之美；敘事求忠誠真實，文筆宜優雅美妙，《左傳》和《史記》，有絕佳的示範。自傳，雖是個人生平的實錄，寫作時若能取法乎上，以史傳文學或敘事文學為標竿，借鏡其中寫作的原則與要領，則可望寫出信、達、雅的作品。對於自我行銷、平生簡介，必有助益。

　　筆者從事《左傳》、《史記》的學術研究三、四十年。自傳，在文體上既然屬於傳記之一，所以不妨借鏡史傳文學的編纂，參考創造性思維的寫作，用現代的文字加以演繹，希望有助於自傳的寫作。為了方便解說，有關自傳寫作，歸納為兩個原則，五大要領。

一、自傳寫作的雙原則

（一）量身訂作與獨一無二

　　《左傳》敘寫春秋五霸：齊桓公、晉文公、宋襄公、楚莊

王、秦穆公，各有各的形象；同敘戰役，絕不犯重。而且，《史記》同敘孫武、孫臏、吳起、韓信、李廣等將帥，各有其精神面目；同敘范雎、田單、張良、陳平等謀士，亦皆風格獨具，絕不千篇一律。

唐劉知幾提出史家有才、學、識三長，清章學誠《文史通義》，增加「史德」一長。梁啟超《中國歷史研究法補編》演繹史識，講史家的洞察力。考察程序，由全部到局部，再從局部到全部。史德，要避免誇大、附會、武斷，所謂鑑空衡平，敘述忠實。撰寫自傳時，上述觀點，都值得參考。

展示個性、體現才能，是自傳寫作的第一個要領。「量身訂作，獨一無二」，是其基本要求。所謂「人心不同，各如其面」，自傳內容有其獨特性，不同人當有不同的精神面目。因此，每一篇自傳，從個性、家庭，到求學歷程、處世經歷，到工作成就，未來展望，都要像自畫像一般，如實反映，真誠不妄。不能複製，不容虛假，不許誇大，不可雷同，猶如相體裁衣，獨一無二，這是自傳寫作的第一個原則。

（二）常事不敘與大書特書

清方苞提倡古文義法，曾稱：「《春秋》之義，常事不書，而後之良史取法焉。」「常事不書」，是孔子作《春秋》時，材料筆削取捨的原則。影響所及，不管是《左傳》、《史記》、《漢書》、《三國志》，或者是其他史書，以及現在的新聞媒體，也多傳承筆削大義，遵守「常事不書」的潛規則。新聞報導的基本原則，平常的事，是不會去關注的。所謂狗咬人，不是新聞；但是人咬狗，就絕對是新聞了。

　　不管是雜誌還是報紙，記載的都不是平常事件，此即所謂「常事不書」。同理，平凡無奇的事情，不必寫進自傳裡面。自傳要寫的，是人生重大事蹟，特別的經歷，值得大書特書的功業。還有，要敘記生活中富有代表性的、關鍵性的、最難忘的、轉捩點的事件。也許是最好的，也可能是最壞的，選取最重要時刻，最經典事件，凸顯人生閱歷，記取成敗毀譽。自傳下筆前，先要回首前塵，搜尋材料：從記憶深處，淘洗出重大事件、特別事件。首先，挑選成功的、光彩的事件，加以大書特書。其次，失敗的教訓、挫折的啟示、異常的經驗、難忘的觸發，也都值得採錄入傳，大書特書。

　　司馬遷《史記》，提示〈留侯世家〉之材料取捨，謂「留侯所與上從容言天下事甚眾，非天下所以存亡，故不著。」〈蕭相國世家〉，則以「非萬世之功不著」，為筆削去取之原則。《史記‧汲鄭列傳》，「非關社稷之計，則不著」。由此觀之，同為《史記》人物，筆削之準則，〈留侯世家〉大書特書者，專取「天下所以存亡」事迹；〈蕭相國世家〉大書特書者，專取「萬世之功」；〈汲鄭列傳〉大書特書者，專取「關社稷之計」。

　　綜要言之，自傳涉及材料的取捨，筆法的詳略、重輕，乃至於常事不書、大書特書等原則，多不離《春秋》「筆削」取捨之運用。因張良、蕭何、汲黯功業不同，故素材之取捨，亦因而殊異。自傳之選材，常事不敘，大書特書，這是第二個原則。

二、自傳寫作的五要領

（一）凸顯亮點與擇精語詳

晉陸機（261-303）《文賦》云：「立片言而居要，乃一篇之警策。雖眾辭之有條，必待茲而效績。」建立警策，就是凸顯亮點。運用鮮明的形象，生動的語言，將主要訴求、典型事件、中心旨趣、重大轉折，作擇精語詳之強調。自傳寫作，是實用文章之一環，自然以創意為依歸。突出亮點，作為一篇之警策，猶「萬山磅礴，必有主峰；龍袞九章，但挈一領。」為讀者設想，警策與挈領，都是亮點的設計。晉楚城濮之戰，《左傳》著眼於「報施、救患、取威、定霸」，以之敘寫晉文公稱霸事；《史記》敘寫信陵君救趙，提敘「仁而下士，士無賢不肖皆謙而禮交之，不敢以其富貴驕士。」作為事件敘述綱領，個性寫作之焦點，值得取法。

材料既已搜羅滙集，事件業已取捨排比，接下來就要「擇精語詳，凸顯亮點」。所謂亮點，大抵指精彩的事蹟、眉飛色舞的經歷。人生重大事件、特殊事件，加上震撼事件，這個部分必須寫得特別詳盡。因為這是最得意的人生片段：重大的、特別的機緣。有時候是負面的，比如說一件很丟臉的往事，很失敗的經驗，很挫折、很沮喪的遭遇，刻骨銘心，令人難忘，引人反思，算是人生中重大特別的事件。這些重大的、特殊的事件，看似負面的，最終卻因此而逆轉勝。可以經由亮點設計，在自傳裡面作強調。從中得到什麼寶貴的教訓？得到什麼深沉的反思？或可作為一篇之警策。所謂「前事不忘，後事之師」；「前車覆，後車可鑑。」所以，歷史教訓也不妨坦然面對，寫入自傳中。畢竟，

再不堪，也是人生經歷的一部分。總之，無論不堪回首，或精彩得意，成敗得失，自傳裡都要寫得稍微詳盡，外加重點渲染。所謂詳盡，指情節要詳些，文字要作特殊處理。有關亮點事件，絕對不能只平鋪直敘，有必要重點凸顯，渲染烘托。

自傳凸顯亮點，往往令人印象深刻，引人入勝。讀者既藉此了解你的人生片段，更體察到你的思路對策、應變能力、情緒智商、個性特質，以及創發性、執行力。因此，必須精心設計，刻意經營。

（二）比事屬辭與義以為經

孔子《春秋》，由其事、其文、其義三位一體，綴合形成。《禮記・經解》稱：「屬辭比事，《春秋》教也。」事件如何編比？辭文如何連屬？一切取決於義意的指向。清方苞論古文義法，稱「言有物」為「義」，「言有序」為「法」。據此，則史事編比，辭文表述，皆屬書法的範疇。方苞所謂「義以為經，而法緯之。」「義」先有，而「法」隨其後；所謂「法以義起」、「法隨義變」者是。就義法、文法而言，其事、其文、其義之辯證關係，誠為一針見血之論。自傳寫作，先選擇一生的代表事蹟，接著排比敘說；其次，用文辭連綴事件。千言萬語，皆以凸顯立意之旨趣，塑造自我的形象為依歸。

自傳，係經由自我形象的塑造，來展示各個層面的自我。所以選擇素材很重要。在尚未下筆之前，要先想好：自我形象，如何透過這篇自傳來呈現？如何讓他人知曉我的個性才能？如果一味平鋪直敘，是做不到的。我處世待人的態度如何？學業專長表現如何？閱歷經驗如何？未來展望如何？最好透過素材的選擇，

事件的類比安排，經由文字的前後連屬綴合，聚焦在某一個主題上，這就是比事屬辭。譬如，自傳決定寫自己過往的失意潦倒，於是選取失敗、挫折、消極、不爭氣的事蹟。後來因為某個關鍵因素，痛定思痛，浴火重生，成為一個積極向上、奮發有為的青年。形象既已轉換新生，命運也隨之否極泰來。雖然有不堪的過去，但是目前當下、未來遠景是看好的。從失敗中獲得教訓，從挫折中淬煉智慧，讓人相信自己是有抗壓性的，將來可以面對更大的挑戰，有一定的擔當。下筆之前，已確定坦然面對上述不堪的往事，可以檢討過去，策勵將來，這叫「意在筆先」。立意既定，然後排比事蹟，連綴辭文，以闡發設定的旨意，此之謂屬辭比事，或比事屬辭。

自傳，不能一味平鋪直敘，只是「直紀其才性」，只是「唯書其事蹟」，那就如賬簿、大事記，單調枯燥，了無生氣。既乏文采提味，將不便於閱讀與接受，更遑論有說服力。其實，自傳是創意作文的濃縮。首先，要把事件一個一個排比起來。在搜集材料時，就必須有所取捨。有些要，有些不要。要跟不要的標準是什麼？首先，取決於自傳想表現怎樣的自我，想讓讀者得到什麼樣的印象？在尚未下筆之前，就得先確定。敲定之後，然後取捨資料，才能判別這個資料我要，那個資料我不要。清方苞義法指出：司馬遷著《史記》：「於蕭何，非萬世功不著；於留侯，非天下所以存亡不著；於（汲）黯，非關社稷不著」。取或不取，「著」與「不著」，書或不書。這涉及作者取材之原則，攸關形象塑造的指向、左右一篇自傳立意的內涵。如果搜集的素材，與著述旨趣不相關，就要知所取捨，懂得割愛。

〈淮陰侯列傳〉，為《史記》名篇。文章旨趣，主要凸顯韓信對劉邦忠心耿耿、始終如一。既無背叛的念頭，更遑論背叛的

行動。韓信幫忙劉邦打天下，為漢初三大功臣之首。但是漢統一天下之後，竟然慘遭呂后殺害，甚至「夷信三族」。司馬遷為韓信立傳，要代為平反冤獄，在歷史上還其清白。中心旨趣既已確定，於是運用比事屬辭的《春秋》書法，外加史家筆法，藝術手法，將事實真相和盤托出。司馬遷在「述故事，整齊其世傳」之際，舉凡與平反冤獄相關的，就選取，然後「筆而書之」。跟推翻歷史公案無關的，就「削而不書」。筆削去取，可以昭義，由此可見。〈淮陰侯列傳〉一開始，敘寫這位開國英雄，排比敘次三個不名譽的事件：寄食亭長，漂母送飯，袴下之辱。其後，信廢為淮陰侯，有恩報恩，以德報怨，與開章遙相呼應，比事以觀之，已形塑韓信的人格特質。如此人設，怎麼可能背叛恩人劉邦？韓信「勇略震主，功過天下」，曾經三分天下有其二。項羽派武涉離間他，齊人蒯通兩次三番遊說他，兩人不約而同，勸韓信「背叛劉邦，自立為王」，都被韓信一一婉拒。所以《史記》敘寫這些，對於塑造韓信「忠貞不二」的主題，大有助益。

　　寫自傳，首先確定訴求的重點，究竟要塑造怎樣的自我形象？舉凡跟塑造之主旨、形象一致的，就多發揮；跟主題關係不大的，就不寫，或者輕描淡寫。素材取捨底定以後，才輪到如何撰寫，如何塑造形象的問題。這就是剛才第三項所說的「擇精」，跟主題相關的「義以為經」。《文心雕龍》論作文，強調「脈注綺交」，脈絡關注到主題表現，扣合到形象塑造的重點。《文心雕龍》，有〈風骨〉篇、〈情采〉篇、〈附會〉篇、〈總術〉篇等，闡述修辭與立意之關係，對於自傳寫作，深具啟發意義。

（三）詳近略遠與著眼當下

　　《荀子》〈非相〉篇有言：「傳者，久則論略，近則論詳；略則舉大，詳則舉小。」清章學誠《方志略例・與戴東原論修志》有云：「史書，詳近略遠，諸家類然。」此之謂也。詳近略遠，固是史傳通例。司馬遷《史記》，上下三千年之通古紀傳，詳載秦楚之際，以及漢武帝在位時事，即遵循略遠詳近之修史法則。

　　歷史的寫作法，通常是詳近略遠。時間越靠近現在，敘寫會較詳盡；距離越是遙遠，就會寫得更簡略。一般而言，有漸無頓，乃是歷史演化的通則。且看現代、當代的歷史，大多從最近的歷史遞壇而來。歷史越接近影響越直接、越切實。個人一生的歷史，也是如此。因此，個人在幼稚園、小學的表現，距離現在遙遠的，要簡略，甚至不必寫。大可以從高中開始寫起，銜接到現在大學；或者從國三生涯，寫到現在。若是碩士生，最好強調大學生涯、研究點滴，這就是詳近略遠。

　　接下來，要著眼當下，具體呈現目前的盡心致力，尤其是前往應徵工作的當下。目前你為了美好的將來，正儲備什麼知能？有什麼作為？有哪些績效？這很有必要強調。千萬不要把重點擺在過去幼稚園、國中。就算過去成就有多輝煌，因為已經很遙遠了，成就影響不可能銜接到現在。如果是大學生畢業，要應徵工作，最好論述大三、大四的情況。選了什麼課？課程有什麼效益與啟發？哪位老師教得特別精彩，讓你特別有收穫？自傳的內容，最好有其針對性，主要是選擇跟應徵的工作有關的。譬如，要應徵小學老師，可以想到大學有某位老師，作文教學特別精彩、修辭學教得特別生動、文章寫作分析得特別精彩，值得詳細

著墨這個部分。凸顯這方面已儲備很多學養，積累不少心得。換句話說，自傳寫作，要有所為而為，用系統思維，高瞻遠矚，看見未來。總之，自傳寫作以詳近略遠為要領：近要詳，遠要略，特別著眼於當下。如此，方能循序漸進，規劃理想的將來。

（四）塑造形象與言事相兼

唐劉知幾著《史通‧敘事》，說敘事體式有四：「有直紀其才行者，有唯書其事迹者，有因言語而可知者，有假讚論而自者。」四者之中，「書事迹、「因言語」，尤其重要。穿插運用，有助於史傳之姿態橫生。故《史通‧載言》稱《左傳》一書：「言之與事，同在《傳》中。然而言事相兼，煩省合理。故使讀者尋繹不倦，覽諷忘疲。」劉知幾所論言事相兼之敘事體式，對於人物形象塑造，自傳之撰寫方法，深有啟發。

自傳，為平生事迹的敘述。一般自傳寫作，大多直截了當述說才華、能力、性情、優長，普遍運用「直紀其才行」。其次，有「唯書其事迹」者，如書寫重大的、特別的、傑出的表現；記述成敗功過，寫得失毀譽，此即前文自傳寫作要領之三，所謂「凸顯亮點，擇精語詳」。至於劉知幾說敘事，其三為「因言語而可知」者，藉言記事，或謂之語敘，乃敘事之變體。自傳寫作，亦可善加借鑑，作為形象塑造的要法。

藉言記事，在小說、戲劇相當於對話賓白，是敘事文學塑造形象的重要法式。一般自傳的撰寫，大多「唯書其事迹」，未免有失單調呆板。不妨輔以「因言語而可知」的對話，如此「言事相兼」，必然能為自傳添色增彩。因為成功的對話，最少有四個作用：其一，言為心聲，表現個性特徵；其二，穿針引線，推進

情節發展；其三，省略解釋，替代說明；其四，言語概括，亮點聚焦。在敘次事迹之餘，若能適度設計對白，必能增加自傳的可讀性。

敘事的四大體式中，直紀才行、唯書事迹的寫作法，偏重從直接正面去表達，傾向平鋪直敘。因言語、假論讚，則注重從間接、從旁面、側面、反面，進行烘托呼應，較富於曲折性、文學性。自傳中或涉及責備、褒美，可以參考《左傳》「君子曰」，《史記》之「太史公曰」，《資治通鑑》的「臣光曰」，經由相關人物，評價傳主的功過、美惡、才華、能力。一則可昭公信，再則可添文趣。人生難免迷茫、困惑、消沉、頹唐，若有貴人點醒夢中人，盡心致力，慘澹經營，終於有些小確幸，或大成就。請出相關的人物，進行評價，應該是很好的設計。當然，一篇自傳字數不多，所以「因言語」「假讚論」的間接烘托，文字宜求精簡練要，以能傳達傳主的神韻或成就為最佳。

（五）規劃將來與具體可行

過去的成就，現在的業績，與未來的展望，可以聯結成系統的網絡。未來近十年的生涯規劃，最好植基於過去與現在的表現。「本立而道生」，「盈科而後進」，如此較能築夢踏實，水到渠成。愛迪生（Thomas Alva Edison）說：「只有能互相密切配合零組件，才能構成一部機器。」生涯規劃亦然，最好運用系統化考量與寫作。如此，將較能擬想結果，看見未來。

一般自傳，絕非寫到目前就結束了，還必須有生涯規劃。你對將來有什麼規劃？有什麼展望？有什麼遠景？不能活得渾渾噩噩，好像沒有明天。必須作系統化的規劃，循序漸進，次第落

實。如應徵教職，可以這樣寫：我希望順利考上教職，當一位稱職的好老師，春風化雨，作育英才。接下來，如果環境、條件許可，我會持續充實自己，進修碩士等等。未來的規劃，必須跟現階段大學的表現相銜接，這一點很重要。譬如：自傳說未來要怎樣，但是查看成績單，發現那一項表現頗差，或者績效平平。可是你卻選擇將來要往這方面發展，這就缺乏說服力。

大學畢業應徵工作，要把這工作的性質，跟大學選讀的科目、大學社團的表現、自我的稟賦與心得，進行緊密連接。大學時代的相關表現良好，將來做這工作，應該可以勝任愉快。規劃將來，還有很重要的一點，就是具體可行。限於自身條件，不可能做到的，規劃在未來裡，無異癡人說夢。隨興空談，不切實際；為文造情，經不起檢驗。生涯規劃應當植基於現在，而瞻望將來；必須具體可行，不能虛假空泛。而且，最好能有本有源，循序漸進，較有可能水到渠成，這樣才有說服力。

三、餘論

《禮記》〈中庸〉說得好：「凡事豫則立，不豫則廢。言前定則不跲，事前定則不困。」無論做事或發言，貴在預先做好充分準備，才能成功圓滿。自傳，是自我人生的顯像，應徵工作的敲門磚。平素應多加關注，摘要記錄，屆時稍加梳理，略作修飾潤色，即可成篇。不然，以急就章、臨時抱佛腳心態寫自傳，草率敷衍、慎重不足，最無可取。

大一的學生，可以根據上述的原則與要領，撰寫自傳。一年後，大二的豐功偉業，根據自傳寫作的規範，再補寫一段。大

三、大四也是一樣，各寫上一段。等到大四畢業時，自傳素材就是現成的了。那時，再把大學時期的自傳，進行潤飾、取捨、濃縮、改寫，變成為一段，或者兩段，這就是大學時代的自傳。將來如果讀碩士、博士，謀職換工作，升遷或黜退，也援例處理。那麼，前往應徵職缺，或回顧平生，只要稍微整理一下，自傳是現成的，就可以從容應對。

自傳如此寫作，才是我人生的剪影，是跟隨我一輩子成長的實錄。一旦換工作、換環境，其得失升沉、是非成敗，更值得大書特書。如此，每年到十二月，就把這一年的功過毀譽，作個反思；豐功偉業，作個記錄，撰寫成一段。這樣，從青年、壯年，到中年、晚年，每段自傳，都成了生活的集錦，生命的花籃。有笑聲的洋溢，也有淚眼的婆娑，這就是人生。將來回首來時路，整理人生各階段的雪泥鴻爪，都可翻檢即得。

有關自我行銷的文體，就是「自薦寫作」。像魏曹植〈求自試表〉，唐李白〈上韓荊州書〉、宋蘇轍〈上密韓太尉書〉，皆是自薦寫作的典範作品。行文語氣如何不卑不亢？遣詞命意如何自抬身價？參考曹植、李白、蘇轍三家的自薦文，以及上述自傳寫作的原則與要領，思過半矣！

壹、與時俱進與經典轉化——人文經典之實用化、創意化、數位化

提要

　　本文從人文經典的價值，談到當今經典傳播的困境。為因應人文經典之與時俱進，實應落實經典之轉化與利用。筆者借鏡宋儒胡安定「明體達用」之說，參考賈伯斯（Steve Jobs）提倡創新，拈出「借用」和「連結」的兩個關鍵詞，盱衡當前經典傳播與利用之困境，證以執行計畫與出版論著之實際經驗，現身說法，針對傳統文化與經營管理、數位內容與文化創意產業、人文素養的高度與格局、人文經典的現代解讀四大方面，指出今後發展方向，提供應興、應革之建言。要之，經典之轉化與利用，不外實用化、創意化、數位化之發用而已。

關鍵詞

　　人文經典　經典轉化　借用連結　實用化　創意化　數位化

一、人文經典和傳統文化

　　歷代典籍經過歲月的淘洗，文士的取捨，而留存傳世的，大多是優秀典籍，堪稱先民智慧的結晶，中華文化的瑰寶。華夏民族的性格特徵、意識形態、思維模式、文化現象，多具體而微，

體現在傳世經典之中。[1]這些經典文獻，薪火相傳，逐漸形成華夏民族在知識和洞見方面的優越性。於是經典的典範意義和對經典的權威崇拜，也隱然成為共識。

所謂「經典」，指可以經綸天下，經常可行，足為典範，堪作師法的圖書。其範圍並不限於經學典籍，還包括史部、子部、集部的若干書籍，在義界上比較接近朱自清《經典常談・序》的說法。[2]不過，朱自清以為：「經典訓練的價值，不在實用，而在文化」；[3]筆者進一步認為：經典的閱讀和研究，不只是文化的傳承使命而已，更應該具有現代意義，富含創意思考，而其要歸於經世致用。

傳統文化的發揚，跟經、史、子、集四部要籍的傳播很有關係。新世紀伊始，由於網路世界、電子媒體等資訊傳播的豐富多彩，相對於傳統「皓首窮經」、「熟讀精思」的閱讀方式，已有不同：易檢易得，愛日省力，是其得利處；而囫圇吞棗，走馬看花，浮光掠影，一知半解，往往成為急功近利者之寫照。在這種「速食文化」的氛圍中，經典閱讀講究「沉浸濃郁，含英咀華」，好像很不合時宜，卻是研讀經典的不二法門，捨此別無他途。誠如宋張表臣《珊瑚鉤詩話》所云：「未能祖述憲章，但欲超騰飛翥，多見其嘆喈而狼狽矣。」

宋儒胡瑗答神宗問，提出「聖人之道，有體、有用、有

1　參考李澤厚：〈試談中國的智慧〉，《論中國傳統文化》，北京：三聯書店，1988.1，中國文化書院講演錄第一集，頁 19。

2　朱自清稱：「本書所謂經典，是廣義的用法，包括群經、先秦諸子、幾種史書、一些集部」，《朱自清古典文學論文集》，臺北：源流文化公司，1982.5，頁 595。

3　同上。

文」，對於經典之內涵、傳播與利用，略有提示：

> 君臣父子、仁義禮樂，歷世不可變者，其體也。《詩》
> 《書》史傳子集，垂法後世者，其文也。舉而措之天下，
> 能潤澤斯民，歸於皇極者，其用也。[4]

　　胡安定所稱聖人之道的「體」，相當於中華文化中儒學之內涵。所稱「文」，即是儒學經典文獻。所謂「用」，則是結合「體」與「文」，發而為經世資鑑，學以致用。居今之世，為發揚中華文化，尤需講求明體達用之學；而傳統經典之文獻，為其中之關鍵媒介。所明之「體」，寓存於經典文獻中；所以潤澤斯民，經世致用者，即在「其文」。傳統文化既體現於人文經典中，故本文以人文經典之傳播與利用切入，論述中國文化與現代的溝通。

　　不過，時移勢異，世紀之交的經典教學研究，呈現許多光怪陸離的異象，造成了經典傳播的困境，影響了傳統優質文化的開拓與發揚。就目前臺灣各中學、大學之教學研究而言，經典的傳播存在許多困境：

　　其一，經典教學過份重視文字的訓釋，相對地忽視了精華的闡發，以及情意的陶冶。由於考試領導教學，為牽就語文測試，只好揚棄形而上之精華，獨取形而下之訓解。捨本逐末，小學大遺，亦莫此為甚。文化精髓的發揚，束諸高閣；情意的陶冶、人文的素養，多棄置不談。

---

[4]　清黃宗羲著，清全祖望補修，陳金生、梁運華點校：《宋元學案》，北京：中華書局，1986、2007，卷 1〈安定學案・文昭胡安定先生瑗〉，頁 25。

其二，教學研究之活動，多呈慣性反射，往往「思不出位」。於是陳陳相因，拙於創發，既未能觸類旁通，作學科整合的嘗試；更未能追新求異，進行創造性的思考。於是經書永遠是古董，史書一直是故事，哲學仍然令人費解，而文學不就是風花雪月？

其三，經典閱讀，只為了認同中華文化；經典研究，只為了尚友古人。除了尋根意識和抱殘守缺之外，經典的教學研究並不具備現代意義，其終極效應也不強調濟世致用。大抵只是為教學而教學，為研究而研究。

經典訓練的缺失如此，長此以往，傳統文化勢將瀕臨衰亡。困境如果未能解決，傳統優質文化將沒有出路。經世致用，一直是儒學「外王」理想之追求；胡適之《中國哲學史》論諸子的緣起，亦有「起於救世之弊」的論述；敘事詩、詠史詩的寫作，從宋代開始，多有借古諷今的傾向；每部歷史都是現代史，史部典籍的編纂，其旨趣多在古為今用；歷代群經的詮釋與發揮，大多不離現代當代色彩。因此，經典的詮釋，不宜只停留在文化認同上，更應該兼顧現代化的實用價值。如此，方能切合「明體達用」，經世致用之講求。

二、人文學門畢業生面臨之困境

企業界最喜愛何種人才？臺灣 1111 人力銀行調查發現：「超過六成企業認為：畢業學校並不重要，或是僅供參考，仍以學生專業度強為主要考量。」此外，依據這項調查結果：「今年企業較愛進用的學系，依序為商管及管理學門、資訊科學學門、

工程學門等；38.92％企業選擇商管及管理學門新鮮人。」[5]由此看來，「學用合一」的系所學門，最受企業界垂愛。人文系所課程朝「學用分離」設計，因此不具職場競爭力。

　　人力銀行調查，畢業後能學以致用的新鮮人，平均月薪可多一成五，等於是一般上班族三年調薪幅度總和。yes123求職網經理洪雪珍也表示，如大學所讀科系與畢業後的第一份工作有關，可增加面試錄取機會。[6]姑且不論「經世致用」古有明訓，人力銀行實事求是的報告，不也證明大學科系「學以致用」屬性之疏離或切合，與畢業生就業之難易，薪資之高低，有直接正比的關係？

　　以中文系為例，大學部的教育目標、課程設計，五六十年來陳陳相因，始終如一，大抵為培養高深學術作準備，並未針對不再深造、畢業即進入職場的學子作任何規劃。據高等教育評鑑中心實際訪評所見，大學畢業繼續就讀研究所者，臺灣大學最高，約佔 40％；其他大學中文系有些低於 10％。換言之，中文系學生每年高達五分之三，甚至五分之四的比例，畢業後就進入職場工作。無論五分之三或五分之四，佔畢業生的絕大多數，試問中文系所的課程有多少學分是為他們設計的？除了學程選修外，中文系有哪幾門課可以助長職場的競爭優勢？綜觀醫、電、工、

---

[5]　洪素卿、胡清暉：〈企業最愛新鮮人〉，《自由時報》2010 年 7 月 19 日，A12。

[6]　根據 104 人力銀行調查，工作與大學主修「相關」的近五年畢業生，首份工作平均每月薪資為二萬八千四百六十七元；與大學主修「有點關係」者為二萬六千五百八十四元；如與所學完全「不相關」，則降到二萬五千一百六十六元。換句話說，能學以致用比完全無關者多出三千三百元，約一成五。鍾麗華報導：〈畢業後學以致用，薪水多 15％〉，《自由時報》2010 年 7 月 20日，A10。

管、農、法諸學院，出路好的科系，哪一個課程設計不是「學用合一」的？學得屠龍之技，卻苦於無龍可屠，文學院除了中文系、歷史系、哲學系外，外文系、英語系卻炙手可熱，為什麼？

對於畢業就進入職場，每年高達 70%左右的中文人，四年所學並不具備職場競爭優勢。中文人雖學得屠龍之技，由於所學非所用，故不是人力銀行所稱「企業最喜愛的人才」，很值得深思！科技大學、技術學院以及各綜合大學通識教育核心課程（國文）的設計，依理應該落實「致用」屬性，才符合技職體系的教育目標，事實上卻與一般大學差異甚小。尤其取名「應用中文系」，課程設計既不重「應用」，與其他中文系相較，也沒有太大的不同，未免名實不相符。

五、六十年來，大學中文系、國文系、語教系的課程，殊途同歸，大多為了培養高深學術研究作準備；即使是科技大學的應用中文系、通識教育文史哲課程的設計，也往往蕭規曹隨，偏重經典學科的教學和演練。它們共同的特色是：理論性較強，實用性不足。《詩經》、楚辭、《左傳》、《史記》、《論語》、《孟子》、《大學》、《中庸》、《莊子》、《老子》、漢賦、唐詩、宋詞、元曲、《三國演義》、《紅樓夢》等等，這些都是經典名著；我們也很熟悉屈原、司馬遷、杜甫、李白、蘇東坡、曹雪芹這些文學名家。嫻熟上述經典與名家，基於務實固本，當然非常重要；但要問：除了美感的欣賞、情意的陶冶、文化的薪傳以外，中文學門之課程設計，是否應該轉型，與時俱進，以便利用厚生？

何況，中文學系每年大學畢業生，高達 70%左右的人立即進入職場，不再繼續攻讀研究所，我們的課程是否應該有因應的設計？在規劃上述的「固本」課程之餘，是否需要以更務實的態

度，具體因應「學以致用」這個現實需求，以儲備學生的就業實力，提升職場競爭優勢？技職體系的大一國文教學，尤其更應該轉型，以順應科技實用的本質與需求。當今商品經濟掛帥，一切以消費導向為依歸，中文學門如果依然孤芳自賞，不食人間煙火，就注定要被邊緣化；生存都成了問題，還奢談什麼發展與遠景？

筆者以為，高等教育應該確實分流，菁英教育與技職教育理當個別設計，分類發展。菁英教育，以培養高深學術研究為目標，較注重理論之研討；技職教育標榜學以致用，以提供職場競爭能力為導向，較注重實務演練。兩者各有側重，不容混淆。新加坡之大學教育，入學後之二年即行分流，值得參考。中文學門之教學設計，長久以來，較欠缺「學以致用」之規劃，頗難適應以實用功利為導向的現當代需求。筆者以為，中文系教學之任務，除了美感欣賞、情意陶冶、文化薪傳等傳統使命外，身處知識經濟的中文人，不能自外於文學的實用化、創意化、數位化、生活化和現代化。換言之，中文系之課程設計，也應該分為菁英教育與技職教育，前者注重理論研討，後者偏向學以致用。如此規劃，才能因勢利導，人盡其材。中文系如此，歷史系、哲學系、宗教系、語言系，又何嘗不然！科技大學的應用中文系，學用合一之課程比重當然要超過理論研討，人文學科之核心通識亦然。宋朝胡安定答宋神宗問，所謂「明體達用」，可作解決困境之指針。

經國濟民，也許是另類的高調；但學以致用，應該不只是一種口號，是一種普世的教學價值。課程設計好比菜單搭配，菜單上沒有令人滿意的菜餚，食客可以換家餐廳；課程安排沒有「學用合一」的設計，學生選課卻只能委屈遷就。試問：教師開課，

可以只考慮教師之專業取向，而不顧學生的實際需求嗎？教學活動的主體究竟是老師，還是學生？還是兩者互動、供需相求？70％左右畢業即就業的學生，其需求、其養成，正應該重視，納入課程設計，不該不聞不問。長期漠視不管，導致中文系出路欠佳，於是招生時中文系招不到好學生，畢業果真找不到「學用合一」的工作。偶爾有些奇才怪傑，能出人頭地者，大多各憑神通，甚少得力於中文系所修課程的效用，中文系的養成教育直接助長職場成功的有幾人？有人以為，中文系豈能負責畢業生如願就業？當然，順利就業，各憑造化，但理想的課程設計，應該能助長畢業生的職場競爭優勢。這一點，就是身為教師的我們，可以著力，而且應該盡心致力規劃的地方。

三、經典轉化與「借用」、「連結」

人文經典之教學與研發，應該與時俱進，進行轉化與利用。尤其在 21 世紀，人文學門的生存發展身處困境，面臨危急存亡之秋之際，課程設計應該轉型，教學心態必須調整，危機才能化為轉機。[7]蘋果電腦創辦人賈伯斯（Steve Jobs，1955～2011）提倡創新，曾給創新兩個關鍵字：「借用」和「連結」。[8]人文學門的轉機，有可能是「借用」傳統經典，與時俱進，「連結」到「實用化、創意化、數位化」的時代氛圍中。

---

[7] 所謂「偷取」，猶唐釋皎然《詩式》所謂「偷勢」，形式相類，而內容迥異。蓋以模仿為過程，以創新為目的。唐・釋皎然著，李壯鷹校注：《詩式校注》，濟南：齊魯書社，1986，卷 1〈三不同：語、意、勢〉，頁 46。

[8] 天下網路部：〈求知若飢，虛心若愚！賈伯斯的 10 句經典名言〉之 6，《天下》雜誌（2011 年 10 月 6 日）。

　　2007 年 7 月上旬，我以成功大學文學院院長身份，前往韓國首爾，拜訪姊妹校首爾大學校、延世大學校、慶熙大學校。與延世大、慶熙大人文學部（院）長座談，談及韓國政府也不太重視人文教育之種種。赫然發現，東方大學的通象，竟然有如此驚人的相似。感慨之餘，乃分享本人所作轉型及跨際之經驗，頗得延世大學校人文學部部長之稱許與響應。當初交談內容，有四大方面：其一，傳統文化與經營管理；其二，數位內容與文化創意產業；其三，人文素養的高度與格局；其四，人文經典的現代解讀。其中問題的關鍵，聚焦在經典轉化，以及「借用」和「連結」上。

　　管理學之父彼得杜拉克（Peter Ferdinand Drucker，1909～2005），曾診斷美國大學教育的缺失，以為「都以學科為主」；「是以產品為導向，而不是以市場或最終用途為出發點」。然而職場的需求，愈來愈強調應用，而不是學科的訓練。[9] 何止美國教育？兩岸三地之課程設計，教育目標，何嘗例外？名校以「得天下英才而教育之」為樂，一般大學也盡心致力「教育之使成英才」。大家都極熱栽培、調教英才。至於作育出來的「英才」，何去何從？將來如何與就業市場接？有無一貫的規劃設計？似乎乏人過問。這種只側重過程訓練，未關注「最終用途」，不問市需求的教育方式，尤其是人文課程，往往學得屠龍之技，無龍可屠！確實應該改變。一顆螺絲釘，無論設計之初，製作之中，或出廠之後，究竟是拴在玩具上、汽車上？或飛機上、衛星上？其最終用途，早有明確指示：目標明確、用途明確、生產製作，量

9　張高評：〈改革、轉化、創新、應用〉代序，《中文實用寫作二十講》，臺北：萬卷樓公司，2016 年，卷首，頁 1-2。

身訂做。人文學院的課程設計、教學內容,是否應該見賢思齊、參考借鏡,進行轉型、轉化,甚至於改造?

當今所謂熱門科系,主要在出路好,薪水高,人才聚集。如果人文學門的課程能夠與時俱進,落實經典之轉化與利用,那麼我們的畢業生,所具備的人文軟實力,[10]將可以造就他在職場的競爭優勢。問題在「人力」如何變成「人才」?實力才能助長國力。[11]今就四大方面提出管見,關鍵在「借用」人文經典,「連結」到社會需求、職場競爭方面。

(一)傳統文化與經營管理

《論語》是儒家的經典,日本新版萬圓新鈔之正面人像,為「資本主義之父」澀澤榮一。澀澤榮一,是大藏相、近代化之父、企業之父、第一大政商。將代表富貴、金錢之算盤,跟仁義、道德結合統一,作為經營管理之哲學,遂造就了日本儒商之精神。曾云:

> 《論語》與算盤必須統一,「仁義與富貴」,並非格格不入,「道義與金錢」可以相容。[12]

東漢班固《漢書·董仲舒傳》稱:「正其誼,不謀其利;明

---

[10] 高希均:〈奈伊的「軟實力」〉,《天下》雜誌294期(2010年12月),頁32。

[11] 「競爭實力」專題,《天下雜誌》360期(2006年11月22日-12月5日)。

[12] 澀澤榮一著,王中江譯:《論語與算盤》,臺北:漫遊者文化事業公司,2007,1、〈處世與信條〉,頁10-13。

其道，不計其功。」據澀澤榮一之見，可作一轉語：「正其誼，而謀其利；明其道，而計其功。」

東元集團總裁、工商協進會理事長黃茂雄曾撰〈語言的魔咒〉一文，推崇「中國老祖先流傳的經典，有豐碩影響後代子孫深遠的人生哲理」；感慨「年輕人對中國文字的疏離，其實是令人擔憂的」。曾云：

> 春秋戰國諸子百家，孔、孟、墨家思想，見證於現在的企業經營和為人處事原則，依然是受用無窮。[13]

近年來，全球興起學習漢文化之熱潮，如《孫子兵法》、《三國演義》、《易經》，以及孔、孟等東方哲學思想，都「借用」其經典，連結到經營管理上來。

經營管理之理念、策略、方法，往往視管理者之文化背景而定；東西方社會與文化既有差異，西洋之管理學不見得完全適用於東方。為達到管理之升級，落實經營管理之主體性，確有必要探討傳統優質文化。經由傳統文化之深刻探討，淬取經營管理之道，終極目標在提煉建構出華人之管理學。有鑑於不同學科、不同領域、不同文化之接觸，容易促成跨際思考、引發異場域碰撞，而產生層出不窮的創意。此種「梅迪奇效應」（The Medici Effect），[14]曾締造十五世紀義大利創意勃發之文藝復興。

2005 年，適逢本校榮獲五年 500 億教育部經費，於是筆者撰

---

[13] 黃茂雄：〈語言的魔咒〉，《工商時報》2009 年 10 月 12 日。

[14] Frams Johansson 著，劉真如譯：《梅迪奇效應》，臺北：商周出版，2005 年。

寫研究計畫，邀約中文系三位教授共同參與。計畫名稱訂為「傳統文化與經營管理」，分別從兵法謀略、儒家思想、道家思想、禪學思想中，提煉出管理經營之理念。計畫構想，榮獲當時管理學院院長（曾擔任文化大學校長）吳萬益教授認同，獲聘前往企業管理研究所 EMBA 班開授「創意謀略與經營管理」課程。3 學分，每學分費用新臺幣 8000 元。由於院務忙碌，乃與中文系三位教授協同教學。本課程連開二學期，第二次加開「周易思想與經營管理」。每學期選修踴躍，均高達 54 人以上。計畫執行期間，曾舉辦學術研討會，會後出版《傳統文化與經營管理研究論文集》，[15]讀者有興趣，不妨參閱。

《金剛經》開示云：「應無所住而生其心」；曹洞禪宗說法，強調「不犯正位」，其中頗多啟發。傳統慣性思維，多從直接正位思考，不免保守因襲，始終如一。守常之外，若能知所權變，多作「出位之思」，致力跨際會通，從事跨越院系之學科整合，將可以跳脫困境，有助於生存發展。中文系具備哲學、思想、史學專業者，不妨與企業管理系合作，開授課程或指導論文，都可以兩蒙其利。筆者曾前往燁聯鋼鐵公司，面對高階主管，演講「策略規劃與歷史舵手」；曾在成大醫學院老年研究所演講：「傳統文化與養生要領」；到醫學院外科部演講：「漫談創造性思維」，都獲得極大的迴響與高度的評價。人文系所主任應多方尋求合作管道，開拓師生若干演出的舞臺。不要只受困於線性思維，「不知有漢，無論魏晉」；如此，將「見笑於大方之家」，而不利於生存發展。

---

15 張高評主編：《傳統文化與經營管理研究論文集》，臺北：里仁書局，2009.11，頁 1-383。

　　前往中華文化的源頭，去尋找智慧，成為近來書坊的熱點，成中英《Ｃ理論‧中國管理哲學》，提倡「華人管理學」構想，分別從《易經》、道家、法家、兵家、墨家、儒家、禪宗經典中，汲取管理要素、管理模型、決策哲學、領導哲學、權變哲學、創造哲學、協調哲學，以及超越與切入的功能，因而促成從中華文化中提煉東方式之管理學理念。[16]成君憶撰《孫悟空是個好員工：從《孫悟空》看現代職場求生錄》一書，轉換慣性視角看問題，另從經營管理的觀點，來解讀《西遊記》這部文學名著。唐僧、孫悟空、豬八戒、沙悟淨師徒四人，分別象徵完美型、力量型、活潑型、和平型四種性格特徵。取經團隊如何戰勝九九八十一難，這是組織行為和性格類型如何搭配合作的問題。[17]由此觀之，《西遊記》不再只是神魔小說；調整閱讀視角，何嘗不是提示經營管理的好讀物。

　　除此之外，成功大學管理學院企業管理研究所 1994 年起，每年舉辦「中國文化與企業管理國際研討會」，研究成果多元而可觀，值得借鏡參考者不少。其他，中國大陸出版社，尚有《管理新思維‧中華智慧與現代管理》、《國學應用智慧》、《國學大智慧》、《道法自然》、《讀國學用國學》、《國學的天空》、《孫子兵法的管理智慧》等 CD 或圖書，可謂琳瑯滿目，廣受歡迎。2009 年 11 月底，廈門大學召開「首屆海峽國學高端研討會」，擬定議題為「如何推動國學經典的經世致用」。2023 年 7 月，筆者主編《續纂群書治要》，持現代經營管理之學，解

---

[16] 成中英：《Ｃ理論‧中國管理哲學》，北京：中國人民大學出版社，2006 年，第二章〈Ｃ理論的要素分析〉，頁 54-94。

[17] 成君憶：《孫悟空是個好員工：從《孫悟空》看現代職場求生錄》，臺北：臉譜出版社，城邦文化公司，2008 年。

讀唐宋九部史籍，揭示「治要今詮」，為華人管理學之理論架構，提供一些觸發與激盪。

由此看來，經典之致用與創新，將是未來學術趨勢之一。從傳統經典提煉經營理念，淬取管理方法，亦將勢所必至，指日可待。

（二）數位內容與文化創意產業

兩兆產業是指半導體及影像顯示產業，該兩項產業如果研發成功，估計未來產值分別超過臺幣 1 兆元以上。姑且不論其成敗，雙星產業則指數位內容及生物科技產業，這兩項產業屬未來明星產業因此稱為兩兆雙星產業。[18]兩兆雙星產業之中，跟中文系或人文學院較有關系者，為數位內容產業。

數位內容，係指將圖片、文字影像、語音等，運用資訊科技加以數位化之跨際工程。數位內容產業，已經是韓國的明星產業，也應該是臺灣未來明星產業之一。數位內容產業分為九大領域：（一）電腦動畫；（二）數位學習；（三）數位遊戲；（四）數位出版典藏；（五）數位藝術；（六）行動應用服務；（七）數位影音應用；（八）網路服務；（九）內容軟體。其中，電腦動畫、數位學習、數位出版典藏、數位藝術、數位影音應用，都是中文系師生轉型參與的目標。過程不妨與資訊系所合作開發，可以雙贏。

上述數位內容產業九大領域中，本人主持教育部「國文科數位教學博物館」四年計畫，成大 5 年 500 億「邁向世界一流大學

---

[18] http://tw.knowledge.yahoo.com/question/?qid=1005022807256。

計畫」「文學數位教學博物館」兩年計畫，執行其中四大領域：
（一）電腦動畫；（二）數位學習；（三）數位遊戲；（四）數
位出版典藏。曾召開「文學數位製作與教學」學術研討會，已出
版論文集。[19]歡迎讀者參與與推廣。另外，又嘗試與數位公司合
作，執行建教合作計畫：（一）數位向量；（二）數位掃描；
（三）〈府城臺南古碑碣數位典藏計畫——文化資產之永寶用
享〉。

　　〈阿凡達〉（Avatar），為全球第一部真人全 3D 電影，耗
資三億美元，刷新影史最高票房記錄，更宣言 3D 科技時代來
臨！3D 產業互動影像顯示產業聯盟會長、工研院光電所副所長
刁國棟強調：臺灣 3D 研發冠全球，可惜最缺 content（內容）；
數位與內容之研發能力，仍有待整合與發揮云云。[20]數位，是科
技；內容，是人文。當科技新貴邂逅古典美人，接觸交往，聯姻
成家，必定幸福美滿。人文系所的師生應該多多了解「數位內
容」，嘗試參與電機系、資訊系、設計系的相關計畫；或者邀請
數位科技專家，前來本系開課，讓他們有機會體會人文內容。彼
此互動，才有可能提供無盡藏的人文 content，同時接觸數位科
技的專業。人文與科技的交流，才是數位與內容整合的基礎，良
性發展的開始。

　　所謂文化創意產業，源自創意或文化累積，透過智慧財產的
形成運用，具有創造財富與就業機會潛力，並促進整體生活環境

---

[19] 張高評主編：《文學數位製作與教學》，臺北：五南圖書公司，2007.1，頁
　　1-202。

[20] 《自由時報‧星期專訪》：工研院光電所副所長刁國棟：「全球 3C 龍頭，是
　　臺灣最大利基」，「3D 研發冠全國，缺 content 及整合」，2010 年 1 月 25
　　日，A9。

提昇的行業。根據臺灣「文化創意產業推動組織」在 2003 年所擬定的〈文化創意產業發展法草案〉中,將「文化創意產業」定義為「源自創意或文化累積,透過智慧財產的形式與運用,具有創造財富與就業機會潛力,並促進整體生活提昇的行業」。內容如下:(1)視覺藝術產業(2)音樂與表演藝術產業(3)文化展演設施產業(4)工藝產業(5)電影產業(6)廣播電視產業(7)出版產業(8)廣告產業(9)設計產業(10)設計品牌時尚產業(11)建築設計產業(12)數位休閒娛樂產業(13)創意生活產業(14)其他合於本法定義之文化創意產業。

奈伊提倡「軟實力」(Soft Power),經典名句是:「誰的故事迷人,和誰的武力強大一樣重要!」軟實力,或譯作軟權力、柔性權力,與傳統的「剛性權力」和「砲艦外交」觀念恰成對比。簡言之,就是以吸引力及說服力贏得他人的認同,而非靠武力強大、經濟勢力。[21]人文學門經典多的是迷人的故事,若能將經典轉化與利用,那麼,將有市場競爭優勢。由此看來,人文系所師生似乎可以跟藝術系所、工業設計、新聞傳播系所等學術單位有合作空間。

《遠見》雜誌 278 期,推出臺灣第一份文創調查報告:〈文創:航向新藍海〉,臺灣文創成績:民間 63、85 分,政府 51、32 分,[22]可見尚有極大的成長與開拓空間。中文系所專業訓練,難道對於文化創意產業截然無關?為何不涉身投入,略盡文化人一份心力?更遑論文創產業的產值或附加價值了!那是何等遠

---

[21] 編輯部:〈專訪「軟實力」教授 約瑟夫・奈伊:誰的故事迷人,和誰的武力強大一樣重要〉,《遠見》雜誌 2010 年 12 月號(第 294 期)。

[22] 遠見民調中心:〈文創:航向新藍海〉,共刊登十五篇文章,《遠見》278 期,2009 年 7 月,頁 142-204。

景？中文人效法孟子的不動心，就是不入寶山試試身手；寧可君子固窮，就是不願變通，向外馳求。哀哉！

　　創意，是文學的生命，藝術的靈魂。如何由文學藝術作品中提煉創造性思維，作為教學、研究、創作之參考，以及產品開發之借鏡，這應該也是值得投入探討的焦點之一。筆者研究宋詩，如何在唐詩輝煌燦爛下，「開闢真難為」之中，能夠新變代雄、自成一家？其中關鍵，在於宋詩大家名家幾乎都追求推陳出新，所以能與唐詩分庭抗禮，而形成「詩分唐宋」的壁壘。[23]筆者著有《創意造語與宋詩特色》、《王昭君形象之轉化與創新》一書，作為張本。[24]曾探討歐陽脩、王安石、蘇軾、黃庭堅詩中之創意詩篇，梳理宋代詩話筆記中之創造性思維。此中天地遼闊，值得開發。

　　專家學者一再預告：人工智能（AI）時代，即將到來。李開復博士，為人工智能研發的先行者，於 2017 年灣大學畢業典禮，演說「AI 時代，文科更有意思了！」經典名句，摘錄如下：

> 隨著 AI 到來，職場的金字塔結構將會重組。金字塔頂端的人，叫做創新者。AI 優化某一個領域的精確度，遠超人類；但是，AI 是不會創新的。（案：目前，生成式 AI，打破僵局，逐漸可以創新了！）
>
> 進入 AI 时代，各種文科真的變得更有意思了。哲學、……

---

[23] 錢鍾書：《談藝錄》，臺北：書林出版公司，1988 年，頁 1-5。

[24] 張高評：《創意造語與宋詩特色》，臺北：新文豐出版公司，2008。張高評：《王昭君形象之轉化與創新：史傳、小說、詩歌、雜劇之流變》，臺北：里仁書局，2011 年。

心理學……、社會學、歷史、人類學，都因為 AI，可以有好多新課題。

我覺得，理科生的人文關懷，未來會有更大的價值。因為，AI 是無法在做這麼大的跨越的。[25]

彼得杜拉克（Peter Ferdinand Drucker）《管理學》稱：「創新，可視一種學科，可被學習，能被實際運用。」人文藝術學科，無論主體或客體，都富含創意思維、創新方法，值得參考借鑑。人工智慧再卓越、再精明，却不懂美，不懂幽默，缺乏愛心，不知感恩。服務、參與、聯繫、情感，這些也是 AI 做不到的。所以，在未來 AI 時代，理工學科能擁有更多的人文關懷，將更能造福人類社會。人文學科的素養，可以提供溝通、表達、美感、思辨，甚至創造性思維諸能力。人文與科技，彼此互相融合，將促使文科發揮更多主體性。於是，「文科更有意思了」，才可能成真。迎接 AI 時代來臨，人文學科如何揮灑它的主體性和獨創性，這值得人文學科同道，進一步思索、努力。

（三）人文素養的高度與格局

態度決定高度，格局影響結局，如今已成經營管理學的口頭禪。試進一步探問：又是什麼決定了態度？什麼東西可以影響格局？我認為：是人文素養決定了態度，是創意思維影響了格局。臺灣台積電董事長張忠謀先生呼籲：「卓越大學要為臺灣培養領

---

[25] 李開復博士，創新工場董事長兼執行長，於臺灣大學 105 學年度畢業典禮致詞：「AI 時代，文科更有意思了！」2017 年 6 月 6 日。參看臺大演講網 https://speech.ntu.edu.tw

導人才，領導人才要有誠信、正直等特質。」[26]這攸關態度、格局和高度問題，都跟人文素養息息相關。

　　蓋立身處世、待人接物之際，舉凡談吐、思辨、美感藝術、創新、器度、洞識、反思、前瞻，以及融會貫通等能力，都屬人文素養。人文學院所修讀之文學、哲學、歷史、藝術、語言、宗教等課程，都是教養傑出領袖人才的法寶和秘笈，可惜社會一般人都等閒視之，實在可惜。一個受過高等教育的知識份子，畢業進入職場，的確憑藉專業能力；之後五年、十年，誰脫穎而出？誰領袖群倫？誰能獨當一面？誰可平步青雲？就不再是專業能力掛帥，而是人文素養決定了態度和高度。於是，創意思考成為化鵬成龍的利器，既能左右格局，自然也影響了結局。國文教學是人文素養的集散地，是創意思維的大本營，是養成美好態度，提昇崇高格局的加持場，應該善加發揮。

　　由此可見，人文素養、創意思維，是大學語文教學之核心價值，焦點方向。應當體用合一，相濟相成，不容等閒視之，應極力加強。筆者有鑑於此，乃執行創意研發之計畫，主辦學術研討會四屆，推廣理念，研討文學藝術作品之創意。已出版《典範與創意學術研討會論文集》、《人文與創意學術研討會論文集》、《文學藝術與創意研發研究論文集》、《文學藝術與創意研發研究論文集》（四編）。[27]

---

[26] 林思宇：〈張忠謀：卓越大學要培養社會領導人才〉，《中央社》，2009 年10 月 24 日。

[27] 張高評主編：《典範與創意學術研討會論文集》，臺北：里仁書局，2007.12，頁 1-482。張高評主編：《人文與創意學術研討會論文集》，臺北：里仁書局，2008.6，頁 1-358。張高評主編：《文學藝術與創意研發研究論文集》，臺北：里仁書局，2011，頁 1-432。張高評主編：《文學藝術與創意研發研究論文集》（四編），臺北：里仁書局，2014 年，頁 1-466。

　　中文系傳統的課程設計，在文學美感和情意陶冶方面，值得持續提倡，甚至結合數位內容、文化創意產業，大力推廣。就情意之陶冶而言，最見人文素養造就之功。蓋語文教材，是文化的載體，體現文化的英華，揭示文化的價值，表現人文之精神。語文教育，對於人格、氣質、道德、操守之潛移默化，多有養成造就之功。對於義利、進退、是非、取捨之分際，透過詩、散文、詞、小說、戲劇之演示，容易達成潛移默化之目的。老莊的逍遙齊物，孔孟的經世致用，陰陽五行之相生相成，乃至於玄學、佛學、理學之思辨與啟發，對於吾人之立身處世，所作哲理開示，大有裨益。不遇、不第、黜落、遷謫、貧寒、窮困、鰥寡、廢疾，舉凡人間之不幸愁苦，如何面對？如何化解？如何樂天知命？諸如此類之情緒管理，最有啟示。面對問題，如何設身處地？如何訂定策略？如何規劃安排？如何落實執行？種種策略之規劃，體國經野之語文教材，多有示範。

　　文學藝術作品之所以享譽當代，流傳久遠，還在於風格獨具，自成一家。無論詩、詞、文、賦、小說、戲劇，無論繪畫、書法、音樂、雕塑、電影，作家或藝術家永遠是個後來者。當他準備創作時，面對古今中外、琳瑯滿目、出類拔萃、偉大不朽的前人作品，是否浮現「影響之焦慮」？如何推陳出新？如何競爭超勝？如何後出轉精？如何新變代雄？這些思維的真正落實，正是文學藝術作品所以風格獨具，自成一家之催化劑。具備這些思維，進而體現這些思維，就是一般所謂的「創意」，「創意思考」，學術用語稱為「創造性思考」。

（四）人文經典的現代解讀

大學院校的國文教學，變成「雞肋」科目──學生「食之無味」，施教的老師「棄之可惜」，已經不是新聞，恐怕已持續有四、五十年的悠久歷史了。回想大一國文教學分數之遞減，從1981 年前的每學年 8 學分，到 6 學分，到如今實施的 4 學分，真是每下愈況，慘不忍睹。接下來，4 學分尚未跌至谷底，後續發展可能由必修改為選修，結局就像香港各大學的模式。果真如此，那將是語文教學的浩劫。歷史學門的「中國通史」課程，命運與國文類似，堪稱難兄難弟。這一連串的學分遞減，身為文史教師，我們是否應該共同關注，尋求應變的策略？還是束手無策，坐以待斃，任憑別人宰割我們的命運？我們該做什麼？我們能做些什麼？

大一國文、中國通史的教學，或稱為通識教育，如今為何淪落到學分萎縮，甚至成為「雞肋科目」？營養學分？其中牽連眾多，譬如語文教育政策、理工院系成長、功利社會價值觀、商品經濟導向等客觀因素，操之在人，我們無法掌控。但屬於主觀條件，可以操之在我的，我們就應該盡心致力，集思廣益，知恥知病，求行求新，以檢視國文教學之流弊，規劃具體可行之方案。首先，應該了解自己的優勢，同時又必須清楚自己的不足。其次，應該了解客觀存在的學術生態，社會價值觀之趨向，閱聽眾之接受與需求，然後提出教學改進之策略。《孫子兵法》所謂：「知己知彼，百戰不殆」；策略管理程序有所謂 S.W.O.T.分析：（優勢 Strength、弱點 Weakness、機會 Opportunity、威脅 Threat），都值得參考。

文學家從事創作，剎那間的敏銳觀察力，往往跟科學家經年

累月的實驗結論一致。理學院、工學院、醫學院、農學院、管理學院從事學術研究，如果熟悉古典文學，可以藉此獲得靈感啟示，作為研究選題，既發揚傳統經典文化，也開拓了自我的研究領域。大陸學者林正和著有《詩詞與科學》一書，[28]抉發詩詞名句的科學奧秘。以生物學為例，如蘇軾〈惠崇春江曉景〉詩「春江水暖鴉先知」句，解答清儒毛奇齡之問：「何以鴨先知？」謂動物耐寒抗冷，當以鴨鵝為冠軍：一般動物的耐寒性極限為攝氏零下 45°，北極熊為零下 80°，鴨子為零下 110°。鴨子一年四季在水中，水溫的冷暖變化，鴨子當然最先知道。因此，不得不佩服惠崇卓越獨到的藝術選材眼光，東坡的知音呈現。[29]以工業資源學為例，如蘇軾〈石炭〉詩「投泥潑水愈光明」句，就濕煤燃燒產生一氧化碳和氫氣，有助燃和放熱效應而言，東坡詩句也是切合科學真理的。

　　文學作品是人學具體而微的表現，詩詞是文學的精華，人生體悟深刻，參考借鏡尤其可行。蘇州大學楊海明教授著有《唐宋詞與人生》，對於人生態度、生命體驗、人生世相、人生況味提示極多，頗值得閱讀參悟。[30]洪丕謨著有《唐詩與人生》一書，闡揚唐詩中有關世道人心、愛情婚姻、自我修養、養生健康、禪悅感悟等話題。[31]宋代詩人如蘇軾、黃庭堅、楊萬里等創作很多理趣詩，既有文學的美感，又富哲理的啟示。坊間出版《歷代哲理詩鑑賞辭典》，可看作這類文學讀物的推廣。與哲理詩相近

---

[28] 林正和：《詩詞與科學》，南京：江蘇科學技術出版社，1984.2，共 35 篇。

[29] 同上，頁 14-15。

[30] 楊海明：《唐宋詞與人生》，石家莊：河北人民出版社，2002.5。

[31] 洪丕謨：《唐詩與人生》，上海：上海古籍出版社，2001.12。

的，是寓言，將大道理寄託在一個小故事中，小中見大，由微塵見大千，也極富人生哲理的啟示，從先秦莊子、韓非子的哲理寓言，到漢魏六朝的勸戒、諷刺寓言，到佛教的《百喻經》，到明清的詼諧寓言，有小品文的雋永，哲理文的睿智，很適合忙碌的現代人閱讀。陳蒲清《中國古代寓言史》、坊間《儒道佛寓言鑑賞辭典》，值得參閱。另外，李錫炎《詩詞銘聯與現代領導》，提出領導詩學之命題，將詩詞名聯跟領導科學聯繫一起，學科整合，將文學作管理學之詮釋，極富創意。[32]古為今用，文化創新，其寫作策略頗有參考價值。

成語典故，提煉自經典，源遠流長，蔚為中華文化的結晶，其中富含華夏文明的無上智慧。大陸清華大學理工學院學者余春，著有《成語‧科學的啟示》一書，[33]就中華文化流傳的成語，多方作科學啟示的論證，命意十分新穎獨特，其〈後記〉有言：

> 「夸父逐日」，向人們提出了新能源技術的發展前景；「空中樓閣」，暗示人類遷居太空的宇宙空間站；「水滴石穿」，為當今工業上獨樹了一面水蝕加工法的旗幟；還有用於工業的「點石成金」，農業上的「土壤細流」，醫學上的「改頭換面」……科學技術的日新月異，不斷賦予漢語成語新的含義和新的生命，以致成語源遠流長，經久

---

[32] 李錫炎：《詩詞銘聯與現代領導——領導詩學研究》，成都：西南交通大學出版社，2001.4。

[33] 余春：《成語，科學的啟示》，北京：昆崙出版社，1988.10，列舉 90 則成語，一一作科學啟示的論述。

不衰。

不同學科之間的整合研究，是當今學術研究的重要趨勢。人文學，尤其是經典文獻，負載傳統文化，自身即具有「源頭活水」的屬性，應該發揚光大，以挹注其他學科，特別是自然科學。因此，理、工、醫、農等自然科學的研究者，如果人文素養深厚，經典訓練紮實，科技與人文即可自行「轉相灌注」，相互發明，誠如余春教授於上述所言者。因此，提供自然科學研究者以經典文化的薰陶，是極有遠景，極具意義的。當然，經典傳播者如果也能熟悉一些現代科技的新發展和新成果，相信也能「創造性轉化」經典，賦予新生命。

人文經典在提供情意陶冶方面，尤其有極大之揮灑空間。如《周易》經傳與窮變通久之道，《左傳》、《史記》敘事「存亡之迹，興廢之理」之資鑑勸懲，唐詩名篇之美感欣賞，宋詩理趣之人生啟示，遷謫文學之生命安頓，兵法謀略之創意思維，老莊申韓之應世接物，佛典禪籍之超脫自在等等，居今之世，多值得作另類詮釋，甚至創新解讀。

四、結語

中華民族生存發展的經驗與教訓，存留在博大精深的中華文化中，而傳世經典正是寶貴的智慧結晶、文化遺產。職是之故，經典在知識和洞見方面，既有其優越性，於是樹立了典範性和權威性。

經典的寫作，大多起於「救世之弊」，時代色彩十分濃厚，

問題針對性十分明確，由於時移勢遷，有些觀點難免不合時宜。因此，明體達用，是經典轉化的原則問題，經典的詮釋無代無之。換言之，經典的現代化是每一個時代的共同課題，而「借用」和「連結」，正是當代學界值得嘗試的經典解讀方式之一。

本文從人文經典的價值，談到當今經典傳播的困境。為因應人文經典之與時俱進，實應落實經典之轉化與利用。筆者借鏡宋儒胡安定「明體達用」之說，參考賈伯斯（Steven Paul Jobs，1955～2011）提倡創新，拈出「借用」和「連結」的兩個關鍵詞，盱衡當前經典傳播與利用之困境，證以執行計畫與出版論著之實際經驗，現身說法，針對傳統文化與經營管理、數位內容與文化創意產業、人文素養的高度與格局、人文經典的現代解讀四大方面，指出方向，提供建言。要之，經典之轉化與利用，不外實用化、創意化、數位化之發用而已。

傳統文化的精華，薈萃於人文經典之中。人文經典中，有文學、美學、歷史、哲學、語言、宗教、音樂、美術、心理學、社會學、人類學，應多多發揮其主體性和獨創性。這些，都是人文的軟實力。若能與理、工、醫、農、法、商相結合，於是當理工學者誤入黑暗的死角時，人文可以作為照亮黑暗的蠟燭。這樣，AI 時代來臨，「人文更有意思了」的預言，才可能成真。[34]

---

[34] 本文初稿，發表於韓國中國學會主辦「中國文化與現代的溝通」，第 32 屆中國學國際學術大會，2012 年 2012 年 8 月 16～17 日。後來，稍作增訂，發表於香港教育大學《國際中文教育學報》（International Journal of Chinese Language Education）2017 年第 2 期（總第 2 期），頁 71-91。

貳、章法學研究之視角開拓
與成果創新

提要

　　研究學術，無論傳統課題，或新興學門，往往如《南齊書‧文學傳論》所云：「習玩為理，事久則瀆。在乎文章，彌患凡舊。若無新變，不能代雄。」章法學本為修辭學之一環，今單科獨進，附庸蔚為大國。為求規摹遠舉，可大可久，故觸類旁通，借用連結相關學科。期待因「祖述憲章」，從此能「超騰飛翥」。今提出八大研究視角：一，《春秋》書法與章法學研究；二，歷史編纂與章法學研究；三，敘事傳統與章法學研究；四，《左傳》《史記》評點與章法學研究；五，古文義法與章法學研究；六，詩話、筆記、文話與章法學研究；七，詞話、曲話與章法學研究；八，小說評點與章法學研究。章法學之研究，因視角開拓，而成果創新，此勢所必至，理有固然。此篇所載，為2024年1月20日，第十六屆章法學會之主題演講參考資料。在撰成論文之前，先提供原典文獻。讀者會心處，不妨得魚而忘筌。

　　凡是語言運用問題，無論是關於語法修辭的，關於語言聲律的，還是關於體裁風格的，都屬於辭章之學。所謂辭章學，包括修辭學的內容，但比修辭學的範圍廣，綜合性大。（陳滿銘、鄭頤壽主編：《大學章法學》引張志公〈談辭章之學〉，福建人民

出版社，2004，頁39）

聖賢書辭，總稱文章，非采而何？……文附質，……質待文也。夫鉛黛所以飾容，而盼倩生於淑姿；文采所以飾言，而辯麗本於情性。故情者文之經，辭者理之緯；經正而後緯成，理定而後辭暢：此立文之本源也。（梁劉勰《文心雕龍》，〈情采第三十一〉）

要解決問題，就必須樂用方法、善用方法、常用方法，以及用對方法。治學懂得方法，有助於解決疑難，提昇研究之成效。（張高評《論文寫作演繹》，第六章〈緒論‧研究方法〉）

創新的兩個關鍵字，是「借用」與「連結」。但前提是，你得先知道別人做了什麼。（賈伯斯（Steven Paul Jobs，1955～2011）：〈賈伯斯的 10 句經典名言〉，6. 創新＝借用與連結，《天下》雜誌，2011 年 10 月 6 日）

修辭學、章法學、文體分類學，以及一切文評、詩論、藝術品評，多出於後設之理論。就作品之解讀而言，研究方法之運用，借鏡異領域之碰撞，憑藉「外鑠」（外考證）者多。本文所謂研究之視角與方法，自不例外。

清金聖歎稱：「臨文無法，便成狗嗥，而法莫備于《左傳》。甚矣！《左傳》不可不細讀也。我批《西廂》，以為讀《左傳》例也。」（金批《西廂記》卷四，〈驚豔〉）

一、《春秋》書法與章法學研究

《傳》稱屬辭比事者，《春秋》之大法。此必孔門傳授之格言，而漢儒記之耳。……夫春秋有大屬辭比事，有小屬辭比事。

其大者，合二百四十二年之事而比觀之。……其小者，合數十年之事而比觀之。（元程端學《春秋本義》卷首，〈春秋本義通論〉）

《春秋》十二公，桓、莊、僖，文、宣，成，皆娶齊女。襄、昭、定、哀，皆不娶齊女。娶齊女，則書逆書至，獨詳。不娶齊女，則逆與至皆不書，而從略。詳于書齊女者，聖人惡魯之娶齊女也。……嗚呼！醴泉無源，而淫風有自。齊女固善淫焉，而又好殺：通齊侯者，齊女也。通慶父者，又齊女也與？殺其夫者，齊女也與？殺其子者，又齊女也！齊女世濟其惡，以亂魯。魯人當一戒之、再戒之矣！（清張自超：《春秋宗朱辨義》卷八，成公十四年，〈九月僑如以夫人婦姜氏至自齊〉）

就《春秋》創作之歷程，或歷史編纂學而言，首先，未下筆，先有義；義先存有，而比事屬辭之法隨之派生。其次，原始文獻經由筆削去取，已微見史義。再次，史事之排比編次，如有無、異同、詳略、先後，再昭示史義。最後，辭文之連屬修飾，如曲直、顯晦、重輕、虛實、主從，復體現史義與文心。（張高評：〈《春秋宗朱辨義》與直書示義之書法，《中山大學學報》，2024年第1期，第64卷，總307期，頁28）

清章學誠稱：「史之大原，本乎《春秋》，《春秋》之義，昭乎筆削。」《春秋》推見至隱，以比事屬辭作為詮釋解讀之法門。本初，即《春秋》書法、史家筆法。再變，而為敘事傳統、古文義法。三變，則為修辭章法、文學語言。探討《春秋》屬辭比事，與《左傳》文章義法之關聯，可從六個面向，進行論證：

一，孔子之立義創意，與《春秋》之取義。二，《春秋》或筆或削，與詳略重輕、異同變常。三，《春秋》比事，與前後措注、本末始終。四，《春秋》屬辭，與曲筆直書、變文特筆。

五，《春秋》約文與微婉顯晦、增損改易。六，《春秋》屬辭，
與言外之意、都不說破。由此觀之，孔子《春秋》一書，堪稱中
華經史之星宿海，傳統文學之源頭活水。（張高評：《春秋》屬
辭比事與《左傳》文章義法，《華中學術》第 36 輯，2022 年 10
月。）

參考資料

張高評：《左傳屬辭與文章義法》，臺北：五南圖書公司，
　　　2021.12。

張高評：〈《左傳》敘戰與《春秋》筆削——論晉楚城濮之
　　　戰的敘事義法（上）〉，《古典文學知識》2018 年第 4
　　　期（總第 196 期，2018 年 7 月），PP.105-112。

張高評：〈《左傳》敘戰與《春秋》筆削——論晉楚城濮之
　　　戰的敘事義法（下）〉，《古典文學知識》2018 年第 6
　　　期（總第 201 期，2018 年 11 月），PP.104-113。

張高評：〈比事屬辭與方苞論古文義法：以《文集》之讀
　　　史、序跋為核心〉，香港中文大學《中國文化研究所學
　　　報》第 60 期（2015 年 1 月），PP.225-260。

二、歷史編纂與章法學研究

原始要終，本末悉昭，為古春秋記事之成法（劉師培語），
孔子作《春秋》因之。左丘明本《春秋》而為傳，或排比史事，
或連屬辭文，或探究終始，《晉書·荀崧傳》稱其張本繼末，以
發明經義；晉杜預《春秋經傳集解·序》謂左丘明作傳，有先

經、後經、依經、錯經之法。可見《左氏》釋經，承比事屬辭《春秋》之教，薪傳張本繼末、探究終始之歷史敘事法。

所謂前後始末者，一事必有首尾，必合數十年之通而後見。或自春秋之始至中，中至終而總論之，正所謂屬辭比事者也。大凡《春秋》，一事為一事者常少，一事而前後相聯者常多。其事自微而至著，自輕而至重，始之不慎，至卒之不可救者，往往皆是。（元程端學《春秋本義》卷首，〈春秋本義通論〉）

作史者，……事之成敗得失，人之邪正了然於胸中，而後執筆捧簡，發凡起例，定為乙書。……譬如大匠之為巨室也，必先定其規模，向背之已得其宜，左右之已審其勢，堂廉之已正其基，於是入山林之中，縱觀熟視，某木可材也，某木可柱也，某木可棟也、榱也。某石可礎也、階也。乃集諸工人，斧斤互施，繩墨並用，一指揮顧盼之間，而已成千門萬戶之鉅觀。（清戴名世《南山集》卷二〈史論〉）

夫合甘辛而致味，通纂組以成文，低昂時代，衡鑒士風，論世之學也。同時比德，附出均編，類次之法也。情有激而如平，旨似諷而實惜，予奪之權也。或反證若比，或遙引如興；一事互為詳略，異撰忽爾同編，品節之理也。言之不文，行之不遠，聚公私之記載，參百家之短長，不能自具心裁，而斤斤焉徒為文案之孔目，何以使觀者興起，而遽欲刊垂不朽耶？（清章學誠著，葉瑛校注：《文史通義校注》卷六，外篇一，〈和州志列傳總論〉）

《左傳》體雖編年，然于世局變革之際，往往出於終始本末之敘說，如《重耳出亡》、《呂相絕秦》、《聲子說楚》、《季札出聘》、《王子朝告諸侯》諸什，發明尊王、攘夷、重霸之《春秋》大義，皆因事命篇，原始要終，側重事件之本末敘事。

「文省于紀傳，事豁於編年」之紀事本末體優長，已胎源於斯。（張高評：〈《左傳》敘事見本末與《春秋》書法〉，《中山大學學報》2020 年第 1 期第 60 卷，總 283 期）

參考資料

> 柳詒徵：《國史要義》，臺灣中華書局，1973。
> 何炳松：《歷史研究法》，《何炳松文集》第四卷，北京：
> 　　　商務印書館，1997。

三、敘事傳統與章法學研究

左丘明受《經》於仲尼，以為《經》者不刊之書也，故《傳》或先《經》以始事，或後《經》以終義，或依《經》以辯理，或錯《經》以合異，隨義而發。（晉杜預注，唐孔穎達疏：《春秋左傳注疏》，卷首，〈春秋序〉）

◎敘事有主意，如《傳》之有《經》也。主意定，則先此者為先《經》，後此者為後《經》，依此者為依《經》，錯此者為錯《經》。（清劉熙載著，徐中玉，蕭華榮校點：《劉熙載論藝六種》，《藝概》，卷一，〈文概〉）

◎記事之文，惟《左傳》《史記》各有義法。一篇之中，脈相灌輸，而不可增損，然其前後相應，或隱或顯，或偏或全，變化隨宜，不主一道。（清方苞：〈書《五代史·安重晦傳》〉，《望溪先生文集》卷二）

文章以敘事為最難。文章至敘事而能事始盡，而敘事之文，莫備於《左》、《史》。（清章學誠《章氏遺書·補遺》，〈論

課蒙學文法〉）

中國傳統敘事學，濫觴於孔子作《春秋》之記事書法。其後開枝散葉，體現為歷史之編纂學，一變為紀傳之表述，二變為敘事之藝術，三變為古文之義法。無論書法、史學、敘事、古文，一言以蔽之，皆薪傳比事屬辭之《春秋》教。

◎至於薪傳《春秋》教之層面，則有四端：其一，筆削取捨，衍為詳略互見。其二，比事措置，化成先後位次。其三，約文屬辭，派生為主從、有無、虛實、顯晦、曲直、重輕，以及潤色、損益諸修飾手法。其四，原始要終，張本繼末，衍化為疏通知遠，脈注綺交。於是敘事傳人注重安章、布局、篇法、部法，體現系統思維。（張高評：〈書法、史學、敘事、古文與比事屬辭：中國傳統敘事學之理論基礎〉，《中國文化研究所學報》第64 期，2017 年 1 月）

案：《春秋》《左傳》等史籍，「言有物」之義，或筆或削之際，往往推見以至隱，轉而藉「言有序」之「法」以表述。古典小說與戲劇敘事，淵源于史傳，或筆或削之書法，自可作為解讀《三國志》《三國志注》《三國志演義》等史傳、小說、戲劇敘事之津梁與法門。

參考資料

唐杜甫著，清仇兆鰲注：《杜甫詩集》，中華書局，1979。

宋郭茂倩編：《樂府詩集》，人民文學出版社，2010。

◎張高評：《左傳英華》，臺北：萬卷樓圖書公司，2020.2。又，《人文經典·左傳》，石家莊：花山文藝出版社，2022.3（簡體中文版）。

張高評：《〈春秋〉書法與中國敘事傳統》，（書稿待刊）。

張高評：《以史傳經與〈左傳〉之敘事傳統》，（書稿待刊）。

張高評：《比事屬辭與〈史記〉敘事傳統》，（書稿待刊）。

◎張高評：〈《春秋》筆削見義與傳統敘事學——兼論《三國志》、《三國志注》之筆削書法〉，山東大學《文史哲》學報，2022 年第 1 期（總第 388 期），頁 117-130。

張高評：〈《春秋》屬辭約文與文章修辭——中唐以前之《春秋》詮釋法〉，山東大學儒學高等研究院《漢籍與漢學》2021 年第一輯（總第八輯），頁 65-101。

◎張高評：〈比事屬辭與中國敘事傳統〉，《單周堯教授七秩華誕國際學術研討會論文集》，2020 年 11 月，香港中華書局，頁 689-710。

張高評：〈《史記》互見法與《春秋》敘事傳統〉，《國文天地》第 35 卷第 3 期（總 411 期），2019.08，p.9-18。

張高評：〈《春秋》《左傳》《史記》與敘事傳統〉，《國文天地》第 33 卷第 5 期（總第 389 期，2017 年 10 月），PP.16-24。

◎張高評：〈書法、史學、敘事、古文與比事屬辭——中國傳統敘事學之理論基礎〉，香港中文大學《中國文化研究所學報》第 64 期（2017 年 1 月），PP. 1-33。

四、《左傳》《史記》評點與章法學研究

（一）《左傳》評點

　　敘事之文，其變無窮，故今古文人其才不盡於諸體，而盡於敘事也。蓋其為法，……離合變化，奇正相生，如孫、吳用兵，扁、倉用藥，神妙不測，幾於化工，其法莫備於《左氏》。（清章學誠《章氏遺書補遺》，〈論課蒙學文法〉）

　　◎明凌稚隆：《春秋左傳注評測義》，萬曆十六年吳興凌氏刊本。

　　清金聖歎：《左傳釋》，《金聖歎全集》，鳳凰出版社。

　　清金聖歎：《天下才子必讀古文》，《金聖歎全集》，鳳凰出版社。

　　◎清金聖歎：《貫華堂第六才子書西廂記》，《金聖歎全集》，鳳凰出版社。

　　◎清王源：《左傳評》十卷，新文豐出版公司，又《四庫全書存目叢書》。

　　◎清魏禧評點，彭家屏參訂：《左傳經世鈔》二十三卷，《續修四庫全書》，上海古籍出版社。

　　劉繼莊：《左傳快評》八卷。

　　孫琮：《山曉閣左傳選》十卷。

　　◎清方苞口授，清王兆符傳述：《左傳義法舉要》一卷，廣文書局，1977。

　　清盧元昌：《左傳分國纂略》十六卷。

　　清鄒美中輯評：《左傳約編》二十一卷。

　　◎清馮李驊、陸浩評輯：《左繡》三十卷，文海出版社。

清鄒美中：《左傳約編》二十一卷。

清周大璋：《左傳翼》三十八卷。

清姜炳璋：《讀左補義》五十卷，臺北：文海出版社。

◎清陳震：《左傳日知錄》八卷，清乾隆年間稿本，國家圖
　　書館藏本。

清盛謨：《于埜左氏錄》二卷。

清王系：《左傳說》三十卷，首一卷。

清方宗誠：《春秋左傳文法讀本》十七卷。

◎林紓：《左傳擷華》二卷，高雄復文圖書出版社，1981。

◎吳曾祺：《左傳菁華錄》二十四卷。

◎吳闓生：《左傳微》十二卷，臺北：臺灣中華書局，
　　1970。

韓席籌：《左傳分國集注》十二卷，南京：江蘇人民出版
　　社，1963。

〔日〕奧田元繼：《春秋左氏傳評林》七十卷，和刻本。

◎李衛軍編著：《左傳集評》（一～四冊），北京大學出版
　　社，2016。

張高評主編：《古文觀止鑑賞》，臺南：南一書局，1999。

◎張高評：《左傳屬辭與文章義法》，臺北：五南圖書公
　　司，2021。

◎張高評：《左傳英華》，臺北：萬卷樓圖書公司，2020。
　　又，《人文經典・左傳》，石家莊：花山文藝出版社，
　　2022.3。（簡體中文版）

（二）《史記》評點

明朝《史記》評點，內容廣泛。在評人物、評事實之外，更多的是評敘事特色、人物刻畫、章法結構、文章風格、語言藝術。整體來看，明人高度評價《史記》文學成就。《史記》文學的經典化，明代評點學自是重要促成之途徑。

明代《史記》評點的代表作，如：

◎茅坤：《史記鈔》

◎歸有光：《歸震川評點史記》

楊慎：《史記題評》

唐順之：《荊川先生精選批點史記》

何孟春：《史記評鈔》

王慎中：《史記評鈔》

董份：《史記評鈔》

◎鍾惺：《鍾伯敬評史記》

◎凌稚隆：《史記評林》

朱東觀：（《史記集評》

葛鼎、金蟠：《史記匯評》

陳子龍、徐孚遠：《史記測義》等，多達 30 餘種。

至清朝，評點之風未熄，評點《史記》之專著，多達 15 種。以古文選本方式，評點《史記》者，亦有 15 家。專著與選本合計，明清有關《史記》之評點，文本當在 60～70 種之間。此中天地，無限寬廣，學術礦苗，十分豐沛，正有待後進之探索與發展。

◎吳見思：《史記論文》130 卷。

◎吳楚材、吳調侯：《古文觀止》，特別注重作品的章法結

構，集中評論每篇的藝術特點。

徐乾學：《古文淵鑑》，點評《史記》作品 14 篇。

湯諧：《史記半解》，對《史記》文學特色多有闡述。

◎方苞：《評點史記》，用「義法」評論《史記》的敘事特
點。

◎牛運震：《史記評註》12 卷，論述《史記》文章筆法。

浦起龍：《古文眉詮釋》，評點著重於章法結構與藝術特
色。

◎王又樸：《史記七篇讀法》2 卷，分析《史記》作品的藝
術特色。

◎姚祖恩：《史記精華》，注重藝術手法的分析，在清代流
行較廣。

◎劉大櫆：《論文偶記》，談古文作法，多處論述《史記》
的文章風格。

邵晉涵：《史記輯評》，輯錄前人評論，頗有價值。

高嵣：《史記鈔》，《史記》文學評點中較為突出的一部著
作。

◎程餘慶：《歷代名家評註史記集說》，為《史記評林》後
重要之輯評著 作。在《史記》文學評論方面，有重要
價值。

林伯桐：《史記蠡測》，評論史實和文學，著重《史記》文
法。

曾國藩：《求闕齋書錄‧史記》，評議《史記》字句、用
意、文章，讚譽司馬遷的文筆。

王拯：彙編歸有光、方苞《史記》評語，為《歸方評點史記
合筆》，主要在文學評點。

參考資料

◎張新科〈《史記》文學經典化的重要途徑──以明代評點為例〉，《文史哲》2014 年第 3 期，2014 年 12 月。

◎張新科：〈論清代的《史記》文學評論〉，《陝西師範大學學報》，第 45 卷第 1 期，2016 年 1 月。

五、古文義法與章法學研究

（孔子）西觀周室，論史記舊聞，興於魯而次春秋，上記隱，下至哀之獲麟，約其辭文，去其煩重，以制義法。王道備，人事浹。（漢司馬遷《史記‧十二諸侯年表序》）

◎《春秋》之制義法，自太史公發之，而後之深於文者亦具焉。義即《易》之所謂「言有物」也，法即《易》之所謂「言有序」也。義以為經，而法緯之，然後為成體之文。（清方苞：又書〈貨殖傳〉後，《望溪先生文集》卷二）

古文所從來遠矣，《六經》、《語》、《孟》，其根源也。得其枝流，而義法最精者，莫如《左傳》、《史記》。（清方苞〈《古文約選》序例〉，《望溪先生集外文》卷四）

敘事之文，義法精深至此，所謂出奇無窮。雖太史公、韓退之不過能彷彿其二三。其餘作者，皆無階而升。（清方苞《左傳義法舉要》卷一，〈韓之戰〉評語）

《左傳》敘事之法，在古無兩，宜於此等求之。（清方苞《左傳義法舉要》卷一，〈城濮之戰〉評語）

文章以敘事為最難，文章至敘事而能事始盡。而敘事之

文，莫備於《左》、《史》。（清章學誠《章氏遺書・補遺》，〈論課蒙學文法〉，頁 1358）

◎古文必推敘事，敘事實出史學，其源本於《春秋》比事屬辭。（清章學誠《章氏遺書・補遺》，〈上朱大司馬論文〉）

參考資料

張高評：〈張鎡《仕學規範・作文》述評：兼論詩法與文法之會通〉，香港中文大學《中國文化研究所學報》第 51 期（2010 年 7 月）。

張高評：《比事屬辭與古文義法——方苞「經術兼文章」考論》，臺北：新文豐出版公司，2016。

宋文蔚編：《評註文法津梁》，高雄：復文圖書出版社，1993。

朱任生編述：《古文法纂要》，臺北：臺灣商務印書館，1984。

六、詩話、筆記、文話與章法學研究

◎杜逢祿山之難，流離隴蜀，畢陳於詩，推見至隱，殆無遺事，故當時號為「詩史」。（唐孟啟《本事詩・高逸第三》，見丁福保《歷代詩話續編》）

參考資料

張高評：〈杜甫詩史與《春秋》書法——以宋代詩話筆記之
　　詮釋為核心〉，香港浸會大學《人文中國學報》第 16
　　期（2019.09）。

張高評：〈杜甫詩史、敘事傳統與《春秋》書法〉，香港浸
　　會大學《人文中國學報》第 28 期，2019.06。

張高評：〈杜甫詩史與六義之比興——兼論敘事歌行與《春
　　秋》筆削〉，《人文中國學報》第三十四期，2022.6。

張高評：〈史家筆法與宋代詩學——以宋人詩話筆記為
　　例〉，《宋代文學研究叢刊》第四期，1998.12。

張高評：〈《春秋》書法與宋代詩學——以宋人筆記為
　　例〉，《宋代文學研究叢刊》第三期，1997.09。

（一）詩話

宋阮閱著，謬荃孫校：《詩話總龜》，臺北：廣文書局，
　　1973。

◎宋胡仔著，廖德明校點：《苕溪漁隱叢話》，人民文學出
　　版社，1981。

◎宋魏慶之：《詩人玉屑》，臺北：世界書局，1971。

◎元方回選評，李慶甲集評校點：《瀛奎律髓彙評》，上
　　海：上海古籍出版社，2005 年。

張伯偉編校：《稀見本宋人詩話四種》，南京：江蘇古籍出
　　版社，2002。

清何文煥編：《歷代詩話》，北京：人民文學出版社，
　　1982。

丁福保輯：《歷代詩話續編》，北京：人民文學出版社，1983。

◎陳伯海：《唐詩彙評》（1～3），杭州：浙江教育出版社，1995。

周維德集校：《全明詩話》（1～6），濟南：齊魯書社，2005。

丁福保編：《清詩話》，北京：人民文學出版社，1982。

郭紹虞編：《清詩話續編》，北京：人民文學出版社，1982。

郭紹虞編：《宋詩話輯佚》，北京：中華書局，1980。

張寅彭主編：《清詩話三編》（1～8），上海：上海古籍出版社，2021。

（二）文話

◎〔日本〕日遍照金剛著，盧盛江校考：《文鏡秘府論彙考》，北京：中華書局，2015。

梁劉勰著，范文瀾注：《文心雕龍注》，人民文學出版社，1958。

◎梁劉勰著，王更生注譯：《文心雕龍注譯》，文史哲出版社，1985。

◎唐劉知幾著，清浦起龍釋：《史通通釋》，上海古籍出版社，1978。

◎清章學誠著，葉瑛校注：《文史通義校注》，中華書局，2014。

◎林紓著：《畏廬論文》，臺北：文津出版社，1978。

◎〔日本〕齋滕謙：《拙堂文話》，臺北：文津出版社，1978。

◎王水照編《歷代文話》（1～10），上海：復旦大學出版社，2007。

（三）筆記

傅璇琮主編：《全宋筆記》（1～102），鄭州：大象出版社，2008～2018。

程毅中主編：《宋人詩話外編》（上下），北京：國際文化出版公司，1996。

七、詞話、曲話與章法學研究

　　◎文章最妙，是目注此處，却不便寫，却去遠遠處發，迤邐寫到將至時，便且住，却重去遠遠處更端再發；再迤邐又寫到將至時，便又且住。如是更端數番，皆去遠遠處發來，迤邐寫到將至時，即便住，更不復寫出目所注處，使人自于文外瞥然親見。《西廂記》純是此一方法，《左傳》、《史記》亦純是此一方法。（清金聖歎：《貫華堂第六才子書西廂記》卷二，〈讀第六才子書西廂記法〉，十六）

　　◎文章最妙，是先覷定阿堵一處，已却于阿堵一處之四面，將筆左盤右旋，右盤左旋，再不放脫，却不擒住。分明如師子滾毬相似，本只是一個毬，却教師子放出通身解數。一時滿棚人看師子，眼都看花了，師子却是並沒交涉。人眼自射師子，師子眼自射毬。蓋滾者是師子，而師子之所以如

此滾、如彼滾，實都為毬也。《左傳》、《史記》便純是此一方法，《西廂記》亦純是此一方法。（清金聖歎：《貫華堂第六才子書西廂記》卷二，〈讀第六才子書西廂記法〉，十七）

參考資料

◎張高評：〈《西廂記》筆法通《左傳》——金聖歎《西廂記》評點學發微〉，《復旦學報》2013 年第 2 期（2013 年 3 月），PP.134-143。

唐圭璋主編：《詞話叢編》（1～5），北京：中華書局，1986。

屈興國主編：《詞話叢編二編》（1～5），杭州：浙江古籍出版社，2013 年。

王兆鵬主編：《唐宋詞彙評‧唐五代卷》，杭州：浙江教育出版社，2004。

◎吳熊和主編：《唐宋詞彙評‧兩宋卷》（1～3），杭州：浙江教育出版社，2006。

俞為民、孫蓉蓉等編：《歷代曲話匯編》（1～15），合肥：黃山書社，2023 年。

八、小說評點與章法學研究

◎筆削，原指史料的刪存去取，乃歷史編纂學之必要步驟。清章學誠稱：「《春秋》之義，昭乎筆削。」筆與削彼此互發其蘊，互顯其義。或筆或削，大抵出於作者之獨斷與別裁，為一家

之言所由生，藉此探索文心、史識、史觀、歷史哲學，可謂順理成章。

陳曦鐘、宋祥瑞、魯玉川輯校：《三國演義會評本》，北京：北京大學出版社，1986

◎《三國》一書，乃文章之最妙者。敘三國，不自三國始，……。敘三國，不自三國終也，……假令今人作碑官，欲空擬一三國之事，勢必劈頭便敘三人，三人便各據一國，有能如是之繞乎其前，出乎其後，多方以盤旋乎其左右者哉？（清毛宗崗：〈讀三國志法〉，頁7）

◎《三國》一書，有追本窮源之妙，有巧收幻結之妙，有以賓襯主之妙，有同樹異枝、同枝異葉、同葉異花、同花異葉之妙，有橫雲斷嶺、橫橋鎖溪之妙，有將雪見霰、將雨聞雷之妙，有浪後波紋、雨後霢霂之妙，有笙簫夾鼓、琴瑟間鐘之妙，有隔年下種、先時伏著之妙，有添絲補錦、移針勻繡之妙，有近山抹紅、遠樹輕描之妙，有奇峰對插、錦屏對峙之妙，有首尾大照應、中間大關鎖之妙。（清毛宗崗：〈讀三國志法〉，頁7-19）

陳曦鐘、侯忠義、魯玉川輯校：《水滸傳會評本》，北京：北京大學出版社，1987

◎凡人讀一部書，須要把眼光放得長。如《水滸傳》七十回，只用一目俱下，便知其二千餘紙，只是一篇文字。中間許多事體，便是文字起承轉合之法。若是拖長看去，却都不見。

某嘗道《水滸》勝似《史記》，人都不肯信。殊不知某却不是亂說，其實，《史記》是以文運事，《水滸》是因文生事。以文運事，是先有事生成如此，却要算計出一篇文字。雖公高才，也畢竟是吃苦事。因文生事即不然，只是順着筆性去，削高補低都由我。（《金聖歎全集‧白話小說卷》，《第五才子書施耐庵

水滸傳》卷三，〈讀第五才子書法〉，第八則、第十則）

◎《水滸傳》有許多法，非他書所曾有，略點幾則于後：有倒插法、有夾敘法、有草蛇灰線法、有大落墨法、有綿針泥刺法、有背面舖粉法、有弄引法、有獺尾法、有正犯法、有略犯法、有極不省法、有極省法、有欲合故縱法、有橫雲斷山法、有鸞膠續弦法。（金聖歎：《第五才子書施耐庵水滸傳》，〈讀第五才子書法〉，五十～六十五則）

參考資料

◎張高評：〈《春秋》筆削見義與傳統敘事學——兼論《三國志》、《三國志注》之筆削書法〉，山東大學《文史哲》學報，2022 年第 1 期（總第 388 期），頁 117-130。

張高評：《屬辭比事與春秋詮釋學》，臺北：新文豐出版公司，2019。

◎張高評：修訂重版《左傳之文學價值》，臺北：五南圖書公司，2019。

叁、黃永武先生的學術成就

提要

　　黃永武先生研究與創作之能量無限，成就卓越，貢獻多方，對於學界及文苑皆有深遠之影響。難能可貴處，尤在學術著作獨到創發，自成一家；文學創作雋永深刻，餘味無窮。黃先生學術著作等身，於文字學、經學、詩學、修辭學、文學批評、敦煌學、文獻學，以及《周易》學、《詩經》學，皆有獨到之見解。今限於篇幅，只就三大端述說黃先生之學術成就：其一，博觀約取，推陳出新；其二，學科整合，另闢谿徑；其三，方法條例，金針度人。要之，多賦古典以新貌，示人以治學之津梁，堪稱創前未有，開後無窮。金人元好問〈論詩絕句〉三首之三稱：「鴛鴦繡出從教看，莫把金針度與人。」黃先生治學則不然，往往示人以方法，度人以金針。苟善學善述，可以指出向上一路。

關鍵詞

　　黃永武　學術成就　獨到創發　推陳出新　學科整合　金針度人

一、前言

　　黃永武先生，1936 年生，浙江嘉善人。東吳大學中文系文學士，臺灣師範大學國文研究所文學碩士、國家文學博士。著有

《形聲多兼會意考》、《許慎之經學》學位論文，由文字小學、經學考據入，嫻熟條例方法之學。同時出版《詩心》，探索詩人詩歌之世界；撰寫《字句鍛鍊法》，以修辭效果作分類。甫獲博士學位，旋即任教高雄師院國文系主任兼教務長（1971 年）、申設國文研究所（1974 年）。其後，又榮任中興大學文學院院長（1977 年）、成功大學文學院院長兼歷史語言研究所所長（1985 年），創立中國古典文學研究會（1980 年），推選為創會理事長。

臺南師範學校畢業，擔任小學老師之際，已熱衷創作，出版《呢喃集》、《心期》兩本現代詩集，堪稱文藝青年。於擔任高雄師院國文研究所所長、中興大學文學院院長之際，善用公餘之暇，著成《中國詩學》《設計篇》、《鑑賞篇》、《考據篇》、《思想篇》四書，榮獲文藝理論類國家文藝獎。編纂《杜詩叢刊》、《杜甫詩集四十種索引》、《敦煌寶藏》一百四十冊、《敦煌叢刊初集》十六冊、《敦煌古籍敘錄新編》十冊、《敦煌遺書最新目錄》、臺灣版《全宋詩》等學術文獻。出版《愛國詩牆》、《唐詩三百首鑑賞》、《詩與美》、《載愛飛行》、《珍珠船》、《抒情詩葉》、《敦煌的唐詩》、《敦煌的唐詩續編》、《講座敦煌》、《讀書與賞詩》。1988 年後，轉往市立臺北師院、東吳大學任教。

文學創作方面，先後出版《愛廬小品》（分讀書、生活、勵志、靈性四冊），再獲國家文藝獎散文獎。又出版《海角讀書》、《詩香谷》、《詩林散步》、《愛廬談文學》、《愛廬談心事》、《生活美學》（分天趣、諧趣、情趣、理趣四冊）、《愛廬談諺詩》、《詩與情》、《我看外星人》、《山居功課》、《黃永武隨筆》等等。2011 年，又完成《黃永武解周

易》（上下冊）之煌煌鉅著，都一百萬言。撰寫《好句在天涯》
一書，[1]自述研究與創作之心路歷程。

由此觀之，黃先生研究與創作之能量無限，成就卓越，貢獻
多方。難能可貴處，尤在學術著作獨到創發，自成一家；文學創
作雋永深刻，餘味無窮。以淵博之學識為根柢，以豐盛之感情為
觸媒，體用合一，厚積薄發，於是轉化為美妙之文章，是所謂學
人之詩文。今限於篇幅，只就三大端述說黃先生之學術成就：其
一，博觀約取，推陳出新；其二，學科整合，另闢谿徑；其三，
方法條例，金針度人。研究之典型，創新之示範，要在於斯。論
證如下：

二、博觀約取，推陳出新

黃永武教授以研治詩學、敦煌學、修辭學，知名於臺灣學
界。早期研究文字學，著有《形聲多兼會意考》；旋治經學，著
有《許慎之經學》一部。實由文字考據之學入，而從辭章文學
出，跨際會通，學科整合，堪作後學典範。黃先生曾自序所著
《形聲多兼會意考》云：

> 今欲證成是書，首當綜覈舊聞，撮陳體要，揚其清芬，剗
> 彼瑕礫。務使銓條理之正緒，杜竇路之多歧。……凡理有
> 創獲，必著遺美；義可互參，毋捐葑菲。期使異同可考，
> 瑕瑜自見。……乃復運用先哲已然之理，證成諸家未發之

---

[1] 黃永武：《好句在天涯：我怎樣寫散文》，臺北：三民書局，2012.4。

奧。[2]

　　《形聲多兼會意考》，第一章〈形聲多兼會意說略史〉，備述王聖美、黃生、戴震、段玉裁、錢大昕、王念孫父子、阮元、焦循、章太炎、劉師培、黃季剛，乃至於林景尹、魯實先諸家之說，博觀厚積，信能約取而薄發，而有助於闡幽發微。其書雖為文字考據之書，然於文獻搜集、資料梳理、論點取捨、斷以己意方面，與研究義理、辭章並無不同。所謂「綜覈舊聞」，而「揚其清芬，剗彼瑕礫」，正是資料梳理之實況；「凡理有創獲，必著遺美；義可互參，毋捐葑菲」，則是文獻評述臧否良窳，抑揚得失之實錄。至於「運用先哲已然之理，證成諸家未發之奧」，更是問題意識由接受、借鏡、激盪、生成，直到發用之心路歷程。蘋果電腦創辦人賈伯斯（Steve Jobs,1955~2011）談創新，關鍵字是「借用」與「連結」；前提是「你得先知道別人做了什麼！」[3]早於賈伯斯45年前，黃先生提出研究創新的方法，可謂英雄所見略同。《漢書‧藝文志》稱：「天下同歸而殊途，一致而百慮」，道通為一，在借鏡既有之研究成果，盡心致力突破創新方面，考據、辭章、義理之研究法，是可以相互發明的。因為，唯有先具備「博觀厚積」的工夫，學術研究方有可能推陳出新，創發開拓。

　　黃永武先生《中國詩學》四書，曾榮獲 1980 年國家文藝獎（文學評論類）。《思想篇》〈新增本序〉提及學術研究，不妨

---

[2]　黃永武：《形聲多兼會意考》，臺北：文史哲出版社，1976.1，〈序〉，頁1。

[3]　天下網路部：〈求知若飢，虛心若愚！賈伯斯的 10 句經典名言〉其六，《天下雜誌》，2011 年 10 月 6 日。

攀援巨人，外求依託，這就是文獻篩選、閱讀、接受、觸發的歷程，是撐起整個地球的支點，也是矮子可能比巨人高的肩膀：

> 自從盧卡那斯那句「坐上巨人肩上的矮子，比巨人看得遠些」的話流行學術界，治學或著述，大家都想找到該科該目的巨人，坐上肩去享現成，期盼矮人的看法也遠於巨人。《中國詩學・思想篇》談《詩經》，《毛傳・小序》就是攀援的肩膀；談寒山詩，《金剛經貫解》亦是上攀的階梯；談李賀詩、李商隱詩，西方心理學也是依傍的肩膀，誰能不感謝前人的沾溉而自誇為個人獨創呢？[4]

　　學術研究有其專業的特性，不同於文學藝術的創作，可以了無依傍，自我作古。即使傑出如牛頓、達爾文，也必須尋找專業巨人的肩膀，[5]何況一般人？黃先生自述《中國詩學・思想篇》中，有關《詩經》的心得，以及探討寒山、李賀、李商隱詩之「個人獨創」，其實是得自「前人的沾溉」和觸發。由此可見，研究領域內之重要而相關之論著，無論古今中外，平時就須博觀厚積，研究論述時方有可能約取而薄發。黃先生著《中國詩學・鑑賞篇》、《中國詩學・考據篇》，堪稱以身作則，典型示範。《中國詩學・思想篇》，在提出自家獨創之見解前，首先「將中國自來對詩歌鑑賞的各種角度重新分析歸納，釐成十類」；以為

---

[4] 黃永武：《中國詩學・思想篇》新增本，臺北：巨流圖書公司，2009.9，〈新增本序〉，頁1。

[5] E・M・羅傑斯著，殷芙蓉譯：《傳播學史——一種傳記式的方法》，上海：上海譯文出版社，2005年，第二章〈查爾斯：達爾文和進化論〉，「達爾文所受到的思想影響」，頁40-45。

「如能將這十種角度融通活用，相輔相成，自不必完全追隨西方，亦步亦趨，人云亦云」。在推崇肯定傳統之鑑賞方法之餘，又進一步提出詩歌完全鑑賞之法，亦即「要使讀者的悟境，作品的詩境，作者的心境三方面並重，則各種鑑賞的角度，均須兼顧並重。」於是列舉十種詩歌之鑑賞角度：

> 一、以詮釋字義為鑑賞；
> 二、以考據故實為鑑賞；
> 三、以選抄去取為鑑賞；
> 四、以主觀品第為鑑賞；
> 五、以講明結構為鑑賞；
> 六、以道德倫理為鑑賞；
> 七、以思想類型為鑑賞；
> 八、以分析心理為鑑賞；
> 九、以生平歷史為鑑賞；
> 十、以社會風尚為鑑賞。[6]

這就是先生所謂「運用先哲已然之理，證成諸家未發之奧」，前賢成果與自家之獨創心得間，自有相得益彰，相互發明之效。上述十種鑑賞角度，必須涉獵許多學科，如訓詁學、考據學、選本學、接受學、章法學、倫理學、思想史、心理學、傳記學、社會史，可見平素涉獵之廣博和多元。至於鑑賞詩歌何以必須學貫中西，涉獵廣博，黃先生有其獨特看法，有云：

---

[6] 黃永武：《中國詩學‧鑑賞篇》新增本，臺北：巨流圖書公司，2008.7，〈自序——談詩的鑑賞角度〉，頁9-21。

學術的領域，正隨著時間的衍久而擴大，許多新興的學
問，不斷地相互利用，相互激發，成為新闢的學術門徑。
因此，就鑑賞詩歌的角色而言，也自然門徑日繁，方法日
多，世界日益廣闊。……一個有理想的詩評家，應該對舊
有的各種鑑賞角度兼容並蓄，多方運用；對新增的鑑賞角
度致力創建，開拓新境。學術隨時代日進，沒有一種學問
能滯留不動的，詩歌的鑑賞自然也不例外。[7]

　　學術研究的新闢，當依隨時代思潮日進；研究領域的擴大，
也應該與時俱進，致力新舊兼容，中西並蓄。苟能如此，學科、
文化間交相利用，彼此激發，方能開發遺妍，日新又新。黃先生
學術專著出版時，本已觸類廣博，取精用宏，美不勝收。迨修訂
重版時，往往又詳加增益補充，如 2002 年、2022 年《字句鍛鍊
法》之新增本、定稿本，較諸 1969 年商務版，堪稱老幹新枝，
相得益彰。

　　《中國詩學》四書，出版風行於三十年前，2008、2009 年
增訂重刊時，新增不少。如《中國詩學‧鑑賞篇》，在篇幅的擴
大，歷練的多方，創作的琢磨，鑑賞的周全方面，多有更新。
《中國詩學‧設計篇》，舊作引用詩人 90 餘位，增訂本達 256
位，佳例亦倍數成長。《中國詩學‧思想篇》，舊本引用詩人
116 位，增訂本添增為 286 位，明清詩徵引不少，成為新增本的
主要章節。[8]黃先生之博觀約取，賦古典以新貌，與時俱進，行

7　同上，頁 21-22。

8　黃永武：《中國詩學‧鑑賞篇》，〈新增本序〉，頁 1-3；《中國詩學‧設計
篇》，〈新增本序〉，頁 2；《中國詩學‧思想篇》，〈新增本序〉，頁 2。

健不已，由此可見一斑。

《中國詩學》四書問世之後，風行極廣，所倡各種批評方法，也為海內外人士所樂用，一時對詩歌之分析欣賞，逐漸邁向客觀分析的美學批評。於是黃先生就有一個願望，打算把家喻戶曉的《唐詩三百首》作完整的分析，於是約請筆者合作撰寫。1982 年 9 月，書成出版，黃先生於〈序〉文中言：

> 我與高評合寫這本書，重點全放在分析鑑賞上，前人在作品本身的分析上做得太少，在作者生平與箋註上費力特多，所以我們的努力正是要截長補短。用心在分析作品本身時不憚繁瑣，在作者介紹與註釋時，沿用許多舊說，當然其間也不忘訂誤補闕。諸如李白的生平，或岑參輪臺歌「旄頭」的註釋等等，也隨著增入新資料，改正舊錯誤，對讀者諸君或許仍有助益。[9]

千百年來欣賞詩歌，多用密圈密點的印象批評，《唐詩三百首鑑賞》「重點全放在分析鑑賞上」，沿用舊說，不忘訂誤補闕，而且隨處增入新資料。當時《中央日報》副刊有「文藝評論」專欄，書評小組撰「每週書評」，推介本書有兩大特色：第一，用專家的材料，寫通俗的文字；第二，知識詮別與性靈感受雙管齊下。而且推崇本書為坊間數十種相關的箋注評釋中，「內容最豐富，寫法最新穎，文筆最靈動的一種。」[10]博觀約取，推

9　黃永武、張高評：《唐詩三百首鑑賞》，臺北：黎明文化公司，2003.5 三刷，〈序〉，頁 2-3。

10　《唐詩三百首鑑賞》，書評小組，《中央日報》「文藝評論」第三期（民國七十三年（1984）四月十二日），〈每週書評〉。

陳出新，黃先生多所示範，正是本書用心致力之處。誠如書評所
云：

> 《唐詩三百首鑑賞》，就是繼續以往的成果，以「賦古典
> 以新貌」的一貫精神，針對作品，予以徹底的評析。取材
> 從古到今，盡力網羅，彌倫群言之餘，獨抒己見。在深厚
> 的學術基礎上，表現了高明的才學與洞明的識見。[11]

　　1980 年，黃先生為感念父恩，著手編纂《敦煌寶藏》，
1985年出版《敦煌叢刊初集》16冊；同年《敦煌寶藏》140冊印
成面世。此是何等重大之學術工程，全憑一份孝心發願，夫妻攜
手獨力完成，誠屬難能而可貴。其間，「因編纂《敦煌寶藏》，
將各經卷一一重新研閱」；曾將披覽敦煌文獻所得，撰成論文四
種，推陳出新之見，獨具慧眼之處極多。如〈六百號敦煌無名斷
片的新標目〉一文，在小翟里斯（Lionel Giles）、劉銘恕所編
S6980 之外，「還有 618 號斷片，及 197 號碎片，總計將有 800
餘號敦煌資料的目錄不曾被標示出來」，[12]黃先生一一為作新
標，於是治敦煌者從此稱便。
　　〈英倫所藏敦煌未知名殘卷目錄的新探索〉（上中下），在
斯坦因、翟里斯、劉銘恕、大淵忍爾之後，針對英倫所藏未能被
考察出來的許多殘卷，詳加探索，加以標定目錄，對於學者利用

---

[11] 同上。《唐詩三百首鑑賞》簡體中文版，上中下三冊，授權北京：九州出版
社，於 2023 年 2 月印行。

[12] 黃永武：〈六百號敦煌無名斷片的新標目〉，《漢學研究》，1 卷 1 期
（1983.06），頁 111-132。

敦煌卷子作研究，極有助益。[13]〈北平所藏敦煌「俟考諸經」的新標目〉，將王重民編纂《敦煌遺書總目索引》，北平所藏部份，仍留下 60 幾條無法考明的「俟考諸經」，一一解決，有了重大的突破：不僅將無名殘經翻檢查明，而且給予新的標目，有功敦煌文獻之考信。[14]〈《敦煌遺書總目索引》之補正〉一文，補正王重民所著書之闕漏：王氏所收遺書總目，「其共同局限，在於空間之隔閡，無法將英法中日各處卷子對照參勘，以尋出無名殘片之答案。今得微卷攝製之便，可以參互比對，故王書中之闕漏，往往可以查出。」[15]信乎蘇軾〈稼說送張琥〉之言：「博觀而約取，厚積而薄發」，如此，方能推陳出新，獨到而有創發。

三、學科整合，另闢谿徑

在學術專業分工趨向精細之現當代，為避免單科獨進，以致「東面而望，不見西牆；南面而視，不睹北方」，於是人文學科、社會學科，甚至包括自然科學，大多提倡「打通」藩籬，致力科際合作。企圖打破各學門、各學科間之界限，於是科技整合之研究，應運而生。[16]研究方法由「分」而演變為「合」，「各

[13] 黃永武：〈英倫所藏敦煌未知名殘卷目錄的新探索〉（上中下），《漢學研究》，1 卷 2 期（1982.4），頁 41-43；1 卷 4 期（1982.10），頁 144-146；2 卷 1 期（1983.1），頁 1-4。

[14] 黃永武：〈北平所藏敦煌「俟考諸經」的新標目〉，《漢學研究》，4 卷 3 期（1985.6），頁 149-154。

[15] 黃永武：〈《敦煌遺書總目索引》之補正〉，《漢學研究》，4 卷 2 期（1986.12），頁 83-108。

[16] 張高評：〈研究視野與學術創新〉，《書目季刊》第 44 卷第 3 期

個學科常常互相借用彼此的觀念、理論、方法和發現，以完善本身的觀念，充實本身的理論，改良本身的方法和印證本身的發現。」[17]跨際會通，學術整合，往往能觸發生新之論點，獨創之心得。

　　有關學科整合，原先既是「科學諸部門之際的整合」，所以理工自然學門一直身體力行，以之「利用厚生」，因而研究能量無限，創造發明無窮。中國大陸學人能當選中國科學院院士者，大多標榜綜合創新。《院士思維》一書，由科學院諸院士現身說法，闡述個人之「思維亮點」，其中有五位院士撰文提到「交叉研究」之重要。王補宣是工程熱力學者，強調「交叉產生前沿」；劉寶珺是地質學家，宣稱「在跨國、跨學科成果引進移植中實現創新」；徐僖是高分子化學家，盡心於「化學與力學、輻射加工技術的交叉和綜合」；嵇汝運是藥物化學家，致力「學科交叉與綜合」，以探究化學藥理學；岑可法為能源環境工程專家，提倡「培養多學科交叉研究興趣，不放過任何相關專業信息」，各學門各領域專家學者，不約而同倡導「交叉研究」，學科整合，咸以為有利於學術研究之獨創與發明。[18]

　　黃永武先生治學，成就多方，享譽兩岸三地學術界。卓越創發處、自成一家處，尤其在跨領域、跨學科之整合研究方面。所著《中國詩學》四書，即以跨學科、跨領域之研究見長。黃先生曾自述《中國詩學》四書之著述理念：

　　（2010.12），「四、跨際整合與研究創新」，頁29-48。

[17]　鄭朝宗：《《管錐編》研究論文集》，陸文虎：〈論《管錐編》的比較藝術〉，福州：福建人民出版社，1984年，頁271。

[18]　盧嘉錫等主編：《院士思維》，合肥：安徽教育出版社，2003.11，頁81-87、323-331、1013-1020、1195-1202、1470-1478。

《設計篇》引修辭入詩學，乃屬首創，頗覺新闢。但我當年自覺要突破修辭學，所以〈談詩的時空設計〉已入視覺藝術的領域；〈談詩的音響〉已跨界於訓詁學、語言學。至於《鑑賞篇》、《思想篇》或闖入民族學、社會學、哲學、美學，當時確實有一個科技整合的大夢想。[19]

若以單科獨進、慣性思維的方式談論中國詩學，自然是從詩入，再從詩出。如是詮釋解讀詩歌，宋元明清之詩話、箋注已汗牛充棟，解詩賞詩如依樣葫蘆如此，豈非辭費？今黃先生發揮創造性思考，乃引修辭學入詩學，引視覺藝術入詩歌，再跨界於訓詁學、語言學，異場域間的想法互相碰撞，往往激盪出美妙點子，新奇構想，引發層出不窮的創意勃發。這種跨際思考的技術，往往引發「梅迪奇效應」（The Medici effect）。[20]《中國詩學》四書，心得獨特，成果輝煌，其中自有「梅迪奇效應」之創發。

《中國詩學‧思想篇》提倡詩歌的完全鑑賞，以為「不僅是藝術的活動，也牽聯到科學性的實證，哲學性的辨析」，打通辭章、考據、義理而一之，融合真、善、美為一體，乃其理想訴求。就哲學性、思想層面鑑賞詩歌，乃黃先生之特識，提示十條途徑，作為開拓斯學之觸發。各有論證，其目次如下：

---

[19] 黃永武：《中國詩學‧設計篇》，臺北：巨流圖書公司，2009.9，〈新增本序〉，頁2。

[20] 約翰森（Frans Johansson）著，劉真如譯本：《梅迪奇效應》*The Medici effect : breakthrough insights at the intersection of ideas, concepts, & cultures*，臺北：商周出版社，2005.10。

一、淵源的追溯；

二、歷史的演進；

三、類別的釐分；

四、層次的階進；

五、心理的反映；

六、原型的套用；

七、神話的探索；

八、意識的比較；

九、思潮的影響；

十、哲理的探研。

以上十條途徑，有的歸納自前人，有的兼採自西方，有的草創自己意，思想的分析方法，大致發凡於此。[21]

　　詩歌為文學，詮釋解讀卻別具隻眼，從歷史、心理、原型、神話、意識、哲理、思潮等視角觀照之，以為每一首詩，「無不以龐大的民族文化與時代精神為其心智的基礎」，於是融通儒、釋、道三家思想，別從詩歌中淬煉出民族思考的集體理念。較《中國詩學》四書稍後出版之《詩與美》，仍然堅持「科技整合」之信念，以之品賞詩歌之崇巍與精深。〈序〉文云：

　　　在《中國詩學》四書中，我所強調闡發的詩學理論核心，是「完全鑑賞」，以《考據篇》求作品的真、《思想篇》求作品的善、《設計篇》求作品的美，終其目的，在搏合「考據、義理、辭章」成為一體的詩學。而本書所欲強調

---

[21] 黃永武：《中國詩學・思想篇》，〈自序〉，頁 9-23。

闡發的詩學理論核心，乃是在「科際整合」，企圖跳出本科範圍，旁及美術心理及造形藝術等等，透過各藝術間互相闡明的關係，而使詩心益發透剔靈絕。[22]

試考察《詩與美》各篇章之學理依據，即可知科際整合之如實體現。以美學談〈詩與生活〉，以色彩學寫〈詩的色彩設計〉，以視覺藝術說〈詩的具象效用〉，以造形藝術論〈詩的形式美〉，從微觀到宏觀述〈詠物詩的評價標準〉，又從神話學詮釋〈詩與神話〉。〈從科際整合看詩的欣賞〉一文，分別從語言學、聲韻學、民族學、心理學、精神醫學、色彩學、影劇學、社會學、史地學、美學為輔助學科，以欣賞詩歌，有助於詩國花園之尋幽訪勝，創意研發。黃先生曾以一己之力，編成《敦煌寶藏》一百四十冊，有功學界。又就研究所及，撰成《敦煌的唐詩》一書，從字義、制度、音律、修辭、語彙、辨偽方面，論述敦煌寫本之唐詩，[23]提供給社會大眾奇文共賞的機緣，也都不離學科整合之研究成果。

強調跨學科、跨領域、跨文化之會通整合，凸顯「殊異場域的碰撞」，能引爆層出不窮的創意，這是近些年來不斷提倡推廣的創意思維方式。黃永武先生在《中國詩學‧思想篇》提倡最為具體而有功。其中論文，探討儒家與詩學之會通者五篇，道家與詩學之整合研究者三篇，釋家與詩學交叉研究者兩篇。其中〈魏晉玄學對詩的影響〉、〈詩與禪的異同〉最具代表，堪稱學科整合之典範。〈魏晉玄學對詩的影響〉一文，將玄學與詩歌交融會

---

[22] 黃永武：《詩與美》，臺北：洪範書店，1984.12，〈序〉，頁II。

[23] 黃永武：《敦煌的唐詩》，臺北：洪範書店，1987.5，〈序〉，頁9-10。

通之種種，具體勾勒呈現，試看綱目，即可即器求道：

一，求神理，忘跡象。

二，主空靈，後質實。

三，重自然，輕名教。

四，喜山水，出塵網。

五，講情調，厭世務。

六，貴品鑑，鄙庸俗。[24]

將玄學與詩歌打通，思想與文學融合，萃取兩者之最大公約數，進行學科整合之論述，既反映魏晉文風思潮之實況，且為學術研究之選題提供創新之思維。黃先生〈詩與禪的異同〉，有感於宋嚴羽《滄浪詩話》：「大抵禪道惟在妙悟，詩道亦在妙悟」；金元好問〈答俊書記學詩〉：「詩為禪客添花錦，禪是詩家切玉刀」，討論詩禪交融之觸發，以為「禪可言詩，詩可助禪；禪有時是詩的至妙境，詩有時是禪的方便門」，兩者有異有同，於是有理有據，擘析詩心與禪心的異同處，計同處九，異處四，目次如下：

一、詩禪相同處

1、詩與禪都崇尚直觀與「別趣」，或者是從違反常理之中去求理趣，或者是從矛盾的歧異之中去求統一。

2、詩與禪都常用象徵性的活句，富有「言此意彼」的妙處。

---

[24] 黃永武：《中國詩學‧思想篇》，頁 199-210。

3、詩與禪都常用雙關語,喜歡將「超」與「凡」兩種境界同時表現在一句話裡。

4、詩與禪都常用比擬法,使抽象的哲理形象化。

5、詩與禪都喜歡站在一個新的立場去觀照人生,必須有超脫現實的心理距離。

6、詩與禪常以不說為說,使言外有無窮意味。

7、詩與禪常以妙悟見機,時有互通之處,詩可以有禪趣,禪可以有詩趣。

8、詩與禪都重視尋常自然,日常生活即是禪,尋常口語即是詩。

9、詩與禪均反對任何定法,不得「縛律迷真」。

二、詩禪相異處

1、詩與禪的指向有別:禪的指向只在明自性,而詩的悟性卻是多方面的。

2、詩與禪的機緣有別:禪的機緣往往是以眼前事作問答,機鋒相對,而詩句中的呈機則是自由的。

3、詩與禪的憑藉工具有別:禪家不立文字,直指人心,詩則必須以文字為表現的工具。

4、詩與禪在內涵上自有其分界:詩可以有禪味禪趣,但不能有禪理禪語。[25]

詩與禪之異同研究,側重在詩禪相近、相似、相通、相融各方面作會通統整,對於學界研究漢魏六朝、唐、宋、元、明、清

---

[25] 黃永武:《中國詩學・思想篇》,頁 247-260。

之詩歌與文學，在涉及禪思與詩思、文思之選題探討時，頗有借鏡參考之價值。即使繪畫與書法，畫學與書道之研究，〈詩與禪的異同〉一文，亦值得參考借鏡。

四、方法條例，金針度人

　　清代戴震治小學，主張形聲義三者未始相離之說，一時鉅儒若段玉裁、王念孫、郝懿行、焦循、錢侗等，皆呼應其說，然只稍存崖略，未臻精善。至民國章太炎《文始》，頗發明形聲兼義之論。蘄春黃季剛復闡明段玉裁「形聲多兼會意」之說，而提示「凡形聲字之正例必兼會意」之條例。[26]黃永武先生踵武繼志，撰著《形聲多兼會意考》碩士論文，「爬梳抉摘，鏨成條例」，既作「彙例」以羅列前賢之說，又創「示例」以彰顯獨到創見。所獲結論，分正例與變例，堪稱完備：

　　蘄春黃先生所創「凡形聲字之正例必兼會意」之說，綜觀前證所考，允稱定論。唯黃先生謂形聲字無義可說之變例，或為以聲命名之字，或聲母為假借之字。今依示例所考，又增益三端：曰狀聲詞、曰由異域方語譯音所成之字、曰由方語有殊後加聲符以注音之字。大凡《說文》形

---

[26] 黃季剛確證形聲之正例，未有專著。林景伊先生乃就傳授之《說文》精旨，鏨為〈黃先生季剛研究《說文》之條例〉二十一條。《形聲多兼會意考》，頁46。

聲字例盡在其間矣。[27]

「凡形聲字之正例必兼會意」；若聲符不兼會意、無義可說，黃侃先生則目為變例。黃永武先生踵事章、黃之說而增華，依示例考證，再增狀聲詞、譯音、方語三端，可謂有功於六書之學，發皇聲義同源之說。對於研究詩詞曲之「聲情合一」，[28]以及修辭學有關「協律」，[29]碩士論文已早著先鞭。特別值得一提的，是《形聲多兼會意考》第一章，為〈形聲多兼會意說略史〉，羅列晉代、南唐、宋元、明、清、民國各時代之相關學說，博觀厚積，約取薄發，遂無不如意。文字考據之學，可以會通整合詩學、修辭學，黃永武先生早作示範，「本立而道生」，信矣哉！

東漢許慎著《說文解字》，明文字之本義，信字學之寶鑑。劉宋范曄《後漢書》稱美：「五經無雙許叔重」，許慎擅長經學，著有《五經異義》，蜚聲當時，群士慕習，推為大師。唯民國以來之教育，取法西洋，形成單科獨進，研治《說文解字》者不知經學為何物。許慎何以擁有「五經無雙」之榮銜？「五經無雙」之具體事證又何在？這就形成學術研究的問題意識。黃永武先生博士論文著有《許慎之經學》一書，其〈敘〉言曾揭示極清楚之問題意識，值得參考借鑑：

---

[27] 黃永武：《形聲多兼會意考》，第四章〈結論〉，頁 168。

[28] 黃永武：《中國詩學・設計篇》，〈談詩的音響〉，「一、韻腳的音響各有特色，可以將情感強調出來」，頁 156-162。

[29] 黃永武：《字句鍛鍊法》新增本，臺北：洪範書店，2002.7，〈怎樣使文句華美〉，一、「協律」，頁 72-79。

若許君之《五經異義》，既漸滅鮮存；即通行之《說文解字》，亦踳駁時有，卮言卮出，真解幾亡。先哲所執守精專者，流為碎義巧說；淹通浩博者，歸於龐雜蕪穢。《異義》之家法不明，通學之風概莫覯；《說文》之條例既隱，經師之雅訓難洽，古義荒翳，誠後學之憂也。[30]

　　博士論文之撰寫，先有明確之問題意識指向，猶鵠的既立，而箭矢發放自不落空，闡說論述方有針對，本立而道生，最便於盈科而後進。〈敘〉言所述「後學之憂」共有十端，而歸結到「古義荒翳」，問題意識明確不疑，於是導出學術研究之解決方案，提示為八大綱領。[31]綱領凡八，如：

　　　一曰輯《異義》之佚文；
　　　二曰別許鄭之同異；
　　　三曰論諸家之得失；
　　　四曰辨五經之家法；
　　　五曰徵古禮之故實；
　　　六曰發引經之條例；
　　　七曰訂說文之羨奪；
　　　八曰證前脩之偽誤。

　　有本有源，綱舉目張，由於研究方向明確，問題意識具體可行，所以容易水到渠成。黃永武先生《中國詩學‧考據篇》，談

---

[30] 黃永武：《許慎之經學》，臺北：臺灣中華書局，1972.9，〈敘〉，頁 1。
[31] 同上，頁 1-8。

詩的研究途徑，先進行文獻述評，提出「值得自我檢討」的八種研究偏差：即夢衍、盲從、枉牽、販抄、管窺、泛論、附庸、亂比。「舉出這些偏差來一一省察，目的不在排斥某些研究成果，而是希望能積極地匯聚學者的精力，作更有效的投資。」於是形成研究的問題意識，從考據的方法著手，提出十條有關詩歌的研究途徑。途徑有十，如：提示條例，金針度人，有益文學其他文類之全方位研究，不只詩歌之探討而已。

黃永武先生《中國詩學・考據篇》一書，歸納條理，揭示方法，心得分享，金針度人，幾乎觸處皆是。如〈校勘詩歌常用的方法〉，提供卅一個法則；〈詩歌辨偽法・偽詩鑑別法〉提出八法：考諸本集善本、考諸他書徵引、考諸時代先後、考諸進化歷程、考諸文字體裁、考諸事蹟制度、考諸思想風格、考諸目錄序跋，堪稱面面俱到，此真治學研究之指南。《中國詩學・設計篇》，全書分八大主題，每一主題多提綱挈領、萃取精華、梳理條例、金針度人。如〈談意象的浮現〉，歸納分析前人作品，提出九大法式；〈詩的時空設計〉，提示十五種式樣；〈談詩的密度〉，提出六種手法；〈談詩的強度〉，提出十種「可以」；〈談詩的音響〉，提出八種方案；〈用心於筆墨之外〉，亦提出八種策略；〈「反常合道」與詩趣〉，則楬櫫七種金針。若此之倫，其類實多，方法學之強調，成為系列論著之特徵。有門可入，有法可循，成為通航詩學海洋之津筏，即器求道，度人以金針，其則不遠。

修辭學之專著，兩岸三地已出版一百種以上。九成五以上，都承陳望道之後，偏重修辭格之介紹和舉例。辭格之多寡，條目之分合，往往為關注之焦點；大多只論鍛句、煉字，少部分尚說篇法與章法。要之，多重分門別類述說，未作歸納總攝。黃永武

先生撰寫《字句鍛煉法》，獨闢谿徑，別出心裁，將修辭學視為「文學批評的工作」，「夢想把籠統無益的文學清談，變成體系化、條例化的結構；夢想讓體系條理像數學，解析文辭像音樂」；因此，「就構想能寫一本以修辭的效果作為分類的修辭學」。[32]以「修辭的效果」談修辭學，此種特識，兩岸三地修辭學界，堪稱絕無僅有。

譬如，〈怎樣使文句靈動〉，歸納出示現、比擬、曲譬、存真、曲折、微辭、吞吐、含蓄、往復、翻疊十種修辭格。〈怎樣使文句華美〉，歸納出協律、儷辭、襯映、回文、用典五種修辭格。〈怎樣使文句有力〉，歸納出誇飾、呼告、疊敘、重複、排比、直陳、節短、凝鍊、層遞、聯鎖十種修辭格。〈怎樣使文句緊湊〉，歸納出頂真、跳脫、突接、截斷四種修辭格。〈怎樣使文句變化〉，亦歸納出倒裝、參差、變換、錯綜、互文、省筆六種修辭方式。〈運字法〉，提出十三式；〈代字法〉，羅列廿三式等等。揭示條例，強調方法，度人以金針，堪稱功德無量。既提供文學評論之解讀視角，而有功於文學理論或作品之研究；對於文學教學、文學創作、文學研究，頗有所佐助與啟益。兩岸三地，甚至世界漢學界，從事詩、詞、文、賦、小說、戲曲研究者，長久以來大多探究文學文本之思想內容，往往忽略藝術技巧、表達方法之考察。上海辭書出版社之《唐詩鑑賞辭典》、《宋詞鑑賞辭典》等系列鑑賞著作，可見一斑；學位論文、升等論著，亦有具體而微之反應。《文心雕龍・情采》稱：「文附質，質待文」，故《字句鍛煉法》、《中國詩學》所揭條例，所示法式，真可以救濟教學、研究之偏枯與不足，對於文學創作亦

---

[32] 黃永武：《字句鍛煉法》，臺北：洪範素店，2013年。〈增訂本序〉，頁1。

頗多啟益。

《形聲多兼會意考》、《許慎之經學》，釐定條例，揭示綱領，最便於後學之參考借鏡。《字句鍛鍊法》、《中國詩學》四書，《詩與美》諸文學批評，詩學理論專著，亦揭示條例，強調方法。黃永武先生積累數十年之覃深闡微，2011 年又完成 100 萬言之《黃永武解周易》之鉅著。[33] 書卷前有〈本書例言〉十則，正文之凡例，天文類 16、歲時類 22、地理類 46、植物類 20、動物類 36、身體類 49、人道類 63、人品類 13、人事類 146、飲食類 14、衣服類 10、宮室類 14、貨財類 5、器用類 37、國典類 16、師田類 12，共十六章；第十七章為總類 72。各章所揭示之凡例，多寡不等，人事類、總類最多，分別為 146 凡、72 凡；貨財類、師田類、人品類、宮室類、飲食類較少，分別為 5 凡、12 凡、13 凡、14 凡、14 凡。要皆「沿辭以溯象，據象以推義」，「比而觀之」、「駢而觀之」，以得其實，以知其妙者。〈例言〉曾云：

> 說某字乃某卦之象，是否可信？最簡捷之辯證方法，便是看原始經文中屢屢出現之某字，是否皆合乎某卦之象？本書主旨即在此。（《黃永武解周易》，〈本書例言〉四）

以「原始經文中屢屢出現之某字，合乎某卦之象」，進行類聚群分之凡例歸納。此即清代焦循所謂「非駢而觀之，未知其妙！」試以《黃永武解周易》第九章〈人事類〉所示目次，即可管窺一斑。原書多達 146 條凡例，發凡起例，金針度人，可供研

---

[33] 黃永武：《黃永武解周易》，臺北：新文豐出版公司，2011.12，100 萬言。

治《周易》之參考。試移錄第九章〈人事類〉之目次，前二十凡，以享讀者：

1. 凡言括囊，括為艮手繫巽繩，囊為坤象。
2. 凡言言乃震象。荀爽以言為口舌乃兌象。尚秉和據《易林》以為有言乃正反震或正反兌之象。
3. 凡言不信乃震象不正，震為言，震象不正，言不成言，故不信。尚秉和據《易林》謂不信乃兌口與乾言相背之象。
4. 凡言履，取本卦兌下乾上之象。履，禮也。上天下澤，禮有定分，辨上下也。若兼有震象，則具履而出之象，故履鞋、踐履、履行均為震象。
5. 凡言行，多震象。若爻動上應如「來往」者，雖言行，指爻之動向者，未必有震象。
6. 凡言征，乃取震足震出之象。若「征」字僅預示爻動之意象者，則未必有震象。
7. 凡言中行，行為震象。言中多在二爻五爻，或在內卦。
8. 凡言涉，多有坎象。涉坎為涉大川。涉兌則但言涉。爻象應則利涉大川，不相應則不利涉大川。萬澍辰則以先後天卦位涉兌澤，涉坎河為涉大川。
9. 凡言旅，取全卦大象火在山上，不久留故處之象。
10. 凡言居，乃艮象。
11. 凡言富，五爻位貴且陽實稱富。爻不在五又不順五，且失陽實者為不富。丁易東、尚秉和皆主乾為富，又以巽為近利市之三倍，故富或有巽象。
12. 凡言福，乃乾陽之象。爻變後亦或與既濟有關。

13. 凡言市，有噬嗑卦象。

14. 凡言商，乃巽象。尚秉和以為商為震象，尚說不足取。

15. 凡言耕，有益卦象。

16. 凡言獲，有艮手秉震禾之象。

17. 凡言事，多為坤象。

18. 凡言得、不得、喪、得喪者，言喪乃坤象，言得多為有應，或承履得正，失中無應多為不得。言得多兼乾陽之象。

19. 凡言失，乃失位不正之象，亦或隔而不及之故。

20. 凡言獲多有離矢貫禽獸之象。或以獲同於得義，則承履皆正或有應，或以艮手取獲為象。

五、結語

　　黃永武先生學術與創作兼擅，造詣卓犖，成就斐然，對於學界及文苑有深遠之影響。爰舉博觀約取，推陳出新；學科整合，另闢蹊徑；方法條例，金針度人三大端，述說如上。

　　《中國詩學・設計篇》〈新增本序〉曾稱：「不少人在三十歲前，學習能量已達飽和，而我非常幸運的是在五十歲後，又扎扎實實讀了二十年書，受用無窮」。[34] 黃先生能量無限，自成一家，就是這種博觀厚積的精神，數十年如一日，於是約取與薄發，就成了順理成章。黃先生學術著作等身，於文字學、經學、詩學、修辭學、文學批評、敦煌學、文獻學，以及《周易》學、

---

[34] 黃永武：《中國詩學・設計篇》，〈新增本序〉，頁 2。

《詩經》學，皆有獨到的見解，確實難能而可貴。

南宋詩人陸游（1125-1210）感慨「人未四十，未可著書；過四十又精力日衰，忽便衰老。」黃先生引述這段話後說：「自覺好幸運，在具備充沛精力的四十以前開始撰寫《中國詩學》，在具備著書條件的七十以後再新增《中國詩學》，兩難豈不成了兩全？」[35]除外，《字句鍛鍊法》一書，有商務版；洪範版亦有《增訂本》、《新增訂本》、2022 年又出《定稿》本，可見精益求精，推陳出新，向來是黃先生治學和創作的一貫態度。2011年完稿一百萬言的《黃永武解周易》，更可以想見開拓學術領域，推求獨到創新的精神。學人風範，文家典型，令人欽佩與景仰。

最近，令學術界、藝文界同表不可思議者，不只七十歲之後，猶能著書；黃先生以近九十高齡，於 2024 年 3 月，尚出版《好喜歡》、《真性情》、《大自在》、《小時光》四本散文集。[36]篇篇雋永深刻、韻味無窮。懷思、性情、歡喜、自在，深信正能量無限，傳播能量亦無限。

黃永武先生之能量無限，成就多方；學術著作獨到創發，自成一家；學術研究與文學創作，相濟為用，相得益彰。學術研究與文學創作，盈科後進，專業多元。本擬再就上述四方面論證闡發，唯限於時間與篇幅，本文只就學術著作一端發論，其他容後再述。

---

[35] 黃永武：《中國詩學·鑑賞篇》，〈新增本序〉，頁 1。

[36] 黃永武：《好喜歡》、《真性情》、《大自在》、《小時光》，北京：九州出版社，2024 年 3 月。

國家圖書館出版品預行編目(CIP) 資料

古文創發與文學轉化/張高評著. -- 初版. -- 臺北市：元
華文創股份有限公司,2024.06
　　面；　　公分
　　ISBN 978-957-711-380-1 (平裝)

1.CST: 中國文學　2.CST: 散文　3.CST: 文學評論

825　　　　　　　　　　　　　　　　113006451

古文創發與文學轉化

張高評　著

發 行 人：賴洋助
出 版 者：元華文創股份有限公司
聯絡地址：100 臺北市中正區重慶南路二段 51 號 5 樓
公司地址：新竹縣竹北市台元一街 8 號 5 樓之 7
電　　話：(02) 2351-1607　　傳　　真：(02) 2351-1549
網　　址：www.eculture.com.tw
E - m a i l：service@eculture.com.tw
主　　編：李欣芳
責任編輯：立欣
行銷業務：林宜葶
出版年月：2024 年 06 月 初版
定　　價：新臺幣 600 元

ISBN：978-957-711-380-1 (平裝)

總經銷：聯合發行股份有限公司
地　　址：231 新北市新店區寶橋路 235 巷 6 弄 6 號 4F
電　　話：(02)2917-8022　　　　傳 真：(02)2915-6275